Wolfdietrich Schnurre

Ein Unglücksfall

Roman

List Verlag München

Umschlaggestaltung: Design Team, München

ISBN 3-471-78738-0

Satz: Karl Wenschow GmbH, München
Druck und Bindung: May & Co., Darmstadt

Für Marina.
Und als Kaddisch für Bruno und Ruth.

Es liegt nicht an dir, das Werk zu vollenden,
aber du bist auch nicht frei,
von ihm abzulassen.

Rabbi Tarphon; Sprüche der Väter II, 16

I.

Fast wäre es mir gelungen; ich hatte das Friedhofspersonal bereits eingeweiht. Er hätte einen Platz gar nicht weit ab von Avrom und Sally erhalten. Ich würde auch sagen, gar nicht weit ab von Rachel, aber deren Grab sah man nicht mehr, es war schon dem Erdboden gleich. Wie ja überhaupt der Vergänglichkeit auf *unseren* Friedhöfen viel weniger Widerstand entgegengesetzt wird als zum Beispiel auf jenem anderen Friedhof, der westlich vom Haupteingang an den unseren stößt, und auf dem Goschnik nun also dicht an der so sinnlos hohen Trennmauer liegt.

Aber ich mochte gegen die Gemeinderatsmitglieder, die meine Absicht dann ja doch noch erfuhren und natürlich durchkreuzten, nicht angehen; schließlich ist die Erde auf beiden Seiten der Mauern die gleiche.

Möglich übrigens, daß sein Sohn bei der Beerdigung war. Es stand da einer mit Goschniks Gesicht: abseits, Mund und Kinn hinter dem aufgestellten Mantelkragen verborgen, mit eingefallenen Wangen und blaß. Ich mochte nicht zu ihm gehen; mir fällt, obwohl es anders sein müßte, an Gräbern zu wenig Tröstliches ein; und er schien auch, an der brüsken Wendung gemessen, mit der er sich abwandte dann, eines Trosts nicht allzu sehr zu bedürfen. Ich fragte einen von Goschniks Arbeitern nach ihm; er kannte ihn nicht; wußte nicht einmal, daß sein Meister verheiratet war.

Jetzt allerdings, da ich hier sitze und schreibe und mir

einzugestehen versuche, das meiste dessen, das ich den folgenden Blättern anzuvertrauen gedenke, um mir Rechenschaft über diesen Unglücksfall zu geben, habe ich erst vor wenigen Tagen aus Goschniks eigenem Munde erfahren, jetzt bedauere ich, mich nicht nachhaltiger erkundigt zu haben.

Denn als was auch immer jenes Unglück aufgefaßt werden muß, und wie sehr ich auch selber in seine Vorgeschichte mit hineinverwirkt bin – Goschniks Sohn hätte mir helfen können, den Schuldspruch zu finden. Vielleicht gelingt es mir einmal, ihm diese Blätter zum Lesen zu geben. Im Augenblick allerdings ist es mir unmöglich, nach ihm zu suchen. Die Ungeduld, es müßte gelingen, mir den erahnten Schuldanteil schreibend so zu verdeutlichen, daß die Gewißheit mich über jede Bedrückung hinaus überzeugt: diese Ungeduld ist zu groß, als daß man sich jetzt noch die Zeit nehmen könnte, einen Unbekannten aufzuspüren, der vielleicht nur deshalb zu einem schulterzuckenden Freispruch tendierte, weil ihm absurd schiene, was ich vermute.

Doch hier ist nichts absurd. Hier ist ein Unglück geschehen. Hier gibt es Gespräche, Ereignisse, Erinnerungen, Konstellationen, die Schlußfolgerungen zulassen, deren Summe, überschaubar geordnet, zu einer Antwort gerinnen müßte, die Gleichmütigkeit ausschließt.

Deshalb schreibe ich. Um dem Gleichmut keine Chance einzuräumen. Auch dem Gleichmut der andern. Denn wer wird sich noch Goschniks erinnern? Wer meine Handlungsweise verstehen? Aber ich schreibe ja nicht deshalb allein. Ich schreibe auch, weil ich beobachtet werde. Ich spüre es deutlich, spüre es an dem kittduftenden, dem kalten Atem im Nacken: mir blickt jemand über die Schulter beim Schreiben, sein Tod.

Ich kenne den Tod, kenne ihn in vielerlei Inkarnationen. Vor keiner jedoch ist bisher auch die Verteidigung eines Lebens möglich gewesen. Denn so zeitlos der Tod ist, nie hat er Zeit. Kaum gemordet, schon weiter. Was man ihm nachruft, verhallt; sein Schädel ist ohrlos, seine Hirnschale nur mit den Argumenten des Moders gefüllt. Kein sehr vertrauenswürdiger Gehilfe, dessen der Ewige sich hier bedient, sein Werk zu vernichten; es gelingt mir schon lange nicht mehr, diese Wahl anzuerkennen; sie ist seiner unwürdig, von Anfang an.

Jener Tod aber hinter meinem Rücken, jener Tod Goschniks, der ist zum ersten Mal anders; der wartet; der hat plötzlich Zeit. Er brauchte es mich gar nicht so spüren zu lassen, ich weiß, was er will. Er will wissen, welcher Kette von Schwächen er seine Stärke verdankt. Er soll es erfahren. So erfährt er zugleich auch, was er zerstört hat: ein Leben.

Womit fange ich an? Mit jenem nun fast drei Monate zurückliegenden Tag, an dem Goschnik mir hier, in meinem damals noch risseversehrten Zimmer, unruhig gegenübersaß, ständig die Mütze drehend und wendend beim Reden, das ungewohnt laut sein mußte, weil auf dem Gerüst draußen ja noch die Maurer hantierten und auch an der Kuppel noch lärmend gearbeitet wurde? Mit Sally und Avrom Grünbaum, die ich nie gesehen habe, an deren verwilderten Gräbern ich nur stand, doch die ich nun kenne, als hätte ich Jahrzehnte mit ihnen gelebt? Mit jenem verregneten Novembernachmittag, an dem er, es dunkelte schon, verstört aus dem Hauptportal trat, an den Stacheldrahtresten zerrte und den Kranz unter den schützenden Portalbogen lehnte? Mit dieser gekachelten, nach Chlor und Lysol riechenden Kammer im Charité-Labyrinth, in deren hallender Leere seine Stimme klang, als habe sie sich schon von ihm gelöst?

Nein; ich kann nicht mit Goschnik anfangen. Ich muß vorher, muß mit dem Ort des Unglücks, mit eben jenem zerstörten Gebäude beginnen, in dem sein Tod ihn erwartete: geduldig, unbeteiligt, gelassen; so gelassen, wie sonst nur Steine zu warten verstehen.

Ich müßte vielleicht noch erwähnen, daß sich mein Zimmer, in dem ich hier sitze und schreibe, im Seitenflügel jenes Gebäudes befindet, und daß dieses, bis auf die große runde, durch das Unglück zersplitterte Scheibe, inzwischen nun fast ganz wiederhergestellt worden ist und hätte wohl auch überhaupt erst die Pflicht, zuvor einiges über mich selber zu sagen. Doch ich fürchte, das wäre verfrüht. Denn noch war ja nicht ich es, den sein Schicksal mit einbezog. Sondern es ist einzig dieser bis vor kurzem noch so hoffnungslos versehrte Bau hier gewesen, der ihn hergelockt hat. Mit ihm also will ich beginnen; so, wie er sich mir seit seiner Zerstörung eingeprägt hat.

Die Ruine lag inmitten der Stadt; eine Tankstelle, ein Straßenfegerdepot, und die flachen, mörtelmehlgrauen Schuppen einer Trümmerverwertungsgesellschaft zwängten sie ein. Das ausgebrannte Portal, dessen Säulen noch immer, unversehrt, ihre Granitlöwen trugen, blickte über die breiten, vielfach geborstenen Stufen hinweg, zyklopenäugig auf die Straße hinaus. In der gewaltigen quadergefügten Stirnhöhle dahinter, deren Schädelplatte der Himmel jetzt war, schien die Zeit verrottet zu sein. Es roch nach schneckenschleimigem Schimmel, grabkühler Fäulnis und moosigem Stein, und dieser Vergänglichkeitsgeruch hüllte die Ruine fast wirksamer als der rostende Stacheldraht ein, der das Portal und die schmalen Türöffnungen der Seitenflügel in dichten Bahnen versperrte. Es gab niemand, den nicht spätestens dieser Moderhauch zwang, fröstelnd die Straßenseite zu wechseln. Niemand außer denen, die, abgewendeten Gesichts, nachts hier ihre alten Matratzen hertrugen, aus denen die zahllosen Ratten so gierig Nestpolster rissen, daß sie sich beim Abtransport ständig auf ihre Seegrasbarthaare traten.

Oben wohnten die Tauben; keine milden und sanftbrüstigen, nein; welche mit im Kampf zerspelltem Schnabel, welche mit grindverkrusteten Krallen waren dabei; Tauben, die selbst der Wanderfalk mied, und die der städtische, um Denkmalsschultern besorgte Vogelvernichter weder mit dem Stellnetz zu fangen, noch mit Teschingschrot zu erlegen vermochte; Unfriedenstauben, scheu und verschlagen, und wohl auf Generationen hinaus noch das krachende Bersten niederbrechender Häuser und den aufwärtsreißenden Sog ihrer unverlangten Freiheit im Blut.

Es gab damals auch noch andere Ruinen rings in der Stadt, viele sogar; auch tödlicher getroffene Bauwerke oft; dennoch wirkte dieses hier auf unbegreifliche Weise versehrter. Vielleicht lag das daran, daß die einst in den strenggefügten Quadern zu Ansehen gekommene Macht stärker gewesen war, als die Summe der Leben, die ein einstürzendes Mietshaus unter seinen Steinlawinen begrub. Vielleicht lag es aber auch daran, daß das Haus dieser Macht auf andere Weise entseelt worden war, als all die Fabriken und Geschäfts- und Wohnhäuser sonst. Denn es waren keine Bomben um das Gebäude niedergegangen, nicht einmal Schuß- oder Granatsplitternarben wiesen die hohen, lichtfeindlichen Mauern und die eng verschachtelten Seitenflügel auf. Lediglich der große, weit ausladende Stern war von der Giebelwand abgeschlagen worden; noch nach so vielen Jahren trat bei längerem Regen in dem meißelzerfurchten Gestein deutlich sein unvergänglicher Umriß zutage. Und auch die Schleiereule, die, selbst schon beinah versteinert vor Reglosigkeit, im dämmrigen Innern auf dem Stumpf eines der Eisenträger saß, die einstmals der Empore Halt verliehen hatten, blickte aus ihrer kreidigen Greisinnenmaske auf eine eigentümlich zerstörungsversessene Art von Steinbearbeitung nieder:

Alle Deckenquader, die früher, mosaikgeschmückt, der sanft gewölbten Kuppel eingefügt waren und nun, zum Teil auch selber zerbrochen, auf den zertrümmerten Fliesen des Betonbodens lagen, hatten auf ihrer Innenseite dem Meißel zu sehr oder gar nicht gefallen. Nämlich sah man genau hin, verrieten die bunten, gleichsam dem Stein eingesprengten Partikel und die nur grob getilgten Erhöhungen, hier war es um das Ablösen der wertvollen goldenen, silbernen und blauen Mosaiksteinchen, aber auch um das unerbittliche Auslöschen steinerner Schriftzeichen gegangen. Sogar diejenigen Quader, die beim Aufprall die Kellerdecke zerschlagen hatten und ins Dunkel der rotumrandeten Backsteinlöcher hinabgestürzt waren, hatten danach noch Hammer und Meißel zu spüren bekommen.

Von der Kuppel war nur das hitzeverbogene Stahlgerüst übriggeblieben. Regen fiel herein, Schnee, Nachtkerzensamen, Mauerseglergekreisch und flockiger Ruß. Doch weder der Flugsand, der zu winzigen Dünungen durch das Portal hereingeweht war, noch die verkrustete Asche hatten es vermocht, aus den Rissen im Boden auch nur den spärlichsten Halm aufkeimen zu lassen; sie waren machtlos gegen den Unfruchtbarkeitsteppich zersplitterten Glases, der dem Beton und den gesprungenen Fliesen bis in den fernsten Winkel hinein gut fingerdick auflag.

Die hohen, erst hart unter dem Kuppelfries endenden Fenster und das Riesenrund des ehemaligen Misrach-Fensters, das die Ostwand in einer Höhe von etwa fünfzehn Metern durchbrach, sie waren nun leer oder allenfalls mit unstet wechselnden Wolkenbildern und den kropfblähenden Silhouetten der balzenden Tauben gefüllt.

So also war die zerstörte Synagoge beschaffen, als die graugestromte Katze sich ein Kindbett suchte in ihr. Sie fand es in einem der Nebengelasse; ein moderndes Keilkissen war dort, zwischen ausrangierten Kochtöpfen, Sprungfederspiralen und zerbeulten Spirituskochern, den Rattenzähnen entgangen; das wühlte sie sich für ihre Zwecke zurecht, schloß die Augen und lauschte mit zuckenden Brauenantennen in sich hinein.

Ihre ersten Laufkäfer brachten die Jungen in den Klettenwäldern zu beiden Seiten des Hauptportals um. Sie haben jedoch nie viel mit ihnen anfangen können. Denn wenn dann so ein bronzener dalag, auf dem Rücken und mit zerschmetterten Flügeln, und das Fuchteln der widerhakigen Beine unter den spielerischen Krallenhieben erstarb, war das Interesse an ihm meist schon wieder erloschen. Sie zogen fort, nachdem sie gelernt hatten, auch Mäuse zu töten, Ratten jedoch, selbst zarte und junge, aus Selbsterhaltungstrieb leben zu lassen. Die Mutter blieb wohnen. Sie war nun scheuer und katerfeindlich geworden; und unterstand der Schleiereule das Innre des Baues, beherrschte die Katze seine Umgebung.

In der Stadt hatten sich indessen die Lücken wieder geschlossen. Dünnwandige, grellfarbene Neubauten waren anstelle der massigen, rußgeschwärzten Mauertorsen getreten; und hier und dort stiegen auch, krangekrönt, die ersten Hochhäuser aus dem Dächerwirrwarr empor: Banken, Hotels, Konfektion; und immer mehr auch Versicherungsburgen dazwischen, denn das Leben galt wieder etwas, und der Fleiß sollte sich lohnen.

Um die Synagogenruine war Stille. Ameisen nisteten in den Sprüngen der Treppe, Ackerwinde hatte den Stacheldraht vor den Seiteneingängen mit ihren blassen Blütentüten geschmückt, Wegerich wuchs in den Pflasterrissen, Nachtkerzen glommen, die ledernen Klettenblätter spendeten Heuhüpfern Schatten; und nur manchmal war mittags, wenn der aufwärts wallende Hitzevorhang den großen erstorbenen Bau sacht wie eine zitternde Fata Morgana bewegte, von den Fenstersimsen herab, das hechelnde Gurren der dürstenden Tauben zu hören. Denn auch der Lärm auf dem Gelände der Trümmerverwertungsgesellschaft war nun verstummt. Es gab keine Trümmer mehr; ein großer, asphaltierter Parkplatz breitete sich dort nun aus, und der Tankstellenbesitzer hatte dafür Sorge getragen, daß ihn eine die Synagoge in weit ausschwingendem Bogen umgehende Zufahrt mit ihm verband.

So begann die Ruine allmählich zu einem störenden Fremdkörper im Stadtbild zu werden. Gewiß, man war zwar an Ruinen durchaus noch gewöhnt. Sie waren im Kriege entstanden. Aber nun war Frieden, und da gab es doch wohl Mittel und Wege, auch diese Ruine hier auszubauen, oder etwas Neues zu errichten statt dessen.

Sicher, es hätte Wege gegeben; mehr als genug. Alle führten sie in die Gemeinde. Nur die Mittel reichten eben nicht aus. Der Gemeindevorstand war ja schon froh, ein Altersheim unterhalten zu können; da mußte der Ewige vorerst noch warten. Das Wehen, das die Schleiereulenflügel nachts lautlos erzeugten, vertrat seinen Atem, und manchmal fiel auch ein spröder Sternwiderschein zwischen die gleißenden Scherben und brach sich in starr geweiteten Rattenpupillen.

Schneestürme kamen, Frühlingswinde, Sommergewitter, eine Birke begann Wurzeln zu fassen im Rund des alten Misrach-Fensters, ein Rotschwänzchen brütete unter einem Mauervorsprung, Löwenzahnfallschirme sanken durch das Kuppelgerippe herab, und dann kam jener Herbst, in dem zum ersten Mal auch wieder der Tod, Goschniks geduldiger Tod, unübersehbar Zeugnis von seiner Gegenwart gab.

An den Portalsäulen, an den Eingängen zu den Nebengelassen, überall prangte vor gekreuzten Knochen sein Schädel, und die Zettel, die dieses Signum gleich in zweifacher Ausfertigung trugen, sie warnten vor Gift. Es war den Ratten hingestreut worden. Der Wohlstand hatte sie denunziert; nun hieß es sterben für sie. Denn der Winter war streng, und sie fraßen gierig, was ihnen zugeteilt wurde.

Der mit Jägerhut und Wickelgamaschen ausgerüstete Mann, der das Giftausstreuen besorgte und seine erfolgreiche Aktion auf so überzeugende Weise zu proklamieren verstand, hatte den Stacheldraht vor dem Hauptportal zerschnitten, und im Laufe der Zeit begannen die Bahnen, Lage um Lage, zu rutschen, bis die Löwensäulen ihre dornigen Fesseln endgültig abgestreift hatten.

Jetzt wagten sich auch wieder Besucher ins Dunkel hinein; versteckspielende Kinder, angewidert witternde Hunde, Kehrichtwegwerfer und Notdurftverrichter. Auch Neugierige, sicher. Doch sie ließen es meist bei einem einmaligen Kinnstraffen bewenden; die rostenden Kuppelrippen, durch die der Abendwind pfiff, die scherbenknirschende Leere ringsum, in die das trockene Gurren der Tauben wie rieselnder Schutt niederfiel, dazu noch der Moderhauch aus den Kellergewölben, verstärkt obendrein durch den Geruch der verwesenden Rattenleichname, das lud zum Verweilen nicht ein.

Und doch ist auch einmal einer länger, als eine Gänsehaut braucht, um einen Rücken hinaufzugelangen, im Innern der Synagogenruine geblieben. Jedenfalls hat der offene Lieferwagen mit den flachen, holzwollgefüllten Transportgestellen für Schaufensterscheiben fast anderthalb Stunden in dem nieselnden Novemberregen am äußersten Rand des Parkplatzes, und dicht an der schmalen Nachtkerzennarbe gestanden, die das Synagogengrundstück dort zu dem Karree pedantisch ausgerichteter Autos hin abschirmt.

Zuerst lief der Mann, der zerbeulte Cordhosen und eine verwitterte Lederjoppe trug, unter der eine hellblaue Handwerkerschürze hervorsah, erregt und dauernd emporblinzelnd an ihr, ein paarmal um die Ruine herum. Immer wieder jedoch verlangsamte sich vor dem Eingang sein Schritt, und zweimal hatte er zögernd auch schon einige Stufen genommen, blieb aber an der selben Stelle jedes Mal plötzlich wieder wie festgebannt stehen, sah starr vor sich nieder, wandte sich ab und begann seinen Rundgang von neuem. Eine Viertelstunde vielleicht; dann entschloß er sich, mit ein paar hastigen, weit ausholenden Sätzen doch noch die Treppe zu nehmen und verschwand im Portal.

Neugier liegt mir nicht, und ich hatte auch diesmal keineswegs vor, meine Beobachtung noch durch einen zusätzlichen Augenschein zu ergänzen. Außerdem: Was sollte einer der Ruine schon antun nach allem, was den Bau zu dem hatte werden lassen, was er jetzt war? Es gab nichts mehr zu zerstören. Ich versuchte mich also wieder auf meine Schachpartie zu konzentrieren, die ich in dieser Konditorei auf der anderen Straßenseite dort drüben, um der Synagoge nahe zu sein, oft nachmittags spielte. Partnerlos; oder genauer: mein eigener Partner. Nämlich, die trübe, regenbeschmutzte Scheibe, aus der ich, über die Tischplatte hinweg, das gesamte Ruinengrundstück zu überblicken vermochte, sie spiegelte irritierenderweise, so daß mein bärtiges Gegenüber aus den Quadersteinen der Synagoge gefügt zu sein schien und jeden Figurenzug, den es tat, offenbar erst mit den beiden Granitlöwen abstimmen mußte, die rechts und links von ihm thronten.

Jedoch ich sah auf die Uhr; und als er nach einer Dreiviertelstunde noch immer nicht herausgekommen war, fing ich nun doch an, unruhig zu werden. Denn es dämmerte schon und gab ja zahllose Fallgruben im Innern; die von den Deckenquadern durchschlagenen

Kellergewölbe hatten eine Tiefe von über zwei Metern. Widerstrebend ging ich schließlich hinüber.

Der Regen war stärker geworden. Ein heftiger Wind riß die letzten Blätter von den Platanen, und der gleisnerische Asphalt reflektierte die Leuchtreklame, durch die niederprasselnden Böen, verzerrter denn je.

Ich wollte eben die Stufen hinauf, da stolperte er über mir aus dem Portal. Es gelang mir noch gerade, unbemerkt hinter eine der Platanen zu treten.

Schweratmend, die Mütze im Nacken, blieb er einen Augenblick stehen; ein vielleicht fünfundfünfzigjähriger, großer, etwas vornübergebeugter, grobknochiger Mann mit klobig wirkenden Händen und eingefallener Brust. Plötzlich bückte er sich und zerrte keuchend an dem Stacheldraht, der ja immer noch, zu einem undurchdringlichen Dickicht verfilzt, die Podeste der beiden Eingangssäulen umrankte. Vergeblich natürlich; selbst die Arbeiter später konnten das rostige Dornengewirr ja nur mit dem Schweißbrenner lösen.

Seine Machtlosigkeit erregte ihn; er fluchte verhalten. Dann nahm er auf einmal wahr, daß es goß; obwohl ihm das im himmeloffenen Synagogeninnern eigentlich längst hätte auffallen müssen. Ihn fröstelte; langsam richtete er sich wieder empor, klappte den Joppenkragen hoch und kam fast traumwandlerisch, zugleich jedoch auch seltsam geduckt die Stufen absuchend und die ausgestorbene Straße musternd dabei, bis zur Mitte etwa, die Treppe herab. Hier blieb er stehen; an der selben Stelle, wo er vorher zweimal umgekehrt war; blieb, seitlich vorgebeugt stehen und hob etwas auf: Unseren Kranz, den wir vierzehn Tage zuvor, zum neunten November, dort hingelegt hatten.

Steif, mit starr vom Körper abgewinkeltem Arm, trug er ihn die Treppe hinauf und stellte ihn unter dem Portalbogen gegen die Wand. Die Schleifen noch glattgestrichen und nachgeprüft, ob sie sich auch wirklich nicht mehr im Regen befänden, dann lehnte er sich, am zitternden Feuerzeug eine Zigarette entzündend, in das Nischendunkel zurück, und es war nun nur noch sein in rhythmischen Intervallen aufglühender Mund vor der Schwärze des Synagogeninnern zu sehen.

»Nur n purer Zufall gewesen, wirklich. Hatte hier ganz in der Nähe dieses Delikateßgeschäft verglast. Helfen Sie mir, wie heißt es doch gleich. Matusanke, genau. Da war n Lastwagen reingedonnert. Totalschaden; die ganze Schaufensterfront. Na, nu haut s wieder hin; genauso protzig wie vorher, der Laden. Gefällt Ihnen nich, logisch. Geh auch lieber in die schweigsamen Selbstbedienungsläden, als daß ich mich pausenlos von so aufdringlichen Verkäuferinnen anöden lasse. Was heißt n hier individuelle Bedienung; macht n Mann doch meschugge, dauernd so n blödes Gequak. Unsereiner braucht Ruhe beim Einkauf, hab ich nich recht? Ruhe und Konzentration. Na, und man kuckt sich doch auch gern vorher an, was man kauft. Sehn Sie, ich wußt s doch, geht Ihnen da ähnlich.

Bitte? Ach so. Nee, nee, ich sprech nich immer so viel. Weiß auch nich, woran s liegt, daß ich bei Ihnen hier oben jedesmal so redselig werde. Sie hörn zu gut zu, Herr Rabbiner. Das is n Fehler von Ihnen; bestimmt verdanken Sie dem schon ne Menge verlorener Zeit. Bin immerhin nu – warten Sie mal – s dritte, nee, vierte Mal hier oben bei Ihnen. 'n Gewinn? Na, aber doch wohl nich für Sie. Sie sind wirklich n höflicher Mensch. Aber ich hab ja ne Ausrede, stimmts? Sie möchten gern wissen, was ich damals, an diesem Novembernachmittag, in der Ruine und hier auf m Grundstück gewollt hab. Na, und darauf versuch ich Ihnen ne Antwort zu geben.

Also, ich hatt an dem Tag Matusanke fertig verglast

und meine Leute, weil Freitag war, und ich sie samstags nich arbeiten lasse, nach Hause geschickt. Da war die Gelegenheit günstig. Wollt mir das Gebäude nämlich schon immer mal ansehn. Nee, nee, nichts mit dem Gefühl, mit dem man ne Burgruine oder n Schloß oder so was besichtigt, zu tun. Ich wollt nichts besichtigen; vergewissern hab ich mich wolln.

Denn ich hatt den zerstörten Bau mit seinen schwarzgrauen Mauern, den schattigen Fensterhöhlen und den hitzeverschmorten Kuppelstreben ja schon oft von weitem gesehn. Weil ich doch dauernd an den Hochhäusern zu tun hab jetz, wo sie überall wie die Wahnsinnigen baun. Meist elend windig da oben und auch besser, wenn man schwindelfrei is. Bei dieser neuen Tour, gleich ne ganze Front zu verglasen, hantiert man nämlich nich mehr im Zimmer rum, sondern muß raus auf s Gerüst. Gar nich so einfach gewesen, sich daran zu gewöhnen. Na, aber nu macht mir da keiner so leicht mehr was vor. Auch meine Leute nich, nee. Gegenteil, was meinen Sie, wie oft ich schon einen von denen, wenn er grün angelaufen über m Geländer hing da oben, mit Ach und Krach wieder reinbugsiert hab. Die denken immer, Glas wär Glas und vergessen dabei, wenn plötzlich nur noch der kahle Himmel in so ner Scheibe zu sehn is, is das was andres, als wenn sich ne verläßliche Straße drin spiegelt. Nich doch, Sie brauchen doch deswegen nich gleich so besorgt aus m Fenster zu kucken. Die beiden, die ich da jetz auf m Gerüst hab, die sind gegen Schwindel immun. Und die messen ja auch bloß erst mal nach, wieviel Glas wir insgesamt brauchen. Bei der eigentlichen Arbeit nachher, da bin ich ja dann auch selber dabei.

Sicher is das umständlich. Aber liegt nich an uns. Liegt an der Firma, die die Fensterrahmen eingesetzt hat, daß wir s erst noch mal nachprüfen müssen. Die wollten uns nich die Maße verraten. Ja, ja, ich weiß;

brauchen Sie mir nich erst zu erklärn. Sie haben mich ja gleich gewarnt. Versteh schon zur Not, warum Ihre eigenen Firmen gegen n Außenstehenden so unfreundlich sind. 'n Grund, mir doppelt Mühe zu geben. Aber was heißt n schon Mühe; macht ja auch Freude, was ich hier tu. Vor allem, wenn ich an die Arbeit am Rundfenster denk. Endlich mal was andres, als Glas bloß dauernd mit Metall zusammenzubringen. Scheußliche Kombination, finden Sie nich? Wie Geist und Gewalt. Nee, nee, stammt nich von mir; mein Meister immer gesagt. Der hat überhaupt nur m Holz zugebilligt, Glas festhalten zu dürfen. Und dem Kitt noch natürlich. Kitt, das is sein Ein und Alles gewesen; kam gleich hinter Glas. Er hat ihn sich noch selber gemacht: aus Leinöl, Schlämmkreide, Bleiglanz und noch n paar andern Essenzen. Da sehn Sie, wo man hingekommen is: Kitt, wenn ich ihn überhaupt noch brauch, kauf ich fix und fertig zum Viertelzentner, n Packen. Und auf den Hochhäusern jetz bring ich Glas und Metall wie die dicksten Freunde zusammen. Dabei, was tu ich n in Wirklichkeit da? Darf ich mal sentimental sein? Ich verrate das Glas; verrat es an die Gewalt. Glauben Sie mir, mein Meister hätt mir das nie verziehn. Und was das Ärgste ist: das macht auch noch Spaß. Denn s sieht wunderbar aus; und wenn das Wort modern wieder n Sinn kriegen soll – Glas und Metall zusammengenommen, die geben ihm einen. Überhaupt, mir wär manchmal wohler zumut, s begeisterte einen nich so, an den Hochhäusern rumzuhantiern. Obwohl, hier könnt ich mich rausreden jetz: Liegt bestimmt auch mit daran, man sieht von dort oben so viel. Sieht Sachen, die man von unten normalerweise *nie* gesehn hätte. Wovon ich rede? Zum Beispiel von der Synagogenruine.

Was sehn Sie mich denn so ungläubig an? Nein, ich hab tatsächlich nich gewußt, daß es ne Synagoge gibt hier in der Gegend; woher denn. Sagt einem doch keiner. Wirklich, Sie glauben gar nich, wie lang s gedauert hat, bis ich endlich rausgekriegt hab, was das für n fremdartiges, ausgebranntes Bauwerk da war, das ich, als sie dann nach m Krieg wieder zu bauen anfingen hier in der Gegend, auf einmal von fast jedem Hochhausgerüst runter sah. Das heißt, auf einmal stimmt nich. Hat n Weilchen gedauert. Denn die Stadt war ja voll von Ruinen zuerst. Sie hätten nur mal, so fünfzig vielleicht, von einem dieser ersten Versicherungsneubauten runterkucken sollen; Sie wärn erschrocken, sag ich Ihnen.

Nein? Entschuldigen Sie; war taktlos von mir. Ebenso taktlos wahrscheinlich, wie im Grunde *all* unser Fleiß. Denn daß ich mich weigern würd, Kasernenfenster zu machen, was sagt das schon groß? Doch nichts, als ne kindliche Laune zuletzt; die hilflose Rache des gebrannten Rekruten. Schließlich, n Delikateßgeschäft zu verglasen, is doch dann genauso fragwürdig, stimmts? Nee, aufhörn fleißig zu sein müßt man können, *das* wär ne Tat. Aber man kann s nich. Denn dann müßt man ja auch aufhörn, vergessen zu wollen. Und nur *das* soll er im Augenblick ja, unser Fleiß: uns das Vergessen erleichtern. Wenigstens, na, ich schätz, so eine Generation etwa noch. Dann darf unsre Tüchtigkeit sich ne andere Aufgabe suchen; und wetten –: sie findet auch eine.

Bitte, wie meinen Sie? Es wär also wohl doch nich nur n Zufall gewesen, daß ich damals an diesem Novembernachmittag meinen Lieferwagen drüben auf m Parkplatz hinter der Synagoge abgestellt hätte? Doch, Herr Rabbiner, s war einer. Hatte wirklich nur mit dem fertig verglasten Geschäft von Matusanke zu tun, bestimmt. Sie wissen ja selber, liegt gar nich weit ab; fünf Minuten mit m Wagen vielleicht. Und ich sag doch, hatte mir die Synagogenruine ja schon längst mal ansehn wolln. Ich hätt von *was* gesprochen vorhin? Von vergewissern, ach so. Na, also, ich seh schon, da muß ich s Ihnen *doch* zu erklärn versuchen.

War nämlich seltsam mit der Synagogenruine. Zuerst, wie gesagt: schön, da sah man sie zwar, und sie hob sich auch irgendwie aus den andern Ruinen heraus; doch man hielt sich nich lang bei ihr auf, man nahm sie zur Kenntnis und aus. Allmählich aber änderte sich das; oder besser, nich *das,* sondern *sie.* Ja, ich hab ändern gesagt, und ich sprech von der toten, der kaputten Synagoge, nich von der wiederaufgebauten, wie wir sie hier draußen jetz sehn. War ne ziemlich beunruhigende Veränderung, die da vorging mit ihr. Nämlich nich nur eine, die kam und vorbei war, sondern eine, die anhielt, die weiterging über Monate hin, die überhaupt nich mehr aufhörn wollte zuletzt. Ich hab lang gebraucht, eh ich mir klar drüber wurde; ich sah nur immer von den Hochhäusern aus: 's is schon *wieder* was anders mit ihr. Aber was dies Andere war, das kriegt und kriegt ich nich raus. Bis ich s an so m glasklaren Aprilmorgen plötzlich mit einem Schlag mal begriff. Dabei war der Bau, auf dem ich zu tun hatte da, weiter von der Synagogenruine entfernt, als alle andern Bauten bisher.

Wissen Sie, was es war, Herr Rabbiner? Sie hatte sich zusammengezogen. Sie war in sich reingekrochen wie irgend so n vorsintflutliches Tier, das sich in seinem Jahrtausend geirrt hat und sich nu auflösen möcht und zurück in die Vergangenheit will und sie beschwört und sich schon hinduckt zum Sprung; doch s kommt nich mehr hoch, denn die Gegenwart hat es zu Stein werden lassen, und je unauffälliger es aussehn möcht, desto mehr fällt es auf. Immer dunkler, immer schorfiger werden die steinernen Flanken; immer ätzender, immer düsterer in den Fensterhöhlen die Schatten; immer röter, immer brennender glüht an den Kuppelstreben der Rost. Ich schwör Ihnen, ich hab die Mauerkonturen der Synagogenruine allmählich so scharf werden sehn, daß einem die Augen wehtaten.

Sie nicken, Sie wissen, woran das lag. Ich hab s auch

gewußt damals, hab s mir immer wieder gesagt: Die ringsum entstehenden Neubauten hatten dran schuld. Doch logisch: Bei so viel Neuem und Wiederhergestelltem mußte das Alte, Zerstörte jetz doppelt fremd wirken. Logisch; natürlich. Aber was nützt so ne Erklärung schon groß; der Verstand, der sie gab, war ja gar nich betroffen.

Sie sehn wieder so aufmerksam an mir vorbei, Herr Rabbiner. Sie warten auf was. Ich widersprech mir nich, nein. Ich sag nur: ich kam nich weiter mit m Verstand; die Beunruhigung blieb. 's gab nur eine Möglichkeit noch, sie vielleicht zu vertreiben. Hingehn, jawohl. Nu, sehn Sie; und so kam es, daß Sie mich an diesem Novembernachmittag da aus der Synagoge rauskommen sahn. Wie lang ich mich aufgehalten hätte da drin? Na, ich schätze, so drei, vier Minuten vielleicht; fing ja schon an, dunkel zu werden, Sie erinnern sich sicher.

Was ist denn schon wieder, erzähl ich was falsch? Also, kann natürlich auch sein, hat ne Minute länger gedauert, das Ganze; so genau, Herr Rabbiner, behält man das nich. Ja auch schließlich gar nichts Greifbares hängengeblieben, hab ja kaum noch was sehn können innen; eigentlich nur noch den Himmel durch s Kuppelgestänge; ja, weiter nichts. Draußen? Auch nich viel mehr. Regnete, glaub ich. War allerdings auch zu sehr mit mir selber beschäftigt, als daß ich da noch irgendwas hätt wahrnehmen können. Überlegte mir nämlich, was los wär mit mir, und was ich erwartet hätte von diesem Besuch. Denn mir war unwohl zumut, ich kam mir aufdringlich vor; ich hatte nichts zu suchen hier auf m Synagogengelände. Doch? Ich hätte *doch* was zu suchen gehabt? Wie meinen Sie das.«

Ich meinte den Kranz. Er blieb so stehen, wie Goschnik ihn, um ihn vor dem Regen zu schützen, unter dem

Portal an die Wand gelehnt hatte. Naß wurde er nicht nun, nein. Doch er verstaubte; die Palmzweige begannen, zerschnittenen Blechen zu ähneln, die Wachsblumen füllten sich mit Mörtel und Ruß; und auch die beiden Schleifen fingen unter ihren Staubschleiern an zu verblassen. Die hebräische Aufschrift tilgte der Flugsand zuerst; etwas später folgte die deutsche; und im Frühling war dann nur noch die brüchige goldene Neun auf dem ausgelaugten Rot zu erkennen. Obwohl sie zum herbstlichen Todesdatum der Synagoge und zu der abgebröckelten Jahreszahl Neunzehnhundertachtunddreißig gehörte, hätte sie jetzt zu jedem Jahr und zu jedem Monat gepaßt.

Es war die Zeit, wo in der Gemeinde der Streit um das Schicksal der Synagogenruine entbrannte. Keine der beiden Parteien hätte ihn von sich aus begonnen. Denn allmählich hatten sowohl die strenggläubigen wie die liberalen Gemeindemitglieder sich damit abgefunden, daß es wohl nie gelingen werde, den Bau von neuem aus der Ruine entstehen zu lassen. Glaube kann zwar Berge versetzen, aber um die herabgestürzten Quader einer zerstörten Andachtsstätte wieder aufeinanderzutürmen, benötigt auch er zuerst einmal Geld. Da jedoch schon die Anstellung eines Kantors da Mühe bereitet hatte, schied, was die Gemeinde anging, hier jede Hoffnung nach wie vor aus.

Da trat die Stadt auf den Plan. Großzügig stellte sie der Gemeinde einen Baukredit zur Verfügung, konnte sie es doch nun nicht mehr länger mitansehen, wie inmitten der wiedererichteten City ein letztes, tödlich versehrtes Gebäude sich so offensichtlich gegen den Abriß, aber auch gegen jede Erneuerung sträubte. Mit jener Kreditgewährung verbunden war daher der beschwörende Wunsch, anstelle der Synagogenruine doch ein modernes Gemeindehaus zu errichten, das sich harmonisch ins Stadtbild einfüge.

Hieran nun entzündete der Meinungsstreit sich sofort. Die Strenggläubigen bestanden auf einmal darauf, daß die Ruine in ihrem jetzigen Zustand erhalten bleiben müsse; sie sei ein Mahnmal geworden, und ein Mahnmal vernichte man ungestraft nicht.

Die weniger Strengen setzten dagegen, mehr als auf Mahnen komme es doch jetzt darauf an, eine vorurteilsfreie Sphäre allgemeiner Versöhnung zu schaffen; und sei hierfür ein modernes Gemeindehaus mit hellen Geselligkeitsräumen nicht sehr viel besser geeignet als eine ausgebrannte Synagogenruine?

Ob die Vergangenheit dann also verschwiegen werden solle, fragten die andern zurück, und ob nun auch die Gemeinde dem Vergessen Vorschub zu leisten gedenke; schließlich liege es doch auf der Hand, daß ein moderner Profanbau, im Gegensatz zur Synagogenruine, Andersgläubige aber auch an nicht mehr das Mindeste zu erinnern vermöge, diese vielmehr höchstens in der eigenen Vergeßlichkeit noch bestärke; zumal sie ihnen in so einem modisch verbrämten Gebäude ja geradezu aufgedrängt würde.

Wie lange, antworteten die Liberalen den Strengen, wolle man den lastenden Vergangenheitsschatten, den die Synagogenruine doch nun einmal werfe, denn *noch* auf die Stadt fallen lassen; ewig vielleicht? Dann bliebe das Verhältnis zu den Andersgläubigen doch aber auch auf ewig belastet; wünschten sie das?

Die Strenggläubigen sagten, sie wünschten nur eins: Daß die Synagogenruine mithelfen möchte, dem Gewissen der Andersgläubigen keine *neue* Last entstehen zu lassen.

Womit die Ruine doch aber, erregten die liberal Gesonnenen sich, statt zur Besinnung zu mahnen, zu einem Denkmal des Mißtrauens würde.

Die Strenggläubigen schwiegen.

Jedoch die Stadt hatte es jetzt eilig; sie gab zu erkennen, die Etataufteilung bedinge, daß die Gemeinde sich kurzfristig entscheide, die kreditgebenden Banken müßten die bereitgehaltenen Summen sonst zu anderen Zwecken verwenden.

So geschah es, daß die rostfarbene Schleiereule, die im Innern der Synagogenruine auf ihrem Eisenstumpf hockte, als habe sie sich seit Jahrzehnten nicht von der Stelle gerührt, über ihre mäuseblutverkrusteten Fänge hinweg, und den Blick schwach von einer am Schnabel auf und nieder wehenden Sperlingsflaumfeder getrübt, an einem schon mit Altweiberfäden durchwirkten Spätsommertag eine ganz neue Art von Besuchern auf dem knirschenden Scherbenteppich tief unten umhergehen sah. Weder trugen sie Müll oder alte Matratzen herein, noch warfen sie durchlöcherte Kochtöpfe in die aufgebrochenen Kellergewölbe, noch ließen sie mit Erleichterungsseufzern Wasser gleich hinter dem Portal, noch versteckten sie sich, Abzählverse hersagend, in den ringsum klaffenden Nischen, noch bemalten sie die Innenmauern mit zotigen Zeichen oder nahmen sie gar, in schaudernder Neugier, den Hut vom Kopf für Sekunden. Nein; schweigend, mit fröstelnd angehobenen Schultern, die Augen unterm Schatten ihrer Hutkrempen verborgen, standen sie lange einzeln und zu zweien und dreien umher, berührten hier mal die Mauer, bückten sich dort mal zu einem der geborstenen Kuppelquader hernieder, hoben wohl auch hin und wieder einmal die konzentrierten Gesichter zur bereits gilbenden Birke im Rund des alten Misrach-Fensters und zu den vom Taubengeschmeiß geweißten Gesimsen der mit stahlblauem Himmel gefüllten Fensterhöhlen empor; sammelten sich schließlich draußen vor dem Portal, nahmen den bis auf das drahtumflochtene Reisiggerüst abgemagerten Kranz fort und gingen, eine Gruppe von vierzehn schweigsamen Männern, durch die kränkelnde

Spätsommersonne und unter dem sanften Rauschen der Platanen hindurch, zur Konditorei Simon hinüber, wo sie sich, jeder über einen dampfenden Kaffee gebeugt, in einem der kleinen Privaträume einriegeln ließen. Dort, auf den zusammengerückten zersprungenen Marmortischplatten, entstand an jenem Nachmittag aus beschwörenden Worten und Luft modellierenden Gesten die Synagoge so neu, wie sie sich jetzt, da ich es schreibe, hier um mich erhebt.

Die vierzehn waren sich einig: Gebaut sollte werden, nun gut; wozu auch die suggestive Großherzigkeit der Stadt da enttäuschen. Dafür jedoch, die Ruine abreißen zu lassen, wagte, nach der genauen Inaugenscheinnahme, nun niemand mehr zu plädieren. Vielmehr beschloß man, die versehrte Synagoge, unter strenger Beibehaltung des Grundrisses und der übriggebliebenen Mauern, der neuen einzuverleiben, so daß diese uns wenige, die wir sie noch von früher her kennen, stets an die alte zu erinnern vermöchte. Ohnedies war *die* ja für gut zehnmal mehr Gläubige vorgesehen gewesen als die Gemeinde jetzt Seelen umfaßte. Da konnte, um auch den liberalen Mitgliedern Rechnung zu tragen, außer der Rabbinerwohnung, mit Leichtigkeit noch ein Drittel für die Geselligkeitsräume abgetrennt werden; und warum die nicht ein wenig moderner gestalten, als es der Ausbau der Synagoge im Grunde gebot?

Die Liberalen sahen ihre Hoffnung auf einen traditionslosen Neubau allerdings nur recht ungern wieder verblassen; auch empörten sie sich darüber, von der Besichtigungskommission, die sich nur aus Orthodoxen zusammengesetzt hatte, nun derart vor vollendete Tatsachen gestellt worden zu sein; sie opponierten nach Kräften.

Da ihr Hauptargument, die betonte Erhaltung der Synagogenruine könne auf unüberbrückbare Ressentiments schließen lassen, jedoch nun entfiel, genügte es, daß die Strenggläubigen durchblicken ließen, rückten jene von ihrem Wunsch nach einem modernen Profanbau selbst jetzt noch nicht ab, drängte sich einem doch stark der Verdacht auf, daß hier ein Gebäude, das in erster Linie zur Zerstreuung diene, über ein zur Sammlung aufrufendes gestellt werden solle; sei ihnen eigentlich *sehr* daran gelegen, dieser Vermutung auch weiterhin Nahrung zu geben?

Diesmal waren es die Liberalen, die schwiegen.

Nun stand dem Beginn der Aufräumungsarbeiten eigentlich nur noch die Stadt selber im Wege. Nicht mehr lange jedoch. Denn als der Bausenator jedesmal, wenn er den Gemeindevorstand zu einer neuen Unterredung herbeibat (in deren Verlauf er nicht müde wurde, den Vorzug eines hellen und freundlichen Gemeindehauses gegenüber einer nur renovierten, dunklen und strengen Synagoge zu preisen), die gleiche Anzahl höflich schweigender Männer vor sich sah, die nur dann beredt zu werden anfingen, wenn es um die Dankabstattung für jenen Baukredit ging, gab die Stadt langsam nach; wenn auch bedauernd und spürbar darüber verstimmt, daß die bauliche Harmonie der wiedererstandenen City nun doch durch ein stilfremdes Bauwerk beeinträchtigt werde. Immerhin, die Banken gaben eine Anfangsrate frei, und die Gemeinde konnte ernstlich zu planen beginnen.

Eine Bauleitung wurde gebildet, die sich, unter Hinzuziehung eines eigenen Architekten, zu gleichen Teilen aus liberalen und orthodoxen Gemeindemitgliedern zusammensetzte und nur dem Vorstand verantwortlich war, der seinerseits wieder einen Mittelsmann stellte, dem theoretisch die Aufgabe zufiel, die Wünsche des Gemeindevorstands mit den Plänen der Bauleitung in Einklang zu bringen, praktisch jedoch all das zu tun hatte, was die beiden großzügigen Gremien als hemmend empfanden, nämlich Sämtliches, was noch *vor* dem eigentlichen Baubeginn und darüber hinaus auch nebenher noch getan werden mußte. Und jener Mittelsmann nun, der sich nur sehr zögernd und, wenn er ehrlich war, mit großer Überwindung in sein undankbares Los zu schicken bereitfand, ist der Rabbiner, der Rabbiner Lesser Lovinski gewesen; und dieser Lesser Lovinski bin ich.

Ich richtete mir in der Konditorei Simon, im selben Raum, in dem wir den Plan zum Ausbau der alten Synagoge gefaßt hatten, mit einigen Marmortischen, einer rechtschaffenen Remington und dem bereits vorhanden gewesenen Klavier ein kleines Büro ein. Aufblickend sowohl von den Elfenbein- wie von den Buchstabentasten, konnte ich meine gestorbene steinerne Freundin auf der jenseitigen Straßenseite jetzt aus einem andern Blickwinkel sehen. Das dunkel gähnende Portal wurde von einer der Platanen verdeckt, und den sonnigen Südflügel entlang wiegten sich blaue Distelköpfe und die silbernen Unterseiten der Klettenblätter im Wind; und da die Sonne nun in die hoch gelegenen Fensterhöhlen hineinfiel, hatten selbst diese auf einmal nichts Totes mehr an sich. Vielmehr, es schien um die Mittagszeit oft, als fingen auch innen die Steine jetzt an, Sonnenenergie zu speichern, um allmählich wieder zu Kräften zu kommen.

Jetzt hielt der Tod, Goschniks geduldig wartender Tod, den Augenblick für gekommen, sein zweites Zeichen zu geben. Eben waren die Männer des Abbruchunternehmens, denen die Aufräumungsarbeiten oblagen, zum ersten Mal im Innern der Synagogenruine dabei, die Scherben auf das Fließband zu schippen und aus den zerborstenen Kellergewölben die noch verwendbaren Quader heraufzubefördern, da rief man nach mir.

Dicht an der Innenseite der Ostwand, nicht weit vom ehemaligen Misrach-Fenster entfernt, winkte im Halbdämmer einer der Arbeiter, der sich kniend zu einem breiten, neu freigelegten Riß im Betonboden beugte, mich mit einer brennenden Taschenlampe heran.

Ich kniete mich neben ihn hin, und der Lichtkegel glitt unter uns über die schuttbedeckten Backsteinsplitter der eingestürzten Kellerdecke dahin, und blieb dann auf einem nesthaft flachen Büschel Seegras liegen, unter dem noch der schimmlig gewordene Stoff des dunkel- und hellrot gestreiften Matratzenbezuges hervorsah. Ätzend weiß, fast phosphoreszierend, lag dort ein kaum zerfallenes, etwa unterarmlanges Skelett über die modernden Halme gekrümmt; die Hinterbeine noch angewinkelt wie zu einem kraftlos verzuckenden Sprung; die Schwanzwirbel, der kleinste voran, an den flechsigen Rippenbögen vorbei, sich zur Brust hin verlierend, und das winzige Raubtiergebiß, Reißzahn an Reißzahn, so blendend aufeinandergepreßt, als hätten nicht Ameisen und Feuerkäfer, sondern Skalpell und Seziermesser es präpariert. Der graugestromte Fellfetzen am Schädel wäre gar nicht nötig gewesen, ich hatte sie schon viel zu lange vermißt, eigentlich seit der Giftausstreuung bereits, um jetzt nicht zu wissen, wessen der Tod sich diesmal bedient hatte, um an seine Gegenwart zu erinnern.

Als habe sie es nun erst erfahren, daß ihre lautlose Schwester, mit der sie sich in die Herrschaft über das Synagogengelände geteilt hatte, nie wieder den gravitätischen Blick zu ihr hinaufsenden würde, um einen womöglich noch unnahbareren dafür herabgesandt zu bekommen, verließ jetzt auch die Schleiereule ihr unruhig gewordenes Reich. Es fiel ihr nicht leicht, sich von ihm zu trennen; mehrmals nachts kehrte sie auf ihren rostigen Thronsitz zurück und versuchte, durch die verbündete Dunkelheit hindurch, zu der aufsässigen Ordnung hinabstarrend, die neue Macht, deren unheiliger Lärm sie vertrieb, zu begreifen. Umsonst; die sorgsam aufgestellten Quader, die kahle, noch vom winzigsten Glassplitter gesäuberte Betonfläche dort unten, deren riesige Löcher sich eins um das andere nun auch noch zu schließen begannen, all das hatte mit dem schutt- und scherbenbedeckten, dem bis hinab in die Kellerverliese reichenden Hoheitsgebiet der Schleiereule nichts mehr gemein. Und sie spannte die weichen honigfarbenen Schwingen, und für immer flog die Vogelseele der Synagoge über die Wälder der Fernsehantennen davon.

Kostenvoranschläge prüfen; Angebote erwägen; mit den Firmen korrespondieren; die Bauleitung mahnen, sparsam zu bleiben; die Vorstandsmitglieder vergeblich davon abzubringen versuchen, die kostspielige Kuppel wieder mit einplanen zu wollen; sich mit beiden Parteien darüber zerstreiten, ob ein billig, aber unrationell arbeitendes Bauunternehmen, dessen Inhaber zur Gemeinde gehörte, einem weniger billigen, dafür sorgfältiger arbeitenden fremden vorzuziehen sei oder umgekehrt; die Erfahrung machen, daß es auch Firmen gab, die es, auf Anfragen hin, vorzogen zu schweigen, statt wenigstens zu antworten, daß sie mit Aufträgen eingedeckt seien; in dem Leitzordner auf dem Klavier die ersten unbeglichenen Rechnungen sich anhäufen sehen; und immer wieder, wenn auch immer wieder erfolglos, das besorgte Gesicht des Gemeindeschatzmeisters zu glätten versuchen; daneben die Andachten, die Krankenbesuche, die Begräbnisse; zugegeben: auch eine Geburt –: so verging dieses Jahr.

Als das neue begann (das andere meine ich; unseres hatte ja im Herbst schon begonnen), stand der Bauanfang endgültig fest. Das heißt, er sollte vom Wetter abhängen; aber das *Wetter* konnte ja eigentlich nichts gegen uns haben. Und so wartete ich in der Konditorei Simon, mal in meinem kalten Büro am Klavier, mal im Gastraum beim Schach, auf das Ende des Frosts und den Beginn des April.

Dünner Schnee lag auf den Schultern der steinernen Löwen, in den Fensterhöhlen und vorn auf der Treppe; er war so weiß wie lange nicht mehr, und keine Fußspur hatte ihn auf den Stufen zertreten, denn das Synagogengelände war eingezäunt worden, und den Schlüssel zur Zauntür verwaltete *ich*. Auch ein Notdach gab es schon über dem Kuppelgestänge, und der ausgebesserte Betonboden innen hätte, obwohl es erst vor wenigen Wochen geschah, jederzeit mit Fliesen belegt werden können.

Es war ein grauer, zeitloser Januarmorgen mit rauchiger Luft und fernem, sehr klarem Krähengekrächz. Ich war beim Vorstand gewesen. Man hatte mal wieder an meiner Zurückgezogenheit Anstoß genommen. Natürlich wie immer zu Recht; ich bin zu ungesellig. Wenn auch nicht ganz einzusehen ist, was ein Mensch wie ich, dessen pure Anwesenheit im Gemeindekinderhort genügt, um die Kleinen verängstigt ihr Spielzeug an sich pressen zu lassen, nun unbedingt in einem unserer Damenkränzchen oder im Kreis ihrer politisierenden oder die Börsenkurse diskutierenden Männer verloren hat. Der liberale Rabbiner ist da talentierter als ich; der kann sogar Witze erzählen.

Sicher, ein wenig Unbefangenheit genügte wohl schon. Nur, woher nehme ich die? Nein, ich tauge nicht für Konversation; ich tauge im Grunde noch nicht einmal mehr für ein Alltagsgespräch. Vielleicht hätte man, um dafür geeignet zu sein, nicht so lange auf die Dinge angewiesen sein dürfen. Der Umgang mit Dingen macht schweigsam. Baracke, Pritsche, Blechteller, Löffel, Wolldecke – das war zu lange konkret, um jetzt nicht lieber Abstraktem den Vorrang zu geben: dem Schachspiel, der Talmudlektüre. Wenngleich die Dinge wiedergewonnen werden müssen. Denn wie leben, ohne den Stein anreden zu können?

Ich weiß noch genau: Daran habe ich in der Konditorei Simon an jenem Morgen gedacht. Die wärmende Kaffeetasse zwischen den Händen, blickte ich, an den kahlen, gefleckten Platanen vorbei, hinüber zu meiner Ruine, die die Synagoge, trotz allem, ja immer noch war. Ich versuchte sie mir renoviert vorzustellen, veranstaltete auch, denn sie blieb, wie sie war, eine Sabbatfeier in meinem Gehirn, zwang die Stimme des Vorbeters, die Antwort der Gläubigen und, überdeutlich vor dem inneren Auge, auch das Aus- und Einheben der Thora-Rolle herbei. Vergeblich jedoch; die Synagogenruine nahm nichts davon an; nur ihr Schnee kühlte mir sengend die Netzhaut.

Beunruhigt öffnete ich wieder die Augen. Da sah ich draußen, hart am Rinnstein, einen Kombiwagen mit Anhänger halten.

Ich erkannte ihn gleich, obwohl der Anhänger leer war diesmal und nicht mit den flachen holzwollgefüllten Transportgestellen für Schaufensterscheiben beladen. Der Wagen stand fast auf einer Höhe mit mir, deutlich konnte ich Goschniks mützenbedeckten Hinterkopf und sein abgewendetes Halbprofil sehen; er blickte angespannt und etwas zur Seite gebeugt zur Synagoge hinüber. Seine Kaumuskeln arbeiteten; auf der Rechten, die noch das Lenkrad umspannt hielt, traten ein paarmal flechsig die Knöchel hervor.

Plötzlich fiel er zurück und tastete fahrig an sich herum; Zigaretten. Er schob sich eine der losen, zerknautschten, die er aus der Brusttasche seiner Joppe gekramt hatte, zwischen die Lippen und steckte sie mit schattig einfallenden Wangen am Feuerzeug an. Ungeduldig vertrieb er den Rauch von der Scheibe und starrte, sich den Mützenschirm aus der Stirn schiebend, weiter hinüber.

Er mußte vergessen haben, daß sich die Scheibe herabkurbeln ließ. Immer wieder fuhr eine der grobknochigen Hände ungestüm auf und zerteilte den Qualm vor den Augen. Erst als man ihn vor Rauch kaum noch wahrnehmen konnte, schien sein Versäumnis ihm klargeworden zu sein; hustend stieg er aus und stand einen Moment, die Mütze im Nacken, den Zigarettenstummel an die Unterlippe geklebt, unschlüssig neben dem Wagen.

Dann spürte er offenbar, daß er beobachtet wurde; die vorgeneigten Schultern strafften sich etwas, er spie den Zigarettenrest, ohne die Hände zu Hilfe zu nehmen, in den Schnee und drehte sich, erzwungenen Gleichmut im Blick, zu mir herum. Ich wußte, daß er mich in dem dunklen Gastraum und durch die Scheibe hindurch nicht zu erkennen vermochte und behielt ihn im Auge, bis er hereinkam.

Ich hörte ihn fragen, ob er einen Grog haben könne, was die Bedienung verneinte. Darauf bestellte er sich einen Tee, nahm eine Zeitung und setzte sich seitlich hinter mir an einen der marmornen Tische.

Ein strenger Kittgeruch ging von ihm aus. Ich hatte ihn jetzt vor mir in der spiegelnden Scheibe und sah, wie er sich wieder eine seiner losen krummen Zigaretten ansteckte und, über die schützend hochgehaltene Zeitung hinweg, hinüberblickte zur Synagogenruine.

Er hatte die Mütze abgenommen; das kurzgeschorene, an den Schläfen ergrauende Haar ließ die Kopfhaut durchschimmern; die obere Gesichtshälfte wirkte, trotz der stoppelbärtigen Wangen, auffallend keusch; jedoch als er trank und die Zeitung einen Augenblick sinken ließ, war zu erkennen, daß die untere nervösere Gesichtshälfte diesen Eindruck schnell wieder verdarb.

Und dann sprang sein Blick auf einmal über die Straße und bis zu der eisblumengerahmten Fensterscheibe zurück und blieb starr und entsetzt auf meinem Spiegelbild liegen.

Ich bin Blicke gewöhnt; viele von uns müssen sich hierzulande an gewisse Blicke gewöhnen; wenn sie sich ihrer nicht noch von früher erinnern. Aber dieser Blick hier war anders als jene. Er war auch nicht frei von aufdringlichem Erstaunen. Doch ihm fehlten Befremden und Intoleranz; und das ist schon viel. Aber es war noch etwas anderes, jäh Aufflackerndes in ihm, das für Sekundenbruchteile auch mich selber erschreckte: Erkennen. Jedoch Erkennen woher. Er hatte mich ja noch nie in seinem Leben gesehen, selbst damals nicht, an jenem nun über ein Jahr schon vergangenen Novembernachmittag. Ich spürte, wie ich vor diesen fassungslos geweiteten Augen allmählich doch unsicher wurde.

»Absolut nicht, nein. Im Gegenteil. Ihr Angebot ist sehr interessant. Nur, was ich nicht ganz verstehe: Ich sehe an Ihrem Voranschlag hier, daß Sie unsern eignen Glaser, der doch schon so preisgünstig wie möglich ist, ja fast noch um ein Viertel der Gesamtkosten unterbieten. Wie wollen Sie denn da zurechtkommen, Herr Goschnik?«

»Wenn man Sie so hört, könnt man meinen, nur n teurer Glaser wär gut. Kann aber doch auch mal sein, Herr Rabbiner, daß n weniger teurer was taugt. Mir is einfach an dem Auftrag gelegen. Man möcht was zu tun haben; na und? Geht doch jedem so. Nu, sehn Sie. Na, und je preiswerter man jetz sein Angebot hält, desto größer eben die Chance, die Sache zu kriegen.«

»Frage bleibt eben nur, ob auch jeder die Konkurrenz gleich unter den Einkaufspreis drückt, was die Materialbeschaffung betrifft. Von Ihrer erstaunlich billigen

Arbeitszeit lieber erst gar nicht zu reden. Ich meine, Sie werden doch einsehn, da kann leicht die Vermutung aufkommen, hier stimmt irgendwas nicht. Und ungenaue Kalkulationen, die können wir uns einfach nicht leisten.«

»Meine Kalkulation stimmt. Ich leg Ihnen doch nichts über n Daumen Gepeiltes vor. *Ihnen* schon gar nich.«

»Wieso, was hat das mit *mir* zu tun?«

Er knetete fahrig an seiner Mütze herum und blickte dabei mit aufeinandergepreßten Lippen zum offenen Fenster hinaus, an dem der Baukran jetzt wieder einen der neu gehauenen Quader vorbeischweben ließ.

Der Kran quietschte noch immer. Man hörte die Arbeiter auf dem Gerüst dem Kranführer Kommandos zurufen. Der wies sie übellaunig zurecht. Dann knirschte es; neue Kommandos ertönten, und leer schwebte die Greifzange an der schlaff baumelnden Kette zurück.

Goschnik schluckte ein paarmal; die Bartstoppeln, unter denen sein Adamsapfel dahinglitt, sträubten sich kurz und legten sich wieder.

»Nichts. Das hat *gar* nichts mit Ihnen zu tun. Ich hab nich Sie persönlich gemeint. Ich mein überhaupt.«

»Überhaupt? Was verstehn Sie darunter.«

Er sah mich noch immer nicht an. Ein winziger Nerv hatte unter seinem rechten Auge zu zucken begonnen und gab dem sonst fast leblos wirkenden Gesicht plötzlich einen eigentümlich unzuverlässigen Zug, dessen irritierende Wirkung zu übersehen ich mir einige Mühe geben mußte.

»Sie examiniern mich, als wär ich n Schulkind.«

»Herr Goschnik. Ich hab es Ihnen, glaub ich, schon einmal gesagt: Es geht doch hier nicht um irgendeine x-beliebige Glaserarbeit, bei der es lediglich darauf ankäme, daß sie sauber gemacht wird und fertig. Es geht hier um mehr. Für uns jedenfalls.«

»Kann man nur hoffen, s erstaunt Sie nich allzusehr, wenn ich Ihnen sag, daß ich das ähnlich sehe wie Sie.«

»Absolut nicht. Einsicht bei Außenstehenden ist keine Seltenheit – heute.«

Seine Wangentäler vertieften sich, er schien die Zähne aufeinanderzupressen.

»Ich begreif Ihre Zurückhaltung. Schließlich is die Synagoge nich irgend nem Zufallsbrand zum Opfer gefallen.«

»Nicht direkt; nein.«

»Na, aber wenn wir uns da einig sind –«

»Ich bin mir da mit niemand einig, Herr Goschnik; noch nicht mal mit mir.«

»Lassen Sie s mich anders sagen. Daß ich mich so um die Verglasung dieses Gebäudes bewerbe –«

»Das ist es ja. Wenn das irgendein Gebäude *wäre* – Sehn Sie, und so gäbe es sicher noch manches, das die Bauleitung dann wohl doch davon abhalten würde, Ihnen den Auftrag zu geben.«

Er hörte auf, die Mütze zu kneten; fahrig strichen seine schnittnarbenbedeckten Daumen über das Schweißband im Innern.

»Zum Beispiel?«

»Zum Beispiel würden die Herrn, genauso wie ich, wohl zuallererst mal Anstoß an Ihrer zu niedrig bemessenen Kostenaufstellung nehmen.«

Jetzt sah er mich an; mit grauen, unstet prüfenden Augen, deren Perlmutt an den Rändern in ein wirr verästeltes Rot überging; Augen, denen man besser auswich, als ihren Blick zu erwidern; denn nicht nur das Adergewirr ließ sie verwundet erscheinen.

»Und wenn die Herrn hörten, daß ich mich kaputtfreuen würde, den Auftrag zu kriegen?«

»Ach. Deshalb sind Sie so billig. Weil Sie die Arbeit gern machen würden?«

Meine Frage mußte sehr ungläubig geklungen haben; sein hastiges Nicken wirkte stark übertrieben.

»Sie geben zu, eine etwas ausgefallene Begründung, Herr Goschnik.«

»Ausgefallen, wieso?«

»Na, ein nichtjüdischer Glaser, der sich freuen würde, wenn er an einer Synagoge arbeiten könnte, entspricht ja wohl nicht gerade der Regel.«

»Vielleicht haben Sie recht. Obwohl ich da n Einwand hätte. Lassen Sie so Kategorien wie jüdisch, nichtjüdisch doch einfach weg, Herr Rabbiner.«

Wieder sein prüfend abwägender, sein fast schon beschwörender Blick. Wieder aber auch dieser unsachliche, beinah anbiedernde Unterton in seiner Stimme.

»Bißchen schwierig, was Sie da von mir verlangen.«

»Wär n Anfang; finden Sie nich? Ich mein: *Ich* würd ja auch einen machen. Jedenfalls is das *mit* n Grund für meine Bewerbung.«

»Und der dritte, Herr Goschnik?«

»Wie kommen Sie auf drei.«

»Weil Sie *den* noch nicht genannt haben, der mit mir zu tun haben soll.«

Ein schriller Pfiff war hoch über dem Fenster zu hören.

»Mittag!« schrie eine heisere Stimme.

Steinsplitter und Mörtelschutt rieselten die Gerüstleitern herab, ein Ellenbogen wies für Sekunden, im Schritt-Takt sich abwärtsbewegend, ins Fenster herein; dann war es plötzlich draußen so still, daß man deutlich vor dem fernen Verkehrslärm einen Haubenlerchenruf hörte.

Goschnik knetete wieder an seiner Mütze herum; er hatte sie so fest gepackt, daß die Knöchel weiß wurden.

»Ich weiß, ich hab mich verraten vorhin. Ich dacht, Sie kämen nich noch mal drauf zurück. Na, also was soll ich lang drum rumreden jetz: Sie ähneln wem, Herr Rabbiner; nem Mann, dem – wie soll ich sagen – dem ich ne ganze Menge verdanke.«

Ausdruckslos starrte er an mir vorbei. Dann zuckte er fast unmerklich zusammen.

»Ich hoff, Sie glauben mir aber, daß das nich der einzige Grund is für meine Bewerbung. Er spielt mit; schön, wozu s leugnen. Doch ausschlaggebend sind die beiden andern, bestimmt.«

Ich kann nicht mehr sagen, wie lange er mich in jener Schaufensterscheibe so ansah. Alles, was sich zwischen ihm und mir abgespielt hat, entzieht sich in der Erinnerung meßbarer Zeit. Die Ewigkeit fängt ja nicht jenseits der Schattengrenze erst an; sie ragt, mit oft unüberschreitbaren Ausläufern, ja auch schon weit ins Bewußtsein hinein.

Jedenfalls mußte ich meinen Stammsitz in der Konditorei Simon jetzt aufgeben; Goschniks entsetztes Spiegelgesicht war auf der Schaufensterscheibe haftengeblieben; ich hatte ihn mir zu *sehr* eingeprägt. Nur von nebenan, von meinem Büro aus, gelang es mir, noch unangefochten durch das Fenster zur Synagoge hinüberzublicken.

Krähensilhouetten glitten nun über sie hin, es fiel auch noch Schnee auf die granitenen Löwen, das hölzerne Dach; dann verharschte er aber, wurde gläsern und troff in fasrigen Schmelzwasserfäden die grobporigen Mauern herab. Der Februar umspann sie noch einmal mit Frost. Weißlich erblindetes Lufteis kroch splitternd über die Pfützen auf dem geborstenen Pflaster und den rissigen Stufen hinweg; Reif sank hernieder, türmte in den Maschenrauten des Zaundrahts, der das Grundstück umgab, seine Blumenkristalle, zeichnete körnig gleißend jeden Fugenspalt, jede Unebenheit nach im Quadergestein und ließ die gemeißelte Wunde des abgeschlagenen Davidsterns an der Stirnwand so deutlich erscheinen wie bisher noch nie. Märzregen löschte die verspätete Mahnung oder verfrühte Verheißung dann sanft wieder aus, ein Maulwurfshügel brach auf im dörrenden Klettenstengelgewirr, die erste Huflattichblüte öffnete sich, und eines Vormittags war von den Simsen der Fensterhöhlen herab auch wieder das Gurren der streitsüchtigen Tauben zu hören.

Alles war vorbereitet; alles – auch vom Wetter, auch von der Jahreszeit her – ganz auf Erwartung und auf das Wiedererwachen jener unwägbaren Lebenszeichen gestimmt, deren die hallende Leere im Innern so dringend bedurfte. Doch es war seltsam: Noch in keinem anderen Jahr hatte die Synagoge derart verloren, so unheilbar versehrt ausgesehen wie nun, da sie wiederaufgebaut werden sollte. Es schien, als habe sich jetzt auch noch die letzte, tief im geheimsten Zentrum verborgen gehaltene Erinnerung an den Rest ihrer Würde verflüchtigt; sei es durch das profane Ersatzdach, sei es durch den Gegensatz zum geschäftigen Treiben der City bedingt.

Ich hielt es jetzt in meinem Winterquartier nicht mehr aus; und unter Vermehrung des Inventars um eine Lampe, einen Tisch, etliche Stühle, ein Feldbett verlegte ich, gleich nach Pessach, das Büro in die Synagoge hinüber, genauer: in dasselbe drei Stock hoch liegende Zimmer, in dem ich auch heute hier sitze und schreibe. Es ist renoviert worden inzwischen; bei meinem Einzug mußte ich die scheibenlosen Fenster noch mit grob zusammengenagelten Läden verschließen, und aus den feuchten Rissen im Boden quoll immer wieder der Schimmel hervor.

Es war allerdings auch endlich mal nötig, den Tauben zu zeigen, daß sie seit dem Wegzug der Eule, dem Tode der Katze hier nun nicht mehr die Alleinherrscher waren. Morgen für Morgen, wenn ich die taubeschlagenen Holzläden aushob, nahmen sie, von ihren höhergelegenen Simsen herab, weit vorgeneigt und stechenden

Blicks, Kenntnis davon. Lange jedoch brauchte ich mir ihren Zorn, dem sie durch ätzende Geschmeißgeschosse Ausdruck verliehen, nun nicht mehr gefallen zu lassen. Schon als die Gerüstbalken, Leitern und Laufbretter abgeladen wurden, und die klirrenden Krampenbündel und rostigen Schrauben und zusammengewickelten Seile in die Nachtkerzen, die Brennesseln flogen, ließen Mißtrauen und Neugier die eben noch aufgeblasenen Federballons zu schlanken, gefiederten Pfählen erstarren, ihre grindverkrusteten Trippelfüße standen zum ersten Mal still, und bohrend und mit unwillig schiefgehaltenen Köpfen blickten die Tauben auf das langsam höherkletternde Baugerüst nieder.

Nach wenigen Tagen hatte es die Fensterhöhlen erreicht und scheuchte die Tauben noch einmal auf das Notdach hinauf, wo sie sich, langhälsig und eng aneinandergedrängt, lautlos berieten. Doch es gab nun keine Möglichkeit mehr für sie zu bleiben; auch hier holte die Gerüstpalisade sie ein, und mit wütend klatschenden Flügelschlägen stieg der schieferfarbene Schwarm in den milchig geäderten Aprilhimmel auf, kreiste den halben Tag, mal von der Sonne versilbert, mal von Wolkenschatten geschwärzt, sehr hoch über der Synagogenruine, und als es Abend wurde, sog ihn die Dämmerung auf, und er verging.

Von nun an war das Synagogengelände eine Baustelle, wie es Tausende gibt. Gewiß, der Vorstand hatte darauf bestanden, daß jetzt doch jenem billiger, obwohl umständlicher arbeitenden Bauunternehmer, der zur Gemeinde gehörte, der Auftrag erteilt worden war; und jener gab sich, vom ungeduldigen Architekten dabei mehr angetrieben als unterstützt, auch redlich Mühe, aus der Not der Beschränkung eine Tugend zu machen und so zu tun, als sei die altmodisch-umständliche Art, mit der er zu Werk ging, auf besonders glückliche Weise für den Wiederaufbau einer Synagoge geeignet. Doch Maurerarbeit bleibt Maurerarbeit, ob sie dem Ewigen dienen soll oder den Menschen; und so überwogen schließlich auch hier Lärm, Unordnung, Ärger und Sorgen bei weitem.

Sorgen vor allem wegen des Krans. Unsere eigene Firma war zu klein, sie hatte keinen. Also mußte er ausgeliehen werden. Jedoch die Bauunternehmer verübelten uns, daß man ihnen nicht die Gesamtarbeit übertragen hatte; all ihre Kräne seien eingesetzt, hieß es. Und als wir dann – aus mitfühlendem Verständnis, ließ man uns wissen – doch noch einen erhielten (einen, der vor Rost und Altersschwäche schon im Leerschwenk derart knirschte und kreischte, daß sich sämtliche Nachbarn beschwerten), da verlangte der Verleiher für jenes Verständnis so viel, daß es fast unseren gesamten Kostenplan sprengte.

Obendrein geriet der Kranführer ständig mit unseren Leuten in Streit. Es mißfiel ihm, sich, wie er sagte, ›ausgerechnet von ihnen‹ Vorschriften machen zu lassen.

Mit Uneinsichtigen soll man kein Mitleid haben, sagt der Talmud. Ich habe mich, wenn auch erst nach der Befreiung, stets an diesen Grundsatz gehalten. Hier jedoch verlangte es zumindest der Kran, und sei es bis zur Selbstverleugnung, umworben zu werden.

Und eigentlich sehr viel mehr um einer bloßen Stahlkonstruktion willen, als um einen Unverständigen verständig zu stimmen, wich ich von meinem Prinzip, mich in solchen Situationen zurückzuhalten, ausnahmsweise jetzt ab. Wie erwartet, erfolglos natürlich. Der Kranführer frühstückte, während ich zu ihm sprach und blickte nur kauend und schweigend durch mich hindurch. Gegen Mittag war er gegangen, und es hat kostbare Tage gedauert, ehe wir einen neuen Kranführer fanden.

Sommer war es schon wieder geworden. Fahle, fast unbewegliche Mörtelstaubwolken hüllten die Baustelle ein und schlugen sich, zu mehligen Schleiern verwebt, des Nachts auf dem Feldbett, dem Tisch, der Schreibmaschine, den Leitzordnern nieder.

Es war schwer, beinah unmöglich, unter dem dicht verstrebten Gerüst jetzt noch die Synagoge zu erkennen. Da wuchs, von außen betrachtet, irgendein freudlos-graues Gebäude heran, ein Postamt, eine Markthalle vielleicht, und ich fragte mich oft, wieso die Gegenwart des Ewigen, die doch an so zahllosen, viel mehr auf ihn angewiesenen Orten gefehlt hat, nun plötzlich ausgerechnet in diesem kahlen Gebäude zu spüren sein sollte. Andererseits hat sich das Wunder der Einwohnung ja auch schon an wesentlich tristeren Plätzen vollzogen. Warum also sollte es dann nicht auch in diesen Mauern geschehen.

Immer wieder allerdings auch ertappte ich meine wenig zuversichtlichen Gedanken dabei, daß sie sich nach der Synagogenruine zurückzusehnen begannen; und nur widerstrebend gestand ich mir ein, meine ausgebrannte steinerne Freundin gab es nicht mehr; sie war, ohne völlig zerstört worden zu sein, auf ebenso unerklärliche Weise verschwunden wie jener über den Talmudfolianten gekrümmte Knabe, der ich einst war.

Goschnik hatte, ohne es wissen zu können, genau den richtigen Zeitpunkt getroffen, um mit mir zu sprechen. Wochen darauf schon wären jene Anfechtungen sicher überwunden gewesen und ich hätte mir einzureden verstanden, daß es ja Verwandlungen gibt, und die Synagogenruine, innig umschlossen vom fertigen Bau, ja unverändert in ihm weiterbestehe; so daß es eigentlich schon deshalb, eben um des Andenkens der zerstörten Synagoge willen, vielleicht doch besser gewesen wäre, unserem eigenen Glaser den Auftrag zu geben.

So aber hatte ich nun ständig nur dieses gerüstvergitterte, weder alte noch neue Gebäude vor Augen, das aber auch nicht einen Bruchteil jener Genugtuung aufkommen ließ, die ich so sicher gewesen war zu empfinden, wenn erst die Renovierungsarbeit begönne. Und warum, was die Fenster dieses mir so fremd gewordenen Baues betraf, jetzt nicht die Bewerbung eines Außenstehenden zumindest genauso wie die eines eigenen Glasers erwägen? Noch dazu, wo jener um so vieles preisgünstiger war? Es liegt doch nicht etwa schon dieser Gleichsetzung der Ansatz einer Verfehlung zugrunde?

Nein; das ist unmöglich. Hier brauche ich mir keinen Vorwurf zu machen. Obwohl, wenn es wahr sein sollte, was ich befürchte: daß Goschniks Tod mich als Mittler benutzte, dann kommt einer so suggestiven Beteuerung im Grunde wohl auch nicht *mehr* Glaubwürdigkeit zu als irgendeiner x-beliebigen Rechtfertigungsfloskel. Oder Ahnungslosigkeit schützte vor Schuld.

Aber daran kann ich nicht glauben. Es gibt *immer* Hinweise. Wer sehen will, sieht. Die einzige Frage, die hier offenbleibt, ist: Wie wird dem Sehenden der Zusammenhang klar. Ich fürchte, daß mit Erleuchtungen nicht gerechnet werden kann. Es gibt sie. Aber ihrem Wesen nach stellen sie sich nicht dann ein, wenn man sie braucht. Vielmehr scheint es, um wenigstens ein Minimum der täglichen Zeichen deuten zu können, nur um eines zu gehen: Sein Ahnungsvermögen intakt zu erhalten, indem man das Furchtgefühl schärft. Nur keine Hoffnung für Sicherheit nehmen. Nur keine Erkenntnis abqualifizieren. Nur nie dem Immunitätswert von Erfahrungen trauen. Es gibt die Ordnung der Welt. Doch es fehlt die Ordnung der Zeichen. Unscheinbares weist auf Großes, Unübersehbares auf Nichtiges hin. Der Beweis hierfür ist leicht zu erbringen, wenn auch fast immer zu spät: Nur sich umwenden muß man, und die unbeachtet gebliebenen Zeichen liegen weithin sichtbar am Weg.

Vielleicht rede ich es mir ein; aber jener zersplitterten Birke sehe ich aus heutiger Sicht nur allzu deutlich den gezielten Mutwillen an. Nicht, daß er diesmal ungeduldig geworden wäre, sein Tod. Nein; er wollte nur einmal wieder auf sich aufmerksam machen. Und so war der Gesteinsbrocken, obwohl von ziemlich hoch oben sich lösend und mehrfach abgelenkt vom Gerüst, genau auf die Birke gefallen, die ich unter dem ehemaligen Misrach-Fenster eingepflanzt hatte; dort, wo auch Goschnik wenig später auf der anderen Seite der Mauer aus fünfundzwanzig Metern Höhe ins Synagogeninnre abstürzen sollte.

»Is das dieselbe, die da oben, in dem alten Rundfenster wuchs?«

»Ja.«

»Hätten Sie sich sparn können, die einzupflanzen. Trümmerbäume entwickeln oft ne Art Luftwurzeln auf den Ruinen; in purer Erde gehn die meist ein.«

»Dürfte in diesem Fall aber mehr der Mauerbrocken da gewesen sein.«

»Genau draufgekracht, ja. Trotzdem, hätt wahrscheinlich sowieso nich lange gemacht. Doch viel zuviel Schutt hier für n Baum.«

»Wäre abzuwarten gewesen.«

Er preßte sekundenlang die Lippen zusammen. Ich hörte, wie er den Atem anhielt.

»Geht ganz schön vorwärts mit dem Bau hier jetz, was?«

»Doch; leidlich.«

»Was is n mit der Kuppel? Kommt da ne Lichtquelle rein?«

»Nein.«

»Kompakter Spannbeton nur?«

»Vermutlich.«

»Schade. Säh bestimmt schön aus mit Lichtfensterchen drin. So runden, wissen Sie, untertassengroß. Wirkt wie n Sternhimmel dann.«

»*Vieles* könnte hier wahrscheinlich schöner aussehn.«

»'ne Geldfrage, logisch. Aber greift Ihnen denn da die Stadt nich unter die Arme?«

»Sicher.«

»Reicht aber trotzdem hinten und vorn nich, stimmts?«

»Es muß.«

Mit einer Grimasse verzog er den Mund und rieb sich das silberstopplige Kinn.

»Erinner mich noch an den Stacheldraht vor den Eingängen. Wie war n das –: Hatten *Sie* den gespannt?«

»Stacheldraht –? *Wir –?*«

»Also die Stadt.« Er schüttelte unwillig den Kopf. »Was die sich da wohl so bei gedacht hat, möcht ich mal wissen. War ja ne Präzisionsarbeit, daß man hätt meinen können, da sollte weniger einer am Reinstolpern, als was am Rauskommen gehindert werden; fanden Sie nich?«

»Sie müssen sich die Synagogenruine aber sehr genau angesehn haben.«

Er wich meinem Blick aus und sah verkniffen blinzelnd an der Gerüstfront hinauf.

»Na, freu mich jedenfalls, daß Sie sie jetz wieder ausbaun. Ja schon richtig ne Art Neubau geworden, wenn man so raufkuckt. Ganz schön hohe Fenster. Haben Sie schon jemand für die?«

»Ja. Wir haben einen Glaser in der Gemeinde.«

Er schob die Unterlippe vor und starrte sekundenlang ausdruckslos auf seine alten zerbeulten Schnürschuhe nieder.

»Würd gern mit ihm konkurriern, Herr Rabbiner.«

Es donnerte fern. Über der ausgelaugten Klinkerfassade des Straßenfegerdepots türmte sich eine bleifarbene Wetterwand auf. Seit Tagen geriet der bewegungslose Mörtelstaub in der Luft endlich einmal in Bewegung.

»Oder is es n Hinderungsgrund, daß ich – ich mein, daß ich –«

»Für eine Bewerbung? Bestimmt nicht.«

»Aber bei der Entscheidung?«

»*Da* sicher.«

Er schluckte und schwieg. Er hatte mich bisher noch nicht ein einziges Mal angesehen; ich ihn dafür um so mehr. Ich versuchte, dieses forciert gleichmütige Gesicht mit jenem entsetzten in der Schaufensterscheibe der Konditorei Simon in Einklang zu bringen. Erfolglos; einzig die unablässig mahlenden Kaumuskeln wiesen noch entfernt auf es hin.

»Sie können mir nich n bißchen *mehr* Hoffnung machen, nein?«

Es war ein derart privater Unterton in seiner Stimme, daß es mir schwerfiel, höflich zu bleiben.

»Ich glaube, nicht.«

Er räusperte sich, er war heiser geworden.

»Was raten Sie mir: Einfach mal n Kostenvoranschlag einzureichen?«

»Wenn Sie sich etwas davon versprechen –«

Er schob sich die Mütze in den Nacken und blinzelte interessiert zum gerüstvergitterten Rund des ehemaligen Misrach-Fensters hinauf, dessen Scharten und Risse bereits wieder sorgfältig ausbetoniert waren.

»Hat man bei dem großen Rundfenster da eigentlich an was Bestimmtes gedacht?«

»Grau getöntes Glas wohl wahrscheinlich.«

»Ein Glück. Dacht schon, irgendwas Buntes. Ich mein, zum Rauskucken, da sieht so was natürlich ganz hübsch aus. Bloß, die Leute vergessen: 's Licht fällt ja auch *rein.* Und Farbe, das macht doch immer ne Menge Unruhe auf m Fußboden und an n Wänden. Schließlich: lenkt doch nur unnötig ab, hab ich recht?«

»Sie haben noch nie eine Kirche oder eine Synagoge verglast, nicht wahr?«

»Nein. Warum.«

»Ich frage nicht, weil ich an Ihren *handwerklichen* Voraussetzungen zweifle.«

»Sondern.«

Zwei tiefe Furchen kerbten ihm über der Nasenwurzel die Stirn.

»Sie sollten mir die Antwort lieber erlassen.«

Einen Augenblick lang stieg in seinem Gesicht wieder eine flackernde Ähnlichkeit mit jenem gespiegelten auf. Er holte tief Luft; er schien angestrengt einem der fernen Donnerschläge zu lauschen.

»Will s versuchen.«

Die Steinmetzen waren noch dabei, die nun endgültig ausgebesserten Mauern bis unter den Kuppelfries hinauf mit ihren Sandgebläsen zu säubern, da fing er an. Ein großer flacher, nach zwei Seiten hin offener Schuppen wurde von seinen Leuten auf dem Baugelände errichtet; in dem schnitt er, über sorgsam gepolsterten Tischen, pfeifend und summend die Scheiben zurecht. Viel zu früh; denn noch nicht mal die Arbeit an der Kuppel war ja beendet, und für die Fenster gar hatte man eben erst die Rahmen herzustellen begonnen.

Aber unser Bauunternehmer war nicht zu bewegen, mit Goschnik zusammenzugehen. Er hätte das Gerüst abgerissen, wären die Steinmetz- und die Rahmenarbeit beendet gewesen; da mußte sich Goschnik beeilen. Zwar hatte auch er eine Koordinierung zu erreichen versucht; doch seine anbiedernde Art war wenig geeignet, unsere Leute das Verhalten des Kranführers vergessen zu lassen. Man merkte zu deutlich, Goschniks gutgemeinte Direktheit war nur die andere Seite der gleichen Medaille.

So war die Arbeit für ihn mit wesentlich mehr Schwierigkeiten verbunden, als wir sie einkalkuliert hatten. Jedoch Goschniks gute Laune, oder wie man seine so spontan einsetzende Fröhlichkeit nun klassifizieren mochte, Goschniks plötzliches Aufgekratztsein also hielt an. Und so oft sich seine Leute anfangs auch sperrten und den Entschluß unseres Bauunternehmers durch gezielte Unkameradschaftlichkeit nun ihrerseits zu blockieren versuchten, tagtäglich war, durch das Fauchen der Gebläse hindurch, auf dem Bauplatz unten oder auf dem Gerüst, Goschniks unmusikalisches Pfeifen zu hören.

Nein; leicht war es wirklich nicht gewesen, seiner Bewerbung die erforderliche Unterstützung zu sichern. Zwar hat der Vorstand nie aufgehört, mir meinen fehlenden Verständigungswillen gegenüber Außenstehenden zum Vorwurf zu machen. Doch in Goschniks Fall drehte man den Spieß kurzerhand um und versuchte mir zu unterstellen, ich hätte mit der Bevorzugung eines Außenstehenden im Sinn, wenigstens in unserer Gemeinde jener großen Glas- und Fensterzertrümmerung, die (trotz der Toten und über zweihundert brennenden Synagogen und fast achttausend zerstörten Geschäfte) hierorts unter der Märchenbezeichnung ›Kristallnacht‹ firmiert, zu einer billigen Sühne verhelfen zu wollen.

Ich wehrte mich gegen diesen Vorwurf nach Kräften. Von der Unstatthaftigkeit, das beides nebeneinanderzusetzen einmal ganz abgesehen: nichts läge mir ferner, als hier nach außen hin Brücken zu schlagen. Ich bin nicht wegen der Bewohner dieses Landes hierher zurückgekommen. Sondern ich habe mich bei dieser berliner Gemeinde um die Rabbinerstelle beworben, weil ich hier schon früher gearbeitet habe, und weil auch mein Vater und mein Großvater in Berlin Rabbiner gewesen sind. Meine Familie hat sich nie assimiliert, integriert allerdings auch kaum. Ich sage das nicht, weil ich stolz darauf wäre. Denn daß *ich* ein schlechter Rabbiner bin, das weiß ich allein. Sondern ich sage das, um deutlich zu machen, wie unsinnig es ist, gerade mich zu verdächtigen, ich wollte zwischen uns und jenen eine Verbindung herstellen.

Nein; meine Bevorzugung Goschniks hatte nichts mit dem Versuch einer solchen Verbindung zu tun. Für diesen Versuch ist es zu spät. Für diesen Versuch ist es immer wieder von neuem zu spät gewesen; spätestens seit dem Mittelalter bereits, dessen Denkgewohnheiten, Verfolgungsmethoden und Abwehrmechanismen sich auf so beharrliche Weise erhalten. Ich fürchte, auch die mir unterstellte Sühne-Absicht stammt von daher. Oder wo wäre einem schon mal damit geholfen gewesen, daß ihm für Erlittenes etwas geboten wird, das den, der es ihm antat, erleichtert? Ich habe jedenfalls immer schon Mühe gehabt, an den Sinn einer Sühne zu glauben. An Verzeihen allerdings ebensowenig. Beides hat gewiß nichts mit Unerbittlichkeit, sondern lediglich mit einem geschärften Gedächtnis zu tun; vielleicht auch mit seelischem Unvermögen; ja, das kann es auch sein.

Ich setze das hierher, weil ich diesen Rapport ja auch um meiner selbst willen erstatte und die, zugegeben schwache Hoffnung hege, er wird unter Umständen auch einmal ungeduldig von jenen durchblättert, denen meine Zusammenarbeit mit Goschnik als ein so unlösbares Rätsel erschien. Da ist es gut, auf der Suche nach der Wahrheit so wahrhaftig wie möglich zu sein, um auch im Kleinsten kein Mißverständnis aufkommen zu lassen.

Wie es übrigens ebenso ein Mißverständnis wäre zu sagen, ich hätte zu Goschnik hauptsächlich seiner Billigkeit wegen geraten. Das spielt mit; kein Zweifel. Wer, wie so viele von uns hier, weiß und erfahren hat, daß die Behörden dieses ratlosen Landes, bei dem Hinweis auf einen unserer Konzentrationslagertoten, auch dann die Schultern zucken, wenn dem oft mühsam genug Hinterbliebenen mit einer bescheidenen Summe zwar nicht eine Sekunde Trauer entgolten, aber doch ein Minimum an Existenzmut zurückerstattet werden könnte, der hat zu Geld ein ganz besonderes Verhältnis.

Ich zum Beispiel, dem für jeden meiner nie gezählten Tage im Lager, wenn ich es je über mich gebracht hätte, ihn anzunehmen, ein Betrag in gleicher Höhe zustände, wie man ihn braucht, um sich ein Kinobillett zu erstehen, ich glaube jetzt: Geld muß einen ungeheuer viel höheren Wert haben, als ich es je für möglich gehalten hätte; denn ich kann ihn ja nicht an Kinobesuchen messen, ich muß ihn messen an den Lagerbaracken. Und da geht man eben nun leicht von der offensichtlich nicht immer zutreffenden Annahme aus, es könnte den meisten der eigenen Leute da ähnlich ergehen, und sie müßten es eigentlich begrüßen, wenn sich von derart wertvollem Geld etwas einsparen ließe.

Von hierher also fällt auf Goschniks Bevorzugung durchaus auch ein kühl kalkulierendes Licht. Jedoch nur recht kurz; denn ich müßte lügen, wenn ich verschwiege, nicht wenigstens einen Hauch von Befriedigung empfunden zu haben, als ich mich dann schließlich doch noch im Gemeinderat durchsetzen konnte. Und diese Befriedigung hatte nun allerdings mit materiellen Erwägungen gar nichts zu tun.

Obwohl, hätte meiner Bemühung um Goschniks Ansuchen nicht unerwarteterweise die Stadt assistiert, ich wäre im Gemeinderat wohl kaum durchgedrungen. Nämlich, die zugesagten Baukreditraten wurden allmählich so unregelmäßig und schließlich derart vermindert gezahlt, daß wir wieder einmal unsere gesamten Dispositionen umstoßen mußten. Die beauftragten Banken erklärten hierzu, allgemeine Etateinsparungen seien der Grund. Es hätte jedoch keiner allzu großen Mühe bedurft, den Nachweis zu erbringen, um den Etat stand es selten so gut.

Doch warum soll ein Bausenator eine vielleicht zu vorschnell gegebene Zusage nicht wieder einschränken dürfen? Die besorgten Vorstandsmitglieder, die ihn aufsuchten, hörten aus seiner Beteuerung, es müsse nur erst ein unvorhergesehenes Defizit aufgeholt werden, jedenfalls auch deutlich heraus, für ein weniger sakrales, und das heißt doch wohl, für ein weniger erinnerndes Gemeindezentrum wäre jetzt unter Umständen sogar ein Sonderfonds zur Verfügung gewesen.

Bei diesem Stande der Dinge war gegen eine bevorzugte Behandlung von Goschniks Bewerbung, in der die Gesamtkosten ja ein reichliches Viertel niedriger als in den Kalkulationen unseres eigenen Glasers angesetzt waren, nun natürlich nicht mehr allzuviel einzuwenden gewesen; und widerstrebend lenkten Bauleitung und Gemeindevorstand dann schließlich auch ein.

Glücklicherweise – habe ich damals gedacht. Denn wie hätte ich sonst für ihn eintreten sollen? Oft nämlich schon, seit jenem Ewigkeiten, und doch auch wieder nur Wochen zurückliegenden Tag, wo er im Innern der Synagoge unter der zersplitterten Scheibe des Misrach-Fensters lag, oft schon habe ich mich gefragt, was es denn nun wohl in Wirklichkeit war, das mich ihn damals unserem eigenen Glaser vorziehen ließ.

Dennoch bin ich jetzt nicht präpariert: Ich habe keine Antwort gefunden. Es sei denn, sein erschrockenes Spiegelgesicht in der Schaufensterscheibe der Konditorei Simon ist indirekt eine. Aber ich kann nicht über etwas verhandeln, das ich noch nicht dargelegt habe. Und was sich hinter jenem Erschrecken verbarg, habe ich ja auch erst sehr viel später erfahren.

Ich darf also jetzt, da ich hier sitze und schreibe und ständig den Atem seines neugierig gewordenen Todes im Nacken verspüre, nur *die* Beweggründe anführen, die auch damals schon Gültigkeit hatten. Gültigkeit aber wofür? Gültigkeit für meine Hinwendung zu ihm.

Das ist wenig genug. Und was schlimmer ist, keiner der Gründe dürfte, im herkömmlichen Sinne betrachtet, stichhaltig sein. So daß ich eigentlich jetzt schon fragen müßte: gibt es diese Gründe denn dann überhaupt?

Es gibt sie; doch es sind Gründe ohne Beweiskraft. Man kann sie nicht wägen; sie sind ungreifbar, und so leicht wie die Löwenzahnfallschirme, die einst durch das rostige Kuppelskelett der Synagogenruine auf den geborstenen Steinboden sanken; ein Luftzug kann sie entführen, ein Lidfall sie ungültig machen; keine richterliche Instanz wäre bereit, auch nur einen von ihnen geltenzulassen; selbst der Ewige nicht, ich weiß es inzwischen.

Oder wo zählte schon die aufreizende Trostlosigkeit einer gebeugten Rückenpartie, das zerfurchte Gesicht eines gealterten Schuhs, die Armut eines knochigen Daumens? Welcher Richter dürfte es wagen, die hastige Art, in der eine krumme, zerknautschte Zigarette geraucht, die unsichere Bewegung, mit der eine abgegriffene, kittfleckige Mütze vom Kopf gestreift wird, auf die Gerechtigkeitswaage zu legen? Wo liegt für blutig gemasertes Augapfelsilber, für eine ängstlich pochende Schläfenader, für eine graue Wangengrube der Maßstab bereit? Kann man sich einen Freispruch mit dem Hinweis auf ein Mundwinkelzucken, auf die plötzliche Heiserkeit einer beschwörenden Stimme erkaufen? Darf man hoffen, milder beurteilt zu werden, wenn man auf die Überzeugungskraft eines erregt auf- und niederfahrenden Adamsapfels verweist?

Mitgefühl –? Sympathie –? Das sind unbewegliche Zentnergewichte dagegen. Wenn ich das machtlose Leben bedaure, bedaure in jedem seiner besiegten Details, muß ich es deshalb auch lieben? Ich kann nicht mehr lieben, ich habe es während der letzten dreißig Jahre verlernt. Ich glaubte bis vor kurzem auch noch, nicht mehr leben zu können, weil ich das Leben nicht mehr zu erkennen verstand; ich verstand nur noch die Synagogenruine, und in ihr die Vergänglichkeitshieroglyphen des Todes.

Bis, an jenem Novembernachmittag, Goschnik erschien; Goschnik, das Leben. Das Leben nicht, wie es wuchert, aufschießt und blüht; nicht dieses unwissende, nein: Das verbrauchte, das gezeichnete Leben; das Leben, wie es verliert. Vor meinen Augen kehrte es in die tote Synagoge zurück, unschlüssig, heimlich, geduckt, in verbeulten Cordhosen und verwitterter Joppe und mit einer verblaßten Handwerkerschürze vor dem Schoß. Hätte ich es gehen lassen sollen?

Ich mußte es halten; ich konnte nicht anders, als Goschniks Bewerbung zu unterstützen. Unser eigener Glaser hat da nur eine sehr unzulängliche Alternative geboten; ein Mann, der Fenster verglaste; gut, gut. Goschnik aber, Goschnik war mehr.

Mehr allerdings auch in negativem Betracht. Denn ich muß zugeben, daß mir sowohl seine Redseligkeit, als auch sein Anbiederungsbedürfnis, oder gar seine zu einem so fatalen Zeitpunkt einsetzende gute Laune mißfielen. Ärger noch: ich fand, er hat da nur allzusehr dem Durchschnitt jener Anderen geglichen, die für mich, obwohl ich solche Pauschalurteile vermeiden sollte, in drei, oft gar nicht einmal allzu scharf von einander getrennte Gruppen zerfallen: In die Unbefangenen, in die Schuldbewußten, und in die Verschweiger.

Die Unbefangenen glauben, es genüge, arglos gewesen zu sein, um sich über unsere heutige Befangenheit hinwegsetzen zu dürfen. Das macht den Umgang mit ihnen zwar möglich; doch es bedrückt. Die Schuldbewußten leiden an ihren Versäumnissen und versuchen, die Erinnerung daran durch verspätete, und deshalb zu stark dosierte Anteilnahme zu dämpfen. Das verleitet unsereinen leicht dazu, sich wenigstens bei den Vertretern dieser Gruppe geborgen oder doch zumindest leidlich verstanden zu fühlen. Als ob ein verpaßter Zug einen noch zum Ziel bringen könnte. Die Verschweiger schließlich tun, als wüßten sie auch heute noch nichts; doch ihr Mundwinkelkrümmen, ihre Blicke strafen sie Lügen. Sie haben auch damals nichts anderes getan, als derart geblickt. Doch sie würden auch *wieder* so blicken, käme das Damals zurück.

Goschnik schien mir mehr der mittleren Gruppe zuzugehören; obwohl er, für sich genommen, dann eigentlich auch wieder keiner dieser Schablonen entsprach. Das heißt: ich darf nichts auslassen jetzt; ich muß auch – gerade an dieser Stelle – erwähnen: Einmal hat er *doch* in einen dieser vorgestanzten Rahmen gepaßt; und zwar so nahtlos und unerbittlich genau, daß ich hart daran war, es zu bedauern, ihn unserem eigenen Glaser vorgezogen zu haben.

Es ist an einem Sonntag gewesen; ich war, nach einigen Krankenbesuchen, wieder hierher, auf mein Zimmer zurückgekehrt. Ich wäre gern noch etwas spazierengegangen, denn der September hatte der Stadt, nach einem kurzen Regenguß, einen makellos blauen, mit den ersten Zugvogelketten geschmückten Himmel beschert; bei den vielen neuen Gräbern der letzten Zeit hätte es gutgetan, den Blick auch einmal wieder unangefochten nach oben zu richten. Jedoch ich fiel zu sehr auf. Ständig wurde beziehungsvoll in meine Richtung genickt, verstummten Gespräche oder drehten ganze Sonntagsfamilien sich absatzknirschend hinter mir um. Es gibt Tage, da darf man es sich nicht leisten, empfindlich zu sein; ja, es gelingt einem sogar hin und wieder einmal, das unfreiwillige Aufsehen, das man hierzulande erregt, nicht wichtig zu nehmen. Aber man kann sich nicht immer mit Gleichmut maskieren; abweisend auszusehen strengt an; und dann kommen eben Momente, da sehnt man sich weder nach Himmel, nach Weite, nach Sonne, sondern einfach nur nach dem eigenen Gesicht.

So also brauchte ich mir gar nicht einmal allzu große Mühe zu geben, um über der täglichen Talmudlektüre meinen mißlungenen Gang zu vergessen. Die Stille, die die Synagogenmauern umfing, half mir dabei; und nur manchmal noch glitt, über die Jahrtausenddialoge der Gemara hinweg, eine angewidert verzerrte Mundpartie, ein ungehalten emporgezogenes Brauenpaar oder ein hastiger Ellenbogen, dessen Stoß eine Hüfte auf etwas aufmerksam machte, im ständig gelassener ziehenden Strom meines Bewußtseins dahin.

Ein Rütteln am Zauntor ließ mich durch das offene Fenster zur Straße hin blicken. Ein großer, dunkel gekleideter Mann machte sich dort an der Klinke zu schaffen; da ich abgeschlossen hatte, vergeblich jedoch. Es war keiner aus der Gemeinde; ein Unbekannter; mochte er rütteln. Doch er hörte schon auf; einmal mißtrauisch nach links gespäht, einmal argwöhnisch nach rechts, dann kam er umständlich herübergeklettert.

Beunruhigt trat ich hinter einen der Fensterflügel und sah mir den Eindringling an. Er wirkte, als sei er jener Sonntag, der mich vetrieben hatte, persönlich: Der schwarze, leicht aus der Stirn geschobene Hut; der weiße Seidenschal, der füllig die breite, nachlässig gebundene Krawatte umschloß; der anthrazitgraue Mantel mit der übertrieben stark wattierten Schulterpartie und dem grünen Samtkragen darauf; die weiten, scharf gebügelten Hosen, die bei jedem Schritt über die ätzend blanken Halbschuhe fielen; der Spazierstock, der am eingewinkelten Unterarm hing; die neuen, unbenutzten Handschuhe, die, sorgfältig übereinandergelegt, aus der Manteltasche ragten – nichts fehlte. Und doch war es Goschnik.

Langsam, betont bedächtig, schritt er, von seinem gedrungenen Schatten gefolgt, über die mörtelstaubfalbe, sonnenbeschienene Baustelle hin. Am Schuppen hielt er kurz an und stocherte gedankenlos oder gedankenversunken mit dem Spazierstock zwischen den Holzwollknäueln und Scherbenhaufen herum; dann ging er weiter, genau auf mein offenes Fenster, hier im Nordflügel zu: Ein fremder, grobknochiger, Aufdringlichkeit und Sicherheit ausstrahlender Mann.

Das Glas des Fensterflügels, hinter dem ich stand, schien ihn zu blenden; unsicher blinzelnd sah er herauf; dann rief er nach mir. Ich rührte mich nicht. Etwas wie Erleichterung verbreitete sich in seinem diesmal glattrasierten Gesicht; den Stockgriff in die Mantelschulter gehakt, schlenderte er weiter, zum Hauptportal hin.

Ich setzte mich wieder und versuchte, dem Unbehagen, das er mir eingeflößt hatte, das Bild jenes anderen Goschnik entgegenzustellen. Zwanzig Minuten etwa wartete ich, ob er zum Zauntor zurückkehren würde; er kam aber nicht. Dafür spürte ich etwas, das war neu im Zusammenhang mit ihm: ich hatte Herzklopfen bekommen. Unschlüssig trat ich auf die Steintreppe hinaus, die in die Synagoge hinabführt; und dort unten, dicht an der Ostwand, sah ich ihn stehen.

Er stand direkt unter dem Rund des ehemaligen Misrach-Fensters, fast genau an der Stelle, auf die er, wenige Wochen später, hinabstürzen sollte. Eine altmodische, dünnrandige Brille drohte ihm von der Nase zu rutschen; dauernd starrte er über die stumpfen, seine grauen Augen unnatürlich vergrößernden Gläser hinweg, zu jener großen, kreisrunden Fensteröffnung empor, um darauf wieder mit abwesend gespitzten und bereits violett gefärbten Lippen den Kopierstift zu befeuchten und murmelnd etwas in sein zerfledertes Notizbuch zu schreiben.

Noch nicht einmal jetzt brachte ich es fertig, mich ihm bemerkbar zu machen; ich hatte zuviel damit zu tun, meinen plötzlichen Unwillen zu beschwichtigen, den ich über sein selbstherrliches Eindringen empfand.

Aber dann muß ich wohl doch ein Geräusch gemacht haben. Denn auf einmal fuhr er herum; und fast hätte ich aufgeatmet: war sein zu mir hochgerecktes Gesicht doch wieder zu dem gleichen entsetzten Erkennen verzerrt, wie es sich mir, seit seiner Spiegelung in der Schaufensterscheibe der Konditorei Simon, so unauslöschlich eingeprägt hat. Schon jedoch begann seine Fassungslosigkeit wieder einem vagen Lächeln zu weichen, und umständlich Notizbuch und Brille verstauend, kam der Fremde, dem ich das Licht und die Klarheit in der Synagoge anvertraut hatte, nun hüstelnd heran.

»Nanu, Herr Rabbiner –: geschlafen –? Hab doch gerufen vorhin. Hätt ich gewußt, daß Sie da sind, wär ich natürlich erst mal mit raufgekommen auf n Sprung. Ach wo, nichts Besondres; seh mir sonntags nur gern manchmal an, was ich so gemacht hab die Woche. Hat mir mein Meister vererbt, den Tick. Stelln Sie sich vor, früher, als er noch rauskonnt und ungehindert gearbeitet hat – Bitte? Versteh nich. Ob er – Ach, krank. Ja, ja, Augen vor allem; die Augen haben ihm Kummer gemacht. Also, früher, nich: da hat er doch manchen Sonntag, na, so gut und gern seine fünfzehn, zwanzig Scheiben besucht. Besucht, sag ich, ja. Bart gekämmt, Hut gebürstet und los; so, wie andre Leute Bekannte besuchen; nur ohne Geschenke; die konnt er sich sparen, die hat er ja selber gekriegt: von seinen Scheiben, von den Fensterscheiben, die er die Woche über eingesetzt hat.

›Se strahln ein an‹, hat er immer gesagt; ›nie vergißt so ne Scheibe, wem se s verdankt, daß se auf einmal die Kraft hat, es n bißchen heller zu machen, das Dunkel, das herrscht auf der Welt.‹ Weiß: Klingt kitschig, wenn man das so wiederholt. Aber nich bei ihm; bei ihm hat so was nie kitschig geklungen. Manchmal allerdings, da konnt er sich auch ganz schön fuchsen auf so m Gang. Hat genügt, n eben verglastes Fenster war noch nich richtig geputzt, oder s hing ne Gardine dahinter. Am liebsten hätt er dann bei den Leuten geklingelt und sie zurechtgestaucht, was se sich rausnähmen, ihre Scheiben so dreckig zu lassen.

Na, und die Gardinen vor allem. Gardinen, die mocht er nich leiden. Glas, das war Klarheit für ihn, und Klarheit mußt durchsichtig bleiben. Schon über n winzigsten Dreckspritzer konnt er sich aufregen da. Oder hätten n mal erleben solln, wenn ne Trübung oder ne Luftblase war in dem Glas, das er gekauft hat. Nichts zu lachen gehabt, der Großhändler dann: ›*Das* wolln Se mir anbieten? Wo sich einem die Augen verdrehn, wenn man durchkuckt? Sind Se meschugge, mir so n trejfes Glas zu verkaufen?!‹ Der hat ihm mal n ganzen Posten geschenkt, bloß, weil er n Meister mit seinen Ansprüchen endlich loswerden wollt. Was is n; was kucken Sie n meine Hände so an? Ach so, der Kopierstift. Bin mal wieder ins Rechnen gekommen. Unser Sorgenkind, Herr Rabbiner –: die Rundfensterscheibe.

Erinnern sich sicher: hat mich ja gleich intressiert. Richtig ne Art Anziehungskraft, die ausgeht von der. Weiß auch nich, was ich an dem Fensterloch find. Vielleicht hat s damit zu tun, daß die Scheibe ja dann praktisch die ganze Synagoge beherrscht. Kann aber auch sein, liegt einfach bloß an der Form. Schließlich, eckig zuschneiden kann jeder; Glasschneider an der Stahlschiene lang und erledigt. Aber schneiden Se so ne Scheibe mal rund; noch dazu so ne große. Und lassen Se sie nu mal auch noch Mittelpunkt sein. Ich mein, da *kann* man doch gar nich anders, als was Vollkommnes zu machen. Na, und so was reizt ne alte Handwerkerseele natürlich. Bloß, genau hier hat die Geschichte eben jetz auch n Haken. Darf ich ehrlich sein, Herr Rabbiner? Ich knobel nämlich schon ne ganze Weile lang rum, wie ich Sie und die Gemeinde von abbringen kann, daß das Riesenfenster da oben im Stück verglast werden soll. Da: Hab s ja gewußt, gleich ziehn Sie wieder die Brauen zusammen. Trotzdem. Haben doch noch n Augenblick Zeit, ja?

Hier, sehn Sie: alles voll Zahlen. Da hab ich rauszukriegen versucht, wie stark bei *dem* Durchmesser und in *der* Höhe und bei *der* Glasqualität der Druck is, der draufliegen wird. Ich sag Ihnen, enorm. Doppelt bei Ostwind. Hab s vom Gerüst aus gemessen: gut siebenundzwanzig Meter hoch läg das Zentrum der Scheibe, und der Durchmesser würd zwofünfundsechzig betragen. Sag s Ihnen ganz offen, das sind Maße, bei denen mir n bißchen mulmig is, Herr Rabbiner. Verstehn Sie mich recht: Ich mach das. Ich mach s auch korrekt. Aber vorher möcht ich eben doch gern meine Bedenken loswerden. Immerhin nirgendwo n Haus davor, das n Windschutz abgäbe. Natürlich knallt so ne Scheibe nich von alleine kaputt. Aber lassen Se mal n Flugzeug die Schallmauer durchbrechen oder so was: bumms, hat sie n Sprung. Ja, wenn Sie nich auf so ner feinen Qualität bestehn würden. Aber nee, da bringt man Sie ja nu schon *gar* nich von ab. Deshalb hab ich mir noch was andres einfalln lassen. Nich doch; hörn Se sich s ruhig erst mal an. Die Qualität bleibt; okay, kann ich verstehn: Sie wolln rauskucken können; der Himmel soll mitmachen hier. Aber könnt er ja auch, wenn ich Ihnen die Scheibe halbierte. Nähm nämlich ihr Gesamtwiderstand schon gleich um s Doppelte zu. Selbstverständlich noch keine Ideallösung, nee. 'ne Ideallösung wär, man zög erst noch n paar Betonstreben ins Fensterloch ein; in Form von nem Davidschild etwa, und ich stückte Ihnen s Fenster aus den entsprechenden Teilen zusammen. Müßt ich eben auf die runde Scheibe verzichten. Hätt aber andrerseits den Vorteil: würd nu bestimmt *die* Ewigkeit halten, die Sie sich wünschen. Und: s säh vielleicht sogar lebendiger aus, als so ne Riesenscheibe im Stück einzusetzen.

Sie wolln nich, ich seh s Ihnen an. Schön, kann man nichts machen; ja auch nur n Vorschlag gewesen. Wolln jetz nur hoffen, daß ich die gewünschte Glassorte auch krieg. Finden Se nämlich nich alle Tage, die Art, wie Se sie da reinhaben wolln. Na, werden s schon schaffen. Freude jedenfalls macht s mir auch so; große sogar. Hab mir die Arbeit daher ja auch extra bis zum Schluß aufgehoben. 's Gerüst draußen –? Nee, kann ich dafür nich brauchen; muß man mit m Spezialgestell ran.

Übrigens, haben Sie schon gesehn, wie die Sonne jetz draufknallt auf die fertigen Scheiben? Die leben schon richtig, die Fenster. Doch, doch. Passen Sie auf: Wenn wir fertig sind mit m Verglasen, is alles Traurige raus aus dem Bau. Grenzenlos wär mein Vertrauen zu Glas? Absolut nich. Grenzenlos *kann* mein Vertrauen zu Glas gar nich sein. Das hieß ja, ich hätt die Scherben vergessen. Aber ich seh sie noch: Hier, die ganze Synagoge lag voll. Nee, nee, ich weiß schon, wie leicht Glas zerbricht. Aber Glas kann auch heilen.«

Tatsächlich; fast sah es so aus. Denn eines Tages war das Unglaubliche geschehen und in den hohen, ernst schimmernden Fenstern begannen sich wieder Wolken und Sonne, der Mond und die Leuchtreklame zu spiegeln. Himmel und Erde vereinigten sich in eitler Ahnungslosigkeit; strahlend, als sei nichts geschehen, ließen Morgen, Mittag, Abend und Nacht auf Goschniks finster funkelnden Scheiben selbstgefällig ihre glänzenden Abbilder liegen. Nur das ehemalige Misrach-Fenster starrte noch leer ins Nichts.

Wir hofften, zu Rosch ha-Schana uns schon in der neuen alten Synagoge versammeln zu können. Aber das Laubhüttenfest kam, und der Monat Tischri verging, und es gab noch immer an der Außenfassade zu tun; vom dröhnenden, kreischenden Innern lieber erst gar nicht zu reden. Obendrein war Goschniks Gesundheit nicht die beste; er hatte sich eine Beinverletzung zugezogen im Krieg, die mit seinem Ehrgeiz, alles selber machen zu wollen, in stetem Widerstreit lag. Es gab Tage, an denen seine Leute ihn gewaltsam daran hindern mußten zu kommen und andere, an denen er schmerzverzerrten Gesichts tatenlos auf der Baustelle umherhinkte, obwohl er seine Leute woanders hingeschickt hatte.

Hinzu kam allerdings auch, daß die Qualität des Glases, das für das große Misrach-Fenster vorgesehen war, eine Beschaffenheit aufweisen sollte, der die im Handel befindlichen Glassorten in keiner Weise genügten. Kurz: Es galt wieder einmal, Geduld zu haben. Die hatten die liberalen Gemeindemitglieder zwar, im Zusammenhang mit der Synagoge, schon lange verloren; doch *wir* hatten vor, sie uns zu erhalten.

Und dann kam, auch für *mich* diesmal, ein großer Moment. Die Außenarbeiten gingen ihrem Ende entgegen; Brett um Brett, Leiter um Leiter, Balken um Balken, fiel das Gerüst, und das verlorengewähnte Haus der Besinnung kam abweisender und strenger darunter wieder zum Vorschein denn je. Nun, da die alten, gereinigten Quader von den neugesetzten nicht mehr zu unterscheiden waren, und nachts sich die Silhouette der Kuppel wie ein glanzlos sinkender Planet vom rötlichen Lichtdunst der City abhob, und auch wieder Türen in den Eingängen waren mit unhörbar niedergehenden Klinken daran, und die Granitlöwen vor dem Portal auf eine ausgebesserte und nicht mehr unkrautüberwucherte Steintreppe blickten und dort, wo einstmals die Katze, unter haarigen Klettenbaldachinen verborgen, ihren gierig zitternden Jungen an um Gnade summenden Käfern die Technik des Tötens beigebracht hatte, jetzt, auf ihren abgewetzten Lederkissen, hämmernd die Pflasterer knieten, und überhaupt der gesamte ehemalige Bauplatz ringsum sich mehr und mehr in eine, vorläufig noch schotterbestreute Auffahrt für all die Lieferwagen der Handwerker zu verwandeln begann, die mit den Innenarbeiten betraut worden waren –: nun stellte es sich auf einmal heraus, meine steinerne Freundin war auferstanden aus der Trümmerstätte des Todes und ernst, stark und verschlossen, und mir meine Skepsis mit Kälte vergeltend, als unnahbare Fremde wiedergekehrt.

Doch ich harrte ja auf den Einzug der Thorarollen wie sie; und da auch Erwartung verbindet, durfte ich hoffen, ihr bis dahin wenigstens wieder so nahegekommen zu sein, daß sie mein Schrittecho nicht ständig mit einer Härte zurückgab, als hätte ich nicht einmal hier oben, in meinem Zimmer, mehr etwas zu suchen.

Ich beneidete die Elektrotechniker, die Installateure, die Maurer; selbst den Verwalter noch, der, mit seinem rostigen, still im Aquarium stehenden Goldfisch zusammen, jetzt eins der notdürftig wiederhergerichteten Nebengelasse bewohnte. Sie alle – manchmal wollte mir scheinen: sogar noch der Fisch – waren mit der Synagoge auf die selbstverständlichste Weise vertraut. Die Maurer füllten sie mit ihrem Gelächter und dem Klappern ihrer Holzschuhe und verputzten, sich Zoten erzählend, die Wände. Die Installateure montierten die Heizungsanlage im Keller und schickten Eisensägegeräusche und vibrierendes Hämmern das neugelegte Gestänge herauf; die Elektrotechniker frästen mit kreischenden Bohrmaschinen Kabelkanäle ins kahle Gestein und überschrien den Lärm, weil sie mit den Maurern uneinig waren, die auch dort schon verputzt hatten, wo noch Leitungen fehlten. Der Verwalter schlug für die schwarzumrandeten Fotografien seiner Familienangehörigen zornig eine ganze Packung Nägel krumm an den Wänden; und der Goldfisch gar schwamm in seinem Synagogenwinkel wie am Grund eines ihm altvertrauten Kanalschachts umher. Und jeden von ihnen ließ sie gewähren; jeder bewegte sich, arbeitete hier, als sei er schon immer in der Synagoge zu Hause gewesen. Nur ich, der ich mit ihrem Vorleben von Kind an vertraut gewesen war, kam mir in ihren Mauern, von Tag zu Tag mehr, als störender Fremdkörper vor.

Doch ich glaubte zu wissen, auch meine Zeit komme. Dann nämlich, wenn das Zweckbündnis mit soviel Profanierendem aufgekündigt und wieder vom soviel Verpflichtenderen abgelöst worden wäre, dessen Garant der Thoraschrein war. Stünde er erst und wären, während des einweihenden Umzugs zum Lesepult hin, in der Stille des Hauses zum ersten Mal wieder die Glöckchen der Silberkrone zu hören, mit der unsere Rolle geschmückt ist –: ich war beinah sicher, dann auch *selber* wieder meinen unbestrittenen Platz in diesen Mauern zurückzuerhalten.

Nur, zurückzuerhalten von wem? Das hatte ich mich vergessen zu fragen und hole es an dieser Stelle jetzt nach. Denn seit wann zeichnet der Ewige auch diejenigen aus, die seine Gegenwart an den Stätten des Todes – ich spreche von den Konzentrationslagern – nicht mehr wahrzunehmen vermochten? Zu Glaubensgewohnheiten findet man immer zurück. Wie aber findet man zurück in den Glauben? Es müßte schon sein, daß man jenen sechsunddreißig Gerechten zugezählt würde, von denen die Legende erzählt, und die die Welt vielleicht *wirklich,* bis vor kurzem noch, im Gleichgewicht hielten. *Sie* hätten es sich leisten dürfen, ihn zu verleugnen, und er hätte sie dennoch nicht aus seiner Nähe verstoßen. Aber weder bin ich unwissend genug, um gerecht sein zu können, noch hätte je wieder einer von uns die fragwürdige Chance, zu jenen sechsunddreißig Auserwählten gehören zu dürfen; sie wurden, auf die Zahl genau, an jenem 9. und 10. November neunzehnhundertachtunddreißig getötet.

Auch diesmal war es wieder November geworden. Glücklicherweise blieb er recht milde. Die Morgennebel hoben sich schnell, und nur sehr zögernd entschlossen die Platanen vor dem Hauptportal sich, ihre vorsorglich eingerollten Blätter nun doch allmählich fallen zu lassen. Lediglich ihre langstieligen Früchte gaben sie wieder einmal nicht her; dickpunktig, wie wild komponierte Noten, hingen sie in dem schwarzen, streng strukturierten Geäst, durch dessen wirre Ordnung hindurch man auf der anderen Straßenseite nun auch wieder das beschlagene Schaufenster der Konditorei Simon erblickte.

Der Leitzordner, der die unbezahlten Rechnungen barg, platzte bald aus den Nähten. Fast täglich erhielt sein drohender Inhalt Verstärkung, und oft genug geschah es, daß der Gemeindeschatzmeister sich vor Erregung und Sorge nicht mehr die ja noch geländerlose Treppe hinabwagen mochte und kurzerhand auf meiner Couch hier kampierte, die inzwischen das Feldbett abgelöst hatte; während ich die Nacht, fast wie in alten Zeiten, über einem meiner mir so mühsam besorgten Talmudfolianten verbrachte.

Wir setzten unsere Hoffnung auf Spenden; und der Vorstand hatte auch schon einen entsprechenden Aufruf entworfen. Es war uns lediglich noch nicht ganz klar, wo wir ihn hinsenden, veröffentlichen oder anschlagen sollten; und so war er vorerst im Vorstandsbüro mit Reißzwecken an die Tür gepinnt worden; wo er übrigens heute noch hängt, inzwischen mit einer langen, schon mehrfach zusammengefalteten, Zusatzliste versehen, denn jedem Gemeindemitglied stand frei, die seiner Meinung nach in Frage kommenden Adressen darunterzuschreiben. Auf diese Weise verhallte unser Hilferuf zwar nun im Internen, doch ist damals aus eigenen Mitteln immerhin noch soviel zusammengekommen, daß wir wenigstens die drängendsten Mahner befriedigen konnten.

So ganz allerdings schien der Stadt unsere Notlage nun auch wieder nicht verborgen geblieben zu sein. Offenbar hatte im zuständigen Amt ein Wechsel stattgefunden; jedenfalls sah sich der Vorstand eines Morgens durch die schriftliche Zusage überrascht, es sei im Senat der Entschluß gefaßt worden, der Gemeinde für das Synagogengelände keinerlei Steuern aufzuerlegen. Abgesehen von der frappierenden Tatsache, daß das Eigentumsrecht auf das Synagogengrundstück nach der Zerstörung des Baues, und nachdem es keine Gemeinde mehr gab, also offensichtlich entschädigungslos an die Stadt zurückgefallen war, und daß die entsprechende, doch vermutlich recht einseitige Eigentumsüberschreibung seither unrevidiert im Tresor des Katasteramts gelegen hatte und nun wohl auch weiterhin liegen würde: abgesehen davon, wenn man so will, eine gewiß großzügige Geste; und fraglos stand hinter ihr jetzt auch ein ansehnlicher freigewordener Betrag. Nur wo war der so eingesparte zu finden? In der Bilanz des Gemeindeschatzmeisters jedenfalls nicht. Denn dessen Haupttätigkeit hatte in letzter Zeit ja sowieso nur noch darin bestanden, mit Elan Geplantes schulterzuckend wieder zu streichen. Die Wandverschalung, der Bibliotheksraum, das Rabbiner-Sprechzimmer, eine kleine Empore und vieles andere waren so längst dem Rotstift zum Opfer gefallen. Nun, es sind schon ärmere Tempel wiederaufgebaut worden; und gewiß würde niemand auf den Gedanken kommen, ein Haus wie dieses an seiner Ausstattung messen zu wollen.

Da das Wetter günstig war, konnte auch außen nun

letzte Hand angelegt werden; und zwar wurde noch an zwei Stellen gearbeitet, an der Stirnseite und an der Ostwand. Beides keine großen Arbeiten mehr; aber wenn den alten Symbolen vielleicht doch noch Kraft innewohnt, waren sie wichtig genug: Über dem Portal ging es darum, daß der Steinmetz die Umrisse des einst abgeschlagenen Hexagramms nun derart vertiefte, daß aber auch nichts mehr an die gewaltsame Entfernung des Davidschilds zu erinnern vermöchte, sondern der Stern dem Gestein wie der Abdruck einer Jahrtausende alten Alge eingeprägt bliebe; und hinten, an der nach Jerusalem weisenden Wand, begannen Goschniks Leute nun endlich, unter dem ehemaligen Misrach-Fenster das Leichtmetallgerüst zu errichten, von dem aus die Scheibe eingesetzt werden sollte. Es stieg, sich mit seinen saugnapfhaften Schraubenfüßen die Quader hochziehend, wie ein gewaltiges Insektengerippe an der Mauer empor, und als es die Fensterhöhle erreicht hatte, wurde noch ein schräg aufsteigender Schwenkarm montiert, der Flaschenzug mit dem Kettengewinde. Probehalber hob er einen der übriggebliebenen Steinquader an; alles hielt, alles stimmte: auch diese, auch die letzte Scheibe konnte eingesetzt werden.

Ja, es war schwierig, fast schon unmöglich gewesen, sie zu besorgen. Unsere Ansprüche waren zwar nur die Ansprüche von Laien; doch *einmal* wollten auch *wir* es uns leisten können, hartnäckig und wählerisch bleiben zu dürfen. Und sooft Goschnik auch dachte, die gewünschte Glassorte endlich gefunden zu haben – jedesmal sah er sich, wenn er zuversichtlich zur Bauleitung kam, wieder derselben kopfwiegenden Entschlußlosigkeit gegenüber, mit der man sich dort von Anfang an schon seine Glasproben über den Tisch schob. Denn in *einem* sind Orthodoxe und Liberale, auch wenn sie getrennte Andachten hielten, sich diesmal einig gewesen: Da es das Misrach-Fenster war und unter ihm also, in Kürze ja schon, der Thoraschrein Aufstellung fände, sollte es eine ganz besonders reine und sorgfältig ausgewählte Glassorte sein.

Unser eigener Glaser hänselte uns schon; aber Goschnik hielt durch. Er hatte es sich in den Kopf gesetzt, so lange nach einer geeigneten Glas-Sorte Ausschau zu halten, bis er die richtige fände. Und obwohl er seine Leute während dieser Zeit kaum beschäftigen konnte, denn im Baugewerbe hatte längst die Winterflaute begonnen, und die bezog ja auch die Glasarbeiten mit ein, hat er sich ständig wieder von neuem auf die Suche begeben. Bis ihm das Wunder gelang.

Nachdem er den anspruchsvoll-kritischen Männern mit einigen Proben wieder ihr skeptisches Kopfwiegen abgenötigt hatte, wickelte er aus mehreren Lagen Zeitungspapier *noch* eine Glasprobe aus; und die schien es zu sein. Nämlich im selben Augenblick sank ein derart beredtes Schweigen auf die eben noch verlegen murmelnden Männer hernieder, daß man vorn, im Hauptraum der Konditorei Simon, deutlich die Kellnerin in ihrem Teeglas rühren hören konnte.

Allerdings hat es dann, bis Goschnik die Scheibe auch wirklich bestellen konnte, fast noch einmal eine Woche gedauert. Denn nun wollten sich plötzlich auch diejenigen von der Glasqualität überzeugen, die bisher für das ganze Unternehmen kein rechtes Interesse aufgebracht hatten.

Dann jedoch war es soweit; Goschnik gab die Bestellung auf, und wenig später schon stand die Scheibe beim Glasgroßhändler bereit, und Goschnik fuhr hin, sie zu holen. Im Anhänger seines Kombiwagens, und noch von einem holzwollgepolsterten Lattengestell umschlossen, kam sie hier eines verregneten Nachmittags an.

Es galt als glückliches Zeichen, daß es der Geburtstag des Vorstehers war. Er hat es sich dann auch nicht nehmen lassen, mit den anderen Vorstandsmitgliedern zusammen, die er aus diesem Anlaß eingeladen hatte, der Scheibe noch am selben Tag Reverenz zu erweisen.

Der Wind pfiff durch den Zuschneideschuppen, während Goschnik und zwei seiner längst unwirsch gewordenen Leute sie auszupacken begannen und sie vorsichtig ankippten und auf die gepolsterten Holzböcke schoben. Die Vorstandsmitglieder hatten ihre Schirme nicht zuklappen mögen, denn es regnete durch; und so spiegelte sich in dem Glas nun vor allem das Regenschirmschwarz, von dem sich die skeptisch-gespannten Gesichter jetzt doppelt bleich abhoben. Doch es war auch *so* zu erkennen, dies war die Scheibe, wie wir sie uns vorgestellt hatten: Nicht zu kompakt; makellos rein; schwach grau getönt. Der Himmel würde klar und unverzerrt und doch genau in *dem* Ton auf ihr erscheinen, der einen zugleich auch ständig an den zerstörten Jerusalem-Tempel zu erinnern vermöchte.

Goschnik brauchte zwei Tage, bis er sie zugeschnitten hatte. Dann wurde die Schnittkante geschliffen, Seifenlauge ergoß sich über das Glas, Lappen und Wergknäuel rieben es blank, und bis der Morgen ihres Aufstiegs herankam, wurde die Scheibe, um nun auch dem Tau und dem Nebel keine Trübung mehr zu gestatten, noch sorgsam mit Decken umhüllt. So dämmerte sie auf den Zuschneideböcken der kurzen Zeitspanne ihrer Bestimmung entgegen.

Goschnik kam an jenem Morgen früher als sonst. Er wirkte so aufgekratzt wie bisher noch nie. Händereibend ging er, auf lächerliche Weise an einen Trick- und Zauberkünstler erinnernd, erst ein paarmal um die zugedeckte Scheibe herum. Dann reckte er die knochigen

Handgelenke aus den Ärmeln und begann die Scheibe, beinah betulich aus den Decken zu schälen. Minutenlang verharrte er in abwesender Betrachtung vor ihr. Darauf ließ er mit konzentriert geschlossenen Augen noch einmal den Handballen die frischgeschliffene Rundung umfahren, wischte mit dem Joppenärmel hier ein Stäubchen, dort noch irgendeine Unreinheit weg und ging schließlich, weit vorgebeugt und schiefgehaltenen Kopfs, dazu über, als sei es vergessen worden bisher, die Oberfläche des Glases zu prüfen. Es schien das alles zu seinem Tick zu gehören, sich über eben Fertiggestelltes noch einmal besonders zu freuen; ein Tick, wie ja viele, oder wahrscheinlich alle Handwerker ihn haben, und um den man sie, ihres so sichtbaren Anlasses wegen, aufrichtig beneiden könnte.

Obwohl, ich will nicht undankbar sein. Auch ich freute mich ja, wenn auch auf andere Weise; und ich freute mich so, daß ich Goschnik an diesem Morgen nicht einmal mehr sein lauter denn je ertönendes unmelodiöses Pfeifen übelzunehmen vermochte. Denn es war Donnerstag, und es war mir gelungen, den Vorsteher und den liberalen Rabbiner zu überreden, daß ich einen Tag später, sozusagen zu Ehren des neu eingesetzten Jerusalem-Fensters, in der Synagoge eine zwar nur improvisierte, doch endlich auch einmal die Orthodoxen und die Liberalen vereinigende Sabbat-Feier abhalten könnte.

Goschniks Leute, die seine Aufgekratztheit keineswegs teilten, sondern mürrisch und fröstelnd ihre Fahrräder und Mopeds hinter dem Schuppen abstellten, fanden ihn rauchend und wieder abwesend in den Anblick der Scheibe vertieft. Gut gelaunt, ohne die krumme, zerknautschte Zigarette dabei aus den Lippen zu nehmen, begrüßte er sie und wartete geduldig, bis sie sich, betont umständlich ihre Joppen und Mäntel auszogen und die als Ofen dienende Teertonne angeheizt hatten.

Die Hände noch nah an die dünne, im Nu glühend gewordene Blechwand gehalten, sich ein paarmal die Arme um die Schultern geschlagen, dann griffen sie zu, und die große, graue, kreisrunde Scheibe stand schwankend auf zwischen ihnen und begann, von beiden Seiten gestützt, langsam über den Schotter zu schweben.

Als ich ankam vor dem Gerüst, waren Goschnik und seine Leute schon dabei, die Kanten mit zerschnittenen Autoreifen zu polstern; große, schmatzend sich festsaugende Gummistempel wurden ihr aufgedrückt, die lederverkleidete Kette um die Stempelgriffe geschlungen und am Gewindehaken zusammengeführt, der Flaschenzug hob die Scheibe einen Zentimeter hoch an, und Goschnik überprüfte die freischwebende noch einmal auf ihr ausbalanciertes Gleichgewicht hin. Aus der Nähe betrachtet, wirkte er noch sehr viel gelöster, als ich es vorhin aus meinem Zimmer beobachtet hatte. Er hinkte nicht einmal mehr, als er nun so die Scheibe umschritt, hier noch einen Wergballen unter ein Kettenglied stopfte, dort noch an einem der Haltegummis zu rütteln versuchte und schließlich, laut und mißtönig pfeifend, das Gerüst zu ersteigen begann.

Zwei seiner Leute erwarteten ihn oben bereits; sie hatten den Metallrahmen der Rundfensteröffnung inzwischen vorpräpariert, so daß man ihm die Scheibe nun in kürzester Frist würde einfügen können. Goschnik hatte mir den Vorgang in seiner wortreichen Art schon mehrfach erklärt; aber ich bin technisch zu wenig bewandert, um mir unter bloßen Schilderungen Konkretes vorstellen zu können; und, ehrlich gesprochen, das größere Ereignis als die exakte Einsetzung der Scheibe, war für mich, im Augenblick jedenfalls, sie am Schwenkarm des Flaschenzugs jetzt aufsteigen zu sehen:

Der ölfleckige Parkplatz glitt schaukelnd über sie hin, unsere hochgereckten Gesichter, das ferne Straßenfegerdepot erschienen auf ihr, und als sie zu Goschnik und seinen beiden Gehilfen hinaufkam, die sie, während sie eingeschwenkt wurde, vorsorglich lenkten, da war unsere schöne, schwach pendelnde Scheibe nur noch mit dem Dunst des weißen Novemberhimmels gefüllt.

Länger zuzusehen wäre mir zeitlich auch gar nicht möglich gewesen. Ich ging in die Synagoge zurück, wo indessen längst wieder der übliche Alltagslärm eingesetzt hatte. Ich erinnere mich, wie froh ich war, ihn nun wenigstens morgen, am Sabbat, nicht hören zu müssen; und sogar ihr Werkzeug und ihr Arbeitsmaterial fortzuschaffen oder doch zumindest zu verdecken, hatten die Arbeiter, damit wir wenigstens ein Minimum an Vorschriften erfüllen könnten, mir diesmal versprochen.

Während ich die Treppe zu meinem Zimmer hinaufging, schon die ersten Notizen für die morgige Ansprache im Kopf, konnte ich draußen, vor der kahlen Rundfensteröffnung, auch wieder Goschniks Gehilfen erkennen, die, heftig gestikulierend, die von hier aus unsichtbare und wohl etwas zu hoch gehievte Scheibe einwinkten. Von Goschnik selber war nur eins seiner Cordhosenbeine und ein Zipfel der windbewegten Schürze zu sehen.

Ich weiß noch genau, was ich bis zu diesem furchtbaren Schrei an jenem Morgen getan habe: Die neueingegangenen Rechnungen sortiert; erst handschriftlich, dann mit der Maschine, drei Firmen um Zahlungsaufschub gebeten; unseren Pressedienst überflogen, der schon wieder von der Schändung jüdischer Grabmäler schrieb; die Lebensläufe zweier neuer Gemeindemitglieder gelesen, die mich gebeten hatten, ihnen bei der Anmeldung ihrer Wiedergutmachungsansprüche behilflich zu sein; mit dem Verwalter die mir überflüssig erscheinende Anschaffung eines Parkverbotschilds besprochen; eine kurze Liste des notwendigsten Kultgeräts zusammengestellt und die Anschriften der Schwestergemeinden herausgesucht, an die ich mich wenden wollte deswegen, und schließlich mit den Notizen zu meiner Sabbatansprache begonnen.

Ich hatte etwa zwanzig Minuten geschrieben, da brach er herein. Er wurde vom hallenden Synagogeninnern derart verstärkt, daß mein Hirn ihn zunächst gar nicht als Schrei registrierte. Erst die jäh einsetzende Stille darauf, in die noch das verlorene Klirren einer nachrutschenden Glasscherbe fiel, signalisierte ihn mir. Ich sprang auf und stürzte hinaus:

Da war die Rundfensteröffnung; und da waren die noch im Metallrahmen haftenden Scherben. Da waren die fassungslos vom Gerüst hereinstarrenden Glasergesellen und da waren die im Herbeirennen ihre Holzschuhe von den Füßen schlenkernden Maurer. Da war der Steinboden; da waren die Glassplitter. Dort unten lag Goschnik; hier oben stand ich.

II.

Man hatte ihm nur die zerschnittenen Handgelenke verbunden; sonst lag er, der inneren Verletzungen wegen, noch ebenso da, wie er hingestürzt war, bäuchlings, den linken Ellenbogen vor die Stirne gerissen, und doch die graue, stoppelbärtige Wange nun ganz dem Beton angeschmiegt. Ein schmales Blutrinnsal hatte sich in die erdzugewandte Mundwinkelfalte gefräst; doch die Lippen waren fest aufeinandergepreßt; und das und die flechsig hervortretenden Kaumuskeln machten, daß diesen sonst so widerspruchsvoll zwischen Scheu und Anbiederung schwankenden Zügen nun eine einhellige und unerbittliche Strenge aufgeprägt war. Die flatternd geschlossenen Lider verrieten, er stürzte noch immer; aber dann – draußen war schon das Signal des heranjagenden Unfallwagens zu hören – zuckte er plötzlich zusammen und etwas in ihm sank ein: Er war angekommen am Grund seiner selbst; nun erst hatte der Sturz durch die Scheibe sein Ende gefunden.

Ich hatte mich neben ihn niedergehockt; es war mir unerträglich, stehend auf ihn herabblicken zu müssen. Doch zu helfen gab es hier nichts, jedenfalls nichts, das noch mit diesem Körper zu tun gehabt hätte; ich habe schon zuviel Sterbende, zu viele tödlich Verletzte gesehen, als daß ich jetzt gewagt hätte, ihm auch nur noch die mindeste Chance einzuräumen.

Die Starrheit seiner Muskeln begann sich nun wieder zu lösen. Zuckend gaben die Finger die blutigen Nagelabdrücke im Handballen frei und die linke, noch aufwärts weisende Ferse kippte fast vorsichtig um.

Eine rötliche Bläs'chenwabe hatte sich vor seinem Munde gebildet; sie zitterte sanft, als bangte sie um die kostbaren Atemzüge, die ihr diese Bewegung verliehen. Verdutzendfacht, nadelkopfgroß sah ich sich in den Bläs'chen mein herabgebeugtes Gesicht widerspiegeln; gewiß, und hätte ich schärfer hinzusehen vermocht, wäre hinter jedem dieser Spiegelgesichter auch noch die Wölbung der Synagogenkuppel zu erkennen gewesen. Doch wen hätte das beruhigen, wen hätte das entlasten können? Etwa mich –?

Jemand legte mir die Hand auf die Schulter. Ich erhob mich. Die Krankenträger waren gekommen: zwei vollwangige junge Männer in knirschenden Kitteln und Hosen und Schuhen von ätzendem Weiß. Sie stellten die Bahre ab und legten den Leblosen mit ihren sehnigen Frauenhänden darauf. Fast hätte ich sie daran gehindert ihn wegzutragen. Ich sah jetzt keinen anderen Platz mehr für ihn, als höchstens auf meinem Zimmer. Aber vielleicht konnte ein Arzt ihm die letzten Qualen wenigstens soweit verringern, daß es ihm noch gelang, seine Angehörigen zu erkennen.

Ich sah mich nach seinen Arbeitern um. Die beiden auf dem Gerüst blickten noch immer, Himmel im Nacken, durch das gläsern gezackte Rund des ehemaligen Misrach-Fensters in die Synagoge herab. Die übrigen, die zwischen den anderen Arbeitern standen, wichen meinem Blick aus und starrten verbissen auf ihre Schuhspitzen nieder.

Es hätte dieser Bestätigung nicht erst bedurft. Ich wußte längst, auf wen die Wahl gefallen war, ihn und seinen Tod zu begleiten: auf mich.

Als ich die Portaltreppe herabkam, hoben die Träger

ihn schon in den Wagen. Der Wagen war weiß und roch nach Wachstuch und klinischem Sterben. Seine stumpfen Milchglasfenster verschwiegen das Leben; es gelang ihnen, selbst das Tageslicht noch unglaubwürdig erscheinen zu lassen.

Ich klappte einen der Sitze herab, die sich an der Koje befanden, in der sie die Bahre eingeklinkt hatten und versuchte, in der diffusen Beleuchtung Goschniks Gesicht zu erkennen; vergeblich jedoch, es war zur Wand hin gekehrt. Endlich fiel vorn dann die Schlagtür ins Schloß, und der Motor sprang an.

Eine Fahrt wie durch weltweit sinkenden Schnee. Die Straßengeräusche waren in Watte verpackt; und hätte an den Kreuzungen nicht jedesmal das Martinshorn die Stille zerfetzt, man hätte meinen können, wir rasten auf Schlittenkufen dahin. Sogar Goschnik sah unter dem Laken, das man flüchtig über ihn geworfen hatte, wie zugeschneit aus.

Er bewegte sich jetzt. Das heißt, er versuchte es nur, die Schmerzen im Innern waren zu groß, und kraftlos sanken die angezogenen Schultern wieder herab.

Angehaltenen Atems beugte ich mich in die Koje hinein. Die Straße wurde hier schlechter; Goschnik hatte ächzend den Kopf hin- und herzuwerfen begonnen. Ich hielt ihn ihm fest; seine Schläfen glühten, deutlich war der stockend hämmernde Puls an den zerbrechlichen Schädelwänden zu spüren. Die Augen hatte er noch immer geschlossen, jedoch gewaltsam und wie in ungeheurer Konzentration.

Ratlos sprach ich ihn an, irgendwie; er sollte nur außerhalb seiner Schmerzen eine menschliche Stimme vernehmen.

Ein fernes Echo schien auch in sein Bewußtsein zu dringen; der angestrengte Ernst seiner Züge verdichtete sich, das Keuchen setzte sekundenlang aus, und ungefüge und bebend versuchten die blutverkrusteten Lippen ein Wort zu bilden, oder genauer: sich, ständig erneut, der einzelnen Buchstaben dieses Worts zu erinnern. Es schien sehr kurz zu sein; zwei Silben lang nur; aber erst aneinandergefügt, formte der Mund es gleich wieder nach.

Ich neigte mich tiefer zu ihm hinab; so tief, daß ich seinen Atem spürte am Ohr. Ja, nur zwei Vokale enthielt es, ein A und ein O.

Und plötzlich riß Goschnik die Augen auf und starrte mich an.

»Avrom.«

Dicht an der Milchglasscheibe hinter ihm floß das verblaßte Gelb einer Elektrischen vorbei und füllte das kreidige Wageninnre einen kurzen Moment lang mit warmem, lebendigem Licht.

»Du bist da.« Er versuchte zu lächeln; doch den rissigen Lippen gelang nur eine gequälte Verzerrung. »Du hast mich nich im Stich gelassen.«

»Herr Goschnik. Herr Glasermeister Goschnik.«

»Was is n, Avrom.« Eine steile Mißtrauenskerbe stieg über seinen zusammengezogenen Brauen empor. »Was siezt n mich plötzlich? Was bist n auf einmal so fremd?«

Er schluckte ein paarmal; doch das Würgen im Hals schien sich nicht vertreiben zu lassen. Gepeinigt sah er durch mich hindurch.

»Sag wieder Karl zu mir, komm.«

»Bitte, Herr Goschnik: Besinnen Sie sich.«

Er stöhnte gepeinigt. Nichts an ihm bewegte sich jetzt. Einzig dieser furchtbare, dieser karstige, wie zerschmettert wirkende Mund.

Aber es war nun nicht mehr zu verstehen, was er sagte. Der Fahrer schaltete die Gänge herunter; schlingernd fuhr der Wagen über eine unebene Pflasterstrecke dahin. Baumsilhouetten glitten, wie in milchigen Nebel getaucht, draußen vorbei; rötlich schimmernde Backsteinfassaden; dunkle, flache Gebäude; und Weiß;

ständig nun diese konturlos verschwimmenden Kalkflecke der Schwesterntrachten rings im Gelände; Kalk, die Materie des Todes: Wir waren am Ziel.

Ein sanfter Ruck, und der Wagen hielt an. Krachend fiel vorn die Schlagtür ins Schloß.

Goschnik röchelte; strenger denn je, als befürchtete er, auch nur ein einziges seiner mühsam wiedergefundenen Worte verlieren zu können, hielt er die Lippen zusammengepreßt. Auch er schien zu ahnen, wo wir hier waren.

Jetzt wurde die Tür aufgerissen; Kesselklappern, Küchendünste und fernes Lachen drangen herein.

Ein Trostwort zu Goschnik, eine Gebäudenummer für mich, und behende und beleidigend sportlich zerrte der eine der Krankenträger die Bahre heraus, der zweite faßte mit an, der erste drehte sich um, und schon trabten sie los.

Das Charité-Gelände umgab uns. Hohe, nackte Backsteinbauten; eng verschachtelt, endlos gestaffelt; und mit den abgestorbenen Ulmen, den grindigen Rasenflächen, den aufgegebenen Baustellen und geduckten Desinfektionsbaracken dazwischen, mehr als nur deutlich an zahllose jener Durchgangslager erinnernd, durch die wir damals, unseren Körperkräften entsprechend, bis zu jenem letzten, hindurchgeschleust wurden. Nicht einmal der Stacheldraht fehlte. Er lief auf der Mauer an einem schräg nach innen gewinkelten Eisengestänge entlang, und wo er aufhörte, war die Mauer höher dafür und mit einer flaschenscherbengespickten Betonschicht versehen. Die Krankheit, der körperliche Zerfall, die diese Peinigungsstätte des Fleisches so fühlbar diktatorisch beherrschten, sie hatten sich auch die Luft unterworfen; sie war dünn wie Greisenatem und roch nach Karbolineum, Erbsensuppe und Chlor. Das Lächeln der Schwestern, ihr forscher, bejahender Gang, die Eitelkeit der Ärzte, die vom modisch geschnittenen Kittel bis zu den makellos weißen Turnschuhen reichte –: verzeihliche Lügen, sonst nichts.

Wirklich, ich hätte Goschnik lieber auf meinem Zimmer, als auf jener schaukelnden Bahre gesehen. Sie trugen ihn kopfvoran; und gleich nachdem ich sie eingeholt hatte, war auch sein Blick wieder da und ließ mich nun auch nicht mehr einen Lidschlag lang los. Ein Blick, vor dem mein Vorsatz, Goschnik, solange noch Zeit dazu war, wieder in die Wirklichkeit herüberzuholen, sich als sinnlos erwies. Diese Augen sahen nichts Wirkliches mehr. Sie blickten durch die Wirklichkeitstrugbilder hindurch; dorthin, wo hinter den grauen Vergänglichkeitsablagerungen täglichen Staubs und erstarrter Gewöhnung die Wahrheit aufzuleuchten beginnt. Von dort her, und nicht ausgehend von dieser ja längst dürftig gewordenen Realität, mußte ich ihm entgegenzukommen versuchen; nur *wie*?

Die Träger nahmen jetzt Kurs auf einen moderneren, kasernenartigen Trakt. Er war, wie die anderen, mit einer riesigen, weithin sichtbaren Nummer bezeichnet; es hätte, an der vorangegangenen gemessen, die Dreizehn sein müssen. Doch auf zwölf folgte hier vierzehn, die medizinische Wissenschaft zollte zunächst einmal dem Aberglauben Tribut.

Obwohl erst sehr früh am Mittag, hatte es sich fast abendlich einzutrüben begonnen; alle Fenster des Baues waren neonerhellt; man erkannte Glasschränke voll chromblitzender Instrumente und gegen erleuchtete Milchglasplatten gehängte Röntgenaufnahmen dahinter. Anzunehmen, daß sich auch Menschen in den schattenlos ausgeleuchteten Räumen bewegten; ich kann mich nicht mehr erinnern; ich erinnere mich nur, daß ich mir verzweifelt klarzuwerden versuchte, wie ich Goschnik, falls sie ihm überhaupt gewährt werden würde, in seiner Stunde der Wahrheit begegnen sollte.

Gewiß nicht mit Trost. Mit Verheißung aber doch wohl ebensowenig. Ganz abgesehen davon, daß ich *nie* trösten konnte, die Wahrheit an Sterbelagern vielmehr immer aus der Thora bezog. Das heißt, auch *immer* stimmt ja schon nicht. Nach Auschwitz gibt es kein Immer, auch für einen Gesetzestreuen nicht mehr. Das ist *meine* Auffassung, ich weiß. Aber auch ich bin ja einmal ein Thoratreuer gewesen. Vielleicht hätte der Ewige den gigantischen Machtbeweisen, die der Tod während der letzten Jahrzehnte erbrachte, eben doch hin und wieder einmal ein Zeichen entgegensetzen müssen. Denn daß so viele von uns noch nicht einmal in den Lagern von ihm ließen, ist ein Beweis *unserer* Treue ihm gegenüber gewesen. Wo aber ist der Beweis *seiner* Treue geblieben? Es gibt kein Zeugnis für sie; und Zeugnislosigkeit, wie kann sie anders gedeutet werden, als mit Abwesenheit?

Dennoch: Wäre Goschnik einer der Unseren gewesen, ich hätte mich jetzt sicherer gefühlt. Doch selbst meine Skrupel beiseite gelassen: was nützte ihm unser Glaube, die Stärke der Thora, die Flucht ins Gebet? Nichts. Mein Amt hatte keine Bedeutung für ihn; ich hatte mich seinem Sterben ebenso rückhaltlos zu stellen wie er.

Nur wenn ich die Mauern der Überlieferung hinter mir ließ; nur wenn ich mich und meine Vorurteile vergaß; nur wenn ich heraustrat aus unserer Gemeinschaft, nichts hinter mir als meinen Schatten, einen Stuhl, eine Wand; nur wenn ich Goschniks Wahrhaftigkeitswillen so mit ihm teilte –: nur dann bestand Hoffnung, wenigstens *etwas* des Beistandes aufzubringen, um den seine fordernden Blicke mich baten.

Mich? Wirklich noch mich –?

Ich war es ja längst schon nicht mehr, den sie meinten. Nun erst, da die Träger, endlich uneins geworden in ihrem federnden Gleichschritt, ihn die dem Bau vorgelagerten Steinstufen hinauftransportierten, wobei er mich beschwörender ansah denn je, nun erst hatte ich den Mut, mir einzugestehen, daß ja meine neue Inkarnation längst vorgeprägt war. Und zwar nicht erst seit dieser ja nur scheinbar verwirrten Anrede eben, sondern seit jenem faszinierenden Entsetzen bereits, das ihn damals hinter der Zeitung befiel, als er im Schaufenster der Konditorei Simon, vor der Synagogenruine, mein Spiegelbild sah und in ihm offenbar die Züge desselben Mannes wiederzuerkennen glaubte, den er jetzt anscheinend gezwungen war, bis hin zur Schwelle des Todes in mir erblicken zu müssen.

Ich wußte nicht, wie weit es mir möglich sein würde, ihn bis dorthin zu begleiten. Doch ich wußte nun – seine Augen befahlen es mir –: ich hatte es in der Gestalt dessen zu tun, den Goschniks tödlicher Ernst jetzt so unerbittlich beschwor.

Irgendwo im Innern des Baues klinkten die Träger die Bahre dann in ein Fahrgestell ein, lächelten routiniert und verabschiedeten sich.

Der diensthabende Arzt wies dem herbeieilenden Pfleger den Operationsraum zu; und hastig, als beabsichtige er, mir mit ihm zu entkommen, schob der Pfleger Goschnik einen der fensterlosen, von kalkig-blauen Neonröhren erleuchteten Gänge entlang.

Auch hier wieder Stille weithin, wie unter lautlos sinkendem Schnee; nur eins der Räder am Fahrgestell quietschte verdrossen, und einige Male waren hinter den Türen auf Tellern klappernde Löffel oder die exakt akzentuierende Stimme eines Nachrichtensprechers zu hören.

Der Gang schien nie mehr ein Ende nehmen zu wollen; nach jedem Knick tat eine neue blankgebohnerte Strecke sich auf, und immer wieder zeigten Goschniks graue, uns voranfahrende Schuhe, von denen das Laken herabgerutscht war, beharrlich zum nächsten Knick hin.

Sicher sind uns Schwestern begegnet, Patienten, Ärzte, Mittagessenverteiler; ich weiß es nicht mehr. Meine Erinnerung hat nichts als den Eindruck dieses endlosen, blankgebohnerten Ganges bewahrt, in dem Goschniks schmerzverzerrtes Gesicht wie ein Stück penetrant beleuchteten Strandguts dahintrieb.

Aber dann rücken wieder Wände heran; offenstehende Türen; Spülvorrichtungen für Fäkalienpfannen dahinter, Badewannen, Uringläserregale; Fenster sind da, aus denen man auf eine verdorrte Asternrabatte, wetterzerfressene Bänke und einen buchsbaumflankierten Kiesweg hinausblickt; eine Stimme sagt: »Ruhe, Operation«; der Pfleger hebt am Türspalt die Schultern und tritt gegenüber zu der Schwester ins Zimmer; durch die große Glaswand hindurch sieht man, sie antwortet etwas, hört aber auch jetzt noch nicht auf, in ihrer Illustrierten zu blättern; und hier, neben mir, liegt auf der schmutzig-weißen, abgenutzten Wachstuchmatratze in Hüfthöhe Goschnik, starrt zu mir auf und verzerrt lautlos die verkrusteten Lippen dabei.

Nein, er schrie; ich erkannte es deutlich: er schrie flüsternd den Namen dessen, der ich nun für ihn war.

Hastig beugte ich mich zu ihm hinab.

»Ja, Karl; was ist.«

Mein Herz schlug plötzlich so rasend, daß ich mich an dem Fahrgestell festhalten mußte; ich hatte zum ersten Mal in meinem Leben einen Todgeweihten belogen, und doch hatte meine Stimme unverändert geklungen.

Für Goschnik aber war es die Wahrheit gewesen, und die Wahrheit kam als Erlösung. Sein Kopf sank zur Seite, röchelnd atmete er auf.

»Endlich biste wieder wie immer.«

Er schluckte mühsam, die silberstoppligen Wangentäler vertieften sich und ließen am Grunde die heftig arbeitenden Kaumuskeln sehen.

»Mußte aber nich machen, so fremd zu mir sein. Könnt man ja denken, wolltst mich *noch*mal bestrafen.«

»Bestraft wärst du worden –? Wofür.«

»Komm, tu doch nich so.«

Er wendete wieder sein eingesunkenes, von Schweißbächen überströmtes Gesicht zu mir her. Alles Anbiedernd-Verstockte, alles Indifferente, alles Widersprüchliche, selbst die gewaltsame Verkrampfung der Mundpartie, die mich so häufig irritiert hatte an ihm –: alles war aus diesen Zügen getilgt.

»Weißt doch genau, daß ich s verdient hab.«

»Wovon sprichst du.«

»Wovon wohl.« Er versuchte, unter dem Laken die abgebundene Rechte zu heben. »Kuck mich doch an.«

Die Tür des Operationssaals ging auf, ein blaugeäderter Ellenbogen hatte sich gegen die Innenseite gestemmt; in der schmerzenden Grellheit dahinter konnte man eine Schwester abgewendeten Gesichts einen Eimer forttragen sehen; vor ihr wurde eine Bahre aus der gegenüberliegenden Türe geschoben, und eine ungeduldige Stimme rief jetzt laut nach dem Pfleger.

Ich spürte, daß ich Goschniks Bahre festhielt, ohne mich stützen zu müssen. Ich ließ sie los; jedoch mich aufzurichten, war mir vor seinen Blicken unmöglich.

»Ich glaube, du redest dir da etwas ein.«

»Avrom!« In seinen starr geweiteten Augen drang, von weit her kommend, ein winziges, schnell zunehmendes Flackern nach vorn. »Wenn ich s dir doch sag: 's is ne Strafe gewesen! Was redst n da dauernd drum rum?«

Er glitt plötzlich vor mir zurück; und hastig zerrte der Pfleger die Bahre in den Operationssaal hinein. Das letzte, was ich von Goschnik erblickte, sind die welken, mit Schmutz und schimmerndem Glasstaub durchsetzten Platanenblattfetzen gewesen, die an seinen Schuhsohlen klebten.

Leere nun wieder in meinem Gehirn; nicht einmal eine Geruchserinnerung mehr, die einem ein verlorengegangenes Bild doch so oft erneut zu verdeutlichen hilft. Und dabei liegt das alles noch keine drei Wochen zurück. Aber ich darf den Riß nicht vergessen, der, seit dem Zersplittern der Rundfensterscheibe, mein Zeitbewußtsein durchläuft. Es ist zuviel Ewigkeit eingesickert inzwischen, als daß es mir gelänge, eine Sekunde noch unbefangen eine Sekunde zu nennen. Und wo die Zeit sich aufzulösen beginnt, verliert auch das Gestern an Glaubwürdigkeit; vom Morgen erst gar nicht zu reden. Es gibt in diesem Stadium keinen Zeitablauf mehr. Es gibt nur noch ein ewiges Jetzt.

Ich weiß, daß dieser Satz für viele von uns, auch heute noch, die Grundessenz unseres religiösen Selbstverständnisses ist. Doch ich bin auf andere Weise auf den Grund dieses Satzes gelangt. Er ist eine Lager-Erfahrung für mich. Die Zeit tritt auf der Stelle, wenn man die Vergangenheit braucht. Sie läßt sich nicht einmal das Gestern entreißen. Selbst das Eben noch ist schon auf ewig verloren. Wie eine so störrische, eine so wenig hilfsbereite Zeit heilen soll, habe ich niemals begriffen. Sie stiehlt. Sie rafft. Sie betrügt. Und jeden, den sie verrät, und alles, was sie hortet, was sie tötet, zerbricht, liefert sie gnadenlos – ein diensteifriger Weltpolizist – der Vergänglichkeit aus. Deren Verbündeter das Vergessen, deren Auftraggeber die Ewigkeit ist.

Dieser Vorgang läßt sich auch gesetzestreu interpretieren, gewiß. Wobei dann die Thora das Ewige wäre, und die Spitzeldienste, die die Zeit der Vergänglichkeit leistet, als irdisches Draufgeld ausgelegt würden, für dessen Abgabe der Gläubige sich das Anrecht auf einen gültigen Beitrag für die Exklusivität unseres Gottesbündnisses erwirbt. »Dieses ist die Thora, daß der Mensch todesbereit ist im Zelte.« Ich kenne den Satz. Jedoch die Dialektik unserer Weisen erweist sich der irdischen Mordsucht dieser Zeit so sehr überlegen, daß diese Überlegenheit, an den jüngsten Verfolgungen gemessen, sich, fürchte ich, ebenso in Rauch aufgelöst hat, wie die Leben derer, die, drei Jahrtausende lang, von jener Dialektik geprägt worden sind.

Nein, es ist kein Verlaß mehr auf die Zeit; im großen nicht und nicht im kleinen. Und ich wüßte wirklich nicht, waren Minuten oder sind Stunden vergangen, seit die Tür des Operationssaals sich schloß. Irgendwann jedenfalls schreckte eine Stimme mich auf. Eine Stimme, bei deren vitalem, unbeteiligtem Klang ich mir jählings uralt und gebrechlich vorkam; die Schwester.

Sie wollte die Namen von Goschniks Angehörigen wissen.

Ich mußte bedauern, ich kannte nur seine Firmenadresse.

Mit hakiger Sütterlinschrift trug sie sie in die Karteikarte ein.

Und wer sei ich?

Ich sagte es ihr.

Unter dem Nagel ihres Zeigefingers, der auf der Spitze des Kugelschreibers ruhte, wurde einen Augenblick lang eine weißliche Druckstelle sichtbar; dann fügte sie meine Angaben in eckigen Klammern hinzu und überließ sich, hinter der Glaswand des Anmeldezimmers gegen die Heizung gelehnt, wieder ihrer Illustriertenlektüre.

Ich sah mich nach einer Sitzgelegenheit um; es gab keine. Also lief ich auf dem Gang hin und her und bemühte mich, unter dem Schutz des Hutes nicht ständig das Rotlicht sehen zu müssen, das über der Türe des Operationssaals im Tempo eines hektischen Pulsschlags aufglühte und wieder erlosch, aufglühte und wieder erlosch. In Gedanken glaubte ich Goschniks stethoskopverstärkten Herzschlagtakt dazu zu vernehmen, der allmählich den ganzen Gang zu durchdröhnen begann. Bis ich herausfand, es war mein eigenes Herz, das so klopfte.

Hastig trat ich an eins der fliegenkotgepunkteten Fenster und starrte hinaus.

Und was hatte es nun genützt, Goschnik als der geantwortet zu haben, den er in mir erblickte? Ich fürchtete: wenig. Ich hatte nicht an die wirklichkeitsversessene Arbeit des Arztes gedacht. Denn was konnte der tun? Goschniks Schmerzen zu lindern versuchen und ihn – soweit noch Zeit dazu war – für den Abschied von seinen Angehörigen präparieren; mehr doch wohl nicht. Und zumindest letzteres wirkte sich ganz sicher doch auch auf Goschniks Bewußtseinsebene aus: glatt würde sie sein, wenn er aus der Narkose erwachte; gebohnert wie dieser Gang hier, klinisch sauber, linoleumbelegt. Nichts mehr von Avrom; den Rabbiner würde er wiedererkennen in mir. Ein paar verlegen-zögernde Sätze, und die Angehörigen kämen herein.

Ich sah mich, jenseits der Asternrabatte, über das Kopfsteinpflaster gehen, ein blasser, dunkelgekleideter bärtiger Mann, nach dem die Kranken sich umdrehten; fröstelnd und ein wenig gebeugt, lief er wieder zum Ausgang zurück.

Ausgang? Es gab hier keinen Ausgang für mich, solange Goschnik noch lebte. Und wenn er dann *nicht* mehr lebte? Ich fürchtete, dann würde es auch aus meiner Mitschuld an diesem Unglücksfall keinen Ausweg mehr geben. Und jetzt, wo er seit drei Wochen tot ist? Da schreibe ich, um *hinter* jene Befürchtung blicken zu können, hier diesen Bericht.

Also weiter. Und wozu habe ich mich dann dort an jenem Klinikfenster entschlossen? –: Goschnik, wenn sein Tod ihm noch eine Frist einräumte, auf gar keinen Fall zu verlassen. Denn wenn *ich* ihn verließe, würde ihn auch Avrom verlassen; und wenn Avrom ginge, würde die Dunkelheit kommen; und die kam früh genug. Nein: mochten so viele Angehörige erscheinen wie wollten; hatte er auch nur nach einem von ihnen verlangt? Er hatte Avrom beschworen; und Avrom war ich. Die Frage war eben jetzt nur, ob ich auch Avrom geblieben sein würde, wenn Goschnik das Bewußtsein wiedererlangte. Und noch eine Frage gab es:

Wer war Avrom denn nun? Kannte ich mich in meiner mir so unausweichlich aufoktroyierten Rolle denn wenigstens aus?

Die Stirn gegen die Scheibe gepreßt, so daß sich die Hutkrempe hochbog und ich spürte, wie die Kühle des Glases sich langsam auch der Stirn und den Schläfen mitzuteilen begann, versuchte ich mich darauf zu besinnen, was Goschnik mir, in seiner oft allzu gesprächigen Art, bewußt oder unbewußt über Avrom mitgeteilt hatte.

Es war nicht sehr viel. Und selbst daß er mir ähnlich sehen sollte, was sagte das schon. Aber war das wirklich schon alles, was ich bisher von ihm wußte? War denn nicht auch sein Name beredt; hatte nicht Goschnik einmal gesagt, jene Spaziergänge Avroms zu seinen Scheiben hätten zu einer Zeit stattgefunden, da Avrom noch ungehindert habe arbeiten können?

Und warum sah ich Avroms Bekleidung, wenn ich sie mir vorzustellen versuchte, ständig nur schwarz?

Ich mußte einen Moment lang den Atem anhalten, um mein Herz zu beruhigen; es fing plötzlich wieder an, schneller zu schlagen.

Auf der Asternrabatte vor dem Fenster scharrte fanatisch eine Amsel zwischen den verdorrten Stauden. Ihr Schnabelansatz war milbenzerfressen, durch die dürftigen Stirnfedern schimmerte die Schädeldecke hindurch; und vor jedem Blatt, das sie hochwirbelte, zuckte sie, sank es schaukelnd wieder herab, schreckhaft und mit hängenden Flügeln, zusammen. Irritiert schloß ich vor ihr die Augen.

Und da war er. Er trat aus meinem Innern hervor; schattig noch, weit mehr geahnt nur, als schon gesehen; und doch gegenwärtig. *So* gegenwärtig, daß ich glaubte, den Kittgeruch wahrnehmen zu können, der von ihm ausging: kühl, streng, fast grufthaft. Er war mittelgroß; er hätte größer sein können, aber er zog es vor, nicht alles auszuspielen, was er an Größe besaß; er hielt sich gebeugt, die Hände, unter der fleckig-zerrissenen Schürze, in den Hosentaschen vergraben. Die Fäuste beulten sie aus; sie drängten, unterstützt von den Hüften, nach vorn; doch der Oberkörper warf den knieknickrig in seinen heruntergetretenen Pantoffeln wippenden Mann gleichsam wieder zurück, fing den im Stehen Davonhastenden auf, hielt ihn fest. Den Hinterkopf bedeckte der Hut, die Wangen der Bart; schwarz war er, ja; doch mit weißen Fäden durchwirkt und um den unruhigen, wohl lautlos pfeifenden Mund von Essen und Trinken rötlich verfärbt. Etwas in seinem Gesicht wirkte versehrt: die Augen; sie lagen in Dunkel gebettet; das krause, unter dem breitrandigen Hut hervorquellende Haar warf tiefe Schatten auf sie; und nur die fahle, von den leicht eingesunkenen Schläfen begrenzte Stirn und die bartumwucherten Backenhügel waren in ein ungewisses Zwielicht getaucht.

Ich hätte mich gern, in meiner Einbildungskraft oder was es nun war, auch noch seiner Umgebung versichert und preßte, so fest, so konzentriert ich nur konnte, die Augen zusammen, bis auf der Netzhaut Scharen bunter, auf- und niederschwebender Kreise erschienen. Einer stieg besonders hoch auf, ein beinah farbloser, grauer. Reglos blieb er einen Augenblick stehen, dann zerbarst er, war eine runde, scherbengespickte Fensterumrandung, und tief unter ihr, und doch näher noch als eben zuvor, war nun auch wieder Avrom zu sehen. Kniewippend, die Hände unter der Schürze in den Hosentaschen vergraben und leise vor sich hinpfeifend blickte er auf die grauen Glassplitter vor seinen Pantoffelspitzen hernieder.

Ein klatschendes Knirschen war jetzt zu hören. Ich öffnete die schmerzenden Augen, und den buchsbaumflankierten Kiesweg, der die Asternrabatte umschloß, kam ein weißgepuderter Kopfverletzter entlang. Das mittägliche Novemberzwielicht ließ den krallig-weißen Kopfverband wie mit Leuchtfarbe durchtränkt erscheinen; und wären nicht die schattigen, vom Puder ausgesparten Augenhöhlen gewesen, der Kranke hätte gesichtslos wie ein stoffumwickelter Kegel gewirkt. Er ging langsam und steif, fast als zelebriere er etwas, und seine schnürsenkellosen Halbschuhe schlugen ihm jedesmal klatschend gegen die nackten Fersen dabei. Um die Schultern hatte er sich eine graue Decke gelegt, ihre beiderseits herunterhängenden Zipfel reichten bis über die Waden hinab. Kein Arm, keine Hand waren sichtbar darunter, nur diese längsgestreifte Pyjamahose, deren zwei Farben, bis auf den Grundton genau, denen jenes gestreiften Drillichzeugs glichen, das wir im Konzentrationslager trugen.

Meine Blicke folgten ihm, bis er hinter einer Gebäude-Ecke verschwand; und nun erst nahm ich die gedämpfte Unruhe hinter mir wahr: Flüstern, Türklappen, Schritte, und plötzlich war auch wieder jenes verdrossene Quietschen zu hören, das das Rad des Bahrengestelles erzeugte. Ich holte tief Luft und drehte mich um.

Der Pfleger hatte sich gerade, um lautlos an mir vorbeizukommen, auf die Zehen gehoben; mürrisch fiel er nun wieder auf die Hacken zurück. Die Bahre, die er vor sich herschob, war leer. Das heißt, nicht ganz: ein zerlumpt wirkendes Kleiderbündel lag auf dem Fußende der brüchig-weißen Wachstuchmatratze. Es war nicht schwer, es zu identifizieren. Diese kittfleckige Mütze, diese flickenbedeckte, an das Flugbild herbstlicher Felder erinnernde Schürze; diese abgewetzte, an den Ärmelkanten und am Kragen glänzend geriebene Joppe; dieser graue, zerbeulte Rollkragenpullover; diese, jetzt der Länge nach aufgeschnittene Cordhose; diese schmutzig-verkrusteten, uralten Zwillingsgesichter der Schuhe –: Auch noch aus einem Lumpengebirge hätte ich das herauszusortieren vermocht.

Ob ich Avrom Grünbaum sei, fragt da eine zögernde Stimme.

Die Operationsschwester. Das Neonlicht spiegelt sich in ihrer Gummischürze, sie ist erst eben gereinigt worden, es rinnen noch Wassertropfen die blendend helle, faltenlose Fläche herab.

Ich nicke mechanisch.

Sie hebt nervös zwinkernd Goschniks Karteikarte vor die rotgeränderten Augen.

Aber hier sei doch ein ganz anderer Name verzeichnet, den habe der Verunglückte in der Narkose doch gar nicht erwähnt.

Es komme aufs selbe heraus, antworte ich; Lesser Lovinski und Avrom Grünbaum seien identisch.

So –?

Prüfend blickt sie mich an; sie hat ein teigiges, versorgtes Gesicht, es kann sogar noch betroffen aussehen.

»Was ist mit ihm«, fragt meine Stimme.

Sie nagt an ihrer aufgesprungenen Unterlippe, scheint die Schultern zucken zu wollen, läßt es dann aber.

Ich solle ihr folgen.

Sie geht voran ins Anmeldezimmer, wo die andere Schwester mit ihrer Illustriertenlektüre inzwischen beim

Kreuzworträtsel angelangt ist. Den Kugelschreiber gegen das Kinn gepreßt, starrt sie, nach wie vor am Heizkörper lehnend, konzentriert auf das schwarzweiße Karofeld nieder.

Ich sitze plötzlich. Nur ein kurzer Schwächeanfall. Aus den milchig zerfließenden Formen im Zimmer reicht mir die langsam wieder Kontur annehmende Operationsschwester einen zettelversehenen Cellophanbeutel her.

Sie hat etwas von Unterschreiben gesagt. Ich sehe mir den Cellophanbeutel an. Er enthält ein zerfledertes Notizbuch, zwischen dessen Seiten sich ein abgenutzter Tintenstiftstummel verklemmt hat, eine schmalrandige, altmodische Brille, einen Glasschneider, etwas Kleingeld, eine zerdrückte Streichholzschachtel und vier krumme, zerknautschte Zigaretten.

Meine Hand zittert; die Unterschrift, die ich auf den Zettel setze, wirkt wie die Schleifspur eines in Tinte gestürzten Insekts.

Die Operationsschwester steht schon draußen im Gang.

Ich müsse mich beeilen; der Doktor habe nicht allzuviel Zeit.

Ich löse von der Wertsachenliste den Empfangskupon ab, den die andere Schwester mir, ohne aufzusehen, aus der Hand nimmt und stecke den Cellophanbeutel ein.

Alles umher ist unwahr und traumhaft. Erst unsere leer hallenden Schritte hämmern mir wieder die Wirklichkeit ein.

Der Gang führt auch dort, wo es aussah, als sei er zu Ende, noch einmal um eine Ecke herum. Die Wände sind hier mit Fotografien behängt: Geschwulste, Entzündungen, Knochenfrakturen, Mißbildungen, Ausschläge – alles erinnernswerte Fälle anscheinend; und jedes der Fotos sorgfältig verglast und gerahmt, und über jedes zieht nun, schwarz und schattenrißhaft, Avroms und mein Spiegelbild hin.

Vor uns verschließt eine Schwingtür aus nebligem Milchglas den Gang. Ein Arzt oder Pfleger stößt die beiden Flügel mit wuchtigen Handschlägen auf; es ist dämmrig dahinter, fast dunkel. Doch schon fallen die Türhälften wieder zurück; und die noch unruhig aneinander vorbeipendelnden geradlinig hinter sich lassend, kommt der Arzt oder Pfleger nun lautlos heran.

Nicht Pfleger; nein, Arzt: Die Schwester nennt seinen Namen; und wie er heran ist, erkenne ich unter dem kurzen Ärmel seines kalkig-koketten Kittels auch den blaugeäderten Ellenbogen wieder, der die Operationssaaltüre aufstieß vorhin.

Ich senke den Blick und starre auf die weißen, unbefleckten Tennisschuhe, die jetzt, anderthalb Schritte vor mir, federnd verharren.

Famos, daß ich noch da sei.

Eine Stimme, zu der randlos-funkelnde Gläser gehören, energiegeladene Gesten, ein kraftvoll-kantiges Kinn. Doch ich blicke nicht auf.

Es sei zwar nicht Usus, gleich Besuch zu einem Frischoperierten zu lassen; doch in unserm Fall lägen die Dinge ja anders.

Unserm hat er gesagt; und *anders;* ja.

Elastisch machen die Tennisschuhe kehrt; und zwischen ihnen und dem müde knarrenden Schuhwerk der Schwester gehen Avrom und ich nun der Schwingtür entgegen, die pausenlos ein kaum wahrnehmbarer Luftzug bewegt.

Nicht wahr, ich machte mir doch keine Illusionen.

Ich schüttle den Kopf.

Er habe mir angesehen, daß ich die Wahrheit vertrüge.

Es klingt wie ein Lob.

Offengestanden: nicht gerade die Regel, daß einer überhaupt noch was sage, nach solch einem Sturz. Aber dieser Mann, mein Gott, der rede und rede.

Übrigens meistens mit mir, sagt die Schwester; jedes zweite Wort Avrom.

Und in der Narkose sei noch von einer gewissen Sally die Rede gewesen. Der rechte Tennisschuh weist, zwei Schritte lang, herüber zu mir: Gewiß meine Frau?

Ich nicke. Mirjam hätte es mir verziehen, daß ich mich als Avrom zu Sally bekenne.

Wir sind vor der Tür angelangt. Die weiten Hosenbeine des Arztes beult schon der Luftzug, der jetzt deutlich die beiden Milchglasflügel bewegt. Mit Hand und Elle stemmt der Arzt einen auf; ich öffne den andern: Kälte und Dämmerung dahinter, Wind einer Klimaanlage, bläuliches Licht; fröstelnd trete ich ein.

Die Tracht der Schwester, der Kittel des Arztes phosphoreszieren hier fast. Wir befinden uns am Ende des Ganges; ein unbeleuchteter Fahrstuhlschacht schließt ihn ab. Rechts und links Türen, klinkenlos, narbig, mit abblätternden Nummern versehen. Die Luft so penetrant klinisch, daß auch einer, der sich weniger gut auf die Gerüche des Todes verstünde als ich, sofort wüßte, wo er hier ist: in der Pathologie.

Geräuschlos, geübt schiebt der Arzt vor einer der Türen den klobigen Vierkantschlüssel ins Schloß.

Die Schwester flüstert mit ihm.

Ah ja.

Die Hand noch am Schlüssel, dreht er sich um.

Zum ersten Mal blicke ich ihm voll ins Gesicht. Er sieht aus, wie vermutet, unbeteiligter noch.

Beinah habe er es vergessen: Die scheinbare Lebhaftigkeit des Verunglückten sei natürlich nicht echt; paar Stunden, möglicherweise auch nur eine halbe, dann klinge sie ab.

»Und dann?«

Über den strohigen Scheitel des Arztes zuckt ein bläulicher Lichtreflex hin.

»Ex.«

»Und wenn ein Wunder geschieht?«

»Es geschieht keins, Rabbiner.«

Auf der blaßblauen Hand, die den Schlüssel umspannt, treten die Knöchel hervor; sie beschreibt eine Drehung; einen Sekundenbruchteil lang ist nur das monotone Summen der Klimaanlage zu hören; dann stößt die Hand zu, und die Tür klafft auf in den Raum.

Das erste war der Geruch; denn das grelle, sich in den weiß gekachelten Wänden spiegelnde Neonlicht zwang, die Augen zu schließen. Chlor, Kalk, Lysol. So hat der Tod auch im Lager gerochen; dort allerdings, um seine Spuren zu *tilgen.* Hier roch er so, wenn er *kam.*

Dann Goschniks Stimme: atemlos, keuchend, beschwörend; und von der hallenden Leere des Raumes verstärkt, als habe sie sich schon von ihm gelöst.

Und schließlich auch der Raum selber: Die Rinne in den Fußbodenfliesen; der rußige Lichtschacht vor dem Fenster; der abgegriffene, wachstuchbezogene Hocker; das karge, fahrbare Bett; der riesige, mit stumpfem Zinkblech beschlagene Tisch in der Ecke und die weit ausladenden Waschbecken, in deren chromblitzenden Armaturen sich verzerrt und zerstückt der quadratische Neonröhrenkranz brach, der, beinah nahtlos dem Verlauf der Wände folgend, die eierschalfarbige Decke umschloß.

Undeutlich ist mir, der Arzt habe noch etwas von einer Klingel gesagt. Und hinter seinem Rücken, glaube ich, hat die Schwester auch noch einmal die Kissenzipfel zusammengestaucht, die Goschnik an den grauen, kurzgeschorenen Schläfen hochstanden.

Aber ich entsinne mich nicht mehr genau. Ich hatte jetzt nur noch seine Stimme, nur noch diese keuchende, fiebrige, bohrende Stimme im Ohr, in die nun lediglich noch, mit seufzendem Schnappton, das Türgeräusch fiel, und keine viertel Minute darauf das hölzerne Scheppern, das der Hocker erzeugte, als ich ihn mir an die Bettkante zog.

» . . . gar nichts gegen zu sagen, seh ich ja alles auch ein. Bloß, nu mal anders gefragt: Hätt ich s denn sein lassen solln? Hätt ich tun solln, als ging s mich nichts an? Hätt ich mir einreden solln, daß es bloß ne Einbildung wär, und s hätt sich da, was weiß ich: um ne ehemalige Schule, ne ausgebrannte Sternwarte oder so was gehandelt; um irgend so ne alte vergessene Ruine, um die sich keiner mehr kümmert, weil sie abgerissen werden soll eines Tags? Wie denn. Die hat mich doch rangeholt; die hat mich doch angestarrt; die hat s mir doch richtig befohlen; bin doch nich von selber gekommen! Das war doch wie n Sog. Was sollst n da machen, wenn de überall, wo de an nem Hochhaus zu tun hast, auf einmal so n Kribbeln im Rücken spürst; so, als ob de von weit her angekuckt würdst, und drehste dich um, starrn da immer dieselben ausgekohlten Fensterhöhlen dich an, hockt da immer dasselbe uralte kaputte Gebäude zwischen all den Neubauten rum? Kannste doch nich so tun jetz, als wärste gar nich gemeint; kannste dich doch nich aufspieln jetz, als wärste gegen so was immun. Muß doch was los sein, da mit dem Bau; muß doch irgendwas ausgehn von dem. Kannste doch nich einfach n Kopp einziehn jetz und erledigt, der Fall! Da mußte doch hin!

Los, red; antwort mir endlich, hör nich bloß zu! Ich sag, da mußte doch hin; da mußte doch nachsehn, was stimmt n da nich mit dem Bau. 'türlich: Du schweigst wieder mal, du hast s nich nötig, mit mir zu reden, du bist über so was erhaben. Avrom, was bildst n dir ein? Mach ich mir denn hier vielleicht noch was vor? Ich mach mir nichts vor, nee. Ich frag doch bloß; will doch bloß von dir wissen, ob ich s hätt sein lassen solln, mich um die Synagoge zu kümmern. Nich, kannste doch schlecht von Karl Goschnik verlangen, *du* doch schon gar nich. Na, siehste.

So, und nur raus mit der Sprache: Was soll da jetz falsch gewesen sein dran, daß ich damals, wo ich Matusanke verglast hab, mal mit rangekommen bin auf n Sprung und hab se mir angesehn, die Synagogenruine? Na? Nu knobelste, nich? Aber da *is* nichts falsch dran gewesen; daran bestimmt nich. Und weißte, warum nich? Du schüttelst n Kopf. Logisch; damals, da haste dich ja auch längst nich mehr *so* um den Goschnik gekümmert wie jetz. Sonst wüßteste nämlich, wie fertig der war, als er dann wieder rausgekommen is aus dem Bau.

Ach wo, nichts weiter passiert. Was soll n schon groß passiern in so m alten Gemäuer. Bloß, wie ich in dem Nieselregen da drin mal hochkuck, einfach bloß mal so rauf ins verbeulte Kuppelgestänge, was meinste, was ich auf einem von den verrotteten Eisenträgern da seh? 'ne Schleiereule, Avrom. Hat n Kopf auf n Rücken gedreht und kuckt runter zu mir. Was is n, was siehst n so ratlos an mir vorbei? 'ne Schleiereule, hab ich gesagt; ne Eule, kapier doch! Du willst einfach nich. Muß ich dir helfen; hör zu. Haste nich Sally immer, wenn se sich am Sabbat oder zu Pessach oder Schawuot oder zu irgend m andern Fest feingemacht hat und hat sich gepudert, die Wimpern getuscht und geschminkt, aus Spaß Eulalie genannt, weil se mit ihrn schiefen schläfrigen Augen, und nu all dem Puder noch im Gesicht, und das schöne schwarze Fransentuch um, oft, Tatsache, n bißchen wie ne flattrig-betuliche Eule ausgesehn hat?

Aha, nu begreifste. So, und jetz sag: Das is doch n Hinweis gewesen, da hat doch was zu mir gesprochen! Nu hat doch die Eule da oben irgendwas mit Sally zu tun gehabt, nee? Nich, das macht unruhig? Bin ich *auch* gewesen damals; und wie. War so erledigt, daß ich mich hinsetzen mußt, auf einen von den runtergefallnen Steinquadern da, kennst ja die Dinger. Und dauernd dabei den Blick von der Eule im Nacken. Kannste verstehn, was das heißt? Daß de dich da so sehr reinsteigerst, daß de Sallys Augen auf einmal gar nich mehr aus m Kopp kriegen kannst? Und jedesmal, wenn de denkst, nu is gut, sie kuckt weg, und du blickst rauf, da starrt die Eule noch genauso runter zu dir wie zuerst und hat überhaupt gar nich aufgehört runterzustarrn all die Zeit, so daß de richtig s Gefühl hast, sie kuckt noch viel bohrender, viel beschwörender jetz? Und gleich überträgt sich das auch auf Sallys Blick wieder, von dem de nich loskommst; und der wird immer drängender, immer überredender, immer befehlender jetz, so, als wollt se einen hypnotisiern, als wollt se einem mit aller Macht was einsuggeriern, von dem se ganz sicher wußt: *allein* wär der Karl da nie draufgekommen?

Aber ich *bin* drauf gekommen, Avrom. Schön, Sally hat n bißchen nachhelfen müssen; aber soviel steht fest: Da, auf dem Quader, all die Scherben, all den Schutt unter n Füßen, all den Himmel über m Kopf, all diese bepißten, verdreckten, bemalten, diese hundertmal geschändeten Wände um mich rum: da, an dem Novembernachmittag, da hab ich s begriffen, warum die ausgebrannten Fensterhöhlen mich dauernd so angestarrt haben. Da hab ich s kapiert, was Sally von mir gewollt hat: Um die Synagoge sollt ich mich kümmern; rauskriegen sollt ich, ob sie wiederaufgebaut würde.

Und sie *is* wiederaufgebaut worden, und ich *hab* mich um sie gekümmert; so, und nu frag ich dich wieder: Hätt ich se links liegenlassen solln, die Synagogenruine; hätt ich se nich beachten solln, die Eule; hätt ich n nich erfüllen solln, Sallys Wunsch; hätt ich se mir entgehn lassen solln, die Verglasung; hätt ich tatsächlich tun solln, als ging mich das alles nichts an? Um Gottes willen, red, Avrom; hier mußte was sagen jetz; hier kommste um ne Antwort nich länger mehr rum. – Los, sieh mich an, kuck doch nich dauernd an mir vorbei! Ich hab dich gefragt, ob ich se mir hätt durch die Lappen gehn lassen solln, die Verglasung; ob s nich richtig war, daß ich mit dem Glaser da konkurriert hab. Ich mein, is doch ne Frage, die sich beantworten läßt; oder –? Sie läßt sich beantworten, Avrom, sie läßt sich; und von niemand so klar wie von dir. Und weißte auch, wie? ›Nee‹, mußte sagen ›nee, Karl, du konntst nich anders, als die Verglasung zu machen; war ne Arbeit, genau wie für dich geschaffen; doch logisch, wie de zu Sally und mir nu mal standst.‹ Stimmts, Avrom, hab ich nich recht?

Du schweigst. Du schweigst und kuckst durch mich durch. Avrom, warum. Warum quälste mich so. Warum redste nich. Warum tuste, als wärste überhaupt gar nich da? Da sitzte doch, ich kann dich doch sehn! Oder biste aus Luft? Nee, du bewegst dich, du lebst; du hast immer gelebt. Aber dann red doch jetz auch. Antwort mir, Avrom; ich fleh dich an: Red! Ausgeschlossen; du willst einfach nich; du bist störrisch; du bockst. Dabei weißte genau, daß ich gar keine andre Möglichkeit hatt, als mich da zu bewerben, so, wie ich nu mal gemacht bin. Bloß, das gibste nich zu, das willste nich wahrhaben jetz. Du hast Angst. Du denkst, dann könnt s mit an euch liegen, was nu passiert is. So n Quatsch, so n verdammter. Doch wohl noch immer mein eigner Entschluß gewesen, die Verglasung zu machen. Und wenn ich tausendmal an Sally hab denken müssen, da bei der Eule. Na, und was kostet s dich nu, zu mir zu sagen: ›'s war schön, Karl, daß de die Synagoge verglast hast. Denn s is n großes sichtbares Kaddisch gewesen auf Sally und mich.‹ Gar nichts würd dich das kosten. Trotzdem weigerste dich. Avrom, warum. Stimmts denn nich, was ich sag? Hälste s für falsch, daß ich die Synagoge verglast hab? Hab ich mir zu viel vorgenommen? Hab ich n Fehler gemacht? Avrom! Kuck doch nich dauernd so an mir vorbei. Tu doch nich so, als ging dich das alles nichts an. An wen hab ich denn dauernd bei der Arbeit gedacht? An Sally; an dich. Zu euerm Gedenken hab ich die Verglasung gemacht!«

»Bist du da ganz sicher? Kommt nicht auch noch was andres hinzu?«

Er schloß die Augen. Die Lider zitterten wieder wie heute früh, als er in der Synagoge unter dem zersplitterten Rundfenster lag; etwas stürzte in ihm, stürzte noch nachträglich ein. Jetzt prallte es auf.

»Doch. Du hast recht.« Langsam, geblendet öffnete er wieder die Augen und starrte dann ausdruckslos zur neonröhrenumkränzten Decke empor. »Ich – ich hab s auch getan, weil –«

Sein Mund zuckte; man hatte die Blutspuren nur oberflächlich getilgt, ein ganzes Delta rötlich zerfasernder Fäden schimmerte noch zwischen den Bartstoppeln auf.

»– weil ich gedacht hab, s löscht n bißchen was aus. Deshalb.« Er verbesserte sich hastig: »Ich mein: deshalb *auch.«*

Einen Augenblick lang war nur das montone Tropfen eines der Wasserhähne zu hören.

Dann wieder Goschnik; ernüchterter, müder nur jetzt.

»Aber s löscht nichts aus, wenn man ne Synagoge verglast. 'ne Arbeit, wie jede andre auch, ne Synagoge verglasen. Soll n das schon groß sein, paar Scheiben zuschneiden und einsetzen dann? 'ne Leistung? 'ne Tat? Bin ja verrückt. Übungssache is das, Gewohnheit. Wozu *hab* ich n denn, den Glaserberuf? Um mir jetz Rosinen drauf einzubilden vielleicht? Is n Handwerk, wie s Tausende gibt. Ich hatt se nich alle im Schrank; ich hab mir was vorgemacht. Logisch, fällt so n Bau auf. Aber wieso n das nu gleich auf sich selber beziehn? Ich mein, was hab *ich* n mit so ner Ruine zu tun? Und was heißt n hier Eule? Warum soll n da nich ne Eule drin sitzen, in so m alten, verrotteten Bau. Schließlich, wo soll er denn hin, bei den vielen Neubauten jetz, so n scheuer, auf Ruinen angewiesener Vogel wie der. Doch klar, daß er sich da erst mal in der Synagogenruine verkriecht; doch gar keine andre Ruine mehr da. Ich mit meinen idiotischen Ticks! *'türlich* war s richtig, die Synagoge zu verglasen. Genauso richtig, wie irgend n paar *andre* Fenster zu machen statt dessen. Bloß –«

Er versuchte sich keuchend vom Bett hochzustemmen; aber seine Arme hatten nichts mehr mit diesem hageren, eingestürzten Körper zu tun; reglos blieben sie neben ihm liegen, und da gaben auch die Schultern es auf.

»Bloß –: warum n da nu dauernd so n Hochgefühl bei? Wieso n da jetz dauernd bei der Arbeit so n Spaß? 'n Spaß, wie ich n so noch bei keiner andern Verglasung gehabt hab; und ich mag n doch nu *wirklich*, meinen Beruf.«

Röchelnd, schweratmend wandte er sein Gesicht zu mir hin, das durch die silbrig flirrenden Bartstoppeln und auf dem weißen Kissen ständig konturloser wirkte, und sah mich mit diesen aschgrauen, stumpf glänzenden Augen, in denen zweimal, auf Pupillengröße verkleinert, der quadratische Neonröhrenkranz glomm, bohrend und beinah aufsässig an.

»Spaß hab ich gesagt, Avrom; Spaß.«

Der Kissenzipfel war ihm im Weg, er walzte ihn mit der Schläfe nieder, um mich besser sehen zu können.

»Begreifste nu endlich, warum es passiert is?« Angehaltenen Atems, mit flechsig hervortretenden Halsmuskeln, gelang es ihm, den Kopf anzuheben. »Na –?«

Fast eine Sekunde vermochte sein Kopf sich so zwischen den knochigen Schulterhügeln zu halten: Ein graues, zur Hälfte bewaldetes, zur Hälfte mit Schattenkratern bedecktes Gestirn; dann sank es in die schneeige Kissenmulde zurück.

»Du willst s nich wahrhaben. Aber darum geht s nu nich mehr. Komm, sag was dazu.«

»Du irrst dich. Ich hab es dir schon einmal gesagt. Es gibt keine Verbindung zwischen diesem Unglücksfall und dem, was du sagst. Du redest dir da etwas ein.«

»Avrom, was is n mit dir. Erst schweigste so lang und nu drückste dich auch um die Wahrheit noch rum?« Er röchelte schwer. »Ich mein, ich muß es doch wissen, warum es passiert is. Und sei ehrlich –: Du weißt es auch.«

»Ich bitt dich, Karl: Hör auf, das ständig als eine Art Strafe zu sehen. Das genaue Gegenteil ist der Fall. Du hast der Gemeinde einen großen Dienst erwiesen. Dieses Unglück ist ein Zufall gewesen.«

»Ich hab überhaupt nich an die Gemeinde gedacht. Dir und Sally zuliebe hab ich s getan; da paßt gar nichts andres mit rein.«

»Trotzdem. Stell dir doch nur mal vor, es handelten hier heute alle Nichtjuden ähnlich wie du.«

»Avrom!« Er schrie fast. »Was tuste mir weh mit so m Wort? Hat s denn das jemals bei uns gegeben?«

Ich hielt seine gepeinigten Blicke nicht aus; ich starrte in den rußigen Lichtschacht hinaus. Eine zerborstene Kastanie, welke, nachenförmig geschrumpfte Blätter, ein kaum noch mit Zinken versehener Kamm und eine graugewordene Stanniolpapierkugel lagen da zwischen Stößen verschmutzter Kacheln herum.

»Avrom. Kuck mich an.«

Sein tödlich ernstes, immer mehr nach innen gewandtes Gesicht sah unter dem gnadenlos einfallenden Neonlicht jetzt aus, als sei es mit einer hautengen, granitstaubgepuderten Maske bedeckt.

Ich schluckte.

»Ja, Karl; was ist.«

»Denk all die Jahre zurück. Denk an die schlimmen. Denk an die paar guten. Denk dran, wie wir zusammen gearbeitet haben, und denk dran, wie ich n dann allein geschmissen hab, den Laden. Und nu beschwör ich dich, Avrom: Warn wir uns da auch nur ne Minute lang fremd? Biste nich immer wie n Vater, wie n älterer Bruder gewesen zu mir? Und hat nich die Sally mich immer gehätschelt, bemuttert, bekocht, daß ich manchmal schon dacht, ich dreh vor soviel Freundlichkeit durch?«

Ich schwieg; ich sah vor mich nieder.

»Schön; du denkst an Gerda; ich weiß. Aber können wir die nich mal rauslassen jetz? Ich mein, die hat uns doch nu weiß Gott grade genug vermiest, hab ich nich recht? Komm, sag was. Mach schon; nu red. Avrom! Ich hab dich was wegen Gerda gefragt.«

Ich schwieg. Aus den glänzenden Fliesen zwischen meinen Füßen starrte, hutbeschattet und bärtig, mein verzerrtes Spiegelgesicht zu mir herauf.

Goschniks keuchender Atem ging schneller.

»Immer dasselbe. Immer die Gerda. Die Gerda! Die Gerda! Dauernd kommste mir wieder mit der! Dabei weißte genau, wie wenig se mich intressiert hat im Grund. Schön, ne Zeit lang, da hat se mir auf der Pelle gesessen. Na, aber zu wem hab ich denn gehalten, zuletzt? Zu euch, Avrom oder zu ihr?«

Ich schwieg. Aber ich sah ihn jetzt an.

Schweißperlen waren ihm auf Stirn und Oberlippe getreten; das Neonlicht münzte sie in absurden Straßflitter um.

»Gut, ich hab Mutter und ihr dann am Stadtrand die Neubauwohnung besorgt. Aber willste mir denn da n Vorwurf draus machen? Sally und du, ihr wärt doch bloß aufgefalln da!«

»Bestimmt.«

»Siehste. Schön, ich geb zu: Ideal war die Kellerwohnung nich. Aber habt ja auch nich ewig drin leben müssen, zum Glück. Im Souterrain vorher die Wohnung, die war doch zum Beispiel gar nich so schlecht. Bißchen mehr Himmel hättet ihr brauchen können; doch, das is wahr. Die elende Brandmauer gegenüber, die hat einen fertiggemacht; ging ja Mutter oben genauso; bloß, daß wir eben noch s Wohnzimmer hatten, das zur Straße rausging. Trotzdem, Avrom: wär nich gut gewesen, hättste mit Sally da oben gesessen. Gar nich mal bloß wegen der Leute im Haus; weißt ja, auf die konnt man sich zwar nich grade verlassen, aber die haben doch wenigstens dicht gehalten – zuerst jedenfalls. Nee, ich mein, wegen der andern.

Stell dir doch bloß mal vor, du hättst an der Berliner Allee den Laden gemietet, wie de s doch wolltest, und auch noch die Wohnung daneben. Hell wie n Aquarium. Für ne Glaserwerkstatt nich schlecht. Für n friedliches Leben okay. Aber wie hättste auf m Präsentierteller gesessen, da an der Ecke. Da hätt doch jeder gewußt, wer de bist. Und weißte noch, was für n miesen Keller die hatte, die Wohnung? Einfach bloß so n Lattenverschlag. Holt mal einer n Eimer voll Kohlen, schon kuckt er rein. Nee, hätt nie was zum Untertauchen getaugt, da die Ecke. Aber nu halt mal unsre Kellerwerkstatt daneben. Doch gar kein Vergleich, hab ich recht? Allein schon die vielen Nebengelasse. Na, und erst der alte Bierkeller drunter. Den hat doch kein Mensch da vermutet. Erinnerste dich: nich mal der Hauswart hat n gekannt.

Schön, manchmal n bißchen arg eng gewesen, vorn in der Werkstatt, wenn so die ganzen Fensterrahmen rumstanden, und dann noch die Spiegel, und all die Bilderrahmen dazu. Und zum Sabbat und zu n Feiertagen war s auch nich grad einfach, Wohnung und Werkstatt so dicht neben'nander. Haben uns immer elend anstrengen müssen, s Werkzeug wegzuschließen und Ordnung zu machen, daß nichts mehr von Arbeit zu sehn wär da vorn. Und dann lag meist *doch* immer noch irgendwo n Kittklumpen rum, und Sally hat geschimpft wie verrückt, wenn sie n fand. Aber sonst?

Denk mal bloß an die Hühner. Wie blöd war das immer, wie ihr noch im Souterrain oben gewohnt habt; jedesmal mußt Sally, wenn se sie füttern wollt, erst auf n Hof. So aber hat se bloß einfach s Fenster aufgemacht unten im Keller und hat sie gelockt und ihnen s Futter auf n Hof rausgestreut.«

Sein hechelnder Atem brach ab, er schien für den nächsten Satz erst Anlauf nehmen zu müssen.

»Na, und sicher, Avrom –: sicher wart ihr doch da unten bestimmt.«

Beinah prüfend, mit zusammengezogenen Brauen, sah er mich an. Nicht *nur* prüfend, nein; unter seinem rechten Auge hatte wieder jener nervöse Nerv zu zucken begonnen, den ich schon von früher her kannte; nur daß es ihm jetzt nicht mehr gelang, Goschniks Zügen noch das gleiche unzuverlässig-irritierende Aussehen von damals zu geben. Eher wirkte die unruhige rechte Gesichtshälfte nun wie von einem Erdbebenahnen bewegt, während die linke in angespannter Starrheit verharrte.

»Komm, sag was dazu.«

»Was soll ich dazu sagen.«

»Sag: ›Ja, Karl; ja, wir warn sicher da unten.‹«

»Niemand von uns war damals hier irgendwo sicher.«

»Avrom! Hab ich auf euch aufgepaßt oder nich.«

»Immer, Karl? Tag und Nacht? Jede Stunde?«

Keuchend holte er Luft.

»Na, aber was hätt ich n machen solln? Er is mir doch sogar noch nachgeschickt worden, der Brief!«

»Was n für n Brief.«

»Komm mal erst runter.«

Ich kuck noch mal nach, ob ich auch die Schiebetür im Schrank richtig zugemacht hab, komm die paar Stufen wieder zurück und tret in die Küche. Riecht nach Borschtsch und nach Knoblauch aus dem bollernden Topf auf m Herd, hab s noch genau in der Nase.

›Hier.‹

Sally kramt n aus der Schürzentasche, und reicht n mir hin.

»Und daß ich dir verboten hab, in n Oberkeller zu gehn? Was wär n gewesen, s hätt dich nu jemand von draußen gehört?«

»Schimpf nich, Karl. Hab Zeitungspapier zum Feueranmachen gebraucht; und wie ich so rumsuch oben, da seh ich n unter m Türspalt vorkucken.«

»Is Gerdas Schrift.«

Sally tut so, als stimmte mit m Abzug irgendwas nich und ruckelt am Klappengriff rum; dabei hatt ich den Kamin doch selber gemauert und wußt, s zog wie Hechtsuppe drin.

»Und keine Marke drauf.«

»Tatsache; seh ich erst jetz.«

»Muß n selber gebracht haben. Oder Heini hat n besorgt.«

»Die will Geld, wetten.«

Sally hebt n bißchen die Schultern und läßt sie dann schlapp wieder falln.

»Nu ja; is ja jetz auch bald zehn Jahr, euer Junge.«

»*Ihr* Junge; verquatsch das nich dauernd.«

»Psst; nich so laut; daß der Avrom s nich hört.«

»Wo steckt n der überhaupt.«

Sallys Mund wird n Augenblick schmal; die grauen Härchen auf ihrer Oberlippe sträuben sich kurz und legen sich wieder.

»Na, wo wohl; in sei'm verdammten Kabuff.«

»Komm, hol n raus. Möcht kein Geheimnis vor ihm haben hier mit dem Brief.«

»Tuste mir n Gefalln?« Sie streicht sich ne unsichtbare Haarsträhne unter s Kopftuch zurück. »Heb ihm, was drinsteht, noch auf. Heut is Lagba-Omer; da is Rabbi Schimon bar Jochai gestorben. Avrom begeht s in Gedanken in Meron bei Safed.«

»Da is er weit weg, was.«

»In Erez Israel, ja.«

Ich kuck unschlüssig auf den Brief; hab nich mehr viel Lust, n aufzumachen, ehrlich gesprochen.

Doch Sally will s wissen. »Los, sieh schon nach.« Sie rührt in dem Borschtsch rum. Der Löffel, mit dem sie n dann abschmeckt, zittert n bißchen.

»Aber vergiß ja nich, daß wir s auch Avrom erzähln.«

Ich reiß den Brief auf; nee, bloß n Umschlag; steckt noch n Brief drin: billiges, blaues Papier; an Gerdas Adresse gegangen; *Wehrbezirkskommando* als Absender; Dienststempel drauf.

Muß mich n Augenblick an s Küchenspind lehnen; dann reiß ich auch den zweiten Briefumschlag auf.

»Was schreibt se denn, Karl; was wirst n so blaß?«

»Sie hat mir meinen Unabkömmlichkeitsposten vermasselt; is n Einberufungsbefehl.«

»Gott der Gerechte! Heißt das, de mußt weg?«

»Ja, Sally.«

Gequält warf Goschnik ein paarmal den Kopf hin und her.

»Na, aber sag doch selber: Konnt denn *ich* da was für? Was hätt ich n machen solln? Abhaun mit euch –? Avrom, wohin. Simuliern –? Wo ich, trotz meiner angeblichen Rückgratverletzung, dauernd wie n Irrer gearbeitet hab? Mich verstecken –? Avrom, und ihr? Einfach nich hingehn solln auf die Kommandantur –? Na, und dann?«

Sein Atem ging jetzt so rasend, daß er sich an ihm

verschluckte. Ich versuchte, ihm das Husten zu erleichtern, indem ich ihm behutsam den Oberkörper anstützte. Unmöglich; man hatte ihm einen Gipsverband angelegt; Goschnik fühlte sich an, als sei er zur Statue erstarrt.

Ich ließ ihn los und zwang mich, während er röchelnd mit seinem unsichtbaren Peiniger rang, die Tropfen zu zählen, die der zerfaserten Dichtung eines der Wasserhähne entquollen.

Nur allmählich, gleichsam bedauernd, löste der Tod seinen probenden Würgegriff dann und schmolz ohne Trübung wieder in die funkelnde Kachelwand ein. Es war noch zu früh; Goschniks zerbrochenes Leben barg noch einen Rest ungebrochener Kraft.

Immer noch keuchend, öffnete er schließlich wieder die Augen, deren graue, mit goldbraunen Einsprengseln übersäte Iris nun trockener und stumpfer wirkte denn je.

»Da biste noch. Dacht schon, wärst weg. Wo de mich doch nu obendrein noch beschuldigst, ich hätt euch nich sicher genug untergebracht, da im Keller.«

»Ich hab dich nicht beschuldigt; ich hab bezweifelt, ob du überhaupt die Möglichkeit hattest, Leute wie uns zu verstecken.«

Er sah sekundenlang blicklos zu den toten Fliegen hinauf, die über uns, in endloser Reihe, das Innre der Neonröhre punktierten.

»Nu darfste aber auch nich ungerecht sein. Hab ich nich lang vor m Krieg schon, für den Fall, daß mir was zustößt, und Sally dann nich mehr rauskönnt, angefangen, euch n Lebensmittellager einzurichten im Keller? Sicher, das verdammte Mäusezeug, das hat ganz schön dabei profitiert. Aber als ich zweiundvierzig dann wegmußt, Hand auf s Herz, Avrom: Hattet ihr da nich zu essen im Keller für beinah drei Jahr? Gut, das meiste sind Kohlrüben und Kartoffeln gewesen; aber auch Fleisch und Speck warn ja dabei und n Schrank voll Konserven. Und hatt ich s schließlich nich *so* eingefädelt, daß jeder, der euch von früher gekannt hat, nu dacht, die haben Pech gehabt, die alten Leute, die hat man auf der Straße kassiert, die sind weggeschickt worden, die gibt s gar nich mehr? Und in Wirklichkeit, Avrom, habt ihr in dem alten Bierkeller da unten gelebt, und kein Mensch hat von dem Keller mehr was gewußt, denn der war ja zugemauert gewesen –? Nich doch, ich sag ja nich, daß ihr s gut hattet da unten. Gegenteil: furchtbar is es gewesen; doppelt für dich, wo de doch nu gar nichts mehr sahst; und der Luftschacht is auch nich grad der beste gewesen; und wenn man an Sally denkt, die immer so etepetete gewesen is, und nu mußt se sich mit so ner Behelfstoilette begnügen; und mit m Staub und dem Schimmel da unten war auch nie so richtig fertig zu werden; von dem modrigen Biergeruch lieber erst gar nich zu reden –: Nee, nee, also, ich mach mir da schon nichts vor.

Bloß, Avrom, nu darfste aber auch nich denken, daß *ich* mir s leichtgemacht hätt. Ich mein, das fing doch gleich in der Kaserne schon an, als sie uns vereidigen wollten, und ich konnt n Arm nich hochkriegen zum Schwur, und kein Wort haste von mir gehört, weil ich dauernd die Sally vor mir gesehn hab, wie se da auf m Bett saß im Keller, die Schiefertafel von Rachel im Schoß, und zu mir gesagt hat: ›Merk dir s, Karl: Wenn irgendwas is, hier schreib ich s drauf; und die Tafel, die findste im Schlafraum, hinter dem losen Stein in der Wand, wo auch s Geld verstaut is, haste gehört?‹

Na, und so is s ja dann auch weitergegangen; immer war mit dem Soldaten Goschnik was los; gedrückt hat er sich, opponiert hat er, den Gehorsam verweigert, sich dußlig gestellt; fertiggemacht, eingesperrt, schikaniert is er worden; und als sie n dann kirre hatten, und er stand mit den andern auf m Kasernenhof in nem Riesenkarree um die Behelfskanzel rum und sollt endlich n Segen kriegen vom Pfarrer, damit sich s leichter krepierte, und auch s Totmachen vorher weiter nich schwerfiel, was is dem Soldaten Goschnik nu *da* schon wieder passiert? Gekotzt hat er, schlecht is ihm geworden von dem uniformierten Gotteslästerer da vorn, denn dauernd dauernd dauernd hat dieser Goschnik den Avrom Grünbaum vor sich gesehn.

Hinten, im untersten Keller, wo die Kneipe war obendrüber, da hat er in seiner Kammer gesessen; im Dunkeln, am Tisch, immer n aufgeklapptes Buch unter n Händen, und nur der graue Bart und die grauen Schläfenlocken haben sich abgehoben vom Tallit. Aber irgendwie war er doch hell, der Raum. Is ne ganz merkwürdige Helligkeit gewesen, man konnt sie nur ahnen. Hing wohl mit all den andern aufgeklappten Büchern zusammen. Denn obwohl schon n paar Monat blind, und obwohl s doch die Bücher warn, die schuld dran hatten, er mocht sich von ihnen nich trennen. Er hat drin gelebt, in den Bänden. Überall lagen sie rum, standen sie dicht an dicht in den Regalen. Genügte, daß er sich drübergebeugt hat über eins seiner Bücher und hat mit nem einzigen Atemzug den Geruch eingesogen von ner Seite oder hat s Papier befühlt oder n Einband betastet: Gleich hat so n Buch wieder angefangen zu sprechen für ihn, und Avrom hat sich mit ihm unterhalten; besser, muß man beinah schon sagen, als er das noch mit Sally gekonnt hat.«

»Nu darfste aber auch nich übertreiben. Würd ja reden mit ihr; bloß se sagt ei'm ja nich mehr, was draußen passiert.«

»Was soll se da drüber reden.«

»Nu, könnt ja sein, sie erfährt s mal von *dir.*«

»Avrom: Nützt die Wahrheit, wenn se kaputtmacht?«

»Die Wahrheit schadet bloß dem, der sie von niemand erfährt.«

»Sie is ne Krankheit heut, Avrom. 'ne Krankheit, die zum Tod führn kann.«

»Dann unterscheid erst mal gefälligst zwischen Neugier und Wissen.«

»Daß de nich neugierig bist, weiß ich.«

»Also.«

Er hob langsam n bißchen den Bart und blickte mich, unter der schattigen Hutkrempe vor, mit seinen erloschenen Augen aufmerksam an. Die Kerzenflamme zitterte; sah aus, als wär auf einmal wieder Leben drin in seinen Pupillen.

Wußt nich, warum: mußt plötzlich den Blick niederschlagen.

»Avrom, was weiß ich n schon.«

»Alles, Karl. Hättste uns sonst hier untergebracht?«

»Ich wollt, daß ihr sicher seid, ja.«

»Du redst dich raus. Sicher kannste doch nich im Unwissen sein.«

»Manchmal biste wie n Kind.«

»Gibt Leute, die verwechseln kindisch mit logisch.« Sein Bart zuckte etwas um die Mundwinkel rum, und über die Schläfen war n Moment lang n dichtes Lachfältchenspinnweb gespannt. »Aber mach dir nichts draus. Eines Tages krieg ich dich *doch* noch rum, hebräisch zu lernen. Dann sollste im Talmud mal sehn, was ne Harke is, Karl.«

»Gemacht, Avrom.«

Ich stand auf und ging mit der Kerze zur Tür. Tat irgendwie weh, sie ihm wegzunehmen; aber wir mußten sparsam sein mit den Dingern.

»Und mach die Tür zu, haste gehört. Daß ich euer Gerede nich hör, wenn ich lern.«

»›Lernen‹ hat er gesagt, ja, wenn er sich auf seine Bücher besann. Und *so:* in der Kammer, und all die offnen Bücherkisten rings um sich rum, und auch n Tisch noch voll Bücher, und die Hände auf den aufgeklappten Seiten von einem, und sich tief und wie in ner endlosen Verbeugung drübergeneigt und den Leimgeruch und den Duft vom Papier eingeatmet, und wonach n Buch sonst noch so riecht, das nich einfach nur rumsteht sondern auch mal n Fettfleck riskiert und dreckige Fingerabdrücke, weil s mit m Leben und nich bloß mit m Staub zu tun haben möcht –: *so* hab ich n mitgenommen im Herzen, den Avrom.

Nich grade Wehrfreude erzeugend, so n Bild mit rumzuschleppen; nee, das is wahr. Na, und hat ja auch nich lange gedauert, da war der Goschnik in nem Strafbataillon drin. Mitgetrottet, mitgeschossen, mitgestorben; gibt da so n Hebel in einem, drückste auf den, geht alles mechanisch: rennen, schießen, fressen, schlafen. Nur eins kannste nich reguliern mit dem, dein Gewissen.

Gar nich gewußt zuerst, daß ich eins hatte. Dacht immer, lebenbleiben genügt, alles andre wär wurscht. 'türlich: *war* auch wichtig, sich nich von nem Splitter oder ner Kugel erwischen zu lassen, gar nichts gegen zu sagen; wer hat s denn schon gern, mit m kaputten Bauch im Draht rumzuhängen, stimmts. Bloß dumm wird s, wenn man anfängt, sich nachts mal zu fragen: Also schön, noch vegetierste; aber nu mal ehrlich: Was zahlste n dafür?

Die Gegenrechnung, Avrom, is schlimm. Jeder Posten Verrat; und haste den Mut, s zusammenzuzählen, was kommt dabei raus? Dabei kommt raus: Jahrelang haste mit Ach und Krach zwei Menschen beschützt und jetz, wo de hier in deinem Erdloch hockst, braucht sich da vorn nur ne Hand zu bewegen, schon drückste die Backe an n Gewehrkolben, und ziehst n Abzugshahn durch. Warum. Weil s die Hand von nem Russen war; aus. Und die Hand Avrom Grünbaums, die, von all den Glassplittern zerschrammt, zwischen m *Schulchan Aruch* und den Erzählungen vom Rabbi Nachman aus Brazlaw auf der Sabbattischdecke lag, als de weggingst, Goschnik, was is mit der? Wieso zieht sich, denkste an die, deine Gurgel zusammen, und siehste die andre, dann schießte auf sie? Diese, das is die Hand von nem Feind. Von wessen Feind? Nich Feind von denen, die auch Avrom feind sind? Wieso beschützte Avroms Feinde dann aber? Hast doch noch eben Avrom vor seinen Feinden beschützt.

Kannste verstehn, daß mir s Gewehr wie ne glühende Eisenstange in n Händen gebrannt hat, wie ich mir das s erste Mal klargemacht hab? Erledigt, der Soldat Goschnik, von da an. Nur noch n kläglichen Abklatsch vom ehemaligen Glaser Goschnik hat s jetz gegeben. Der hockte, n Schädel zwischen die Knie gepreßt, in seinem Schützenloch drin und hat die beiden schmelzwasserzerfressenen Stiebel da unten gefragt: ›Was machen wir jetz, was machen wir jetz.‹

›Abhaun‹, haben die Stiebel gesagt.

›Zu weit‹, hat Goschnik gesagt; ›sind doch grade erst wieder rein nach Galizien gekommen. Über n Dnjestr rüber, das wär vielleicht noch zu schaffen, aber über n San und über die Weichsel, das schaffen wir nie.‹

›Was heißt n hier Dnjestr‹, haben die Stiebel gesagt; ›der liegt doch westlich.‹

›Ach, ihr meint östlich‹, hat Goschnik gesagt; ›etwa zum Russen?‹

Da haben die Stiebel geschwiegen.

Avrom, du sagst gar nichts auf so n intressantes Wort wie Galizien. Staunste nich, wie man rumkommt beim Militär? Wer hätt n daran gedacht, daß ich mich mal im gleichen Land eingrab, in dem n gewisser Schlomo Grünbaum, als er noch mit Büchern, Bleikristallvasen,

Kopftüchern und Bilderrahmen gehandelt hat, auf seinem Panjewägelchen rumfuhr und neben ihm, da hat der kleine Avrom gesessen und hat n halben Tenach runtergebetet, denn er war schon vier Jahr im Cheder, und der Schlomo wollt wissen, ob er dem Melammed nachhelfen müßt irgendwo; und obwohl im Talmud steht, der soll tot umfallen, der nach m Studium der Thora n Acker oder n Getreidefeld schönfindet, hat der kleine plappernde Avrom da auf m Bock doch zugleich auch s Lerchengedudel und s Radachsenknarren und s Grillenzirpen gehört; und die ganze schöne galizische Landschaft, bis rauf nach Lemberg, bis nach Stanislav runter, sie hat zwei nickende Pferdeohren und ne wippende strohdurchflochtene Mähne gehabt für den Kleinen.

Komisches Gefühl gewesen, kann ich dir sagen, als ich mir das so vorgestellt hab. Hab s schließlich gar nich mehr aus m Kopf kriegen können. Denn wußt ich, Avrom, was man mit deinen und mit Schlomos Leuten in Galizien gemacht hat, oder wußt ich s nich?

Ich wußt es. Wußt ja schon zu Hause Bescheid; wovor hätt ich n Sally und dich sonst all die Jahre beschützt? Und jetz, was tat ich jetz? Grub mir im selben geschundenen Galizien, um draus zu schießen, n Loch.

Is ne sternlose, milchig-diesige Märznacht gewesen, als ich so langsam auch *das* noch begriff. Im ersten Moment dacht ich, der Himmel stürzt ein. War nämlich auf einmal da oben so n rasendes Klopfen zu hörn, als sauste pausenlos n riesiger Preßlufthammer auf s Wolkendach nieder. Hätt schwörn mögen, die ganze Welt müßt n mitkriegen, den Krach. Daß ihn mein Herz produziert hat, das plötzlich bis rauf in den Hals schlug, das wurd mir erst klar, als ich n Mund wieder zugemacht hatte, und im selben Augenblick, da war auch das Klopfen vorbei.

Jetz war s aus; ich mußt rüber; sofort. Koppel abgeschnallt im Erdloch, Handgranaten, Gewehr dagelassen und raus. Noch keine zehn Meter bin ich gekrochen, da schrie mich von uns einer an. Und um nich ne Kugel in den Rücken zu kriegen, konnt ich mir nur noch die Hose wegreißen vom Hintern, damit die n auch glaubwürdig aufleuchten sähn. Is ihnen auch gar nichts weiter übriggeblieben, als mir s zu glauben; den Schiß, den ich hatt, kannste wörtlich nehmen, nich mal anzustrengen hab ich mich brauchen.

Aber ob de dir auch vorstelln kannst, wie einem zumut is, wenn man jetz nur noch drauf lauert, wie komm ich hier weg und kennt auch schon jeden Granattrichter, jeden Baumkrüppel, jede Ruine im Vorfeld und hat auch, an nem klaren Morgen, hinter nem Erdhaufen drüben, schon mal den braunen Helm aufschimmern sehn, den derjenige trägt, auf den man loskriechen wollt, und plötzlich heißt s: ›Hopp, hopp, sammeln; nach hinten!‹ Und s steht auch schon n getarnter Lkw da, und drauf geht s und ab, weiter nach Süden, in ne völlig unbekannte Frontlücke rein, und gleich muß man auch noch unter nem wüsten Artilleriefeuer liegen und versucht sich einzugraben, aber kriegt die Lehmpampe nich vom Feldspaten ab und kann, zwischen all dem Granatenjaulen und Detonationskrachen und den Dreck- und Eisensplitterfontänen und rumfliegenden Stahlbrocken und runterprasselnden Erdklumpen auf einmal nur noch ›Sally Sally Sally‹ denken, sonst nichts, und knirscht s auch und schreit s, und hört seine Stimme, die irr klingt und dünn wie die Stimme von nem überkandidelten Kind, weil man Lehm, weil man Gras frißt vor Angst, und auch s Wasser kannste nich halten und dir wird schlecht, und du bescheißt dich und heulst und versuchst dir s Salz aus den Augen zu wischen und reibst doch nur brennende, nach Eisen und Pulver riechende Erde mit rein –: Ja, Avrom, ob de dir auch *das* vorstelln kannst?

Laß es; tu s nich; vergiß, was ich sag. Präg dir nur ein, n Tag später hat sich derselbe Goschnik – Quatsch, is n andrer, is überhaupt nich mehr Goschnik, is ne abgewrackte, zittrige Vogelscheuche gewesen mit nem lehmbeschmierten Helm obendrauf – hat Goschniks uniformierter Rest sich freiwillig zu nem Spähtrupp gemeldet. Leichtsinn? Mut? Weder noch. Ich hatt vor, wenn die russischen Stellungen ausbaldowert wärn, erst n bißchen im Niemandsland liegenzubleiben, dann Waffen weg, und nichts wie rübergerobbt.

War wieder mal Nacht, als es losging; sternklar, längst schon kein Frost mehr; bloß alles voll Pfützen und Schlamm. Die Erde war wütend; bei jedem Schritt nach unsren Schuhen geschnappt, jedesmal ließ sie sich den Fuß nur mit nem saugenden Schmatzen wieder entreißen: Die hatte Hunger auf uns, war deutlich zu merken.

Der breiteste Niemandslandstreifen, der jemals zwischen zwei Stellungen lag; wir liefen und liefen. Endlich war vor uns ne Andeutung von Erdaufwürfen zu sehn, und wir duckten uns hin. Vier Mann nach links, ich mit den drei andern nach rechts; mal laufend, mal kriechend, mal Auge, mal Ohr.

Wir merkten bald, daß sich die Stellungen doch näher an unsre ranschoben, als wir gedacht hatten; überall Stichgräben mit Horchpostenlöchern am Ende. Mußt man achtgeben nachher; auf Horchposten biste allein, da is man kribbliger als drin in der Stellung; und fehlte grade noch, jetz Feuer zu kriegen, da würd der ganze Frontabschnitt hier rebellisch.

Hatt mir eben vorgenommen, dann lieber erst auf m Rückweg verlornzugehn, als vor uns ne seltsame Ansammlung von Steinen auftauchte. Gut hundert vielleicht, senkrecht oder schräg an'nander gelehnt, hüfthoch die meisten, manche auch höher; wirkten gespensterhaft kreidig gegen das Nachthimmelschwarz und in dem aufgewühlten Brachland ringsum auf ne beunruhigende Weise verlorn und fremd.

Die andern kümmerten sich nich um die Steine; auf mich übten sie ne eigentümliche Anziehungskraft aus. Ja auch logisch: Wozu nu erst wieder zurück; ne bessere Deckung nach beiden Seiten konnt s gar nich geben.

Wir warn etwa noch so fünfzig Meter von den Steinen entfernt, da hob der Korporal, der n bißchen vorankroch, als Umkehrzeichen den Arm. Wir hatten uns Gesicht und Hände mit Lehm beschmiert, konnt also nur sein, s Handgelenk oder der Hemdsärmel von ihm leuchteten auf, oder sein Arm war zu deutlich vor den hellen Steinen zu sehn. Jedenfalls setzte aus den russischen Stellungen n ziemlich heftiges MG-Feuer ein. Die andern drei türmten, Goschnik blieb liegen.

Ich sag wieder Goschnik, ja. Denn auf einmal, als so die zwitschernden Leuchtspurgeschosse dicht über ihn hinjagten und von den angeschossenen Steinen rüber metallisch die Querschläger surrten, auf einmal hat dieser Goschnik, s Gesicht in die galizische Erde gepreßt, da unten oder gleich hinter m Lid oder im Kopf oder im Herzen, weiß ich, den Avrom Grünbaum vor sich gesehn; lautlos pfeifend und er konnt wieder kucken und hat sich n Hut aus der Stirn geschoben und hat genickt und gelächelt und freundlich gesagt: ›Ja, ruh dich aus. Dann noch s Gewehr weg, und du bist wieder Karl.‹ Aber was hieß n hier ausruhn, konnt ich ja zwischen den Steinen dann nachher noch immer. Nur s Gewehr ließ ich schon liegen. Dann schob ich mich auf m Bauch zu der Steingruppe hin.

Hattst recht, Avrom, hätt vielleicht doch erst mal s Schlimmste vorbeilassen solln; muß auch irgendwie unvorsichtig gewesen sein vor den hell schimmernden Steinen. Die Leuchtspursalven pflügten plötzlich hart neben mir zischende Furchen ins Erdreich.

Ich spring auf, ich ras im Zickzack los auf die Steine, und kaum hab ich die ersten erreicht und schmeiß ich mich hin, da fangen sie auch bei uns an zu schießen; genau wie die Russen: drauf auf die Steine; und wie ich mich, zwischen den einschlagenden, prasselnden, wegspritzenden Kugeln und an den engstehenden, wackelnden, geborstenen Steintafeln vorbei, Zentimeter um Zentimeter weiter vorschieb, steigt genau über mir ne Leuchtkugel hoch: blendend, taghell, und ich drück, der Helm war mir runtergefallen, die Schläfe gegen so n Stein, spür die Kälte in ihm, erstarr selber zu einem und seh, um meine verrotteten Brüder rum, schwarz, majestätisch, ihre Schatten aufsteigen und unter dem schwankenden Leuchtkugellicht sich zuckend und schwebend, mal groß, mal geduckt, in nem gespenstischen Reigen bewegen. Doch ich seh noch was in dem nu langsam wieder sinkenden, sanft schaukelnden Licht. Ich seh, daß es Grabmäler sind, die mich umgeben, uralte, bemooste; und wie die Leuchtkugel eben mit nem leisen Knall wieder erlischt, da kann ich über mir, in den Stein eingemeißelt, an den ich mich rangepreßt hab, grad noch den Davidstern und den siebenarmigen Leuchter erkennen.«

Es ist ein Jahrhunderte alter jüdischer Friedhof gewesen, der Goschnik Zuflucht gewährte. Das Dorf, das Bethaus, die einst zu ihm gehörten, es gab sie nicht mehr. Nur diese flachen, exotisch anmutenden Grabsteine ragten noch auf oder hatten sich haltsuchend zueinander geneigt oder, wo ein Halt fehlte, dann auch selber niedergelegt. Sie standen, lehnten und lagen so dicht, daß es unmöglich war sich vorzustellen, es habe einmal unter jedem von ihnen ein Toter geruht. Goschnik nahm an, alle Toten hier seien zusammengerückt, um die Last dieses steingewordenen Gedenkens gemeinsam zu tragen. Nicht nur des Gedenkens an die eigenen Erdentage; dieses Gedenken reichte weiter zurück. Hier waren die Zeichen des Bundes noch mit den gleichen Wirklichkeits-Chiffren identisch wie vor beinah drei Jahrtausenden schon. Goschnik hatte in jener Nacht noch mehrmals Gelegenheit, die Steine beleuchtet zu sehen; dabei nahm er es wahr. Alle waren im oberen Drittel mit bröckelnden Reliefs versehen: Mildblickend der judäische Löwe; starräugig das witternde Lamm; schlank die Libanonpalme; gedrungen Jerusalems Turm. Und am Grund der nicht erhabenen Stellen lebten noch Reste verblichenen Blaus; und auch das Wüstengelb war hier und dort noch erhalten, und in den tief eingefrästen hebräischen Lettern zuckten im Leuchtkugellicht noch Spuren von Goldpartikelchen auf.

»So, und nu gib acht, was mit dem Deserteur Goschnik da zwischen den verrotteten Steinen passiert is. Nee, kein Engel kam runter; kein Toter stieg rauf. Gegenteil: verlassener, leerer und nackter war der Goschnik noch nie. Ja auch nich grade n Pappenstiel, stimmts, nu dasselbe Land zu verraten, das man doch auch mal ne Zeit lang geliebt hat. Schön, auf Vaterland und solchen Klimbim, da is was geschissen. Aber Mensch, Avrom, irgendwo gehört man doch hin! Haste nich auch an diesem verdammten Deutschland gehangen und gearbeitet in ihm und den Leuten Fenster gemacht, damit se nich bloß verbiestert reinstarrn in sich, sondern s hell haben und rauskucken können? Heimat –: Was heißt n schon Heimat, wenn n Offizier, Reitgerte im Stiebelschaft, Ritterkreuz um, so n Wort wie n sauren Drops runterkaut? An deine Kindheit mußte dich erinnern, willste wissen, was de hinter dir läßt, desertierste im Krieg. Und hab mal deutlich den Lockruf im Ohr, mit dem die Rachel mittags auf m Hof die Hühner mobilgemacht hat und hör se rangeflitzt kommen, tap tap tap tap, den Hahn und die drei dicken rostroten Hennen, aus ihren Staubkuhlen, die sie sich, wo der Beton weggeplatzt war, unter der Teppichstange gescharrt haben, und s schießt hinter dir und s schießt vor dir, und s is Nacht, und Leuchtkugeln steigen und Querschläger summen und Steinsplitter spritzen, und da liegste: Schlamm am Herzen, Angst im Gedärm und weißt, dein Deutschland, Goschnik, is stinkend geworden; aus mit der Heimat, futsch die Geborgenheit; da vor dir, wo die Mündungsfeuer aufblitzen, da liegt deine neue Geborgenheit nu. Und wie sieht die aus? –: Kugel in n Bauch oder Stacheldraht um dich rum.

Ich sag dir, da drehste durch, da bohrste dir bloß noch die Nägel in n Handballen rein und haust die Stirn gegen so n Steinpodest; und obwohl de doch noch nie so richtig an was geglaubt hast, auf einmal rufste irgendwen an und keuchst in den moddrigen, bitter schmeckenden Schlamm rein, s wär genug nu, du möchtst jetz nich mehr.

Und dabei war s das noch gar nich, dabei kam doch noch ganz was andres dazu. Du ahnst es, seh s dir an: Die Grabsteine, ja. Die Grabsteine mit ihrn Bildern und Zeichen und ihrer strenggemeißelten Schrift, und was die aufprallenden Kugeln jetz sonst noch alles auf ihnen zerschlugen: *die* waren s, die s mir klargemacht haben.

Klargemacht? Klargemacht was. Klargemacht, daß ich nur an mich gedacht hatt bei meinem Plan; klargemacht, daß ich n Feigling wär, wenn ich nach vorn desertierte. Denn angenommen, alles ging glatt, befänd ich mich nich in Sicherheit dann? Wär ich nich aus allem dann raus? Ja, fein wär ich raus. Avrom, und *ihr*? Wie konnt *ich* Ruhe haben, und *ihr* hattet Furcht; wie durft *ich* in Sicherheit sein, und *ihr* wart bedroht? Den Feldblusenärmel hab ich mir kaputtgebissen vor Scham, als ich zwischen den Grabsteinen da auf einmal n Egoisten entdeckt hab in mir. Nee, brauchst nich wegzusehn, Avrom; nu, wo ich n gestellt hatt, war er erledigt; aus mit dem Hund, in derselben Nacht noch hat er ne Kugel gekriegt.

Was bist n so unruhig? Willste etwa behaupten, s hätt noch ne andre Möglichkeit gegeben, um nach Hause zu kommen? Dann sag s mir, los. Erklär mir, wie n Strafbataillonsangehöriger Anfang April vierundvierzig, wo sich die Front jeden Tag wieder im Schlamm festrennen konnt, aus Galizien nach Deutschland kommen sollt. Na, wo is sie, deine Idee? Du hast keine, siehste. Aber ich hatt eine. Die einzige, Avrom, die s in diesem Fall gab. Und um auch was aus ihr zu machen, da kam man nu mal um ne Kugel schlecht rum. Gut, du könntst sagen: ›Was läßte nich die andern das tun; so viel Blut is geflossen, und nu mischste eigenhändig auch deins noch mit rein. Schließlich, geschossen hat s ja doch wohl genug.‹ Ja, Avrom, hat s. Aber verstehste denn nich: das mußt Maßarbeit sein; kampfunfähig, und trotzdem kein Knochen kaputt. Wie willste n bei so ner Zufallskugel oder nem Querschläger jetz aber wissen, was die übriglassen von dir? Da verläßt man sich doch schon lieber auf s eigne Gewehr.

Glaub, noch nich mal ne halbe Stunde hab ich gebraucht, da hatt ich n Karabiner auf m Brachfeld draußen wiedergefunden. Zum Glück stieg keine Leuchtkugel mehr; so konnt ich mir sogar noch, die Knie angezogen, damit man nichts aufleuchten säh, n Stück Hemd aus m Hosenschlitz reißen; rein in n Schlamm mit dem Fetzen, nu war er schwarz, und ich hab ihn auf n Oberschenkel über die vorgesehene Einschußstelle gelegt, um nich irgend so n fixen Sanitäter nachher Verbrennungsspuren feststellen zu lassen um s Kugelloch rum; konnt einen nämlich ne Kleinigkeit kosten, so ne Entdeckung.

Dann war s so weit. Daumen am Abzug, auf Armlänge s Gewehr abgehalten vom Körper, Mündung gegen den Schenkel gepreßt und mundoffen gelauscht. Ja, die beschossen die Grabsteine noch immer, Krach war also genug. Gern würd ich dir sagen, ich hätt Hemmungen gehabt oder Angst, oder mir wär der Gedanke gekommen: Wie kannste schießen auf was, das doch auch Sally und Avrom gehört. Aber ich hatt keine Hemmungen, ich hatt keine Gedanken; ich hatt einzig den großen Wunsch, die Kugel sollt glatt durchgehn, und s Blut möcht mir nich die Hose versaun; sogar Druckpunkt hab ich mit m Abzugshahn noch genommen. Dann halt ich die Luft an und schieß.

'n Augenblick lang gab s nur diesen einen Schuß auf der Welt, sonst nichts. Der Schmerz kam danach. Er fiel schlimmer aus, als ich s mir vorgestellt hatt, und wie ich den Schenkel von der andern Seite betast, da merk ich auch, warum: die Kugel is steckengeblieben. Immerhin, ich hatt, was ich brauchte; und so fertig einen beim Zurückkriechen dann der Blutverlust auch gemacht hat, bin richtig zufrieden gewesen.

Noch nich mal zu Unrecht; denn die Nacht drauf schon hab ich im Fieber auf Schlomos Panjewagen gelegen, lauter leere Granathüllen um mich rum; nehm an, die hat er den Leuten als Vasen verkauft. Und Sterne, Avrom, alles voll strahlend flimmriger Sterne über Galizien; und heiß war s, wohl Sommer, ich schwitzte, und dauernd biste runtergesprungen vom Brett neben dem Kutscher, der s Gewehr auf m Rücken trug, Mündung nach unten, und hast mir Sauerampfer gebracht und Hirtentäschel zum Kauen, und auch mal deine zwei dreckigen Kinderhände voll Wasser, das hat nach Froschlaich und Entengrütze geschmeckt; und die Nachtschwalbe flog scheckernd über uns weg und hat dem dampfenden Pferd vorn die Fliegen weggefangen.

Und dann hat der Schlomo in seinem hastigen, singenden Jiddisch n Segen auf meine Wunde gesagt, und sie schleppten mich rein und legten mich auf blutiges Stroh, und ich wälzte mich rum und hab nach dir geschrien, denn mein Nebenmann, dem man den Armstumpf mit m Koppel abgebunden hatte, der ächzte bloß dauernd: ›Ham wir hier nich, ham wir hier nich.‹ Und schließlich hab ich die Tetanusspritze gekriegt und bin eingeschlafen und stand in Flammen im Schlaf, und Sally wollt löschen, und ihr schwarzes fransiges Umhängetuch hat aber auch Feuer gefangen; und so ging s weiter, bis mir einer gegen die Schuhsohlen trat und sagte: ›Der hier kommt mit.‹

Diesmal hat s sogar ne Bahre gegeben, Stückchen Nachthimmel wieder, aber bedeckt, und ne endlose Fahrt im Lkw dann; bloß Stöhnen, Dunkel und Blutgeruch, und immer dieser stechende Schmerz: ganz steif war s, das Bein und geschwolln, und ich hab mir Mühe gegeben, was andres als an Avrom zu denken, denn ich hatt Angst, ich quatschte was aus. Aber als der Wagen dann hielt, und da war ne kleinere Stadt, und ne Lok hat gepfiffen, und sie trugen mich rein, und ich hab n Sanitäter gefragt, wo ich bin, und er hat ›Malczowce‹ gesagt – Malczowce, Avrom, erinnerste dich? –, da warste dann auf einmal *doch* wieder da.

Schon von weitem hab ich dich durch die Bettreihen rankommen sehn, vornübergebeugt, mit deinem blassen Jungensgesicht, das war s einzig Helle an dir, denn die Hände hattste im Kaftan vergraben, und s war zu sehn, daß de sie zu Fäusten geballt hattst, und du hast mir erzählt, die Jeschiwa, die wär nichts für dich; Talmud Thora, ja gut, aber nich ohne n Handwerk im Rücken; und da hat mich der Sanitäter geschüttelt und ›Aufstehn!‹ gebrüllt, ›Panzer sind durch!‹ Und schon hat man s auch reinhaun hörn in den Ort, und die Schwerverletzten haben geschrien, und ›Zum Bahnhof, zum Bahnhof!‹ hat einer gekreischt; ›da koppeln sie n Lazarettzug zusammen!‹ Und ich hab meine Sachen genommen und bin im Unterzeug durch die Holperstraßen von Malczowce gehinkt, rein in die Panzergranaten, denn wo krachten die hin, auf n Bahnhof natürlich. Und da stand auch ne Lok unter Dampf und stauchte n paar ausgediente D-Zug-Wagen zusammen, Betten drin, weiß; und n Offizier hat aus nem Abteilfenster gehangen und m Heizer mit der Pistole gedroht und ›Abfahrn!‹ geschrien; doch der Lokführer hat ihm n Vogel gezeigt und zu mir hingenickt, was sag ich, zu uns. ’s halbe Lazarett kam mir nach: Da warn Scheintote lebendig, Blinde sehend, Amputierte zu Akrobaten geworden; alles schleppte sich, humpelte, hinkte und kroch zum Zug hin, zum Zug; und dauernd jaulten die Panzergranaten über uns hin und krepierten im Schotter zwischen den Schienen, und näher und immer näher fraßen die kleinen dreckspritzenden Krater sich an die Maschine heran. Die pfiff jetz, ich sag dir, da hat s Leben gepfiffen, da wärste auch ohne Beine gerannt; und dann stießen klirrend die Puffer zusammen, und der Zug ruckte an. Die Hintersten schrien, doch nur die Vordersten erreichten die gleitenden Trittbretter noch, sie schmissen sich drauf, sie stemmten sich hoch, und auch ich bin nu ran und werf mich über nen Puffer und such mit dem heilen Bein in der Heizleitung Halt; und so bleib ich hängen, ich kotz, mir is schlecht, alles grün, nur gallbittre Spucke, woher denn auch mehr, hatt ja bloß Hirtentäschel und Sauerampfer gegessen. Aber dann spürt ich das Rattern im Bauch und sah unter mir die Schienen wegflitzen, und da begriff ich überhaupt erst, was los war, und stemmte mich hoch und schob mich um die Waggonecke rum, und der Fahrtwind half mir, die Tür aufzureißen, und ich taumelte rein und bin in eine der

Bettkojen gefallen und hab danke zu der zerschossenen Scheibe gesagt und die Stirn rangedrückt und auf s Rollen der Räder gelauscht, die millionenmal wiederholten: ›Nu fährste Avrom, nu fährste Sally entgegen.‹

Und die Dnjestr-Ebene drehte sich draußen vorbei, und auf m Bahnsteig in Lemberg starrte mir durch s Fenster n Feldgendarm ins Gesicht; und die Burg von Przemysl, und ne Windung vom San, und die nächtlichen Güterschuppen von Rzeszchow, und das mondblasse Tarnow blieben zurück; und Morgen wurd s wieder, und über die Weichsel ging s weg, und hinter Krakau n Himmel, wie Rachels kreideverwischte Schiefertafel, so fahl, und Regen und Regen und baumlose Felder, nur n Krähenschwarm mal, ne verrottete Egge.

Und dann mußt er halten, der Zug aus irgend nem Grund und fern, wo der Horizont die brachliegende Erde berührte, heulte n Hund, und plötzlich is lautlos die Tür aufgegangen, und Sally kam rein und hat die Röcke geschürzt, so daß man die schlammigen Schäfter bis zu den Knien rauf sah und hat den Dreck abgestampft und sich keuchend gesetzt und im zerschossenen Fenster s Kopftuch gerichtet und die schwarzen regennassen Locken druntergestrichen und sich schuddernd s triefende Fransentuch um die Schultern gezogen; und nu warste endlich mit deinen Holzkoffern und aufgeweichten Pappkartons einig geworden und schobst dich auch selber rein; und schon fuhr der Zug wieder an, und du hast eure Habe auf die Sitzbank gestellt, so daß de kaum noch Platz hattst daneben und hast dir die sprühende Schildmütze auf die Knie geschlagen und sie wieder aufgestülpt und dir zittrig mit beiden Händen an den Ohrn über die Stellen gestrichen, wo de als Kind und als Junge die Schläfenlocken trugst, und deutlich hab ich dir den Schreck angesehn, als Daumen und Zeigefinger, statt der langen, sorgfältig gezwirbelten Peies nur kurzgeschorene Stoppeln entdeckten. Schweigend, sehr steif und bewegungslos fast habt ihr euch dann gegenübergesessen, und erst kurz vor Kattowitz war s, daß Sally den Fransentuchzipfel vom Mund nahm und zu ihrm verzerrten Spiegelbild in der zerschossenen Scheibe gesagt hat: ›Und in Deutschland, meinste, passiert so was nich?‹ Das Spiegelbild hat sich dann ins Fransentuch eingemummt und geschwiegen.

Dafür hast du was gesagt. Nich gleich allerdings; erst haste n Momentchen die Luft angehalten.

›Nee‹, haste schließlich gesagt, ›nee, Sally; bestimmt nich.‹

Und in Gleiwitz hat s dann auch wieder Sanitäter gegeben, die haben uns Wolken von grauem Insektenpulver unter die Decken gejagt, und ich bin bald kaputtgegangen vor Schmerz, so hat das Zeug die Wunde gebeizt; und die ganze Ewigkeit lang, die wir da auf m Abstellgleis standen, hab ich aus m Fenster und auf die Verladerampen dahinter und auf die Kohlenplätze und Lagerschuppen gestarrt und mich wieder und wieder gefragt: Na, was is nu mit deiner Heimat; hier fängt se an; willste nich wenigstens Herzklopfen kriegen?

Doch; ich wollt schon, aber mein Herz wollte nich; genauso normal wie immer geschlagen. Und auch als es weiterging dann, und ich hab die Oder wiedergesehn, und nachts raste mit bleichen, verfluschten Rotkreuzschwester-Gesichtern der verdunkelte Bahnsteig von Breslau vorbei, auch da hat sich nichts in Goschnik gerührt; Gegenteil, er hat auf einmal gemerkt, irgendwas vereiste in ihm, wenn er jetz so auf die nächtlichen Felder, auf die Waldsilhouetten und die schließlich wieder im fahlen Morgengrau sich um die Kirchtürme duckenden Dörfer raussah. Erst dacht ich, bist eben nich mehr sentimental genug, um n Stück Natur oder so n rauchig verschleiertes Dorf schönzufinden. Dann aber hab ich gemerkt: stimmte ja gar nich; n Lokomotivpfiff zum Beispiel, der frische Erdgeruch, der durch die kaputte Scheibe reinkam, oder n Fenster, auf das die Sonne drauffiel, das konnt mich ja noch genauso wie früher aufregen. Also was war s *dann.*

Weißte, wo ich s erst rausgekriegt hab? In Küstrin. Kennste doch, nich: Küstrin an der Oder. Hübsches Städtchen; bis auf die Kasernen. Da lud man uns aus. War wohl ne Gleisanlage in die Brüche gegangen bei nem Fliegerangriff, und Lkws gab s nich. Also kam n Konvoi strohausgelegter Leiterwagen an n Stadtrand gezockelt, wo wir inzwischen ausgerichtet auf ner Rampe rumlagen; und mit den Wagen sind auch so zwei Dutzend Mädchen aus nem Kinderverschickungslager gekommen, die nahmen uns jetz in Empfang. Siehste, und als ich da nu, in ne Decke gewickelt und sauberes Stroh unter mir, an der rumpelnden Wagenwand lehnte und konnt auf die frischgepflügten Äcker raussehn, und in den blanken Schollen, die noch die Form der Pflugschar hatten, hat sich der unnatürlich blaue Aprilhimmel widergespiegelt, und n silbriger Taubenschwarm flog drüber hin, und alles voll zwirbliger Rauchfähnchen auf n Dächern der Stadt, und Birken die Chaussee lang, an denen konntste die Blätter schon ahnen, und dauernd hat sich so n blasses, mitleidkrankes Schulmädchengesicht zu einem runtergebeugt –: *da* wurd mir s klar.

Brauchte doch nur dran zu denken, was ich vorhatte jetz: so schnell wie möglich mein Bein auszuheilen, Zivil zu besorgen und los; sind ja nich mal mehr achtzig Kilometer gewesen von Küstrin aus zu euch. Na, und wie *war* denn das mit dieser lieblichen Gegend hier dann, mit diesen herrlichen Wäldern, diesen idyllischen Feldwegen, diesen beschaulichen Dörfern, diesen anheimelnd rauchenden Schornsteinen, hm? Schlimm war s, Avrom; zu Todfeinden geworden wär das dann alles.

Jeder kreischende Eichelhäher im Wald n Verräter; jede Rübenmiete auf m Feld gefährlicher als n russischer Panzer; jeder Hund n Gendarm; jedes Haus n Gefängnis; die Sonne n Scheinwerfer; n Fluß ne Falle; ne Wiese n Exekutionsplatz. Oder nimm doch bloß mal die Schulmädchen, die uns da abgeholt hatten und in der Lazarettbaracke nachher was zu essen ranschafften und dann schluckend auf n Bettkanten saßen, bis sie von ner Schwester weggescheucht wurden: Alles arme, nette, ordentliche Dinger gewesen; aber was wär aus ihnen geworden, hätten sie Wind von meinen Plänen gekriegt? –: erstklassig funktionierende Meldeapparaturen.

’n Vorgeschmack drauf hab ich schon n paar Wochen später gekriegt. Eigentlich hätt ich noch liegenbleiben müssen. Aber ich hatt Glück gehabt; gleich am zweiten Tag im Lazarett war s mir bei der Entlausung gelungen, die Feldbluse mit m Soldbuch drin gegen ne andre mit m andern Soldbuch drin zu vertauschen. Mein Tauschpartner war in ner günstigen Verfassung für mich. Der Transport hatte ihm n Rest gegeben; über sein Bett wurde, während er starb, schon wieder verfügt. Jedenfalls hieß ich bei der Registrierung Ernst Löffler; und da ich meine Erkennungsmarke längst weggeschmissen hatte, gab s den Soldaten Goschnik nu nich mal mehr auf m Papier. Das mußt man ausnutzen; denn ich wußt aus Erfahrung, lang hält so n selbstgebastelter Glücksfall nich vor.

Also auf frontversessen gemimt, dieser Ernst Löffler und, Tatsache, vom Arzt auch n anerkennendes Nicken, ne Krücke, und die Erlaubnis zum Aufstehn gekriegt. Hatt mir im Strohsack inzwischen allerhand Verpflegung gespart, mußt doch was zu bieten haben, um an Zivil ranzukommen. Nu, und wie ich da so eines Morgens mal wieder hinter der Baracke entlanghink und seh mir unauffällig n bißchen den Zaun an dabei, stehn da plötzlich zwei von diesen Schulmädchen vor mir und freun sich, daß ich so beweglich wär, wo doch die andern alle noch lägen, und ich hätt sicher den Wunsch, obwohl ja jetz blöderweise Urlaubssperre wär, irgendwie noch mal nach Hause zu kommen; oder wärn die Lebensmittel, die sie da beim Bettenmachen in meinem Strohsack gefunden hätten, am Ende noch für was andres bestimmt?

Kennste das, Avrom, wenn in so m Kindergesicht auf einmal das selbe anteilnehmende Lauern auftaucht, wie ich s noch aus m Haus kenn, wenn mich, so ab achtunddreißig, mal einer nach euerm Befinden ausgefragt hat? Beschissen, kann ich dir sagen. Konnt nu natürlich nichts andres tun, als den beiden meinen Vorrat zu schenken und mir ein für allemal zu merken: Die paßten jetz auf mich auf. Na, und *wie* die aufpaßten; richtig ne Art Sport machten sie draus. Kaum fing s früh an zu dämmern, hantierten sie schon, neben meinem Bett, am Ofen rum; und dacht ich, nu sind se weg, los, Goschnik, raus, da haben sie auf einmal, wie zufällig, vorm Eingang gestanden. Hab schnell eingesehn, sollt mir noch ne Chance übrigbleiben, galt s, alles auf eine Karte zu setzen.

Stadturlaub gab s Gottseidank noch; obwohl ich mir einbildete, daß der Arzt mich auch schon irgendwie komisch angekuckt hätte. Doch so *ganz* dumm war ich ja nu auch wieder nich. Hätt nämlich längst schon viel besser laufen können, als ich s im Lazarettgebiet zeigte. Hatten die Übungen bewirkt, mit denen ich mich täglich zweimal anderthalb Stunden auf m Klo produzierte, der einzigen Stelle, wohin meine beiden Bewacherinnen mir ja nu mal schlecht nachschleichen konnten; und Stadturlaub kriegten die Mädchen glücklicherweise ja nich.

So blieben die zwei also jetz, die bleichen zopfumrahmten Gesichter gegen die kreuzweis genagelten Latten gepreßt, hinter m Eingangstor stehn, und ich hinkte raus. Hätt schwörn mögen, die sind sofort zum Arzt reingeflitzt; und s is bestimmt auch gar nich so einfach gewesen, nu trotzdem so umständlich weiterzuhinken. Allerdings, als ich nach ner Weile dann merkte, niemand beschattete mich, da fing ich doch an schneller zu gehn; das heißt, *ich* war s eigentlich nich, s warn die Beine; sie hatten sich wieder an'nander gewöhnt, sie wollten mir zeigen, was sie noch konnten.

Schön, s wär sicher klüger gewesen, ich hätt mir erst mal n Kopf zerbrochen, wo ich Zivil herbekäm; aber die Verlockung, lieber die Frist auszunutzen, die auf m Urlaubsschein stand, war zu groß. Schließlich, warum sollte n verwundeter Soldat an so m milden Maitag wie diesem nich am westlichen Oderufer n Stück spazierngehn dürfen. Der Brückenposten jedenfalls schien nichts dagegenzuhaben; bißchen mit ihm über die letzten Luftangriffe getratscht, von denen einer die Brücke angekratzt hatte, und ich schlenderte drüben den grasbewachsenen Treidelpfad lang.

Komisches Gefühl; eben noch eingesperrt und belauert, plötzlich nur rauschendes Schilf und silbriges Weidengebüsch rings um dich rum; irgendwie unheimlich, offengestanden, das alles so billig zu kriegen. Unschlüssig schlug ich vom Fluß aus n Bogen über s morastige Weideland weg und nahm Kurs auf n Bahndamm. Sollte ne Art Generalprobe sein. Rief mich jetz einer an, hätt ich zum letzten Mal noch der bis zweiundzwanzig Uhr beurlaubte Soldat Löffler sein können. 'n Kilometer weiter schon war s damit vorbei, dann hätt s bloß noch den Deserteur Goschnik gegeben, und wär er erwischt worden, nich mal mehr *den*.

Doch nur die Kiebitze schrien; sonst hat sich bis zum Bahndamm nichts weiter gerührt. Ich stieg rauf und kuckte mich um. Verliefen schnurgrade nach Westen, die Gleise; nu, und da fing s Herz jetz doch an schneller zu schlagen; sind immerhin dieselben Schienen gewesen, die direkt zu dir und zu Sally hinführten.

Rechts vor mir stand mit n paar knorrigen Kopfweiden drum und nem schlammigen Tümpel daneben, auf dem n paar Enten rumschwammen, n Bahnwärterhaus. Kapierte erst gar nich, was mich so aufregte dran; hätt s ja nur zu umgehn brauchen und erledigt, der Fall. Dann aber entdeckt ich die Wäsche da auf der Leine, oder genauer: das verschossene blaue Arbeitszeug, das da mit aufgehängt war, Jacke und Hose; und fast im selben Moment ließ ich mich falln, denn ne Frau war aus der Tür getreten und holte n Topf rein, der auf nem Zaunpfosten gesteckt hatte. Ich wartete noch n Moment; nee, sie blieb drin.

Der Bahndamm war mit Riedgras bewachsen, das schützte vor Sicht; ich konnt mich unbeobachtet bis dicht an die einzige fensterlose Hausfront ranschieben. Siehste den Goschnik, Avrom, wie er da hockt, dicht an die abgestorbenen Ranken gedrückt, die sich wie n Spinnweb die Backsteinwand raufziehn; in ner windstrampelnden Hose und ner winkenden Jacke greifbar die Freiheit vor Augen, und doch vom Entdecktwerden, von der Erschießung durch nichts als ne Lage Klamotten getrennt? Präg ihn dir ein.

Und jetz springt er auf, rum um die Ecke und, durch n Schwarm kreischend aus'nanderstiebender Hühner durch, hin zu der Leine, das Arbeitszeug runtergerissen, und hinter nen Brennholzstapel geduckt. Die Frau kam auch gleich wieder raus; hat aber nur n Arm über die Augen gehoben und rauf in n Himmel gekuckt; wohl wegen dem Hühnergekreisch mit m Habicht gerechnet oder so was; nich mal, daß die Wäscheleine noch wippte, hat se gemerkt. Kaum hatte s Geräusch von nem überkochenden Topf sie zurückbeordert ins Haus, ich weg über n Bahndamm und mich mit mei'm Kleiderbündel drüben in nen ausgetrockneten Graben geschmissen.

Wollt grad wieder hoch, kommt da so ne Draisine die Gleise entlang, vier Mann drauf, Streckenarbeiter, und wo halten sie an: auf meiner Höhe genau. 'n Pfiff rüber zum Haus, n Ruf von der Frau, und die vier springen ab. Die Draisine aus n Schienen gehoben, und sie sind hinter m Bahndamm verschwunden.

So wie jetz bin ich lang nich mehr gerannt; quer durch die Binsen, die Weidengebüsche, die Moorwasserlaken und über die schaukelnden Moossoden weg auf n kleines Erlengehölz zu, das lag da mitten im Bruch. Hab s auch erreicht, nur frag mich nich, wie; modderbespritzt, völlig kaputt, und was das schlimmste war, s Bein fing wieder an, Sperenzchen zu machen. Doch das durft jetz nich zählen. Außerdem hatte n Kiebitztrupp mich verfolgt; hatten wohl Angst um ihre Nester, die Vögel; immer noch konntste das ›Kiwitt-kiwitt‹ über den Erlenwipfeln hörn; da brauchte bloß einer diese schwarzweiße Federwolke von weitem zu sehn, schon war ich geliefert; nee, mußt mich beeilen. Also Uniform aus und rein in die Bahnwärterkleidung.

Ob de dir vorstelln kannst, Avrom, wie mir zumut war, als ich das ganze Soldatenzeug, inklusive Soldbuch und Koppel, dann mit m Ast in n wassergefülltes Schlammloch gestukt hab und alles, was es jetz vom Soldaten Goschnik, alias Löffler, noch gab, sind n paar gluckernde Blasen gewesen? So knapp die Zeit war, mindestens zwei Minuten hab ich mich über den aufgewühlten Wasserspiegel gebeugt und gewartet, bis die unruhigen Kreise verebbten und aus dem immer noch rotierenden Schlamm n schattig-fahles, mir dunkel von früher bekanntes Gesicht mich angestarrt hat. Rat mal, wem es gehörte. Dem Karl, Avrom; zum ersten Mal wieder dem Karl.«

Und zum ersten Mal auch war es nun ein Gesicht, das sich, was die Angst auf ihm, was das Gehetztsein anging, wohl in nichts von den Gesichtern anderer Ängstlicher, anderer Gehetzter mehr unterschied. Ich weiß nicht, was es heißt, gezwungenermaßen eine angeblich verhaßte Uniform tragen zu müssen; ich weigere mich nachzuvollziehen, was es bedeutet, sich als deutscher Soldat in diesem Krieg verloren zu fühlen; doch wie geflohen, wie untergetaucht, wie sich versteckt wird, das weiß ich.

Ich sehe Goschnik bei einfallender Dunkelheit die Schienen der Dampfbahn verlassen und durch Kiefernschonungen hindurch und über spärlich grünende Felder hinweg, die Vorortzuggleise erreichen. Er trägt eine Spitzhacke, die hat er gestern, etwa vierzig Kilometer von hier, in einer unverschlossenen Werkzeugkiste gefunden, wie die Bahnarbeiter sie an der Strecke stehen haben. Er sieht nun auch selber wie ein Streckenarbeiter aus und mehrmals schon hat er sich heute, kamen Häuser in Sicht oder begegnete ihm jemand, auch ganz wie ein Streckenarbeiter verhalten: Die öligen Schottersteine unter die Schwellen gehackt, eine in Schienennähe stehende Nachtkerzenstaude ausgerissen oder pro forma ein Signaldrahtbündel geprüft. Er ist auch mehrfach angesprochen worden, meist von Bahnpersonal; man wollte wissen, welche Bautruppnummer er habe. Doch seine Antwort war zu genau überlegt, um Verdacht zu erregen. »Sondereinsatz«, hat er nur jedesmal, konzentriert die Gleise musternd, gesagt; und jedesmal hatte der Frager sich, überrumpelt, damit zufriedengegeben.

Jetzt war kaum mehr mit Fragen zu rechnen; *viele* Bahnarbeiter gingen abends die Schienen entlang nach

Hause; wichtig war lediglich, die verdunkelten, aber deshalb ja nicht unbesetzten Stellwerke zu meiden und im Stadtinnern nicht zu nah an den Bahnsteigkanten vorüberzugehen. Obwohl er stärker hinkte als am Vortag und die engliegenden Schwellen ihn zu einem mühsamen Trippelschritt zwangen, lief er sehr schnell; und nur wenn vor ihm ein Signallicht aufleuchtete oder er am Vibrieren der Gleisanlage merkte, ein Zug näherte sich, trat er zur Seite und ließ die heranrasende Stadtbahn, um von der Notbeleuchtung in den Abteilen nicht geblendet zu werden, mit geschlossenen Augen vorbei. Doch sofort saugten die Schlußlichter seinen Blick dann wieder nach vorn, wo sich über einem Gewirr kniehoher Signallampen nun die weißbeschrifteten Kohlenplatzzäune und dahinter, schwarz, schimmelfalb, grau, die ersten Brandmauern vom Nachthimmel abhoben.

Es war, wie er vermutet hatte: Nirgendwo konnte er sich, mit seinem Aufzug gekoppelt, sicherer als auf dem Schienengelände im Stadtinnern fühlen. Je mehr Menschen die abgedunkelten Bahnsteige füllten, desto besser; nicht einmal auf das warnende Rot der Stationsvorstehermützen, das ihn draußen, auf den einsamen Vorortbahnhöfen so oft zu Umwegen gezwungen hatte, brauchte er hier mehr zu achten. Und er sah jetzt auch wieder Soldaten; die Dauer des Krieges und die Urlaubssperre wirkten sich aus, es waren längst nicht mehr so viele wie vor zwei Jahren; doch noch immer genug, um sie von stahlhelmtragenden Feldgendarmen kontrollieren zu lassen; an jeder Sperre, vor jeder Treppe schimmerten ihre Brustschilde auf. Aber sie galten ihm nun nicht mehr. Hier, zwischen den Schienen, unter seiner Spitzhacke, in diesem verwaschenen Leinenkittel, dieser geflickten Hose und von Stellwerk zu Stellwerk, von Bahnhof zu Bahnhof hinkend, war er gefeit. Eine fast spürbare Aura aus furchtloser Kühle und gläserner

Unberührbarkeit schloß ihn ein. Er mußte sich beinah Mühe geben, sich nicht *allzu* ungefährdet zu fühlen; so fest glaubte er, nun wieder in den Bannkreis Avroms gelangt zu sein; und je näher er dessen Zentrum kam, desto größer wurde Goschniks Gewißheit, nun für immer gerettet zu sein.

Ein einziges Mal nur erschrak er. Vor einem hohen fensterlosen Getreidesilo, über dessen abgeplattetem Dach im Mondschein ölig ein Flakgeschütz glomm, schrie etwas auf, eine Kuh; und dann schob die Rangierlokomotive die plombierten Viehwagen wieder zurück, vor das große eiserne Tor, es öffnete sich, und Goschnik konnte dahinter, und über die schwach erleuchtete Rampe hinweg, die hellen, dunkel gefleckten Schürzen der Schlachthausangestellten erkennen.

Zwei Stationen weiter, und er stieg behutsam über die holzverschalte Stromschiene und über die Signaldrähte weg; näher reichten die Ringbahngleise nun nicht an Zuhause heran, von hier an mußte er auf ihre Hilfe verzichten.

Doch auch jetzt noch hätte der hagere, vornübergebeugte Mann, der da, seine Spitzhacke geschultert, diesen Feldweg entlanghinkte, der sich zwischen Fabrikgrundstücken und Laubenparzellen, Abwässergräben und Rieselfeldern dahinzog, wäre ein Lichtschein auf ihn gefallen, ganz wie ein müder Arbeiter gewirkt. Doch es fiel kein Lichtschein auf ihn; der Mond stand zu hoch; die Parzellenfenster waren verhangen; Laternen gab es hier nicht; nur die vor den Gitterrosten der Jauchgräben kreiselnden Schaumkronen leuchteten schwach. Unterwegs war hier niemand mehr um diese Zeit. Höchstens, daß mal knarrend eine Parzellentür aufschwang, und gähnend und mit herabbaumelnden Hosenträgern trat der Bewohner heraus und ließ Wasser an einem der Beerenobstbüsche. Goschnik wartete dann; nicht, weil er befürchtete, von einem redseligen

Rentner in ein Gespräch verwickelt zu werden, sondern weil das erste Wort, das er vorhatte, in dieser Nacht zu sprechen, an Avrom gerichtet sein sollte.

»Und dann blieben die Felder endlich zurück, und die Friedhofsgärtnereien schoben sich ran, und s hat auf einmal wunderbar nach frischer Erde und streng nach Holunder gerochen, ganz schlapp wurd mir plötzlich vor – weiß nich, vor was; und der Mond hat auf n Treibhausdächern gelegen, kein Rußlandmond mehr, nee, n gemütlicher Mond, n Mond für die Katzen; und so kaputt ich auch war, ich stieg über n paar Zäune; ich wollt abkürzen, ich hielt das ewige Umwegmachen nu nich mehr aus. Und an derselben Leitung, wo Rachel mich mal unter n Strahl gestukt hat, weil ich keine Lust hatt, Wasser in Mauselöcher zu kippen, hab ich mir mit m Stückchen Rasierseife s Gesicht und die Hände gewaschen, denn s is n Freitag gewesen, der erste Sabbat wieder seit langem, und ich wollt doch, wenn ich hinträt vor dich, nich unsauber sein.

Hab im Weitergehn, schon unsre Laubenkolonie vor mir, noch überlegt, daß ich dann ja eigentlich auch die Hacke wegschmeißen müßt; mocht mich aber nich von ihr trennen, wär mir undankbar vorgekommen, wo se mir doch so geholfen hat unterwegs; bestimmt hattste Verständnis dafür.

Ich lief nu schon den Matschweg zwischen den ersten Laubenparzellen und dem verwilderten Brauereigrundstück lang. Der Bretterzaun torkelte noch genauso windschief neben mir her, wie ich n von früher in Erinnrung hatte; und ich war doch nu bestimmt schon elend lang nich mehr da unten gewesen. Letzte Mal, glaub ich, mit Rachel, als wir die Schule geschwänzt hatten, und ich hab ihr, für ihrn Laubfrosch, an dem Zaun da, die Brummer gefangen. Und ich hatt auch die ganze

Zeit zwischen den Lauben wieder das Klappern im Ohr, wenn die Rachel mal hopste, und jedesmal is in ihrm Ranzen dabei der Federkasten mit der Schiefertafel zusammengestoßen.

Überhaupt, wo ich nu hinsah im Mondschein: Bekannte, Bekannte; jeder verwitterte Tonzwerg, jede Ziermuschel, jede Regentonne, jeder dieser grauen, gardinengeschmückten Teerpappenwürfel mit den abgeblätterten Gartenmöbeln, den bunten Glaskugeln auf n Staketen davor, jeder verblichene Fahnenmast, jeder rissige Starkasten hier hatte die Rachel und mich Pflaumen klaun, Blumen abreißen und vor den wütenden Laubenpiepern dann losflitzen sehn; und n paarmal mußt ich tatsächlich stehnbleiben, um mit dem Zittern in n Kniekehlen fertig zu werden und s Herzklopfen n bißchen abklingen zu lassen; nich mal die Hacke hab ich schließlich mehr hochkriegen können.«

»Weil de n Schlappschwanz bist, damit de s genau weißt.«

»Hör mal. Hat n so was mit schlapp zu tun, hm.«

»'ne Menge. Und Schiß haste auch.«

»So n Quatsch, so n verdammter.«

»Dann zeig, daß de Mumm hast.«

»Und wenn se uns kriegen?«

»Kriegen tun se nur die Dußligen.«

»Also schön.«

Ich rüttel stärker an der Gartentür; nee, die is zu.

»Dagegenschmeißen mußte dich; mit der Schulter. Da, wo s Schloß is.«

Paar Meter zurück, Anlauf genommen und mit voller Wucht dagegengerannt. Denk, ich geh kaputt vor dem Schmerz im Schultergelenk. Aber die Gartentüre klafft auf.

»Na, bitte.« Rachel nickt hin. »Los, schieb mich rein.«

Ich kuck mich um.

»Und wenn einer kommt?«

»Sagste guten Abend, und erledigt, der Fall.«

»Mensch, Mensch.«

Die scharfen zwei Falten, die von ihrn Nasenflügeln zu n Mundwinkeln laufen, vertiefen sich noch.

»Richtiger feiger Stuppen biste. Und auf so was freut man sich nu.«

Ich peil nochmal n Laubenweg runter nach links, runter nach rechts; kein Mensch zu sehn. Wohl auch n bißchen zu spät schon; hinter m jüdischen Friedhof, da, wo er an n evangelischen stößt, geht ja die Sonne schon unter.

»Also, denn.«

Ich stopf ihr die Decke fest unter n Beinen und schieb den Rollstuhl rein.

Schöner Garten, den se sich ausgesucht hat; gar nichts gegen zu sagen. Bestimmt n Dutzend Kirschbäume drin, fangen grad an zu blühn.

Rachel hat die Augen geschlossen und schnuppert.

»Erde. Erde im Frühling.«

»Im Herbst riecht se beinah noch schöner.«

»Im Herbst riecht se nach Tod.« Sie kuckt sich um, zeigt auf n Haufen Gerümpel. »Is ne Menge Holz drunter. Könntste eigentlich anstecken, da, den Schamott.«

Nu is mir bald schon alles egal. Ich schieb sie ran, zerr ne zerknautschte Zeitung unter den verdorrten Sträuchern, dreckigen Lappen und morschen Zaunlatten vor und zünd s an.

Brennt gar nich so schlecht. Rachel starrt in die Flammen. Ich tret hinter sie, stütz die Arme auf die Rückenlehne und kuck über sie weg. Tut gut, so ins Feuer zu sehn, man möcht gar nich mehr blinzeln dazwischen, bloß kucken und kucken.

»Weißte, daß alle Toten unter der Erde nach Jerusalem gehn?«

Ich zuck zusammen.
»Wieso n das.«
»Weil se trejfe is, hier die Erde.«
»Obwohl se so gut riecht?«
»Ja, staun auch.«
»Du, Rachel.«
»Hm.«
»Angenommen, dei'm Onkel, dem Motek, ja, dem passiert jetz was an der Front –«
»Dem passiert nichts; so tapfer, wie der is.«
»Trotzdem. Bloß mal angenommen. Und angenommen, mei'm Vater, dem passiert auch was.«
Sie blinzelt n Moment zu mir rauf. Sieht schön aus, der Widerschein vom Feuer auf ihrm Gesicht, alle Blässe von der Stirn und auf n Wangen is weg. Aber schon zieht sie wieder die Brauen zusammen.
»Worauf willst n raus.«
»Na, die kämpfen doch beide für s Vaterland, oder.«
»Der Motek bestimmt.«
»Na, und mein Alter auch. So. Und nu kriegen se beide was ab. Aus. Tot.«
»Ach, du meinst –«
»– ob mein Vater dann auch durch die Erde nach Jerusalem müßt, genau.«
»Natürlich *nich;* der is doch n Goi.«
»Und was is der Motek?«
»Na, einer von uns!«
»Aber sie sind doch nu beide schon fast vier Jahr im Krieg! Und der Motek is sogar Offizier.«
»Na und?«
»Na, beide halten se für dieselbe Sache n Kopp hin. Und trotzdem nach m Tod so n Unterschied dann?«
Irgendwo singt ne Amsel. Rachel hört ihr atemlos n Augenblick zu.
»Trotzdem, ja.«
»Komisch.«

Ich stocher noch n bißchen in der Glut rum; aber s will nichts mehr werden.

»Hab Hunger«, sagt Rachel. »Könntst mal die Laube aufbrechen. Vielleicht ham die was zu essen da drin.«

»Ich taumelte plötzlich. Denn nu hörten die Gärten rechts und links auf, und da war das verschlossene Tor mit dem rostigen Schild obendrüber, auf dem außen *Kolonie Maiglöckchen* und innen *Auf Wiedersehn* stand, und die beiden Eckhäuser warn durch s Tor zu erkennen, und rechts die Backsteinmauer vom Friedhof mit der Steinmetzwerkstatt daneben; und ich hab die Stirn gegen ne Eisenstrebe gepreßt, und hab die kitschigen Marmorengel und die abgebrochnen Säulen und all die noch nich beschrifteten Grabsteine wiedergesehn und das Kopfsteinpflaster, auf dem die Bälle immer so unberechenbar sprangen, und den Tabakladen schräg gegenüber mit dem schielenden Kohlenklau auf m Rollo; und in der Elsaßstraße ragten die drahtseilverstrebten Blechschornsteine der Seifenfabrik in den Nachthimmel auf und weiter hinten, auf m Lagerplatz vom Altwarenhändler, konntste in den Schrottbergen, die über den niedrigen Häusern aufstiegen, die emaillierten Bettstellenbeine aufleuchten sehn.

Und da war der Schwächeanfall wieder vorbei, und ich hab die Hacke durch die Streben geschoben und hab gelauscht, ob jemand käm und bin rübergeklettert; und nu lag die Wörthstraße vor mir, mit ihrn grauen, vierstöckigen Häuserzeilen; leer, alles verdunkelt, bloß der Mond hat sich in den Fenstern gespiegelt, bloß die gekappten Ulmen haben ihrn zusammengestauchten Schatten auf s Pflaster geworfen, und bei jedem Schritt, den ich tat, behutsam, beinah auf Zehen, die Hacke wie n Lebewesen an mich gepreßt, haben meine unzuverlässigen Stiebel ›nach Hause, nach Hause, nach Hause‹ geächzt.

Und jetz war, Ecke Sedanstraße, auf der fensterlosen Rückwand der Mietskaserne, auch schon diese verblichene, vier Stock hohe *Persil*-Frau zu sehn, von der die Rachel immer geträumt hat; und an Else Krauses Gardinenspannerei und an Frau Paschens Gemischtwarenhandlung und an Herrn Wockes Papierwarenladen kam ich vorbei; und auf einmal, wie ich mir grade, mit nem Hirn, das noch nie was kapiert haben kann und mit nem Herzen, das plötzlich so lahm schlägt, als hätt s Blei durch die Adern zu pumpen, klarzumachen versuch: nächste Querstraße rum um die Ecke, und du stehst vor dem Haus, wo dich im hintersten, im tiefsten Winkel vom Keller, ohne s zu wissen, der Avrom und die Sally Grünbaum erwarten, auf einmal heulen überall die Sirenen los, und man hört s poltern rings in den Häusern und ›Licht aus!‹ kreischt ne gurgelnde Stimme; und harmlose Wolken kriegen plötzlich stelzige Scheinwerferbeine, und der Mond sieht gar nich mehr katzengemütlich, sondern wie ne ätzende, giftsprühende Leuchtkugel aus; und da donnert s im Westen auch schon, und n feines, stetig anschwellendes Summen is dazwischen zu hörn, n Stechmückenflügelgeräusch, da kommt n Schnakenschwarm näher, müssen jetz ungefähr zwischen Spree und Alexanderplatz sein, die Bomberverbände; paar Minuten noch, dann sind sie hier; und ich merk, daß ich renne; kenn hier n Keller, der liegt so tief wie kein andrer sonst in der Gegend, in dem is man sicher, in dem gibt s ne Kammer, da kann man vor Bücherkisten kaum stehn, in dem gibt s ne Wohnküche, da bollert n Borschtsch auf m Herd.

Nur dieser Häuserblock noch; los, Goschnik, mach. Vorsicht, Tellermütze und Koppel: Da steckt n Blockwart die Nase aus ner Türritze raus, blinzelt nach oben, hustet und lauscht; schon wieder weg, ich renne vorbei. Die Ecke, wo is die Ecke, da fehlt was. Quatsch, ich hab mich geirrt, *nächste* Querstraße erst, hier liegt doch alles voll Trümmern.

Und der Platz –: und der nachtkerzenbestandene Platz, auf dem unter den Gußeisendeckeln der Gullis die Zähluhrn vom Wasserwerk ticken, und an dessen Zaun am Wahlsonntag immer die Porträts von Hindenburg und Thälmann geklebt haben, wieso kommt *der* auf einmal hierher? Der hat doch hier, vor den Trümmern, gar nichts zu suchen! Der gehört doch vor unser Haus, vor die Werkstatt, vor n Keller!

Ich humpel zum Straßenschild hin. Verbeult; die Emaille zersplittert; nur n paar vereinzelte Buchstaben noch; genügen jedoch. Und ich wank zurück, sink gegen n Stück stehngebliebener Mauer: Unter diesem Trümmerberg hier haben mal Sally und Avrom gewohnt.«

III.

Jetzt begannen die Flakgeschütze zu bellen und nicht lange, und es waren auch die ersten Detonationen zu hören; Reihenabwürfe, die Erde zitterte unter den Schlägen. Schlafwandlerisch, alptraumbefangen kroch Goschnik auf das Trümmerplateau und versuchte, von den fahl vibrierenden Scheinwerfern darin unterstützt, einen Anhaltspunkt für den Kellerverlauf zu entdecken. Vergeblich jedoch, die Luftmine hatte keinen übriggelassen; und auch an die Werkstatt vorn kam man nicht mehr heran, die ganze Vorderfront, mitsamt ihren altmodischen Giebelaufbauten und schweren Balkons war auf sie niedergebrochen. Blieb die Hofseite noch; und keuchend und nichts als den ebenerdigen Gitterrost über dem ehemaligen Kellerfenster vor Augen, stolperte Goschnik um die mörtelstaubfalbe Geröllhalde herum.

Zum Hof hin fiel sie auch ab; aber erst reichlich vier Meter von der verschütteten Hinterhauswand entfernt, verloren ihre Ausläufer sich, und gleich stieg dahinter wieder das Schuttgebirge des Nachbarblocks an. Eine schmale Betonnarbe war zwischen den beiden zerstörten Häusern freigeblieben; Goschnik nahm Bruchteile kreidiger Kinderzeichnungen unter den zerborstenen Putzplacken wahr und dahinter, einen erratischen Mauerblock überragend, die hitzeverbogene Teppichklopfstange; nun fand er sich leidlich zurecht. Von der Teppichklopfstange aus, parallel der Hinterhausfront, etwa zehn Schritte auf jenem Betonpfad zurück, und er mußte sich jetzt ungefähr auf einer Höhe mit dem ehemaligen Kellerfenster befinden.

Mechanisch begann er die Hacke zu schwingen, ein großer, gekrümmter, hagerer Vogel, unter dessen stählernen Schnabelhieben Backsteine zerbarsten und Funken aufstoben. Es dauerte endlos, bis er sich in die Schutthalde einen Gang gehackt hatte; aber nur wenige Male unterbrach er sich kurz, um die brennenden Handteller mit Speichel zu kühlen; dann hatte er endlich die Hauswand erreicht.

Eine freigelegte blaue Wasserleitungsplakette zeigte ihm an, er mußte, wenn nicht alles ihn täuschte, noch etwa einen knappen Meter weiterhacken nach links. Und so hoch hier der Schutt und die Trümmer auch lagen, nun gab es kein Aufhören mehr, und er holte aus und schlug zu und brach los und riß weg, bis die Spitze der Hacke mit mißtönigem Klang zu ebener Erde in etwas Metallisches fuhr.

Atemlos beugte sich Goschnik hinab und räumte um die Hackenspitze herum die Steine beiseite. Der Gitterrost war es, in dem sie sich festgeklemmt hatte, und unter den Streben, im Lichtschacht da unten, konnte Goschnik vor dem zugemauerten Fenster nun auch deutlich noch die zwei unversehrten Blumentöpfe erkennen.

»Sally, was is n mit den beiden Geranien hier draußen; solln die verdorrn?«

Sie kam aus m Abstellraum in die Sommerwohnküche und sah mich aus ihrn schiefen Augen mißmutig an.

»Das fragste *mich?* Wer mauert n uns das einzige Fenster nach hinten raus zu? Ich oder du.«

»Ich.«

»Und wie wär s, du würdst mir das mal erklärn? Verbrauchen wir nich grad schon genug Strom n ganzen Tag hier im Keller?«

Ich setzte vorsichtig n neuen Stein ein und kratzte n Mörtel weg mit der Kelle.

»Meine Meinung. Aber in der Werkstatt vorn is ja s Schaufenster noch.«

»Da ham wir was von. Erst ham se uns aus der Souterrainwohnung geschmissen. Dann haste mich rumgekriegt, daß ich die Hühner weggeb. Und nu willste auch noch, wir solln wie die Maulwürfe leben.«

»Hau mal nich alles in einen Topp. Weißt genau, wie schwer s is, heut ne Wohnung zu kriegen. Da is der Keller hier n Palast. Fünf Räume! Wer hat n das schon.«

»Schöner Palast.« Sie knipste s Licht an, nahm das Kanarienvogelbauer von der Anrichte und streute dem Vogel drin neuen Sand auf n Boden. »Fehlt bloß noch, ich muß den Pieper hier eines Tages auch noch weggeben.«

»Mensch, Sally; mach s einem doch nich so schwer. Weißt doch, was draußen gespielt wird.«

»'türlich weiß ich s. Steht ja an jedem Lokal, jedem Geschäft, daß wir ›unerwünscht‹ sind. Sogar in der Badeanstalt am Weißen See hab ich s neulich gelesen. Als ob ich jemals in so n Dreckwasser ging.« Sie stellte den Käfig wieder rauf auf n Schrank. »Bloß, was hat n das mit dem zugemauerten Fenster zu tun.«

»'ne Menge. Haste denn das Dings da, dies Gesetz schon wieder vergessen?«

»Ich kenn nur unsre Gesetze.«

»Das Dumme is bloß, daß *die* auch welche machen.«

»Na und? Was sagt n das groß? Daß de die Rachel, wenn se noch lebte, nich heiraten dürftst.«

»Schlimmer, Sally. Ich dürft se noch nich mal lieben.«

'n Augenblick lang konnt man in der Werkstatt vorn deutlich Avroms Glasschneider hörn. Dann atmete Sally tief aus.

»Und deswegen mauerste uns jetz hier ein?«

»Ich mauer euch nich ein. Gegenteil. Da, kuck her: Von Rechts wegen müßt ich se breitseitig setzen, die Steine. Na, und was tu ich? Auf die schmale Seite setz ich se auf. Und der Mörtel is auch besonders gemischt: Zwei Fünftel Kalk nur, drei Fünftel Sand. Da wird die Bindung spröder, verstehste. Brauchste dich bloß mal mit der Schulter gegenzulehnen, schon knackt die Schose zusammen.«

»Momentchen, Karl.« Sally strich sich blinzelnd ne unsichtbare Haarsträhne unter s Kopftuch zurück. »Du mauerst das Fenster hier zu, damit die Mauer im Fenster leichter umkippen kann? Ja, du liebes bißchen, was läßte denn dann die Scheibe nich drin?«

»Sollteste als Glasersfrau eigentlich wissen: Weil ne Scheibe durchsichtig is, Sally; ich red jetz von außen.«

Sie preßte sich immer noch die Tüte mit dem Vogelsand gegen die Brust. Die Nägel hatten sich durch s Papier gebohrt, n nadeldünner Faden Sand rieselte runter an ihr.

»Du meinst, s könnt mal so weit kommen, daß es besser wär dann, der Keller säh unbewohnt aus?«

»Ich mein, daß es besser wär, du nimmst nu endlich die Geranientöppe hier aus m Fensterschacht raus. Kannst se ja vorn ins Schaufenster stelln.«

»Und wenn ich s nich möcht? Und wenn ich wollt, daß se stehnbleiben solln, da unter dem Rost?«

»Würd ich dich fragen, wozu.«

»Merkste n das nich? Aus Protest.«

Ich schob vorsichtig die Wasserwaage die frischgemauerte Kante entlang. Die Luftblase drin zitterte, doch über jeder der Mörtelnahtstellen stand sie genau in der Mitte.

»Aus Protest gegen was.«

»Nu –: gegen diese meschuggene Mauer, die aufgebaut wird, damit se umfalln soll.«

»Na, aber doch umfalln nur, wenn hier hinten mal n Notausgang gebraucht werden sollt! Sally, kapierste denn nich?«

Sie trat dicht neben mich und beugte sich vor und sah mit angehaltenem Atem angestrengt zu dem Fensterrost rauf, der den knallblauen Oktoberhimmel da oben in lauter klaviertastenschmale Streifen zerteilte.

»*Da* soll ich raus?«

»Hoff, du mußt s nie.«

Sie trat hastig wieder zurück.

»Schon mal was von Würde gehört, Karl?«

»Glaub, ja.«

»Und trotzdem muteste Avrom und mir so was zu?«

»Ich mut euch nichts zu. Ich will nur, wenn s ärger kommt, soll s hier diese Chance für euch geben.«

»Chance -!« Sie zog die Mundwinkel runter. »Du hast ne Art besorgt zu sein, da könnt man sich am besten gleich um die Sargbretter kümmern.«

Avrom summte jetz halblaut vorn bei der Arbeit. War n uraltes jiddisches Lied, kann s auswendig noch:

»Kumt der liber Sumer, schpiln mir in Sand, kumt der liber Winter, furn mir ze Land.«

»Also, die Blumentöppe bleiben dann stehn?«

Sally antwortete nich; sie schien auf Avroms Summen zu lauschen. Ihre schweren blaugeäderten Lider waren so tief runtergesunken, daß die vom letzten Sabbat her noch mit körniger Tusche verklebten Wimpern in dem hellen Glühbirnenlicht zwei borstige Schatten über ihre Backenknochen warfen.

»Und der verdammte Gitterrost«, sagte sie plötzlich; »was is mit dem?«

»Sieht bloß so aus, als ob er noch einzementiert wär.« Ich zog mir n Stuhl ran, stieg über die neugesetzten Steine weg in den Fensterschacht rein und hob den Gitterrost über mir mit der Maurerkelle ne Winzigkeit an. »Da –: kinderleicht hochzustemmen, das Ding.«

»Und was für n Glück das nu war; braucht jetz nur n Hackenstiel hochzudrücken, schon brach der Gitterrost raus, und mitten in dem Schamott lag scharfkantig, wie reingefräst, der Fensterschacht frei. War inzwischen längst ne zweite oder dritte Bomberwelle am Himmel; brannte an allen Ecken und Kanten. Doch n Moment lang war s auf einmal so still in der Luft, daß man deutlich ringsum die Flakgeschoßsplitter auf die Dächer und auf s Pflaster klirren hörn konnte.

Behutsam ließ ich mich die knappen zwei Meter tief runter. Den Gitterrost wieder zurechtgerückt über mir, dann hab ich mich da unten in ne Ecke gedrückt und erst mal nichts weiter fertiggebracht, als bloß dauernd die zwei heilen Blumentöppe anzustarrn. Nichts dran kaputt, keine Schramme, kein Riß, nur das bißchen Schutt auf der Erdschicht. Schwer zu verstehn, daß so n zerbrechliches Tonzeug s überstanden hatte, und n kompaktes Haus war in die Brüche gegangen.

Fern fing jetz wieder die Flak an zu schießen. Die Bomberverbände hatten abgedreht, durch den Gitterrost sah ich: nur noch n einsames Aufklärungsflugzeug hing hoch oben wie n winziges Kreuz in dem riesigen Scheinwerferdom.

Auf einmal aber löschten alle Scheinwerfer fast gleichzeitig aus, und plötzlich merkt ich, wie sich in dem jähen Dunkel um mich rum undeutlich was zu bewegen, was rauszulösen begann, was Rechteckiges, Helles – n Mauergeviert in Fensterformat. Immer ätzender hob sich s ab, immer deutlicher wurd s; es saugte mich raus aus der Ecke, ich mußt zu ihm hin; und so sehr sich die schlappen Beine auch sträubten, Zentimeter um Zentimeter schob ich mich ran.

Dann hatt ich s erreicht und sackte in die Knie davor und spürte, wie mir die rauhen Mörtelnähte die Wange aufrissen, und noch immer ließ der Sog hinter den Steinen nich nach; Gegenteil, wurd stärker und stärker, und nu drang mir die Kälte der Steine auch in die Brust, in den Schoß, und so an das zugemauerte Fenster gepreßt, blieb ich knien und bin durch meinen dröhnenden Schädel gestolpert, Gitterroste vor n Augen, und hab aus der gähnenden Leere da drin jetz die zertrümmerte Kellerwohnung aufsteigen sehn:

Die Sommerwohnküche verschüttet; der Abstellraum dahinter n Haufen Klamotten, bloß der Zinkwannenrand und s verbogene Schutzblech vom Fahrrad kucken aus dem Backsteinhügel noch raus; unter der umgekippten Toilettentür pulst n dreckiger Wasserstrahl vor; im ehemaligen Wohnraum is die Decke runtergekommen, paar Kanapeesprungfedern, n zerschlitztes Kissen und aus; der Mauerdurchbruch, der in Avroms und Sallys Maulwurfsreich führte, den gibt s nu nich mehr, n Krater klafft da; nee, keine Bombe, man riecht s: ne Gasexplosion; bloß die acht Stufen trippeln noch sinnlos da runter, und der Geräteschrank, der den Durchbruch getarnt hat, der is da jetz auf den ausrangierten Kochherd gefalln, denn auch die ehemalige Küche is eingestürzt, und vom Luftschutzraum nebenan weht penetranter Chlorgestank rüber; dann is Schluß, meine Kammer liegt schon unter n Vorderhaustrümmern begraben; und ich mach wieder kehrt und öffne die Augen und wunder mich nur, wo auf einmal dieser laue Messinggeschmack herkommt und diese brennenden Schmerzcn im Mund, bis ich endlich begreif, ich hab den Oberkörper gegen das vermauerte Fenster gestemmt und mir, um nich schrein zu müssen, dabei auf die Zunge gebissen.

Und jetz gab das Steingeviert auch irgendwie nach, es knirschte, was brach, die Mauer wich ächzend zurück, sie schwankte, riß ein, und mit all den Steinen und ner dichten Mörtelmehlwolke zusammen bin ich runter in den Keller gefalln.

Gleich hoch und die Luft eingesogen, bis mir beinah

die Schläfen geplatzt sind vor Dröhnen: Nee, sie ließ sich atmen seltsamerweise; nichts von Fäulnis drin, von Unrat oder gar Gas; ne Luft, wie sie immer geherrscht hat, hier unten im Keller: bißchen nach Schimmel, nach süßlichem Vogelsand, nach Kitt, nach Kohlenruß und Sallys Mottenpulver gerochen. Gut, bestimmt nich grad frisch; aber s hätt sich leben lassen mit ihr. Hätt? Ich zitterte plötzlich. 's Feuerzeug, das ich anknipsen wollt, fiel auf die Erde. Dauerte ne Weile, bis ich s wiedergefunden hatt in der Finsternis da. Aber nu mußt ich doch erst n Augenblick warten; kam nich gleich wieder hoch, s Herz hat zu irre geschlagen. Also erst mal auf die Seite gewälzt und s Feuerzeug an.

Dacht erst, ich träum. Nichts verändert in der Sommerwohnküche hier. Tisch, Stühle, die alte Anrichte, das Vogelbauer drauf, der Stoß gebrauchter Tüten daneben: alles an seinem Platz; nichts zerstört, nichts kaputt; nirgendwo Trümmer, nirgendwo Schutt. Nur so n paar plustrige Staubwalzen rannten vor meinem Atem weg; aber gegen die hatte sich Sally ja auch schon immer vergeblich gewehrt. Mühsam zog ich mich an der Tischkante hoch. Handvoll Tüten zu ner Lunte gedreht, angesteckt und, hinter der qualmenden Fackel her, in den Abstellraum rüber.

Dasselbe wie eben: Die Zinkwanne hing an der Wand; s Fahrrad war auf Sattel und Lenkstange gestellt, und hinten warn die verbrauchten Matratzen gestapelt. Jetz fehlte bloß noch, im ehemaligen Wohnraum war auch alles heil.

Und Tatsache, sogar die leeren Einmachgläser haben, ordentlich ausgerichtet, noch in den Regalen gestanden. Paar hastige Stolperschritte weiter nach vorn – und wer wirft mir da n Glutschein meiner verlöschenden Tütenlunte noch eben zurück? Der Schrank. Schwarz, unverrückt, streng verdeckt er den Mauerdurchbruch und die Stufen dahinter wie stets.

Jetz is auch s letzte Gefühl von Wirklichkeit weg. Ich lauf nich, ich schweb; und daß ich die Schranktür aufreiß, das bild ich mir ein: die Tür is von selber aufgegangen; der Schrank hat den verlorengeglaubten Sohn mit offnen Flügeln empfangen; und gerührt tret ich ein und begrüß den Bohnenkrautgeruch und geb all den Besen und Müllschippen und Kitteln und Schürzen die Hand und schieb sie beiseite; Und da is die Sperrholzrückwand, und rechts an der äußersten Kante sind meine und Avroms und Sallys Fingerabdrücke dran; und was heißt hier, *ich* schieb die Rückwand nach links; sie gleitet auf ihrn geölten Rollen von alleine beiseite; und auf einmal umgibt mich auch der unsterbliche Knoblauchduft wieder, der von unten her raufgeschwebt kommt und harmlos, als könnt s nich mal n Winkelchen fülln, rieselt das Dunkel vor der flackernden Feuerzeugflamme jetz in dürftigen Schattenkaskaden die acht Steinstufen runter; nur n Stückchen Koks oder so was läßt auf der vorletzten schließlich noch n Moment lang seine daumengroße Silhouette rumtanzen.

Koks? Wieso Koks. Das kuckt doch, das schnuppert, hat Haare, das lebt. 'ne Maus; ne staubgraue Maus, die geblendet und mit pumpenden Flanken in die Feuerzeugflamme starrt. Leben: Man kann noch leben hier unten!

Ich spür, wie mir s Blut aus m Kopf weicht; ich wank; aber da rasen die Beine schon los, die Treppe runter, und ne Stimme, die ich noch nie gehört habe, schreit: ›Avrom! Sally! Ich bin s, der Karl!‹

Der Gang. Die Wasserleitungsrohre. Das Regal voll Konserven. Die zwei rostigen Türen. Erst die zum Schlafraum. Gibt n Lufthauch, wie ich sie aufzieh; die Feuerzeugflamme flattert, erlischt. Doch ich hab die beiden ordentlich gemachten Betten noch deutlich gesehn. Sally hat sie, wie ihr Jungmädchenbett früher und s Sorgenbett vom Tate Abramowicz dann, immer mit m

Brett glattgestrichen. Feuerzeug funktioniert nich mehr. Also im Dunkeln zur andern Tür hin. Sie steht n schmalen Spalt auf; ich halt s Ohr dran und lausch; könnt ja sein, sind eingeschlafen, die beiden. Nee: kein Atemzug, nichts; nur n Holzwurm tickt in einer von den Kommoden. Hände vorgehalten, und rein.

Die Kokosläufer saugen den Schritt weg, beweg mich fast lautlos auf ihnen. Bloß dieser donnernde Pulsschlag dauernd im Hirn; man denkt fast, er müßt einem die Schädeldecke zertrümmern. Jetzt spür ich s Sofa, ich tast auf ihm rum. Keins der Kissen zerknautscht, alle aufgeschüttelt und prall neben'nander gestellt. Aber mit m Tisch is irgendwas los, merk s an dem harten Brokatrand: Die Sabbatdecke liegt auf. 'n Augenblick muß ich mich setzen: is heute nich Freitag? Mir zittern die Knie, wie ich mich wieder erheb.

Plötzlich stoß ich an was, das vor mir zurückweicht; gleich jedoch berührt s mich schon wieder.

›Sally!‹ keuch ich.

Nee, ihr Schaukelstuhl nur, pausenlos wippt er von meinem Stoß hin und her. Gar nich so einfach, sich davon noch mal zu erholen. Bin nu auch irgendwie mit der Richtung durch'nandergekommen, befind mich auf einmal am Ofen. Auf m Aschenblech zerbricht mir was unter m Schuh; ne Streichholzschachtel, halb voll. Zittrig reiß ich von den Hölzern eins an.

Ich seh, was ich gewußt hab. Der Wohnraum is leer. Bloß alles auf so ne furchtbar endgültige Weise hergerichtet zum Sabbatempfang; nich mal mehr ne Nadel liegt rum. Aber ich seh noch was: Staub; dicker Staub überall; na, und den hätt Sally doch nu wohl bestimmt weggewischt. Blei in den Kniekehlen, schwank ich zum hintersten Winkel im Raum, zu der Brettertür da, die Avroms Kammer vom Wohnkeller trennt.«

»Ja, Karl; komm rein. Komm rein und mach zu.«

’n Augenblick lang fiel von der funzligen Lampe draußen n schwacher Lichtwiderschein auf n Tisch und auf die aufgeklappten Bücherkisten ringsum; und ich sah auch all die offnen Bücher wieder vor ihm, und auf einem, nem großen zerlesnen Folianten, seine schnittnarbenbedeckten Hände brachliegen; dann war wieder bloß noch die Dunkelheit da.

»Setz dich, Karl. Sag, was für n Tag heute is.«

»Gar keiner, Avrom. Is Nacht.«

»Juli noch?«

»Seit zwei Tagen August.«

»August –: Das is die schönste Zeit auf m Friedhof gewesen.«

»Wie kommste n ausgerechnet auf Friedhof.«

»Fängste schon wieder an? Hast dich doch wohl schon oft genug aufgeregt, wenn wir uns da umgesehn haben. Und dabei hab ich mich doch bloß immer mit m Rabbiner gekabbelt.«

»Hab n nie leiden können, den Mann.«

»Logisch. Zu streng, zu belesen für n Menschen wie dich.«

»Unerbittlich is er gewesen.«

»Kannste leicht werden, wenn de siehst, wie die Thora verkommt. Sogar *mir* hat er vorgeworfen, ich würd die Gesetze mißachten.« Er lachte leise. »Aber ich hab ihm Kontra gegeben. Drei Stunden lang mal. Durch n ganzen Friedhof sind wir dabei gelaufen. Und ich hab ihm klargemacht, was n Frommer is und was bloß n gelehrter Gesetzesausleger.

›Das Leben heiligen!‹ hat er schließlich geschrien; ›wenn ich so was schon hör! Wissen Sie, was Sie sind? Sie sind n verfluchter Chassid für mich!‹

›Na und?‹ sag ich. ›Steht nich in den *Sprüchen der Väter* geschrieben: Liebe die Arbeit? Und hat nich Rabban Gamliel, Rabbi Judas Sohn gesagt, gut ist s, das

Studium der Lehre mit m handfesten Beruf zu verbinden? Was ham Sie davon, bloß Rabbiner zu sein? Da kriegen Sie die Lehre mit, gut. Aber s Leben? Das Leben kriegen Sie bloß mit in nem handfesten Beruf.‹

›Beruf!‹ schreit er, ›Beruf! Sie sind doch mit jeder Talmudseite zu widerlegen!‹

›Nanu‹, sag ich; ›is denn die Lehre nich für s Leben gemacht? Und is n Beruf nich dafür da, um s Leben zu fristen?‹

Weißte, was er gemacht hat? Sich die Ohrn zugehalten und ab und mich stehngelassen. Aber n Tag später hat er m Totengräber beim Buddeln geholfen. Und noch n bißchen später hat er in der Gärtnerei mitgearbeitet. Und wetten: Wär er nich abgeholt worden inzwischen, er hätt die Friedhofsgärtnerei bestimmt alleine geschmissen.«

Avrom lachte wieder, war deutlich zu hörn.

»So viel zum Thema Friedhof. Daß de nich staunst.«

»Staun ja nich. Mir nur n bißchen zu nah am Tod dran; is alles. Find, solltest lieber hierbleiben mit deinen Gedanken.«

»Wärste damals mit zu Rachels Begräbnis gekommen, würdste jetz anders reden. Das is ne Oase da, Karl. Und wer da alles liegt! –: Der Mosse, der Wertheim, der Tietz. Auch m Lesser Uri ham se n Gedenkstein aufgestellt da; weiß nich, ob de den kennst.«

»Kenn ich nich, nee.«

»Mein ja auch bloß wegen der Nachbarschaft da. Wär schön, dann mal bei lauter Juden zu liegen; noch dazu bei so berühmten.«

Ich schluckte.

»Ob de nich vielleicht doch von was andrem reden könntst, Avrom? Grad jetz –?«

»Grad jetz –? Wie meinst n das, Sohn.«

Er mußt sich vorgebeugt haben; konnt auf einmal den hellen Tallit um seine Schultern erkennen; die schwarzen Streifen drauf verschmolzen in'nander und lösten sich wieder.

»Hol Luft, Avrom. Macht Angst, dich nich atmen zu hörn.«

»Dann gib mir n Grund zum Aufatmen. Komm.«

»Woher soll ich den nehmen.«

»Aus m Herzen, wenn de *mich* fragst.«

»Nu gut. Ich lieb dich, Avrom. Mehr als mein Leben.«

Jetz war auch sein Bart und warn die langen, sorgfältig gedrehten Schläfenlocken in dem Dunkel vor mir zu sehn; falb, wie graugewordenes Silber hob sich das Haar vom Kaftanschwarz ab; nur wo s unter der Hutkrempe vorquoll, wurd es von ner streng waagrecht laufenden Grenzscheide gekappt.

Er atmete keuchend.

»Schlimm muß es sein. So haste noch niemals zu mir gesprochen.«

»Ich sprech so, damit de s behältst. Behältst, bis ich zurückkomm.«

»Karl!« Seine Hände flatterten über n Tisch, hielten mich zitternd am Oberarm fest. »Sie holn dich uns weg?«

Ich nickte. Dann erst fiel mir ein, daß Avrom s nich sah.

»Ja. Heut früh muß ich mich stelln.«

»Aber Karl, dein Musterungsbescheid, der lief doch auf untauglich raus!«

»Damals hat noch ne Kommission gemustert, Avrom. Aber inzwischen is s ja schon über n Jahr her, daß die in Rußland einmarschiert sind. Na, und nu mustert eben der Krieg. Und hat der sich vielleicht schon mal um ne Rückgratverletzung gekümmert, noch dazu um ne simulierte wie meine? 'n Hals mußte dir brechen, willste zu Hause bleiben im Krieg.«

»Karl, so darfste nich reden. Noch nie haste s so nötig gehabt, auf dich achtzugeben wie jetz.«

»Und *ihr?* Wer paßt auf *euch* auf, wenn ich nich mehr hier bin? Jetz sag bloß noch, der da im Himmel!«

»Nee; ne Lebensversichrung schließt der nich mir dir ab.«

»Aber, Mensch, Avrom, s *geht* doch nu mal um euer Leben! Was hätt denn meins sonst für n Sinn?«

Er beugte sich plötzlich so weit zu mir her über n Tisch, daß ich s Gefühl hatt, seine erloschnen Augen strengten sich noch n letztes Mal an, mein Gesicht zu erkennen.

»Karl. Gibt n Punkt, da kommst auch *du* um s Glauben nich rum. Der liegt da, wo wir, gegen jede Wahrscheinlichkeit, hoffen, daß de uns wiederfindst hier.«

Ich versuchte, auf m Tisch nach seinen Händen zu tasten; sie warn nich mehr da.

»'s *is* wahrscheinlich, Avrom«, sagte ich und schmeckte das Salz meiner Tränen. »Wenn ihr n bißchen sparsam seid und nich immer so nett zu den Mäusen –: die Vorräte könnten fast drei Jahre lang reichen. Sally muß nur die Kartoffeln regelmäßig entkeimen und sie auch umlagern mal.«

»Sally –: Sollt mich jetz n bißchen mehr um sie kümmern.«

»Tu das.«

War nu n Augenblick so still in der Kammer, daß man nebenan in der Kommode deutlich s Raspeln vom Holzwurm gehört hat; klang wie n Standuhrticken, so laut.

»Geh zu ihr, Karl. Tröst sie.«

Ich stand auf.

»Avrom, und du?«

»Ich bet für uns drei.«

's war schwer, ihn, so eins mit m Dunkel, hier jetz alleinlassen zu müssen; ich stützte mich auf n Tisch.

»Tuste mir n Gefallen?«

»Wenn ich kann, jeden.«

»Laß mich dich, n Streichholz lang, noch mal von Angesicht sehn.«

»Wozu, Karl. Du siehst n früh altgewordenen, blinden jüdischen Mann.«

»Ich werd Avrom sehn.«

»Nimm dir n Beispiel an mir: *Ich* seh dich genau.«

»Dich bedrängen auch deine Augen nich mehr.«

»Ja, das is wahr. Also zünd an.«

»Drei, vier Hölzer zerbrachen, dann erst flammte eins auf, und ich sah den leeren Korbstuhl hinter m Tisch und die verschlossenen Bücherkisten ringsum und sah die unverputzte Backsteinwand und die funkelnden Feuchtigkeitstropfen und die pelzigen Schimmelnester an ihr, und sah auch die Holzkoffer und, ordentlich hingestellt, die staubbedeckten Pantoffel daneben; und dann war das Streichholz verglüht, und immer noch stand ich, die zitternden Oberschenkel gegen die Kante gepreßt, am Tisch und spürte die Maserung der Platte unter n Händen und das Astloch, auf dem die beiden Gebetsbücher sonst lagen und starrte und starrte in die Dunkelheit rein, bis sie in lauter schwebende, steigende, fallende, kreisende Rußpartikel zerfiel, und die Pupillen brannten, als säß Feuer in ihnen und mir kraftlos die Arme einknickten und ich mit m Oberkörper auf die Tischplatte krachte.

Und nu endlich, während ich langsam wieder anfing zu mir zu kommen, immer noch liegenblieb aber, weil auch in den Beinen kein Wille mehr war, *nu* endlich gestand ich s mir ein: Es war was tausendmal Schlimmeres geschehn, als ich s befürchtet hatte zuerst.«

Ich hatte ihr den Arm um die Schultern gelegt. Jedoch sie rissen Mirjam von mir weg. Nein, sie taten ihr nicht weh. Sie halfen ihr nur, halfen ihr auf einen der Wagen hinauf, denn Männer und Frauen wurden getrennt. Einen Augenblick lang standen die Kinder in dem allgemeinen Tohuwabohu allein und unbeobachtet da. David hielt Ernie fest an der Hand. Er überlegte, wo er sich hinwenden sollte, zur Mutter oder zum Vater. Ich versuchte krampfhaft, ihm die dritte Möglichkeit zu suggerieren, nämlich unauffällig beiseite zu treten. Der Scheinwerfer war sparsam, er schnitt nur grade die Lastwagen aus dem Dunkel heraus; die Häuserblocks, aus denen man uns zusammengetrieben hatte, waren schon wieder in Nacht eingetaucht. Aber David verstand mein Kopfnicken falsch. Mit Mirjams Gerechtigkeitssinn, den ich schon immer an ihr bewundert hatte, bat er einen der Männer, Ernie auf den Wagen zur Mutter zu heben; darauf kam er lächelnd zu mir, für seine salomonische Lösung ein Lob erwartend, ich sah es ihm an. Ich war bereit, es ihm auch zu spenden; eine bessere Aufteilung wäre kaum denkbar gewesen, *da* nun schon einmal getrennt worden war. Denn Ernie hat stets an Mirjam gehangen, David dagegen seit seinem zweiten Jahr und erst recht, seit er zu lesen begonnen hatte, an mir. Doch da traf mich ein Gummiknüppel im Nakken, im Stürzen noch nahm ich wahr, wie man David, der um sich schlug jetzt und schrie, auf einen anderen Lastwagen hob. Ich hatte seine Bar Mizwa vergessen; er war ja vor einem Monat dreizehn Jahre geworden; er brauchte keinen Vater mehr, er war ja ein Mann. Ein Tritt half mir aufstehen. Ich war der letzte dieses Transports; Mirjams Wagen setzte sich schon in Bewegung; und auch der, auf dem David nun war, wurde bereits vom laufenden Motor erschüttert. Man zog mich auf den mir zugedachten hinauf, die Klappe schlug mir gegen die Schulter, dann fuhren wir los.

»Aber wenn das stimmte: wie war s dann zu dieser furchtbaren Feiertagsordnung gekommen? Streicht man denn Federbetten noch mit m Brett glatt, schüttelt man denn noch die Kissen zurecht und legt die Sabbattischdecke auf, und stellt man denn noch pedantisch die Pantoffel zurecht und verpackt seine Bücher, wenn draußen vor m Haus schon der menschenbeladene Lkw steht? Konnt mir s schlecht vorstellen; und hab mir sonst doch eigentlich ne ganze Menge vorstellen können.

Doch jetz mal anders gefragt: Wenn Avrom und Sally s Allerschlimmste nich widerfahrn war, und auch noch s Nächstschlimme nich – denn sie hätten den Luftangriff ja überstehn können hier unten; und sogar die acht Stufen höher, oben bei mir, waren drei Räume noch heil; und selbst die Mauer im Notfenster war ja noch in Ordnung gewesen, so daß also auch wegfiel, daß sie heimlich weggemußt hätten –: was war ihnen *dann* zugestoßen? Ja, konnt s denn nu nich auch sein, daß sie, wenn schon nich hier, dann aber doch irgendwo anders noch lebten?

Die Tischplatte unter meiner Schläfe begann auf einmal zu glühn. Schwankend stemmt ich mich hoch. Und da – plötzlich wieder Avroms Stuhl gegenüber und unauslöschlich die ordentlich hingestellten Pantoffel und die streng und liebevoll aufgeschüttelten Kissen im Kopf – da fiel sie mir ein: die Tafel. Rachels Schiefertafel, die Sally an dem Morgen im Schoß gehabt hatte, und der sie s anvertraun wollt, wenn irgendwas war.

Bin schon draußen im Gang. Schlafraumtür auf, und über m Kopfende vom linken Bett den losen Stein aus der Mauer gerissen, und in die Öffnung dahinter mit m Unterarm rein. Wußt sofort, daß noch Hoffnung bestand: ’s Geld war weg, das ich Sally dagelassen hatte; bestimmt hatten sie s brauchen können inzwischen.

Und dann is meine Hand in dem Mauerloch da auf

was Glattes, was Flaches gestoßen, und ich greif zu und zieh s raus und laß mich, mit der Schiefertafel zusammen, auf die Bettkante fallen und reiß n Streichholz an und hab s drübergehalten. Sallys Schrift; n Datum und ne Adresse. Meine Hand zittert so, daß s Streichholz erlischt; erst beim nächsten und übernächsten gelingt s mir, den Text zu entziffern:

Ab 7. I. 43: Lothringenstraße 63.

Dacht, ich dreh durch vor – Weiß nich, ob Freude s richtige Wort dafür is. Dauernd bloß die Tafel an mich gepreßt und vorgebeugt und zurück und vor und zurück, und wie ne kaputte Grammophonplatte nur immer und immer: ›Sie leben, sie leben, sie leben‹, gekeucht; und nichts wie die Stufen dann rauf und durch n Schrank und rein in n Schacht und hoch drin und raus, und n Rost wieder drauf, und rum um die Trümmer und los.

Denn die Lothringenstraße, die hab ich wie meine Hosentasche gekannt. Die lag ja gar nich weit ab; hatt bloß nich gewußt, daß sie bis in die Sechziger ging; war immer der Meinung gewesen, beim Bus-Depot oben wär Schluß, weil doch da nur noch die Gärtnereien kamen und hinten, wo der jüdische Friedhof begann, noch die Kranzbinderei und das Grabsteingeschäft.

Hatt Glück; die Sirenen heulten grad los: Entwarnung; und überall in den verlassenen Häusern stieg wieder polternd s Leben nach oben; und Kinder quengelten, und Flurtürn knallten, und erleichterte Stimmen riefen einander, unter m brandroten Himmel und über die scherbenknirschenden Straßen weg, die Zahl der zertrümmerten Scheiben und Witzworte zu und Gut Nacht; und ich nutzte die Unruhe aus und lief und lief und hinkte und rannte, bis ich vor mir, Ecke Lothringenstraße, die Konsumfiliale erkannte.

’ne kleinkalibrige Bombe hatte n Fahrdamm aufgerissen davor, und wo der eingedrückten Jalousie die Riegellasche weggebrochen war, kamen n zäher Strang Sirup und n breiter Milchbach auf s Pflaster geflossen und vermengten sich nu; und ich humpelte durch und bog um die Ecke, und die Ellbogen gegen die stechenden Seiten gestemmt, lief ich unter den alten Kastanien jetz atemlos die Lothringenstraße entlang.

Und mein Herzschlagtakt zählte die Häuser, und meine Füße spürten die Murmellöcher im Boden und auch mal n Brandbombenschwanz; und der erste Maiglöckchenduft kam aus den Vorgärten rübergestrichen, und alle paar Schritte Hauseingänge, die in die Erinnrung führten; und die alten vergammelten Läden dazwischen, da hat s das Rohmaterial für die Kindermärchen gegeben: Die Toreinfahrt, die auf den Fuhrpark rausging, mit den kopfstehenden Fischen als Radabweisern; auf dem linken hab ich, auf dem rechten hat Rachel gesessen, und die Kutscher haben drin auf m Hof die Pferde gestriegelt; und die Leihbücherei, wo s die blau-weißen *John-Kling*-Hefte gab; und die gläsernen Schaukästen, von denen man jetz nur die verbognen Gestelle noch sah, sind n verspäteter Dank und meine Gesellenarbeit gewesen; und die orthopädische Handlung im Keller, in deren staubigen Fenstern noch dieselben Klumpfußabgüsse und künstlichen Hände und Bruchbänder lagen wie vor dreißig Jahren bereits, und wo Rachel, eh sie endgültig in den Rollstuhl mußte, diese schönen verchromten Schienen bekam, um die sie alle beneideten; und der Blumenladen von Rosa Genauer, Sallys bester Freundin, in dem wir vor m Laubhüttenfest immer den Lulaw, den Palmzweig und die Etrog-Frucht holten; wurde der Rosa extra aus Palästina geschickt, das Zeug; aber jetz nich mehr; jetz war die zertrümmerte Schaufensterscheibe kreuzweis mit Brettern vernagelt; und das Bus-Depot dann mit den gelben, dicht aufgefahrnen Bussen vor den teerschwarzen Hallen, von denen der Sommerwind immer den Benzingeruch rüberblies, und ich hab auf m Mauervorsprung gestanden als Junge und n eingeatmet, den Duft, und konnt und konnt nich genug von ihm kriegen.

Und hier bleiben jetz die Häuser und die alten Kastanien zurück; Schluß mit m Asphalt, die Gärtnereien und Baumschulen rings müssen sich mit Huckerpflaster begnügen; bloß noch die verrosteten Maschendrahtzäune ziehn rechts und links mit; unkrautüberwucherte Beete, abgestorbne Baumkulturen; und fern, nu wieder kalkig vom Mondlicht geweißt, das Brachfeld mit dem Damm, auf dem die Industriebahn langzockelte tags; und dahinter, schon in Lichtenberg drüben, konnt man am Stadtrand, so hell war s, die Brauereien erkennen und die Zigarettenfabrik. Denn hier war Weißensee jetz zu Ende, vorn war ja schon die helle Backsteinmauer vom jüdischen Friedhof zu sehn.

Ich lauf langsamer hier; ich versuch zu begreifen, wieso s Avrom und Sally in so ner gottverlassenen Gegend besser haben solln als zu Hause im Keller.

Da prangt auf einmal die Zahl Einundsechzig auf nem schrägstehenden Pfahl, und der Bretterhaufen daneben, der muß mal zum Schuppen der Kranzbinderei gehört haben; und rechts, auf dem Grundstück vom jüdischen Steinmetz, liegen lauter umgeschmissene Grabsteine rum, Dreckfladen mit Nagelschuhabdrücken drauf, sieht man genau hin; und über m zerbeulten Blechbriefkasten am Zaun is die Zahl Zweiundsechzig zu lesen. Aus; weiter zählt hier nichts mehr; jetz kommt nur noch der kahle, mit winzigen Steinen gepflasterte Platz, den die struppige Ligusterhecke umschließt, und dahinter s Friedhofsportal.

Zögernd geh ich drauf zu: Da schimmert was oben in dem Schnörkelgestänge, was Emailliertes, was Helles; n Nummernschild, ja. Doch erst wie ich dran bin, am Tor und hab die Fäuste um die Vierkantstreben geballt und reck blinzelnd s Kinn hoch, gewinnen die tanzenden beiden Nummern Kontur: ’ne Sechs und ne Drei. Nee, die gehörn zusammen, die beiden. Sally hat sie auf der Tafel ja auch zusammengeschrieben; 63 heißt das; und was sie bezeichnet, die Zahl, is keine Haustür, kein Hoftor sondern s Friedhofsportal.«

Im Nordosten grenzte ein Fabrik-Areal an den Friedhof. Da Leben und Tod aus der Perspektive eines Bomberpiloten logischerweise oft unterschiedslos ineinander verschmelzen, waren dort auch einige Bomben auf den Friedhof gefallen. Es hätte günstigere Stellen für diesen Abwurf gegeben, denn die provisorisch bezeichneten Gräber, die er aufgerissen hatte, waren noch frisch, manche Monate, manche Wochen alt nur; und es sind ungezählte gewesen.

Mirjam und die Kinder waren damals schon deportiert. Mich hatte man, nach dem ersten Abtransport zur Synagoge in der Levetzowstraße, die zum Sammelplatz degradiert worden war, wieder ›herausgelöst‹, wie es hieß. Den Behörden war bekannt geworden, daß ich in mehreren unserer Organisationen mitgearbeitet und so Einblick in die Interna zahlloser jüdischer Familien erhalten hatte. Ich wurde den am Sammelplatz tätigen Ärzten zugeteilt und fast täglich von zwei Beamten des Sicherheitsdienstes nach Weißensee, zum jüdischen Friedhof hinausgefahren, wo ich ›nach dem Rechten‹ zu sehen hatte, wie einer der SD-Beamten sich ausdrückte. Und ›das Rechte‹ war: diejenigen unserer Leute zu identifizieren, die den Freitod dem Abtransport in ein Konzentrationslager vorgezogen hatten. Es sind oft ganze Familien gewesen; noch heute läßt sich das an den Grabsteinbeschriftungen und den übereinstimmenden Todesdaten so vieler einzelner ablesen.

Zwei Männer halfen mir, der Totengräber und der Inspektor; die übrigen Bewohner des zu großen Teilen zerstörten Verwaltungstrakts waren bereits abgeholt worden. Beide Männer waren mir seit langem bekannt, da sie schon Jahrzehnte zur Beerdigungsbrüderschaft zählten und ja auch *unsere* Gemeinde ihre Toten auf jenem Friedhof bestattete. Seltsamerweise hatten beide Männer den Vorfall behalten und ihn mir gegenüber auch beiläufig einmal erwähnt.

In jener Nacht hatten sie aus der Ruine des Verwaltungsgebäudes den Luftangriff beobachtet und die auf den Friedhof niedergegangenen Bomben schulterzuckend zur Kenntnis genommen. Es mußte Tag werden, ehe man darangehen konnte, den abermals heimatlos Gewordenen eine neue Ruhestätte zu schaffen. Dann aber sahen die beiden in derselben Richtung plötzlich die kleine Synagoge aufflammen, und da rissen sie doch Hacke, Eimer und Spaten aus den Gestellen und hasteten den trauerweidenüberdachten Weg zum Brandherd hinab.

Die kleine Synagoge war jedoch nicht mehr zu retten. Es blieb nur übrig, einen Funkengraben auszuheben rings um den glühenden Bau, damit das Feuer nicht auf das dichtverstrebte Unterholz und die alten Bäume überzugreifen vermöchte. Darauf tauchten die Erschöpften ihre rußgeschwärzten Gesichter in einen Wasserbehälter und liefen, ungläubig dem Schlag einer Nachtigall lauschend, zum Verwaltungsgebäude zurück.

Nachdem sie ihre Geräte fortgebracht hatten, verrichtete der Totengräber seine Gebete; der Inspektor ging, wie es ihm, seit der Deportation der übrigen Friedhofsangestellten zur Gewohnheit geworden war, noch einmal zum Tor, um zur Stadt hin zu lauschen, denn in letzter Zeit kamen sie vornehmlich nachts. Hierbei entdeckte er ihn.

Er hockte, die Wange gegen eine der Eisenstreben gepreßt, zusammengekauert vor der Außenfront des Portals und hatte, schien es, die Besinnung verloren. Er wäre, wie gesagt, nicht der erste gewesen, der hier für immer Zuflucht gesucht hätte. Doch wie sehr der Inspektor alle diese Verzweifelten zuletzt auch verstand, er sah nicht ein, warum er deshalb diesem Lebenden hier beim Sterben behilflich sein sollte. Am liebsten hätte er ihn liegengelassen, die Morgenkühle bewirkte oft Wunder; doch da er, trotz der Gewißheit, daß auch seine Stunden bereits gezählt wurden, noch nicht so abgestumpft war, um nun kein Mitgefühl mehr aufbringen zu können, entschloß er sich, dem Mann dort draußen wenigstens wieder auf die Beine zu helfen.

Sorgfältig vergewisserte er sich, ob ihn auch niemand verfolgt habe, dann rief er halblaut den andern, und ohne das Tor zu öffnen, griffen sie dem Leblosen durch die Gitterstäbe hindurch unter die Arme und zerrten ihn hoch. Und nun erst, als sie ihn aufgerichtet hatten, und er, nur die Stirn noch gegen die Streben gepreßt, aus eigenen Kräften vor ihnen stand, bemerkten sie, er war die ganze Zeit bei Besinnung gewesen; und jetzt hörten sie auch, daß er sprach, stockend zwar, flüsternd, doch deutlich vernehmbar. Er heiße Goschnik, Karl Goschnik, und wo sich hier Avrom und Sally Grünbaum befänden.

»Noch mal«, sagt der Kleinre der beiden: »*was* sind das eben für Namen gewesen –?«

»Avrom und Sally Grünbaum«, sag ich; »sie müssen hier sein; ich hab zu Haus die Nachricht gefunden, daß sie sich ab siebten Januar bei Ihnen auf'm Friedhofsgelände befänden.«

Der Größre tritt n Schritt zurück; er hat sich n Hut auf die Nasenwurzel geschoben und s Kinn hochgereckt; ich spür, daß er mir unverwandt auf die Herzgegend blickt.

»Anfang Januar –?« Der Kleinre wiegt ächzend n paarmal den Kopf hin und her. Er hat ne große, am Schirm zerfetzte Schildmütze auf, unter der ich nur seine bleichen, vom Mondlicht beschienenen Ohrn erkenn. »Eklig kalt gewesen. Harsch-Schnee; und n Frost im Boden, daß einem die Hände gesummt haben beim Hacken; Spaten war überhaupt erst nach m halben Meter Tiefe zu gebrauchen.«

»Und ausgerechnet da«, sagt der andre, »gab s hier so viel wie selten zu tun.«

»Merkwürdig«, sag ich. »Und bei *so* ner Wittrung sind die beiden alten Leute gekommen? Hatten sie s bei Ihnen denn wenigstens warm?«

»Warm –?« Der Kleinre hebt n Augenblick sein graues, ausgemergeltes Gesicht und blinzelt mich argwöhnisch an. »Wie man s nimmt, wissen Sie.«

»Herr Hirsch –!« sagt der andre beschwörend.

Der Kleinre winkt ab. »Längst gemerkt.« Kraftlos fällt die gekrümmte Maulwurfshand wieder an ihm herab. »Bin doch nich blind.«

Jetz starrt auch er mir auf s Herz. Irritiert blick ich runter an mir; nu erst begreif ich: Sie vermissen den gelben Stern auf der Jacke; sie haben mich, als sie mir hochhalfen vorhin, für einen von ihnen gehalten.

Ich hol tief Luft.

»Bitte: Sie müssen mir trotzdem vertraun.«

»Sie wissen nich, was Sie sagen.«

Der Größre steht da, als wär er aus Stein. Er hält vor der rechten Hüfte sein Handgelenk fest; die vom hochstehenden Mond unnatürlich verkürzte Silhouette vor ihm mutet wie n hastig gepackter Reisesack an.

»Ich *weiß* es«, sag ich und schluck; »bin doch angewiesen auf Sie.«

Die beiden antworten nich. Nur der Wind is jetz in den Efeublättern des zerstörten Verwaltungstrakts zu hörn; pausenlos streicht er über die raschelnden hin und läßt mal die ledern glänzenden Oberseiten, mal die mehligen Unterseiten aufschimmern.

»Wo sind sie?!« keuch ich und preß die Schläfen zwischen zwei Streben, so daß ich hinter n Augen die Kälte spür in dem Eisen; »bitte sagen Sie s mir.«

»*Hab* s schon gesagt.«

Der Kleinre hat sich n bißchen vorgebeugt, er blickt konzentriert auf seine lehmverkrusteten Schuhspitzen nieder.

»Aber Sie haben doch nur von der Erdbeschaffenheit und von der Wittrung gesprochen!«

»Stimmt.«

Muß mich an den Gitterstreben festhalten; irgendwas versucht mich zu würgen und nach hinten zu ziehn.

»Reden Sie deutlicher.«

»Wir können nich deutlicher sein«, sagt der andre, fast ohne dabei den Mund zu bewegen, »als anzudeuten, wir haben Herrn und Frau Grünbaum begraben.«

Sehr fern kreischt zweimal ne Straßenbahn auf, die Ecke Antonplatz in die Kurve einbiegt; dann is die Nacht wieder still.

»Nein –!«

Der Kleinre hebt langsam die Schultern, bis sein aufgestellter Jakettkragen die Ohrn berührt.

»Zuerst glaubt man s nie.«

'ne grauenhaft sachliche Stimme sagt plötzlich wie auswendig gelernt: »Aber s sind mir doch die liebsten Menschen gewesen; ich hab doch alles für sie getan!«

»Alles –?« Der Größre blickt, unter der tiefsitzenden Hutkrempe vor, starr an mir vorbei. »Und warum haben die zwei dann ihre Zuflucht hierher zum Friedhof genommen?«

Meine Stimme: »Zuflucht, das dürfen Sie nich sagen. Sie wissen nich, wie ich für die beiden gesorgt hab.«

»Und Sie«, sagt der Kleinre erregt, »wissen nich, wie die zwei da eingeschneit und in dem strengen Frost in der Nähe des Kindergrabs lagen.« Er ist hart vor mich hin an s Gitter getreten und sieht mit verzerrtem Gesicht zu mir auf. »Sie wissen s nich, nein. Aber ich will s Ihnen sagen: Fremd und verloren; und doch: zum ersten Mal auch geborgen.«

Meine Stimme: »'n Schwächeanfall. Sie haben das Grab von der Rachel, von ihrer Tochter besucht und sich mal hinsetzen müssen. Dabei is es passiert.«

»Sie lügen«, sagt der Größre ruhig. »Sie haben selber gesagt, die beiden hätten Ihnen die Nachricht hinterlassen, sie seien hier auf m Friedhof zu finden.«

Meine Stimme: »Sie wollten nich mehr so weit von der Rachel entfernt sein und sich lieber hier im Verwaltungstrakt n Unterschlupf suchen.«

»Nachts –?« fragt der Kleinre.

Meine Stimme: »Wieso.«

»Weil s früh aufgehört hatte zu schnein, und nirgendwo um die zwei rum warn mehr Spuren zu sehn.«

Meine Stimme: »Sie hatten Angst, am Tag zu gehn.«

Der Größre läßt zum ersten Mal sein Handgelenk los; deutlich sind in dem Mondlicht, über n Puls weg, die Fingerabdrücke zu sehn.

»Sie meinen: Angst, zu früh von uns gefunden zu werden.«

Meine Stimme: »Im Gegenteil; Sie fanden die beiden zu spät.«

»Und der Umschlag?« fragte der Kleinre, und seine rissigen Maulwurfshände umspannen, dicht unter meinen Fäusten die beiden Gitterstreben vor mir; »und der Briefumschlag mit dem Geld, den der alte Mann in der Brusttasche hatte?«

Meine Stimme: »Er war für die Ungelegenheiten bestimmt, die Sie, wenn Sie die beiden aufnähmen, unter Umständen hätten.«

»Stimmt.« Der Kleinre steht nun so nah vor mir, daß sein ausgefranster Mützenschirm sich am Gitter verbiegt. »Diesmal haben Sie recht. Stand nämlich n Gruß drauf an mich auf dem Umschlag, und drunter: Das wär für den Grabstein der zwei, und der Rest für die Mühe.«

Sinnlos, mich noch länger an den Eisenstreben vom Tor festzuhalten; der Würgegriff um den Hals schraubt sich so fest, als wär mir n Gewinde in den Nacken gefräst.

»Und für mich«, frag ich und lös mich vom Gitter und starr die rostroten Druckstellen auf n Handflächen an, »für mich is nichts in dem Umschlag gewesen?«

»Nichts«, antworten die beiden Männer zugleich.

»Nichts –:« Goschnik schloß keuchend die Augen; »das war s Schlimmste.«

Er versuchte, den Kopf hin und her zu wälzen, wie er ihn am Mittag, im Unfallwagen hin und her gewälzt hatte; vergeblich jedoch; der Gipsverband ließ es nicht zu.

»Das Schlimmste –?« Ich beugte mich angehaltenen Atems weit über die Bettkante vor. »Ich versteh dich nicht, Karl.«

Seine Lider flatterten, ihre violetten Schatten hatten sich mit Blau zu durchsetzen begonnen und die Bögen der Augenhöhlen dahinter vertieft: der Tod fing an, ihn sich nach seinem Bilde zu modeln.

»Das verstehste nich?«

Sein schweißüberströmtes, von dem gnadenlos grellen Neonlicht in die fahle Helle klinischer Rechtschaffenheit getauchtes Gesicht zog sich schmerzhaft zusammen, als sei ein Hieb auf es niedergegangen; ein Schwingenhieb vielleicht; ich spürte längst, wir würden, je länger ich mich um ihn bemühte, nicht nur den Tod gegen uns haben.

»Ohne ne Erklärung, ohne n Trostwort für mich tut

ihr mir so ne Furchtbarkeit an und dann sagste, Avrom, wie mir darauf zu Mut war, das verstündeste nich?«

Er riß die Augen auf und starrte fassungslos zu mir empor.

»Doch; *das* versteh ich; das versteh ich sehr gut. Ich frage mich nur, ob du auch das, was Avrom – ich meine, was wir getan haben, wirklich verstehst.«

»Eben *nich!*«

Er schrie fast.

»Wie kannst du dann sagen, dein Weiterleben sei schlimmer als dieses Ende gewesen.«

»Mein Weiterleben –!« Er zog schluckend die blutverkrusteten Mundwinkel nieder. »Was heißt n weiter, wenn s in dem Augenblick aus war, wo ich wußt, Avrom und Sally, die gab s nu nich mehr? Wo hab ich denn gelebt: in der Welt vielleicht, in irgend ner Gesellschaft, in nem Vaterland, zwischen irgendwelchen vier Wänden? Doch nur in dir, Avrom, in Sally und dir!«

»Und die sechzehn Jahre, die seither vergingen, und die du fleißig warst und die du dir eine Firma aufgebaut hast, was ist mit *denen?* Ob Sally die nicht vielleicht auch noch ganz gerne erlebt hätte, Karl?«

»Aber um Gottes willen, Avrom, sie *hätt* sie doch erleben können! Euer Keller war heil, die Lüftungsanlage intakt, der Lebensmittelvorrat zur Hälfte noch da; sogar heizen konnt ich, wenn der Wind günstig stand, n letzten Kriegswinter noch.«

»So –, du hast in dem Kellerwohnraum da unten geheizt –«

Es war Avrom, nicht ich, der sich jetzt langsam wieder aufrichtete und unmerklich seinen Hocker dabei etwas zurückschob.

»Na, sollt ich erfriern?«

»Nein. Aber ich kenne zwei, die *sind* erfroren.«

»Wie redste n mit mir! Hab ich s nötig, nach all dem, daß de mir das in so nem Ton sagst?«

Avrom und ich sahen abwesend in den rußigen Lichtschacht hinaus, in dessen linker äußerer Ecke ein winziger Windquirl ein wirbelndes Staubtrichterchen aufsteigen ließ; es begann sacht zu schneien in unserm Gehirn.

Goschnik atemte schwer.

»Nee, nee, du siehst mich nich, da unten im Keller. Du merkst nich, wie ich vergeß, ob s Tag oder Nacht is. Du siehst nich, wie ich bloß noch in Sallys Schaukelstuhl sitz, auf ab, auf ab, und nur noch das Knarren is mit mir im Raum, dasselbe Knarren, das der Stuhl auch erzeugte, wenn Sally draufsaß; sonst nichts; nich mal der Holzwurm tickt mehr in der Kommode: aus, abgelaufen, die Uhr; ne Stille, wenn ich aufhör zu schaukeln, als gäb s kein Leben mehr auf der Welt, als wärn selbst die Mäuse gestorben.

Schön, ich schmeiß n Brikett auf die Glut, ich schäl ne Kartoffel, trink n Schluck Wasser, geh auch auf s Klo, hau mich auf s Kanapee mal. Aber *leben?* Wie denn. Da lehnen die Kissen, die Sally gestopft hat. Da steht die Truhe mit m Sabbatleuchter vom Tate Abramowicz drin. Da liegt das verblichene Leinen in der Kommode, das für die Aussteuer von der Rachel bestimmt war. Da hängt Sallys Alpenbild an der Wand. Da stehn deine Holzkoffer mit m zweiten Kaftan, mit den stockfleckigen Talmudfolianten, den alten Stiebeln, die Sally nie saubermachen durfte, weil noch n Rest galizischer Erde unter n Sohlen geklebt hat, und mit m Zaumzeug von Schlomos letztem Panjepferd drin. Da sind deine Pantoffel. Da steht dein Tisch. Da hängt deine Schürze. Da liegt noch n Kittklumpen mit deinen Fingerabdrücken dran. Da haste sogar dein Gebetsbuch liegengelassen.

Und überall schwebt s noch, das verschwiegene Murmeln, das lautlose Flüstern, das verstummte Gebet. Ich hör s, wenn ich schlaf, ich spür s, wenn ich wach, ich vernehm s, wenn ich dös; ich krieg s nich raus aus m

Ohr, s sitzt in der Erinnrung zu fest; s is nich so sehr deine Stimme wie früher, denn ich hör s ja nich richtig, ich *glaub* ja nur, daß ich s hör; aber was ich glaub, is ja *auch* richtig, nich?

Nee, s is das Gebet selber, das spricht; niemand is da, bloß dieses Buch; aus dem steigt s auf, aus dem redet s, aus dem weht ne endlose, ne unhörbare Atemfahne, die reißt nich ab, die hört nich auf, die webt wie Nebel, die rauscht wie Blut, die schwebt wie Rauch, die umschlingt mich, die saugt mir die Luft weg, die will meine Stimme, der genügt die Erinnrung an *deine* Stimme nich mehr, *ich* soll s sein, ich, der nu weiterbetet statt deiner; und sie drängt und sie droht, und sie wirbt, und dann kommt der Tag oder die Nacht, wo ich spür, jetz müßt ich s können; ja, wo ich s ganz deutlich empfind: mir fehlt bloß noch der Text; und ich renn hin, und da liegt s auf m Tisch, das Gebetsbuch, und was ich noch nie gemacht hab: ich nehm s, ich schlag s auf, ich halt s unter s Licht, und nu seh ich: nichts übersetzt drin, alles hebräisch.«

Er schwieg sekundenlang und blickte, die Augen zusammengepreßt, zu dem quadratischen Neonröhrenkranz auf, in dessen vorderem Teil das schmerzende Licht unruhig aufflackerte, beinah erlosch und darauf fast ätzender als vorher erstrahlte.

»*So* zurückbleiben: wortlos von euch verlassen, und von dem, was ihr nich mitnehmen konntet, gemahnt und gemahnt, und beug ich mich drüber und will ich mit umgehn, auf einmal von jedem von euch wie durch ne unzerbrechliche Glaswand getrennt: nennste *das* Leben?« Er wandte erschöpft sein eingestürztes Gesicht zu mir her. »Oder weiterleben gar, ja?«

Es war schwer, durch den nächtlich verschneiten Friedhof hindurch, der sich mit seinen zugewehten Gebüschen, den eisig klirrenden Trauerweiden und dunkel gähnenden Gruften in meinen Gedanken ausgedehnt hatte, jetzt dieses Gesicht noch klarumrissen erkennen zu können; auch war die ganze Zeit über schon, die er sprach, ständig ein feines, metallisches Wehen hinter der Stirne zu hören gewesen: der frostführende Januarwind, der, vom Brachfeld her, die wellig zuckenden Schneewehen gegen die Friedhofsmauer anbranden ließ.

»Avrom –! Hörste n mir überhaupt noch zu?«

»Ich höre. Aber was ich hör, Karl, hat nur immer mit Goschnik zu tun; mit Goschnik, der heizt; mit Goschnik, der schläft; mit Goschnik, dem die Koffer Unbehagen einflößen; mit Goschnik, der es nicht fertigbringt, die plötzliche Leere um sich her mit Verständnis zu füllen; mit Goschnik, der, statt in der Erinnrung zwei Tote zu trösten, *selber* von zwei Toten getröstet sein will; mit Goschnik, der, statt nach den Gründen jenes Aufbruchs zu suchen, sich einbildet, die Wahrheit im Gebet zu erreichen. Warum ist dir dieser alleingelassene – gut, vielleicht noch nicht wieder lebende, aber immerhin doch lebendige – Goschnik wichtiger als deine Toten? Weshalb weist du so nachhaltig auf deine Verlorenheit hin? Wie kommt es, daß in deiner Verzweiflung fast so etwas wie ein Vorwurf mitschwingt? Ich will es dir sagen. Weil du diesen Gang auf den Friedhof nicht nachvollzogen hast. Weil du dich sperrst. Weil du dich wehrst. Weil du das alles nur von dir her siehst. Weil deine Liebe umgekehrt ist vor dem Friedhofsportal. Aber was für eine Liebe ist das, die umkehrt vorm Tod. Es ist eine Liebe, die Furcht hat, Furcht vor der Wahrheit. Furcht verdunkelt. Nicht die Liebe, die *Furcht* vor der Liebe macht blind. Liebe lehrt sehen; Avrom, der Blinde, *er* muß es wissen.

Karl –: Kann man erkennen, ohne zu lieben? Kann man begreifen, ohne verstehen zu wollen? Kann man Anteil nehmen, ohne nachzuvollziehen? Nein.

Deshalb sage ich dir, wie es war.«

Es war sternklar; doch ihr Blick galt nicht dem Himmel, er galt den Stufen, die von der Kellertür hinauf zum Bürgersteig führten. Zum ersten Mal, soweit sie sich noch an ihn erinnern konnte, hatte die Pedanterie des Hauswarts etwas Sinnvolles bewirkt; nämlich, da auch von den Steinstufen der Nachbarkeller der Schnee entfernt worden war, hatte er ihn hier ebenfalls weggefegt; Sallys Befürchtung, sie könnten Spuren hinterlassen, traf also nicht zu.

Einen Moment lang blieb sie, schon in ihr schwarzes Fransentuch eingemummt, noch in der dunklen Türöffnung stehen; sie lauschte.

Im Haus über ihr rauschte ein Wasserzug; eine Tür fiel ins Schloß, und jetzt war fern nur noch, vom Antonplatz her, das knirschende Kreischen einer verspäteten Elektrischen zu hören, die Ecke Langhansstraße in die Kurve einbog. Straßenbahnfahren, auch etwas, das sie gern noch einmal erlebt haben würde. Nie war Berlin ihr so nah gewesen, wie wenn sie, die Stirn an die atemgetrübte Scheibe gepreßt, aus Weißensee kommend, Richtung Alexanderplatz fuhr. Das sollte es also nun auch nicht mehr geben; obwohl, sie hätte eigentlich schon Monate darüber traurig sein müssen, denn die Benutzung öffentlicher Verkehrsmittel war, wie es in den einschlägigen Bestimmungen hieß, für Leute wie sie ja schon seit langem verboten.

Sie seufzte, als sie geduckt und den schweren, ungelenken Körper nur widerstrebend zu dieser Verkleinerung zwingend, ein paar der Stufen erklomm. Die ungewohnte Weite ringsum drohte ihr das Gesicht nach oben zu reißen. Krampfhaft hielt sie das Kinn gegen den Kopftuchknoten gepreßt und strengte sich an, die Augen auf das Flimmern des Schnees einzustimmen. Nichts schlimmer, als sich von dieser unerbetenen Freiheit nun auch noch Angst einflößen zu lassen.

Sie hatte angenommen, daß der Keller seine bergende Ausstrahlungskraft behielte; es war jedoch kein Ziehen in den Schulterblättern zu spüren. So schnell ging das; er schien sie tatsächlich schon freigegeben zu haben. ›Frei‹, da war es schon wieder, dieses lähmende, dieses Unbehagen erzeugende Wort.

Hastig zerrte sie sich die Fransentuchkante tiefer in die Stirn. Sie schwankte, und einen Augenblick lang mußte sie sich gegen die reiffunkelnde Treppenwand lehnen. Dann war der Schwindelanfall vorbei, das Dröhnen des Bluts in den Schläfen ließ nach, und langsam war nun auch wieder, unter dem ruhigeren Herzschlagtakt, das metallische Zischen des Windes zu hören, der winzige Schneewellen über das Kopfsteinpflaster hintreiben ließ.

Jetzt erst fiel ihr ein, daß es ja nun nicht mehr, wie bisher, lediglich auf das Gehör sondern auch auf die Augen ankam, auf *ihre* Augen, genauer, die sie, all die Monate, Avrom zuliebe, kaum noch gebraucht hatte. Denn wenn schon so unwürdig verborgen, dann wollte sie wenigstens annähernd in der gleichen Finsternis leben wie er. Obwohl er seit seiner Erblindung die Dinge eher schärfer als gar nicht mehr sah.

Sie blinzelte; mal versuchen, ob noch etwas Wahres an Avroms Behauptung war, daß sie Eulenaugen besäße.

Ja, es stimmte. Obwohl das tuchumhüllte Gesicht nur Zentimeter über die Treppenkante gehoben, konnte sie, zum Stadtinnern hin, die Straße hinab, fast jede Haustür, jede Toreinfahrt, jede der dunkel schimmernden Fensterreihen und außer Betrieb gesetzten Laternen erkennen.

Hier war sie einmal zu Hause gewesen. Hinten, in der Wäscherei Krause, waren ihre Gardinen zum Trocknen aufgespannt worden. Schräg gegenüber, in der Papierhandlung Wocke, hatte Rachel, als sie noch laufen konnte, sich ihre Schulhefte und die Oblatenblumen gekauft. Und dort drüben, neben das glänzende Erdalfrosch-Schild, waren Morgen für Morgen die aufgekrempelten Säcke voll Hühnerfutter hingestellt worden, aus denen der Kolonialwarenhändler Teichert den goldgelben Mais und den staubigen Hafer in Sallys alte Tüten eingefüllt hatte.

Sie brauchte erst einen Moment, ehe sie sich eingestand, es gab ja diese Ladenbesitzer noch alle. In der Wäscherei war doch nur das Rollo heruntergelassen. Morgen früh würde die Sonne auf den weißen Bügeltisch fallen, und die Kunden kämen und gingen; Freunde und Nachbarn darunter, die man Jahrzehnte schon kannte. Denn es war ja nicht so, daß sie mit Avrom hier allein gehaust hätte. Nein, sie hatten mitten unter Bekannten gelebt. ›Gelebt?‹ Vergraben, verkrochen hatten sie sich. Warum eigentlich? Was war denn geschehen. Sie hatten doch seit Jahren schon keinen dieser Menschen mehr gesehen. Wieso mied man sie dann aber jetzt? Wieso dann jetzt aber diese Distanz? Was hatte sich denn hier draußen geändert inzwischen?

Behutsam kostete sie von der Treppenschachtkante eine Zungenspitze voll Schnee und ließ ihn prüfend im Munde zergehen. Sie hatte es gewußt: Er schmeckte noch ebenso, wie er, vor über einem halben Jahrhundert schon, auf der Holzveranda in Malczowce geschmeckt hatte. Endlich mal was, das sich auch Avrom mitzuteilen lohnte: Es gab noch einiges, auf das war Verlaß.

Ein pulvriges Knistern ließ sie erschrocken herumfahren. Eine große, dürre graugestromte Katze war von der Trennmauer des Nachbarvorgartens heruntergesprungen und kam nun argwöhnisch über die Harschdecke nähergeschlichen. Sie erblickte von Sally nichts als den unförmig umwickelten Kopf, der in Höhe ihres eigenen Kopfes unvermittelt aus der Schneefläche ragte. Dieses sie lauernd anstarrende Etwas hatte in ihrem Hoheitsbereich nichts zu suchen; und warnend stellte sie ihren

Rückenpelz auf und begann, indem sie sich ruckweis näher heranschob, den Nacken zwischen die Schulterwülste zu ducken zum Sprung.

Sally rührte sich nicht. Den Blick, als sei er festgefroren hinter den tief herabgesunkenen Lidern, unverwandt auf die narbige Fellmaske gerichtet, stand sie da. Ihr Instinkt befahl ihr, den Arm vor die Augen zu reißen. Doch etwas wie Aufsässigkeit, wie Trotz in ihr sagte auch: ›Eine Katze, was is denn das schon.‹ Sie spürte, ihre frostklammen Finger krümmten sich probehalber zur Faust.

›Spring‹, dachte sie; ›ich greif dich aus der Luft. Ich erwürg dich. Mit diesen beiden Händen hier bring ich dich um.‹

Abwartend hielt sie die Luft an.

Und im selben Moment, da ihr die Atemwolke abriß vom Mund und ihre Blicke nun nicht mehr von den stoßweisen Dunstfetzen getrübt wurden, gelang es ihr, die Blicke der Katze yu kreuzen.

Die verhielt sich jetzt still, nur ihre eisverkrustete Schwanzspitze peitschte nervös hin und her. Vielleicht anderthalb Meter trennten sie noch vom Ziel ihres Sprungs; ihr Kinn lag bereits dem Erdboden auf, aber noch immer hatte sie keine Witterung des Gegners da vor sich erhalten.

Langsam stieg ihr Nacken nun wieder empor, und deutlich sah Sally jetzt um die unschlüssig schnuppernde Nase herum die Tasthaare zittern. Dann drehte die Katze plötzlich blinzelnd den Kopf weg, spreitzte, verlegen sich streckend, die Krallen und schnürte über das eisfunkelnde Kopfsteinpflaster davon.

Sally merkte erst jetzt, sie hatte sich gegen die reifglitzernde Treppenwand gelehnt. Die Kälte war tief in sie eingedrungen; da würde es gut tun, sich schnell noch mal am Kanonenofen zu wärmen.

Schweratmend stieg sie wieder in den Keller hinab.

Die Tür abzuschließen, lohnte sich nicht, sie würden sie ja doch gleich hinter sich lassen.

Es war merkwürdig, mit dem Gefühl durch den Außenkeller zu gehen, nun nie wieder einen verstohlenen Blick auf die alten vergoldeten Bilderrahmen werfen zu können, die noch das Letzte waren, das an die ehemalige Glaserwerkstatt erinnerte, die Avrom damals, gleich nachdem sie aus Galizien gekommen waren, hier aufgemacht hatte. Sie sah ihn, während sie die Schranktür öffnete, die auf Rollen gleitende Rückwand beiseite schob und ächzend wieder die acht Steinstufen in den Wohnkeller hinabstieg, lautlos pfeifend einen Fensterrahmen verkitten. Sie hatten gut verdient damals; Karl war längst nicht auf solche Summen pro Woche gekommen, wie Avrom es schaffte. Allerdings hatte Avrom sich seine Kundschaft auch nicht nur aus Weißensee sondern auch noch aus Lichtenberg und Hohenschönhausen besorgt. Es brauchte nur irgendwo während einer Kundgebung eine Saalschlacht oder so etwas stattgefunden zu haben, gleich war Avrom am nächsten Tag zur Stelle und bot sich an, die zertrümmerten Fenster neu zu verglasen. ›Je mehr die sich kloppen‹, sagte er immer, ›desto besser verdien ich. Bloß keine Stabilisierung; da hat s Glaserhandwerk nu wirklich nichts von.‹

Sally mußte lächeln, als sie sich jetzt, im Umkreis der Ofenwärme, die frostklammen Hände zu reiben begann. ’n geschäftstüchtiger Mann gewesen, gar nichts gegen zu sagen.

»Na, wie war s?«

Sally zuckte zusammen. Es war ungewöhnlich, daß Avrom im Dunkeln hier auf dem Kanapee saß.

Er hatte in letzter Zeit die Gewohnheit angenommen, in der Kammer bei seinen Büchern zu bleiben. Seit er sie nicht mehr lesen konnte, hatte er darauf trainiert, sie durch seinen Tast- und Geruchssinn auseinanderzuhalten. Es vereinfachte die Anstrengung, sich den Inhalt ins Gedächtnis zu rufen, wenn man das Buch dabei in der Hand halten konnte oder sich, tief über die oft unterschiedlich riechenden Seiten gebeugt, zu erinnern versuchte, wo und unter welchen Umständen man die einzelnen Passagen am einprägsamsten aufgenommen hatte. Doch dann war es auch *damit* vorbei; irgendwann einmal behauptete Avrom, er habe jetzt alle seine Bücher im Kopf, und die sich sperrten, in der Erinnerung aufbewahrt zu werden, wie zum Beispiel seine vier stockfleckigen Talmudfolianten, aus denen Sally einmal vor Zorn über die Bewertung, die Avrom ihnen zukommen ließ, gut zweimal soviel Seiten zum Feueranmachen herausgerissen hatte, die müßten dann eben sehen, wo sie blieben. Und von da an war Avrom unruhig geworden. Begann, hin und her zu laufen im Keller, pedantisch seine Schritte zu zählen, zu summen, wieder lautlos zu pfeifen; und eines Tages war er dicht vor Sally, die in ihrem Schaukelstuhl döste, stehengeblieben und hatte gefragt: ›Und wozu nu das alles?‹

»Ich hab dich gefragt, wie s gewesen is.«

Seine Stimme zitterte; ungeduldig: auch etwas, das neu für ihn war.

»Nu«, sagte Sally, die Handflächen dicht an die Ofenwandung gehalten, »wie soll s n schon sein, wenn de nach fast dreißig Monaten Keller plötzlich wieder raus unter n Sternhimmel trittst. Entweder wir haben uns geirrt oder da draußen is alles verlogen.«

Die Kanapeesprungfedern unter Avrom knirschten mißtönend.

»Ich zwing dich nich mitzukommen. Nur hinbringen sollteste mich. Kannst ja dann kehrtmachen wieder.«

»Komm, komm; red nich so n Stuß. Abgemacht is abgemacht.«

Sie kramte einen Kerzenstumpf aus der Steppjackentasche und zündete ihn an. Gut, daß Avrom ihr Handzittern nicht wahrnahm. Es ließ seinen Schatten einen

Augenblick lang flackernd über die weißgekalkte Kellerwand und Sallys goldgerahmtes Alpenbild tanzen. Dann war die Streichholzflamme auf den Docht übergesprungen, und jetzt zeigte die Silhouette scharf konturiert einen stillsitzenden älteren Mann, der vornübergesunken und mit abgewinkeltem Bart auf seine im Schoß gefalteten Hände zu starren schien.

»Sowieso die Frage, ob der Dings, der Hirsch, noch im Verwaltungstrakt wohnt. Vielleicht is er längst schon abgeholt worden.«

Sally rieb sich fröstelnd die Oberarme.

»Aber s muß doch einer die Toten bestatten!«

»'n Satz, der aber doch nur gilt, wenn auch noch welche *da* sind von uns, die sterben.«

»Und wozu haste mir den Brief dann diktiert?«

Avrom hob langsam wieder den Kopf. Er räusperte sich.

»Weil ich mir noch n Rest Optimismus bewahrt hab.«

»›Optimismus‹! Du machst mir Spaß.«

Sie lauschte angestrengt nach oben; die Werkstattkellertüre hatte geknarrt.

»War der Wind«, sagte Avrom.

Sie mußte sich plötzlich auf die Lehne des Schaukelstuhls stützen. Nie wieder. Nie wieder würden Avrom und sie sich hier unterhalten.

»Dann komm.«

Er stand auf. Noch nicht ein einziges Mal während der letzten zwei Jahre hatte sie ihn so beweglich erlebt.

»Und wenn man sich s vielleicht doch noch mal überlegte –?«

»Warum *nich.*« Er fing an, auf und ab zu gehen. »Sag mir Bescheid.«

Nein, er war nicht mehr abzubringen von seinem Vorsatz; er hatte sich bereits von allem, was ihn sonst hier gehalten hatte, gelöst. Nichts paßte mehr zu ihm, weder Ofen, Truhe, Sofa, Schrank. Nur Hut und Mantel blieben noch mit ihm verbündet; eigentlich war er schon unterwegs.

Sie trat vor die Kommode und zog eine Schublade auf. Ein schwacher Lavendelgeruch breitete sich aus. Er kam aus den Blütenbeuteln, die zwischen dem Leinen von Rachels Aussteuer lagen.

Sally schluckte. »Hier.« Sie nahm den Gebetsschal heraus und schloß die Schublade wieder: »Bind dir wenigstens den Tallit noch um, daß de s n bißchen wärmer hast jetz auf m Weg.«

Unschlüssig nestelte Avrom an dem Schal herum, den sie ihm über die Schultern gelegt hatte.

»Was Geheiligtes für *so* n Gang –? Weiß nich so recht.«

»Komm, hab dich nich so.« Sie knüpfte in den Schal einen Knoten und zurrte ihn Avrom unter den Bart. »Schließlich läßt Er so n Gang ja auch zu.«

»›Zulassen‹ is nich s richtige Wort. Sagen wir so: Er respektiert ihn. Denn er hat uns ja n Freien Willen gegeben. Oder –?«

Sally zog etwas den Kopf zwischen die Schultern. Es war ihre Abwehrhaltung; so hatte sie es auch vorhin bei der Katze gemacht.

»Heißt s nich: *Sein* Wille geschehe?«

Avrom lächelte schwach.

»Frau, wann wirste *das* wohl kapiern: Deiner is doch auch seiner.«

»Ob de mir das vielleicht doch irgendwann noch erklärst?«

»Bißchen spät, nee –?«

Avrom tastete sich hinaus auf den Gang und draußen weiter unter den Wasserleitungsrohren entlang.

Hastig nahm sie den Kerzenstummel vom Tisch und zog die Eisentür hinter sich zu. Es lag zuviel Gerümpel im Oberkeller, um Avrom jetzt allein laufen zu lassen.

Doch vor dem Schlafraum zögerte sie. Die Tafel.

Rachels Schiefertafel. Hatten sie nicht abgemacht, wenn irgend Zeit dazu wäre, eine Nachricht auf ihr zu hinterlassen? Obwohl, es fiel schwer, sich vorzustellen, Karl würde lesen müssen, sie seien auf den Friedhof gegangen.

Aber als sie dann vor der Mauernische stand und die Tafel herausgeholt hatte, fiel ihr etwas Besseres ein. Straße und Hausnummer waren unverfänglicher; glücklicherweise zählte das Verwaltungsgebäude auf dem Friedhofsgelände ja mit.

Knirschend fuhr der Griffel über den Schiefer. Die weiße Papierhülle, die ihn zu zwei Dritteln umgab, war mit goldenen Sternen bedruckt.

›Dicker geht s nich‹, dachte Sally. Sie schrieb noch das Datum vor die Adresse, dann schob sie die Tafel in die Nische zurück.

Irgend etwas klemmte da drin, ein mehrfach gefaltetes Stück Zeitungspapier. Sally zog es heraus. Ein schmales Bündel Papiergeld war in den Zeitungsbogen gewickelt. Auf dem Rand eine Tintenstiftnotiz. Karls Schrift: *Falls mal irgendwas ist.*

Sally schwankte. Sie mußte sich setzen. Dann fiel ihr Avrom ein oben. Hastig strich sie die Sitzmulde glatt auf dem Bett, verstaute das Geldpäckchen und fügte wieder den herausgenommenen Stein in das Loch. Es lag zwar bereits ein Geldschein im Brief, aber besser war besser.

Avrom hatte sich schon bis zur Außentüre vorgearbeitet. Er hatte den Bart hochgereckt und atmete tief; es war die erste frische Luft seit zweieinhalb Jahren; an die galt es sich erst zu gewöhnen.

Gern hätte Sally noch einiges an ihm in Ordnung gebracht. Den Sitz des Hutes, den er sich in den Nacken geschoben hatte; die zerzausten Schläfenlocken, die sich gar zu sehr mit dem Barthaar vermengten; von dem schief geknöpften Mantel zu schweigen, unter dem nun sicher dauernd der Kaftan verrutschte im Gehen. Aber Avrom schätzte es nicht, angefaßt zu werden. Seit seiner Erblindung zuckte er schon bei der geringsten Berührung zusammen. Das machte es nicht gerade leichter, sich um ihn zu kümmern; wie sehr Sally auch oft das Bedürfnis hatte, ihn zu berühren.

Seufzend schob sie sich an Avrom vorbei. Das heißt, sie wollte es; doch die Füße gehorchten nicht, sie blieb vor ihm stehen. Und plötzlich hoben sich ihre Arme empor, und sie merkte, sie hatte sie um seinen Nacken geschlungen. Heftig zog sie ihn zu sich heran.

»Würd dir über die Schulter spucken; aber hat ja wohl mehr mit Glück was zu tun.«

Abwesend klopfte er ihr den Rücken.

»Vergiß nich n Schlüssel abzuziehn, haste gehört.«

»Nee, nee; mach ich.«

Verlegen löste sie sich wieder von ihm, und während er ungläubig den Schnee auf der Treppenschachtkante betastete, schloß Sally ab und versenkte den Schlüssel tief in ihrer Steppjackentasche. Soviel stand fest, noch nie hatte eine fremdere Türe sich hinter ihnen geschlossen.

Es hatte sich einzutrüben begonnen. Am östlichen Stadtrand waren die Sterne verschwunden und ein grauer, schneeträchtiger Wolkenpolyp ließ von dorther seine windaufgerauhten Fangarme flattern. Avrom hatte sich bei Sally untergehakt, doch so leicht, daß sie es kaum spürte. Es war das erste Mal, daß sie ihn seit seiner Erblindung so führte, und betroffen stellte sie fest, wie wenig er sie eigentlich brauchte. Denn im Grunde war *er* es, der sie mitzog, *sie* hatte ihm nur ihre Augen geliehen.

Sie führte ihn dicht an den Häusern entlang, so dicht, daß sie manchmal, an seinem Profil vorbei, hinter den dunklen Erdgeschoßfenstern, die Alpenveilchentöpfe und silberpapierüberdachten Hyazinthzwiebelgläser erkannte. Unklar erinnerte sie sich, auch mal zwei Topfblumen besessen zu haben; Geranien, wenn sie sich richtig entsann. Irgendwann mußte sie sich geweigert haben, die beiden Töpfe aus dem vergitterten Fensterschacht vor der Sommerwohnküche im Oberkeller zu nehmen. Es fiel schwer, jetzt nicht darüber zu lächeln. Nur weil Karl dieses ja sowieso unter der Erde liegende Fenster zugemauert hatte, so bockig zu sein! Hatte sie diesen Notausgang von vermauertem Fenster denn heute benutzt? Nein, aufrecht durch die Werkstatt-Türe war sie gegangen, beinah wie ein ganz gewöhnlicher Mensch.

»Stop mal«, sagte Avrom da plötzlich.

Sie blieben stehen und lauschten.

Jetzt hörte auch sie es; gedämpftes, sich näherndes Motorengeräusch mit Schneekettenklirren dazwischen: Ein Auto kam langsam die nächste Querstraße herabgefahren.

Hastig blickte Sally sich um, denn es herrschte ja schon seit über einem Jahr Ausgangsbeschränkung für Leute wie sie. Doch keine der hohen Haustüren lag mehr als einen halben Meter zurück. Höchstens für eng umschlungene Liebespaare waren diese Nischen gemacht.

»Los.« Avrom zerrte sie weiter. »Mimen wir einfach auf harmlos.«

›Harmlos‹, dachte Sally; ›harmlos is gut. Was sind wir n anders?‹

Und da bog das Auto auch schon um die nächste Ecke herum und kam ihnen, wegen der Glätte im Schritt-Tempo fast, entgegengefahren. Eine Taxe war es, ein glänzender schwarzer Pkw mit wirbelnden Schneeketten und verrutschten Verdunklungshüllen über den Scheinwerfern, die nun jeder einen anderswinkligen Lichtbalken auf das vereiste Kopfsteinpflaster warfen.

Sally wagte nicht mehr, den Kopf anzuheben; angestrengt starrte sie auf Avroms sich wie mechanisch vorwärtsbewegende Schuhe hernieder. Sie hatte ihm einen Schnürsenkel einzuziehen vergessen; der rechte Schuh schlug jedesmal klatschend gegen die Ferse beim Gehen. Aber das Auto hatte sich bereits in ihr Blickfeld geschoben. Der Motor lief jetzt so leise, daß Avroms keuchender Atem ihn fast übertönte.

Und nun war das Auto heran, und Sally sah aus den Augenwinkeln, daß sich die Vorderräder zu ihr und zu Avrom hin drehten, und eine Fensterscheibe wurde heruntergekurbelt, und ein stumpf glänzender lederner Ellenbogen und eine lederne Schulter ragten heraus, und dann schabte mißtönend eine der Radkappen am Rinnstein entlang, und eine gähnende Stimme fragte, ob sie nicht ein Stückchen mitfahren wollten, koste sie nichts.

Sally versuchte zu antworten. Aber das Stechen im Herzen ließ es nicht zu. Sie spürte, während sie weiterliefen, daß sie aus dem dunklen Wageninnern aufmerksam und keineswegs mehr schläfrig beobachtet wurden.

»Lassen Sie man«, hörte sie Avrom da sagen; »wir ham s nich mehr weit.«

Der Fahrer schien es nicht verstanden zu haben. Er schaltete; der Wagen fuhr rückwärts an ihnen vorbei, und seine eingeengten Scheinwerfer strahlten nun grell Sallys alte Schaftstiefel und Avroms Kaftansaum an; und als das Auto jetzt abermals zurücksetzte, standen sie sekundenlang vollends im Licht.

»Ach nee«, sagte der Taxichauffeur gedehnt; »und ihr lauft hier einfach so rum?«

Mühsam zerrte Sally Avrom aus den ungleichen Lichtkegeln heraus. »Wir kommen von nem Geburtstag«, sagte sie heiser.

»Von ner Bar Mizwa, genauer.«

Avroms Stimme zitterte; aber nicht vor Angst sondern vor Zorn; Sally merkte es an der Art, wie er den Bart vorgereckt hatte.

»Ach«, sagte der Fahrer; »is ja intressant.«

Er schaltete, das Getriebe knirschte, der Motor heulte auf, und eine blaue, sich jäh über die Straße hinlagernde Auspuffgaswolke zurücklassend, jagte das Auto davon.

»Komm«, keuchte Avrom; »eh er mit irgend nem Greifer zurückkommt.«

Aber Sally konnte nicht mehr; das war zuviel gewesen für sie, sie schwankte.

Bis zu einem der schneebedeckten Vorgartengitter gelang es Avrom noch, sie zu stützen; hier sank sie erschöpft auf das gekachelte Steinpodest nieder.

»Was mußteste ihn auch mit deiner Jüdischkeit ärgern!«

»Hör mal. Hat s uns angeleuchtet, das Auto oder nich.«

»'s hat.«

»Also hat er auch den Stern auf mei'm Mantel gesehn.«

Erschrocken, den Rücken gegen die gußeiserne Faunsfratze im Gartengitter gepreßt, stemmte Sally sich hoch. »Ganz vergessen.« Hastig hakte sie sich bei ihm ein und zerrte ihn, Richtung Stadtrand, mit fort. »Bloß, weil de immer auf dem Flicken bestandst.«

Avrom hatte Mühe, mit ihr Schritt zu halten.

»Daß du n wieder abgetrennt hast, wofür is das n Beweis?«

»Zumindest dafür, daß ich nich auffallen möcht.«

»Auffallen tuste so oder so.«

»Durch den Fetzen aber besonders.«

»›Fetzen‹, das sollteste lieber zurücknehmen, Frau.«

»Denk gar nich dran. Das Ding is n Fluch.«

Avrom blieb stehn, er lauschte angehaltenen Atems

zum Stadtinnern hin. »Nee; hab mich geirrt.« Er lief ein Stück neben Sally her, ohne sie zu berühren; er hatte sich jetzt an ihr Tempo gewöhnt. »Hast auch schon mal anders gesprochen; Sally, erinnerste dich?«

»Erinner mich; erinner mich an *alles,* was war.«

»Noch was zu essen da, Sally?«

»Auf m Herd, Karl. Hab dir ne Büchse Bohnen mit Speck aufgemacht.«

»Hab euch immer gesagt, daß der Vorrat bloß für Notzeiten is.«

Erst jetzt seh ich die gelben Stoffsterne, die sie auf den Mantel, die Jacken genäht hat; und sie näht immer noch an so m Ding.

»Machst n da, Sally?«

»Die müssen wir jetz tragen.«

»Biste meschugge? Und die nähste auf alle Klamotten? Wo habt ihr n die überhaupt her.«

»Hat uns vorhin so n Mensch von der Dingsbums gebracht.«

»Von der Kultusgemeinde.«

Avrom hebt zwinkernd die Augen vom Buch; er lächelt. Muß ne anrührende Stelle gewesen sein, was er da grade liest.

»Was heißt ›so n Mensch‹.«

Avrom hebt n bißchen die Schultern.

»Is der Geisberg gewesen. Kenn ihn, den Mann. War mal Uhrmacher früher, bevor sie ihm s Geschäft kaputtgemacht haben.«

Fassungslos seh ich ihn an.

»Sag mal, *mehr* haste mir zu dem Thema *nich* zu erzähln?«

Sein Lächeln vertieft sich noch, kriecht jetz bis in die Barthaare rein.

»Karl, wir sind Juden. Warum das verleugnen?«

»Na, weil die gelben Flecken hier ne Diskriminierung bedeuten! Verstehste denn nich: Ihr sollt gekennzeichnet sein!«

Er hebt n bißchen die Schultern.

»Na und –? Sind wir doch so oder so.«

Sally kneift n Auge zu und fädelt n Faden neu ein.

»Außerdem –: Davidstern bleibt Davidstern, klar?«

»Nee, absolut nich, Sally.«

Avroms Zwinkern verstärkt sich.

»Er denkt, weil s ne arische Nähmaschine war, die die Dinger umsäumt hat.«

»Du hast n Witz, daß einem die Spucke gefriert.«

Ich setz mich und fang an zu essen.

»Richt mich da nach der Zeit, Karl.«

Avrom blättert schon wieder.

Bittend sieht Sally mich an; mag sie nich, wenn wir politisch werden. ›Politik is wie Salz‹, sagt sie immer. ›'ne Prise zuviel, und du spuckst.‹ Sie hat jetz Avroms speckigen Glaserkittel im Schoß. In Herzhöhe steckt noch die blitzende Nadel in einem der Sternzacken drin.

»Mensch, aber habt ihr denn vergessen, wie ich dran gearbeitet hab, euch für die Außenwelt verschwinden zu lassen? Ihr sollt doch überleben hier unten!«

»Reg dich ab, Sohn.« Avrom sieht noch nich mal auf. »Was hat n das damit zu tun?«

»Na, daß ihr unscheinbar werdet. Daß ihr nich auffallen dürft.«

»Sally.«

Schluckend sieht sie ihn an.

»Ja doch, Tate; bin auch deiner Meinung.«

»Eure Gedankenleserei in Ehrn«, sag ich; »aber vielleicht weiht ihr auch n *normalen* Sterblichen hier mal mit ein.«

»Liebes bißchen! Wir möchten nich ausschern, Karl. Vielleicht haste dafür n Organ.«

Prüfend, mit zusammengekniffnen Augen kuckt Avrom an mir vorbei.

»Er meint, daß es gut is, wenn man wo hingehört, Karl.«

Sally hat schon wieder die Nadel gehoben. So, nu sitzt auch die sechste Sternzacke fest. Sie angelt sich Avroms Sonntagsjackett, das kommt als nächstes dran jetz. Weit über n Dutzend Sterne liegen noch neben dem Nähkasten rum; die müssen an n Himmel gedacht haben bei der Verteilung.

»Aber Zugehörigkeit hat doch nichts mit so ner Brandmarke zu tun!«

Avrom schiebt sich n bißchen den Hut aus der Stirn und richtet sich auf. Schön sieht er aus vor der weißgekalkten Wand in der schwarzen Weste mit der Uhrkette vom Tate Abramowicz dran, an der aber keine Uhr mehr hängt, sondern n zerbeultes Medaillon nur mit ner Locke drin, die hat mal Rachel gehört.

»Karl.« Er beugt sich zu mir her über n Tisch. »Man muß sich bekennen. Kannste denn das nich verstehn? Schließlich, bekennst dich doch auch zu Sally und mir.«

»Bloß, ich verschweig s, Avrom. Häng mir doch kein Schild um, wo s draufsteht!«

»Weil de Umgang hast mit uns. Weil de uns täglich vor Augen hast, Karl. Da brauchste kein Zeichen. Da biste gefeit. Da stellste dich zehnmal am Tag unter Beweis. Die Sally und ich aber, wir sind hier allein. Wir hörn von unsern Leuten nichts mehr. Wir kommen immer weniger raus; und wenn s so weitergeht mit den Schikanen, müssen wir uns vielleicht eines Tages *ganz* hier unten verkriechen. Weißte, was de da brauchst? 'n Solidaritätsbewußtsein, Karl; falls de mit so m Wort was anfangen kannst. Nu, und da genügt s eben nich, daß de das *fühlst;* das mußte auch *sehn.* Sonst vergißte s nämlich am Ende. Daher der Stern.«

Sally beißt schon wieder n Faden ab über so m Flicken.

»Ich mein, kannst auch einfach bloß Abzeichen zu sagen; Abzeichen für so ne Art Heimatgefühl oder wie de das nennst. Nämlich, auch wenn de s mal *nich* hast: genügt, du kuckst drauf, schon biste wieder zu Hause. Denn weißt ja schließlich, daß es allen andern ebenso geht.«

»Haste gut gesagt, Sally.« Avrom zwinkert mich an. »Blinde Henne –: Kennst ja den Spruch.« Er blättert schon wieder im *Schulchan Aruch* herum. »So; und nu iß gefälligst erst mal zu Ende und halt hier nich dauernd Maulaffen feil. So sagt man doch, oder –?«

Sie hatten den Stadtrand erreicht. Vor ihnen dehnten die tief verschneiten Laubenkolonien sich aus, und von den Baumschulen und dem Brachfeld dahinter kam ein eisiger Wind herübergestrichen.

Einmal lauschten sie noch.

Weißensee schlief. Nur das seidige Zischen des Winds war zu hören, der den lockeren Schnee in konturlos verwehenden Fäden die Bürgersteigkante entlangtrieb.

»Komm«, sagte Avrom.

Hastig zerrte Sally sich seine Rechte durch die Armbeuge und schob die frostklammen Hände tief in die Steppjackenärmel. Nur ihn nicht wieder allein laufen lassen.

»Ja«, sagte sie.

Es fiel schwer, den Schutz der Häuser jetzt zu verlassen. Aber dann traten sie *doch* auf die freie Straße hinaus und liefen, an dem frostfunkelnden Laubengelände und den Reifgespinsten der Gärtnereizäune vorbei, dem offenen Brachfeld entgegen.

Tiefer und tiefer sank hier, wo allenfalls noch das Windrad eines Wasserverteilers sich über den abgedeckten Treibhausdächern erhob, die Wolkendecke hernieder; die Schneelast, die sie trug, ließ ihr bleiernes Grau zuinnerst fast silbern erscheinen.

Aber Sally hütete ihre Blicke, sie wußte zu gut, wie schnell die lastende Leere dort oben, nahm erst das Auge sie wahr, einen vom Boden losgelöst und in den wabernden Dunst hinaufgesaugt hätte.

Bald jedoch verlor sich der Feldweg, dessen lufteisgefüllter Radspur sie folgten, in harschigem Schnee, und nun half alles nichts mehr, sie mußte die Stirne anheben, und unter der vereisten Kante des Fransentuchs hervor blickte sie blinzelnd über die Schnee-Ebene hin.

Es war ärger, als sie vermutet hatte. Nur noch die schwarzen Starkstrommasten, die von Ost nach West das Feld überquerten und die paar Signale der Industriebahn waren in der weißen Grenzenlosigkeit vor ihr zu sehen. Da nützte es auch nichts sich zu sagen, daß links ja Lichtenberg läge und man an klaren Tagen sich dort die Sonne in den Fensterfronten der Brauerei-Gebäude spiegeln sähe, und daß rechts dann die Friedhofsgärtnerei sich erstreckte mit der roten, streckenweis zerfallenen Klinkermauer dahinter, die die Toten von den Lebenden trennte –: Der ausufernde Dunst jener Grenzenlosigkeit hatte alles aufgesogen, es gab Lichtenberg nicht mehr, die Friedhofsgärtnerei war ausgelöscht, die Klinkermauer für immer geschliffen worden vom Schnee. Und auch zwischen Himmel und Erde war hier keine Unterscheidung gesetzt; Sally und Avrom liefen jetzt sowohl auf das Brachfeld hinaus wie in die Wolken hinein.

Sicher, es hätte noch einen kürzeren, einen weitaus bequemeren Weg gegeben; den am Fuhrpark, an der Leihbücherei, dem orthopädischen Laden, dem Blumengeschäft von Sallys bester Freundin Rosa Genauer und an dem Omnibus-Depot vorbei. Aber das wäre auch der gefährlichere gewesen, denn alle Nachtschichtarbeiter in den Omnibus-Reparaturwerkstätten und der dahinterliegenden Kartonage-Fabrik gingen ihn auch. So also stapften sie nun, Hüfte an Hüfte, querfeldein durch den Schnee, weit mehr dem Rückenwind als der nur zu ahnenden Richtung vertrauend.

Solange die Masten noch vor ihnen lagen, an denen die Blicke sich festhalten konnten, war Sally gegen die Anfechtungen der Leere gefeit. Doch dann hatten sie die Starkstromleitung erreicht und liefen, vor dem unirdischen Summen hoch oben betroffen die Köpfe einziehend, unter den eisbeladenen Kabelgirlanden hindurch, und nun konnte auch das hastig auf die Nasenwurzel herabgezerrte Fransentuch sie nicht mehr schützen, die Weite fiel Sally von allen Seiten her an. Ächzend wandte sie sich zu Avrom hin.

Er hatte den rauschenden Bart fest gegen die Brust gepreßt und sich im Gehen so weit nach vorne gebeugt, als hätten seine erloschenen, vor Kälte tränenden Augen über die keusche Schneefläche hin unbeirrt eine Spur zu verfolgen. Eine frostig-gläserne Aura abweisender Fremdheit umgab ihn; Sally hatte das Gefühl, sich an ihr stoßen zu können; sie schauderte. Ein Glück nur bei allem, daß er sich noch auf sie stützte.

Aber stimmte das denn? Es stimmte nicht, nein; Avroms Unterarm lag leicht wie ein dürres Stück Holz auf dem ihren, sie hätte sein Handgelenk ebensogut auch loslassen können, er lief völlig aus eigenen Kräften; er brauchte vielleicht ihre Augen, aber *sie* brauchte er nicht.

Sie erschrak, als sie es sich eingestand, und zugleich mit diesem Eingeständnis wurde ihr klar, sie hatte keine Macht mehr über ihn. Er war woanders hin unterwegs; es war nicht der Weg auf den Friedhof, es war der Weg zu seinen Vätern, den er hier ging; und die waren stärker als sie.

Heftig zog sie ihn zu sich heran, *so* heftig, daß er ins Stolpern geriet. Doch es splitterte nichts, die gläserne Fremdheit um ihn schien unzerbrechlich zu sein.

Vielleicht mußte man ihn die eigene Nähe mehr spüren lassen; vielleicht genügten Angst und Sorge noch nicht. Und konzentriert paßte sie sich seinem Schritt-Rhythmus an und packte sein Handgelenk fester und stemmte ihre Schulter womöglich noch stärker gegen seinen Oberarm und merkte gar nicht dabei, wie sie ihm ständig beschwerlicher wurde und die dauernden Anstrengungen, ihn vielleicht doch noch von ihrer Unentbehrlichkeit überzeugen zu können, sie allmählich derart erschöpften, daß schließlich immer mehr *er* es war, der sie jetzt stützte.

Aber dann gelang es ihr *doch* noch einmal, sich ihm bemerkbar zu machen. Das war, als sie den abschüssigen Damm der Industriebahn erklommen, und Sally auf dem öligen Rußschnee ins Rutschen geriet und hinfiel und ihn mit sich hinabzog. Da half er ihr auf und stützte sie und geleitete sie über die Schienen und auf der anderen Seite wieder hinab, und jetzt redete er auch ein paar Worte mit ihr, und Sally antwortete ihm, was aber weiter keinen Eindruck auf Avrom mehr machte; höchstens, daß er sie nun hin und wieder mal fragte, ob sie nicht die Mauer schon sähe.

Der Wind war stärker geworden; er trieb winzige, endlos lange Schneewellen vor ihnen her, die mit streng eingehaltenen Millimeterabständen metallisch sirrend über die Schneefläche wehten: Das ganze Gelände hier jenseits der Bahn schien zu fließen und fließend zum Friedhof hin in Bewegung zu sein. Selbst die spärlichen Feldblumenstiele, die schwarz und verdorrt aus der stäubenden Kristallfläche ragten, wiesen rhythmisch nickend nach vorn; und auch Avroms und ihre Füße, sah Sally, waren tief und ohne im Gehen noch sichtbar zu sein, in der ziehenden Schneeflut versunken; sie liefen nicht mehr, sie glitten auf ihren Rocksäumen dahin.

Doch es war ein Gleiten, das nichts erleichterte; und hätte der gefühllos gewordene Arm sie nicht selbst jetzt noch an Avrom gebunden, sodaß sie, die Wange gegen seine Schulter gedrückt, dem reifbedeckten Mantelstoff ihren Atem einhauchte und manchmal sogar, wie früher beim Nähen, wenn sie dicht über der Flickstelle den Faden abbiß, den trockenen Tuchgeschmack spürte, sie hätte sich niedergekauert und die Augen geschlossen.

Ihr war plötzlich, sie hätte schon ewig so an Avrom gehangen, und Ewigkeiten liefen sie so durch den Schnee. Da wurde man müde; da war einem nach Bewegungslosigkeit und Erstarren zumut.

Der Schwächeanfall hatte sich mit der Weite ringsum und mit dem nächtlichen Grau darüber verbündet. Das Kaleidoskop ihrer Gedanken war farblos geworden, zerbröckelndes Eis. Nur selten funkelte aus einem Leben, das unmöglich das ihre gewesen sein konnte, noch ein ätzend bunter Glassplitter zwischen all den Eisscherben auf: die Borte einer Kittelschürze; Messerspitze, die welker Kartoffel ein Auge ausstach; rußiges Ofenrohrknie, das Geborgenheit und Wärme verhieß; Wimperntuschbürste, die sich zu einem rotgeweinten Lidrand erhob; Lichtreflex, den der Messingbeschlag eines von Kerzen beleuchteten Kindersargs warf. Sonst nichts; nichts als jene lautlos gegeneinanderstoßenden und stumpf die Schnee-Ebene spiegelnden Scherben.

Avrom war jetzt wieder allein unterwegs. Das heißt, Sally versuchte es dem Wind anzulasten; denn der hatte zugenommen inzwischen; er schob sie jetzt vor sich her, fast ohne daß sie etwas dazuzutun brauchten. Und er nahm auch noch weiterhin zu; und bald brauchte Sally ihre schweren Röcke nicht mehr alleine zu tragen, sie flogen ihr knatternd voran; und auch Avroms Schläfenlocken waren der Hutkrempe, waagrecht flatternd, schon um Längen voraus.

Das Gelände stieg an hier. Es mußte der kleine Höhenzug sein, der sich vor der Friedhofsgärtnerei erstreckte; sie konnten den Feldweg, der ihn umlief und zum Eingangstor führte, nur um ein paar hundert Meter verfehlt haben.

Ein gelber Papierdrachen mit einem grauen Zeitungsschnipselschwanz stieg vor ihnen in den wellig glosenden Augusthimmel auf. Karl hatte Rachel die straff gespannte Schnur zum Halten gegeben; als der Wind jetzt abermals zunahm, wurde Rachel von dem Druck fast aus dem Rollstuhl gerissen; Sally gelang es gerade noch, ihr den Arm um die Schulter zu legen.

Und da war sie, die Mauer. Jenseits der verschneiten Beete und Schuppen hob sie sich plötzlich, selber zu fast zwei Dritteln mit Schnee bedeckt, den der Wind in pulvrig zerstäubenden Fontänen gegen sie anbranden ließ, mit ihrer dunklen Kappe von der weißen Endlosigkeit ab; und hinter ihr konnte Sally zwischen den vereisten Gebüschen jetzt auch die nur von der Wetterseite her eingeschneiten, sonst tiefschwarzen Stämme der Eschen und Trauerweiden erkennen.

Ihr Herz begann auf einmal schneller zu schlagen. Gleich würde die Macht der Leere gebrochen sein, gleich hätte die Verlorenheit auch selber verloren. Die Ewigkeiten, die sie mit Avrom durch dieses Schneeland hier irrte, sie gingen ihrem Ende entgegen. Jenseits der Mauer fing ein andres Land an; da war die Stille zu Hause, da herrschte Friede; da waren Mütter, Väter und Kinder versammelt: all ihre Leute waren hierhergekommen, hier, wo unter einem eingesunkenen Hügel auch Rachel jetzt lag.

Avrom hatte am Nachlassen der Steigung bemerkt, sie mußten sich gegenüber dem Friedhof befinden. Ungeduldig, wenn auch mehr rutschend als gehend, versuchte er, die mit Schneewehen übersäte Hangschräge hinabzugelangen; Sally wurde dabei mehr mitgezerrt, als daß es ihr gelungen wäre, ihn noch zu lenken.

Um die Gärtnerei herum waren, zum offenen Brachfeld hin, Schutzgatter aufgestellt worden. Fast hüfthoch türmte sich vor ihnen der Schnee. Sally und Avrom hatten große Mühe, sich hindurchzuarbeiten; ständig übersprühte der Wind sie mit schneidenden Böen, deren Eissubstanz ihnen den Atem benahm, und immer lähmender bohrte der Frost sich in Schenkel und Knie. Dann aber hatten sie eins der Gatter umgestürzt, und Sally konnte darangehen, den verrotteten Maschendrahtzaun dahinter niederzutreten.

Jetzt Avrom noch über die federnde Drahtfläche geführt, und sie überquerten das Gärtnereigelände, bis sie das grob zusammengenagelte Holztor erreichten, das den Mauerdurchbruch zum Friedhof hin abschloß. Es sperrte zum Glück. Dennoch, Sally mußte ihre letzte Kraft aufwenden, um den klaffenden Spalt zu vergrößern. Eine Planke brach weg, Avrom blieb mit seinem Mantelsaum hängen; aber dann hatten sie die Leere besiegt: noch ein wütender Windstoß, und sie blieb machtlos zurück.

Sie kannten diesen Teil des Friedhofes nicht, Sally orientierte sich an der kleinen Synagoge, die mit ihrer bleichen Kuppel links von ihnen aus den schwärzlich vereisten Baumkronen ragte. Ebensogut hätte sie sich allerdings auch nach Avrom richten können, der, nachdem sie ihm angedeutet hatte, wo sie sich befänden, sogleich in dieselbe Richtung drängte, für die schließlich auch sie sich entschied.

Es mußten neue Grabreihen sein, die sie hier hinter sich ließen. Viele der hastig aufgeworfenen Hügel trugen noch nicht einmal Schnee; schwarz, unförmig, wie von einem spatenhändigen Riesenmaulwurf geschaufelt, lagen sie da, keiner mit einem Namen, die Reihen mit nichts als provisorischen Nummernschildern versehen.

Eine Weißdornhecke grenzte die neuen Gräber von den älteren ab. Sally wollte ihr ausweichen, doch Avrom drängte sich derart beharrlich durch das Gestrüpp und wich auch den frostraschelnden Rhododendronbüschen dahinter nicht aus, sodaß Sally nichts weiter übrigblieb, als sich mitzerren zu lassen; bis sie, an den eingestürzten Gruften und geborstenen Quadern und tief verschneiten, oft sich kaum mehr vom Erdboden abhebenden Einzelgräbern vorbei, einen der geradlinig zum Eingang führenden Hauptwege erreichten.

Hier war ihnen jede Inschrift, jeder Name, jede Buchsbaumumfriedung bekannt. Hier hatten sie zu jedem Grabstein Kontakt. Hier gab es keinen Fußbreit Erde, den Avrom nicht schon einmal liebevoll abtaxiert hätte. Denn hier, dritter Weg rechts, dann zweimal links, lag Rachel begraben.

Sally hatte erst angenommen, Avrom beabsichtige, den Brief in den Kasten am Verwaltungstrakt zu werfen. Doch er schien sich etwas anderes vorgenommen zu haben, sie merkte es daran, daß er begonnen hatte, lautlos seine Schritte zu zählen. Auf einmal aber bog er so scharf ab nach rechts, daß sie ihn loslassen mußte.

»Wo willste n da hin, Avrom?«

Er tastete sich mit vorgestreckten Händen an einigen hebräisch beschrifteten Grabsteinen vorbei. Der schnürsenkellose Schuh begann ihm Mühe zu machen, er hinkte bereits.

»Denk, kennst dich hier aus.«

Atemlos keuchend folgte sie ihm.

»'türlich kenn ich mich aus. Bloß die Rachel liegt *drüben.*«

»Und der Mosse, der Tietz liegen *hier.*«

Da hatte er recht: Es waren die Grabdenkmäler der Großen, die sich hier jetzt erhoben.

Sie hatte ihn eingeholt, versuchte sich bei ihm unterzuhaken.

»Komm, komm; was willste n bei denen?«

»Nu, *was* wohl. Mich ausruhn.«

Er hatte sich schweratemend auf eine bröckelnde Grabplatte gestützt, der Palmzweig neben seiner bärtigen Wange war noch mit Resten Golds ausgelegt.

Sally gab es auf, sich an ihm festhalten zu wollen. Schwankend lehnte sie sich gegen einen Trauerweidenstamm. Sie spürte, ihr Lebenswille begann zu erlahmen; wenn sie sich nicht mehr um Avrom zu kümmern brauchte, lohnte sich Atmen nicht mehr.

»Aber ausruhn kannste dich bei der Rachel doch auch.«

Avroms Atemfahne riß einen Augenblick ab.

»Möcht aber lieber *hier* liegen, Frau.«

»Schon mal nachgedacht drüber, daß n berühmter toter Jude *auch* bloß n Toter is, Avrom?«

»'n toter berühmter is was andres als n toter verfolgter.«

»Nu übertreibste. Wer verfolgt n dich noch, wenn de s erst bis hierher geschafft hast?«

»Die Erinnrung, Sally. An s Getto, an die Pogrome, an s Kellergefängnis. Das kannste loswerden hier, wenn de dich auf Lesser Ury, auf Wertheim besinnst.«

»Besinn dich auf Rachel. Die wartet auf uns. Der Wertheim, der braucht dich nich mehr. Und nu komm.«

Avrom schluckte.

»Will aber nich.«

»Hör«, sagte Sally: »Ich bin mitgekommen. Dreimal darfste raten, wegen wem. Wegen dem Mosse, dem Wertheim bestimmt nich.«

»Also, schön.« Die schwarze Basalttafel, von der Avrom sich abstieß, knirschte im Fundament; Risse liefen durch sie hindurch; *Rudolf Mosse* stand in tief gemeißelten Lettern darauf. »Ich komm.«

Avrom schritt nun so zielsicher aus, daß Sally es aufgab, sich um die Richtung zu kümmern. Sie wäre auch kaum mehr dazu imstande gewesen; einzig ihrer in seinen Mantel verkrampften Rechten verdankte sie es, noch stolpernd mitgezogen zu werden.

Aber bald schon begannen sich hinter den verschneiten Gebüschen die alten Gruften vom Weiß abzuheben, und da wußte Sally: Nun noch an der Wassertonne vorbei, unter deren Hahn im Sommer tropfenglitzernd das Rotkehlchen knickste, und sie bögen in den letzten Weg ein, den Rachel auf den Schultern der Sargträger damals zurückgelegt hatte.

Avrom erblickte ihn wohl bereits. Konzentriert, rhythmisch ausfahrende Atemfetzen vor dem Mund und mit vorgestreckten Armen die schneestäubenden Zweige abwehrend, hastete er die Grabreihen entlang. Irgendwann hatte er den schnürsenkellosen Schuh vom Fuß geschüttelt; jedoch nichts konnte ihn jetzt mehr aufhalten, auch die verrotteten Gitter nicht, die kahl und von erfrorenen Wicken durchflochten, die trümmerbedeckten Plätze der Grabgewölbe umschlossen; er wich ihnen aus, ohne sie erst berühren zu müssen.

Dann aber, sah Sally, vor ihnen funkelte etwas auf, etwas Hochstehendes, Rundes, dessen fahles Flimmern selbst noch das kristallische Flirren des Schnees übertraf – die Wassertonne.

Avrom mußte ihre Nähe dem veränderten Schritt-Echo angemerkt haben; er zögerte kurz, und sein unbeschuhter Fuß stieß tastend gegen die Wandung. Doch ehe Sally sich aufzuraffen vermochte, ihn dieses letzte Stück vielleicht doch noch zu führen, hatte er sie schon mit zur Kreuzung gezerrt und hinkte nun, den schneegepuderten Hut weit aus der Stirn geschoben, die schmale, ätzend gerade verlaufende Schneise hinab, die die älteren Gräber von den ganz alten trennte.

Dies war der Weg, über dem für Sally, auch jetzt wieder hörbar, die kiesknirschenden Schritte der Sargträger hingen. Dort vorn, wo die Kindergräber begannen, hatten die Mitglieder der Begräbnisbrüderschaft den schmucklosen Kasten mit den stumpf schimmernden Messingbeschlägen neben die frisch ausgehobene Grube gestellt.

»Avrom, ich frier.«

»Der Ofen is warm.«

»Moment.«

Ich saus zum Kleiderschrank, reiß n auf. Riecht nach Lavendel und Mottenpulver da drin. Unten kucken noch n paar nagelneue Halbschuh von Rachel unter Sallys Rocksäumen vor. Nie angehabt; im Rollstuhl hat sie ja immer nur die Schnürschuh getragen. Ich schnapp mir den Mantel.

»Da, Tante Grünbaum; is Fell drin, das wärmt.«

»Danke, Karl.«

Sie hängt n sich um.

Sieht merkwürdig aus, die beiden auf den niedrigen Hockern sitzen zu sehn. Avrom hat sich die an'nandergelegten Hände zwischen die Knie geklemmt und bewegt pausenlos n Oberkörper vor und zurück. In seinem tiefschwarzen Bart sind gelbe Ei-Krümel und graue Aschenteilchen hängengeblieben. Sally hat das mit Asche bestreute Ei nich runtergekriegt, s liegt noch neben ihr auf m Teller.

Ich überleg, wo ich mich hinsetzen soll. Auf n Stuhl geht nich; da bin ich zu groß, da kuck ich ja runter auf sie.

»Könnt ihr euch nich richtig hinsetzen? Wieso hockt ihr n eigentlich auf den Dingern da rum?«

»Is so bei uns«, sagt Sally. »Mußte dich dran gewöhnen; dauert etwa n Monat vielleicht.«

»Und deine Arbeit, Onkel Grünbaum, was is mit der?«

»Schick n weg, Frau«, sagt Avrom. Er hält n Oberkörper n Momentchen lang still und hat krampfhaft die Augen geschlossen. »Er stört mich beim Trauern.«

»*Grade* geh ich jetz nich weg«, sag ich wütend und leg mich auf n Bauch und stütz das Kinn in die Faust. »Hab se schließlich genauso gemocht wie ihr auch.«

»Is ja gut, Karl; Avrom meint s doch nich so.«

In Sallys weißgepudertes Gesicht haben sich die Tränen schon wieder *neue* Bahnen gefräst; sieht wie ne traurige, zittrig gemalte Clownsmaske aus, wenn man ungenau hinkuckt; bloß das schwarze Fransentuch stört.

»Nich, Tate –?« sagt Sally beschwörend.

Avroms Oberkörper pendelt schon wieder. In seinem schwarzen Hut spiegelt sich stumpf s Glühbirnenlicht. Dabei scheint die Sonne hinter n runtergelassenen Rollos, und auf m Hof unten hört man die Hühner tuckern im Schlag.

»Ich mein s, wie ich s sag.« Avroms Stimme is heiser geworden, er schluckt. »Na gut«, sagt er; »dann frag ich dich, Karl: Warum biste nich mit auf m Friedhof gewesen?«

»Ich hab se im Herzen«, sag ich, »und ich hab se im Kopf. Was soll ich se n da auch auf m Friedhof noch sehn.«

»Aber sie hat sich s bis zuletzt doch gewünscht!«

»Sie hat sich gewünscht, daß ich Wache halten sollt nachts. Sollt ne Art Mutprobe sein. Hab se gefragt, ob sie mich beleidigen wollt. Wo ich doch dauernd *bewiesen* hab, wie ich se lieb.«

»Noch lang kein Grund, so störrisch zu sein.«

»Avrom –« sagt Sally; »er is n Kind.«

»Er is zwölf«, sagt Avrom; »wär er jüdisch, würd er in nem Jahr in der Synagoge gezählt.«

»Hat mit alt oder jung nichts zu tun«, sag ich. »Ich mag einfach n Tod nich.« Ich seh die zwei an. »Könnt ihr denn das nich verstehn?«

In Sallys Pudergesicht glitzern die Tränenspuren.

»Doch, Karl; *ich* kann s.«

Sie zögerte, sie fand sich jetzt nicht mehr zurecht. Das eingesunkene Grabmal war unter dem Harsch-Schnee nicht zu erkennen. Doch Avroms Sinne fanden die Stelle ohne Verirrung. Sally sah ihn sich plötzlich von ihr entfernen, tastend einen Fuß vor den andern gesetzt, bis er an den Birkenstamm stieß. Es gab viele Birken auf dem Friedhofsgelände, aber in diesem Abschnitt nur eine mit einem solchen Baumschwamm am Stamm. Es war die, die Sally eingepflanzt hatte, exakt Rachel zu Häupten, einen Tag nach dem Begräbnis genau, als sie noch glaubte, es nicht annehmen zu können. Und Sally sah auch, wie Avrom die Birke umfaßte, Hand über Hand, bis zu dem in Kopfhöhe wuchernden Baumschwamm hinauf.

Vermutlich sanken Avroms Hände dann wieder herab. Wahrscheinlich kam er darauf zu ihr zurück. Sicher würde er sich neben sie setzen. Kein Zweifel, daß sie an ihrer Schulter seinen Oberarm spürte. Bestimmt würde sie ihren Arm um ihn legen, seinen Schenkel spüren an ihrem, einschlafen, an ihn gelehnt. Denn etwas hatte sie niedergezwungen: sie saß; auf einer Grabumrandung wahrscheinlich, Schnee unterm Gesäß, Wohligkeit in den Knien, Dunkel vorm Lid. Mit äußerster Anstrengung versuchte sie, sich wenigstens aufrecht zu halten, denn dies war das erste Mal in ihrem Leben, daß sie es sich bequemer machte, als Avrom es hatte. Aber der Wille war machtlos. Langsam, doch stetig sank ihr ungefüger Oberkörper nach vorn, und schließlich fielen auch pendelnd die Arme herab, und vom Frost zu flechsigen Fäusten geballt, versanken die Hände beidseits der Stiefel im Schnee.

Es hatte zu schneien begonnen; Avrom merkte es an den eisigen Insektenbeinen, auf denen die Flocken Schläfen und Stirn herabstelzten. Er hatte sich an die Birke gelehnt und lauschte, erhobenen Gesichts, angestrengt auf das zischende Flüstern im All. Es konnten die Schneeflocken sein; es klang aber auch, als seien es Stimmen. Avrom hatte noch *nie* Stimmen gehört. Er wollte auch jetzt keine hören. Stimmen lenkten ab. Stimmen versuchten. Stimmen beschworen. Stimmen überredeten. Man sollte sanft sein. Stimmen wollten einen einsichtig haben. Stimmen wollten einen ergeben. Stimmen erschreckten nicht. Stimmen besänftigten. Stimmen waren da, um einzulullen, um zu belügen.

Erregt zerrte Avrom sich den Gebetsschal weg von den Ohren. Da hatte Schlomo gesprochen. Jetzt wieder. Er trieb schnalzend und mit Zärtlichkeitsworten sein Panjepferd an. Und da war auch das Radachsenknarren, das Geschirrklirren, das Pferdeschnauben zu hören. Nein, es war Einbildung, daß Avrom das hörte. Wo sollte hier Schlomo herkommen. Darum ging es doch nicht. Natürlich war das nicht Schlomo. Schlomo war tot, lag begraben in Lwow. Worum es hier ging, das war, man sollte abgelenkt werden, umgestimmt, eingeschworen. Nicht die Erfahrung, die *Erinnerung* sollte gelten; denn wäre man eingegangen auf jene Geräusche, hätte man jetzt den Atem angehalten, um herauszubekommen, ob Schlomo nicht auch wieder, von den flammenden Sonnenblumenfeldern begeistert, eins seiner alten jiddischen Lieder zu summen begönne –: Alles, was man gelernt und gelesen hätte, jedes Thora-Zitat, jede Talmud-Seite, jeder Glaubenstraktat wäre abgestützt und gesichert, konkretisiert und ausgefüllt worden. Nirgendwo hätte zwischen Hoffnung und Erfüllung ein Abgrund gegähnt. Erinnerung, die große Lügnerin, hätte auftragsgemäß jedes Datum, jede Initiale vergoldet, jeden Text übermalt, jede Angst, jeden Schock abgewürgt, Verlorenheit immer mit einer Idylle gekontert, Ausgestoßensein stets mit Glaubensstärke entmachtet, Verfolgung auf ewig Schicksal genannt. Denn Glaube hatte Ermunterung nötig; nur geglaubt zu werden genügte ihm nicht.

Avrom fror. Mühsam versuchte er sich von der Birke zu lösen. Doch es war kein Gefühl mehr in seinen Beinen, sie knickten ihm ein; kraftlos begann er, die bärtige Wange gegen den Stamm gepreßt, tiefer zu rutschen. Der Hut fiel herab. Als er ihn aufheben wollte, verlor Avrom das Gleichgewicht und sank in den Schnee.

Keuchend drehte er sich auf die Seite. Nein; *er* machte da nicht mit. Er war nicht hierhergekommen, um sich erinnern zu lassen; er war hierhergekommen, um Glauben und Leben zu trennen. Es war groß und schön, wie die Väter das Wort auszulegen verstanden. Jedoch der Lieblosigkeit kam man mit ausgelegten Worten nicht bei. Es war erhaben und einmalig, wie der Ewige sich offenbart hatte. Jedoch die Transportzüge, die aus dem Reich zu den Rampen der Konzentrationslager fuhren, fuhren durch jede Offenbarung hindurch. Avrom war nie der Meinung gewesen, daß damit die Allmacht Gottes in Frage gestellt sei. Glaube hatte nicht mit Rettung, er hatte mit Verheißung zu tun. Gott half nicht, er trauerte. Es lag an einem selber, ob man sich in Gottes Trauer einbezogen fühlen wollte oder ob nicht. Avrom fand, daß man sich ihm da nicht aufdrängen sollte; traurigsein ließ sich auch alleine besorgen. Und was die Lehre betraf, die war gemacht, um das Leben an ihr zu messen; wie ja auch das Leben wünschte, von einer Glaubensdisziplin geordnet zu werden. In der Stunde des Todes jedoch war man allein. Ob geglaubt oder nicht: Der Tod drohte und kam. Das sagte nichts gegen die Lehre. Die Lehre sagte allerdings auch nichts gegen den Tod. Was an ihrem Rande auf später verwies, mochte *die* trösten, die Ersatz haben wollten. Avrom wollte keinen Ersatz. Es wäre *dieses* Leben gewesen, von dem er gern noch etwas gehabt haben würde. Sehen war da nicht so wichtig. Anteilnahme wäre wichtig gewesen. Aber wer sollte Anteil nehmen an ihm? Der Keller –? Die welken Kartoffeln –? Die Väter vielleicht.

Er hob ein wenig den Kopf aus dem Schnee. Das heißt, er glaubte zumindest, daß er ihn höbe. Es schneite stärker. Der Wind schien nachgelassen zu haben; die Flocken schwebten graziös und ohne Behinderung nieder. Avrom lauschte. Ihm war, er habe eben deutlich die Stimme seines Großvaters Elieser gehört, murmelnd und selbstvergessen, unverkennbar ins Talmudstudium vertieft, wo er nun sicher wieder mit den Meistern aneinander geriet. Er mußte lächeln. Was für einen Aufwand sie trieben! Dabei hätte jetzt einzig der Tate Abramowicz Chancen gehabt. Der frömmste Mann von Malcowcze. Zwei Rabbiner in der Umgebung hatten ihn sogar für einen Gerechten gehalten. Und wem zündeten die Ukrainer die Lagerhallen an? Und wessen Geschäfte brannten ab? Und wer kam um in den Flammen? Der frömmste Mann von Malcowcze.

Avrom hustete. Ihm war Schnee in die Kehle geraten. Er schmolz nicht mehr. Er legte sich wie kalter Staub auf die Zunge. Er füllte den Gaumen. Er bedrängte die Augen. Er benahm ihm den Atem. Avrom schlug um sich. Das war zu früh; er wollte noch denken. Zornig verkrallten sich seine Hände im Schnee. Denken. Denken hatte doch *immer* geholfen. Er keuchte. Er röchelte. Wild warf der letzte Rest Lebenswille ihm den Kopf hin und her. Rachel. Warum hatte er nicht an Rachel gedacht. Warum –

»Hör auf! Was erzählst n mir das alles so furchtbar ausführlich? Um Gottes willen, Avrom, ich hab euch doch lieb! Willste mich denn *noch* mehr kaputtmachen? Kuck mich doch an: Genügt n das nich, wie ich hier lieg?«

Goschniks Gesicht war jäh aus dem Kissen gestiegen. Schweiß und Tränen, in deren Glanz sich stumpf das Neonlicht brach, hatten diese todgeweihten Züge mit einer saugend anliegenden Haut aus genäßtem Pergament überzogen; die silbrigen Bartstoppeln, die sie durchstachen, wirkten auf ihr plötzlich schmutzig und grau.

»Red, Avrom: Biste deshalb gekommen, daß de mich damit nu quälst? Aber wozu denn, wozu denn? Ich hab doch gar nichts mit eurem schrecklichen Gang auf n Friedhof zu tun! Ihr habt ja noch nich mal, wie ihr da rausgingt, an mich gedacht! Und dabei hatt ich doch alles für euch getan. Kohlen, Kartoffeln, Mehl, Reis, Konserven: das hätt doch gereicht. Schön, ihr hattet dann in den alten Lagerkellern da unten kein Licht. Aber ich hab ja dann noch n Kerzenvorrat für gut anderthalb Jahre gefunden. Oder die Luft: Hab doch extra noch den Ersatzschacht am Kamin hochgemauert. Ließ sich doch überall atmen da unten. Und sogar s Klo hat noch funktioniert; obwohl ich als Klempner nu bestimmt nich grade ne Leuchte bin, stimmts. Von der angezapften Wasserleitung zu schweigen. Und wie adrett hat Sally s euch da unten gemacht; fast so wie oben. Höchstens, daß ihr im Oberkeller n bißchen mehr Raum hattet; gut. Aber wer hat denn an Rumlaufen gedacht. Aufgehoben solltet ihr sein; unauffindbar; bis ans Kriegsende versteckt. Niemand hat euch mehr gekannt. Jeder im Haus hat gemeint, die sind weg. Nu bitt ich dich: Wo gab s denn da n Grund, so was Furchtbares zu tun? Antwort, Avrom; antwort mir doch! Nich, ihr wart sicher da unten? Nich, ich hab doch getan, was ich konnt?«

Sein Kopf zitterte. Mit einem flechsigen Sehnenbündel, das von den eingegipsten Schlüsselbeinen her aufstieg, versuchte der Hals, den bebenden noch eine Sekunde zu halten; dann sank er kraftlos in die Kissenmulde zurück.

»Du schweigst. Du schweigst und kuckst durch mich durch. Ja, aber willste denn *alles* ungültig machen? Soll denn *nichts* von dem, was ich für euch getan hab, mehr Bestand haben jetz? Haben wir einander nich versprochen, wir wolln achtgeben auf uns, wir wolln den andern erwarten? Wozu haben wir zusammen gearbeitet, Avrom? Wozu hast du mir s Geschäft überschrieben? Wozu hab ich dich dann vertreten? Wozu hab ich s schließlich selbst übernommen? Doch nich nur, um Gerda und den Jungen zu ernährn. Sondern damit ihr n Auskommen hättet. *Ihr* solltet sorglos sein können. Um *eure* Sicherheit is s mir gegangen. Und, Avrom? Haben wir s nich immer wieder geschafft? Sind wir nich jedes Mal *wieder* mit allem fertig geworden: sogar mit m Hauswart, sogar mit den Dienststellen noch?

Sag doch endlich mal was! Kuck mich doch nich bloß dauernd so durchdringend an. Avrom, ich frag dich: Wann seid ihr n schon mal *so* unbehelligt, so von Grund auf abgeschirmt gewesen wie im Keller hinter der Werkstatt oder gar erst in den Lagerräumen da unten? Sei ehrlich: Doch nie.

Du hebst die Brauen: Die Trennung; natürlich. Ja, die war arg. Aber an eurer Sicherheit hat sich doch nichts geändert dadurch. Im Gegenteil, hat ja sogar direkt noch was Gutes gehabt, der Einberufungsbefehl. Nu war er doch abgeschlossen, der Werkstattkeller oben bei mir; nu warn doch die Läden runtergelassen. Jetz hat ja kein Kunde mehr die Werkstatt betreten. Jetz hat doch jeder von außen gesehn, der Glaserkeller is zu. Konnt s denn, gemessen an dem, was euch draußen gedroht hat, was Besseres geben, als derart geborgen zu sein?«

IV.

Unter seinem rechten Auge hatte wieder jener winzige Nerv zu zucken begonnen. Es war schwer, sich nicht von ihm irritieren zu lassen, der tödliche Ernst dieser aschenen Züge vertrug soviel Unsachlichkeit nicht.

»Du sollst aufhörn, mich so anzukucken. Nee, du denkst gar nich dran. Du blinzelst nich mal. Avrom, du redst dauernd vom Tod. Ja, aber haste denn vergessen, wie wir *gelebt* haben, Mann? Wir haben s doch richtig häuslich gehabt. Weißte denn nich mehr, wie uns Sally Abend für Abend bekocht hat? Wie wir zusammengesessen haben; wie ich dir erzählt hab, was los is? Na, und wie wir Schach gespielt haben, und Sally hat in ihrm Schaukelstuhl gewippt und dir n paar Socken oder so was gestrickt?

Erinner dich, Avrom; erinner dich doch: Warst vielleicht n halbes Jahr blind. Trotzdem wie n junger Gott gespielt. Was haste mir nich erst für n Training aufgebrummt, eh de mich als Gegner ernst nehmen konntst. Und ganze Partien hattste nachher im Kopf. Hast dir richtig Müh geben müssen, n Spiel, das gelaufen war, hinterher zu vergessen; wolltst mir immer erst *deine* Auffassung von meinen Gegenzügen erklärn. Die Sally, die hat das schon ganz marode gemacht. ›Was könnt geworden sein aus dem Mann‹, hat sie immer gesagt, ›wenn er nich dauernd bloß so n Unsinn behielt. 'n Genie könnt er sein mit m Kopp. Aber nee, er stoppt n sich mit Talmud-Qualm und Kinderspielregeln voll.‹

Und weißte noch, wie ich ihr das Bild zum Geburtstag geschenkt hab? Nee, du mochtst es nich. Warst überhaupt nich für Bilder. ›'n Bild lügt‹, haste mir mal gesagt; ›s lügt und vereinfacht. Bildermacher wolln s Denken abschaffen.‹ Bloß, Sally konntste natürlich mit so was nich kommen. Und bei *dem* Bild schon gar nich. Warn Berge drauf; die Alpen, glaub ich. Wollt so n richtigen klotzigen Goldrahmen drum, der Kunde. Nu, warum nich. Kaum bin ich mit fertig, sieht Sally das Bild. ›Die Beskiden!‹ schreit sie; ›ich werd verrückt!‹ – ›Nich doch‹, sag ich; ›da irrste dich, Sally. Is n Deutschnationaler, der hängt sich doch die Beskiden nich hin.‹ – ›Mich mußte lehrn, meine Heimatberge zu sehn‹, sagt Sally.

Na, da hab ich geschaltet. Paar Tage später, und ich will dem Kunden n Angebot machen. Was erfahr ich? Daß sie ihn abgeholt haben. Grade war so n Gerichtsvollzieher dabei, die Wohnung zu räumen. Da hab ich s natürlich behalten. Sag dir, die Sally, die is vielleicht aus m Häus'chen gewesen, wie ich s ihr dann hingestellt hab. Weißt ja –: Dauernd s von einer Ecke in die andre geschleppt. Glaub, am liebsten hätt sie s auch noch beim Kochen vor Augen gehabt.«

»Ja, weil sie sich ablenken mußte.«

Ich lauschte verblüfft; da hatte doch eben tatsächlich Avrom gesprochen.

Erleichtert schloß Goschnik die Augen. »Endlich: Du redst –!« Er holte tief Luft. »Aber ›ablenken‹ mußte nich sagen. Avrom, wovon denn? Hat doch Ruhe geherrscht. Sind doch nur noch die paar Kunden gekommen, die s nich weiter schockiert hat, daß die Kinder draußen mir ›Judenglaser!‹ nachgeschrien haben.«

»Und die Türklingel vorn in der Werkstatt?«

Er preßte sekundenlang die Lippen zusammen.

»Wieso –: Was hat n die Ladentürklingel damit zu tun?«

»Viel. Ich stelle mir vor – Ich meine, ich erinnere mich, daß wir immer furchtbar erschraken, Sally und ich, wenn sie vorne ertönte. Schließlich –: Konnte ja auch mal *kein* Kunde sein, stimmts?«

»Natürlich. Davon gingen wir ja aus. Obwohl s unwahrscheinlich war, Avrom; das weißte.«

»Angst ist Angst, Karl; hab ich recht?«

Er starrte mit mahlenden Kaumuskeln an mir vorbei. Die klinisch kahlen Kachelwände hielten nur *mein* Spiegelbild fest; es hob sich schwarz und verschwommen von den funkelnd verchromten Armaturen hinter mir ab. Goschnik war von zuviel kalkigem Weiß umgeben, als daß die weißlichen Kacheln sein Abbild aufbewahrt hätten; es schien schon in sie eingeschmolzen zu sein.

Er schluckte ein paarmal.

»Du vergißt, daß ausgemacht war, ich würd in der Werkstatt ne Scheibe zerklirrn lassen bei akuter Gefahr. Die Durchgangstürn warn ja abgeschlossen. Ich hatt s doch gestoppt: Ihr hättet reichlich sechs Minuten gehabt. Denn erst mal wärn mir natürlich die Schlüssel abhanden gekommen. In *der* Zeit wärt ihr schon mal durch n Abstellraum in die Sommerwohnküche gerannt. Jetz die Tür hinter euch abgeschlossen und den zugemauerten Notausgang eingedrückt. Dann im Fensterschacht hoch und raus auf n Hof. Da auf die Müllkästen rauf, über die Mauer und weg. Weißt ja, hätt euch am Stadtrand, auf der Laubenparzelle versteckt.«

In dem rußigen Lichtschacht vor dem Fenster kreiste ein tintenbeschriebener Papierschnitzel um die zerborstene Kastanie herum. Ich hatte Mühe, mich wieder auf Goschnik zu konzentrieren.

»Klingt, als ob wir uns für ein Sportfest fit gemacht hätten.«

»Mein Gott, war ja auch nur für n äußersten Notfall gedacht! In der Regel habt ihr doch, war n Kunde vorn in der Werkstatt, hinten ganz friedlich im Wohnraum gesessen.«

»›Friedlich‹.«

»Gut.« Er drehte einige Male ächzend den Kopf hin und her. »Ihr habt nich mehr abzuschalten gewagt. Ihr habt euch nich mehr hinzulegen getraut. Ihr habt, wenn überhaupt, nur noch im Sitzen geschlafen. Aber hab ich das vielleicht nich gewußt? Warum *hab* ich mir denn so ne Mühe gegeben, dann noch die tiefer gelegenen Kellerräume zu kriegen? Weil ich euch raushaben wollt aus dieser dauernden Anspannung da. Weil ihr s, *wenn* schon so eingepfercht, wenigstens ruhig haben solltet. Und, Avrom –: *War* s das nich auch? Seid ihr nich tatsächlich wieder zu euch gekommen, in den alten Lagerräumen da unten? Schön, direkt n Schmuckkästchen warn die nich. Aber hab ich se euch nich ausgebaut und geweißt? Und hat Sally se nich adrett und gemütlich gemacht? Ich mein, ihr hattet da unten doch nu wirklich alles –«

»Karl –«

Seine Kaumuskeln arbeiteten. Unsicher blinzelnd sah er mich an.

Ich beugte mich etwas zu ihm hinab.

»Du weichst aus. Wir hatten von der Ladentürklingel gesprochen. Stimmt, die hat man wirklich nur oben gehört. Aber hieß das, daß das Klingeln nun abgeschafft war? Im Gegenteil, jetzt, wo wir es nicht mehr registrieren konnten, haben wir es womöglich noch ärger gefürchtet. Doch gehn wir noch mal in den Werkstattkeller zurück: *Wie* hattest du unsre Lebensumstände da vorhin noch genannt?«

Goschnik zog die blutverkrusteten Mundwinkel nieder.

»Hab geahnt, daß de noch mal drauf zurückkommst. ›Häuslich‹ hab ich gesagt. Ich mein, brauchst ja bloß die Zeit damals mit der *davor* zu vergleichen. Allein schon, wie oft wir jetz zusammensein konnten. Hab doch kaum noch n Auftrag gekriegt. Zum Glück war ich ja nu auch auf die Idee mit den Terrarien gekommen. Denn obwohl im vierten Kriegsjahr, den Leuten war ungeheuer nach Kleinvieh zumut. Die wollten was zu versorgen, das der Krieg ihnen nich kaputtmachen konnt. Erinnerst dich sicher: Alle acht Tage fuhr der Aufkäufer vor. Hat immer gut n halbes Dutzend von den Glaskästen gekauft. Dem war s egal, ob die mir ›Judenglaser‹ nachriefen oder nich; der hat bezahlt und erledigt.«

»Ja –? Meinste wirklich, daß der das is?« Sally hörte auf, vom Goldrahmen ihres Alpenbildes den Staub wegzuwischen. »Aber is er denn nich schon *mal* hiergewesen, die Woche?« Sie lehnte das Bild gegen die Vertiko-Kante und trat prüfend etwas zurück.

Avrom ließ das Gebetbuch sinken, in das er, wie immer, wenn er sich ablenken wollte, mit tiefen Atemzügen hineingerochen hatte.

»Nu –: Is er eben jetz s *zweite* Mal hier. Schließlich, Karl muß es doch wissen.«

»Er beruhigt uns *immer,* Avrom, wenn die Türklingel geht. Warum hätt er n das heut sein lassen solln?«

Sally war noch nicht damit einverstanden, wie ihr Alpenbild stand. Sie sah sich um. Besorgt glitt ihr Blick dabei auch über Avrom hinweg; ja, er wäre aufbruchsfertig gewesen, zur Not. Am besten hätte das Bild wohl gehangen; allein, die kompakten Backsteinwände widersetzten sich einem Nagel wahrscheinlich. Seufzend nahm Sally es wieder herab.

»Still mal –!«

Avrom hob angespannt lauschend die Hand mit dem Buch. Schlomos Bleikristallvase, die über ihm stand, schepperte leise. Die roten, ausgedörrten Lampionblumen in ihr bewegten sich sacht.

Jetzt vernahm es auch Sally: Ein heftiges, an- und abschwellendes Stimmengemurmel war vorn in der Werkstatt zu hören.

Sie setzte sich fröstelnd neben Avrom auf die Kanapee-Kante. Sie starrte ihr Bild an. Lieber es erst mal noch bei sich behalten.

»Schade; scheint unzufrieden zu sein heut, der Mensch.« Avrom hatte sich wieder das wahllos aufgeklappte Buch unter die Nase gehoben und sog mit tiefen Atemzügen das den Blättern anhaftende Geruchsgemisch ein. »Läßt Karl sich natürlich nich bieten.«

Sally lauschte noch angestrengt.

»Meinste nich auch, daß das irgendwer andres is? Ich mein, n Kunde, der ging ja noch; nee, aber n Hausbewohner vielleicht.«

Avrom antwortete nicht. Er hatte in dem zerlesenen Gebetbuch eine Stelle gefunden, die beizend nach Pferdeschweiß roch. Da war Vater Schlomo, bevor er es weggelegt hatte, rasch noch mal mit dem Buch unter den salmiakduftenden Woilach gekrochen.

Er blätterte weiter. Großvater Eliesers Seiten rochen nach kernigem Leder und Pech, denn er hatte das Buch immer hinter sich zwischen die frisch reparierten Schuhe geschoben; er wollte nicht für einen Frömmler gehalten werden, wenn jemand hereinkam; und dabei war es ihm doch nur um Wort- und Buchstabentreue gegangen.

Und auch Avrom selber war in den stockfleckigen Blättern verewigt. Es genügte, auch nur eine einzige jener streng nach Kitt oder süßlich nach abgegriffenen Geldscheinen riechenden Seiten aufzuschlagen, schon sah er sich wieder, um Jahre verjüngt, in der Werkstatt stehen und Glas zuschneiden am Tisch und hörte, durch sein gedämpftes Summen hindurch, Sally mit den Kochtöpfen reden.

Sie sagte auch jetzt etwas; sie schüttelte ihn.

»Ja, hörste denn nich?«

Doch; Avrom hörte es. Das Stimmengemurmel vorn in der Werkstatt war in einen erregten Wortwechsel übergegangen; mal hörte man Goschnik, mal die Stimme eines andern Mannes; manchmal beide zugleich. Und einmal, war Avrom, es hätte auch, leiser, verhaltener nur, noch eine dritte Stimme gesprochen. Er wußte plötzlich ganz sicher: Von dort her drohte Gefahr.

Sally hatte es auch begriffen; Avrom hörte sie stampfend und keuchend die frostklammen Füße in die Schaftstiefel zwängen, und einen Sekundenbruchteil lang fiel wieder die junge, die mädchenhafte Sally ihm ein bei diesem Geräusch: Herbst, und es regnete, und sie hatten vor, zusammen mit dem Tate Abramowicz zum Tag der Gesetzesfreude in die Synagoge zu gehen; und die Hände gegen die triefenden Schläfenlocken und die Nase gegen die papierstreifen-beklebte Fensterscheibe gepreßt, konnte er in der dämmrigen Stube drin Sallys Knie aufschimmern sehen; sie hatte die Röcke geschürzt und zog sich, um im Schlamm von Malczowce nicht steckenzubleiben, die Schaftstiefel an, und in jedem der spiegelnden Schäfte war auch das Fenster und der junge Avrom mit dem blassen Talmudschüler-Gesicht und der plattgedrückten Nase widergespiegelt. Schweratmend wandte er den Kopf zu ihr hin.

»Sally, ich mach das nich mehr mit. Ich bleib hier.«

»Biste verrückt?!« Sie wickelte hastig ihr Alpenbild in die Tischdecke ein und schob es unter das Kanapee. »Die wolln doch n Schlüssel von ihm! Die können doch jeden Moment die Tür eintreten!«

Das Scheppern von Schlomos Bleikristallvase über Avrom nahm zu.

»Ich weiß. Sag ja auch nich, daß ich *keine* Angst hätt.«

Sally sah es: Auf Avroms zerschrammten Händen, die ineinander verkrampft, das Gebetbuch umschlossen, traten weißlich die Knöchel hervor.

Sie packte ihn bei den Schultern, sie schüttelte ihn.

»Leg das verdammte Buch weg und komm endlich, Mann!«

Er hatte abwesend den Kopf angehoben. Das Geläut der Ladentürglocke war wieder zu hören gewesen.

»Glaub, da kommen noch mehr.«

Sallys Herz schlug bis in den Hals; sie ließ Avrom los und hastete, an der Zinkwanne und an Goschniks aufgebocktem Fahrrad vorbei, in die Sommerwohnküche, schlug die Tür hinter sich zu und drehte den Schlüssel herum.

Dann allerdings ging es nicht mehr; sie sackte in die Knie, blieb kraftlos so hocken. Bis sie, auf die Netzhaut geätzt, plötzlich wieder Avrom erkannte, der, in seinem zu großen Mantel versunken, bewegungslos auf dem Kanapee saß.

Mühsam arbeitete sie sich wieder empor. Wie konnte sie sich von ihm entfernen! Keuchend schloß sie die Tür auf und taumelte stolpernd zurück. Doch das aufgebockte Fahrrad stand ihr im Weg. Sie stieß gegen den Lenker, das Rad kippte um, ihr vor die Füße. Sally trat in die Speichen, sie stürzte, und noch während sie hinschlug, sah sie im Wohnraum drüben, tief über sein Buch gebeugt und vom Hut überschattet, Avrom auf dem Kanapee sitzen.

Er hatte die Handballen so fest gegen die Einbandecken gepreßt, daß sie sich wie stumpfgewordene Messer in die Handballen bohrten. Nichts hätte seiner Angst besser die Waage zu halten vermocht, als dieser stechende Schmerz. Denn es waren ja nicht die Gebete, die er längst auswendig konnte, was dieser Schmerz als Erinnerer brauchte. Es war die Gewißheit, etwas in Händen zu halten, das auch die Väter schon ihr Eigentum nannten; nachweisbar an Schlomos salmiakduftenden Fingerabdrücken und an den Eselsohren, mit denen Großvater Elieser die Seiten kenntlich gemacht hatte, auf denen diejenigen Segenssprüche standen, die er immer schon Mühe gehabt hatte zu behalten. Dreimal hatte Elieser ein Pogrom überstanden. Einmal war Schlomo den Kosaken, einmal war er den Deutschen entkommen. Und immer hatte in den Taschen beider dieses abgegriffene Gebetbuch gesteckt. Das tröstete noch nicht; doch es gab einem Kraft; Kraft im Beharren, das die Voraussetzung war, um sich auch in der Angst behaupten zu können.

Doch irgend jemand wollte das nicht, zerrte ihn hoch.

»Avrom, da kommt wer! Um Gottes willen, steh auf!«

Sally.

Er versuchte sie wegzustoßen. Doch sie hatte ihm unter die Arme gegriffen. Er mußte sich stärker zur Wehr setzen; sie wollte ihn würdelos haben. Er sollte rennen, er sollte fliehen; er sollte sich in einen Fensterschacht zwängen. Er sollte über eine Hofmauer klettern. Nein. Irgendwann war Schluß. Irgendwo hatte man stehenzubleiben, liegenzulassen, an sich zu halten. Irgendwann wog ein in Sicherheit gebrachtes Leben auch die kleinste Erniedrigung nicht mehr auf. Und es machte das Wesen der unverlierbarsten aller Freiheiten aus, diesen Zeitpunkt selber bestimmen zu dürfen.

Sally wankte zurück. Der Stoß war beinah zu heftig gewesen; das zu Boden gefallene Gebetbuch bewies es.

Ächzend kniete Avrom sich hin und tastete den Steinboden ab. Und im selben Moment, da er unter der suchenden Rechten wieder den scharfkantigen Buchumriß spürte, hörte auch *er* draußen, von der Werkstatt her, jetzt die Schritte: bedachtsam, fast schlendernd; der da herankam, schien seiner Sache sehr sicher zu sein.

Schwankend richtete Avrom sich wieder auf. Die Knie schmerzten, sie waren das Beugen nicht mehr gewöhnt. Aber noch etwas schmerzte, sein Arm. Den hatte Sally gepackt, sie schüttelte ihn.

»Mann, hörste denn nich, wir ham uns geirrt!«

Er lauschte.

Ein lautes, unmelodiöses Pfeifen hatte sich zu den Schritten gesellt; es klang eigentümlich forciert. Dennoch war es das Zeichen, das sie mit Goschnik ausgemacht hatten, wenn nach einem Lieferanten- oder Kundenbesuch wieder alles in Ordnung wäre im Keller. Ja, und seine Schritte waren es auch.

Ächzend rückte sich Avrom den Hut aus der Stirn, sie glänzte vor Schweiß.

»Ham wir ja noch mal Glück gehabt.«

Sally schob ihn hastig zum Kanapee hin.

»Los, schnell! Daß er nichts merkt.«

Sie wickelte überstürzt ihr Alpenbild aus und straffte wieder das Tuch über dem Tisch. Keuchend ließ sie sich dann neben Avrom auf das Kanapee sinken.

Erst glaubte er, das rhythmische Brausen habe mit einem der Abflußrohre zu tun. Nun spürte er aber, daß es in den Sprungfedern wohnte; sie schienen von irgendwoher ein Zittern aufgefangen zu haben, von Sally vielleicht. Oder von ihm –?

Er hielt den Atem an; und im selben Moment war das vibrierende Brausen verstummt, und hinter dem zögernd neu einsetzenden Herzschlag-Echo im Hirn hörte Avrom den Schlüssel sich drehen im Schloß, die Türangeln knirschten, und Goschnik trat ein.

»Nee, also so was von pedantisch wie der! Bloß, weil die Maße der Gestelle n paar Zentimeter differiern, nimmt er mir die Terrarien nich ab!«

Ich steckte mir die Zigarette an, die ich hinter s Ohr geklemmt hatte und setzte mich ihnen gegenüber.

An der Decke zitterte n goldner Lichtreflex, der rührte von Sallys Alpenbild her. Sie hatte sich s auf den Schoß gehoben und löste jetz langsam den Blick von den Bergen.

»Was denn –: ’s war tatsächlich nur der Aufkäufer, Karl?«

Ungläubig zerrte sie an dem Kopftuchknoten rum unterm Kinn.

»Was heißt n ›tatsächlich‹? Hab s euch doch schon beim Rausgehn gesagt.«

»Toll, wie de so was voraussehn kannst.« Avrom lächelte schwach. »Würd ich ausbaun, Karl.«

»Was biste n so chuzpisch, Avrom.«

»Ich chuzpisch –? Wie kommste denn darauf. Bin der Ernst in Person.«

Konnt man nich anders sagen, ja, wenn man ihn, mit hochgeschlagenem Mantelkragen und Augen und Nase im Hutkrempenschatten, bißchen vornübergebeugt, so dasitzen sah.

»Immerhin will er mir ne Adresse besorgen, wo ich se loswerden kann, die Terrarien. Doch *auch* schon was wert. Oder –?«

Jetz hatte Sally s endlich geschafft: Der Kopftuchknoten war aufgeknüppert. Sie hob sich umständlich ihr Alpenbild von den Knien, strich sich die grauen Haarzotteln weg und band das Tuch wieder neu.

»Ich denk, der is schon *mal* hiergewesen, die Woche? Wo will er denn mit all den Glaskästen hin?«

»Er beliefert die Zoohandlungen, Sally; hab ich euch doch schon -zigmal gesagt.« Ich rieb mir die Schultern; war lausig kalt im Wohnkeller hier; vorn, wo ich gearbeitet hab, hatt ich doch wenigstens noch die Heizsonne an. »Übrigens könntste n Herd anmachen; ja sowieso bald Essenszeit. Hast vier Preßkohlen frei.«

Ächzend zog Sally sich wieder die Schaftstiefel aus.

»Großzügig *biste;* kann man nich anders sagen.«

»Und der andre –?«

Avrom blätterte abwesend in seinem Buch; die Finger befühlten die Seiten dabei, als prüften sie erst jedesmal die Papierqualität.

»Welcher andre?«

Die Zigarette schmeckte plötzlich nich mehr, ich drückte sie aus.

»Nu –:« Avrom hob n bißchen die Schultern. »Der, den der Dings da mitgebracht hat, dieser Zurückhaltende, dieser Leise.«

»Ach, *den* meinste.« Ich stand auf und fing an, die Asche rauszuholen aus m Herd; Sally, die kriegte sonst bloß wieder n Hustenanfall. »Is n Kunde gewesen. Hat den Aufkäufer dauernd wegen so m Spezialterrarium genervt. Na, und da der sowieso unterwegs war zu mir –«

»– da hat er n gleich mitgebracht, logisch.« Sally hauchte den Goldrahmen von ihrm Alpenbild an und fuhr mit der Ärmelkante über die Stelle. »Was für n Terrarium will er denn haben?«

»Ziemlich geräumigen Kasten. Noch gar nich genau raus, ob ich s auch mache; mal sehn.«

»Hm.« Avrom kratzte sich unter m Hut, wobei der verrutschte und den tiefen Einschnitt freigab, den s Schweißband in die Stirn gefräst hatte; sah aus wie ne Narbe. »Und der hat sich nich dran gestoßen, daß de, von den paar Stammkunden abgesehn, schon vorher bloß noch für die Israeliten im Viertel gearbeitet hast, was doch jeder hier weiß?«

»Nee, Avrom; hat er nich.«

»Vorurteilsfreier Typ gewesen anscheinend.«

»Jedenfalls nich grad die Regel.«

»Ehr schon ne Fügung.«

Sally zerriß n alten VB, zerknautschte die Seiten und stopfte sie in die Herdöffnung rein.

»Wie kommst n auf ›Fügung‹?«

»Hör mal.« Sie legte s Anmachholz auf s Papier und hielt s brennende Streichholz unter ne Ecke. Langsam fraß sich die Flamme auf den zerknitterten Adler zu, der den Kranz mit m Hakenkreuz hielt. »Wo findst n heut schon zwei *so* koschere Leute wie die.«

»Stimmt; haste recht.«

»Friedfertigkeit hat eben Anziehungskraft.« Avrom rutschte auf n Kanapeerand vor und rieb sich fröstelnd die Hände zwischen den Knien. »Kannste schon im Talmud finden, den Spruch.«

Umständlich zerbröselte Sally n Kohlenanzünder und schmiß die Brocken ins Feuer. Die prasselnden Flammen warfen n roten Widerschein auf ihr Gesicht; der Nasenschatten tanzte wild hin und her.

»Brauchste kein Talmud für; brauchste dir nur Karl anzusehn.«

Avroms leblose Augen blickten starr an mir vorbei.

»Ich seh ihn; seh ihn genau. Keiner is *mehr* auf Friedfertigkeit und Ruhe versessen.«

»Deswegen staun ich ja so.«

Behutsam schob Sally n Brikett in die Glut. Sie rückte den Topf mit der vorgekochten Erbsensuppe zurecht, nahm s Häkelzeug aus m Korb und setzte sich wieder.

»Du staunst?«

Ich tastete an mir nach ner Zigarette rum; hatt keine mehr. Da rollt ich mir noch mal die ausgedrückte zurecht.

»Ja«, sagte Sally, den Blick auf die blitzenden Häkelnadeln gesenkt, die n wirr funkelndes Muster auf die Kellerwand warfen. »Und kann dir auch sagen, worüber. Über den Streit.«

Im Haus über uns war aus m Radio ne schmetternde Sondermeldungsfanfare zu hörn. Bestimmt in Afrika wieder irgend ne Stadt eingenommen; in Rußland gab s ja nu zum Glück nichts mehr zu gewinnen.

»Wie –: Du meinst, ich hätt mich mit den beiden gestritten?«

Avrom lächelte schwach.

»Sagen wir s so: ’s hat n ziemlich lebhaften Meinungsaustausch gegeben. Stimmts?«

»Ach so.« Der Zigarettenstummel versengte mir beinah die Lippen; doch ich mußt noch schnell n Lungenzug tun. »Wir hatten ne Meinungsverschiedenheit, ja. Rein kollegial; Liefertermine und so.«

»›Kollegial‹ is n ulkiges Wort.« Sally stand auf und rührte im Suppentopf rum. »Besonders wenn man bedenkt, was de für n Einzelgänger bist, Karl.«

Ich merkte, allmählich fing ich nu doch an, kribblig zu werden.

»Könnt ihr mir vielleicht mal erklärn, worauf ihr rauswollt mit euerm Verhör?«

»Sohn, was polterste n so?« Avrom schob sein Gebetbuch beiseite, um sich besser zu mir über n Tisch beugen zu können. »Findste nich auch, Sally und ich sollten wissen, was vorn in der Werkstatt passiert?«

»Na, klar solltet ihr. Aber wenn s nu mal bloß so n x-beliebiger Wortwechsel is –?«

»Nu –: Erzählste eben von *dem.*«

»Also schön. Die Sache war so. Dieser Kunde da, der hat sein Spezialterrarium *gleich* haben wolln. Doch mir war erst mal an der Adresse gelegen, wo ich die andern Terrarien loswerden konnt. Bloß, da fing nu auf einmal der Aufkäufer an störrisch zu werden. Erst hätt ich *seine* bestellten Terrarien zu machen. ›Nee‹, sag ich; ›tut mir leid, Mann. Überlegen Se doch mal, was ich für Materialkosten hab. Eh ich die nich wieder reinkrieg, fang ich gar nicht erst an.‹ – ›Sie *wern* ehr anfangen‹, sagt er. ›Werd ich nich‹, sag ich. ›Meine Herren‹, sagt der Kunde, ›beruhigen Se sich. Ich zahl Ihnen mein Terrarium sofort, und Sie sind aus m Schneider.‹ – ›Mischen Se sich hier gefälligst nich ein‹, sagt der Dings. Na, und so is es weitergegangen. Ich mein, da kann s schon mal sein, daß man n bißchen lauter geworden is zwischendurch. Stimmts?«

Sally stellte n Teller Erbsensuppe vor jeden. »Eßt, Männer; ihr braucht s.« Sie legte die Löffel daneben und setzte sich mir gegenüber; sie schwieg.

»Tja – «, seufzte Avrom.

Er sprach s Tischgebet und fing an, in seiner Suppe zu rührn. ’s war n Rührn, das einen nervös machen konnt: *so* langsam, daß sein Spiegelbild im Teller sich dauernd wieder von neuem verzerrte.

Der Löffel in meiner Hand zitterte plötzlich; rasch legt ich n hin.

»Was is –: Redet hier keiner mehr mit mir?«

»Fällt schwer, Karl.« Avrom strähnte sich abwesend n paarmal den Bart. »Zum ersten Mal nämlich, seit de dich in die Werkstatt reinschobst, deinen hinten geknöppten Kittel an und dies bonbonfingerklebrige Holzpferd im Arm, für das ich dir n Glasauge besorgen sollte, zum ersten Mal seit dreißig Jahrn haste uns heut die Wahheit verschwiegen.«

Sally hörte n Augenblick auf zu essen und starrte schluckend ihr Alpenbild an. Obwohl sie s jetz gegen s Tischbein gelehnt hatte, warf s immer noch den unruhigen goldnen Lichtreflex gegen die Decke.

»Schließ mich dem Herrn Vorredner an«, sagte sie heiser.

Erschöpft schloß Goschnik die Augen. Sein Kopf war seitlich in das Kissen gesunken. Der blau-violette Tintenstiftfleck hinter dem rechten Ohr, der nicht nur das kurzgeschorene Haar sondern auch die drunter hervorschimmernde Kopfhaut eingefärbt hatte, zwang schmerzhaft die Erinnerung an einen unwiederbringlichen Arbeitsalltag herbei.

Ich versuchte, ihm vor dem Mund das Kissen zu glätten; jedoch der würgende Hustenanfall, der jetzt den Atemrhythmus durchbrach, hatte nichts mit äußeren Hindernissen zu tun. Ich spürte, ich hatte die Wahl: Ihm zuzureden sich zu schonen, um irgendwann hinüberzudämmern oder ihn weiterhin, am Abgrund der

Wahrheit entlang, zu begleiten; auch dann, wenn er ihrem Sog nicht mehr gewachsen sein sollte und, nun aber endgültig, abstürzen würde – durch mein Verschulden, vermutlich.

Es war Avrom, der die Entscheidung traf.

»Und wer ist es nun *wirklich* gewesen, der dich in der Werkstatt da aufgesucht hat?«

Seine gewaltsam geschlossenen Lider zuckten erregt.

»Wie kannste so reden! Schön, geb zu, ihr wart in ner ziemlich miesen Verfassung –«

»Stimmt. Obwohl, vorhin hast du von ›häuslich‹ gesprochen.«

»Damit hab ich die Atmosphäre gemeint.«

»Und die spiegelt nicht auch die Gemütsverfassung derer wider, die in ihr leben?«

Mühsam blinzelnd öffnete er wieder die Augen. Das grelle Neonlicht blendete ihn; jedoch als ich es ausknipsen wollte, winkte er ab.

»Weißt genau, was ich mir für Müh gegeben hab, euch euer Leben erträglich zu machen.«

»Es war ertäglich, wenn du bei uns im Wohnkeller warst. Ging die Ladentürglocke und mußtest du raus, ist es schnell unerträglich geworden.«

»Weil ihr euch nich beruhigen lassen wolltet. Habt ja nich mal mehr richtig geschlafen; immer bloß, Nacht für Nacht, Sally im Schaukelstuhl, du auf m Kanapee rumgesessen. Daß man da überreizt wird, is doch wohl logisch. Und dabei hatten wir längst ausgemacht, ich würd hörbar die Scheibe zu Bruch gehn lassen, wenn irgendwas brenzlig wär in der Werkstatt.«

Ich starrte auf den Fußboden nieder; ich hatte erst jetzt die Chlorspuren an den Rändern der in die Fliesen gefrästen Rinne entdeckt.

»Du hast nur vergessen, Karl: *Erst* mal haben wir vor *jedem* Türklingeln gezittert.«

Er wandte gequält das eingestürzte Gesicht zu mir her.

»Aber hab s euch doch immer wieder gesagt: Wenn in den ersten zwei Minuten nach so m Klingeln nich die Scheibe zerklirrt, könnt ihr euch wieder beruhigen.«

»Und wenn du daran gehindert worden wärst, uns dies Zeichen zu geben? Und wenn auch *dir* Gefahr gedroht hätte? Schließlich kann das Unheil ja auch Zivil tragen. Und als was wär es da wohl erschienen? Als Kunde natürlich.«

»Bißchen mehr Menschenkenntnis mußte mir aber schon zutraun, Avrom. Hab sie doch überall draußen gesehn. Ich hatt doch Vergleichsmöglichkeiten. Konnt ja sogar zwischen Passanten und Mob unterscheiden. Wieviel mehr zwischen nem Kunden und denen.«

»Aber begreifst du denn nicht: Genügte doch völlig, wir bildeten es uns nur ein, daß man dich hinderte, uns das verabredete Zeichen zu geben. Brauchte in Wirklichkeit ja gar nicht zu stimmen.«

»Na, aber sollt ich euch in eurer Furcht denn jetz noch bestärken?!«

Betroffen preßte er die Lippen zusammen. Zu spät; die Bestätigung, Avrom und Sally Entscheidendes vorenthalten zu haben, war nun einmal erbracht.

Avrom holte tief Luft; er hatte vor, das auszunutzen, ich sah es ihm an. Jedoch ich kam ihm zuvor.

»Du *hättest* unsre Furcht nicht vergrößert. Im Gegenteil, Karl: Die volle Wahrheit hätte uns sicherer gemacht.«

»Ja, aber die volle Wahrheit kanntet ihr doch! Schon im Januar neununddreißig hat der Dings doch offen im Reichstag gedroht, wenn s Krieg gäb, würden eure Leute in ganz Europa vernichtet!«

»Natürlich kannten wir die; wer kannte die nicht. Aber die meine ich nicht; ich meine die andre Wahrheit, die tägliche. Mit der man sich einrichten muß. Mit der man lebt. Von der man abhängig ist. Was hast du davon, wenn wir uns sicherer wähnen als wir es in Wirklichkeit sind? Nur der Unwissende, Karl, ist wirklich gefährdet. Denn wie soll er seine Gefährdung erkennen? Nimm doch jetzt nur einmal an, wir hätten dir das mit dem Terrarienkunden geglaubt –«

Stöhnend versuchte Goschnik, den Kopf anzuheben; es mißlang.

»Aber um Gottes willen, wer hätt s denn *sonst* sein sollen, Avrom?«

»Nun –«

Der Hauswart sah sich in der Werkstatt um.

»Eigentlich ne Menge Raum, den Sie hier so beanspruchen, nee?«

Goschnik sagte, der Hauswart wisse selber, manchmal hätte man sich hier kaum bewegen können vor herumstehenden Fensterrahmen.

»Klar; November achtunddreißig vor allem; da ham ja die Juden aus m ganzen Bezirk ihre zertöpperten Fenster zu Ihnen gebracht.«

Goschnik sagte, Kunde sei Kunde.

»Würd ich *nich* direkt sagen.«

Der Hauswart betastete die Stelle, wo einst, bevor Goschnik es zugemauert hatte, zur Straße hin das Schaufenster war.

»Eigentlich aber doch wohl eher n Wohnraum hier jetz.«

Goschnik sagte, unter Wohnung verstünde er im Grunde einen etwas behaglicheren Raum.

»Logisch, daß Sie s nach hinten raus gemütlicher haben.«

Goschnik schluckte.

»Klotzen Sie nich. Sie wissen genau, daß mit der Kellerwohnung hier kein Staat zu machen is.«

»Aber dem Staat is an Wohnraum gelegen; auch wenn er mal nich *ganz* so einladend ausgefalln is.«

»Wohnküche, Abstellraum, Kammer; Wohnraum und Werkstatt –: Wo bestünd n *da* n Intresse?«

»Nu –« Der Hauswart nickte zu der kleinen bebrillten Frau hin, die die ganze Zeit, ihre abgegriffene Aktentasche an sich gepreßt, neben der Tür gestanden hatte. »Dazu sollt Ihnen vielleicht hier die Dame was sagen.«

»Veit«, sagte die kleine Frau. Sie zog nervös zwinkernd einen Aktendeckel aus ihrer Tasche und klappte ihn auf.

Jetzt sah Goschnik auch den gelben Stern an der Stelle, gegen die sie die Tasche gepreßt hatte.

»Ich komme von der Jüdischen Wohnberatungsstelle, Herr Goschnik. Wir erfassen den Wohnraum unserer Leute.«

»Hier is nichts mehr zu erfassen, Frau Veit.«

Verunsichert blinzelnd blickte sie auf.

»Nanu. Ich denk, Sie wohnen hier mit dem Ehepaar Grünbaum zusammen.«

»Der Hauswart hat Sie schlecht informiert.« Goschnik starrte mit mahlenden Kaumuskeln, am rechten Ohr des Mannes vorbei, auf einen rostigen Nagel, der aus der gegenüberliegenden Wand ragte: »Jeder im Haus hier weiß, daß die beiden Grünbaums von nem Bekanntenbesuch nich mehr zurückgekehrt sind; noch gar nich lang her.«

»Das müßt man wohl neu formuliern.« Der Hauswart kreuzte die Arme vor der Brust und lehnte sich gegen die Wand. »Das haben *Sie* im Haus hier in Umlauf gesetzt.«

»Würden *Sie* s verschweigen, wenn Ihnen zwei Menschen abhanden kämen?«

Der Hauswart kniff ein wenig die wäßrig-blauen Augen zusammen.

»Übertreiben Sie da jetz nich n bißchen, Herr Goschnik?«

»Und wenn Sie deutlicher würden?«

»*Noch* deutlicher –? Was glauben Sie, warum wir hier sind? Weil die Jüdische Wohnberatungsstelle von privater Seite n ziemlich konkreten Hinweis erhalten hat.«

»Hinweis worauf.«

»Nu –« Der Hauswart hob ein wenig die Schultern. »Mal nachzuprüfen. Ob das mit dem freigewordnen Wohnraum auch stimmt.«

Die kleine bebrillte Frau fuhr sich nervös mit den Daumen hinter die beschlagenen Gläser.

»Sie haben die Grünbaums nämlich abzumelden vergessen. So was kann leicht zu Mißverständnissen führn.«

»Ach, ich glaub, der Herr Goschnik, der versteht schon ganz gut.« Der Hauswart stieß sich mit dem Rücken von der Wand ab und trat vor die Innentür. »So, und nu lassen Sie uns den Raum doch eben mal sehn.«

Goschnik nahm den hohen, dicht neben der Tür bereitgestellten Fensterflügel auf und tat, als räumte er ihn beiseite. Es war das Signalfenster. Wenn es zerklirrte, mußten sie fliehen. Auf seinem Handrücken traten die Sehnen hervor; die stumpfen Fingernägel knirschten im Holz. Hastig ließ er das Fenster wieder los.

»Werden sich n bißchen gedulden müssen. Hab n Schlüssel verlegt.«

»Is ja ulkig. Sind doch noch eben aus der Tür rausgekommen.«

»Nur, da is *noch* eine hinter.«

»Was Se nich sagen.« Der Hauswart hob die Brauen, bis sie unter seiner Schirmmütze verschwanden. »Sie haben da *noch* ne Tür eingebaut?«

»Ich hab s gern warm«, sagte Goschnik. »Und da ich hier, wie Sie sehn, bloß ne Heizsonne hab – Außerdem steht der Geräteschrank zwischen den Türn. Doch wohl glaubwürdig, daß ich an dem mal zu tun hab. Oder –?«

Die kleine bebrillte Frau zwinkerte stärker. Sie

schraubte einen Füllhalter auf und beugte sich über den Aktendeckel.

»Also, ich schreib dann, was Ihre Untermieter betrifft: Werden nach Angabe des Wohnungsinhabers vermißt.«

Sie räusperte sich, sie war heiser geworden.

»Tun Sie das«, hörte Goschnik sich sagen.

»Und vergessen Sie die Abmeldung nicht. Daß das seine Richtigkeit hat.«

Goschnik spürte einen Stich in der Weiche.

»Sagten Sie ›Richtigkeit‹?«

Die kleine bebrillte Frau schraubte wieder den Füllhalter zu. Ihre Hand zitterte etwas dabei.

»Ich teile Ihnen hier nur die Vorschriften mit.«

»Apropos.« Der Hauswart betrachtete angelegentlich einen von Sallys alten Pantoffeln, der eingestaubt zwischen den vergessenen Bilderrahmen herumlag. »Wieso haben Sie eigentlich keinen Judenstern an der Tür gehabt.«

»Stelln Sie nich so blödsinnige Fragen. Die Bestimmung is erst seit n paar Tagen raus. Und außerdem *bin* ich kein Jude.«

»Immerhin wissen Sie, wann sie erlassen worden is, die Bestimmung. Und das, obwohl die Grünbaums angeblich verschütt gegangen sind; komisch.«

Goschnik preßte die Lippen zusammen.

»Ich denk, Sie sollten jetz erst mal stoppen.« Er ging zur Außentür und klinkte sie auf. Noch nie hatte die Ladentürklingel so mißtönend geklungen. »Wenn Ihnen nach ner Haussuchung zumut is, sollten Sie mit ner Polizeistreife kommen.«

Lächelnd ging der andre zur Tür.

»*Da* sind Sie nu wieder *nich* informiert. *Das* wird heut von ner andern Innung besorgt.« Sein Lächeln vertiefte sich noch. »Also, Sie hörn dann in Kürze wieder von mir. Los, nu kommen Sie schon, Frau!«

Die kleine bebrillte Frau preßte sich die Aktentaschen gegen die Brust und folgte ihm hastig.

»Vorsicht!« flüsterte sie leise.

Erschöpft schloß Goschnik die Tür hinter ihr. Nochmal die Ladentürklingel. Er hielt sich die Ohren zu, bis das grelle Läuten verebbt war. Betäubt ging er darauf zur Innentür. Das Zeichen. Um ein Haar hätte er das Harmlosigkeitszeichen vergessen. Mechanisch begann er vor sich hin zu pfeifen und klinkte die Innentür auf.

Lauter pfeifend, mit den langsamsten Schritten, deren er fähig war, ging er auf die zweite Tür zu und schob den Schlüssel ins Schloß. Er faßte nicht gleich; aber dann drehte die störrische Hand ihn herum, und mit knirschenden Angeln schwang die Tür in den Raum.

Goschnik schien wieder die Wand anzustarren. Das unwirklich krallige Neonlicht ließ seinen extrem kurzgeschorenen Hinterkopf wie in einer chlorweißen Glorìole erstrahlen.

Er atmete schwer.

»Also gut –: So is es gewesen. Und jetz weißte s ja auch. Aber nu überleg doch bloß mal, wenn ich euch das damals *gleich* gesagt hätt! Wo wär s denn dann geblieben, euer Geborgenheitsgefühl? Na, auf der Strecke doch, Avrom; aber hundertprozentig!«

Avrom lächelte müde.

»Du setzt da voraus, daß es *überhaupt* noch einen Anhaltspunkt gab, sich so ein Gefühl in einem entwickeln zu lassen.«

Er schluckte ein paarmal. Unter den silbern schimmernden Bartstoppeln traten einen Augenblick lang sehnig die Kaumuskeln hervor. Mit spürbarer Überwindung wandte er dann wieder das Gesicht zu mir her.

»Aber du willst mir doch nich erzählen, ihr hättet *nur* Angst gehabt im Werkstattkeller da hinten!«

Ich gab mir Mühe, mich noch einmal gegen die abgewetzte Kanapeelehne sinken zu lassen. Aber dann hatte ich es wieder im Ohr: das Scheppern von Schlomos Bleikristallvase, die im Schnörkelaufbau über mir stand.

»Sagen wir so: Es ist jetzt ständig mühsamer gewesen, die Angst zu verdrängen. Wir wußten, daß was nicht stimmte. Da wirst du dir vorstellen können, wie uns zumut war, wenn du Besuch hattest vorn.«

»Aber genau das war s ja! Das hab ich doch grade verhindern wolln! Deshalb *hab* ich s euch doch verschwiegen!«

Avrom wehrte mit erhobenen Handflächen ab.

»Du hast es uns nicht verschwiegen. Du hast uns belogen.«

»Aber aus Rücksicht doch! Aus – aus Liebe!«

»Rücksichtnahme, die Argwohn erzeugt; Liebe, die die Unwahrheit sagt –: helfen die einem?«

Goschnik schluckte einige Male. Das Atmen begann ihm Mühe zu machen.

»Aber ich hab euch doch dann, sofort nachdem der Hauswart dagewesen war, den tieferen Keller besorgt! Ich hab ihm doch, zwei Wochen drauf schon, im Oberkeller unsern alten Wohnraum gezeigt! Ihr wart weg für ihn, Avrom! Bin euch doch sogar noch abmelden gegangen, wie s mir die Frau von der Wohnberatungsstelle gesagt hat. ’s gab euch nich mehr. So, wie jetz in dem tiefer gelegnen Lagerkeller da unten, so endgültig wart ihr doch noch *nie* verschwunden!«

Avrom lächelte wieder.

»Nicht so schnell, Karl. Im Augenblick bin ich immer noch oben.«

»Na und?« Beschwörend sah er mich an. Durch die geplatzten Äderchen wirkte das fahle Augapfelweiß wie mit verwaschenem Perlmutt unterlegt. »Haste vergessen, wie ich dir da aus deinen Büchern vorgelesen hab? Wie de da wieder und wieder anfingst, n Juden aus mir machen zu wolln? Wie ich mich nächtelang dagegen gewehrt hab und dir immer wieder gesagt hab, dazu brauch ich n klügeren Kopf, bloß mit glauben wolln is da bei mir noch lang nichts zu machen? Und wie Sally jedesmal gemeint hat, wir wärn ja verrückt, jetz, wo Jüdischsein s Leben kosten könnt, überhaupt nur über so was zu *reden?* Siehste uns denn da im Werkstattkeller nich mehr vor m Schachbrett sitzen, Avrom: Tag und Nacht, denn *du* konntst ja sowieso nich schlafen, und auch *mir* fing das alles nu an, auf die Nerven zu gehn? Und Sally hat am Herd hantiert oder gestrickt oder im Schaukelstuhl gesessen und sich ihr Alpenbild angesehn und mich eines Abends doch auch tatsächlich so lang gelöchert, daß ich s ihr aufhängen sollt, bis ich ›ja‹ gesagt hab?«

»Aber hoch genug, Karl und so, daß ich s auch hier vom Herd aus ganz genau seh; haste gehört?«

»Momentchen, Sally; geht nich so schnell. Erst muß da, wo ich s hinhängen möcht, mal s Vertiko weg.«

Ich maß den vorgesehenen Platz aus und verglich ihn mit der Vertiko-Länge. Paßte genau.

Sally hörte n Augenblick auf, am Herd zu hantiern.

»Sei bloß vorsichtig, wenn de s verrückst; denk an s Geschirr.«

»Mach ich. Übrigens auch ganz praktisch, s hier in die Ecke zu schieben. Werden endlich mal die Abflußrohre verdeckt.«

Avroms leere Augen blickten ziellos an mir vorbei.

»Hör mal, wem sagst n das –: *mir?*«

»Was bist n so kiesig, Tate?« Mißbilligend sah Sally ihn an. »Bißchen mehr Gemütlichkeit im Keller, die schadt doch wohl keinem hier, oder –?«

Er lauschte n Moment auf das Kreischen der Vertikofüße, die hinter mir her über n Steinboden rutschten.

»Bei *dem* Möbel, da is mir eigentlich ehr *un*gemütlich zumut; begreift n das keiner?«

»Nee; tut mir leid.« Spinnweben noch von der Rückwand gewischt und s ganz in die Ecke geschoben. Sah bestimmt gar nich so schlecht aus, wenn s Bild dann erst hing. »Könntste nem unbedarften Menschen ja vielleicht mal erklärn.«

Sally machte mir n besänftigendes Zeichen; sicher berechtigt; hatte n bißchen herbe geklungen, eben der Satz.

Fand Avrom offenbar auch. Er schob heftig s Schachbrett beiseite, so daß n paar Figurn umfielen und beugte sich weit über n Tisch.

»Haste tatsächlich schon vergessen, wie oft ich dich gebeten hab, s auszurangiern, das erinnerungsträchtige Möbel von der?«

Mußt mir ne Zigarette anstecken, irgendwie war mir kribblig zumut. »Sollteste da eben auf Gerda angespielt haben –: laß die aus, ja?« Ich sog, so tief ich konnt, den Rauch in die Lunge. »Möcht nich mehr an sie erinnert werden, wenn s geht.«

»Nanu.« Du hobst n bißchen das Kinn, als ob de mich, unter der Hutkrempe vor, nachsichtig ankucken wolltst. »Und was tut s, das trejfe Vertiko da? Ob ich s seh oder nich –: an Gerda erinnern.«

»Nu übertreib aber mal nich.« Sally setzte n Kartoffeltopf auf s Herdloch und wischte sich die Hände ab an der Schürze. »Kann er denn mehr tun, als sich *so* zurückziehn von seiner Familie, wie er s getan hat? Er kuckt ja schon keinen von denen mehr an!«

»Hat n das mit Ankucken zu tun?« Unwillig fielste wieder gegen die Kanapeelehne. Die roten Lampionblumen in Schlomos Bleikristallvase über dir zitterten sacht. »Hier geht s um s Gedenken. Das Vertiko gehört der doch nu mal. Hier steht s. Und da –« Dein Bart zeigte n Sekundenbruchteil rüber zu mir: »– da der Karl und wird nu tagtäglich von dem Möbel gezwungen, an sie zu denken; ob er will oder nich. Warum gibt er s nich m Altwarenhändler? Warum schlägt er s nich zu Brennholz zusammen? Soll ich s dir sagen, Frau? Weil s noch ne Brücke is. Weil er meint, s verbindet n noch. Schließlich, könnt ja sein, sie erkundigt sich mal. Mit wieviel Genugtuung kann er dann sagen: ›Da, Gerda, kuck.‹ Gott, wird se sich freun!«

»Nu mach aber mal n Punkt, Avrom.« Ich stellte das Alpenbild, das ich probehalber an die Wand gelehnt hatte, wieder beiseite und kramte im Werkzeugkasten nach nem Stahlhaken rum, denn mit nem gewöhnlichen Nagel kamste in den Mörtel nich rein. »Weißt ganz genau: Ich bin fertig mit ihr. Und warum ich das Möbel nich weggeb oder zerklopp, das hat n Grund, der eigentlich auch dir einleuchten müßt: Ich verdien nich genug. Ich kann für s Geschirr nichts Neues kaufen. Na, und wie säh n das auch aus, wenn *ich*, n Alleinstehender, mir plötzlich n Geschirrschrank oder n Vertiko kaufte? In hohem Maß verdächtig säh s aus: ›Wieso braucht n der das? Ob der nich vielleicht doch die beiden Alten noch bei sich hat, von denen er immer behauptet, sie wärn weggeholt worden?‹«

»Er hat recht, Tate.« Sally strich sich ihre unsichtbare Haarsträhne unter s Kopftuch zurück. »Du machst nämlich n Fehler. Du stellst dir s Vertiko vor, wie s früher mal war. Nichts gegen zu sagen: Da sah s gepflegt und wunderbar aus; hat ja schließlich auch zur Aussteuer gehört. Aber inzwischen is mir s verkommen, weil ich s nich mehr aufpoliern konnt. Na, und nu würdste s nich wiedererkennen. Aus mit m Glanz; Scheiben kaputt; Türn verzogen; Lack blättert ab. Da, hör mal!« Sie klopfte mit m gekrümmten Zeigefinger dagegen. »Zieht sich ja sogar noch n Holzwurm dankend zurück vor so ner Möbelruine.«

Avrom hattc die Schachfiguren wieder eingepackt. 'n

Momentchen hielt er noch die Königin fest, als wollt er sich ihr Schnitzwerk einprägen; dann schob er auch sie in den Kasten.

»Weiß gar nich, was ihr wollt: Die Gerda is ja wohl auch nich grad jünger geworden. Aber fördert Älterwerden vielleicht die Harmlosigkeit?«

Ich hatte den Zigarettenstummel vergessen, er versengte mir beinah die Lippen. Hastig drückt ich n aus und schnippt n ins Herdfeuer rein. »Zum letzten Mal: Laß n aus hier, den Namen; kann ihn nich mehr hörn!«

's Feuer fing gleich wieder an, mir n Blick wegzusaugen; ich starrte noch n Augenblick rein. Rotblond, wie ihr Haar, die Flackerflammen da drin; hat sie ja sogar noch dem Jungen vererbt.

»Möcht n Ball ham, Mamma! 'n Ball möcht ich ham!«

Gerda kramt n aus m vollgestoppten Einholnetz und wirft n ihm hin.

»Da haste das Ding. Aber schmeiß n nich wieder so weit, daß n der Pappa nich finden kann dann.« Sie läßt sich in s Gras falln und starrt n Moment in den Himmel. »Schön hier am Waldrand, Karl; nich?«

Lausch n Moment auf das ferne S-Bahngeräusch, das sich Richtung Wannsee zwischen n Stämmen verliert.

»Herrlich, ja –«

»Was is n?« Sie hebt argwöhnisch n Kopf. 'ne rotblonde Strähne weht ihr über die Stirn. »Woran denkst n schon wieder?«

»Ich denk dran, wie gut s Sally und Avrom jetz tät, sich auch mal so sorglos in der Sonne zu aalen.«

»Sally und Avrom!« Jäh setzt sie sich auf. »Haste eigentlich auch noch was andres im Kopp als die in ihr m Keller da unten?«

'ne Raupe kriecht mir s Hosenbein hoch. Macht ne

Brücke und streckt sich, macht ne Brücke und reckt sich, das Tier.

»Ja«, sag ich: »Mutter und dich in der sonnigen Wohnlaube draußen.«

Empört steckt sie sich die Bluse rein in den Rock; dabei sitzt das alles tipptopp.

»Ach, soll ich dir für die Bruchbude da vielleicht auch noch Miete zahln, ja?«

»Beruhig dich, wenn s geht.« Ich schmeiß dem Jungen den Ball wieder zu und vergrab sein Schokoladenpapier. »Ich tu, was ich kann; das weißte genau.«

»'n Dreck weiß ich. Du könntst hundertmal mehr für uns tun. Aber nee –: Hast ja die beiden Alten am Bein.«

»Sorg für euch und für die. Wieso schließt das eine das andre aus?«

Sie hat auf einmal ganz rote Wangen gekriegt; sieht richtig hübsch aus mit den grünen Augen zusammen.

»Na, Mensch, weil wir deine Familie sind, und das da sind Juden!«

Hab plötzlich n Geschmack im Mund, als hätt ich an Messing geleckt.

»Das Wort noch mal in so ner Betonung, und ihr seid s letzte Mal mit mir draußen gewesen.«

Heini steht vor mir auf einmal. Ballt die Fäuste; zieht n fordernden Flunsch.

»Möcht ne Fahne ham, Pappa. 'ne Fahne möcht ich!«

»Hab keine Fahne.« Wend mich zu Gerda hin; die kuckt durch mich durch. »Woher hat er n *den* Tick nu schon wieder?«

Sie läßt mich erst n Augenblick warten.

Scheint n Gewitter geben zu wollen; vom Schlachtensee her is n Grummeln zu hörn, und auch der Regenruf von nem Buchfinken steigt da immer mal wieder irgendwo auf. Und jetzt is auch Gerda soweit.

»Mutter hat n neulich in der Stadt mitgehabt, als die Olympischen Spiele losgingen. Da haben ihm die Fahnen so n Eindruck gemacht.« Sie fährt ihm über s plustrige Haar. »Nimm n Stück Zeitung und piek s auf n Ast; geht auch mal zur Not.«

Der Junge versteift sich; ihm zittert s Kinn.

»Möcht kein Ast. Will ne Fahne ham. 'ne Fahne möcht ich!«

»Liegt alles voll Kienäppeln«, sag ich; »spiel doch mit denen.«

Er stampft mit m Fuß auf; auf den winzigen Fäusten sind die weißen Knöchel zu sehn.

»'ne Fahne ham! Will ne Fahne ham!«

Mir kribbeln die Handflächen.

»Schick n weg; der macht mich nervös.«

Erregt sieht sie mich an. »Ja, so biste: was dich nervös macht, das schiebste beiseite!« Sie nickt ihm ihr strenges Lächeln rüber. »Spring, mein Kleiner; lauf! Such den Ball.« Dann bin *ich* wieder dran: »Mensch, n fünfjähriges Kind!«

'n Buntspecht flitzt ne abgestorbene Birke rauf. Hat n Kiefernzapfen im Schnabel. Wie er ne Astgabel erreicht hat, klemmt er n ein und fängt an zu hacken.

»Sally und Avrom hatten auch mal n Kind; die Rachel. Hab sie sehr gemocht.«

»Und warum haste *die* nich geheiratet?«

Mit hochgezognen Brauen sieht sie mich an.

»Ging nich; gestorben.«

Sie schluckt.

»Kann man nur wünschen, daß de Mutter und mir auch mal so n Andenken bewahrst.«

Der Wind hat gedreht. Man kann die Autos hörn auf der Avus.

»Glaub nich, daß ich euch überleb.«

'n Augenblick lang preßt sie die Lippen zusammen; ganz blutleer auf einmal, ihr blasses Gesicht.

»'n Wunder wär s *nich.* Schon, wie de da unten so haust –!«

»Ich haus nich, ich *wohn* da.«

»Ja.« Ihre fein gezupften Brauen steigen noch n Stück höher. »Zwischen Glaserschamott und ausrangierten Klamotten. Von zwei ollen Leutchen betütert, wo der eine nichts sehn kann und die andre –«

»Schluß.«

Ich steh auf und zieh mir s Jackett wieder an.

Sie verstaut die Thermosflasche im Netz.

»Wenn de wenigstens ordentlich eingerichtet wärst. Aber außer mei'm Vertiko haste ja nichts.«

»Schick dir das Ding gern wieder rum.«

»Nee, nee; laß man. Reicht schon, daß mich s Doppelbett und die Anrichte dauernd an unsre Hochzeit erinnern. Los, Heini: komm.«

»Was ich sag.« Avrom nickt beharrlich. »Wenn s *der* schon mit der Erinnrung so geht, wieviel mehr dir.«

Erschöpft blickt Sally zur Decke.

»Mann, willste denn noch immer nich kapiern, daß Karl an dem Ding gar nich hängt! *Ich* bin s doch, die s Geschirr da reingestellt hat. Und wo hätt ich s denn sonst auch hintun solln, hm? Vielleicht die Teller für s Milchige mit n Fleischtellern zusammenstelln und mir nachsagen lassen, sie wärn maklig geworden, und ich hätt se entweiht? Na, oder s Festtagsgeschirr –: Soll ich das auf n Fußboden stelln?«

»Oi oi oi!« Schobst dir seufzend den Hut auf die Nasenwurzel.

»Was für ne gesetzestreue Frau hab ich doch, wenn s um so n ausrangiertes Goi-Möbel geht!«

Grade wollt Sally dir Kontra geben, da schlug sie sich plötzlich die Hand vor n Mund.

»Gott, was hab ich gesagt! Als ob wir jemals wieder n Festtag begingen!«

»Nu, nu.« Ächzend standste auf und hast dir im Hin-

und Hergehn n bißchen die Beine vertreten, wobei de s schlafwandlerisch vermiedst, dem Vertiko näher als zwei, drei Meter zu kommen. »Sally, jetz versündigste dich. Was wär denn passiert, hätten die Juden nach der letzten Tempelzerstörung nich mehr feiern wolln, hm? Aufgeschmissen wärn se gewesen; im Eimer mit all ihrm Glaubensgehorsam. Schließlich, was heißt n feiern?« Avrom blieb dicht vor ihr stehn; *so* dicht, daß Sally rasch die Gelegenheit wahrnahm, ihm n paar Staubfussel vom Mantel zu lesen. »Gedenken und Aneignen heißt es.« Er schlug ihr ungehalten die Hand weg. »Sollteste dir lieber zu Gemüt führn, statt n in Ehrn ergrauten Menschen mit dei'm Rumgefummel marode zu machen. Ich mein: *Wann* hätten wir n *das* beides schon mal nötiger gehabt? Das heißt –« Bedenklich kratzte er sich unter m Hut: »Wolln da mal lieber nich so anmaßend sein.« Er schob mich beiseite und kramte abwesend im Werkzeugkasten rum. »Sag s lieber so: Wir haben s mindestens ebenso nötig, wie die Israeliten vom letzten Tempel s hatten. Also haben wir s heute auch nötig zu feiern. Und hier«, sagte er und reichte mir n angerosteten Stahlhaken rüber, den ich übersehn hatte, weil er zu unscheinbar war, »hier haste auch was, um dies elende Bild aufzuhängen.«

»Also, ›elend‹ –« Sally preßte die Lippen zusammen, sodaß ihre silbernen Schnurrbarthärchen sich sträubten; »ich denk, das sollteste lieber zurücknehmen, Mann.« Sie bückte sich keuchend und stellte das Bild vor sich hin auf n Tisch. Den schweren Oberkörper auf den goldfunkelnden Rahmen gestützt, sah sie Avrom mit angewidert geblähten Nüstern herausfordernd an. »Und dann darf ich dich vielleicht aber doch noch auf n Unterschied aufmerksam machen.« Sie lauschte n Augenblick ner kehligen Nachrichtensprecherstimme im Haus, dann strich sie sich wieder die unsichtbare Strähne unter s Kopftuch zurück. »Damals – zugegeben –, da is das *ein* Tempel gewesen. Vor vier Jahrn aber, Avrom, da haben in dem Land hier, von dem de im alten, im gelobten Galizien immer gesagt hast, da gibt s so was nich, über *hundert* gebrannt; Synagogen genauer, damit de mich richtig verstehst; na, und von unsern vielen tausend demolierten Wohnungen und zerstörten Geschäften mal lieber erst gar nich zu reden.«

»Ja und –?« Avrom ließ sich wieder auf s Kanapee fallen, aus dessen Spiralen n dumpfer Harfenton aufstieg. »Seit wann darf s in Heimsuchungszeiten kein Pessach, kein Schawuot, kein Laubhüttenfest, keinen Jom Kippur mehr geben? *Grade* mußte dich da auf die gebotnen Feste besinnen. Wie könnt man denn sonst Anteil nehmen an'nander? Wo sollt man ihn denn *sonst* herkriegen, den Trost?«

»›Trost‹! Wenn ich so was schon hör!« Sally zog sich die Ärmelkante über n Handballen und wischte ne Trübung vom Goldrahmen weg. »Und wo is das, was de so nennst, an dem Abend geblieben, wo se hier reingestürmt kamen und ham die Fenster, die Spiegel vorn in der Werkstatt zertrümmert und die Schaufensterscheibe eingeschmissen und s Geschirr an den Wänden zertöppert?«

Schienst erst n Moment die Luft anzuhalten, Avrom. Dann hat man dich zögernd wieder ausatmen hörn.

»Der Trost«, haste mit so ner merkwürdig brüchigen Grammophonstimme gesagt, »der Trost, Sally, liegt darin, daß uns seither nichts Schlimmres passiert is.«

»Scherben.« Sie schob fröstelnd die Hände in die Steppjackenärmel. »Alles voll Scherben; nu kuck dir das an.«

Avrom versuchte, die Außentür ranzuziehen. Sie sperrte.

»Gewissenhaft *sind* se: Sogar die Fenster zertrampelt, die Karl heut früh, weil se fertig warn, rausgestellt hat.«

»Die müssen auf Glas ne besondre Wut haben.«

»Logisch. Is ihnen zu ätzend, zu hell und zu klar. Durch Glas kannste durchsehn; wo kämen die da hin.«

»Glück bloß, daß wir hinten in der Wohnküche warn, als se kamen. Nich auszudenken, hättst vorn noch hantiert.«

Avrom fing an, mit der Müllschippe die Glassplitter in die bereitgestellten Eimer zu schippen.

»Wenn s nach Karl gegangen wär, hätten wir durch s zugemauerte Hoffenster gemußt.«

Sally hatte sich den Wurzelbesen aus dem Geräteschrank geholt. Doch die Scherben lagen zu dick auf, sie waren kaum zu bewegen. »Geht aber nich immer nach Karl.« Sie tauschte den Besen gegen die Schneeschippe aus und half Avrom, die Eimer zu füllen. »Wo er bloß is, möcht ich wissen.«

»Mich mußte fragen. Hab ihm immer gesagt, er soll mit m Kassiern nich erst abends anfangen.«

»Vielleicht hat n einer mit in ne Kneipe genommen, und sie haben sich festgequatscht da.«

»Kannste mir nich erzähln. Karl hat n Organ, wenn was los is. Is doch nich bloß *uns* heut passiert.«

Sally schob sich das Kopftuch hoch, es war ihr auf die Augen gerutscht. »Du meinst –?« Nervös zwinkernd sah sie ihn an.

»Ich mein gar nichts.«

Sie arbeiteten schweigend. Ein eisiger Novemberwindhauch wehte durch die zertrümmerte Schaufensterscheibe herein. Die kahle Glühbirne, über der der Porzellanschirm zerschlagen worden war, schwang hin und her und ließ Avroms und Sallys Schatten mal aufgetürmt, mal zusammengestaucht über die weißgekalkte Kellerwand gleiten.

Eine Kirchturmuhr war draußen zu hören.

»Dreiviertel drei.« Avrom nahm zwei der scherbengefüllten Eimer auf und schob mit der Schuhspitze die

Außentür auf. »Also, jetz möcht man *doch,* daß er käm.«

Sally nahm die beiden anderen Eimer, und sie trugen sie ächzend die muldig getretene Kellertreppe hinauf.

»Dabei könnt er im Augenblick auch nich mehr tun, als uns beim Scherbenschleppen zu helfen.«

»Und uns die Angst um ihn nehmen.«

»Auch wieder wahr.«

Sie kippten die Scherben am Rinnsteinrand aus und sahen sich um.

Das Haus schlief. Nirgendwo in den Straßen ringsum war ein Fenster erleuchtet. Nur die Gaslaternen hatten ihre kalten Lichthöfe ins Dunkel gefräst. Das Kopfsteinpflaster war regenfeucht, verzerrt und schattig gebuckelt hielt es um die verschnörkelten Masten herum noch einmal das Laternenlicht fest.

»Was für n Land!« Sally mußte sich anstrengen, den Unterkiefer stillzuhalten, dauernd wollte er ihr gegen die obere Zahnreihe schlagen. »Hat doch jeder im Haus mitgekriegt.«

»Na und–?« Avrom zerrte sich die Hutkrempe tiefer, sie sollte ihm den Blick auf die brandgeröteten Wolkenbänke verwehren, die, in Nachtschwarz getaucht, reglos über dem Stadtzentrum hingen; es gelang aber nicht, sie begannen ihm schon auf der Netzhaut zu brennen. »Glaubst doch nich etwa im Ernst, n Zeuge hätt die auch nur ne Sekunde behindert.«

»Wer redt denn von ›hindern‹. Irgend n Wort. ›Mensch, Mensch, Frau Grünbaum!‹ Oder so was. Und wenn nur n paar jetz hier rumstehn würden – meinetwegen auch schweigend.«

Avrom fühlte einen Stich in der Weiche. »Komm, komm.« Er legte ihr hastig den Arm um die Schultern und zog sie dicht an sich heran. »Mußt mit deinen Forderungen nich so unverschämt sein. Wieder mal typisch jüdisch, was de da verlangst.«

Der Wind war stärker hier oben. Er zauste die schwarzen Fransen von Sallys Umschlagtuch und ließ sie unter dem dunklen Geflatter jetzt auch den Widerschein der Brände erkennen, die im Stadtinnern tobten. Sie fror.

»So ne Verschwendung –! Alles voll Feuer. Und wen wärmt s? Einzig n Himmel.«

»Müssen die Kaufhäuser sein; Israel, Wertheim und Tietz.«

»Bestimmt auch die Synagogen mit bei.«

»Glaub ich nich, Sally.« Er nahm die Eimer auf und versuchte, Sally behutsam zur Treppe zu drängen. »Komm; is nichts für dich, hier draußen. Bleib du jetz mal unten. Das Scherbenauskippen, das besorg ich.«

Widerstrebend, immer mal wieder zum Stadtinnern hin blickend, stieg sie hinter Avrom die Kellertreppe hinab. Es sah merkwürdig aus, ihn in die grell erleuchtete, total zerstörte Werkstatt treten zu sehen. Noch nie, nicht mal im ausgebrannten Lagerschuppen des Tate Abramovicz, den die Ukrainer angesteckt hatten, war ihr die Umgebung um Avrom so fremd, so wenig zu ihm passend erschienen wie hier. Woran lag das? Vielleicht daran, daß Avrom die letzte Zeit kaum mehr mitgearbeitet, nur noch über seinen Büchern gesessen hatte. Die übrigens unversehrt geblieben waren zum Glück, denn er hatte sie, wie eigentlich immer nach der Lektüre, in der schweren Truhe verschlossen, die, von den ausrangierten Matratzen getarnt, im Abstellraum stand. *Das* war es: Hier waren nicht Avroms, hier waren *Karls* Räume zerstört worden. *Deshalb* wirkte Avrom zwischen den umgestürzten Schränken, den herumliegenden Fensterrahmen, den kaputtgeschlagenen Spiegeln und zwischen all den Splittern und Scherben jetzt auf einmal so unbetroffen, so fremd.

Sally hörte einen Augenblick auf zu schippen und starrte abwesend auf Avrom nieder, der wieder in die

Hocke gegangen war und mechanisch mit der Müllschippe hantierte. So hatte er einmal vor der Synagoge mit einer Zahnbürste das Pflaster reinigen müssen.

»Tate«, würgte sie heiser hervor.

»Sallyleben, was is.« Mühsam lächelnd richtete er sich auf. »Wird noch ne ganze Weile knirschen, wenn wir uns hier bewegen; meinste *das?«*

»Das auch.«

Unsicher sah er sie an.

»Und was noch?«

»Das galt nich uns.«

»Noch mal.«

Hastig strich Sally sich ihre unsichtbare Haarsträhne weg.

»Avrom: Was brennt da draußen?«

»Komm, frag mich das nich.«

»Ich frag dich noch mehr.« Sie holte tief Luft. »Ich frag: Wenn se *unsre* Werkstätten und Geschäfte kaputtmachen wolln –: wieso machen se dann auch dem *Karl* sein Geschäft kaputt? Schließlich: Aus der *Glaserei Grünbaum* is doch längst die *Glaserei Goschnik* geworden!«

Avrom ließ sich schwer auf den herausgerissenen Wandschrank fallen. Die Hand, mit der er sich den Hut in den Nacken schob, zitterte leicht.

»Hast ja recht! Hab ihm s Geschäft doch schon lang überschrieben!«

»Siehste. Und arbeiten tuste doch auch kaum mehr mit.« Sally reckte das Handgelenk aus dem Steppjakkenärmel und wies rings in den Raum: *»Warum* also das alles hier, hm?«

Avrom schluckte. Sekundenlang vertieften seine haarigen Wangentäler sich noch.

»Hast doch nich etwa n Verdacht –?«

»Hör mal: Hast du n vielleicht nich?«

Sie lauschten erschrocken. Draußen hatte eine Katze gekreischt.

»Du meinst –«

»Ich mein, daß es jemand ganz Bestimmtes gibt, der Karl hier auf Biegen und Brechen raushaben will.«

»Und da glaubste, s genügt, der Jemand geht zu denen da hin und –«

»Allemal«, sagte Sally.

»Hör auf!«

Keuchend versuchte Goschnik, den Kopf anzuheben; doch es gelang ihm nicht mehr, wie sehr sich die flechsigen Halsmuskeln auch mühten. Und so wandte er nur wieder sein fahles, eingestürztes Gesicht zu mir her.

»So darfste nich reden!«

Er schluckte mühsam einige Male; aber das hechelnde Atemgeräusch blieb so rauh, wie es war.

»Gut, ich – ich war nich bei euch, die Nacht. Is n arges Versäumnis gewesen; geb s ja zu, Avrom. Hab mich ganz einfach ablenken lassen. Weißt ja, wie das so is, wenn man kassiert. Keiner will zahlen, doch jeder will reden. Aber man konnt ja nich voraussehn, was kam. Bin ja am selben Tag noch mit m Fahrrad nach Lichtenberg raus und rüber nach Hohenschönhausen gefahrn; Nebel am Stadtrand; erst nachmittags kam die Sonne kurz raus. Was kuckst n mich so durchdringend an? Brauchst dich doch nur an die Treibhäuser der Gärtnerei zu erinnern, die haste doch auch schon n paarmal verglast. Sind meistens die Kinder, die die Dächer zertöppern; das heißt, gleich hinter m Eingang, da war auch n riesiger Ast draufgefallen. Trauerweide; die brechen manchmal mittendrin weg; viel zu weiches Holz für die schweren, tiefhängenden Zweige. Ausweichen, wieso? Ich weich doch nich aus. *'türlich* wohnt die Gerda in Hohenschönhausen; bestreitet doch keiner. Hab ja Mutter und ihr die Neubauwohnung am Stadtrand, gleich gegenüber der Laubenkolonie da, selber

besorgt; weißt doch, wie sie immer drum gebarmt haben, die Frauen. Na, und nu bitt ich dich, überleg: Eben noch so n lang gehegter Wunsch in Erfüllung gegangen – und *da* soll sie sich, statt dankbar zu sein, zu *so* was hinreißen lassen? Avrom, wo bleibt da die Logik.«
Sein Atemrhythmus brach ab; er schien, wenn auch mit äußerster Anstrengung nur, dem quälend monotonen Geräusch der Wassertropfen zu lauschen, die dem undichten Hahn entquollen und hart und resonanzlos im Becken aufschlugen. Bis der rasselnde Atem von neuem einsetzte.

»Nich, siehste ein –: Hast dich geirrt. Klar, man kann ihr ne Menge zutraun, gar keine Frage; und bestimmt auch ne Menge Unangenehmes; und sie konnt auch nachtragend sein und hat schon immer n ungeheures Bedürfnis nach Ausgleich, nach Balance gehabt. Konnt bis zu ner Art Rache gehn oft. Doch irgendwo hat s dann auch wieder ne Grenze in ihr gegeben, so n schlafwandlerischen Instinkt, der ihr gesagt hat, was geht und was nich. Hat sie von ihrm Vater gehabt, der n Arbeiter war. Denn politisch, Avrom, is se immer tacko gewesen.«

»›Politisch‹ –!« Verächtlich zogste die Mundwinkel runter. »Was is n das, Karl. Wofür is n das ne Gewähr? Dafür, daß se dich *so* akzeptiert, wie de bist? Dafür, daß se nich mitmacht, was *alle* heut machen?«

Ich hörte n Augenblick auf, die Wand nach ner Stelle abzuklopfen, wo man den Haken reinhaun konnte.

»Zumindest *dafür,* daß sie ne kaputtgeschlagne Werkstatt nich billigt.«

Sally sah abwesend ihr Alpenbild an.

»Und wieso ging die dann trotzdem zu Bruch?«

»Na, den Namen ›Judenglaser‹, den hatt ich ja nu wohl mal weg.«

»Bloß, den muß man kennen, Karl. Auf den muß man draufgestukt werden.« Avrom rutschte an die Tischkante vor, um besser gestikuliern zu können. »Jetz sind se aber nachts gekommen. Da sind die Straßen leer. Die Denunzianten pennen. Keiner mehr unterwegs; niemand, der sie dir hätt auf n Hals hetzen können. Was ergibt sich daraus?«

Sally hatte auf der Rückseite ihres Alpenbildes n Spinnennest entdeckt. Behutsam löste sie s ab und ließ die Spinne an nem silbern funkelnden Faden auf n Fußboden gleiten.

»Daraus ergibt sich: Die wußten *vorher* Bescheid. Die hatten n Ziel. Die sind von jemand aufgeklärt worden.«

»Oder wenn de s *noch* genauer wissen willst: Da hat ne Verbindung bestanden zwischen denen und dem. Denn erst muß so was ja wohl mal gemeldet wer'n; oder –?«

»Hör zu, Avrom«, hört ich ne fremde und störrische Stimme da sagen, »ihr vergeßt, glaub ich, eins. Ihr vergeßt, daß ich mal mit ihr verheiratet war, und daß es dafür ne Voraussetzung gab.«

Avroms Lachfältchen um seine leblosen Augen vertieften sich noch.

»Klar gab s die: 's war n Kind unterwegs.«

Mußt mich ne Sekunde gegen s Vertiko lehnen, hatt auf einmal so n an- und abschwellendes Brausen im Ohr. Weit weg hört ich mich sagen:

»Weißt ganz genau: War alles schon *vorher* geplant.«

Avrom nickte so heftig, daß Schlomos Bleikristallvase auf m Kanapeeaufbau ins Rutschen geriet.

»›Geplant‹ is der richtige Ausdruck. Denn sie wollt nich nur dich, Karl; sie wollt auch Besitz.«

»Hat se eigentlich von Anfang an schon gehabt«, sagte Sally: »die herrische Tour.«

Ich holte tief Luft.

»Ihr seht sie *heute*. Braucht euch aber doch nur zu

erinnern: *Damals,* da is sie n richtiges tolles Mädel gewesen; handfest und herzlich: mit Gefühl und Verstand.«

Avrom blies verächtlich die Luft durch die Nase.

»Verstand haben die alle; deswegen *geht* s uns ja heute so schlecht.«

»Und Gefühle«, sagte Sally und wischte, obwohl er längst blankgeputzt war, mit dem Steppjackenärmel an ihrm Bilderrahmen rum, »Gefühle gibt s viele; denk bloß mal an Haß.«

»Aber versteht ihr denn nich –: So is sie *heute!* Wir haben uns doch damals *geliebt!«*

’s war n Moment lang so still, daß man nur das Tappen gehört hat, das die Zehen vom Kanarienvogel erzeugten, wenn sie, beim unruhigen Rumgehopse im Käfig, die hölzernen Stängchen umgriffen.

Dann Avrom. Er keuchte.

»Das mußte noch *mal* sagen, Karl.«

War n Sonntag. Wir warn nach Siemensstadt rausgefahrn und hatten uns, unterhalb von dem schotterbestreuten Treidelpfad, den die Spaziergänger langflanierten, am Spreeufer unter so n alten Holunder gesetzt. Die Spree war hier reguliert; man sah die großen, lose aufgeschütteten Steine, die auch n Teil der Uferböschung bedeckten, mit wehenden Algenmähnen noch tief unter m Wasserspiegel verschwinden.

Gerda hatte sich an meine Schulter gelehnt. Wir starrten ins rostfarbige Wasser und lauschten auf die Ziehharmonikamelodie, die der Wind, mal leiser, mal lauter, aus der Laubenkolonie rüberwehte.

Sie seufzte.

»Ob de s glaubst oder nich, Karl: Die Tränen könnten mir kommen bei so ner Musik.«

»Mach kein’ Unsinn! Dann komm lieber hier weg.«

»Nee, nee; is ja schön, so traurig zu sein.«

»Weiß nich.« Sah sie besorgt von der Seite her an. Zartes Gesicht, bißchen blaß. Grüne Nixen-Augen. Lippen wie Kolibriflügel. »Also, fröhlich wärste mir lieber.«

»Is ja auch keine richtige Trauer. Mehr so ne Art Heimweh oder Sehnsucht oder so was.«

»Sehnsucht –? Nach *was* n.«

»Nu –: Nach Leben.«

»Na, Mensch, aber du lebst doch!«

»Gott, ja–. Bloß noch nich richtig. Ich mein, da fehlt doch noch allerhand. Findste nich?«

»Ich sitz neben dir, und da sagste, daß dir was fehlt?«

Sie strich sich ne rotblonde Strähne weg aus der Stirn. In der Holunderdolde über ihr glänzten die ersten schwarzen Beern.

»Merk schon: muß dir s erklärn.« Sie blickte mit zusammengekniffnen Augen ner Libelle nach, die schräg über n Flußspiegel schoß, plötzlich steil aufstieg und in dem ätzenden Blau da oben verschwand. »Weißte, was mein heißester Wunsch is?« Sie rückte n Stück von mir ab und umschlang ihre Knie.

»Ich hab *gedacht,* daß ich s wüßt; aber nu –«

»Ich wünsch mir ne Neubauwohnung mit dir.«

»Das is alles –?«

»Und ne schöne helle Glaserwerkstatt für dich; und für mich ne Laubenparzelle.«

»Kleine Fische, Gerda.«

»Raus aus der Fabrik, weißte. Nie mehr für andre arbeiten müssen.«

'n Zug klirrte über die Eisenbahnbrücke. Ihr Zittern pflanzte sich über die rußgeschwärzten Backsteinfundamente ins Erdreich rein fort und sprang in die Steine unter n Sohlen, man konnt s bis in die Kniekehlen rauf spürn; und auch m Wasser teilte das Zittern sich mit: Von dem Pfeiler, der in der Flußmitte stand, und an den ne Insel aus Schilf und Konservenbüchsen angetrieben war, schauerte richtig so ne Art Gänsehaut über den öligen Flußspiegel hin.

»Du, Gerda.«

»Was is.«

»'n Jahr noch, dann nimmt mich der Avrom mit rein ins Geschäft. Als Teilhaber, mein ich. Das heißt, ich hab natürlich auch jetz schon bißchen was beiseite gelegt. Wenn s auch noch nich reicht für ne Laubenparzelle. Aber könntst ja bei meiner Mutter wohnen zuerst.«

Sie hatte auf einmal zwei rosa Flecke auf n Wangen.

»›Zuerst‹, Karl? Meinste damit –«

»Na, kennen uns doch nu lang genug. Findste nich auch?«

»Anderthalb Jahre. Denkste wirklich, das reicht?«

»Käm drauf an.«

»Großer Gott, Junge –!« Sie legte mir die Arme um den Nacken und zog mich dicht zu sich ran; so dicht, daß ich in ihrn grünen Pupillen die winzigen Goldpartikelchen sah. »Mensch, haste dir denn das auch gut überlegt?«

»Nu bitt ich dich, Mädel. Mach schließlich dies Jahr meinen Meister. Mit zwoundzwanzig –! Stell dir vor.«

»Ich weiß, daß de tüchtig bist, Karl.«

Sie küßte mich flüchtig.

»Ja und –? Was zögerst n dann?«

Sie starrte abwesend zum andern Ufer rüber. Schwarze, stille Kanäle führten da in grausilbernes Weidendickicht und schattige Brennesselfelder, aus denen verrottete Kräne aufragten; und auf nem gewaltigen, Teer ausschwitzenden Lastkahn dazwischen raste n schmuddliger Spitz, den ne runterstoßende Schwalbe aufgescheucht hatte, kläffend die Laufplanke lang.

Fiel ihr schwer, n Blick wieder vom Ufer drüben zu lösen.

»Weiß nich. Denk an die Grünbaums. Wär denn denen das recht?«

»Hör mal. Brauch die doch wohl nich erst vorher zu fragen! Bin schließlich mein eigner Herr. Oder –?«

Sie preßte n Moment lang die Lippen zusammen. »Trotzdem.« 'ne dünne, steile Kerbe hatte sich zwischen ihren fein geschwungnen Brauen eingegraben. »Ich nähm dich den beiden doch weg. Vergiß das nich, Karl.«

»Komm, komm; nu übertreib aber nich. Würd doch den Avrom nich aufsitzen lassen.«

Abwägend sah sie mich an.

»Kann sein, daß *er* siegt; na, schön: Dann läßte *mich* eben hängen.«

»Gerda, wie redst n du plötzlich?«

Sie lächelte streng.

»Wie eine, die liebt und weiß, sie muß konkurriern.«

»So n Unsinn.« Mir war auf einmal danach, n flachen Stein über s Wasser tanzen zu lassen. Als Kind hatt ich so immer s Schicksal befragt. Wenn er zweimal s Wasser berührte, hatte man ne reelle, wenn er s dreimal berührte, ne außergewöhnliche Chance. Was drüber lag, wog mögliche Pechsträhnen auf. Doch es lag kein flacher Stein rum. »Klingt ja grade so, als müßt ich mich zwischen dir und den Grünbaums entscheiden.«

»Irgendwann mußte s auch mal. Hast dich ja auch zugunsten der Grünbaums gegen deine Mutter entschieden.«

»Das is was andres«, sagte ich schnell.

»Liebe is Liebe; stimmts?« Sie sah mich ernst und aufmerksam an. »Ich kenn dich, Karl: Du hast n großes Herz. Aber s haben nich zweie drin Platz.«

»Was willste: Die Grünbaums *sind* ja schon zwei.«

»*Die* sind eins.«

»Du machst n Rückzieher, Gerda.«

Die rosa Flecke auf ihrn Wangen färbten sich rot.

»Ich n Rückzieher –? *Ich* –?!«

»Nee –? Schön. Dann antwort mir jetz: Willste, ich soll dich heiraten oder nich?«

Vom andern Ufer her war n Augenblick deutlich das pergamentene Sirren der Libellenflügel und s monotone Zirpen ner Baumheuschrecke zu hörn. Und dann setzte, mit nem quengligen Seufzer, auch wieder die Ziehharmonika ein.

Gerda warf die Haare zurück. Schön sah sie aus in der warmen Nachmittagssonne.

»Ich will s. Ich will, daß de mich heiratest, Karl.«

Sally stand auf und blies hustend in die Herdasche rein.

»Statt so viel zu reden, sollteste lieber endlich mein Bild aufhängen, Karl.«

»Tu das, ja.« Avrom fuhr sich mit n Fingern im Kragen rum, sein Hand zitterte n bißchen dabei. »Lieber die Alpen, als *so* n Spree-Panorama.«

»Sag dir doch: Die *Beskiden* sind drauf.« Sallys Stimme klang heiser. »Wenn de dir vorstellst, daß de da raufsteigst, kannste bei klarem Wetter garantiert bis Stanislav kucken. Doch toll, nee –?«

's Feuer flackerte wieder; Sally hatte n paar kostbare Späne von der alten Apfelkiste auf die Asche gelegt. Jetz schob sie noch n Kohlenanzünder nach und streute n paar Brikettkrümel drauf. Tat gut, ihr bei so was Praktischem zuzusehn.

Ich nahm wieder n Haken und n Hammer vom Tisch. Vielleicht hatt ich *jetz* mit m Abklopfen Glück. Obwohl, s stand mir ja bloß noch n Drittel Wand zur Verfügung, direkt vorteilhaft hätt s Bild da eigentlich nich mehr gehangen.

Merkwürdigerweise hat aber schon der erste Hammerschlag ganz anders geklungen. Vorhin hatte an keiner Stelle auch nur s leiseste Echo druntergelegen; jetz war da auf einmal ne regelrechte Hallresonanz.

Ich schlug n bißchen Putz ab und trieb den Haken in

die Mörtelnaht zwischen den Steinen. Weiß noch, wie enttäuscht ich war, nich *mehr* Kraft aufwenden zu müssen, war überhaupt kein richtiger Widerstand da.

»Komisch; und ich dacht immer, daß hier, zum Nachbarhaus hin, ne Brandmauer wär.«

Sally zuckte ungeduldig die Schultern.

»Gottes Namen –: Läßte s eben. Kann s ja zur Not auch auf s Vertiko stelln. Hauptsache, hab s immer vor Augen.«

»Nich doch, Sally; bin ja schon drin.«

»Na, bitte: Echte Leistung von Karl.«

Avrom hörte auf, sich fröstelnd die Oberarme zu reiben.

Ich merkte: mußt jetz was tun. Mit aller Macht schlug ich noch mal auf n Haken. Aber hatt n Winkel wohl falsch genommen, denn der Hammerkeil rutschte ab und traf mit aller Wucht auf n Stein, und der brach raus und fiel in die Öffnung dahinter, und als ich n wieder rauslangen wollt, da war da n endloses Loch, und ich hab mit der vollen Armlänge ins Leere gegriffen.

Kriegte erst n ziemlichen Schreck. Schließlich, n Loch zum Nachbarkeller in die Wand gehaun haben und nu erst wieder n Stein einmörteln müssen, daß man von drüben die frische Nahtstelle sah, und drunter hätt auch noch der rausgebrochne Backstein gelegen – das fehlte jetz noch.

Aber da roch ich den fauligen Biergeruch plötzlich und den süßlichen Duft, den die vermodernden Fässer ausströmten, und da wußt ich auf einmal, wo s hier neben uns hinging: in die zugemauerten Lagerräume der alten Eckkneipe drüben.

Goschnik nahm es als Fügung. Und vielleicht war es auch eine. Immerhin waren ja noch nicht einmal zwei Wochen vergangen, daß der Hauswart angedroht hatte wiederzukommen. Obwohl, man hätte auch ›Zufall‹ sagen können. Oder man hätte auch sagen können: Bisher hatte Goschnik es eigentlich anders geschildert. Bisher schien er, was die Inbesitznahme jener tiefer gelegenen ehemaligen Lagerräume betraf, nach einem zäh verfolgten, unglaublich schwer in die Tat umzusetzenden Plan vorgegangen zu sein. Und jetzt also war da, beim Versuch, ein Bild aufzuhängen, lediglich ein Backstein nach innen gefallen, und die Erkundigungen, die Goschnik daraufhin einzog, nahmen sich obendrein noch derart günstig aus, daß er tatsächlich sogar von der Voraussetzung ausgehen durfte, die zugemauerten Lagerräume seien kaum noch einem der Hausbewohner bekannt. Den Wirt natürlich ausgenommen, einen schweren, schwer an der Zeit leidenden Mann, von dem Goschnik behauptete, daß er sich seit dem dreißigsten Januar dreiunddreißig systematisch totzutrinken versuche. Doch seine Konstitution war seiner Gesinnung im Weg; er stand nun nur immer hinter der Theke, den verschwimmenden Blick auf die ständig geöffnete Türe gerichtet, als erwarte er, wenn schon der Tod nicht einträte, so doch wenigstens der Freiheit ein Bier abzapfen zu können. Goschnik hatte ihn schon immer gemocht, ohne es ihn allerdings je spüren gelassen zu haben. Jetzt genügten etliche Schnäpse, und es war klar, der Wirt würde nie daran denken, die zugemauerten Lagerkeller wieder zu nutzen. Es war ihm zu beschwerlich geworden, die Fässer so tief zu lagern; sie standen, wie er Goschnik mit Genugtuung zeigte, seit seine Frau ihn verlassen hatte, in der geräumigen Küche herum. Da er, ähnlich wie Goschnik, nur von seinen, ihm auch gesinnungsmäßig nahstehenden Stammkunden zehrte und es sich, was die Stadtrandlage betraf, wahrhaftig nicht gerade um eine florierende Geschäftsgegend handelte, bestand in absehbarer Zeit auch nicht die Gefahr eines Verkaufs, bei dem man die unterirdischen Lagerräume ja wohl hätte mitberücksichtigen müssen. Goschnik ging also nicht das mindeste Risiko ein, als er behutsam die Mauer zu durchbrechen und die acht hinabführenden Stufen zu mörteln begann. Die einzige Schwierigkeit, die sich ergab, bestand darin, Avrom und Sally zu überzeugen, daß sie, jene acht Stufen tiefer, sicherer seien. Aber da er sich auf die Drohung des Hauswarts berufen mußte, der versprochen hatte wiederzukommen; und da er sie an ihre Angst erinnern konnte, die sie ja schon vor dem Scheppern der Ladentürglocke, geschweige vor den Besuchern hatten, die es ankündigte, willigten sie widerstrebend ein. Ja, Sally half sogar, wenn auch, wie sie ausdrücklich betonte, unter Protest, die Räume zu säubern, zu weißen. Dann noch den Luftschacht gemauert, die Behelfstoilette installiert, den Ofen, den Herd angeschlossen, und es blieb nur noch übrig, die Rückwand des Geräteschranks, der den Mauerdurchbruch abdecken sollte, in eine lautlos gleitende Schiebetür zu verwandeln. Dann war es soweit. Die Betonfußböden mit Sisalläufern und aufgeschnittenen Säcken belegt, die Möbel aufgestellt, und exakt zu Pessach zogen Sally und Avrom hinab.

»Ob de s mir glaubst oder nich: Seh den Seder-Tisch, den Sally uns da unten zum Pessach-Beginn bereitet hat, noch ganz genau vor mir. Die drei Mazzefladen, jeder in eine von den schönen alten Servietten vom Tate Abramovicz eingewickelt. Die Petersilienbäumchen in Rachels altem Zahnputzglas. Das Salzwassernäpfchen. Die Untertasse voll Meerrettichflocken. Das Schälchen Latwerge oder wie das Zeugs heißt, dies Mus aus Äpfeln, Nüssen und Zimt, das Sally mit Wein angerührt hatte. Der Hammelknochen mit dem gebacknen Fleisch dran. Das hartgesottene Ei. Und der Wein. Drei Flaschen für uns, ein Glas für n Propheten Elias. 's war

Tischmittelpunkt und hat genau neben der ruhig brennenden Seder-Kerze gestanden. Ich hatt s dir damals zu sagen vergessen: Über dem Glas, Avrom, hat n ganzen Abend lang n kleiner goldgelber Kreis an der frisch geweißten Kellerdecke gezittert. Sicher, kannst sagen, daß es der Widerschein des Weins war im Glas für n Propheten Elias; wär aber auch möglich gewesen, man hätt ne Art Stern drin gesehn; weißte, so einen, wie n die Rachel, *auch* mal an nem Seder-Abend, aus Goldpapier ausgeschnitten und auf die Rückenlehne von ihrm Rollstuhl geklebt hat.«

»Wieso hat n der keine Zacken.«

»Is n besondrer Stern.«

»Logisch. Das seh ich. Aber *was* für n besondrer.«

»'n Leuchtkugelstern, wie n der Motek immer nachts aus m Schützengraben gesehn hat. Den gibt s auch als Orden.«

»Wofür hast n den dann gekriegt.«

»Na, Tapferkeit vor m Feind, Mensch!«

Ich zog n bißchen den Kopf ein und kuckte mich um. Die Lampe war abgedunkelt. Sally hatte n Seder-Tisch fertig gedeckt; sie war grade dabei, die sieben Kerzen anzustecken im Leuchter. Sah schön aus, ihr helles, warmes Gesicht und die schwarzen Locken drum rum. Avrom war auch schon da. Er hatte sich, Hände in den Hosentaschen, mit ausgestreckten Beinen auf s Sofa geflezt und sah Sally abwesend zu.

»Seh kein' Feind.«

»Blödkopp. Ich mein die Ägypter!«

»Warum nich auch gleich die Eskimos dann?«

Rachel mußt lachen.

»Los, fahr mich zum Tisch. Wirst s schon noch kapiern.«

Schob sie langsam und bedächtig durch s Zimmer.

Ihr Haar roch nach Zimt. Alle paar Schritt spiegelten sich die Kerzen in ihrn Beinschienen wider, und jedesmal zuckte der Widerschein wie n Wetterleuchten über ihr schattiges Puppengesicht.

»Nu kommt, Kinder.«

Sally und Avrom hatten sich schon gesetzt; sie kuckten ernst und gesammelt in das flatternde Kerzenlicht.

Direkt aufregend war s *nich,* was auf m Tisch stand. Bis auf den Wein. Avrom sprach n Segen über den gefüllten Gläsern und schob dann jedem eins hin. ’s fünfte hat er neben den Teller mit den eingewickelten Mazzefladen gestellt.

»Das is für n Propheten Elias, der n Messias ankündigt, wenn Not herrscht auf Erden.«

»Aber is doch Krieg, Onkel Grünbaum; genügt n das nich?«

»Krieg is schlimm, Karl. Aber s gab Schlimmres; und da is er *auch* nich erschienen.«

»Erzähl mal.«

Erwartungsvoll ruckelte Rachel sich in ihrm Rollstuhl zurecht.

»Nu –« Avrom schob sich n bißchen den Hut aus der Stirn und kniff, um sich besser konzentriern zu können, die Augen zusammen. »Im Krieg, da kannste immer noch um dich schlagen, wenn einer dich angreift. Aber was sollste machen, wenn dich die Fronarbeit drückt, und überall stehn die Sklavenaufseher mit ihrn Nilpferdpeitschen und striem’n dir n Rücken mit dem geknoteten Riemen, bloß weil de mal ne Portion Lehmziegel nich schaffst?«

»Sauerei.«

»Bitter wie die Petersilie hier«, sagte Sally und tauchte so n gekräuselten Strienz in das vor ihr stehende Schälchen, in dem se vorher n paar Eßlöffel Salz aufgelöst hatte. »Probiert mal.«

Wir machten s nach und kauten das Zeug n Moment.

Hat furchtbar geschmeckt. Und ich kriegte auch sofort n Hustenanfall.

Avrom nickte. »Genau das war s, worauf die Ägypter s abgesehn hatten: Atemlos sollten wir werden unter dem Zwang. Hier –« Er schob uns ne Untertasse voll geraspeltem Meerrettich hin. »So scharf sind se gewesen, die Herrn Oberaufseher da.«

Rachel steckte sich n paar von den Meerrettichflocken in den Mund, und schon quolln ihr die Tränen unter n blinzelnden Lidrändern vor; da braucht ich se eigentlich nich *auch* noch zu kosten.

»Wie lang *ham* se euch denn unterdrückt, die Ägypter?«

»Wirst s nich glauben wolln, Karl.« Sally ächzte: »Vierhundertdreißig Jahre genau.«

»Ich werd verrückt!«

»Nich?« Avrom beugte sich erregt zu uns her über n Tisch. »Und nu stellt euch vor: Die ganzen Jahre lang bloß Lehmziegel für die geknetet und Häuser und Getreidesilos gebaut; und obendrein ihnen auch noch die Felder bestellt und Zisternen gebuddelt.«

»Na, aber doch *sonntags* wenigstens frei!«

»Kein bißchen. Noch nich mal für n allerbescheidensten Gottesdienst Zeit.«

»Bloß, eines Tages ging s los.« Rachel räusperte sich, sie war heiser geworden. Die beiden feinen Linien, die von ihrn Nasenflügeln zu n Mundwinkeln liefen, verschärften sich noch: »Denn nu kamen die Plagen.«

»Und dann«, sagt ich, »dann war ja da auch noch der Dings.«

»Genau.« Avrom nahm behutsam sein Weinglas vom Tisch. Der Kerzenwiderschein, der sich drin brach, tanzte ihm flirrig unter der Hutkrempe lang. »Und *dem*, würd ich sagen, danken wir jetz –: Auf Moische! Daß er uns so wohlbehalten rausgeführt hat!«

»Sei'm Andenken zum Segen!«

Sally stieß mit uns an.

Der Wein hat erdig geschmeckt, er war sauer und kalt. Schwer vorzustelln, daß der Prophet Elias ausgerechnet *unser* Glas austrinken sollt.

Plötzlich stand Avrom auf; *so* plötzlich, daß es erst aussah, als käm sein Schatten nich nach. Ich kuckte besorgt an ihm hoch; ich glaub, so fremd war er mir, mit dem schwarzen Bart und dem Hut, noch nie vorgekommen. Er hatte die Seder-Schüssel, auf der die drei Mazze-Fladen noch lagen, in beide Hände genommen und hielt sie, vielleicht ne Sekunden lang, so vor sich hin. Dann hat er auf einmal mit ner ganz neuen und feierlichen Stimme gesagt:

»So, wie die Mazzot hier auf der Schüssel, so warn auch die schnell gebacknen Brote beschaffen, die wir mitgenommen haben aus m Fronland Ägypten. Trokken und ungesäuert sind sie gewesen, und trocken und ungesäuert essen wir sie daher auch heute. Wer hungert, is eingeladen; jeder mag kommen: Wir feiern s Überschreitungsfest heut. Dies Jahr noch hier, s nächste in Jerusalem schon. Wir feiern Pessach mit allen: Dies Jahr noch gebunden, s nächste schon frei.«

'n Augenblick blieb er mit der erhobnen Schüssel noch stehn. Der Schatten hatte sich nu wieder an ihn gewöhnt; die sieben jetz stetig brennenden Kerzen im Leuchter gaben ihm ne messerscharfe Kontur.

»Amen«, sagte da Sally.

Avrom setzte sich wieder. Er schien ziemlich weit weggewesen zu sein, s dauerte ne ganze Weile, eh sein Blick wieder unter die Hutkrempe zurückgekehrt war.

Rachel sah ihn angestrengt an. Sie hatte sich vorgebeugt, der runde Goldpapierstern auf der Rückenlehne des Rollstuhls funkelte flammend. Doch; s wär zu verstehn gewesen, wenn sie n verliehn bekommen hätt; bestimmt war s gar nich so einfach, die ganze Wüstenwandrung lang mit diesen Beinschienen im Rollstuhl zu sitzen; da möcht man doch mitlaufen, mal n Baby tragen, mal n Lamm; oder vorrennen, um nach n paar Palmen oder ner Oase Ausschau zu halten.

Sie räusperte sich.

»Tate, s Brot.«

Avrom zuckte kaum merklich zusammen. »Hast recht.« Er brach von der mittleren Mazze was ab und legte vor jeden von uns so n Stückchen Wüstenbrot hin. »Aber beeilt euch. Eßt s mit geschlossenen Augen, damit ihr sie seht. Denn gleich müssen wir weiter mit unsren Buckelrindern, den Ziegen und Schafen.« Er schob sich auch selber n Mazzestück in den Mund. »Nu macht schon! Da löst sich ne Staubwolke vom Horizontrand. Wenn das man bloß nich die Ägypter mit ihrn Kampfwagen sind!«

»Wieso«, sagt ich; »ich denk, die warn froh, daß ihr endlich weggemacht seid.«

»Warn se auch, Karl; zuerst jedenfalls. Nämlich, da hatten se noch mit all den Toten zu tun. Aber als sie se dann begraben hatten, und auch das Vieh und all die Hühner und Hunde und Katzen, da kriegten se plötzlich ne ungeheure Wut. ›Rache!‹ schrien sie überall auf n Straßen; ›Rache –! Wir wolln ihnen nach!‹ Na, was Beßres konnt dem Pharao jetz gar nich passiern. Zwar is auch sein Sohn unter den Toten gewesen, und er hat auch um ihn geweint. Aber was ihn am meisten gefuchst hat: daß er die billigen Arbeitskräfte nu los war. ›Gott–! Was heißt Gott?!‹ schreit er die Sternkucker an, die ihn warnen. ›Wer soll mir denn jetz meine Städte baun? Da warn die doch fabelhaft, die Ebräer. Los, Kampfwagen anspannen! Hauptleute: Antreten lassen! Mir nach!‹«

»Stop mal, Onkel Grünbaum.« Ich schob aufgeregt n Leuchter beiseite, und n Moment lang war s Wohnzimmer mit nichts als unsern wirr durch'nanderzuckenden Schatten gefüllt. »*Was* haste da eben gesagt? –: Tote hat s gegeben? Sogar tote Hunde und Katzen?«

Rachel tippte sich mit m Zeigefinger gegen die Stirn und verdrehte die Augen zur Decke.

»Na, er hat doch in ner einzigen Nacht alle Erstgebornen getötet!«

»Wer.«

Ich starrte erschrocken zum Fenster. Vor der Dunkelheit draußen hatte sich eben die Gardine gebläht.

»Nu, wer wohl.« Avrom hob n bißchen die Schultern und ließ sie dann sacht wieder fallen: »Der Ewige, Karl.«

»Was denn –: *persönlich?!*«

Sally und Avrom sahn einander an. Sally hatte die Unterlippe vorgeschoben und wiegte bedenklich n Kopf hin und her.

Aber Rachel kam ihr zuvor.

»Na, klar, Mann. Steht doch extra geschrieben: ›Ich selbst und kein Engel.‹ Willste s denn *noch* deutlicher haben?«

»Nee«, hört ich mich da weit weg irgendwo sagen; »nee, nee, laß mal –: genügt.«

Sally zog hastig ihr Glas zu sich ran; man hätt denken können, daß es ihr jemand wegnehmen wollt. »Immerhin hat er damit n Maßstab gesetzt.« Sie wischte den übergeschwappten Wein mit der Handkante vom Tisch und sah Avrom, unter m tiefsitzenden Kopftuchrand vor, aufsässig an. »Oder etwa *nich?*«

Avrom hörte auf, sein Mazzestück zu zerbröseln.

»'n Maßstab –? Was meinste n damit.«

»Damit mein ich, daß man den ja wohl jetz auch irgendwo *anlegen* müßt.«

»Dafür is er da. Woran dachtest n so.«

Sally strich sich erst ihre unsichtbare Strähne unter s Kopftuch zurück.

»An heute«, sagte sie dann.

’s war n Augenblick lang im Keller so still, daß de deutlich den Holzwurm in der Truhe gehört hast. Er hatte den Umzugsschock überwunden; tickte nu wieder wie n Uhrwerk, da drin.

»Gott wächst, Sally; sollteste eigentlich wissen.« Fröstelnd rieb sich Avrom die Schultern. War noch ne Sorte von Kälte drin in den Wänden, gegen die kam s Herdfeuer nich an. »Damals, da hat er noch Schreckgesichte gebraucht. Da is er in n Dornbusch gefahrn, da hat er in der Feuersäule gewohnt. Da hat er uns doch grad erst erwählt. Da mußt er uns nich nur helfen; da mußt er uns doch auch imponiern. Denn wir ham ja auch noch andre Götter gekannt im Fronland Ägypten. Gegen die mußt er doch erst mal was tun.« Avrom lauschte. In der Wand nebenan schien ne Leitung zu liegen, man hörte s Wasser da rauschen. Er konzentrierte sich wieder. »So; und worauf kam s ihm also jetz an?«

Sally starrte mit zusammengepreßten Lippen auf n Astloch in der Tischplatte.

»Ich will keine Belehrung, ich will n Beweis.«

»’n größren Beweis als die Lehre kannste schlecht kriegen.«

»Ihr habt Ihn so flach diskutiert, daß Er zwischen zwei Buchdeckel paßt. Na und? Wofür is das n Beweis?«

»Ich hab von damals gesprochen.« Avrom schob ungeduldig die Seder-Schüssel beiseite, sie war ihm beim Gestikuliern im Weg. »Damals, da mußt er *Macht*beweise erbringen: Plagen schicken, Hälse zudrücken. Persönlich, ja. Denn kannste n Gefangnen mit der *Idee* von der Freiheit begeistern? Nee; die Idee von ihr, die hat er allein. Sondern *was* brauchste, mit m Joch auf m Nacken? Fluchthilfe brauchste. Einen, der notfalls auch zuschlägt; einen, der dich ernährt; der n Meer teilt.«

»Ja und –?« Als könnt s Avrom sehn, wies Sally mit ner weit ausholenden Geste rings in den Raum: »Is das vielleicht *kein* Gefängnis hier unten?«

Mir gabs n Stich.

»Wenn die Freiheit *draußen* wär, hättste recht. Aber s is umgekehrt, Sally: Sie is mit uns im Keller.«

»Sie is da, wo ich sie mir schaff.« Avrom richtete sich auf. Jetz, wo er mit m Oberkörper ins Alpenbild ragte, hat er auf einmal fast n Kopf größer gewirkt. »Das *is* es doch, was er uns inzwischen gelehrt hat: Uns frei zu fühlen – eingeschlossen in seine Gesetze. Denn wir sind ja *mit* ihm gewachsen; oder *an* ihm, genauer. Wir brauchen keinen Würgegott mehr. Er kann jetz auf Taten und Wunder verzichten. 's darf ihm genügen zu *sein.*«

»'n Gott, der nich hilft –!« Sally zerrte keuchend an ihrm Kopftuchknoten rum unter m Kinn. »Was will n der noch hier?«

»›Hier‹ –? ›Hier‹ is gut.« Avrom schob sich blinzelnd den Hut aus der Stirn, der Krempenschatten schien ihn beim Denken zu störn. »Frau, wenn er noch um uns wär, säh s anders aus auf der Welt.«

»Ach nee –« Sally kniff argwöhnisch die Augen zusammen: »Er is gar nich hier?«

»Das merkste erst *jetz*?« Avroms leblose Augen starrten leer durch Sally hindurch. »Er lebt in der Verbannung. Er möcht gern wieder von da zurück. Er will seine Einwohnung haben. Im Wort hat er se schon; denn s Wort wurd ja Geist. Jetz braucht er se bloß noch in uns.«

»Nur gegen Tausch.« Sally knipste mit Daumen und Zeigefinger den schwarzgerußten Kerzendocht ab. »Erst soll er die Welt retten; dann nehm ich ihn auf.«

Die Kerzenflamme stieg fast um s Doppelte an; Avroms Schatten reichte jetz bis zu den Schneegipfeln rauf.

»Du vergißt bloß, daß er sie ja nur in *dir* retten kann.«

»Was denn –« Sally kam heut aus m Staunen nich raus: »Dann hätt *ich* Verantwortung für *die* Welt!?«

»Zumindest hat er sie an uns weitergegeben.«

»Ach. Und *er* hat nu *keine* Verantwortung mehr?«

»Das *is* es ja: 's is trotzdem seine geblieben. Deshalb geht s ihm ja jetz in der Verbannung so schlecht: Weil er sich aus unsrer Verantwortung nich rauslösen kann.«

Sally ballte die Faust um ihr Glas.

»Na, was *macht* er so n Quatsch!«

Das Fältchengewirr um Avroms Augenwinkel rum vervielfachte sich.

»Also, *so* schlimm is es nu auch wieder nich. Immerhin profitierste ja auch davon.«

»Komm, komm; mach n Punkt.«

»Na, *haste* n Freien Willen gekriegt oder nich?«

»Ich hab ihn. Aber hab mich ja wohl nich nach ihm gerissen. Schließlich hatt ich ursprünglich vor, mich nach *seinem* zu richten.«

Avrom ächzte.

»Seiner is deiner. Frau, wann wirste das endlich verstehn?«

»Und was is, wenn ich mich *gegen* ihn wend?«

»Nu –« Avrom hob ein wenig die Schultern: »Muß er auch *das* akzeptiern. Is ja dein freier Entschluß.«

Sally nahm einen von den Petersilienstengeln, die in Rachels altem Zahnputzglas standen, tauchte ihn in Salzwasser und kaute n Weilchen drauf rum.

Im Herd summte n Scheit; langsam fing s an, gemütlich zu werden hier unten.

Sally räusperte sich, ihre Stimme hatte plötzlich n Sprung.

»Und wenn die *andern* sich gegen ihn wenden?«

»Wie«, fragte Avrom; *»wie* tun sie das.«

Der Kopftuchzipfel, der Sally im Nacken wegstand, zitterte leicht.

»Na, zum Beispiel inde m sie die, die er sich auserwählt hat, verfolgen; indem sie sie schinden.«

»Dann is er *unter* denen, die er auserwählt hat. Dann läßt er sich *mit*schinden, Sally.«

»Und da sagste, Gott wächst?« Sie strich sich n paarmal die unsichtbare Strähne unter s Kopftuch zurück. Sie schluckte. »Wo er in Ägypten sogar *die* mit umgebracht hat, die uns gar nichts getan haben, Mann?! Weißte, was *ich* da sag? Ich sag da, Gott schrumpft. Er zieht sich in deine elenden Bücher zurück.«

Langsam sackte Avrom wieder zusammen. Plötzlich wirkte er zerbrechlich und alt. Er holte tief Luft.

»Offenbart is offenbart, Sally; ob im Buchstaben, ob in der Tat.«

»Ich les aber nich; ich *leb!*«

»Gott liebt auch n Analphabeten im Wort.«

»Gottes Liebe –!« Sally zog die Mundwinkel runter. »Wem nützt die im Deportationszug?«

Avrom schluckte; 's Atmen strengte ihn mehr und mehr an.

»Gott gedenkt. Zugunglücke und so was läßt er n Zufall besorgen.«

»Und –?« Sally vergaß wieder, daß Avrom nichts sehn konnt und wies mit ner weit ausholenden Armbewegung auf die Seder-Schüssel, die Petersilie, den Wein: »Gedenken *wir* nich? Hier –« Sie hob das Glas für n Propheten Elias empor, sodaß der Wein auf die Tischplatte tropfte: »Sogar an seine Leute ham wir gedacht. Aber nee –« Heftig setzte sie s Glas wieder ab: »Noch nich mal *die* schickt er uns.«

»Frau«, sagte Avrom; »weißt genau: Elias kommt erst, wenn er n Messias verkündet. Und der Messias hält sich bis zu dem Tag verborgen, an dem wir glauben, s nich mehr aushalten zu können auf Erden.«

»Hat er aber ganz schön n Anschluß verpaßt.«

Sally war heiser geworden. Hastig stand sie auf und rückte auf m Herd die Töpfe zurecht. Irgendwie war mit ihrn Schultern was los, sie zuckten so komisch.

»Sally –«, sagt ich.

Sie drehte sich um. Die Tränen hatten unter jedem

Auge n krummes Wimperntuschrinnsal in den gepuderten Wangenhügel gefräst.

»Schon gut.«

»Was weinste –?« Angestrengt lauschend beugte sich Avrom zu ihr hin über n Tisch. »Gibt s nich schon Tränenbäche genug auf der Welt?«

»Ich heul nich. Meine Augen schwitzen nur n Zorn aus.«

»'s is Pessach, Sally.« Ich steckte mir ne neue Zigarette an der alten an und warf den Stummel ins Herdfeuer rein. »Da könntste mal friedfertig sein.«

»›Friedfertig‹! Der eine hält n Messias zurück und der andre schwätzt mir Friedfertigkeit auf!« Sie fuhr sich mit m Jackenärmel über die Augen, die durch die verschmierte Wimperntusche jetz eulenhafter wirkten denn je. »Ja, kapiert denn hier niemand, worauf ich rauswill?«

Avrom nickte.

»Auf n Zeitpunkt, wo er hätt kommen solln. Aber was auch immer de nennst: Die Zeit, die is noch nich da.«

»Ach.« Sie stützte sich schwer auf n Tisch. »Und der November achtunddreißig –: Die Toten da –? Die ausgebrannten Wohnungen –? Die kaputten Geschäfte –? Und all die tausend von unsern Leuten, die se hinterher abgeholt haben –?«

Auf Avroms Hand, die s Weinglas umfaßt hielt, traten die Knöchel vor.

»Schlimm; ganz schlimm. Aber für n Messias kein Anlaß. Denn wir wissen s ja heut: s is erst der Anfang gewesen. 's is aber die *Endzeit,* die ihn aus der Verborgenheit reißt.«

»›Endzeit‹! Ich hör immer ›Endzeit‹!« Sally fiel wieder auf ihrn Stuhl. »Fast zweihundert Synagogen ham hier damals gebrannt! Was soll s n da noch Endlicheres geben?«

Die Zigarette zog nich mehr, ich trat sie aus.

»Komm, Sally; beruhig dich.«

»*Du* hast s nötig!« Sie zog mir die Schulter weg und sah mich schluckend von der Seite her an. »Wo warste denn an dem Abend –: Etwa bei uns –?!«

Ich schluckte; hatt plötzlich wieder so n Messinggeschmack auf der Zunge.

»Du redst, als wär das alles gestern gewesen.«

Avroms Brauen stiegen zur Hutkrempe rauf.

»Wenn s n ewiges Jetz gibt, Karl – und das *is* so –, dann hört nich nur s Heute, sondern auch s Gestern nich auf.«

»Aber ihr könnt doch nich ne Sache, die gut dreieinhalb Jahre zurückliegt, hier nu auf einmal aufwärmen, als wär se *heute* passiert!«

»Nee –?« Sally kniff n bißchen die Augen zusammen: »Und warum nich, Karl?«

»Na, weil se vorbei is! Erledigt.«

Bedenklich zog Avrom n Hals etwas ein. »Weiß nich, ob ›erledigt‹ s richtige Wort dafür is. Kuck mal –« Er nahm n langen Schluck Wein: »Daß der Moische uns aus Ägypten weggeführt hat, liegt dreieinhalb*tausend* Jahre zurück. Trotzdem feiern wir s heut. Und *da* sollt man sich nich auch mal an die Nacht vom neunten auf n zehnten November erinnern?«

»Da war s wieder, das Datum.«

Goschnik hustete keuchend. Von den winzigen roten Bläs'chen, die sich in seinen Mundwinkeln gebildet hatten, lösten sich einige und zerstoben im neonkranken Nachmittagslicht. Schweratmend holte er Luft.

»Immer wieder kamste auf diesen neunten November zurück. Warum nur, Avrom; warum? Klar war das n furchtbarer Tag; ich mein, bestreitet ja keiner. Na, und von der Nacht natürlich erst gar nich zu reden. Bloß, was sollt denn nu *ich* mit all dem zu tun haben, hm;

sagste mir das mal vielleicht? Nee; du schweigst. Du hast s mal wieder nich nötig zu reden. Aber einen ansehn, als hätt man sonst was gemacht. Du sollst aufhörn, mich so anzukucken! Hätt ich etwa voraussehn solln, was dann da alles passiert is? Von wem willst n so was verlangen? Doch nich von mir. ’n Attentat in Paris, na und –? Habs n Zeitungsjungen ausrufen hörn, früh am achten, als ich am Antonplatz unten, vor m Ufa-Kino den Schaukasten da repariert hab. Irgendwie, in dem Zusammenhang, dann auch n jüdisch klingenden Namen gehört; so ähnlich, Avrom, wie deiner geklungen; irgendwas mit ›Grün‹ drin vorn oder so. Ja, richtig, und ›Herschel‹ wurd er gerufen. Aber das is auch alles gewesen. Wirklich; brauchst gar nich so die Brauen zu heben. Sag doch selber: Was hätt ich n *sonst* noch mitkriegen solln? Ihr habt ja am neunten dann auch nichts geahnt. Sally hat doch n ganzen Vormittag lang noch mit der Rosa Genauer getratscht. Die kam doch rum, die hätt doch sonst auch was gewußt. Aber nee, *niemand* hatte ne Ahnung, auch der Wirt in der Eckkneipe nich, wo ich n Bier gezischt hab, so gegen elf. Na, und dann haben wir ja noch zusammen Mittag gegessen, erinnerste dich? Kohlrouladen hat Sally gemacht; drei warn angesengt, hast ganz schön geschnauzt. *Was* mach ich? Ablenken –? Ich –? Kannste mir vielleicht mal sagen, *wovon?* Na, erklär dir doch: Is n Tag wie jeder andre gewesen, der neunte – zunächst.
Dann? *Wie* dann. Dann hab ich mich auf s Fahrrad geschwungen und bin, Anhänger voll Glas hintendran, erst nach Lichtenberg raus und dann rüber nach Hohenschönhausen gefahrn. Weißt s vielleicht noch: In der Patzenhofer-Brauerei warn n paar Scheiben kaputt, und in Hohenschönhausen war s die Gärtnerei Mielitz gewesen; vorn, s Treibhaus, genauer; da hatten die Kinder s Dach eingeschmissen, und so n Trauerweidenast war auch draufgefallen. Wieso ich dann nich – Mensch,

Avrom, was sollt ich n um *die* Zeit schon bei euch zu Hause? Hatt doch noch fünf Rechnungen offen in Hohenschönhausen. Werd doch nich wahnsinnig sein und die nich kassiern. Weißt doch genau, wie wir immer von der Hand in n Mund gelebt haben. Wir ham die Penunse doch bitter gebraucht; grad jetz, im November. Wo nu auch noch die Kohlen dazukamen. Na, und der Lebensmittelvorrat; wie hätt ich n den vervollständigen solln, hätt ich nich so pedantisch kassiert? Avrom, sag. War doch auch an *dem* Abend wieder n zahlungsunfähiger Kunde dabei. Mußt man doch einkalkuliern, so was. Schön, er hat mich zu nem Schnaps eingeladen. Aber nu sind ja zehn Minuten Kneipe noch nich direkt n Vergehn; oder –? Radio –? Doch, ja: lief eins, da drin. Übertragung aus München, irgendso n offizieller Klimbim; richtig: ›Gedenktag der Nationalen Erhebung‹ oder wie sie ihrn neunten November, wo se zur Feldherrnhalle marschiert sind, da nennen. Ja, *der* hat auch gesprochen, der Dings; hab n gleich beim Reinkommen an der Stimme erkannt. Nee, noch nichts von gesagt; bloß so s Übliche, kennst ja den Ton. Was is n; was kuckst n mich wieder so an? Nich doch; wirklich nur n Schnaps lang in der Kneipe gewesen. Klar: längst dunkel dann draußen. Is richtig; an sich wär ich jetz fertig gewesen. Na, aber dann dacht ich, wo de nu schon mal hier bist; schließlich doch bloß n Katzensprung bis zu ihr ran. Immerhin schon drei Briefe gewesen, die sie mir wegen dieser Unterhaltssache geschickt hat, erinnerst dich doch. Und hätt ich da jetz vielleicht warten solln, bis sie mir mit m Anwalt gedroht hätt? Wär ja wohl s letzte gewesen, in unsrer Lage. Schwierig eben jetz nur, wieder Kontakt aufzunehmen, Denn nu, wo ich ihnen die Neubauwohnung in Hohenschönhausen besorgt hatt, lag ja eigentlich weiter kein Grund vor, noch mit'nander zu reden. Und was Mutter betraf, mit der war ich ja sowieso schon aus'nander. Aber was sollt man machen? Also auf s Rad, Dynamo an, los.«

Schweratmend, das ausgehöhlte Gesicht zur Decke gewandt, schloß er die Augen. Eine Fliege umkreiste ihn summend: Die ersten Sendboten kamen. Ich scheuchte sie weg.

Er hustete wieder. Dann sprach er weiter: hastig, keuchend, leise – als hörte der, vor dem er sich in acht nehmen zu müssen glaubte, ihm nicht ohnehin zu.

»Die Laubenkolonie gegenüber, die kannt ich. Die Siedlung allerdings, zu der auch *ihr* Neubaublock gehörte, war neu. Einfallsreich jedoch warn die Architekten nich grad gewesen: Hatten stur Kasten neben Kasten gesetzt, bloß immer so ne Art Bleichrasen mit n paar Pappeln dazwischen. Und an einer von denen also nu s Rad angeschlossen und zum Hauseingang rüber. Zum Glück war noch auf. Schöne rote Sisalläufer auf n Treppen, und überall noch aufregend nach frischer Farbe gerochen. Vier Stock hoch, da war s. Komisches Gefühl, kann ich dir sagen, auf einmal auf so m fremden Türschild deinen eignen Namen zu lesen. Und da hörste s nach m Klingeln auch schon dahinter rumorn: Lichtschalterknipsen, Schritte kommen ran, am Kuckloch fummelt was rum, und dann hört man ne argwöhnische Jugendstimme.«

»Wer is n da, hm?«

»Ich bin s«, sag ich.

»Kenn kein Ich.«

»Karl«, sag ich; »Karl Goschnik, dein Vater.«

»Moment.«

Die Schritte noch mal. 'ne Tür knarrt. Die Schritte sind weg.

»Is der Dingsbums«, sagt die Jungensstimme.

»Nu weiß man s ganz genau«, hör ich die Stimme von Mutter.

Gerda lacht.

»Glaub, ich weiß, wen er meint.«

Sie muß Pantoffel anhaben. Steht plötzlich in der offenen Tür.

»Nett, daß de mal mit rankommst.«

Auf ihrm rotblonden Haar funkelt s Korridorlicht; sie trägt s kürzer jetz, bubikopfhaft.

Geh hinter ihr her. Alles neu; auch die Anrichte in der Küche, auch der Brotkasten drauf; auch der Tisch und die Stühle.

»Ratenzahlung«, sagte Gerda; sie lacht. Auch ne Neuanschaffung, dies Lachen.

»'n Abend«, sag ich zu Mutter.

Die spuckt auf s Eisen; sie bügelt.

Heini hat sich wieder über sein *Neues Universum* gebeugt. Er sitzt am Küchentisch. Ganz schön gewachsen, der Junge.

Gerda sieht, wie ich zur Tür rüberkuck; da is s Oberlichtfenster zersplittert. Sie lacht.

»War n Streit; Mutter hat die Tür zugedonnert.«

»Hätt s euch gern repariert. Aber hab alles Glas heut verbraucht.«

Gerda winkt ab. Ihr Lächeln is unverändert. Nur die Mundwinkel sind schärfer geworden. Und die Augen machen noch *immer* nich mit.

»Laß man. Gibt ja auch noch andre Glaserein, stimmts? Ich mein jetz: *normale.*«

Gar nich einfach, so ne Anspielung zu überhörn. Schluck erst n paarmal.

»Und worum is es gegangen?«

»Um mich«, sagt Heini, ohne n Kopf anzuheben. Is n Querschnitt durch n Schlachtkreuzer oder so was, was er sich da betrachtet.

Gerda steckt sich ne Zigarette an.

»Rauchste auch eine mit?«

»Später vielleicht. Und was war los mit dem Jungen?«

Sie bläst n Rauch gegen die Decke.

»Er is Mutter zu spackig, zu blaß.«

»Verweichlicht is er.« Sie stellt heftig s Bügeleisen ab auf m Herd und wischt sich mit m Unterarm den Glanz von der Stirn. »Richtiger Stubenhocker. Immer bloß Bücher!«

»Die weiß nich, daß ich studier.«

Gerda hat schon wieder ihr Lachen parat. »Studier du nur, Heini. Und weißte, was sie für n Patentrezept hat?« Zwinkernd sieht sie mich an.

»Was heißt n' Rezept?« Mutter fummelt erregt an ihrm Haarknoten rum; hat schon Vater immer rebellisch gemacht. »Ich hab gesagt, s einzig Richtige wär, inne HJ einzutreten. Daß endlich mal n Kerl aus ihm wird.«

Seh mir Heini noch mal n bißchen genauer an, wie er da in sei'm Wälzer rumblättert. Blaß *is* er; aber spackig kann man n eigentlich *nich* grade nennen.

»Nu muß man ja nich gleich in die HJ eintreten, um rote Backen zu kriegen.«

»Typisch.« Mutter reißt s Eisen vom Herd. Unterseite bespuckt, schon bügelt se wieder; tadellos in Form noch, die Frau. Sie wirft mir n abschätzigen Blick zu. »Und *das* war mal mein Sohn.«

Ich merk, jetz könnt ich ne Zigarette gebrauchen. Bitt Gerda um eine. Sie hält mir s brennende Feuerzeug hin, das zugleich auch wieder ihr Lächeln erhellt.

»Das is Mutters These gewesen. Ich hab ne andre.« Ihr Lächeln erlischt: »Wir ernährn Heini nich richtig. Und ich kann dir auch sagen, warum: Ich verdien nich genug.«

»Nanu«, sag ich. »Und all die Anschaffungen hier?«

Sie nickt.

»Auf die wollt ich raus. Weißte, daß ich, um all die Raten bezahlen zu können, dauernd Akkordschichten mach?«

»Arbeiten müssen wir alle. Bist doch *sonst* immer für Gleichberechtigung gewesen.«

»Bin ich auch *noch.* Kuck dir mal *deine* Verdienstchancen an.«

»Na schön –: Akkord mach ich nich.«

»Dir gehn n Haufen Aufträge flöten; weißte doch, oder –?«

»Nee; noch nichts von gemerkt.«

»Logisch; wer bindet n dir schon auf die Nase, daß de n jüdischen Laden betreibst. Bloß, ewig geht das nich weiter. Irgendwann mußte da raus.«

»Ach nee. Und sagste mir vielleicht auch, warum.«

»Mach ich.« Sie drückt die Zigarette im Aschbecher aus; man könnt meinen, is n ekliges Insekt, auf das ihr Zeigefinger da stößt. »Weil de für deine Familie aufkommen mußt, Karl.«

Ich tret an s Fenster. Noch alles voll Baustellen, da unten. Man kann s an den roten Lampen erkennen, die se ringsum aufgehängt haben. In einem von den Gerätewagen brennt Licht. 'ne steile Rauchfahne steigt aus dem seitlich rausragenden Ofenrohr auf.

Ich räusper mich; irgendwie fällt s mir immer schwerer zu reden.

»Ich zahl euch die Miete hier; das weißte. Mehr is beim besten Willen nich drin.«

»Ja, weil de die beiden Grünbaums mit durchfütterst; klar.«

Das Laken dampft, das Mutter jetz bügelt. Riecht immer noch wie in Kindertagen, wenn s Wasser unter m Bügeleisen verdunstet.

»Ich glaub, ihr überseht da was«, sag ich und starr in der dunklen Scheibe mein Spiegelbild an und versuch, die Augen zu erkennen in dem Schattengesicht: »Avrom hat mir zwar s Geschäft überschrieben; aber als Eigentum erkenn ich s nich an. Denn die Überschreibung hat ja unter Druck stattgefunden. Euch intressiert s vielleicht nich, aber *wir* ham s behalten: Am ersten April dreiunddreißig hat s n Boykott-Tag gegeben, wo einem schon allerhand klarwerden konnt, was da so kam. Da hat vor allen jüdischen Geschäften, auch vor der Werkstatt, Sturmriemen unter m Kinn, Fäuste im Koppel, n SA-Mann gestanden: breitbeinig, Ellbogen abgewinkelt; an dem kam kein Kunde vorbei.«

Gerda is neben mich getreten. Ich seh in der spiegelnden Scheibe, wie sie sich mit ruhiger Hand wieder ne Zigarette anzündet. Doch die Feuerzeugflamme kommt diesmal an die schattengefüllten Wangentäler nich ran.

»Kenn deinen Standpunkt. Für dich hat sich an den Eigentumsverhältnissen der *Glaserei Grünbaum,* genau besehn, bloß der Name geändert; stimmts?«

Ihre Stimme hat plötzlich n merkwürdig metallnen Klang.

»Stimmt«, sag ich. »Und deshalb gehört das Geld, das ich verdien, Avrom genauso wie mir. Über meinen Teil kann ich verfügen, über Avroms Teil nich. Und von mei'm Teil kriegt ihr die Miete.«

»Und daß das n Jude is, von dem de da sprichst –?«

Ich fahr rum. Nich viel hätt gefehlt, und ich hätt mich auf ihn gestürzt. Doch er kuckt schon wieder ins Buch. Scheint jetz n U-Boot-Querschnitt zu sein, der Heinis Intresse erregt.

Muß erst n Augenblick den Atem anhalten, s Herz klopft zu sehr.

»Denk doch«, hör ich mich heiser dann sagen, »n Junge, wie du, der hält sich besser hier raus.«

»Wieso –?« Mutter trocknet sich die Hände ab an ihrer schneeweißen Schürze. »Denkste vielleicht, daß der Junge auf ner Klippschule is? Der weiß Bescheid. Der hat n Lehrer, der is inne Partei. Der hält se aber piko auf m laufenden, die Jungs. Heini, mein Junge, sach uns doch mal, wie heißt der Judenbengel, der vor zwei Tagen den deutschen Herrn in der Pariser Botschaft da angeschossen hat, hm?«

»Herschel Grynszpan heißt der«, sagt Heini, ohne sich im Blättern störn zu lassen. »Und der Herr, das is n gewisser Ernst vom Rath gewesen; der lebt nich mehr lang.«

Mutter strahlt.

»Na –?« sagt sie; »is er nich fabelhaft informiert, unser Jungchen?«

»Fabelhaft, ja.« Gerda zieht die Mundwinkel runter. Und dann zu mir, wieder dies Metall in der Stimme: »Hältst also weiter zu denen; willst die Kellerwerkstatt da unten *nich* irgendwann räumen?«

»Nee«, sag ich –: »nie. Jedenfalls nich so lang, wie ich da arbeiten kann.«

»Frage is eben –« Gerda zieht mit nem tiefen Atemzug den Rauch in die Lungen: »ob de das *überhaupt* noch lang kannst. Denn nich nur, daß de durch die beiden ne Menge Kunden verlierst; die zwei sind auch n echtes Geschäftsrisiko. Jeder Auftrag is sozusagen gefährdet durch die.«

»Für mich«, hör ich mich wie aus nem leeren Zimmer raus sagen, »sind Avrom und Sally zwei Menschen, für die ich verantwortlich bin. In jeder Beziehung.«

»Ach.« Mit nem weit ausholenden Schwung angelt sich Mutter wieder s Eisen vom Herd. 's zischt, wie sie probeweis draufspuckt. »Und wer sind dann *wir?«* Schwer auf n Holzgriff gestützt, fährt sie mit der stählernen Spitze über die Zierstickerei von nem lila Unterrock hin.

»Ihr?« Ich drück die Zigarette im Aschbecher aus, alles hat an dem Abend nach Messing geschmeckt. »Ihr seid ne privilegierte Familie, der s gut geht und die ihr Auskommen hat. Oder verfolgt euch jemand? Oder habt ihr keine Arbeitserlaubnis? Oder werdet ihr auf der Straße bedroht?«

Gerdas fein gezupfte Brauen steigen in der Spiegelscheibe bis zum Haaransatz rauf.

»Aber wir sind uns doch drüber einig, daß wir in nem Staat leben, der Juden nich grad unterstützt.«

»Muß man dir beipflichten.«

»Trotzdem ziehste die zwei uns, deiner Familie hier, vor.«

»Ich zieh Avrom und Sally nich vor; ich versuch, ihnen s Leben erträglich zu machen.«

»Was ne Kleinigkeit kostet.«

»Immer langsam. Sally führt mir n Haushalt. Avrom arbeitet mit; ich mein, er unterstützt mich, er hilft.«

»Logisch.« Sie lächelt. Das heißt, hauptsächlich besorgt das der Mund; die Augen haben was andres zu tun, sie tasten mir prüfend über s Gesicht. »Irgendwo muß sie ja schließlich auch herkommen, stimmts?«

»Weiß nich, wovon du sprichst.«

»Von der Bezeichnung. Bist doch als ›Judenglaser‹ im Viertel bekannt.«

In der Wohnung über uns is n Fanfarenstoß aus m Radio zu hörn. Ganz vergessen: ja der *Tag der nationalen Erhebung* heute, oder wie se den nennen.

»Ich hab mir n Namen als Glaser gemacht, weil Avrom mich saubere Arbeit gelehrt hat; wenn de *das* meinst.«

Meine Zunge is plötzlich mit Fell überzogen; noch n einziger Satz, und ich muß ersticken an ihr.

Doch Gerda is abgelenkt glücklicherweise. Irgendwas fasziniert sie da draußen. Sie hat die Stirn an die Scheibe gedrückt und starrt mit zusammengepreßten Augen hinten, über die Laubenkolonie weg, zum Stadtzentrum hin. Sieht merkwürdig aus, der angestrahlte Nachthimmel, ja; ganz anders, viel röter als sonst; so rot, die Wolken über m Alexanderplatz und weiter nach Charlottenburg rüber, als würd an nem Dutzend Stellen zugleich ne neue Leuchtreklame erprobt. Nee, so hat s da bestimmt noch *nie* ausgesehn. Und nu steigt auf einmal auch in Weißensee drüben, so etwa an der Berliner

Allee, Nähe Antonplatz, mit einem Schlag n riesiger greller Feuerschein auf; man bildet sich richtig ein, das Krachen und Prasseln zu hörn.

»Mensch, da brennt s Kaufhaus Hirsch!«

Heinis brüchige Stimme überschlägt sich fast. Gar nich gemerkt, wie er sich zwischen Gerda und mir da die Nase plattdrückt am Fenster.

Jetz kommt auch Mutter. Vor Aufregung hat sie sich die Latschen anzuziehn vergessen; ich hör, wie sie keucht.

»Da brennt s überall!«

Gerda wischt erregt die Atemtrübung weg auf der Scheibe.

»Komm, hopp! Knips mal s Licht aus, Heini! Da kann man die Brände besser erkennen!«

Hab grade noch, bevor s dunkel wurd in der Küche, die roten Flecke auf ihrn blassen Wangen gesehn.

V.

An jenem Abend hatte ich länger als sonst in den oberen Räumen der Synagoge zu tun. Möglich, daß mich nur eine unklare Ahnung dazu bewog, noch zu bleiben. Denn an sich war es Sache des Synagogendieners, hinter den letzten Besuchern die Türen zu schließen. Doch es hatten sich in der Bibliothek einige Gemeindemitglieder zusammengefunden, um noch ein wenig die Lage zu diskutieren. Es ging ziemlich heftig zu; denn ich hatte, seit Bekanntwerden jenes unseligen Attentates, schon vor mehreren Gremien die Meinung vertreten, es sei angebracht, mit dem Schlimmsten zu rechnen; worunter ich willkürliche Festnahmen und mögliche Deportationen verstand, von jener Art etwa, der ja auch die Eltern Grynszpans zum Opfer gefallen waren, die, mit Tausenden von Leidensgenossen zusammen, da Polen sie zunächst nicht aufnehmen wollte, im Niemandsland, nahe der Grenzstation Bentschen, dahinvegetierten; wobei etliche Alte und Kranke, die den Strapazen nicht gewachsen waren, den Tod fanden.

Obwohl ich mit meinen Befürchtungen ja dann noch weit hinter der Wirklichkeit zurückblieb, nahm niemand meine Vorschläge auf, die dahin gingen, jeder jüdischen Familie in Charlottenburg, wenn nicht, per Telefonketten, den jüdischen Bürgern ganz Berlins, einige Tage strengste Zurückhaltung anzuempfehlen und, so gut es Wehrlosen möglich ist, örtlich begrenzte Pogrome von Menschen auf Sachen zu lenken.

So hatte ich selber Mirjam gebeten, an diesem Tag weder Erni in den Kindergarten zu bringen, noch David in die Schule gehen zu lassen; vielmehr allen dreien eine Art freiwilligen Hausarrests angeraten, den ich voreiligerweise allerdings nur auf zwei Tage angesetzt hatte.

Und genau das war es nun auch, was die Runde im Bibliotheksraum als besonders übertrieben, ja, Panik erzeugend empfand.

Was wir, eine alteingesessene deutsche Gemeinde, hieß es, eigentlich mit jenen staatenlosen Juden gemein hätten, die die Reichsregierung – zugegeben, ein wenig gar zu rigoros, aber doch immerhin – wieder dorthin geschickt hätte, woher sie einmal gekommen seien, nämlich nach Polen. Und was, in diesem Zusammenhang, ein in Frankreich verübtes Attentat eines irrgeleiteten jungen polnischen Juden mit unserem loyalen Verhalten gegenüber den staatlichen Dienststellen und Behörden zu tun habe? Doch nachweislich nichts.

Dabei sind sämtliche Männer, die meine Befürchtungen derart zu entkräften versuchten, wenn sie mir nicht gar verantwortungslose Schwarzseherei und spekulativen Defätismus vorwarfen, durch die jüngsten Erlasse bereits aufs schwerste in Mitleidenschaft gezogen gewesen. Einem Rechtsanwalt und zwei Ärzten der Runde war beispiesweise, seit Monaten schon, jegliche Berufsausübung verboten. Aber bringe einer den Juden Argwohn gegenüber der Obrigkeit bei; er wird eher von jenen gesteinigt, als von dieser festgesetzt werden.

So ließ ich das Gespräch also unbeteiligt auf den gewohnten Gemeinplätzen versickern und habe eigentlich lediglich, um den gähnenden Synagogendiener zu entlasten, die Männer dann sanft zum Aufbruch gedrängt und auch noch die Treppe hinab und zum Ausgang begleitet.

Es war eine leidlich sternklare Nacht. In den kahlen,

schwarz glänzenden Platanenzweigen spiegelte sich der Lichtschein der erleuchteten Fenster des gegenüberliegenden Häuserblocks wider. Die Straße war ruhig; vom Kurfürstendamm her drang das nicht abreißende Rauschen und Summen des Autoverkehrs herüber. Die gleißende S-Bahn fuhr gerade auf dem Bahnhof Savigny-Platz ein. Deutlich war die ruhige Stimme des Zugbegleiters zu hören, der erst den Bahnhof nannte und dann »Zurückbleiben!« rief; ein Wort, das mich schon immer im Allerinnersten traf, denn wem von uns ist das, was es *auch* meint, zuletzt denn schon beschieden gewesen.

Ich sah der S-Bahn nach, bis die Schlußlichter zwischen den dunklen Brandmauern verschwanden.

Einen Augenblick überlegte ich, ob ich nicht vielleicht noch schnell nach Hause fahren und Mirjam beruhigen und den Kindern gute Nacht sagen sollte, denn ich hatte mir vorgenommen, diese Nacht auf jeden Fall in meinem Dienstraum in der Synagoge zu bleiben, weil ein undeutliches Gefühl mir sagte, es könne gut sein, heute ständig telefonisch erreichbar zu bleiben.

Da trat aus unserem koscheren Restaurant gegenüber eine massige Gestalt, hantierte vor der erleuchteten Schaufensterscheibe umständlich mit einem sperrigen Schirm, der nicht richtig aufklappen wollte, und kam dann unter dem lächerlich winzig wirkenden Regendach über den gleißenden Fahrdamm geschritten: der Kantor.

Zwar hätte ich ihm mit meiner Unkerei fast den ganzen Abend verdorben; aber inzwischen seien ihm gewisse Zusammenhänge klargeworden, und wenn ich nichts dagegen hätte, gedächte er mir noch ein wenig Gesellschaft zu leisten.

Ich nahm sein Angebot dankbar an, und wir sind noch etliche Zeit auf meinem Zimmer geblieben, ehe wir uns, ohne einen direkten Anlaß zu haben, zum ersten Rundgang entschlossen. Wir hielten es für angebracht, es dabei dunkel zu lassen; und so hallten in der leeren Synagoge, durch deren hohe, erst hart unter dem Kuppelfries endende Fenster der schwache Schein der Leuchtreklamen hereinfiel, nur unsere Schritte und hier und dort ein prüfendes Klinkenrütteln echohaft wider.

Ich war gerade am Thoraschrein angelangt, und viel fehlte nicht, und ich hätte mich wieder, wie schon so oft, entzückt in den Anblick der Lichtbündel vertieft, die das verschiedenfarbig gehaltene Misrach-Fenster, das Außenlicht filternd, in vielerlei Brechung hereinließ, als von der Empore herab der Synagogendiener mich anrief.

Ich glaubte erst, daß wir ihn mit unserem lärmenden Rundgang beunruhigt hätten und entschuldigte mich, zugleich auch ihn um Verständnis bittend, daß wir seine gewissenhaft verschlossenen Türen noch ein zweites Mal prüften.

Doch das war es nicht, was ihn wieder aufgescheucht hatte. Er rief halblaut herab, daß er in seinem Schlafraum im Nebengebäude durch vielfaches Scheibenklirren und antijüdische Sprechchöre geweckt worden sei. Er wette, es habe sich um das Textilhaus Levin gehandelt.

»Vermutlich gewonnen«, sagte der Kantor vom Haupteingang her. Er war ein heiterer, trinkfester Mann, der die Jahrtausendtrauer der Kultgesänge, die tief in ihm ruhte, mit Schlagfertigkeit und Witz überspielte, aber jetzt hatte seine Stimme einen anderen Klang.

»Irgendwas los bei Ihnen, da vorn?«

»Ich hätte meinen Regenschirm nicht oben stehnlassen sollen«, sagte er, als ich heranwar. »Er hat eine stählerne Krücke; zum Zuschlagen gar nicht so schlecht. Lauschen Sie mal.«

Man hörte Scheiben zersplittern, Flaschen zerbrachen, Stühle wurden zertrampelt, harte Gegenstände zwischen Gläser geworfen; und immer wieder Nagelschuhschritte dazwischen, die knirschend auf Glassplitter traten. Und Stimmen; höhnische und weinende, diese von Frauen.

»Arme Kellnerinnen.« Der Kantor legte bedauernd den Kopf schief. »Ein Glück nur, daß ich heute abend noch mal Schalet bestellt habe. Jüdisch essen werden wir wohl erst mal nicht mehr, da drüben.«

Er sollte recht behalten. Obwohl die Gemeinde für allen in dieser Nacht angerichteten Schaden selber aufkommen mußte, das ausgebrannte koschere Restaurant ist nicht wieder hergerichtet worden.

Aber jetzt wurde auf beiden Seiten und am Hauptportal, wo wir standen, mit Brecheisen und Ähnlichem gegen die Türen geschlagen; und da schrie auch schon der Synagogendiener, der Posten auf der Südempore bezogen hatte, um dort oben aus den hochgelegenen Fenstern zu blicken:

»Sie rennen zur Tankstelle rüber! Sie holen Benzin!«

Ich rannte zur Treppe.

»Kommen Sie vom Eingang weg!«

»Tut mir leid.« Der Kantor zog sich den Mantel aus und reckte die Handgelenke aus den Manschetten. »Ich hab im Sportbund Boxen gelernt. Für ein paar Knock outs bin ich mir allemal gut.«

Ich hetzte die Stufen hinauf.

Keine halbe Minute später – unten brachen bereits die ersten Türflügel auf – hatte ich die Polizei alarmiert.

Der Beamte am andern Ende der Leitung bedankte sich höflich; er habe die Meldung notiert.

»Was heißt ›notiert‹«, keuchte ich; »wir brauchen Hilfe; sofort.«

Es war jedoch nur noch das Amtszeichen in der Muschel zu hören; und in der Synagoge unten das Ausgießen von Flüssigem jetzt, Kanisterscheppern und das Zersplittern und Bersten von Holz.

Ich rief die Feuerwehr an.

»Wir kommen sofort«, sagte der Mann.

Auf der Treppe kam mir der Kantor entgegengewankt. Der blutige Abdruck eines Stahlrutenschlags lief ihm quer über das Gesicht, und sie hatte ihm auch eine Braue zerfetzt. »Zwei«, keuchte er, »hab ich niedergestreckt. Die andern haben den Levi in den Thoraschrein gesperrt.« Dann brach er zusammen.

Nur mit äußerster Anstrengung wollte es mir gelingen, den schweren, leblosen Körper, Stufe um Stufe abwärtsrollen zu lassen und unten, an den ersten brennenden Benzinpfützen vorbei, im Schatten des Seitenschiffs zu einer der aufgebrochenen Türen zu schleifen.

Glücklicherweise drängten sich gerade der Verwalter und einer der Angestellten herein. Sie nahmen mir den Ohnmächtigen ab und beschworen mich, mit nach draußen zu kommen. Es sei schon Feuer an alle Türen gelegt. Doch ich mußte ja erst noch den Synagogendiener befreien. Schrie es wohl den beiden auch zu, denn sie ließen sogleich von dem Kantor ab und versuchten verzweifelt mich zurückzuhalten. Ich entriß mich ihnen jedoch und hastete, an den aufflammenden Benzinlachen und schon rußgeschwärzten Säulen und schwelenden Sitzreihen vorbei, ins Hauptschiff unter die rauchgefüllte Kuppel zurück und zum Ostteil hinüber, wo die emporzüngelnden Flammen bereits den Vorhang erfaßt hatten, der den erhöht stehenden Thoraschrein vom Andachtsraum trennte.

Die Rollen waren herausgerissen; meterlang auseinandergezerrt, von Benzinflecken, Nagelschuhabdrücken und Rußflocken verunstaltet, begannen die auf Pergament geschriebenen Texte überall an den Rändern und an jeder Nahtstelle zu glosen. Ein Windhauch entstand durch die Hitze, dankbar bäumten die geduckt fressenden Flammen sich auf, ich hetzte durch sie hinüber, hinüber zum Schrein, riß den gewaltsam verschlossenen auf und es kam mir, an Händen und Füßen gefesselt, der Synagogendiener entgegengestürzt. Ich fing ihn eben noch auf und habe den Besinnungslosen – wie, weiß ich nicht mehr – durch die Gluttunnel und Feuerschneisen hindurch zu einem der Ausgänge geschleppt.

Ich weiß nur noch, daß auch die Empore schon brannte und die Holztäfelung wie die Wandung eines Backofens glühte und plötzlich, mit einem schrill splitternden Ton, der selbst das Prasseln der Flammen noch übertönte, das Misrach-Fenster zerbarst und ein gezacktes Nachthimmelrund freigab mit hitzeflimmernden Sternen und brandgeröteten Wolkenbäuchen darin; dasselbe Misrach-Fenster, das ich, da ich nun hier sitze und schreibe, bereits zum zweiten Mal in zertrümmertem Zustand erlebe; denn noch ist, nach Goschniks unbegreiflichem Sturz durch die Scheibe, an der scherbengespickten Rundung bisher nicht mehr gearbeitet worden, und es wird nun wohl doch, zu dessen Genugtuung, unser eigener Glaser sein, der das dritte Misrach-Fenster einsetzen wird – irgendwann einmal, wenn hier, im ja längst wiederhergestellten Dienstzimmer der Synagoge, ein andrer Rabbiner am Tisch sitzen wird.

Von der Nachtkühle begünstigt dann allerdings, ist mein Erinnerungsvermögen wieder intakt. Ich sehe mich erschöpft, brandblasenbedeckt, Kopf- und Barthaar versengt, auf dem Tritt des Einsatzwagens der Feuerwehr hocken, und an den stumpf glänzenden Messinghelmen der untätig umherstehenden Feuerwehrleute vorbei, hinüberblicken zur taghell brennenden Synagoge.

Der Fahrer hat mir eine Decke um die Schultern gehängt, nicht ohne sich vorher vergewissert zu haben, ob auch keiner seiner Kollegen ihn dabei beobachten würde. Sie haben, wie mir der Brandmeister, keineswegs unfreundlich, mitgeteilt hat, die – wie er es nannte: –

›Aufgabe‹ erhalten, darauf zu achten, daß bei Funkenflug kein Nachbarhaus in Mitleidenschaft gezogen werde; wobei man vielleicht hinzufügen sollte, daß es sich bei sämtlichen in der Nachbarschaft liegenden Häusern um nichtjüdische handelt; der einzige jüdische Besitz hier, das koschere Restaurant der Gemeinde, hat man ausbrennen lassen, ohne auch nur einen einzigen der längst an die Hydranten angeschlossenen Schläuche wassergefüllt auf die Brandherde zu richten.

So hat eigentlich nichts das grandiose Schauspiel, ein so ungeheures Gebäude bis auf die Außenmauern herabbrennen zu sehen, gestört. Lediglich daß man mir, nachdem Brandwachen eingeteilt worden waren, nahgelegt hat, doch nach Hause zu gehen. Dann fuhr der Einsatzwagen mit der Restmannschaft unter schrillen Klingelsignalen wieder davon, nicht ohne daß der Fahrer vorher, unauffällig versteht sich, die mir um die Schultern gelegte Decke wieder eingefordert hätte.

Es mag fünf Uhr morgens gewesen sein, als ein sanfter Nieselregen einsetzte und die Gefahr, es könne hier oder dort ein neuer Brandherd aufflackern, für diesmal zunichte machte. Ich verabschiedete mich von den Feuerwehrleuten und habe mir erst mal ein Taxi genommen.

Der Chauffeur gähnte; ich war der letzte Fahrgast für heute. Da er rauchte, fiel ihm glücklicherweise der bittere Rußgeruch nicht auf, der meiner angesengten Kleidung entströmte.

»Ganz schön was losgewesen, die Nacht«, sagte er, als wir den Kurfürstendamm überquerten.

Es war wohl das erste Mal, daß ich in etwas so Entscheidendem die Meinung eines Nichtjuden teilte. Ich nickte.

»Da haben Sie recht.«

Goschnik ächzte. »Na ja, irgendwann wendet man sich dann eben *doch* wieder m Nächstliegenden zu, stimmts?« Er schloß einen Moment lang die Augen. »Obwohl, weiß noch genau, wie ich, während Mutter die Wäsche weggeräumt hat und Gerda sich an s Abendbrot machte, immer gedacht hab: Mensch, was für n Glück bloß, daß der Avrom dir damals s Geschäft überschrieb. Denn selbst wenn das da draußen *wirklich* nur alles wegen dem Grynszpan passiert is –: was hat die *Glaserei Goschnik* damit zu tun? Nichts; nich *so* viel. Manchmal, dacht ich, manchmal is, ne Nase zu haben, doch gar nich so schlecht. Also, nach m Abendbrot noch gewartet, bis der Junge im Bett war und auch Mutter sich endlich zurückzog, und dann so langsam wieder zum Thema gekommen. Nu, wirst dir vorstellen können, was für n Stand ich da hatt; ich mein, zäh is sie ja schon immer gewesen. Nur, *so* was von Hartnäckigkeit wie diesmal, ich sag dir, das gibt s einfach nich. Und dann auch noch ständig das Kind ausgespielt. Heini hier, Heini da. Mußt mich richtig beherrschen, den Bengel nich dauernd in ner HJ-Uniform vor mir zu sehn. Blödes Gefühl, kann ich dir sagen, wenn de plötzlich merkst, gehst gegen dein eigenes Kind an. Und dann noch dauernd der idiotische Vorwurf, ich hätt ja überhaupt kein Intresse an ihm. ›Intresse‹ –! Was heißt n ›Intresse‹, wenn de spürst, der Junge hat gar nichts mehr mit dir zu tun; der is dir so fremd wie n x-beliebiger andrer Junge geworden; der kennt dich ja gar nich; der redt ja kaum noch mit dir; der hat doch die Frauen. Zwei Frauen –! Was will er n noch mehr? Von Mutter wird er verwöhnt, von Gerda geliebt. Was soll *ich* n da noch? Sie entlasten, hat sie gesagt; schließlich, sie wärn doch meine Familie, ich hätt mir das Kind doch gewünscht. ›Familie‹! Wenn ich so was schon hör. *Ihr* seid meine Familie, Sally und du. *Klar,* daß man irgendwann mal geheiratet hat. *Logisch* wollt man da auch n

Kind. Aber konnt man denn wissen, wie die sich wegentwickeln von einem? Hätt man das alles denn vorausahnen können? Woher soll man – *Was* sagste, Avrom? –: Ausweichen würd ich? Wovor denn ausweichen? *'türlich* haben wir die halbe Nacht lang geredet, kennst ihre Ausdauer doch. Nee, direkt bis in n Morgen rein nich; paar Stunden hingehaun hab ich mich schon. Im Flur, auf die Couch, die sie ausrangiert hatten. Überhaupt nich einzusehn gewesen, warum übrigens, die war noch tipptopp; höchstens, daß sie –«

»Noch mal, Karl.« Ich richtete mich jäh wieder auf; es war mir plötzlich unmöglich, noch länger so über ihn gebeugt sitzenzubleiben: »Du hast in dieser Nacht bei deinen Leuten geschlafen?!«

Er starrte einen Augenblick lang irritiert zu dem vergitterten Lichtschacht hinüber, dessen Schattenanhäufung, der die Neonbeleuchtung nichts anhaben konnte, nächst mir, das einzig Dunkle war, hier in dieser klinisch gekachelten Grellheit. Etwas hatte sich dort draußen bewegt; eins der durch das Gitter herabgewehten welken Kastanienblätter hoffentlich nur.

Keuchend holte er Luft.

»Was heißt n ›in dieser Nacht‹? Die war doch da schon beinah vorbei. Hab ja noch nich mal gefrühstückt am Morgen. Gleich rauf auf s Fahrrad und ab: Buschallee runter, Berliner Allee rauf, Wörthstraße rein und zehn vor sieben in der Werkstatt gewesen.« Er wandte blinzelnd wieder das ausgehöhlte Gesicht zu mir her, vermied jedoch, meine Blicke zu kreuzen. »Hätt ich pünktlicher sein können?«

»Du redest, als wär der zehnte November achtunddreißig ein Arbeitstag wie jeder andre gewesen.«

Er schluckte ein paarmal. Die Muskeln am Grund seiner Wangengruben strafften sich krampfhaft und verschwanden dann wieder.

»Hab ich mich beeilt oder nich.«

»Du *konntest* dich gar nicht beeilen. Die ganze Berliner Allee runter waren die jüdischen Geschäfte zerstört. Überall haben die Glassplitter auch auf dem Fahrdamm gelegen. Kein Radfahrer konnte das ignorieren.«

»Also gut.« Er warf ein paarmal stöhnend den Kopf hin und her, so daß die silbernen Bartstoppeln funkelnd den Neonlichtwiderschein reflektierten: »Hab gleich zu Anfang n Platten gekriegt auf den Scherben. Mußt s schieben, das Rad; hab s auch n paarmal getragen. Aber so oft ich nur konnte, Avrom, bin ich gerannt.«

»Am *Morgen,* Karl; nicht in der Nacht.«

»Hab dir gesagt, was ich gemacht hab. Hätt ich s sein lassen solln? Hätt ich nich hingehn solln zu ihr?«

»Es geht nicht um dein Hingehn. Es geht um dein *Bleiben.*«

Mit ungeheurer Anstrengung gelang es ihm noch einmal, den Kopf aus dem Kissen zu heben.

»Aber ich mußt doch zu ner Reglung kommen mit ihr! Ich hätt das doch nich einfach so abbrechen können! Sie hatte doch schon mit m Anwalt gedroht!«

»Sally und Avrom waren von was andrem bedroht.«

Kraftlos sank sein Kopf wieder in die schweißverdunkelte Kissenmulde zurück.

»Du möchtest n Wahrsager, n Propheten sehn in mir.«

»Ich möchte Karl sehn. Auf den sich seine Schutzbefohlenen verlassen können. Der aus brennenden jüdischen Häusern Rückschlüsse zieht. Der abwägen kann: Todesangst dämpfen oder Unterhalt klären.«

Jetzt sah er mich an; mit Augen, so glanzlos und stumpf, als sei noch der letzte Feuchtigkeitsrest mit einer Löschblattecke weggesaugt worden.

»Aber ich hab doch keine Ahnung gehabt! Ich konnt doch nich wissen, daß auch *meine* Werkstatt mit kaputtgemacht wird!«

Ich schwieg. Ich sah sie jetzt wieder: Avrom, die kittfleckige blaue Handwerkerschürze vor dem Schoß, den schwarzen, breitkrempigen Hut aus der Stirne geschoben wie ich, lautlos pfeifend an einer Fensterscheibe hantierend; und Sally, ihr dunkles Fransentuch um die Schultern geschlungen, den Einholkorb in der Armbeuge, vor einer Obstauslage mit kundigem Daumendruck die Festigkeit einer Gurke prüfend.

Ich räusperte mich.

»Manchmal denk ich, daß du dir gar nicht richtig klargemacht hast, wer wir eigentlich sind.«

»Wie kannste so reden!« Er preßte sekundenlang die karstigen Lippen zusammen. Die steile Kerbe, die ihm die Stirne halbierte, schien einen Keil zwischen die Augen treiben zu wollen. »Hat s vielleicht schon irgendwann mal n Grund gegeben, dran zu zweifeln, daß ihr mir die liebsten Menschen seid, die ich kenn?«

»Sicher nicht, Karl.« Ich rückte den wachstuchüberzogenen Hocker wieder näher an die Bettkante heran. »Aber wir sind auch *außerhalb* deiner Liebe noch etwas gewesen: nämlich Juden. Und noch nie ist das, was man hierzulande mit diesem Begriff verbindet, so deutlich wie in jener Nacht vom neunten auf den zehnten November geworden.«

»Aber um Gottes willen, Avrom: Das hab ich doch alles gewußt! Wann hätt ich n das schon mal auch nur ne Sekunde vergessen?«

»Frag mich das lieber *nicht* so direkt.«

Da war er wieder, jener irritierend beschwörende Blick, den der zuckende Nerv unter dem rechten Auge beinah wieder zunichte machte, gelang es einem nicht, sich an die Zerbrechlichkeit von Stirn und Schläfen zu halten.

»Aber haste denn nich behalten, wie ich grad an *dem* Morgen ne ungeheure Gefahr von euch abgewendet hab?«

Jetzt war *ich* es, der wegsehen mußte.

»Eine Gefahr –?«

»Na, is der Jossel vielleicht *keine* gewesen, wie er da, als ich aus Hohenschönhausen zurückkam, hinten bei euch in der Wohnküche saß?«

»*Klar* hätt ich mir ne andre Unterkunft suchen können; gar keine Frage.« Er fuhr sich mit der gespreizten Hand n paarmal durch die schwarzen drahtigen Locken und kramte ne abgegriffne Ansichtspostkarte aus seiner zerlederten Brieftasche raus. »Bloß, dann hätt mir der Tate, der Motek nich die Postkarte hier geben dürfen, wo die Rachel, mit m genauen Absender drauf, schreibt, daß sie stolz auf ihn wär. 'n jüdischer Offizier mit so viel Orden, na, das wär doch mal was; und er wär hier jederzeit willkommen bei euch und er könnt n Bett kriegen, und zu essen hättet ihr auch.«

»Bloß eben schon zwanzig Jahr her«, sag ich und seh mir die Ansicht auf der Postkarte an. Is der Funkturm drauf und der Lietzensee vorn; bloß so abgetatscht schon, daß man s kaum noch erkennt. Geb ihm die Karte wieder zurück: »Na, und damals, da hat die Rachel ja wohl auch mehr an deinen Vater gedacht als an dich.«

»Komm, komm.« Sally streicht sich erregt ihre unsichtbare Strähne weg aus der Stirn. »Sei mal n bißchen netter zu ihm; schließlich mein Neffe, der Jossel.«

Avrom kratzt sich bedenklich im Nacken; der Hut rutscht ihm fast auf die Nasenwurzel dabei.

»Bestreitet ja keiner. Trotzdem –: 'n ungünstigeren Tag, Jossel, hättste dir nich aussuchen können.«

Bedauernd hebt Jossel die Schultern.

»Wirklich –: Müßt schon entschuldigen. Aber wenn ihr überall in der Stadt bloß kaputte Läden und ausgebrannte Kaufhäuser und Leute mit frisch geklauten Aktentaschen und dito besorgten Stoffballen seht; und alle heißen se Taubenheim, Geisberg und Haustein, die Laden- und Kaufhausbesitzer, und keiner heißt Schuster oder Schmidt oder Müller und so; und auf einmal merkt ihr, ihr fallt auch noch auf mit euern jüdischen Augen und euerm jüdischen Haar; und ein Straßenfeger stößt schon n andern mit m Ellbogen an und nickt zu ei'm hin –: Jede Wette, da hättet ihr *auch* nich lange gefackelt. Da denkt man nur, wo wohnt n der nächste Bekannte; und schon reißte die Pappe weg vom eingeschlagnen Kellerschaufenster und nichts, wie erst mal rein mit dem Jossel. Ich mein, man hätt ja auch verfolgt werden können, stimmts? Wär schließlich nich s erste Mal, die anderthalb Wochen, die ich jetz unterwegs bin.«

»Noch mal.« Ich setz mich und gieß mir n Tassenkopf voll Pfefferminztee ein, den Sally ihm anscheinend als Willkommenstrunk aufgebrüht hat: »*Was* sagste da –: Verfolgt wärste worden –?«

»Na, Mann, bin doch schon mit m Lkw-Transport an der polnischen Grenze gewesen! Meinste, die Bewacher, die freun sich, wenn de da plötzlich kehrtmachst im Nebel und robbst erst mal über so n paar Sturzäcker weg und versuchst, an ner Chaussee, verdreckt und verpennert, ne Langholzfuhre zu entern und am Güterbahnhof auf n Kohlenwaggon zu klettern?«

»Jungchen, Jungchen –!« Sally schlägt lautlos die Hände zusammen. »Wie haste n das bloß alles geschafft?«

Er hebt n bißchen die Arme und läßt se dann schlapp wieder falln. »Keine Ahnung, Tante. Weiß bloß: Wollt erst mal wieder zurück nach Berlin; von wegen Papiere und so.« Irgendwie kräuseln sich seine Mundwinkel an, scheint so was wie n Lächeln werden zu wolln. Nee, schon wieder verschwunden.

»Und was is mit deinem Tate, dem Motek?«

Avrom starrt n funkelnden Glassplitter an, der zwischen seinen Schuhspitzen liegt.

»Was soll mit ihm sein?« Jossel schneidet ne Grimasse: »Der is drüben.«

»Was denn«, sag ich; »in Polen?!«

Er nickt und wärmt sich an seiner Tasse die Hände.

»Sie sind *alle* drüben. Außer mir hat sich keiner getraut.«

»Na, Mensch, aber ich denk, der Motek is Deutscher und war Offizier!«

Um Jossels Mundwinkel spielt wieder was; n winziger Schatten anscheinend.

»Er hat *zwei* Staatsbürgerschaften gehabt, die polnische und die deutsche. Irgendwann hat er nämlich mal für Deutschland optiert, lang vor m Krieg schon.« Diesmal klappt s mit m Lächeln, s wird sogar breiter: »Weil doch Deutschland so schön is, mit dem Dingsbums, dem Goethe und so. Na, und dann all die Wälder –! Und die wunderbaren Lieder, die ihr hier singt.«

»Nu spiel dich mal bloß nich noch als Ausländer auf. Bist doch genauso Berliner wie ich.«

»Hier geborn, stimmt.« Sein Lächeln reicht jetz für s ganze Gesicht. »Nur: mit m polnischen Paß. Hat der Tate dran schuld. Seit November achtzehn nämlich mocht er Deutschland plötzlich nich mehr. Blöderweise nur eben genau mein Geburtsjahr gewesen.« Er lacht. »Wenn se ihm die Schulterklappen und Kragenspiegel und Orden und Ehrenzeichen gelassen hätten, er wär heut so deutsch wie Turnvater Jahn. Aber mit seiner Hauptmannsuniform, da war er eigen; das hat er ihnen übelgenommen. Logisch an sich; an die durft schließlich sonst nur sein Bursche mit der Kleiderbürste mal ran.«

»Mensch, aber war doch Revolution!«

»Nich für Motek. Der is bis zuletzt für n Kaiser gewesen. Und für Ordnung; für Preußen. Hat zivil nämlich in der Verwaltung gesessen. Beamter auf Lebenszeit.« Jossel verzieht s Gesicht zu ner Grimasse. »Und da muß ihm das mit der Uniform auch noch ausgerechnet vor m Zeughaus passiern, Unter n Linden. Hat nämlich immer so für Fahnen geschwärmt, der Tate und wollt sich, nach dem verlornen Krieg, jetz mal n bißchen erbauen. Hat wohl auch ganz schön aufgetankt da; na, und nu mit der geschwollnen Brust wieder raus. Kommt doch da grade so ne Corona von Kriegskrüppeln an, die zu ner Kundgebung im Lustgarten wolln. Der Tate mit sei'm Klimbim am Jackett natürlich n gefundnes Fressen für die. Drauf auf ihn und n gerupft, unsern Mann. Tag später schon war er kein deutscher Staatsbürger mehr.«

Sally blinzelt verdutzt.

»Nanu; wie n *das*?«

»Ganz einfach.« Jossel strahlt. »Hat Anzeige erstatten wolln, der Tate, natürlich. Nu, die hatten da Sinn für Humor im Präsidium am Alex. ›Also, die haben Sie unehrenhaft behandelt, diese Kanalljen‹, sagt so n schnauzbärtiger Wachmeister zu Motek. ›Schlimm, Herr Hauptmann, ganz schlimm. Zu was wolln Sie diese Proleten denn verdonnert sehn? Genügen zehn Jahre Freiheitsentzug? Oder soll s n Standgericht sein?‹ Na, da war s aus. Der Tate ihnen seinen Paß vor die Stiebel geschmissen und mit mir und Mama wieder nach Polen rübergemacht.«

Avrom schüttelt n Kopf.

»Und wo hat er gearbeitet da?«

»Landwirtschaftsministerium zuerst. Dann is er denen zu preußisch gewesen. Hat nämlich Ordnung reinbringen wolln, der Tate, in seine Dienststelle da. Logischerweise s letzte gewesen, worauf die gewartet haben. Plautz, hat er sich im Außendienst wiedergefunden: Abgabenkontrolle. So was mögen die Bauern. Besonders wenn rauskommt, is auch noch Jude, der Mann.«

»Gott, der Gerechte –!« Sally zerrt schluckend an ihrm Kopftuchknoten rum unter m Kinn. »Und da wundert man sich, daß nich s mindeste Pritzelchen Post von Motek mehr kommt.«

»Wieso«, sagt Avrom. »Was ham n Schikanen, Pogrome, Verfolgung mit Nich-Schreiben-Können zu tun? Wo wär n da der Talmud geblieben, hätten die Väter sich wie Motek verhalten? Nich mal Rachel hat ja mehr ne Karte von ihm gekriegt. Und wie hat sie immer an ihm gehangen.«

»Ob ihr s glaubt oder nich.« Zwinkernd sieht Jossel uns an: »Wie wir vierundzwanzig wieder nach Deutschland zurückgemacht sind, weil die dauernden Ausschreitungen, um mal n netteres Wort zu gebrauchen, wenn sie auch in Polen stattfanden, ei'm eben doch n bißchen auf s Gemüt zu gehn begannen, da hat der Tate sich ernsthaft mit dem Gedanken getragen, daß ich die Rachel mal heiraten sollt. ›'ne Frau, die älter is als der Mann, hält s Haus zusammen‹, hat er immer gesagt.«

»Bloß, da war die Rachel schon zwei Jahre tot.«

Muß *ich* gewesen sein, der das gesagt hat; Sally und Avrom sehn schluckend an mir vorbei.

Jossel hat richtig zwei rote Flecke auf seinen blassen Wangen gekriegt. »Tut mir leid«, sagt er heiser.

'n Augenblick lang is es plötzlich im Keller hier unten so still, daß de deutlich in einer der Wohnungen oben n Radiosprecher gehört hast.

»Was ich nich ganz versteh«, sagt Avrom schließlich viel zu bedächtig: »Dann habt ihr euch also wieder mit dem Land hier versöhnt. Oder was.«

»Mich kannste auslassen, Onkel.« Jossel lächelt schon wieder. »Und was den Tate angeht, der hat ja nu überall Bruchstücke von sei'm alten Deutschland wiedergefunden. Hat ne Menge anfangen können mit seiner nationalen Gesinnung. Kein halbes Jahr, und er hat schon *wieder* in nem Ministerium gesessen, als Dolmetscher diesmal.«

Sally seufzt und streicht sich ihre unsichtbare Strähne unter s Kopftuch zurück. Die scheint heut besonders störrisch zu sein, Sally hört mit m Wegstreichen gar nich mehr auf.

»Und warum hat er uns auch *da* nich geschrieben?«

Jossel versucht s noch mal mit m Lächeln; aber diesmal mißlingt s.

»Weil er sich assimiliert hat. Weil er nich mehr erinnert sein wollte an seine Mischpoke aus Polen.«

»'n abtrünniger Sohn –!« Avrom seufzt. »Armer Tate Abramowicz. Wär ihm übel bekommen.«

»Motek is immer schon anders gewesen.« Sally gießt sich tapfer noch n Schluck Tee nach; ihre Hand zittert n bißchen dabei. »Trotzdem, n besseren Bruder kannste nich kriegen. Bestimmt is er im Herzen er selber geblieben.«

»Nich nur im Herzen.« Jetz klappt s mit dem Lächeln: »Auch auf m Paß.« Jossel versucht sich n Fleck vom Knie wegzureiben. Doch s is keiner, s is n Loch in der Hose. Er legt die Hand drauf und lacht. »Nur für alle Fälle. Art Rückversichrung, wenn man so will.«

»Was denn«, sag ich: »Ihr seid Polen geblieben?«

Er strahlt mich an.

»Auf m Papier zumindest. Der Tate hat immer gesagt: ›Mal sehn, wie s läuft.‹ Na, *gut* is es gelaufen für ihn; so gut, daß er schließlich gar nich mehr an die Pässe gedacht hat. Bloß bei n Wahlen stieß es ihm auf. Denn er hat ja als Ausländer nich mitwählen dürfen. Ganz schön bitter für ihn, wo er doch so für die Deutschnationalen geschwärmt hat.«

»Mensch, aber die Polen warn doch *auch* national!«

»Macht doch dem Motek nichts aus. Gegenteil: Wer sein Vaterland geliebt hat, hatte ne Nummer bei ihm. Nur *ein*mal is er n bißchen durch'nandergekommen.« Jossel hört jetz gar nich mehr auf zu strahlen: »Das is im schönen bunten Herbst achtunddreißig gewesen:

Kürzlich – Ende Oktober, genauer. Da haben s die Polen nämlich *doch* schon gemerkt, die Deutschen verstehn sich auf die Judenbehandlung besser als sie. Folge: Sie kriegten Schiß, daß man ihnen die Juden mit polnischer Staatsbürgerschaft zurückschicken könnt. Was macht ne Regierung, die auf sich hält, in so m Fall? –: Die Pässe ner derart fraglichen Personengruppe werden für ungültig erklärt. Na, kann natürlich die Reichsregierung nich auf sich sitzen lassen, so n genialischen Zug. Plautz, hat sie die Ausweisung dieser staatenlos gewordnen Juden verfügt. Und schon fahrn die vollgestoppten Lkws los, und die Bewacher jagen die Fracht an der Grenze bei Bentschen ins Niemandsland rein.«

Jossel steht auf und reckt sich ächzend. »Knallste mir irgendwo, wo ich nich auffall, vielleicht ne Matratze hin, Tante?«

»Moment.« Ich leg Sally, die aufstehn will, die Hand auf die Schulter. »Was haste n jetz eigentlich vor.«

»Nu –« sagt Jossel und gähnt: »So vierzehn Tage, denk ich, habt ihr mich auf m Hals. Ich besorg mir falsche Papiere inzwischen und versuch rauszukriegen, wie ich nach Calais rüberkomm.«

Avrom vermeidet s, mich anzusehn.

»Und wohin willste weiter von da?«

»Nach Palästina«, sagt Jossel, als würd er von ner Herrenpartie in n Grunewald sprechen und fängt an, sich mit nem zerknautschen Zeitungsbogen die Schuhe zu putzen. »Da gibt s ne Geheimorganisation, die gegen die Araber und die Engländer kämpft.«

»Dürft ja wohl s Nächstliegende sein.«

Ich steck mir ne Zigarette an, um den Messinggeschmack wegzukriegen, hab mir anscheinend auf die Zunge gebissen beim Reden. Oder beim Schweigen.

Jossel hebt kurz mal n Kopf.

»Wer keine Ahnung hat, der sollt auch nich mitreden wolln.«

»Friedlich, Jossel.« Avrom zwinkert nervös. »Wenn de Streit suchst, dann kuck dir die zerstörte Werkstatt vorn an. Die haben *auch* mal angefangen mit Unduldsamkeit.«

Auf Jossels blassen Wangen sind auf einmal wieder die beiden roten Flecke zu sehn.

»'tschuldige, Onkel. Is mir so rausgerutscht.«

Sally bringt umständlich s Geschirr im Spülbecken unter; man hat s Gefühl, daß sie dabei extra laut klappert.

»Und wenn de hier in Deutschland was einfädeln würdst? Gibt doch auch jüdische Kinder zum Beispiel.«

»Stimmt«, sagt Jossel und spuckt auf die Schuhspitze und reibt sie mit m Boden von nem Wasserglas blank. »Bloß, was sollste machen, wenn die Juden hier Mut mit Wohlverhalten verwechseln?« Er lacht wieder, er bringt das mit runtergezognen Mundwinkeln fertig. »Ich mein, was willste mit Leuten anfangen, die in staatlichen Schikanen ne Art Naturgesetz sehn und schon dankbar sind, wenn man ihnen noch s Atemholen gestattet?« Jetz kommt der zweite Schuh dran. Auf die Spitze gespuckt und mit m Wasserglas drüber: »Nee, raus aus dem Affenkäfig; weg von dem Land.«

»Fürcht bloß«, sag ich und leg n tiefen Lungenzug ein, »mit diesen vierzehn Tagen bei uns, das wird nichts, mein Junge.«

Jossel lächelt mich aufmunternd an. Er setzt sich wieder und streckt ächzend die Beine aus unter m Tisch.

»Schlimm, daß ich da andrer Meinung bin als du?«

Ich blas ihm gezielt ne Mundvoll Rauch ins Gesicht.

»Absolut nich, nee. Bloß, das is *meine* Kellerwohnung hier unten, verstehste. Und wie gefährdet wir auch schon ohne dich sind, das siehste an der Pappe im Schaufenster vorn; war nämlich gestern noch ne Glasscheibe drin.«

»Logisch.« Jossels Mundwinkel kräuseln sich sacht: »Schiß darf man natürlich bei so was nich haben.«

Irgendwas is mit der Zigarette los, die zieht plötzlich nich mehr. Ich drück sie an der Herdkante aus.

»Aber gegen Verantwortung«, hör ich mich sagen, »gegen *die* haste doch nichts. Oder –?«

Er nickt zur Durchgangstür hin, durch die man in die kaputtgeschlagne Werkstatt reinkucken kann.

»Nu könnt man allerdings dann auch sagen, direkt nach Verantwortung sieht s da vorn eigentlich *nich* grade aus.«

»Jossel –!« Avrom hält mich am Arm fest, denn ich schein aufgesprungen zu sein. »Das mußte zurücknehmen, Junge. Los, mach.«

Auch Jossel steht auf.

»Er kann wählen; ich hab auch Karate gelernt.«

»Das haste von Motek«, sagte Sally hastig. Sie zerrt sich schluckend an ihrm Kopftuchknoten rum unter m Kinn. »Der hat auch immer die nettesten Leute vergnatzt.«

»Also, ›nett‹ –« Jossel mustert mich abschätzig; »weiß nich so recht.«

»Schluß.« Avrom tritt dicht vor ihn hin; sein Bart zuckt. »Jossel, ich konstatier, daß es dir leid tut, was de gesagt hast.« Er schubst ihn auf s Sofa und schiebt mir n Stuhl in die Kniekehlen. »Und du, Karl, beruhigst dich. Und nu hört zu.« Er fängt an, hin- und herzugehn in der Küche, im gleichen Rhythmus, wie der Kanarienvogel auf m Schrank über ihm von dem einen Holzstäbchen auf s andre springt. »Garantiert kuckt heut früh noch die Polizei oder der Hauswart oder sonst wer hier rein. Deutschland is n ordentliches Land. Jede Wette, daß die uns für s Wegschaffen von dem Glashaufen auf m Bürgersteig verantwortlich machen. Was ergibt sich daraus. Daraus ergibt sich, Jossel: Du muß so schnell wie möglich hier raus.«

Jossel fährt sich n paarmal durch s widerborstige Haar.

»Und wo soll ich hin?«

»Komm, komm«, sag ich; »hast s doch vorhin selber gesagt: Hättst auch ne andre Unterkunft auftun können.«

Avrom is stehngeblieben, hat mir die Hand auf die Schulter gelegt.

»Karl.« Seine Stimme zittert n bißchen. »Anerkennste so was wie n Vater in mir oder nich.«

»Was fragste, Avrom.«

»Darf n Vater befehlen?«

»Er darf.«

»Dann bringste Jossel jetz raus in die Laube. Da hat er Holz. Da hat er Wasser, da hat er Kartoffeln. Da is jetz kein Mensch im November. Haste Geld, Jossel?«

Jossel klopft auf n Joppenzipfel.

»Eingenäht.«

»Sally, gibt ihm noch n paar Tüten Trockensuppe; da braucht er hier nich in die Läden. Und nu raus, Karl und sieh nach, ob nich grade aus m Haus einer vorbeigeht oder so was.«

Zum Glück warn die Männer um die Zeit schon auf Arbeit gegangen. Nur n paar Frauen mit Taschen und Einholnetzen begegneten uns die Wörthstraße rauf. Das Dumme war, Jossel fiel ziemlich auf; seine Augen, sein Haar, seine Nase, sein Mund, ja, sogar sein Gang, alles war auf ne Art jüdisch, wie sie genau den Vorurteilen entsprach, die die Leute nu mal so hatten. Sogar die Schulkinder, die uns begegneten, stießen einander die Ellbogen in die Seite und drehten sich noch nach uns um. Vielleicht hatte meine zunehmende Gereiztheit, oder wie de das nennen willst, auch *da*mit zu tun. Jedenfalls war ich erst mal heilfroh, als wir am Stadtrand oben, gegenüber der Steinmetzwerkstatt, in die Laubenkolonie *Schneeglöckchen* einbiegen konnten. Hier kam s jetz nur drauf an, die Wohnlauben zu meiden, in denen die Leute ja auch im Winter noch hausten. Dann kürzten wir durch die zwei andern Laubenkolonien ab, liefen den ausgefahrnen Feldweg zwischen den Friedhofsgärtnereien lang, deren Windräder immer mehr in dem ständig tiefer sackenden Nebel verschwanden und kamen schließlich, zwischen den Randparzellen der Kolonie *Sangesfreude* und dem windschiefen Bretterzaun des verwilderten Brauereigrundstücks, das sich bis nach Lichtenberg rüber erstreckte, auf diesen Matschweg raus, der immer die Grenze war, wenn Rachel mit mir ihre Raubzüge machte, beziehungsweise vom Rollstuhl aus Anweisungen gab, in welchen Lauben was zu holen wär und welche nur aufgeknackt werden sollten, um die Besitzer zu ärgern.

Jossel war wortkarg hier draußen. Aber irgendwie schien er Gedanken lesen zu können. Er kam auf einmal auf Rachel zu sprechen; er wollte wissen, ob sie schön gewesen wär als Mädchen; Motek hätte da n Foto gehabt, auf dem hätt sie wie n Engel ausgesehn, ehrlich.

»Also, ›Engel‹ is stark übertrieben. Gegenteil: ganz schönes Biest gewesen manchmal, wenn ich zurückdenk.«

»Na, gut; vielleicht, wenn de mit ihr gespielt hast.«

»Konntst doch mit Rachel nich spielen! Die hat rumkommandiert. Und wehe, hast nich gespurt. Richtig gemein konnt se da sein.«

»Meinste nich, daß das an *dir* lag?«

Er überquert ne Pfütze, wobei er sich vorsieht, daß die frisch gewienerten Schuhe nichts abkriegen und balanciert dann weiter die grindige Grasnarbe am Bretterzaun lang.

»Klar lag das an mir«, sag ich; »ich hab se nämlich geliebt. 'n besseren Befehlsempfänger hätt sie sich gar nich wünschen können. Daß se das ausnutzt – doch logisch.«

Er lächelt n Augenblick rüber zu mir.

»›Logisch‹, weil de kein Organ für sie hattst. Wär ich gleichalt mit ihr gewesen, was meinste, wie ich ihr imponiert hätt. Kein Piep hätt se da mehr gesagt. Von wegen befehlen! Bewundert hätt se mich.«

»Sei da man bloß nich so sicher.«

»Bin ich aber. Was se nämlich auch noch gestört hat –: Du bist n Goi, du warst kein jüdischer Junge.«

Mir gibt s n Stich.

»Völlig unwichtig gewesen. Ich war ihr Freund. Sie wußt, sie konnt sich auf mich verlassen. *Das* war entscheidend.«

»Und all die schönen jüdischen Feste? Nu sag bloß noch, die haste *trotzdem* mit ihr gefeiert!«

»Bloß eben nich, weil s jüdische warn, sondern weil se uns Spaß gemacht haben. Sukkot zum Beispiel.«

»Du und Sukkot –«

Verächtlich zieht er die Mundwinkel runter.

»Jetz wirste lachen«, sag ich: »Unsre Laubhütte stand mitten im Hof, vorschriftsmäßig mit m großen Loch im Dach, damit die Sterne auch reinkucken konnten. Sally hat uns am Abend sogar noch n echten Lulaw-Zweig und ne genauso echte Etrog-Frucht rausgebracht. Extra über n Großhandel aus Palästina bezogen. Und weißte, wer se der Rachel gebaut hat, die Hütte?–: Ich.«

’n Müllhaufen, der von ner aufgeschlitzten Matratze gekrönt wird, zwingt ihn, auf meine Seite rüberzukommen. Das muß man ausnutzen.

»Na, oder Chanukka. ’n ganzen Abend haben wir mit m Treidel gespielt. Is meist um Pfeffernüsse gegangen, oft auch um Geld.«

Er räuspert sich, is heiser geworden; schon n erster Erfolg.

»Ich denk, man *konnt* nich spieln mit der Rachel.«

»*War* eigentlich auch kein Spiel für sie; war mehr ne Einnahmequelle. Ich ließ sie nämlich meistens gewinnen.«

Er preßt n Augenblick die Lippen zusammen.

»Klar; dann darfste dich nich wundern, daß sie dich schikaniert. Hat dich eben für ne Niete gehalten.«

'n Sprung über n Gewirr regenwassergefüllter Radspuren weg, und er läuft drüben wieder die Grasnarbe lang.

»Ich glaub –«, sag ich langsam, »ich sollt mal was richtigstelln, Jossel.«

Er lächelt schon wieder; bißchen angestrengter nur diesmal.

»Bemüh dich nich; *mir* brauchste Rachel nich wegzuerklärn.«

»Das hieß, du kennst sie genau. Dabei haste keine Ahnung von ihr.«

Sein Lächeln wird lockrer.

»Wozu ahnen, wenn ich sie *seh*?«

»Du siehst n Foto von ihr.«

»Ich seh Rachel. Und ich kenn sie, als hätt der Motek n Brautwerber zu ihr geschickt.«

Dicht am Parzellengitter steckt ne Zierkugel auf ner Stakete. Verzerrt, mit rudernden Armen und nem albernen Knollengesicht zieht mein Spiegelbild über die goldene Wölbung.

»Und genau *das* war s«, sag ich mühsam.

»Was.«

»Was ich mit ›richtigstelln‹ mein. Weißte, was ich nämlich gehabt hab von ihr? –: Ihr absolutes Vertrauen. Und dreimal darfste raten, worauf das gefußt hat.«

»Nu, worauf wohl.« Er weicht nem Bündel verrosteter Sprungfedern aus und zuckt übertrieben lässig die Schultern dabei. »Sie wird s vorausgewußt haben, das mit ihrm Tod; na, und *einem* mußt sie s doch sagen.«

Mir kribbelt die Kopfhaut; hör richtig s Blut dröhnen im Hirn.

»Und wenn de dir klarmachtest, daß es n größres Vertrauen nich gibt?«

»Schon geschehn«, sagt Jossel. »Sie war dreizehn, als sie gestorben is, stimmts?«

»Stimmt«, sag ich zögernd.

»Nu bitte«, sagt Jossel. »Und *die* Rachel, die *ich* mein, die is vierzehn gewesen.« Er bückt sich unter nem tiefhängenden Holunderzweig weg. »Is dir der Unterschied klar?« Er richtet sich wieder auf. »Die lebt nämlich noch; die is heut elf Jahr älter als ich. Und sie is schön. Und ne kluge Person. Und tapfer vor allem. Denn sie möcht raus hier. Sie sagt, der Altersunterschied, der muß kein Hindernis sein.«

»Aber ihr Tod is eins«, sagt meine Stimme erregt; »und der verbietet dir auch, so von ihr zu reden.«

Jossel zieht n bißchen den Kopf zwischen die Schultern.

»Fragt sich eben nur, wer ihr n größren Dienst leistet: Der, der ihr Gedenken mit m Tod enden läßt oder der, der ihrn Tod mit m Gedenken besiegt.«

's hat zu nieseln begonnen. Voraus, hinter dem Dunstvorhang rast fluschig was großes Gelbes vorbei: die Straßenbahn, die die Lichtenberger Chausee runterfährt.

Muß erst n paarmal Luft holen, s Herz schlägt zu schnell. Dann wieder die Stimme, meine anscheinend; irgendwie mit so m abwartenden Unterton, jetz:

»Siehst sie doch leidlich gesund, die Rachel; oder –?«

Er braucht noch nich mal nachzudenken. Er lächelt.

»›Gesund‹ is gar kein Ausdruck. Schließlich, ich nehm sie doch nach Erez Israel mit – in Gedanken.«

Ich hol tief Luft.

»Die Rachel *war* aber nu mal nich gesund.«

Er stakt übertrieben behutsam durch n hüfthohen Brennesselstreifen am Wegrand; dabei sind die schon alle vergilbt.

»Klar. Ich mein: an irgendwas muß sie ja gestorben sein. Also hat sie vorher ne Krankheit gehabt.«

»›Vorher‹–? Was verstehste darunter.«

»Nu –« Jossel hebt n bißchen die Schultern: »Viertel Jahr oder so; hoffentlich *weniger* lang.«

Ich halt n Momentchen die Luft an. Man hört schon die Autos auf der Chaussee. Dann:

»Muß ich dich leider enttäuschen: Rachel hat Kinderlähmung gehabt. Von ihrm dritten Jahr an.«

'ne Konservenbüchse liegt ihm im Weg. Er tritt drauf und stolpert.

Ich laß jetz nich locker.

»Erst hat sie gehinkt. Dann mußt sie turnen. Dann hat sie Beinschienen gekriegt. Dann hat sie im Rollstuhl gesessen. Dann –«

»Du lügst!«

Er is schweratmend stehngeblieben.

»Komm; wir haben keine Zeit zu verliern.«

Ich geh rüber zu ihm; ich lauf neben ihm her; durch Radspuren und Pfützen. Ich sag:

»Kuck mal. Mußt dir das vorstelln, Jossel.«

Er rennt mir fast weg; gar nich so einfach, jetz Schritt zu halten mit ihm.

»Bin doch ihr einziger Vertrauter gewesen. Immer hat sie sich auf mich verlassen können. Ob sie gestützt, getragen oder gefahrn werden wollt: Alles hab ich gemacht. Sag dir ja: Ich hab sie geliebt. Immer schon; von Kind an. Bis zu ihrm Tod.«

Wir haben die Straße erreicht. In den abgestorbenen Ulmen, die sie flankiern, hörste den Wind.

Jossel schluckt. 'ne Lockenspirale is ihm in die Stirne gerutscht; n winziger Regenbach rinnt an ihr runter und weiter die Nasenflügel entlang. Nee, *is* nich der Wind; is Jossel, der keucht:

»Du bist n Stuppen. Du weißt genau, wie ich ihr Andenken brauch!«

Ich zuck die Schultern und schlag mir n Jakettkragen hoch.

»Bloß, du würdst ner Lüge aufsitzen, sähste sie in Palästina gesund. Mußt ihr schon mindestens Rollstuhl und Beinschienen lassen.«

Ecke Berliner Allee kreischt in der Kurve ne Straßenbahn auf; klingt, als wär ne Katze unter die Räder gekommen.

Er macht n Schritt auf mich zu. Er schluckt. Ich seh, wie sein Adamsapfel die blauen Bartstoppeln bewegt. Unverwandt starrt er mich an.

»Weißte, was ich jetz mit dir möcht –?«

Hinter sei'm rechten Ohr schimmert n regennasses Haltestellenschild aus m Nebel.

Gleich muß die Bahn hiersein; man hört sie schon läuten. Bei *dem* Wetter kriegt der Fahrer n Fuß vom Bimmelknopf bestimmt nich mehr runter.

Langsam wend ich mich ab und geh die Rinnsteinkante entlang. Vier Haltestelln, und ich bin wieder bei Avrom und Sally im Keller.

»Was denn –: Du hast ihn dort stehnlassen? Du hast dich nicht mehr um ihn gekümmert? Du läßt am zehnten November achtunddreißig, *eine* Nacht nach diesem Pogrom, einen jüdischen Jungen, der aus einem Transport geflohen ist, ohne Papiere, ohne Kenntnis der Gegend, einfach so stehn?!«

»Na, aber Avrom, was sollt ich n machen? Ihn wider seinen Willen zur Laube schleifen vielleicht? Ihm in *der* Verfassung den Weg beschreiben dorthin? Der war doch gar nich mehr ansprechbar, was Unterkunft und so was betraf. Mit dem kamste doch überhaupt nich mehr klar. Der hat doch kaum noch gewußt, was er tat. Hättst mal die Leute sehn solln; die dachten doch sonst was, als sie uns da so sahn. Haben uns nämlich die ganze Zeit, von der Haltestelle aus, beobachten können. Und alle mit mir in die Straßenbahn rein. Kann dir sagen, vielleicht n Gefühl, so auf m Präsentierteller zu stehn. Na, bin für alle Fälle bis zum Antonplatz runtergefahrn, und die drei Stationen dann wieder retour; besser is besser, hab ich nich recht? Schließlich, nach *so* ner Nacht–. Ich mein, stell dir doch jetz bloß mal vor– *Was* sagste da –? *Was* hätt ich gemacht? 'n Beweis erbracht? Beweis wofür.«

Nein, es ging nicht länger; es war mir unmöglich, noch so dicht neben ihm sitzenzubleiben. Und ich konnte auch plötzlich dieses eingefallene graue, wie mit Vulkanasche bestreute Gesicht, diese immer noch viel zu unsteten Augen und diesen redseligen, dennoch wie zerschmettert wirkenden Mund nicht mehr sehn. Ja es würde überhaupt fraglich sein, ob es mir, nach dem eben Erzählten, noch einmal gelänge, ihm weiterhin zuzuhören.

Ich stand auf und stieß mit den Kniekehlen diesen wachstuchüberzogenen Hocker zurück, wobei eins seiner Beine in die Rinne geriet, die quer durch den Raum zum Abfluß unter dem Waschbecken führte. Es gab einen beinern kreischenden Ton, als der Hocker umkippte. Noch vor zehn Minuten hätte ich mich für mein Ungeschick bei Goschnik entschuldigt; jetzt war mir nur möglich, den Hocker wieder aufzustellen; und ich tat es und trat vor das Fenster und starrte ins Dunkel des Lichtschachts hinaus und versuchte, in der verzerrt spiegelnden Scheibe Goschnik nicht sehen zu müssen, der ratlos das Gesicht zu mir hergewandt hatte.

»Avrom. Ich hab dich was gefragt.«

Jetzt hatten die Augen sich an das Dunkel dort draußen gewöhnt. Ich begann wiederzuerkennen, was sich mir, noch vom Tag her, eingeprägt hatte: Die Stöße rußiger Kacheln; die graugewordene Stanniolpapierkugel; die zerborstene Kastanie; der zinkenlose Kamm.

Wenn sich dort draußen vorhin wirklich etwas bewegt haben sollte, dann konnten es eigentlich nur diese nachenartig zusammengeschrumpften Kastanienblätter gewesen sein, die da auf dem Betonboden lagen. Nur, wie war dann ein Windhauch in diese Tiefe gelangt? Und wenn es ein *andrer* Hauch gewesen wäre, ein Wehen vielleicht?

»Avrom –!«

Ich wandte mich um.

»Ja, Karl.«

»Was haste. Warum drehste mir n Rücken zu. Warum antwortste mir nich. Was war das für n Beweis, von dem de da sprachst?« Er hatte etwas den Kopf angehoben. Kraftlos sank er jetzt wieder zurück. »Red, Avrom. Red!«

Langsam ging Avrom wieder zum Hocker zurück. Der Lichtwiderschein auf der weißen Wachstuchbespannung hatte noch nie so blendend geglänzt.

»Möglich, daß ich dir Unrecht tue.«

»Tu s; aber red.«

Ich setzte mich wieder. Irgend etwas hatte mir eine neue Distanz aufgezwungen. Es lagen jetzt reichlich anderthalb Meter zwischen dem Hocker und ihm.

»Mit dem Beweis meinte ich, du kannst dir unmöglich, bis in die letzte Konsequenz hinein, klargemacht haben, was es damals hieß, in diesem Land hier Jude zu sein.«

Das Summen der Fliege war wieder zu hören. Ich lauschte ihr sekundenlang abwesend nach.

Goschnik warf ächzend ein paarmal den Kopf hin und her. Das Zucken unter seinem rechten Auge war wiedergekommen. Der vibrierende Nerv hatte eben *doch* nichts von seiner irritierenden Wirkung verloren, er drohte die Glaubwürdigkeit auch noch der beschwörendsten Blicke zunichte zu machen, mit denen Goschnik, trotz seines Zustandes, jetzt keineswegs sparte.

»Avrom.« Er hielt den Atem an; man spürte, wie er sich zu konzentrieren versuchte. »Mit vierzehn bin ich zu dir in die Lehre gekommen. Das is anno dreiundzwanzig gewesen. Seither hab ich mit euch zusammengelebt. Kriegt man da vom Jüdischsein was mit oder nich.«

»Erlaube, daß ich dich auf einen Rechenfehler aufmerksam mache. Unser Zusammenleben hat eine zeitliche Begrenzung erfahren. Denn im Jahr dreiundvierzig sind Avrom und Sally zu Rachel auf den Friedhof gegangen.«

Er preßte einen Augenblick lang die Kiefer zusammen, sodaß seine Wangengruben sich zu stoppligen Schluchten vertieften.

»Du hast recht.« Er atmete mühsam. »Aber einundzwanzig Jahre Gemeinsamkeit genügen doch wohl *auch*, um euch und eure Art zu leben kennenzulernen. Oder nich –?«

»Gar keine Frage. Nun erschöpft Jüdischsein sich allerdings auch nicht in Sabbatfeiern und Purimfesten.«

»Sicher nich, nee. Aber zweierlei steht doch wohl fest.« Er räusperte sich rasselnd, er war heiser geworden. Tief holte er darauf wieder Luft: »Ihr seid nich nur anders, ihr seid auch gefährdet gewesen. Dem ersten hab ich mich angepaßt. Das zweite hab ich einkalkuliert. Stimmts oder nich?«

Wieder dieser beschwörende, Einverständnis heischende Blick, den der zuckende Nerv so unterminierte.

Ich schob mir etwas den Hut aus der Stirn.

»Und was ist mit Jossel?«

Er schluckte.

»Ich red jetz von euch.«

»Und *ich* von uns Juden.«

»Na, aber *bist* doch einer! Warum sollt ich euch trennen?«

»Weil du mich liebst: *mich*, Avrom. Den Juden aber,

der ich *auch* bin, den kannst du nicht lieben, der ist dir zu fremd. Deshalb mußt du ihn *kennen.*«

»Ich kenn Sally und dich. Mir genügt das.«

»Dem Jüdischen nicht. Denn *das* ist nicht der Weg zu ihm hin. Das ist der Umweg durch s Herz.«

Ungläubig, blinzelnd sah er mich an.

»Und Liebe und Verständnis, die schließen sich da aus?«

»Leider nicht: Sie hindern einander; sie hindern dich zu erkennen.«

Erregt versuchte er, sich auf die Ellenbogen zu stützen, es gelang jedoch nicht.

»Avrom, wie redst n du plötzlich?«

Ich wich seinem Blick aus, sah auf meine Schuhspitzen nieder. Sie standen auf einem gefliesten Spiegelgesicht, das aus seiner schwarzen Umrandung finster zu mir heraufblickte. Es schwieg.

»Aber habt euch doch immer bei mir geborgen gefühlt!«

»*In* dir; *bei* dir keineswegs immer. Herzkammer und Versteck, Karl, sind zweierlei Räume.«

»Dabei hab ich euch doch dann extra den tiefer gelegenen Keller besorgt!«

»Nachdem wir im oberen beinah entdeckt worden wären, ja.«

»Komm, komm; nu übertreib aber nich.«

Ich rückte wieder etwas näher zu ihm heran.

»Hast du den Hauswart vergessen mit dieser jüdischen Frau, die unseren Wohnraum aufnehmen sollte?«

Gequält warf er ein paarmal den Kopf hin und her.

»Aber grade *die* jüdische Frau, die hat mir doch die Eizes gegeben, daß ich euch polizeilich abmelden müßt! Hatt doch den beiden erzählt, daß ihr verhaftet worden wärt auf der Straße.«

»Nu sein Se mal vorsichtig mit so ner Behauptung.« Der Protokollführer legt s Lineal neben die Schreibunterlage und sieht zu, daß es oben und unten genau mit ihr abschließt. »In Deutschland wird schließlich nich irgendwer aus heitrem Himmel verhaftet. Da muß doch was vorgefalln sein.«

»Kenn die Leute«, sag ich; »da *is* nichts vorgefallen.«

»So, Sie kennen die.« Er hebt n bißchen sein massiges Teiggesicht an und mustert mich unintressiert. »Und um wen handelt sich s dann.«

»Um meine Untermieter: Avrom und Sally Grünbaum.«

»Komische Vornamen, nee?«

Er kuckt nach, ob er noch irgendwas auf m Schreibtisch rechtwinklig ausrichten kann.

»Gibt komischere.«

Womit ich ganz sicher recht hätt. »Wohnhaft –?«

Ich sag s ihm. Füg auch gleich zu, wer *ich* bin.

»Kollege«, sagt er zu dem jungen Blonden, der mit ner Zimmergießkanne rumgeht und die Blumentöppe versorgt, »sehn Se doch mal in der Kartei nach: Goschnik; Straßburgstraße zwounddreißig.«

»Gemacht, Hauptwachmeister.«

Der junge Blonde stellt die Gießkanne ab.

Bis er raus is, zählt der Protokollführer die losen Büroklammern auf der Schreibunterlage. Sein Ton wird gemütlich:

»Also, noch mal –: *Was,* sagten Sie, haben die zwei sich zuschulden kommen lassen –?«

»Nichts; hab s Ihnen doch gesagt. Einfach bloß so spazierngegangen.«

»Machen Sie halblang, Mann.« Seine farblosen Brauen steigen zum Mittelscheitel rauf. »Sie wolln doch den Staatsorganen nich Willkür vorwerfen?«

»Ich will niemand was vorwerfen. Ich will ihn melden, den Vorfall. Sie solln ihn zu Protokoll nehmen.«

»Ich soll.« Er sieht bullig von unten her an mir hoch. »Gedient ham Sie anscheinend noch *nich.«*

»Nee; tut mir leid.«

Er bläst mit ungeheurer Atemkraft n Stäubchen vom Löscher.

»Dann los. Also, Ihre Untermieter gehn da ganz friedlich –«

»– die Oranienburger Straße lang, ja. Plötzlich treten zwei Herrn in Zivil an sie ran, zeigen kurz irgend n Ausweis und drängen die beiden zu nem wartenden Pkw ab.«

»Moment.« Jetz hat er *noch* n Stäubchen entdeckt. Er macht n kleinen Finger feucht und tupft s von der Uniformmanschette: »Darf man mal fragen, woher Sie das alles so haargenau wissen?«

»Na, ich war doch dabei. Hatt mir nur grade am Kiosk ne Zeitung gekauft; *Völkischen Beobachter;* wollt wissen, was an der Ostfront los is.«

Er zieht n bißchen den massigen Hals ein.

»Und da stehn Sie ruhig weiter am Kiosk –?«

»Unsinn. Natürlich gleich hingesaust. Aber da haun die schon ab.«

»Autonummer behalten?«

»Berliner Wagen gewesen. Schwarze Limousine. Die Herrn hatten dunkle Ledermäntel an und graue Filzhüte auf.«

»Erschöpfende Beschreibung. So läuft doch jeder dritte heut ruum.«

»Na, doch wohl nich *meine* Schuld, daß die sich vorher nich kenntlicher anziehn!«

»Nu, nu«, macht er milde; »beruhigen Se sich.«

Der Blonde kommt wieder rein. Seine Ohrn glühn.

»Kleine Überraschung, Hauptwachmeister: Kucken Se mal, was hier auf der Karteikarte steht.«

Der Protokollführer pfeift ne Liedstrophe vor sich hin, währnd er s liest. Dann blickt er gutgelaunt auf.

»Sagten Sie nich, daß die nichts angestellt hätten?«

Ich nick überzeugt; konnt ich ja wohl.

»Und Sie bleiben dabei?«

Is noch ne Spur freundlicher, seine Stimmlage jetz.

»Absolut.«

»Dann lassen Se sich mal von *mir* sagen, daß das Staatsfeinde sind.«

»Ihre Witze könn Se sich sparn. Der Mann is blind. Er is voll auf seine Frau angewiesen.«

»Glaub ich Ihnen auf s Wort. Nur, hier steht eindeutig: ›mosaischen Glaubens‹.« Er reicht dem jungen Blonden die Karteikarte dankend zurück. »Ich mein, da schaltet man doch.«

»Klärn Sie mich auf.«

»Na, Mann, das sind Juden –!«

»Ja und–?«

Er holt n paarmal tief Luft.

»Sie machen mir Spaß. Haben doch sicher schon mal was von den *Nürnberger Gesetzen* gehört?«

»Doch –: Dunkel.«

Und dem jungen Blonden fällt jetz auch noch was ein.

»Na, und Sie haben ja wohl auch die Wohnung Ihrer Untermieter kennzeichnen müssen seit m sechsundzwanzigsten dritten.«

»Und was hat das alles mit der Verhaftung zu tun?«

»Nu –: 'ne Menge.« Der Protokollführer schiebt das Kinderfoto neben dem Locher zurecht; schließt jetz auch haargenau mit dem Tintenfaß ab, der Rahmen von dem. »Deutet ja alles schon darauf hin. Sind eben jetz reif gewesen, die beiden.«

»Außerdem ja auch schon n Haufen *andrer* abgeholt worden.«

Mal wieder zur Abwechslung der junge Blonde gewesen.

Der andre blickt mißmutig durch ihn hindurch.

»Ob Sie die Karte wieder zur Meldestelle bringen, Kollege?«

»Gemacht, Hauptwachmeister.«

Die Zeit, bis der junge Blonde raus is, vertreibt der Protokollführer sich mit Bleistiftanspitzen.

»Die warn auch schon mal besser. Was ich für n Tod nich vertrage: Wenn in so m Anspitzer s Messer nich faßt.« Er dreht und dreht. »Nu sehn Se sich das doch mal an!«

Ich nicke.

»Nervt einen, so was.«

»Genau s richtige Wort.«

Ich senk etwas die Stimme.

»Krieg ich von Ihnen n Rat?«

»Moment.« Er spannt n Bogen in die Schreibmaschine. »Brauch erst ne Klapperkulisse. So.« Er fängt an zu tippen. »Sie wolln wissen, wo die jetz stecken.«

Nee; denn das wußt ich ja wesentlich besser als er. Sondern ich wollt wissen, an was für wichtigen Stellen ich s noch glaubhaft machen könnt, daß ihr weggeholt worden wärt. Denn je mehr Institutionen ich da ›eingeweiht‹ hätt, desto günstiger für uns natürlich; das heißt: desto abgesicherter wärt ihr gewesen.

»Genauso sieht s aus«, hab ich daher gesagt.

Er läßt sich im Tippen nich störn.

»Schon mal was von der *Reichsvereinigung der Juden* gehört?«

»Nee; gar nich gewußt, daß es so was gibt.«

»Art Dachverband; sind die Gemeinden drunter zusammengeschlossen. Is in der Kantstraße, die Stelle. Da laufen ne Menge Meldungen zusammen. Vor allem, was Deportationen und so was betrifft. Auch Einzelverhaftungen. Die führn ne Kartei.« Er hört n Augenblick auf zu tippen und starrt mein linkes Ohrläppchen an. »Aber Vorsicht, die haben da die Gestapo im Haus.«

Das sollte für Goschnik kein Hinderungsgrund sein. Schon am nächsten Morgen, einem klaren, letzten Apriltag, den er durch die bunten, bleieingefaßten Fensterscheiben mehrfach gebrochen hereinleuchten sah, ging er, vom ratlosen Pförtner in die oberen Räume verwiesen, Kantstraße neunzehn, die Treppe hinauf.

Er hatte sich das Haus, in dem die *Reichsvereinigung* untergebracht war, anders vorgestellt; dienstlicher, gestand er sich ein, nicht so privat. Und ›privat‹, das blieb auch sein Eindruck, nachdem er, unter ständig wachsender Ungeduld an mehrere Türen geklopft und jedesmal, wenn er sie aufgeklinkt hatte, dahinter in die engen und überbelegten Büroräume sah, die ihm unordentlicher vorkamen, als notwendig war.

Am meisten reizte ihn aber die scheue Gleichmütigkeit, mit der man ihm überall begegnete; niemand fragte ihn hier, was er wünsche, überall mußte *er* zu fragen beginnen, und überall auch, hatte es den Anschein, bestand nicht das mindeste Interesse an seinem Problem. Es schien hier an der Tagesordnung zu sein, daß jüdische Leute verschwanden, gar, wie er es sich doch, wenn auch realitätsbezogen, ausgedacht hatte, verhaftet und abgeführt wurden.

Ja, einmal fragte ein flüchtig aufblickender, sich übermüdet die Augen reibender Mann ihn sogar, wo er denn glaube, daß man da hinkomme, wenn jeder, der eine ähnliche Beobachtung mache, hier erscheine und um Registrierung des Vorgefallenen bitte.

Goschnik hatte Mühe, angemessen sachlich zu bleiben. Er habe keine ›Beobachtung‹ gemacht, sondern es hätte sich um seine Untermieter gehandelt, mit denen er befreundet sei, wenn er das gerade hier vielleicht noch zusätzlich anmerken dürfe.

Gerade hier, antwortete der Mann, wieder über seinen Schreibtisch gebeugt, sei es in hohem Grade angebracht, derlei *nicht* zu betonen.

Eine Antwort Goschniks erübrigte sich glücklicherweise, denn eine schwere, zur Fettleibigkeit neigende Frau, die die Angewohnheit hatte, ständig die ihr auf die Nasenspitze rutschende Brille durch ein ruckhaftes Anheben des Kopfes wieder in die Ausgangsposition zu bringen, herrschte ihn an, er solle die Leute hier nicht in ihrer Arbeit beeinträchtigen, und wenn es sich tatsächlich um etwas Unaufschiebbares handle, in Gottes Namen, dann bei ihr, der Bürovorsteherin, im Nebenraum bitte.

Goschnik folgte ihr erleichtert, hatte dann allerdings einige Mühe, in der verbrauchten, nach Puder riechenden Luft sich nicht gleich wieder unbehaglich zu fühlen.

Unwirsch hieß die Frau ihn, sich setzen, und Goschnik hatte erst einmal Muße, das ihm gegenübersitzende Mädchen zu mustern, das eine maschinengeschriebene Adressenliste korrigierte und mit einer handschriftlichen Fassung verglich, wobei es selbstvergessen den Bleistift als Trommelschlegel benutzte.

Die Frau wühlte indessen unkonzentriert in einigen Aktenstößen herum.

Wie er darauf komme zu glauben, hier außer der Reihe behandelt werden zu können. Hätte der Pförtner ihm denn nicht gesagt, daß die Publikumsabfertigung um fünfzehn Uhr erst beginne?

Goschnik antwortete, wie er es sich vorgenommen hatte. Es handle sich um eine Verhaftung, die er gern so schnell wie möglich aktenkundig gemacht sähe; und vielleicht, fügte er, um glaubwürdiger zu erscheinen, hinzu, könne man ihm einen Hinweis geben, wo seine beiden jüdischen Untermieter, um die es sich handle, jetzt zu finden seien; schließlich, er hänge an ihnen.

»Wir hängen alle an unseren Leuten«, sagte die Frau; »glauben Sie doch bloß nicht, daß Sie da eine Ausnahme sind.«

Goschnik starrte einen Augenblick, scheinbar abwesend, auf die Liste, deren Namen und Adressen das Mädchen jetzt mit einer durchlaufenden Zahlenkolumne versah.

»Im Gegenteil«, sagte er dann; »ich bin eigentlich grade deshalb hierher gekommen, weil ich davon ausgeh, daß es Ihnen mit *Ihrn* Menschen ähnlich ergeht.«

»Also, ›ähnlich‹ – weiß nicht so recht.«

Das Mädchen hat weitergeschrieben, wie es das sagt.

Die Frau nickt. Die Brille rutscht ihr dabei auf die Nasenspitze herab.

»Glaube *auch,* daß da n gewisser Unterschied vorliegt.«

Goschnik starrt wieder auf die Liste, die Zahlenreihe geht in die Hunderter jetzt. Er fährt sich mit dem Zeigefinger im Hemdkragen herum.

»Aber Sammelplatz is doch wohl Sammelplatz. Oder nich.«

»Wie kommen Sie auf ›Sammelplatz‹?«

Diesmal schiebt die Frau sich die Brille mit einem Stoß gegen den Steg wieder auf die Nasenwurzel zurück.

»Ich komm auf Sammelplatz«, sagt Goschnik mühsam und nickt zu dem Mädchen hin, »weil das Fräulein da ne Adressenliste bearbeitet, wo ›Sammelplatz Levetzowstraße‹ drübersteht.«

Hastig legt das Mädchen die Liste in einem Leitzordner ab. Sehr glaubwürdig wirkt die Gelassenheit nicht, mit der sie Goschnik dann ansieht.

»Hab ich schon in der Schule nicht leiden können, wenn man mir auf die Finger kuckt.«

»Außerdem total verlesen.« Erregt pudert die Frau sich den jäh entstandenen Glanz von den Wangen. »Nicht, die Behauptung, wir würden hier Listen aufstellen, die mit Sammelplätzen zu tun haben könnten, die nehmen Sie doch wieder zurück?«

»Denk gar nich dran.« Goschniks Stimme vibriert.

»Hab s viel zu deutlich gesehn: Ausschließlich jüdisch klingende Namen gewesen; immer mit der Transportnummer hinter der Anschrift. Und kann Ihnen auch n Zielbahnhof sagen: ›Lodz‹ hat druntergestanden.«

»Zufall.«

Das Mädchen schluckt; ist heiser geworden.

Goschnik steht auf. Er schwankt fast; muß die Schenkel gegen die Tischkante pressen, ihm zittern die Knie.

»Und *ich* denk, Sie helfen hier Ihrn Leuten! Dabei stelln Sie Deportationslisten zusammen!«

Die Frau nimmt die Brille ab, sie ist ihr zu sehr beschlagen. Sie wirkt jetzt wehrlos und nackt, als hätte all ihre Schärfe einzig in der Brille gesteckt.

»Wir werden uns doch wohl vor *Ihnen* nicht rechtfertigen müssen!«

»Hörn Sie«, sagt Goschnik erregt und tritt dicht vor sie hin, sodaß sie sich besorgt aus ihrem Drehstuhl erhebt: »Ich versuch seit Jahren, zwei jüdische Leute gefahrlos über die Runden zu bringen und geb mir die allererdenklichste Mühe dabei. Und *Sie* –: was machen Sie hier, statt Ihrn Leuten zu raten –?!«

»Schluß.« Die Frau hat wieder nach der Brille gegriffen, ihre Wehrlosigkeit ist hinter den funkelnden Gläsern verschwunden. »Geh lieber raus, Ruth, daß du nicht in Versuchung gerätst, mich zu verpetzen.«

»Unsinn, Ella, ich bleib.«

Die Frau senkt die Stimme, sie hat Mühe zu atmen. »Wissen Sie, was passieren würde, wenn wir auch nur *einen* ihrer Befehle nicht ausführten; wenn wir auch nur *einen* unter hundert Namen ›vergäßen?‹« Sie tippt sich mit der Handkante gegen die Gurgel: »Und zwar sofort.«

»Was denn –« Goschnik preßt einen Moment lang die Lippen aufeinander: »Dann is *Ihr* Leben mehr wert, als das von denen, die Sie angeblich preisgeben müssen?«

»Ruth, sag *du* ihm, wie s ist.« Die Frau setzt sich erschöpft und kramt in ihrer Handtasche nach Zigaretten. »Ich schaff s nicht mehr, er ist mir zu grün.« Die Hand, die das brennende Feuerzeug hält, zittert so, daß sie sie aufstützen muß. »Aber behalt die Tür im Auge, hast du gehört?«

Das Mädchen nickt. Ihre Stimme klingt fast friedfertig jetzt.

»Im Grunde ist die Sache ganz einfach.«

Nun erst merkt Goschnik, wie hübsch sie ist; Anfang zwanzig vielleicht, schwarzer Bubikopf, die Wangenblässe rosa überschminkt; ganz anders, viel ausgeglichener, milder als Rachel. Sie geht zwischen Schreibtisch und Tür hin und her.

»Nämlich *so:* Wenn wir die geforderte Anzahl Menschen auf den Weg gebracht haben, sind die Angestellten der *Reichsvereinigung* dran; das sind *wir.* Natürlich –« Sie bleibt dicht vor ihm stehen, so dicht, daß er an ihrer linken Schläfe die winzige pochende blaue Ader erkennt: »Man kann sagen, dann laßt doch die andern das machen; sie haben ja ohnehin die Gewalt. Nur, dann würden Viehtransporte daraus. *So* aber können wir manchmal noch trösten, helfen und lindern. Denn wir betreuen die Transporte ja auch; zu Beginn jedenfalls.«

»So; und nun raus.« Die Frau nickt zur Tür. »Und wenn Sie wirklich so fabelhaft sind, wie Sie tun, dann können Sie wegen Ihrer beiden verlorenen Schäfchen ja mal zum Sturmführer Gerstenbach gehn. Dritte Tür links.«

Betäubt tritt Goschnik hinaus auf den Flur.

»Moment«, sagt da plötzlich das Mädchen und hat eine ganz neue, fast gläsern klingende Stimme bekommen; »Moment, ich bringe Sie hin!«

Ob de s mir glaubst oder nich: am liebsten wär ich getürmt. Aber ausgerechnet in *so* ner Dienststelle hier? Wie sieht n das aus. Und hätt ja wohl auch dem Mädchen gegenüber n blöden Eindruck gemacht. Ganz abgesehn von den Leuten. Ziemlicher Betrieb nämlich da auf m Flur; wahrscheinlich Frühstückspause oder so was gewesen, weiß nich genau. Dann also die Tür; die dritte, genau: Keine Nummer, kein Name dran, nichts.

Sie klopft.

»Ja«, sagt halblaut von innen ne Stimme.

Das Mädchen klinkt auf, winkt mich an sich vorbei.

»Dieser Mann hier möchte Sie sprechen.«

Der Zivilist am Schreibtisch weist mit seiner penibel gepflegten Hand auf die abgewetzte Wachstuch-Couch hinter sich an der Wand.

»Dann soll er sich setzen.«

Ich sag danke, nehm Platz.

Genugtuung im schönen Gesicht, zieht das Mädchen sich wieder zurück.

»Entschuldigen Sie.« Der Mann am Schreibtisch blättert noch in seiner Briefmappe rum: »Stehe sofort zu Ihrer Verfügung.«

Er hat den Gummibaumkübel neben sich als Aschenbecher benutzt; das ganze erdige Rund is mit ausgedrückten Kippen bedeckt. Auf der andern Seite hat er n gerahmtes Foto neben sich stehn; is die Totenmaske von der Unbekannten drauf, die sie aus der Seine gefischt haben.

Ich räuspere mich.

»Sofort«, sagt er wegkonzentriert; »nur die paar Unterschriften hier noch. So«, macht er dann, klappt die Briefmappe zu, wendet sich um.

Sportlich gebräuntes ältliches Jungensgesicht; bißchen *zu* blaue, bißchen *zu* glänzende Augen; nimmt sicher was.

Was er für mich tun könne, will er jetz wissen.

Hab den Film im Hirn auf Tempo geschaltet, seh grade noch Avrom und Sally unter m Alpenbild sitzen. Soviel steht fest: Gelingt s mir, meine Meldung auch *hier* anzubringen, läßt sich was Sichereres für die beiden nich denken.

»Weiß nich«, sag ich zögernd, »ob ich richtig bin hier bei Ihnen.«

»Muß ich *Ihnen* überlassen, das festzustellen.«

Er kann lächeln, ohne ne Miene zu verziehn. Logisch: nich s mindeste Lachfältchen um die Augenwinkel herum.

Ich rutsch auf die Couchkante vor.

»Die Sache is nämlich so: Ich hab zwei jüdische Untermieter gehabt.«

»Sie sprechen in der Vergangenheitsform –?«

Ich nicke; klein wenig zu hastig allerdings wohl.

»Sie sind verhaftet worden, die beiden. Ohne n ersichtlichen Grund eigentlich. Einfach so auf der Straße. Rein in n Auto und ab.«

»Sie haben da anscheinend was übersehn.« Er behaucht konzentriert seine Fingernägel. »Es *gibt* einen Grund: Es sind Juden.«

»Ich hab das auch nich als Beschwerde gemeint; wollt s sozusagen nur melden.«

Behutsam reibt er sich die Nägel am Ärmelrand blank. »Und vielleicht sollten Sie zwei Begriffe auseinanderzuhalten versuchen.« Die glänzenden Nägel gefallen ihm jetz, liebevoll sieht er sie an: »Unschädlich machen ist nicht verhaften. Verhaften ist ein Vergewisserungsakt. Was das *andre* angeht: stimmt; da sind in der Tat einige Aktionen im Gange.«

»Von denen man als Nichtjude natürlich nichts weiß.«

»In Einzelsituationen haben Sie recht. Im großen und ganzen allerdings sollten Sie aufgeklärt sein.«

»Selbstverständlich; bin ich ja auch. Immer exakt drauf gedrungen, daß alle einschlägigen Bestimmungen eingehalten wurden: Wohnungskennzeichnung, Ausgangsbeschränkung, Radio abliefern, Haustierhaltungsverbot –«

Großzügig winkt er ab. »Was man ja wohl voraussetzen darf.« Er zieht sich die Bügelfalte glatt und schlägt ein Bein über s andre. Kinn ne Winzigkeit angehoben, kuckt er mich aufmerksam an. »Und was bezwecken Sie mit der Meldung?«

Genau *das* is der Punkt. Ich überleg. Dann hab ich s.

»Meine Untermieter haben Schulden gemacht; auch bei mir übrigens: Miete im Rückstand und so. Würd das gern noch in Ordnung gebracht haben, bevor –«

»Bevor *was.*«

»Nu –: Nehm nich direkt an, daß sie irgendwann wiederkommen werden, die beiden.«

Bejahend neigt er die Stirn.

»Sehn Sie absolut richtig.«

»Nur, wie mach ich das jetz den Gläubigern klar, die mir die Bude einrennen? Hab doch keinen Beweis in der Hand! Die denken doch dauernd, ich nähm die in Schutz. Glatte Ausrede für die, wenn ich ihnen das mit dem Abführn erzähle. Gäb s doch gar nich –: Auf offener Straße –!«

Er lächelt nachsichtig.

»Und *ob* s so was gibt. Die Herrn sind da kraß fehlinformiert.«

»Gut«, nick ich; »und wie informier ich sie jetz?«

Nachdenklich legt er Zeige- und Mittelfinger an s Kinn. Das heißt, ich *hoff,* daß er nachdenklich ist. Hoff allerdings auch, daß *ich* nich der Grund für sein Nachdenken bin.

Auf der Kantstraße unten ziehn die Autos vorbei. Scheint zu regnen; is an dem Prasseln zu hören, daß die Reifen auf dem nassen Asphalt erzeugen.

»Tja –« Der Mann seufzt. »Fürchte, Sie werden sich da noch etwas gedulden müssen, Herr –«

»– Goschnik«, sag ich mit ner leichten Verbeugung.

Und stock schon: Er hat sich den Namen notiert.

»Sehn Sie mal, Herr Goschnik.« Sorgfältig schraubt er n Blechdös'chen auf und steckt sich ne Pfefferminzpastille in den Mund: »Natürlich werden all diese Leute gewissenhaft registriert. Es ist also nicht etwa so, daß hier jemand verlorgengehn könnte. Wenn Sie das vielleicht beruhigt.«

»Doch, doch«, sag ich; »durchaus. Und wenn man mir das bestätigen könnt?«

Bedauernd legt er den Kopf schief.

»Nur eben leider nicht *gleich.«* Er rückt schon wieder den Notizblock zurecht. »Sie können mir ja Ihre Adresse hierlassen. Ich will gern dafür sorgen, daß Sie benachrichtigt werden.«

»Aber verstehn Sie doch, Herr –«

»Den ›Herrn‹ können Sie weglassen.« Wieder sein Maskenlächeln. ›Sturmführer‹ genügt.«

Ich schluck; *das* krieg ich nu *doch* nich über die Lippen.

»Ich mein: das nützt doch nichts. Die haben mir ja schon mit m Gerichtsvollzieher gedroht!«

»Stop.« Jetz kommt plötzlich Leben in sein Gesicht. *»So* geht das nun allerdings *nicht.* Sie sind sich doch hoffentlich darüber im klaren, daß alles Eigentum Ihrer jüdischen Untermieter, Mobilar eingeschlossen, von Staats wegen beschlagnahmt wird. Oder –?«

Nee; *das* hab ich *nich* gewußt.

»'türlich«, sag ich heiser; »das *is* es ja, das Problem.«

Krachend kaut er die Pfefferminzpastille kaputt.

»Daß wir uns richtig verstehn –: Es *kommt* ein Gerichtsvollzieher; aber natürlich einer von *uns.«*

»Na, bitte«, sag ich mühsam; »genau darauf wollt ich raus: auf ne Bescheinigung, die die Gläubiger in Schach hält. Nachher is für n Staat nichts mehr da. Käm ich doch in Deubels Küche wahrscheinlich.«

»Zweifellos.«

Er nickt verbindlich.

Ich hol tief Luft:

»Und wenn *Sie* mir hier irgendwas ausstellten? Muß ja nichts Endgültiges sein; irgend n provisorischen Schrieb.«

»Und wie stellen Sie sich das vor? Ich kann mich doch nicht lediglich nach Ihren Angaben richten!«

Da hat er recht. Aber *mehr* fällt mir nu *auch* nich ein. Um wenigstens für n unverdächtigen Abgang zu sorgen, ächz ich noch:

»Wenn ich wenigstens an mein Geld rankäm!«

Er hat sich auf die Schreibtischkante geschwungen; is plötzlich auf so ne unangenehme Art munter geworden. »Da machen Sie sich mal keine Hoffnung«, sagt er mit baumelnden Beinen. »Doch alles längst registriert.«

»Hab eigentlich mehr an Bargeld gedacht«, sag ich, um überhaupt was zu sagen. »Die beiden haben nämlich immer n gewissen Betrag bei sich gehabt; so für alle Fälle, verstehn Sie.«

Anerkennend schiebt er die Unterlippe vor.

»Prophetische Leute. Also, *da* könnte man Abhilfe schaffen.«

Überrascht seh ich ihn an.

Scheint ihm ernst zu sein. Elastisch federt er wieder runter vom Tisch und tritt vor den Stadtplan hin, der hinter m Schreibtisch an der Fensterwand hängt.

»*Wo* hat man sie eingesammelt –?«

›Eingesammelt‹ hat er gesagt.

»Oranienburger«, sag ich und versuch, mich räuspernd, die Heiserkeit aus der Stimme zu kriegen. »Die beiden hatten Bekannte besucht. Plötzlich hat n Auto auf ihrer Höhe gehalten und –«

»Danke, genügt.« Seine schmale gepflegte Hand fährt über n Plan. »Hier, ja: da wär die Levetzowstraße zuständig. Einen Moment.« Er klinkt die Tür zum Nebenraum auf. »Ach, bitte, Frau Schmitz: kurzes Diktat.«

Die Sekretärin kommt mit dem Stenogrammblock rüber und setzt sich. Eine Haarnadel hat sich aus ihrer Frisur gelöst; sieht wie ne Öse zum Hochhieven aus. Dabei hält sie sich schon, als hätt man ihr n Telefonbuch unter jeden Ellbogen geklemmt.

Ihr Chef hat den rechten Fuß auf den Rand vom Gummibaumkübel gestellt. Er raucht; gar nich richtig wahrgenommen, daß er sich eine angesteckt hat.

»Frau Schmitz.« Die Zigarette in seinem Mund tanzt auf und ab: »Wir stellen Herrn Gochnik, der sich Ihnen noch ausweisen wird, einen Passierschein für die Sammelstelle Synagoge Levetzowstraße aus.«

Die Sektretärin schreibt s auf.

Endloser Lungenzug dann. Und er diktiert:

»An die Gestapo, Dienststelle Soundso. Müssen Sie nachsehn, Frau Schmitz. Heutiges Datum. Herr Goschnik ist befugt, von dem jüdischen Staatsangehörigen –«

Er atmet wohlig den Rauch aus und sieht mich dabei abwartend an.

»– Avrom Grünbaum –« füg ich würgend hinzu.

Sein rechtes Auge verkleinert sich etwas; kann vom Rauch sein, könnt aber auch ne Art Lauern bedeuten.

»Sie meinen: ›*Israel* Avrom‹, nicht wahr –?«

Natürlich; völlig vergessen: ihr habt ja noch diesen Zusatznahmen annehmen müssen.

»Stimmt«, nick ich hastig.

Die Sekretärin hat mitstenografiert.

»Wohnhaft –?«

Ich sag s ihr.

Dann *er* wieder; weit weg allerdings jetz und ständig so n merkwürdig rhythmisches Rauschen dazwischen:

» – gegen Vorlage der einschlägigen Rechnungen den geforderten Gesamtbetrag auf Quittung in Empfang zu nehmen. Es handelt sich ausnahmslos um Tilgung jüdischer Schulden. ›Jüdischer‹ bitte sperren, Frau Schmitz.

Das war s.«

Sorgfältig drückt er die Zigarettenkippe im Gummibaumkübel aus.

Ich bedank mich betäubt.

»Aber ich bitt Sie.« Er schlendert wieder zum Schreibtisch. »Übrigens sollten Sie möglichst gleich zum Sammelplatz Levetzowstraße gehen. Falls Ihre Untermieter nicht bei dem Transport sind, der heute nachmittag abgeht.«

»Werd mich nach richten«, krächzt jemand.

»Und vergessen Sie nicht, sich bei meinen Kollegen auf dem Synagogengelände zu melden. Die sind über Sie instruiert, wenn Sie kommen.«

Sie war aus irgendeinem schwer einzusehenden Grund in jener Nacht vom neunten auf den zehnten November achtunddreißig verschontgeblieben. Das sollte ihr schlecht bekommen. So viele Gläubige hat eine Synagoge in Deutschland noch nie gesehen, wie die in der Berliner Levetzowstraße jetzt, bei Beginn der Transporte, Zwangsdeportierte aufnehmen mußte.

Anfänglich wurden die Unglückseligen noch von Gemeindemitgliedern abgeholt, die sie zum Sammelplatz begleiteten. Als ich – eben wieder von der Rampe vor dem wartenden Güterzug heruntergerissen und damit endgültig von Mirjam und den Kindern getrennt – meine Arbeit in der Synagoge Levetzowstraße und auf dem Weißenseer Friedhof begann, herrschten andre Methoden.

SA und SS drangen abends mit gezogenen Pistolen in die ja nun von außen gekennzeichneten Wohnungen ein. Es gab auch jüdische ›Ordner‹, die für diesen ›Dienst‹ abgestellt waren; sie wurden von Gestapo-Beamten und Polizisten unterstützt. Weil ausnahmslos *jede* jüdische Familie mit ihrem Abtransport rechnen mußte, stand das Gepäck schon bereit. Es ging also sehr schnell; wenn auch die Eingedrungenen nur ungern wieder davon absehen mochten, die Einrichtungen zu demolieren und zu plündern, was immer sich mitnehmen ließe; wobei die Bezeichnung ›Staatseigentum‹, zu dem Inventar und Wohnung umgehend erklärt wurden, offenbar von vornherein *so* ausgelegt worden ist, daß jene Uniformierten sich überhaupt erst zerstörend und plündernd als Staatseigentümer zu begreifen vermochten.

Nun, genug Zeit jedoch noch alles in allem, um letzte Fluchtversuche zu wagen oder Selbstmord zu begehen; eine Alternative allerdings, die gar keine war, denn es wurde sofort scharf geschossen; und entkam wirklich mal einer, war rasch Ersatz gefunden; am Sammelplatz dann hatte nämlich vor allem die Grundzahl zu stimmen. Und die lautete: Tausend bis zweitausend Menschen für einen Transport.

Ich arbeitete mit den Ärzten zusammen, die vom Jüdischen Krankenhaus hierher delegiert worden waren und hauptsächlich die Aufgabe hatten, den Tod jener Jüdinnen festzustellen, die sich von der Synagogen-Empore auf die Marmorfliesen hinabgestürzt hatten oder denjenigen, die lieber der Verlockung eines Gifts gefolgt waren, den Magen auszupumpen. Denn die Logik der Machthaber stimmte: Um zu Tode gebracht zu werden, mußte man erst einmal leben.

Übrigens ist es für jene verzweifelten Frauen gar nicht so einfach gewesen, auch wirklich auf den Marmorfliesen aufzuschlagen. Die Menschen lagen so dicht nebeneinander auf dem dürftigen Stroh, daß oft genug auch die Umliegenden in Mitleidenschaft gezogen wurden, seelisch natürlich vor allem.

Hier hatte jetzt *ich* mein Aufgabengebiet, das sich häufig genug jedoch auch bis ins Jüdische Krankenhaus erstreckte, in dem, bei manchmal bis zu dreißig Einlieferungen am Tag, die Selbstmörderbetten in langen

Reihen auf dem Korridor standen. Von Gott oder was man einem gesetzestreuen Rabbiner an möglichem Umgang mit Ihm unter Umständen noch zugetraut hätte, war hier allerdings selten die Rede. Weit häufiger schon von der Unmenschlichkeit, die man mir unterstellte. Denn ich hatte nicht nur Order, auf dem Jüdischen Friedhof in Weißensee fast täglich ganze durch ›Frei‹-Tod aus dem Leben geschiedene Familien zu identifizieren; ich hatte auch die gewaltsam ins Leben Zurückgerufenen, soweit die Sammelstelle Levetzowstraße für sie ›zuständig‹ war, mit den Bewachern zusammen, wieder in die Synagoge zurückzubegleiten.

Ich war da fast schon ein Privilegierter. Hinein zwar konnte beinah jeder gelangen; hinaus haben die Gestapo-Wachen, die die Eingänge oft genug zu Fallen umfunktionierten, in der Regel jedoch *keinen* gelassen; es sei denn, Leute wie die Ärzte und mich oder die durch ihre weißen, gestempelten Armbinden kenntlich gemachten jüdischen Ordner, die allerdings auch nur wieder passieren durften, um *neue* Opfer zu holen. Und natürlich die *tatsächlich* Privilegierten, eine kleine Gruppe jüdischer Männer, die an jener Stätte der Verzweiflung und uneingelösten Glaubens ein merkwürdiges Handwerk betrieben.

Sie stellten Vermögensverzeichnisse auf. Hatte doch jeder Eingelieferte kurz vor seinem Abtransport ein Formular zu unterschreiben, auf dem er sich zum ›Staatsfeind‹ erklärte, was logischerweise gleichbedeutend mit dem Verlust seiner Staatsangehörigkeit war. Die – nun *nicht* mehr ganz logische – Folge: Sein Vermögen fiel an den, dem er angehört hatte, es gehörte fortan dem Staat.

Diesen Männern nun, die auch die sogenannte ›Abwanderungsabgabe‹ einkassierten – eine nicht unbeträchtliche Summe, die jeder Eingelieferte als angeblichen Transportkosten-Beitrag aufzubringen hatte –, ihnen war sogar gestattet, Abend für Abend nach Hause zu gehen. Dennoch ist jeder von ihnen Morgen für Morgen wiedergekommen; ich habe das bis heute noch nicht begriffen. Obwohl ich mich jetzt, da ich hier in meinem Zimmer in der Synagoge sitze und schreibe, an ein Erlebnis erinnere, das mir das Verhalten jener Männer immerhin verständlicher macht; was Verstehen allerdings nach wie vor ausschließt.

Es war mir gelungen, einen Stempel schneiden zu lassen, der dem, mit dem die weißen Armbinden unserer Ordner gekennzeichnet waren, zum Verwechseln ähnlich sah. Es gab genug jüdische Frauen, die sich beim Nähen das Fragen versagten; und so hatte ich bald etwa drei Dutzend gefälschter Ordner-Armbinden zusammen. Mein Plan war, sie nach und nach an junge Juden ausgeben zu lassen, die mit ihrer Freiheit, die ihnen diese Binden verhießen, ob untergetaucht oder fliehend, dann aber auch wirklich etwas anzufangen wüßten. Wichtig war eben jetzt nur, die geeignete Stelle ausfindig zu machen, die die Armbinden so risikolos wie möglich zu verteilen vermöchte.

Niemand schien mir hierfür geeigneter zu sein, als der Leiter jener Vermögensabteilung, ein stiller, scheuer, noch zusätzlich hinter einer stark getönten Brille verborgener Mann, der im Gemeinderat als Verwaltungstechniker schon manch schwieriges Problem gelöst hatte. Ich paßte ihn auf seinem morgendlichen Arbeitsgang in die Synagoge ab, weihte ihn kurz ein und versuchte ihm zu erklären, warum mir seine Dienststelle für die Weiterverwirklichung meines Plans in so besonderem Maße geeignet erschiene. Ich sagte, niemand im Sammellager käme so nah an unsere Leute heran wie er und seine Mitarbeiter in ihrer Vermögensbefragung. Und ob ihm nicht auch daran gelegen sei, mit seinem Gewissen ein wenig besser zurande zu kommen.

Er war empört. Was ausgerechnet mich sein intaktes

Gewissen anginge. Wie ich an ihn, einen immer korrekten, immer loyalen jüdischen Treuhänder und gewissenhaften Beamten, ein derart ordnungswidriges, um nicht zu sagen: illegales und dem Gemeinwohl schadendes Ansinnen stellen könnte?! Hätte ich denn nur einmal bedacht, was für ein organisatorisches Chaos durch die Ausgabe falscher Armbinden entstehe?

Es ist nicht ganz einfach gewesen, ihn, bis wir die Synagoge erreicht hatten, wieder leidlich zu beruhigen. Erst als der Gestapo-Mann, der unseren Nebeneingang bewachte, ihm einen kollegialen Guten Morgen entbot, flackerte hinter der getönten Brille des Dienststellenleiters so etwas wie Genugtuung auf. Denn an *mir* blickten die Bewacher vorbei.

VI.

Ich bin das Stück mit der S-Bahn gefahrn. Der Regen hatte aufgehört, war wieder n schöner frischer Apriltag geworden. 'n kräftiger Wind strich über n Tiergarten hin; überall in dem zarten Grün war Bewegung. Wie der Siegesengel über n Baumwipfeln aufgetaucht is, kriegt ich n Schreck; so golden wie jetz, in der späten Vormittagssonne, hatt ich ihn noch niemals gesehn. Und auch in den Granathülsen, mit denen sie die Siegessäule ausstaffiert haben, spiegelte sich die Sonne so ätzend, daß die Augen wehtaten.

Irgendwann hatt ich s Hansaviertel errreicht. Paar Villengrundstücke erst, auf denen die Mandelbäumchen und die Magnolien schon blühten. Schnörklige Häuserfronten dann mit alten Kastanien davor, an denen sahste die Blütenkerzen bereits. Dann hat s für Bäume nich mehr gereicht; Mietskasernen jetz nur noch, vollgehängte Wäschetrockner vor n Fenstern. Und nu, dic Beine wollten auf einmal nich mehr so richtig, in die Levetzowstraße abgebogen nach links.

'n Kartoffelkeller, aus dem s nach Erde und lichtlosen Keimlingen roch; ne Bäckerei, in deren Schaufensterauslage sich zwischen grauen Kommißbroten ne winzige Windmühle drehte, dann hat sie plötzlich vor mir gelegen: Riesig, verschachtelt, abweisend, fremd: die Synagoge; Festung, vom Feind eingenommen; denn s haben Lastwagen vor n Haupteingängen gestanden, mit Koffern, verschnürten Pappkartons, Rucksäcken und zugeknoteten Deckenbündeln beladen; und in jedem der schmalen Nebeneingänge hat n Vertreter dieser unauffälligen Sorte auffälliger Männer gelehnt, wie sie so nebensächlich, so drohend, glaub ich, nur in Deutschland rantrainiert werden.

Überflüssig, meinen Passierschein vorzuweisen; die haben andre Funktionen hier, die Bewacher. Und so schieb ich mich denn an einem von ihnen vorbei und tast mich, noch von der Sonne geblendet und mit hämmernden Schläfen, einen der halbdunklen Gänge lang drin. Bis auf einmal wieder einer vor mir steht; Art Ordner anscheinend, jüdisch aussehend, Armbinde um. Der kann mit meinem Passierschein bestimmt was anfangen. Ja, er steckt ihn sich ein, öffnet ne Tür. Stimmengemurmel mit ner ungeheuren Hall-Resonanz brandet an s Ohr.

»Kann sein, hast noch Glück. Aber mußt dich beeilen.« Er schiebt mich in die offene Tür. »Geht nämlich bald n Transport ab. Versuch mal erst, deine Leute zu finden. Ich laß inzwischen deinen Passierschein abstempeln, daß du was in der Hand hast nachher. In ner Dreiviertelstunde treffen wir uns hier wieder; klar?«

Nein, gar nich; aber da hat er schon die Tür rangezogen von außen, und die Innenklinke is abmontiert worden. Fröstelnd dreh ich mich um.

Is die Synagogenhalle. Bestimmt anderthalbtausend Menschen hier drin. Sitzen auf Koffern, liegen auf Decken, hocken im Stroh. Reden; weinen; starrn vor sich hin. 'n Arzt, hohläugig, stoppelbärtig, bindet ner jungen Frau die aufgerissene Pulsader ab; schluchzendes Mädchen daneben. 'n Rabbiner preßt n alten Mann an sich, wiegt ihn wie n schlafendes Kind. 'ne Schwester, Rotkreuz- und Davidstern-Armbinde um, füttert n geistig behinderten Jungen; schneidet Fratzen dabei, um ihn zum Lachen zu bringen. Und nirgendwo Platz, nirgendwo auch nur n Quadratmeter von den Marmorfliesen zu sehn; überall Menschen, überall Leben. 's muß n Erdbeben stattgefunden haben hier in der Nähe; anders is das alles nich zu erklärn. Oder vielleicht hat s n Fliegerangriff gegeben, und all die Menschen hier sind ausgebombt worden. Nein; sind Juden; das is alles.

'n ohnmächtiger Zorn steigt in mir hoch, kribbelt in den Fingerspitzen, brennt unter der Kopfhaut, kocht hinter n Augen. Warum tun die nichts? Warum lassen die sich das alles gefallen? Warum fliehn die nich? Warum bringen die nich die paar Männer um, die sie da draußen bewachen? Warum –

Der Blick. Mich sieht jemand an. Mich hat einer erkannt. Ich spür s ganz deutlich; spür s an dem Ziehen, dem Sog: Irgendwo hier in diesem riesigen Raum kuckt jemand her, meint jemand mich. Ich seh mich um.

Nein, niemand kuckt her; jeder is hier mit sich selber beschäftigt; ich hab mich geirrt. Und wie sollt denn *hier* auch einer Notiz von mir nehmen; unter *den* Umständen obendrein noch; ausgerechnet von *mir!* Aber jetz seh ich ihn; s gibt ihn hier *doch:* 'ne Frau, die n abgewetzten Pelzmantel trägt; unentwegt blickt sie her.

Ich blinzle. Denk, ich seh nich recht: Sallys alte Freundin Rosa Genauer, in deren Blumengeschäft in der Lothringenstraße wir zum Laubhüttenfest immer den Lulaw-Zweig und die Etrog-Frucht in Empfang nehmen durften als Kinder. Da lehnt sie an einer der Säulen. Hastig steig ich über n paar Schlafende weg, schieb n Kinderwagen beiseite, schreck n ineinander versunknes Ehepaar auf, und nu hab ich sie endlich erreicht.

»Rosa. Altes Mädchen – «

»Karl Goschnik.«

Sie kuckt einen noch immer mit diesen goldbraunen Augen an, von denen Avrom gesagt hat, sie zündeten, wenn s sein müßte, n Holzwollknäuel an; nur daß Rosas mal schön gewesnes Gesicht nu selber wie ne erloschne Brandstätte wirkt. Muß allerhand passiert sein inzwischen.

Ich schluck; gar nich so einfach, mit diesem Würgen fertigzuwerden.

»Biste schon lange hier?«

»Wenn de begreifst, daß anderthalb Tage hier drin ne Ewigkeit sind –«

»Und dein Laden –?«

Rosas abgeschabter Pelzkragen steigt zu n Ohrläppchen rauf und senkt sich dann wieder.

»Mit Brettern vernagelt. Gehört jetz m Staat. Der muß n Haufen verwelkter Blumen loswerden. Und du –?« Sie kneift, mich abtaxierend, die Augen zusammen: »Sag bloß noch, suchst Sally und Avrom hier unter den Leuten.«

Seh mich erst unauffällig nach allen Seiten hin um.

»Gott sei Dank nich. Weißt ja, wie gut ich se untergebracht hab.«

»›Gut untergebracht‹ is gut.« Sie weist in die riesige Halle. »Was meinste, wie viele von denen hier das von sich *auch* gedacht haben.«

»Geht ja nich nur um s Quartier, Rosa. Da gehört auch etwa so n Typ zu wie ich; einer, der aufpaßt, der vorsorgt; auf den, wenn s hart kommt, Verlaß is.«

»Klingst ja ganz schön selbstsicher, mein Junge.«

Komisch, wie sie mich da, unter ihrm silbernen Haarhelm vor, so abschätzig ansieht, und ich seh all die zusammengedrängten Menschen ringsum, da fällt er mir auf einmal *doch* wieder ein: der Plan. War Rosa, durch ihrn Laden direkt am Weg zum Jüdischen Friedhof, nich in allen Gemeinden ne stadtbekannte Person? Und ob; immer wenn s n neues Gerücht gab – bei Rosa konnt man s erfahrn. Nur behutsam mußt ich jetz sein.

»Also, ›selbstsicher‹ – weiß nich so recht. Ich mein, *alles* abhalten kann man ja nu *auch* wieder nich.«

»Nee; weiß Gott. Aber du hast irgendwas; du kuckst mich so merkwürdig an.«

»Möcht, daß de mir hilfst, Rosa.«

»Ich dir helfen –?« Sie tritt n Schritt zurück und läßt sich schwer auf ihrn beuligen Koffer fallen. »Ausgerechnet ich?! Ja, Mensch, Junge, weißte denn überhaupt, was die hier mit uns machen?«

»Ich ahn s«, sag ich heiser.

»Ahnungen zähln nich; Bescheid mußte wissen.«

»Ich weiß, was *alle* wissen«, sag ich und hock mich neben sie hin.

Sie nickt verbissen. »Und das is ne Menge. Doch siehst ja –« Ihr Arm beschreibt n Halbkreis um uns rum: »Hat s was genützt? Null Komma nischt. Nich mal n Protest. Und dabei doch alles zu sehn gewesen! Mich haben sie am hellichten Tag abgeholt. Nich mal stehngeblieben is einer. Aber auch nich weggekuckt; nee –: registriert, den Fall und weitergeschusselt; ganz gewöhnlicher Vorgang, ne Deportation.«

Der ältere Mann hinter uns hört n Augenblick auf, sich die Spreu von den Hosenbeinen zu bürsten.

»Wir werden *umgesiedelt.* Von dem Begriff ›Deportation‹ hat die Reichsregierung ausdrücklich Abstand genommen. Also hörn Sie gefälligst auf, solche Gerüchte zu verbreiten.«

»Da haste s.« Rosa zieht ne Grimasse: »›Gerüchte‹ !« Sie senkt n bißchen die Stimme. »Weißte, wie se das hier allgemein nennen? –: ›Umsiedlung nach m Osten.‹ Na, und schon wird s geglaubt. Aber so sind se, die Juden: Gutgläubig bis in die Puppen.«

Durch einen der bewachten Haupteingänge kann man jetz auf die Straße rauskucken. Die gepäckbeladenen Lkws da setzen sich grade in Marsch. Von den Leuten, die s mitkriegen dort vorn, geht ne ziemliche Unruhe aus.

Leg ihr die Hand auf s Knie.

»Rosa. Hab nich mehr allzuviel Zeit.«

»Nee –?« Mit hochgezognen Brauen sieht sie mich an. »Dann rat doch mal: Wer von uns beiden hat *mehr*? Na –?«

Ich räusper mich, bin heiser geworden.

»So darfste nich mit mir reden.«

»Nanu.« Sie rückt n Stück von mir ab. »Seit wann so empfindlich, Karl. Hab ich nich recht? Brauchst doch nur dran zu denken, was hier mit uns passiert.«

Ich nick.

»Bloß, ich denk auch an Sally und Avrom dabei.«

»*Ich* denk an unsern Transport.« Abwesend blickt sie durch mich hindurch. »Schon mal überlegt, wie der abrollt –?« Sie schluckt. »Man pfercht uns in die Viehwaggons rein. Peitschenhiebe, Backpfeifen, Tritte –: Exakt überliefert; sind ja nich blind, unsre Ordner. Dann die Fahrt. Niemand darf raus unterwegs, nich mal zum Notdurftverrichten. Essen und Trinken is Luxus; Atmen genauso. Schnitt: vier bis fünf Tote pro Wagen; meistens die Alten.«

»Verdammt, bringen Sie sie zum Schweigen!« keucht n junger Mann neben uns, der auf nem Strohbündel hockt und pausenlos n Oberkörper vor- und rückwärts bewegt.

»›Schweigen‹ –!« Verächtlich zieht Rosa die Mundwinkel runter. »Typisch. Bloß nich die Wahrheit.« Sie senkt wieder n bißchen die Stimme. »Dabei weiß die hier jeder: Arbeitslager mit elektrisch geladnem Stacheldraht drum. Schuften für die, bis de vor Kraftlosigkeit nich mehr kannst. Dann wirste erledigt.« Langsam kommt ihr Blick aus m Wesenlosen wieder zu ihr zurück. »Aber du wolltst Hilfe von mir; Gott, warum nich.«

»Geht ja nich um mich, Rosa. Sag doch –: hat mit Sally und Avrom zu tun. Könntst sie unauffindbar machen, die beiden; mehr noch beinah als ich.«

»Was de nich sagst.« Sie preßt n Moment lang die Lippen auf'nander. »Und wie bring ich das Kunststück zustande?«

Vorn, vor n Haupteingängen halten n paar große Polizeiwagen jetz. Bestimmt ne Kompanie Polizisten springt runter, Sturmriemen unter m Kinn, Pistole am Koppel.

Bißchen arg spät, was ich da von Rosa noch möcht. Hastig beug ich mich rüber zu ihr.

»Ganz einfach. Brauchst nur was zu sagen.«

»Ach. Und *was*. Und zu *wem* –?«

»Genügt, daß der eine oder andre Ordner s noch hört«, sag ich leise. »Kennst doch hier ne Menge Leute; haste ja selber gesagt.«

»Ja und –?«

Argwöhnisch zieht sie die Brauen zusammen.

»Und unter denen erzählste, auch Sally und Avrom Grünbaum sind abgeholt worden; abgeholt und abtransportiert. Ich mein –: *bekannt* genug is Avrom ja in der Gemeinde gewesen.«

»Noch mal.« Sie steht so heftig auf, daß sie mir fast auf die Fußspitzen tritt. »Ich soll sagen, daß sie deportiert worden sind, und in Wirklichkeit, da sitzen die satt und zufrieden bei dir im Keller?!«

»Komm, komm; nu übertreib aber nich.« Auch ich erheb mich; muß mich an eine der Säulen da lehnen, klappt irgendwie mit m Gleichgewicht nich.

»Weißt doch genau, wie gefährdet sie immer noch sind. Genügt ja bei so was, sie sind noch auf irgend ner Liste zu finden. Aber wenn de verbreitest, man hat sie verhaftet, dann wer'n sie getilgt. Dann wärn sie endgültig sicher.«

»Und das sagste *mir* –?!«

»Rosa, wem sonst.«

»Und wenn ich das alles nich will?«

»Wie –: Versteh dich nich.«

»Nee –?« Sie kneift kätzisch die Augen zusammen. »Dann sollteste dich mal Folgendes fragen: Wieso soll s den beiden eigentlich besser gehn als mir? Kannste mir *das* vielleicht mal erklärn?«

»Aber Sally is doch immer deine beste Freundin gewesen!«

»Ja und –?« Ihre Stimme wird schrill. »Meinste denn, ich hätt was dagegen, wenn meine beste Freundin jetz für *mich* in den Viehwaggon ginge?«

Die Polizisten draußen, seh ich, sind zu nem breiten Spalier angetreten; da scheint was geleitet werden zu solln, was ausscheren könnt.

Glaub, ich muß mich beeilen; wenn nur Rosa nich so laut werden wollt.

»Bestimmt«, sag ich hastig: »Sally geht s auch nich gut, Rosa. Sie lebt, na, schön. Aber wenn de ganz ehrlich bist –: *Is* denn das überhaupt noch n Leben, so eingeschlossen im Keller –?«

»Los«, sagt Rosa da plötzlich und packt mich am Arm; »komm: Ich miet mich bei euch mit ein. Drei Quadratmeter Keller genügen. Ich eß höchstens ne Kartoffel am Tag. Trink liebend gern Wasser. Brauch n Kubikmeter Luft. Kann stundenlang Maisjes erzähln. Wirklich, ich bin umgänglich, Karl; mit mir kann man leben.«

Sie hält mich noch immer am Arm fest; sie keucht; sie fällt auf; von überall kucken sie her.

»Beruhig dich, Rosa«, sag ich gepreßt; »bitte beruhig dich doch.«

»Gern.« Ihre Stimme zittert. »Laß mich nur erst mal untertauchen bei euch. Dann bin ich die Ruhe in Person. Dann hörste kein Piep mehr von mir. Dann sitz ich n ganzen Tag in der Ecke und häkel. Oder schrubb euch täglich n Keller. Oder entkeim die Kartoffeln. Oder dös vor mich hin. Ich bin anstellig; mich kannste ausnutzen, Karl.«

Ich reiß mich los; ich muß weg hier; Rosa verrät mich. Fehlt bloß noch, sie sagt die Adresse.

Und hastig dräng ich mich zwischen all den Menschen durch und in Richtung zur Tür. Der wartet doch sicher längst da, der Ordner. Der hat doch meinen Passierschein. Komm doch nich ohne den raus.

»Mal herhörn!« überdröhnt da auf einmal ne unirdische Stimme das hektische Murmeln rings um mich rum.

Nee, sie is irdisch, die Stimme; und *wie:* Gehört nem SS-Mann mit m Megaphon vor m Mund. Er is auf n schwankendes Koffergebirge geklettert und versucht da oben armrudernd und mit blitzenden Schäftern die Balance zu halten. Die dröhnende Kuppel wirft seine Botschaft bestimmt verzehnfacht zurück:

»In ner halben Stunde geht der nächste Transport ab. Mütter und Kinder, Alte und Kranke werden gefahrn; sie halten sich abfahrbereit. Die andern treten jetzt vor den Haupteingängen in Fünferreihen an. Aber ohne Hast! Liegt in Ihrem eignen Interesse, Ruhe zu bewahrn. Sie nehmen nur Ihr Handgepäck mit; das große ist schon unterwegs; der Rest wird gebracht. Und noch was: Den Ordnern und Polizisten ist unbedingt Folge zu leisten!«

Der SS-Mann is noch nich mal wieder runtergeklettert, da kommt in die anderthalbtausend Menschen Bewegung. Sind richtig zwei Ströme, die auf die beiden Haupteingänge zubranden jetz. Sperrangelweit stehn die auf, keine Bewachung mehr; zartblauer, vom Regen blank gewaschner Aprilhimmel da draußen; und Sonne: Auf allen Dächern und Mauern, in allen Fensterscheiben ihr mildes honigfarbiges Licht.

Ich versuch noch mal zur abgesprochenen Seitentür zu gelangen. Völlig unmöglich; denn dann müßt ich mich quer zu den rausströmenden Menschen bewegen; die reißen mich mit, die drängen mich vorwärts, die schieben mich raus. Jetz rüber nach links. Daß man vielleicht von außen wieder zu der Seitentür kommt.

Nee, nichts zu machen; die Polizisten sorgen mit geschwungenen Gummiknüppeln dafür, daß sich die befohlenen Marschkader bilden. Krieg n Schlag vor die Brust, taumel hustend und keuchend wieder zurück.

Weitergehn. Aufrücken. Und halt. Ausrichten. Vordermann nehmen. Noch mal n paar Schritte: Tische; Berge von orangenen Tüten drauf. Belegte Brote drin, hör ich; letzter Gruß der vorerst Verschonten. Die jüdischen Frauen, die die Tüten verteilen, haben die Blicke gesenkt; es könnt ihnen sonst jemand Hilfsbereitschaft verwandeln in Angst; in Angst, wie wir sie alle jetz haben; sie zieht mit, sie senkt sich auf Schultern und Schläfen, sie kriecht in den Nacken, sie preßt die Kiefer zusammen. Nein, ich muß reden, muß raus hier. Ich red schon:

»Bitte«, sag ich zu den Ordnern, die, wie wir an den Tischen vorbei sind, uns wieder Marschformation aufnehmen lassen: »Ich gehör hier nich zu! Hab nur meinen Passierschein nich wiedergekriegt.«

Doch sie schieben mich weiter. Einer allerdings hat mir noch rasch was in die Hand gedrückt eben. Eine der Tüten. Gottes willen, schnell dem Mann neben mir geben, sie würd mich ja sonst als jüdisch ausweisen. »Wirklich«, hör ich mich wieder, jetz beinah schreiend: »das is n Irrtum mit mir: Ich *bin* kein Jude! Hab nur ne jüdische Bekannte gesucht, ehrlich!«

»Feigling, elender«, sagt ne Frau hinter mir.

›Wieso Feigling‹, will ich grad sagen, da seh ich an dem Ekel in ihrm strengen Gesicht, auch *sie* hat mich für einen ihrer Leute gehalten. *Alle* halten sie mich hier jetz für n Juden. Und was das Schlimmste is: auch alle Bewacher; Polizisten zumeist; aber auch die Ordner; ständig drängen sie mich wieder in meine Fünferreihe zurück.

Bis wir in ne Seitenstraße einbiegen. Hier wird Halt gemacht, ausgerichtet, wieder gesammelt.

Jetz is mir *alles* egal. Man muß mir doch ansehn, daß ich nich zu ihnen gehör! Und ich stürz auf n leidlich besorgt aussehenden Polizisten zu:

»Wachmeister, mein Name is Goschnik; ich bin arischer Glaser. Das is n schrecklicher Irrtum, daß ich hier zwischengeraten bin, wirklich!«

Ich will *noch* was sagen, das mit dem abgegebnen Passierschein, aber da stellt mir jemand von hinten n Bein; ich fall hin, und schon packen mich zwei junge jüdische Männer, reißen mich hoch und stoßen und zerrn mich wieder in meinen Marschkader rein.

»War s letzte Mal«, keucht einer von ihnen. »Noch *mal* verrätst de deine Jüdischkeit nich, kannste uns glauben.«

Ich schweig; hör nur dumpf s Herz hinter n Schläfen; muß ziemlich tief abgesackt sein, dringt wie aus nem Brunnenschacht rauf. Bin auch auf die Stirn gefallen eben; komm da jetz sowieso nich mehr klar. Wunder mich nur immer wieder über die Polizisten. Solln die nich die Bürger beschützen? Aber wieso deportiern sie sie dann?

Da kommen auf einmal zwei SS-Leute die Marschsäule lang. Sie haben ne ältere jüdische Frau zwischen sich, die bei dem schönen Wetter n abgewetzten Pelzmantel trägt. Anscheinend suchen die jemand, denn sie nehmen sich Zeit, und die Frau kuckt sich in den Fünferreihen vor allem die Männer immer sehr genau an; wirkt ziemlich mißmutig, um nich zu sagen: verbiestert dabei. Irgendwie kenn ich sie, sicher vorhin in der Synagoge gesehn. Und ob; das is Rosa, die Frau; Rosa Genauer; nie hat sie ihrm Namen mehr Ehre gemacht als jetz, die Reihen absuchend, auf n ganz bestimmtes Mannsgesicht hin.

Gar nich so einfach, auf sie zu warten; aber nu is sie

ran. Die beiden jungen jüdischen Männer stehn vor mir. Dann hat mich Rosa entdeckt.

Erst denk ich, is n Erleichterungslächeln, was ihr doch mal schön gewesnes Gesicht n Moment lang verzerrt. Aber dann seh ich, daß es Geringschätzung is, was ihr die Mundwinkel krümmt.

»Da«, sagt sie zu den beiden SS-Leuten und nickt zu mir hin: »das is er; holt ihn euch raus, euern Goi!«

»Na ja.« Erschöpft schloß Goschnik die Augen. »Irgendwie fehlt da jetz was. Weiß nur noch, hab plötzlich an der angenehm kühlen Synagogenmauer gelehnt. Einmal kam auch n Polizist und hat gefragt, was los wär mit mir. Hätt ihm beinah geantwortet, das sollt er mal lieber von den Männern und Frauen jemand fragen, die sich da eben wieder vor mir in Marsch setzten mußten; hab s aber dann doch gelassen, mir war von dem Schock noch zu mulmig zumut.« Seine fransig bewimperten Lider zuckten, als hätte die Netzhaut ein Erdbeben bewahrt. »Außerdem wär man ja auch gar nich über n Damm rübergekommen, denn er nahm und nahm kein Ende, der Zug.«

Keuchend öffnete er wieder die Augen und starrte einen Moment abwesend zu den toten Fliegen hinauf, die, schwach verschwimmend und in endloser Reihe das Innere des Neonröhrenkranzes an der Decke punktierten, dessen grelles Licht nicht den leisesten Schatten zuließ im Raum; den auf meiner Stirn vielleicht ausgenommen, die unter der schirmenden Hutkrempe lag.

Goschnik ächzte; er schien Schmerzen zu haben. Mühsam, mit großer Anstrengung wandte er wieder sein ausgehöhltes Gesicht zu mir her.

»Sind ganz dicht an mir vorbeigezogen, die Menschen. Gekleidet die meisten, als wollten sie nur eben mal kurz n Frühjahrsspaziergang machen. Das vorgeschriebne Handgepäck stand da in keinem Gegensatz zu. Bloß die Deckenwülste, die die meisten sich über die Schulter gebunden hatten, und die Blechnäpfe und Löffel, die ihnen an Strippen um den Hals hingen, haben bei so vielen, sonst doch so ordentlich angezognen Leuten seltsam gewirkt. Na, und dann hat ja auch noch jeder von ihnen eine dieser orangenen Tüten getragen, die das warme Sonnenlicht nu noch zusätzlich aufleuchten ließ, und die all diese Menschen jetz auf ne ganz merkwürdige Weise auf'nander abstimmten, ja, fast hätt man sagen können: uniformierten. Seltsam war auch, daß sie eigentlich alle die Köpfe gesenkt hatten, kaum einer dabei, der mal gradaus gekuckt hätte; nich mal die Halbwüchsigen, die doch immer so lebhaft sind sonst. 'n Rentner, der neben mir stehngeblieben war, sagte, wär Zeit gewesen, daß hier zugegriffen worden sei; die sähn ja ganz schön schuldbewußt aus. Und dann war er *doch* plötzlich vorbei, der Zug; noch n Trupp Polizisten als Abschluß und aus.«

Er schluckte. Schweißperlen standen ihm auf Oberlippe und Stirn und schlossen sich, von den Wangenhügeln herab, zu krummen, durch die Bartstoppeln züngelnden Bächen zusammen. Das ganze, so unerbittlich versehrte Gesicht wirkte unter dem sich eitel spiegelnden Neonlicht wie mit absurdem Silberflitter bestreut. Er blinzelte, ihm war Schweiß in die Augen geraten.

»So war s gewesen. Und nu sag noch mal, ich wüßt nich Bescheid.«

»Und der Schein –?« fragte da eine provozierend sachliche Stimme.

»Welcher Schein.«

Irritiert sah Goschnik mich an.

»Den du dem Ordner gegeben hast. Den er dir abstempeln lassen wollte.«

»Soll ich wissen, wo der geblieben is. Bei dem Ordner wahrscheinlich; bei der Dienststelle da.«

»›Die Dienststelle da‹, Karl, ist die Gestapo gewesen.«

»Mußte *mir* nich erklärn.«

»Vielleicht *doch;* denn es hat unsre Adresse auf dem Passierschein gestanden. Und mein Name.«

Schluckend sah Goschnik mich an. »Was willst n damit sagen, Avrom.« Auf seinen wie weggeworfen neben ihm liegenden Fäusten traten, unter den Narben und Rissen, weißlich die Knöchel hervor.

»Daß du unbedacht warst. Denn angenommen, wir haben, da du uns so lange versteckt hieltest, *nicht* auf einer der Listen gestanden: Jetzt hatte man einen Vergleich. Jetzt trug man uns nach.«

»Aber die mußten doch von der Annahme ausgehn, ihr *wart* deportiert!«

»Stimmt. Du vergißt nur die Bürokratie. Kein Lagerhäftling blieb unerwähnt. Täglich gab es Appelle. Es hätte keine zwölf Stunden gedauert, und der Fernschreiber in Lodz hätte dem Fernschreiber in Berlin gemeldet, ein gewisses Ehepaar Grünbaum wäre nicht mitgekommen. Rat mal, was die Folge gewesen wär, Karl? –: Kontrolle; mit Möbelwegrücken und Wandabklopfen. Eine halbe Stunde nach Eintreffen des Fernschreibens schon; kenne so Fälle.«

Gequält warf Goschnik ein paarmal den Kopf hin und her.

»Aber was hätt ich n machen solln, Avrom? Hätt s doch sonst gar nich erst versucht, in die Synagoge zu kommen!«

»Ja und –? Hattest doch auch gar keine Aufgabe da. Daß du die Rosa Genauer dort trafst, ist doch reiner Zufall gewesen.«

»Na, haste denn vergessen –: Der hat mich doch telefonisch angemeldet, dieser Gestapo-Mensch in der *Reichsvereinigung* da!«

»Und warum? –: Weil du gezwungen warst, deine Notlüge für ihn erweitern zu müssen. Sie war doch gar nicht für ihn bestimmt.«

»Hat er sie mir geglaubt oder nich?«

»Du vergißt den Preis. Wenn es bis dahin tatsächlich noch nicht der Fall gewesen sein sollte: *Er* hat uns zum ersten Mal registriert.«

Goschnik schluckte. Die Bartstoppeln, die der Adamsapfel aufstehen ließ, schimmerten gleißend und dunkelten wieder.

»Aber Avrom, nu sei doch auch mal gerecht: Bin doch nich freiwillig zu dem gegangen; werd doch wohl nich so leichtsinnig sein.«

»Dafür hast du dich bei den Frauen da vorher so aufdringlich verhalten, daß das mit dem Gestapo-Mann schon beinah wieder seine Folgerichtigkeit hatte.«

»Ich war verzweifelt, Avrom; empört: Juden, die Juden verschicken! Wer soll das verstehn?«

»Auf keinen Fall der, der so formuliert und damit beweist, er hat sich noch nie in einer ähnlichen Zwangslage befunden.« Ich rückte mit dem Hocker etwas näher an ihn heran, mir war die Distanz zu groß zwischen uns. »Deine Empörung war unangemessen, deine Kenntnis zu unbedarft, Karl. Diese Frauen haben Dienst in der Hölle getan. Du hattest kein Recht, vor ihnen den Engel zu spielen. Auch nicht unter Berufung auf deine zwei Juden im Keller. Das war *dein* Risiko. Diese beiden jüdischen Frauen haben ein unvergleichbar andres getragen.«

Irritiert blinzelnd sah er mich an. Unter seinem rechten Auge zuckte wieder der Nerv.

»Avrom, wie redst n du plötzlich.«

»Wahrheitsgetreu. Du bist mit Vorurteilen gekommen. Du hast in der *Reichsvereinigung* eine deutsche Behörde mit deutscher Gründlichkeit sehn wollen. Du warst gereizt, weil die Leute da mit *tausend* Menschen rechnen mußten, und um deine *zwei* hat sich niemand gekümmert.«

»Na, aber kannste mir denn da n Vorwurf draus machen? Der Polizeibeamte auf m Revier, der hat mir doch ganz konkrete Eizes gegeben. Hab mich doch nur nach seinem Hinweis gerichtet!«

»Eben. Aber du hättest dich nach *uns* richten müssen. Du hast dich nicht eingefühlt, Karl. Du bist uninformiert gewesen, nicht wissend genug.«

Er schluckte heftig einige Male; aber die Aufsässigkeit in der Stimme wollte nicht schwinden.

»Immerhin hab ich gewußt, s war die Gestapo im Haus.«

Jetzt hatte ich *doch* einige Mühe, so zu ihm hinabgebeugt sitzenzubleiben.

»Daß du mutig warst, Karl, steht außer Betracht. Mut ist wie Atmen, wenn es um Menschenleben geht –: völlig normal.«

»Ach.« Er versuchte etwas den Kopf anzuheben; doch es gelang ihm nicht mehr, die Nackenmuskeln versagten den Dienst. »Dann war s auch normal, daß ich den Mut aufgebracht hab, so kurz vor m Abtransport, noch in die Synagoge zu gehn?«

Avrom schob sich etwas den Hut aus der Stirn; irgendwie hatte die Krempe eben zu sehr auf die Augen gedrückt. Er blinzelte heftig.

»Das ist alles andre gewesen. Totaler Leichtsinn im Grunde. Denn hier hast du nicht nur *dich* gefährdet, sondern auch *uns*. Stell dir doch nur mal unsre Lage vor, wenn du nicht wiedergekommen wärst.«

Er stöhnte.

»Aber ich hatt doch keine andre Wahl! Ich hätt mich doch verdächtig gemacht, wär ich nich in die Synagoge gegangen!«

»Zweifellos.«

»Und warum wirfste mir das dann jetz vor?«

»Weil es vermeidbar gewesen wäre. Du hättest nur deine Grenzen nicht zu überschreiten brauchen, und das jüdische Mädchen hätte dir Auskunft gegeben statt dich zur Gestapo zu bringen.«

»Dann wär meine Anteilnahme begrenzt –? Dann darf ich nur *zwei* Menschen helfen, und das Schicksal von *tausend* hat mich nich zu intressiern?!«

»Die zwei *sind* ja die tausend, Karl. Sallys und Avroms Schicksal ist das Schicksal aller. Du darfst uns eben nur nicht losgelöst von diesem Schicksalshintergrund sehn. Wir sind keine Privatleute, denen es gerade mal dreckig geht. Wir gehören dazu. Wir hängen mit den andern zusammen. Du kannst uns von dem Schicksal der tausend nicht trennen. Jüdisch sein heißt: nicht suspendiert werden können – weder durch Anteilnahme noch durch Bedrohung. Wir bleiben sozusagen ständig im Dienst. Das heißt, was auch immer geschieht: Wir sind Juden.«

»Du sagst das, als sträubt ich mich s zu akzeptiern.«

»Akzeptieren ist nicht das Problem. Das Problem heißt: Verstehen, einfühlen, voraussetzen, einkalkulieren.«

»Aber hab ich doch alles gemacht! Hast ja gesehn.«

»*Was* hab ich gesehen.«

Seine grauen unsteten Augen suchten hinter mir an der klinisch weißen Kachelwand Halt.

»Daß ich wußt, wie gefährdet ihr seid. Daß ich das einschränken wollt.«

»Der erste Satz stimmt. Den zweiten mußt du relativieren. Denn du bist nicht nach einem Plan vorgegangen. Es war auch kein *eigener* Entschluß. Sondern du hast den Anstoß von *außen* empfangen. Es war diese kleine jüdische Frau, die unseren Wohnraum registrieren sollte, die ihn dir gab.«

Nein, nichts zu machen an den glatten Wänden, jedesmal glitt sein Blick wieder ab. Einen Moment lang preßte er angestrengt die Lippen aufeinander; die flechsigen Wangentäler vertieften sich noch, sammelten probeweis Nacht.

»Hab ich das alles getan oder nich.«

»Du hast es getan. Und keiner dieser Gänge ist eine Selbstverständlichkeit gewesen. Aber keinem auch, Karl, außer dem ersten vielleicht, lag wirkliches Verständnis für das *Ausmaß* unserer Gefährdung zugrunde.«

Keuchend holte er Luft.

»Wie kannste das sagen! Bin doch beim Abtransport sogar für einen von *euch* gehalten worden! Man hätt mich doch beinah *mit*deportiert! Willste vielleicht noch n überzeugenderen Beweis für mein Bescheidwissen haben? Wann wär ich euch denn schon mal näher gewesen?«

»Im Gegenteil, Karl. Noch nie hast du dich so weit von uns entfernt, wie da, wo du auf dich als Nichtbetroffenen aufmerksam machtest.«

»Avrom, ich hatt Angst.«

»Es war *deine* Angst, nicht unsre. Oder genauer: Es war deine Angst *davor*, auch unsre haben zu müssen.«

»Aber du kannst mir doch keinen Vorwurf draus machen, daß ich nich mit ins Konzentrationslager wollt!«

»Natürlich nicht, Karl. Ich stelle nur richtig. Du mußt wissen, daß du dich in jenem Augenblick radikal abgekehrt hast von uns; nicht von Sally und Avrom; nein: von den tausend; von allen. *Hier* nämlich hattest du plötzlich deine Grenzen erkannt – hier, wo niemand von dir verlangt hat, sie zu erreichen.«

Ein wütender Hustenanfall sprang ihn an. Ich versuchte ihm Erleichterung zu verschaffen, indem ich ihm den Kopf etwas anhob. Doch der Tod nützte seine Chance, er übte schraubende Würgegriffe an ihm. Und tatsächlich schien es dann eine Minuten währende Ewigkeit lang wirklich so, als hätte er sein Werk schon verrichtet. Nichts an Goschnik rührte sich mehr, einzig jener winzige, zuckende Nerv unter dem Auge, der mir jetzt fast wie eine Verheißung vorkam.

Ich zog das Deckbett beiseite, wollte ihm mein Ohr auf die Brust pressen – Gips, ich hatte seinen Gipspanzer vergessen. Da blieb mir nichts weiter übrig als Warten.

Ich spüre die Leere im Hirn, zu der ich mich zwang, noch jetzt, da ich dies schreibe. Dort liegt Goschnik, hier sitze ich. Zuerst haben uns sechs Fliesenbreiten getrennt; jetzt sind es sechs Kubikmeter Erde und vierundvierzig Tage bereits. Ich habe das Klappern meiner alten Remington im Ohr und höre aber auch deutlich das Summen der Fliege, die in jenem kalt gekachelten Raum unermüdlich ihre Sendbotendienste versieht. Doch jetzt öffnet Goschnik wieder die Augen, und es geht ein Zucken über sein Aschengesicht, das vielleicht sogar ein Lächeln genannt zu werden verdiente.

»Schön, daß de noch da bist, Avrom.«

»*Du* warst weg; *ich* hab hier gewartet auf dich.«

Er zog angestrengt die Brauen zusammen, so daß jene tiefe, die Stirn halbierende Kerbe wieder über der Nasenwurzel erschien.

»Doch –; glaub, du hast recht«, sagte er mühsam: »Hab mich zu weit vorgewagt; steht mir nich zu, so was; hätt mich da zurückhalten solln. Aber weißt ja, warum ich s gemacht hab: Sollt *besonders* gut werden, was ich mir ausgedacht hatt. Na, und wenn de ehrlich bist, Avrom –« Konzentriert starrte er den dicht über den Au gen liegenden Teil meiner Hutkrempe an: »So *ganz* erfolglos war s ja nu *auch* wieder nich, mein Bemühn. Hab ich nich recht?«

Da war er also jetzt wieder, dieser versehrte, dieser anbiedernd beschwörende Blick.

Ich räusperte mich, Avrom war heiser geworden.

»Ich weiß es nicht, Karl. Ich weiß nur, daß du deine Bemühungen in Relation setzen mußt; in Relation zu der *neuen* Gefährdung, die du ausgelöst hast.«

»Aber wir wissen s doch jetz, Avrom –: 's is nichts mehr erfolgt; keine deiner Befürchtungen is eingetroffen. Die haben euch *tatsächlich* von den Listen gestrichen; ihr wart weg für die; deportiert, wie so viele andere; s gab euch nich mehr.«

»Und der Gerichtsvollzieher, Karl, den dir jener Gestapo-Mann angekündigt hatte, was war mit *dem?«*

Er blinzelte nervös.

»Welcher Gerichtsvollzieher.«

»Der von Staats wegen kam, wenn eine jüdische Wohnung herrenlos geworden war.«

»Ja; kam da so einer?«

»Was fragst du *mich!«*

Er blinzelte stärker.

»Laß mich nachdenken, Avrom.«

»So, so.« Er nimmt den randlosen Zwicker von der Nase und massiert mit Daumen und Zeigefinger die Stelle, wo er ihn trug. »Auf die Laube gebracht. Sie bringen also Staatseigentum für sich beiseite, Herr Goschnik. Bereichern sich an jüdischem Besitz. Das ist natürlich alles hochinteressant.«

Der große schwergewichtige Mann, den er, wohl um Tätlichkeiten vorzubeugen, mitgebracht hat, fährt sich liebevoll den pomadisierten Mittelscheitel entlang. Er nickt gutmütig; scheint so annähernd derselben Meinung zu sein.

»Die Sache is so«, sag ich: »Hab die Möbel draußen ja nich in Gebrauch. Gegenteil, die sind sorgfältig abgestellt da. Bloß, konnt ja nu mal nich wissen, daß Sie so schnell kommen würden.«

»Hm«, macht er und geht in seinem altmodischen blauen Anzug, dessen Ellbogen und Hosenboden wie Speckschwarten glänzen, schlaff und gebeugt vor mir her. »Dann wolln wir uns doch noch mal umsehn.«

Wir betreten die Sommerwohnküche.
»Alles Ihr s, was hier rumsteht?«
»Alles; sogar der leere Vogelbauer auf der Anrichte da.«
Zwinkernd kuckt er rauf.
»Vögelchen ausgeflogen?«
»Gestorben.«
»Tz, tz, tz.«
Sein Beschützer kommt rein; kaut auf irgendwas rum.
»Aber ganz schön duster hier, Chef; könn Se n überhaupt was erkennen?«
»Sie nehmen mir s Wort aus m Mund.« Der Gerichtsvollzieher sieht mich über seinen Zwicker weg abwesend an. »Geb die Frage weiter an Sie.«
»Gott, man gewöhnt sich.«
»Trotzdem; eins versteh ich nicht.« Mit ner schlappen Handbewegung fährt er über die Mauer: »Wieso haben Sie n dann hier s Fenster zugemauert zum Hof? Doch sicher auch ne Menge Licht reingekommen, nee –?«
»Is Wetterseite«, sag ich schnell. »Immer der Wind draufgestanden. Na, und nu erst bei Regen –!«
»Komische Art zu mauern.« Kopfschüttelnd besieht er sich das Backsteingeviert. »Warum haben Sie n die Steine hochkant gesetzt?«
»Hatte zu wenig. Wär nich ausgekommen sonst.«
»Hm.« Er klopft mit m Knöchel dagegen. »Leicht einzudrücken vermutlich.«
»Nu –. Können s ja mal versuchen.«
»Gern.«
Der Beschützer reckt die Handgelenke aus m Ärmel, sodaß auf jedem der Unterarme ne eintätowierte Nixe erscheint.
»Nee, nee, Meyer, lassen Se man.« Der Gerichtsvollzieher hält ihn am Gürtel der Windjacke fest. »*Sie* schmeißen ja auch ne *normale* Mauer schon um.«
Selbstgefällig läßt der andre sein Glanzgesicht leuchten.

»Womit Se bestimmt nich übertreiben, Chef.«

»Tja –« sag ich.

Aufmerksam sieht der Gerichtsvollzieher mich über seinen Zwicker weg an; hat was von nem kurzsichtigen Hamster, der Mann.

»Um zusammenzufassen –: Sie werden schlecht drum rumkommen, Herr Goschnik, mir ne genaue, notariell beglaubigte Aufstellung der Möbel und sonstigen Einrichtungsgegenstände Ihrer jüdischen Untermieter zu machen. Seh mich dienstlich nämlich momentan außerstande, s Mobilar an Ort und Stelle zu registrieren.«

»Werd Ihnen die Liste schnellstens besorgen.«

Er kratzt sich mit m Bleistift an dem winzigen grauen Bartfetzen unter der Nase. Da gibt s n Vorbild für; nur *dessen* Bartfummel is dunkler.

»Was Sie schon deshalb tun sollten«, sagt er und wendet sich wieder zur Tür, »um n nahliegenden Verdacht zu entkräften.«

»Nanu –« hör ich mich sagen.

Hände mit m Bleistift und m Notizbuch auf m Rükken zusammengelegt, schlendert er wieder, lautlos pfeifend, in n Abstellraum rüber.

Folg ihm zögernd. Wär allerdings lieber in der Nähe des andern geblieben; der hat so n rastlosen Blick und tastet mir jetz auch schon viel zu lang an den Mörtelnähten des zugemauerten Fensters da rum.

Der Gerichtsvollzieher kuckt sich die Zinkwanne an. Muß man ihm lassen, hat n fachmännisch abtaxierenden Griff, wie er sich da zu ihr runterbeugt.

»Und was is mit der?«

»Fehlanzeige; die gehört mir.«

»Also, mein Eindruck ist folgender«, sagt er da plötzlich und richtet sich wieder auf und hebt s Kinn etwas an, um besser über seinen Zwicker kucken zu können: »Irgendwas war hier geplant; hab da n Instinkt. Bin fest überzeugt, daß die Möbel schon weggeschafft worden sind, während Ihre Untermieter noch da warn, Herr Goschnik. Hätten Sie die Möbel nämlich wirklich erst vor n paar Tagen raus auf die Laube gebracht, säh s anders aus hier –: nicht so ordentlich, improvisierter.«

»Da sehn Sie mal«, sag ich; »hätt man sich ja s Aufräumen glatt sparn können.«

Er is weiter zu den ausrangierten Matratzen gegangen und stößt jetz eine von ihnen mit der Fußspitze an.

»Bestimmt in brenzligen Zeiten immer ganz schön was losgewesen bei Ihnen. Ich mein, was mal so ne schnelle Übernachtung betrifft.«

Ich sag zu ihm, bißchen mühsam nu allerdings doch, in punkto Möbel würd ich mich ja gern nach ihm richten. Aber alles andre ging ihn doch totsicher nichts an; jedenfalls wär *ich* dieser Meinung.

»Und genau *die* ist falsch«, sagt er, macht sich ne Notiz und geht vor mir her in die Werkstatt zurück, wo er sich n Hocker an den Arbeitstisch zieht und zur Abwechslung mal n bißchen länger was in sein verdammtes Notizbuch reinschreibt.

»Sehn Sie mal«, sagt er dann und klappt s zu und putzt sich n Zwicker, »ich schreib zum Beispiel Berichte. Meine Dienststelle ist an ungeheuer viel interessiert; schließlich sind s *jüdische* Haushalte, die wir auflösen müssen. Was meinen Sie, wofür man da nicht alles n Blick kriegt, Herr Goschnik.«

»Glaub ich Ihnen auf s Wort«, sag ich heiser.

Jetz gefällt er ihm wieder, der Zwicker. Er setzt ihn sich auf die Nase und blinzelt vergnügt.

»Neulich«, sagt er und hebt, völlig unnötigerweise, die Stimme, »haben wir doch n richtiggehendes Versteck ausgehoben.«

»Was Sie nich sagen.«

Muß achtgeben; hat geklungen, als würd mir die Gurgel zusammengepreßt.

Er nickt angetan.

»'ne Kammer; vollgestellt mit so m Kultkram und mit Silber und Meißner Porzellan. Tapetentür, total überklebt. Was glauben Sie, wie wir s rausgekriegt haben?«

Ich schüttel n Kopf; unmöglich zu reden.

Er lacht.

»'n Gebetsschal hat doch immer so Fransen am Ende, nich. Paar dieser Fäden kuckten zwischen unterer Tapetenkante und Scheuerleiste vor. Na –? Und wer hat das mal wieder entdeckt? –: Unser Herr Meyer. Doch toll.«

»Hallo, Chef!« ruft der in diesem Augenblick doch auch tatsächlich von nebenan; »komm'n Se mal her.«

Wir stehn auf und gehn rüber. Das heißt, *ich* komm nich weit. Muß mich an die Wand lehnen da, meine Knie wolln plötzlich nich mehr:

Sein Beschützer hat den Geräteschrank aufgeschlossen, hinter dessen beweglicher Rückwand die Treppe zu euch runterführt, Avrom; ich hatt den Schlüssel abzuziehn vergessen.

Sie beugen sich beide jetz rein.

Rauscht mir dermaßen im Schädel, daß ich erst gar nich hör, was sie reden. Scheint um ne Vase zu gehn, komischerweise.

»Geben Sie sie mal her«, sagt der Gerichtsvollzieher.

Sein Beschützer verschwindet nu beinah vollends im Schrank; nur s Hinterteil und die gewaltigen Beinsäulen sind noch zu sehn. Dann schiebt er sich ächzend wieder zurück, richtet sich auf.

Fast vergessen, hatt ja für Schlomos Bleikristallvase, die immer über m Kanapee stand, noch n Ersatz da im Schrank. Hattst ursprünglich, glaub ich, noch mehr von der Sorte; er hat ja mit den Dingern gehandelt. Übrigens s einzige zerbrechliche Gefäß, diese eine, das damals heilgeblieben war, achtunddreißig, in dem schlimmen November.

Na, und *die* Vase, die hat der da jetz in der Faust.

Der Gerichtsvollzieher nimmt sie ihm mit ner Behutsamkeit ab, als könnt sie vom Anfassen zerbrechen. Sie scheint n ziemlichen Eindruck auf ihn zu machen; er hat extra n Zwicker abgenommen, um die eingeschnittnen Muster und Bilder auch aus der Nähe betrachten zu können. »Fabelhaft, Meyer; wirklich n Fund.« Dann sieht er mich kommen. Hat sich den Zwicker schon wieder auf die Nase geklemmt, funkelt den andern an. »Obwohl ich Sie nu wirklich zum -zigsten Mal drauf aufmerksam machen muß, daß es laut Dienstvorschrift strikt untersagt ist, in bewohnten Räumen Schränke zu öffnen; dazu ist einzig der Besitzer befugt.«

Wohlwollend sieht der andre mich an.

»Na, und der hätt doch sicher nichts dagegengehabt. Oder –?«

»Absolut, nich; nee«, sag ich heiser.

»Sehn Se, Chef.«

Der freut sich jetz wieder; strengt ihn richtig an, sachlich zu bleiben.

Ob ich ihm nachfühlen könnt, warum die so intressant wär, die Vase –?

Muß mich elend zusammennehmen, nich dauernd auf die offne Schranktür zu starren. Denn was ja nu *auch* noch dazukommt: Kann doch sein, ihr hört das alles da unten.

Tät mir leid, sag ich mühsam; wüßt wirklich nich, was er fänd an dem Ding.

»Will s Ihnen sagen.« Er hält sie mir dicht vor die Augen. »Hier«, sagt er aufgekratzt; »wegen der jüdischen Embleme. Sehn Sie, *da.*« Sein fleischiger Zeigefinger tippt jedesmal drauf: »'n Davidstern; ne Menora; n Sabbatweinbecher; und das da scheint ne Art Thorarolle oder was in der Richtung zu sein; stimmts?«

»Möglich«, sag ich, so unintressiert ich kann; »kenn mich in so Zeichen nich aus.«

»Logisch; woher auch.« Er stellt die Vase beiseite,

rückt mit abgespreitztem kleinem Finger noch mal an ihr rum. »Ich kann also davon ausgehn, sie gehört Ihnen nicht.«

»Bitt Sie«, sag ich gepreßt; »wo solln hier Schnittblumen gedeihn, in *dem* Keller.«

»Hat er recht.«

Nickend sieht der Beschützer sich um.

»Gut.« Mit ner gekonnten Geste streicht sich der Gerichtsvollzieher die graue Stirnsträhne weg. »Schlußfolgerung –: Sie hat Ihrn jüdischen Untermietern gehört. Richtig –?«

»Doch, doch.« Nichts gegen zu sagen.

Er hebt n bißchen die Stimme, wippt auf n Zehen dabei.

»Nur –: Was treibt sie sich dann in Ihrm Geräteschrank rum?«

»Gott, werd se mal irgendwann mit weggeräumt haben.«

»Sie sind n ehrlicher Mensch.«

Er zeigt seine Schneidezähne; scheint ne Art Lächeln darstelln zu solln.

Versuch zurückzulächeln; gelingt nich so recht.

Sein Zehenwippen verstärkt sich ne Spur.

»Sie wollten also n Andenken haben. Das heißt, Sie haben sie *bewußt* beiseite gestellt.«

»Bestimmt nich«, sag ich; »ehr absichtslos. Erinner mich auch gar nich mehr dran. Und ›Andenken‹ – also, weiß nich so recht; schließlich, woran denn?«

»Na, an Ihre Untermieter, doch logisch.« Hart und entschlossen fällt er auf die Ballen zurück; steht jetz da wie ne Eins, der kleine, vorhin noch so schwammige Mann. Und hat auch ne völlig andre Stimme gekriegt. »Sie sind nich nur n Philosemit, Herr Goschnik, Sie bereichern sich auch noch auf Kosten des Staats –: da, die Vase beweist s. Und sie ist n Symptom. Denn natürlich haben Sie auch die Möbel nicht für uns, sondern in

Ihrm eignen Intresse raus auf die Laube geschafft; gibt s nichts dran zu rütteln.«

»Aber, meine Herrn«, sag ich hastig; »Sie werden mich doch nich für so leichtsinnig halten, daß ich gegen die Bestimmungen verstoß!«

»Schon geschehn.« Er nickt zu der Vase hin: »Da steht s, unser Corpus delicti – n jüdischer Gebrauchsgegenstand mit m Schätzwert von rund zwanzig Mark. Tut mir leid, damit sind Sie fällig, Herr Goschnik.« Sorgfältig schließt der Beschützer wieder die Schranktür ab.

»Wenn Sie noch mal n Augenblick mit nach vorn kommen wolln.«

Der Gerichtsvollzieher geht lautlos pfeifend in die Werkstatt zurück. Kaum wiederzuerkennen, der Mann; sein Gang is richtig elastisch geworden.

Ich folg ihm betäubt; sein Beschützer folgt *mir.*

»So; dann lassen Sie uns doch eben mal sehn.«

Blättert der doch tatsächlich schon wieder in seinem Notizbuch rum. »Ist ganz schön was zusammengekommen.« Er kuckt mich über seinen funkelnden Zwicker weg dienstfreudig an. »Darf s Ihnen vielleicht noch mal kurz in Erinnerung rufen.« Genüßlich liest er aus seinen Notizen: »›Merkwürdig zugemauertes Fenster, durchaus auch als Notausgang denkbar; vier unbenutzte Matratzen, eindeutig zu überstürzt notwendig werdenden Übernachtungen dienend; alle jüdischen Möbel und sonstigen Einrichtungsgegenstände beiseite, in Klammern: auf die Laube gebracht, angeblich um sie zu schützen, in Wahrheit aus Bereicherungsgründen; speziellen jüdischen Gebrauchsgegenstand, in Klammern: Vase, vorsätzlich in Schrank eingeschlossen. Dazu: Philosemitische Grundhaltung, die anhand des Aufgeführten ja allerdings auch vorausgesetzt werden muß.‹ Na –?« Zufrieden lehnt er sich zurück. »Doch ne ganz schöne Latte, wie?«

Ich hol tief Luft.

»Vielleicht sollt man doch Befunde und Behauptungen trennen.«

»Aber mein Lieber –« Richtig herzlich is er jetz plötzlich: »Läßt sich doch alles belegen. Wird natürlich im einzelnen noch nachgeprüft werden, gar keine Frage. Sie werden doch nicht grundlos beschuldigt. So.« Beschwingt steht er auf und verstaut sein Notizbuch. »Noch irgendwas vergessen, Herr Meyer?«

Umständlich schiebt der Beschützer den Tabaksprіem oder was das nu is, zur andern Zahnreihe rüber; kaut sich gleich noch mal so gut jetz.

»Vielleicht doch noch ne provisorische Aufzählung schnell. Daß man nachher n Anhaltspunkt hat.«

Angetan hebt der Gerichtsvollzieher die Brauen.

»Sie meinen, um schon mal über n Daumen zu peilen?«

»Genau.« Der andre läßt n paarmal seine drei Kinne vorquellen, scheint ne Art Nicken zu sein. »Sie wissen doch: Der Versteigerer is immer dankbar für so was.«

»Also, gut.« Er nickt mir frohgemut zu. »Dann sein Sie doch mal eben so nett. Einfach nur aufzählen, was Sie da in die Laube geschafft haben. Und vielleicht ne knappe Qualitätsangabe dazu.«

Na schön. Hab ihm einfach die Möbel genannt, Avrom, mit denen wir da unten eure Kellerräume ausstaffiert hatten. Hatt auch schon ne Idee, wo ich die hergekriegt hätte. Vom Gebrauchtmöbelhändler. Bestimmt hätt der mir auch n Kredit eingeräumt. Denn an unser Gespartes wollt ich nich ran.

»Hm«, macht der Gerichtsvollzieher, nachdem ich alles aufgezählt hatt; »käm auf circa achthundert Reichsmark alles in allem.«

Weiß gar nich, warum er *mich* dabei so bedeutungsvoll ansieht.

Is auch gleich gereizt, sein Beschützer.

»Die bringen *mehr*, Chef, die Möbel. Is doch ne Menge Gediegenes mit bei. Sie haben ja nur n puren Gebrauchswert genommen.«

Hände auf m Rücken, geht der Kleine vor mir auf und ab. Irgendwie kommt er mir milder vor jetz.

»Gott –«, sagt er und bleibt zufällig dicht neben mir stehn; »wärn immerhin Situationen denkbar, wo man sich mit so ner Summe abfinden könnt.«

»Also, *ich* würd auf tausend gehn. Denken Sie an die Versteigerungsgebühr.«

»Hm.« Der Gerichtsvollzieher nimmt den Zwicker ab und blinzelt mich an. Noch gar nich so richtig gemerkt: ohne die Gläser wirkt sein formloses Gesicht verletzbar und weich. Er lächelt scheu, was wieder vor allem seine Schneidezähne besorgen. »Nehm an, Ihr Bedürfnis, aus m Schneider zu kommen, is groß.«

»Kann man nich anders sagen.«

»Schätzen Sie mal«, sagt er gedehnt und setzt sich, mit m Zwicker zusammen, wieder Strenge und Sachlichkeit auf: *»Ebenso* stark –?«

»Wie was.«

»Sie passen nich auf.«

Unwillig schüttelt der Beschützer den Kopf.

»Herr Meyer –, « sagt der Gerichtsvollzieher beschwörend.

»Schon gut, schon gut, Chef. Aber bei tausend sollten Se bleiben.«

Nu endlich begreif ich.

»Zu wann.«

Zwickerfunkeln.

»Sofort.«

»Ausgeschlossen.«

Pause. Beschützter und Beschützer sehn sich an. Lidsenken. Kinn neigen. Dann:

»In Raten ging *auch.* Herr Meyer käm gern jede Woche vorbei. Nich –?«

Der andre zögert. Schabt sich die rosige Wange.

»Müßt dann sehn, daß ich mich freimachen könnt.«

Jetz hab *ich* noch ne Frage.

»Und woher weiß ich –«

Der Gerichtsvollzieher klopft sich auf die Gesäßtasche, in der sein Notizbuch steckt.

»Nach Erhalt der letzten Rate kriegen Sie die rausgerissenen Blätter geschickt.«

»Und zahl ich *gleich –?*«

»Kriegen Sie sie sofort.«

»Moment.«

Sag selber –: Was hätt ich *sonst* machen solln? Ich hatt keine andre Wahl. Also in mein Zimmer gegangen und den Geldumschlag unter m Bett vorgeholt. Weißt ja, tausendachthundert hatt ich gespart für euch; hübsche Summe, nich? Mit der war s also jetz aus.

Wie ich zurückkomm, hat der Beschützer schon wieder seine speckige Lederschildmütze auf. Der Gerichtsvollzieher is erst gar nich zu sehn. Steht in der Ecke neben m Wandschrank und bürstet mit der Ärmelkante an seinem Filzhut rum. Kein einziger Fussel dran, seh ich, wie ich ihm die Scheine hinblätter.

Er hat die Seiten schon rausgerissen. Mit total beschlagnem Zwicker reicht er sie mir. Weiß nich, warum: beinah tut er mir leid. Ich steck die Notizzettel ein und bring die beiden zur Tür.

Grußlos tritt der Kleine raus. Der Beschützer hält mir mit ausgestrecktem Unterarm, auf dem man den Fischschwanz der drauftätowierten Nixe erkennt, die riesige Hand hin.

Ich drück sie; besser is besser. Immerhin, Avrom, nu hatt ich die beiden vom Hals.

Gequält warf Goschnik ein paarmal den Kopf hin und her: Einer der Kissenzipfel war aufgestanden und drohte ihm die Sicht zu nehmen; ihm schien jetzt sehr an meinem Blick gelegen zu sein. Doch der ging an ihm vorbei, war in einen fensterlosen Kellerraum gerichtet, in dem ein älterer Mann auf einem altmodischen Kanapee saß und pausenlos, im Takt der sanft wackelnden Bleikristallvase im Mahagoni-Aufbau über ihm, wie ein Talmudschüler beim Studium, den Oberkörper vor- und zurückpendeln ließ; während ihm gegenüber, von ihrem Flackerschatten umzuckt, der mit seiner kompakten Drohung die frisch geweißten Wände belebte, eine kopftuchummummte Frauensperson den klemmenden Docht einer rußenden Petroleumlampe zurückzuschrauben versuchte.

»Avrom –! Hörste mir denn überhaupt noch zu?«

Er hatte den Kissenzipfel mit der rechten Wange niedergedrückt; beschwörend sah er mich an. Sein graues, von silbernen Schweißrinnsalen überzogenes Gesicht wirkte ausgehöhlter denn je, es schien sich dem Abbild dessen, der seinen Anspruch auf ihn so offensichtlich verstärkte, jetzt unaufhaltsam zu nähern.

»Avrom –! Komm, sag was. Sitz nich bloß dauernd so rum. Schließlich hat doch s Auftauchen der beiden uns auch gezeigt, ich hatte mit meiner Meldung Erfolg, ihr galtet *tatsächlich* als deportiert. Is denn das nichts –? Damit wart ihr doch von allen Listen getilgt! Damit gab s euch doch auf keiner dieser Dienststellen mehr! Damit wart ihr doch so sicher, so geborgen wie vorher noch nie!«

Der Nerv unter seinem rechten Auge war noch immer nicht zur Ruhe gekommen, ständig arbeitete er, so winzig er war, dem tödlichen Ernst dieser Züge entgegen; was vielleicht *überhaupt* seine Aufgabe war.

Goschnik holte tief Luft.

»Also gut –: *'türlich* hab ich schuld, daß die beiden aufgetaucht sind, bestreit ich ja nich. Aber weißt doch auch, wie ich da reingerutscht bin. Hab das doch nich absichtlich gemacht. Is doch alles nur ins Rollen geraten, weil diese kleine Frau Veit da gesagt hat, ich müßt euch noch abmelden gehn! Die sind doch nur gekommen, weil ich das auch vorschriftsmäßig gemacht hab. Hätt einem doch gesagt werden müssen; konnt man doch als Uneingeweihter nich wissen! Na schön, ›Uneingeweihter‹ is vielleicht übertrieben; *klar* wußt ich Bescheid. Allerdings auch wieder nich *so.* Obwohl de zugeben mußt –: reagiert auf all das hab ich doch eigentlich gar nich so schlecht. Ich mein, nimm doch jetz bloß mal die Sache mit den Möbeln. Wär die beiden doch *nie* losgeworden, hätt ich mir nich das mit der Laube einfallen lassen. Na, jedenfalls jetz erst mal nichts wie zugeschlossen hinter den beiden und runter zu euch.«

»Puh –; also, da bin ich wieder.«

Ächzend ließ Goschnik sich in Sallys Schaukelstuhl fallen und klopfte die Taschen nach Zigaretten ab.

Kopfschüttelnd sah Sally, die noch an der Lampe hantierte, hinüber zu ihm.

»Mann, wo warste denn bloß so lange!«

»Vorn, in der Werkstatt, Sally.« Die Feuerzeugflamme unter der krummen, zerknautschen Zigarette zitterte schwach. »Bißchen Ordnung gemacht.«

Blinzelnd, die blicklosen Augen an Goschniks linker Wange vorbei ins Weite gerichtet, schob Avrom sich etwas den Hut aus der Stirn.

»Haste da eben ›Ordnung‹ gesagt –? Wozu mußte n die machen, wenn kein Kunde mehr kommt? Unordnung setzt doch Arbeit voraus; oder –?«

»Klar, Avrom.« Goschnik sog einen tiefen Lungenzug ein. »Mein ja auch nich *die* Arbeit. Eins von den stehngebliebnen Fenstern is umgefallen. Weißt ja: von denen, die die Leute aus irgend nem Grund vergessen haben.« Er schaukelte sacht. Das Knarren des Stuhls besänftigte. Auch die Zigarette tat gut. »Ob ihr s mir glaubt oder nich: Kaum noch gewöhnt, mit Glas umzugehn. Richtig Müh geben müssen, all die Scherben auf s Kehrblech zu kriegen.«

»'n Glaser, der sich über Scherben beschwert –: Ulkige Figur.«

Goschnik nickte lachend oder doch mit etwas im Gesicht, das ein Lachen vorstellen sollte.

»Genau der richtige Ausdruck, Avrom. Aber weg mußten se nu mal.«

Jetzt war es Sally gelungen: Der Docht blakte nicht mehr, ihr Schatten an der frisch geweißten Wand hinter ihr hörte auf zu flackern, stand still.

»Wär nämlich um n Haar raufgekommen.«

»Mach keinen Unsinn!«

Goschnik verschluckte sich, er hustete würgend.

»Na, wenn ich s dir sag –! Der Docht war verklemmt in der Lampe. Is mir eingefallen, hatt ja noch ne Pakkung in der Anrichte stehn; hinten, in der Sommerwohnküche.«

Sally trat vor ihr Alpenbild hin, auf dessen Goldrahmen der Lampenwiderschein glomm. Schiefgehaltenen Kopfs versuchte sie, die Trübung wiederzuerkennen, die ihr eben aufgefallen war.

»Aber Mensch, Sally –« Goschnik schluckte ein paarmal, er war heiser geworden: »Habt mir doch hoch und heilig versprochen – Ich mein, ich hab euch doch strikt untersagt –«

»Nu –« Sally hatte die Trübung entdeckt, behutsam versuchte sie sie mit dem Jackenärmel zu tilgen. »Hab n ja auch noch mal hingekriegt, Karl.« Sie kam wieder zurück an den Tisch. »Siehst ja, jetz brennt er. Außerdem –: doch auch bloß drei, vier Stufen gewesen.«

»Noch mal.«

Einen Moment lang war nur das beharrliche Raspeln

des Holzwurms in Tate Abramowiczs alter Truhe zu hören.

Dann wieder Goschnik, er keuchte.

»Du – du warst auf der Treppe –?!«

Er hatte aufgehört zu schaukeln und den Fuß unter eine der Kufen gestellt.

Schulterzuckend wandte sich Sally zum Herd und machte sich dort an den Töpfen zu schaffen.

»Sag dir doch: Paar Stufen bloß; ja noch nich mal bis zur Schrankrückwand rauf.«

Avrom rieb sich fröstelnd die Oberarme. Er hatte sich den Tallit um die Schultern gelegt; obwohl das Herdfeuer brannte, es steckte noch zuviel Feuchtigkeit in den Mauern.

»Na, *nu* kannste m auch gleich sagen, *warum* de da stehngeblieben bist, Frau.«

»Ich hab euch gehört«, sagte Sally.

Goschnik sog an dem Zigarettenstummel, bis er ihm fast die Lippen versengte.

»Du hast uns –«

»– gehört, ja.«

Sie rührte in einem der Töpfe herum und schmeckte den Inhalt mit einem Holzlöffel ab.

»Gleich gut.«

»Wer is ›uns‹.«

»Nu –: Ihr wart drei, Karl.«

Von dem Zigarettenrest, den Goschnik auf dem Ofenblech austrat, war kaum noch etwas zu sehn.

»Und was – Ich mein –: Was haste gehört –?«

»Gott –« Sally zuckte die Schultern: »So ne Art Murmeln eigentlich nur.«

Goschnik atmete aus.

»Irgendwie sogar richtig gemütlich geklungen.« Sie setzte sich wieder. »Wie fressende Pferde; wenn de hinter der geschlossenen Tür mal in n Stall reinlauschst. Erste Mal auch, daß ich überhaupt keine Angst gehabt hab vor andern Leuten im Keller.« Sally lächelte breit. »Doch toll, nich.«

Goschnik preßte die Lippen zusammen.

»Und was haste *dann* gemacht.«

»Nu, kehrt natürlich. Und zu Avrom gesagt, hättst Besuch.«

»›Friedliche Leute‹, haste gesagt.«

Avrom schob sich den Hut auf die Nasenwurzel, er schien an dem Gespräch nicht mehr teilnehmen zu wollen.

»Also, ›friedlich‹ –« Goschnik hatte noch eine zweite Zigarette gefunden. Ohne die krumme, zerknautschte zu glätten, zündete er sie am Feuerzeug an: »Weiß nich so recht.«

»Die brennt doch längst«, sagte da Avrom.

Hastig klappte Goschnik das Feuerzeug zu.

»Is er nich fabelhaft?« Sally strahlte ihn aufgekratzt an. »Seit de blind bist, Avrom, siehste manche Sachen viel klarer.«

»Danke für die Blumen.«

Avrom rutschte an die Tischkante vor. Sein Gesicht war unter der tiefsitzenden Hutkrempe nicht zu erkennen. Er räusperte sich.

»Ihr seid hin- und hergegangen, da oben. Ich mein: Nich, daß ich neugierig wär. Aber wer zeigt nem Besuch schon ne Kellerwohnung, die aus vier unbewohnten Räumen besteht.«

Sally strich sich ein paarmal ihre unsichtbare Strähne unter s Kopftuch zurück.

»Na ja, also, wenn de s *so* siehst –«

Goschnik hatte, mit einem Lungenzug zusammen, wieder die Luft angehalten. Atemzüge drängten zur Eile. Was *er* jetzt brauchte, war Zeit. »Kann ich euch ganz genau sagen, wer so was macht. Das macht zum Beispiel einer, dem sie die Miete erhöhn.« Ja, *der* Einfall war gut, mit dem kam man aus. »Nämlich der

Hauswart gewesen«, sagte er laut. »Hatte seinen Ältesten mit. Sie haben die Räume neu vermessen. Werkstatt wird mir noch zugebilligt. Die andern krieg ich als Wohnraum berechnet. Sogar die Gerätekammer, stellt euch vor.«

Kopfschüttelnd hob Sally von einem der auf dem Herd bollernden Töpfe den Deckel ab und kostete wieder.

»Und *dann* biste noch so freundlich zu dem?«

»Nu, man lernt zu, Sally. Was soll ich mich noch *mal* anlegen mit dem.«

»Auch wieder wahr.« Sie nahm den silbrigen Knoblauchknollenkranz von der Wand, schälte einige Zehen aus einer der Knollen und warf sie in die kochende Suppe. »Und das Geld, das das mehr kostet, Karl –?«

Goschnik schaukelte wieder. Das rhythmische Knarren des Stuhls war ein angenehmes Geräusch.

»Hör mal, wozu hab ich mich n dienstverpflichten lassen? Zu irgendwas muß das blöde Kabellöten doch gut sein!«

Avrom erhob sich ächzend. Sich behutsam an den ihm im Weg stehenden Möbeln entlangtastend, ging er zu seinem Verschlag, den Goschnik ihm aus ein paar vorgefundenen Brettern als Meditationsraum abgetrennt hatte.

»Was is n, Avrom.« Besorgt blickte Sally hinüber zu ihm. »Gibt doch gleich Essen!«

Aber Avrom hatte schon die Hand am Riegel. Abwesend lauschte er auf ein rauschendes Abflußrohr in der Wand. Sein angehobener Bart zitterte sacht. Wie man ihn in seinem dunklen Kaftan, den Tallit über den Schultern, Stirn und Augen unter dem Hut verborgen, so dastehen sah, hatte man den Eindruck, er wollte verreisen.

»Avrom –!« Goschnik hörte auf zu schaukeln. »Komm, bleib doch hier.«

»Keine Zeit.« Entschlossen schob Avrom die Verschlagtüre auf. »Hab meine Bücher noch zu sortiern.«

»Aber kannst uns doch nich hier so einfach mitten in der Unterhaltung –«

Doch; Avrom konnte. Es war noch eben zu erkennen, wie die schwarzen Streifen auf dem hellen Tallit sich im Dunkeln aufzulösen begannen, dann wurde von innen die Tür zugeschoben.

»Aber hättst doch wenigstens noch irgendwas sagen können, Avrom. Man mußt ja *sonst* was annehmen, wie de da einfach in deinem Kabuff so verschwandst. Mensch, ohne n Wort zu reden! Haste mich denn nich draußen gehört? Und Sallys schöne galizische Suppe. Echt verzweifelt is se gewesen, wie de dann n ganzen Tag nich mehr rauskamst. Von wegen Bücher sortiern. Hattste ja am ersten Tag schon besorgt. An dem kahlen Tisch da drin haste gesessen. Mit *deiner* Dunkelheit noch in die da drin eingetaucht. Gut, wenn de über ne Talmudstelle nachgedacht hast oder hast dich auf ne Seite aus m *Schulchan Aruch* besonnen: Dafür war der Verschlag ja gedacht. Aber einfach so weggehn –? Einfach aussteigen, Avrom –? Einen einfach so hängenlassen –? Und wie endlos lang haste danach nich mehr geredet mit mir! Über ne Woche. Ganze Zeit in deinem Kabuff da gesessen. Mensch, Avrom, warum? Man kann doch reden mit'nander. Gibt doch für alles n Wort. Stimmts –: Hab ich recht? Avrom, komm, sag was. Is Anfang Mai zwoundvierzig gewesen, falls de dich nich mehr erinnerst. Na –? Groschen gefalln? Du schweigst. Schweigst genauso wie damals. Warum, Avrom; was hab ich n gemacht? Kuck mich doch an, wie ich hier lieg. Hätt s denn schlimmer kommen können mit mir? Nee. Nich mal n Kopf hebste. Mensch, und wie hab ich euch immer verteidigt, da unten. Ich mein, *so* war s ja nu *auch* wieder nich, daß mit eurer Unterbringung da nu alles gelaufen wär. Die Behörden, gut, die hatt ich abgehängt. Vor m Staat brauchten wir jetz keine Angst mehr zu haben. Aber gibt ja wohl auch noch andre Instanzen. Netter Vertreter, der n Fuß in die Tür stellt. Überfreundlicher Nachbar: Immer so allein hier im Keller. Ob ich nich Lust hätt, mit seiner Familie zusammen den Dings heut abend im Radio zu hörn. Aufmerksamer Elektromonteur, der vergessen hat, wer n bestellte. Na, oder n Kind. Ball runtergekullert, die Kellertreppe. Hingefalln, Knie aufgeschlagen. ›Ham Sie nich ne Wasserleitung, da drin?‹ Oder das Ding, wie ich nach Haus komm neulich vom Dienst und seh da so n blassen blonden Jungen, zwölf Jahre vielleicht, unten vor m zugemauerten Schaufenster sitzen.

»Nanu. Machst *du* n da unten?«

Mir steht die Nachmittagssonne im Rücken; geblendet blinzelt er rauf.

»Hab hier gewartet auf dich.«

Nehm s Rad auf die Schulter und steig die Kellertreppe runter.

Bißchen eng für uns beide, so dicht vor der Tür. Wir geben uns Mühe, uns nich zu berührn.

»Wartste schon lange –?«

»Ganze Weile. Freund hier in der Nähe besucht; da dacht ich –«

»Na, dann komm mal erst rein.« Ich schließ auf und schieb s Fahrrad hinter ihm her. »Irgendwas anbieten kann ich dir allerdings nich; noch nichts eingekauft heute.«

»Bin ja auch nich deshalb gekommen.«

»Sicher nich, nee.«

Stell s Fahrrad beiseite, und wir setzen uns hin. Ganz schön gewachsen wieder, der Junge. Jetz kann man

Mutters Sorge zur Not auch verstehn; für zwölf is er bestimmt n gutes Ende zu lang. Aber s is Gerdas Blässe, die er hat; nich die, die sich n Stubenhocker besorgt.

»Und Mamma geht s gut?«

»Viel zu tun.«

»Logisch. Wer heute nich.«

Blinzelnd sieht er sich um. Die Werkstatt is leer.

»Na, aber viel Reparaturn haste doch nich.«

»Nee«, sag ich. »Die Leute haben kein Vertrauen mehr zu Glas. Die nehmen Pappe, wenn s gekracht hat.«

»Und wovon lebste –?«

Kann nich schaden, wenn ich s ihm sag; Gegenteil: sehn se, wie abgesichert ich bin.

»Hab mich dienstverpflichten lassen; löt Kabel und so was.«

»Macht n das Spaß?«

»Nee; aber s hilft. Bin zum Beispiel jetz unabkömmlich. Wo gibt s n das sonst?»

»›Unabkömmlich‹, was heißt n das.«

»Brauch nich in n Krieg. Zuviel zu tun; zuviel Wichtigeres.«

Er kneift n bißchen Gerdas grüne Augen zusammen.

»Kommste n dir da nich blöd vor: Alle sind draußen; bloß du nich –?«

»Find ich mich eigentlich ganz gut mit ab.«

Seine blassen Wangen fangen plötzlich an Farbe zu kriegen.

»Mamma sagt, hättst ne Rückgratverletzung. Deswegen.«

»Deswegen *auch.*«

Er polkt n Moment an nem rissigen Kittklumpen rum.

»Bloß, sie sagt auch, daß de dir die ausgedacht hättst. Könntst nem Arzt ganz schön die Hucke vollügen mit.«

»Da übertreibt se.«

»Aber wenn de gar keine hast.«

»Hab ja eine. Bloß, daß die ausgeheilt is.«

»Ach, und dann tuste, als wär die noch frisch.«

»So *hab* ich s gemacht. Aber brauch ich ja jetz nich mehr. Jetz läuft s normal.«

»›Normal‹ nennste das, wenn die an der Ostfront ihrn Kopp hinhalten, und *du* sitzt hier rum?«

Lustigen Bürstenschnitt hat er; obwohl, wirkt auch irgendwie militärisch. Komisch, beim Kind.

»Reg dich ab«, sag ich; »komm. Erzähl mir lieber, was de so machst.«

»Soll ich schon machen.« Er zuckt die Schultern, knautscht unfroh die Lippen. Nee, also ne Schönheit is er eigentlich nich. »Scheißschule, Dienst inne HJ.«

»Ach. Biste *drin –?«*

»Hab sogar n Trupp.«

»Kuck an. Zackiger Laden, was –?«

»Kann ich dir sagen.«

»Was macht n *mehr* Spaß –: Gehorchen oder befehlen?«

Finster zieht er die farblosen Brauen zusammen.

»Du ziehst mich auf.«

»Hör mal. Wär schön verrückt.«

Die Argwohnkerbe zwischen den Brauen geht nich mehr weg.

»Schwer zu beantworten, was de da fragst.«

»Kann man wahrscheinlich nich trennen.«

Er nickt.

»Is ne Einheit; genau, wie de sagst.«

Irgendwann sind wir dann in meinem Zimmer gelandet. Seh ihn noch auf der Couch sitzen, den Jungen: Blaß, kribblig, gespannt.

»Hast doch noch was auf m Herzen«, sag ich. »Raus mit; schieß los.«

»Also, Mamma hat doch in ner Woche Geburtstag.«

»Kann sein.«

Er befeuchtet sich erst n paarmal die Lippen; scheint ne aufregende Angelegenheit werden zu wolln.

»Da würd ich ihr gern was ganz Tolles schenken; was Lebendiges, weißte –«

»Ja –? Meinste wirklich, daß se da was von hat?«

Er nickt heftig; *zu* heftig fast.

»Ganz sicher.«

»Hm. Und woran haste gedacht.«

»Hatt da so ne Idee.« Er ruckelt sich umständlich zurecht. »Neulich hat doch inne Zeitung gestanden, die Juden müssen ihre Haustiere abgeben; Vögel, Hunde und Katzen und so.«

»Ja –?«

Jetz bin *ich* s mal, der schluckt.

»Nanu. Dacht, das wüßteste.«

»Weiß ich auch. Bin über was andres erstaunt.«

Heini räuspert sich; bißchen heiser geworden; immerhin.

»Ich mein, was willste n nu auch noch dauernd sorgen für den, wo er dir ja *doch* nich gehört.«

»Hab jetz nich geschaltet, Junge; hilfste mir mal.«

»Ich red von Sallys Kanarienvogel.«

»Von Sallys Kanarienvogel. Aha.«

»Ja. Wetten, daß der sich *auch* freuen würd, wenn er hier rauskäm – an s Licht?«

»Wer würd sich da *nich* drüber freun. Bloß, den Kanarienvogel, Heini, den gibt s nich mehr. Der is krepiert.«

Seine Augen werden schmal.

»Aber da steht doch noch ne Tüte Vogelsand rum!«

»Wo.«

»Na, da –!« Er nickt hin: »Auf m Eckschrank hinten.«

Tatsache.

»Tollen Blick haste. Bestimmt von Mamma geerbt.«

Fährt sich über s Stoppelhaar. Metall in der Stimme:

»Mamma sagt, hätt *alles* von ihr.«

»Könnt sein, sie hat recht.«

Er steht auf und geht raus.

»Stop. Wo willste n da hin?«

»Sommerwohnküche. Da hat doch immer der Käfig gestanden. Auf m Schrank.«

Zielstrebig durchquert er die hinteren Räume.

Ich folg ihm hastig. Nu fehlt bloß noch, daß er die Möbel vermißt.

Nee, nur den Kanari; trübe blinzelt er rauf zu dem Bauer.

»Mensch –: Hast ja recht!«

Aber n Augenblick muß er sich dann *doch* noch hinsetzen. Fröstelnd sieht er sich um.

»Ganz schön ungemütlich. Kommst n hier überhaupt noch rein?«

»Selten. Was soll ich n mir *hier* s Essen machen. Hab doch vorn noch den Spirituskocher.«

Von den Nasenflügeln zu n Mundwinkeln runter laufen ihm auf einmal die selben feinen Linien, wie auch Gerda sie hat.

»Na, und den *andern* Herd, den bei Sally und Avrom im Zimmer.«

»Klar«, sag ich; »den auch; doch, doch.«

»Na, aber der is doch gar nich mehr da!«

Verdammt; nich aufgepaßt, Goschnik.

»Richtig«, sag ich schnell und tipp mir gegen die Stirn; »vergeß ich andauernd. Nämlich erst n paar Tage her.«

»Was.«

Die Linien von den Nasenflügeln herab vertiefen sich noch, drücken nu auch die Mundwinkel runter.

»Na, daß die Möbel abgeholt worden sind; haste denn nich gesehn?«

»'türlich hab ich. Wollt nur erst hörn, was de sagst.«

Er steht auf, und wir gehn wieder nach vorn. In eurem ehemaligen Wohnraum lehnt er sich, lässig n Bein angewinkelt, gegen die Wand. Kuckt sich übertrieben kopfschüttelnd um.

»Konntet ihr denn irgendwas nich bezahlen? Betten hätten se doch gar nich mitnehmen dürfen.«

Nu muß ich s versuchen. Halt erst n Moment lang die Luft an. Jetz.

»Heini, s is was passiert.«

»Mach kein' Quatsch!«

Is ihm so rausgefahrn. Trotzdem, sieht ne Sekunde richtig bestürzt aus; kuck an.

Laß ihn, so knapp s geht, ne Kurzfassung meiner Notlüge hörn.

Ihm glühn die Ohrn, wie ich fertig bin.

»Dann – dann sind die jetz richtig weg –?!«

»Fragt sich, was de unter ›richtig‹ verstehst.«

Er keucht.

»Na, nach m Osten! Mit m Transport!«

Wohl doch n Irrtum gewesen, von wegen ›bestürzt‹.

»Ja«, sag ich; »›richtig weg‹ wär dann exakt die Bezeichnung.«

Bißchen später wieder im Geräteraum dann.

»Den haste umgestellt«, sagt Heini und nickt zum Werkzeugschrank hin.

Muß achtgeben, mir nich auf die Unterlippe zu beißen.

»Na ja«, sagt irgend'n Stellvertreter in mir; »wo jetz alles so kahl is –«

Heini schreitet mit seinen nackten Beinen die Wand ab.

»Hätt n an deiner Stelle ja mehr auf Mitte gerückt.«

»Sollt man sich überlegen«, hör ich den Stellvertreter in mir.

Heini hopst zur Abwechslung mal n bißchen. Logisch, zu kalt hier. Schafft s bis in die Werkstatt zurück. Wo er sich auf die Tischplatte schwingt.

»Komisch, daß de hier jetz noch wohnst.«

Ich zuck die Schultern.

»Anhänglichkeit. Na, und dann auch die Werkstatt.«

Da sind sie wieder, die Linien.

»Denk, du bist dienstverpflichtet.«

»Arbeit trotzdem manchmal noch hier.«

Heini springt runter vom Tisch und geht in die Hocke. Sieht sich aufmerksam n Fußboden an.

»Direkt danach aussehn tut s hier aber *nich.*« Stirnrunzelndes Raufkucken: »Nich n einziger Glassplitter –!«

»Machste auf Detektiv –?«

Er läßt schon wieder die Beine von der Tischplatte baumeln.

»Nee, nee; überleg bloß.«

»Und wenn de mich einweihen würdst –?«

»Mach ich.«

Schweigen. Draußen fährt n Laster vorbei. Jetz zittern die Lampionblumen in Schlomos Bleikristallvase.

»Na –?«

Heini seufzt.

»Könnt mir denken, daß das ziemlich ungünstig is, wenn de hier jetz noch wohnst.«

»So; könntste das.«

»Ja.«

»Und warum.«

»Weil s da so n Bild von dir gibt; ganz bestimmtes.«

»Kannste s beschreiben?«

»Na, in der Schule zum Beispiel werd ich dauernd gefragt, ob de noch immer auf deine Juden aufpassen tätst.«

Also, lügen kann er nich.

»Wer hat dir das gesagt –: Mamma –?«

»Oma.«

»Bestell ihr n Gruß: Sie könnt jetz beruhigt sein.«

Er zieht die farblosen Brauen fast bis zum Haaransatz hoch.

»Aber sie is doch deine Mutter; stimmts.«

»Sie hat mich geborn; wenn de *das* meinst –«

Er kuckt auf seine baumelnden Fußspitzen runter.

»Manchmal erzählt se mir auch, wie se mit dir gespielt hat.«

»Hat se bestimmt hin und wieder.«

»Oder wie de krank warst. Als Kind.«

»War ich oft, ja. Zum Ärger von Opa. Der mich immer angeschnauzt hat: ’n kranker Sohn –! Krankheit wär Schwäche. Und ich sollt mich gefälligst am Riemen reißen.«

»Und –? Haste?«

»Nee. Oma hat nämlich n Fehler gemacht. Sie wollt mich zwingen, genauso wie Opa zu werden.«

»Na, aber war doch n enorm tapfrer Mann, dein Vater!«

»Nu –. Weißt ja, sie hatten ihm n Bein abgeschossen. Da war s mit der Tapferkeit aus.«

»Aber im *Krieg* is er doch tapfer gewesen!«

»Und wie. Sogar Orden gekriegt.«

Er springt runter vom Tisch. Klingt fast, als schlüg er die Hacken zusammen.

»Eisernes Kreuz, erster Klasse.«

»Richtig.«

»Und tolle Schlachten mitgemacht. Auch bei Verdun.«

»Die auch, ja.«

Wangenglühn. Das Grün von Gerdas Augen is dunkel geworden.

»Versteh gar nich, was de gegen ihn hattst.«

»Ich hatt gegen ihn, daß er Berufssoldat war. Fand, s gab auch andre Berufe.«

»Na, doch *seine* Sache, nee.«
»Hundertprozentig. Aber er wollt auch aus *mir* so was machen. Und ich wollt s Gegenteil werden.«
»'s Gegenteil von Soldat –?«
»Glaser, ja.«
Heini macht n paar Schritte zur Tür. Er schluckt.
»Ach, *deshalb* biste zu dem Grünbaum gegangen.«
»Deshalb *auch*, ja.«
Er räuspert sich; ganz schön heiser geworden.
»Und warum *noch.*«
Ich seh ihn an; *so* hab ich ihn noch nie angesehn.
»Rat mal«, sag ich gedehnt.
Er kneift ne Winzigkeit die Augen zusammen.
»Ach nee –: Weil er Jude is, stimmts.«

Kannste dir vorstelln, Avrom: Da steht dein eigner Sohn vor dir und kuckt dich mit nem Haßgesicht an, daß de denkst, wenn der könnt, brächt er dich um? Nee, kannste nich. Hast ja auch zum Glück nur n Mädel gehabt. Obwohl, wie ich das Sally erzählt hab, die Sache mit Heini, da hat se gesagt, hättst sie erst gar nich haben wolln, die Rachel. Wärst total auf nen Jungen fixiert gewesen; nichts andres im Kopf, im Herzen gehabt, die neun Monate lang: Dauernd geplant, was de mit ihm anstellen könntst; überall ihn schon angemeldet, ihm Plätze besorgt: im Cheder, beim Rabbiner, in der Jeschiwa. Na, und dann is Rachel gekommen. Wärst fast zusammengebrochen, sagt Sally; hättst richtig von ner Strafe gesprochen, die ne Tochter nu für dich bedeuten würd. Logisch, willste nich mehr wahrhaben jetz. Und weiß auch, warum. Sally sagt, weil ihr dann ja auch *wirklich* bestraft worden wärt für deinen Wunsch, daß de lieber n Sohn haben wolltst; und tatsächlich wurd die Rachel dann ja auch krank; und nich nur *das,* Avrom. Klar, daß de mich da gemocht hast; damals schon, mein ich; noch dazu, wo de gewußt hast, mir is es mit dir doch genauso gegangen.

Brauchte ja nur in die Werkstatt zu kommen, gleich haste mir alles erklärt und vom Glas gesprochen und vom Kitt und vom Holz, das n Rahmen hergibt; und was n Fenster bedeutet inbezug auf n Himmel, und wie wichtig s wär, was für die Klarheit auf Erden zu tun: sie m Stein entgegenzusetzen, m Backstein vor allem; und n Haus wär dumpf ohne Fenster und dumm, und n Dach sagte gar nichts, und was wärn schon Mauern, die könnt jeder hochziehn, Gefängnisse wärn die, Nacht und Unwissen schlössen die ein. Dagegen so n Fenster –! Weißte noch, wie ich dir zugehört hab? Konnt überhaupt nich genug kriegen vom Glaserhandwerk; die Rachel, die is schon richtig eifersüchtig geworden. Wer ich denn wär; bloß, weil ich zufällig n Stock höher wohnte als ihr im Souterrain da, käm ich hier dauernd angeschissen. Sollte man bloß nich immer so aufdringlich sein, hätt doch von Jüdischem sowieso keine Ahnung.

Nu, man kann sich da irrn. Vor m Krieg hat ja mein Vater *auch* so gedacht; da hat er nichts dagegengehabt, wenn ich zu euch kam oder mit Rachel gespielt hab. Aber kaum is er neunzehn wieder zu Hause gewesen, schon ging s los. Wärst n Kriegsgewinnler und so; na, kennst ja den Qualm. Noch nich mal, als es ihm schlechter ging und der Beinstumpf anfing, ihm wieder zu schaffen zu machen, noch nich mal *da* hat er aufgehört, über dich herzuziehn. Gegenteil, je rapider s bergab ging mit ihm, desto ärger griff er dich an. Warst schließlich sogar mitschuldig dran, daß wir n Krieg verlorn hatten; denn geschäftstüchtig, wie de ja nu wohl mal bist, hattste dich natürlich mit m imperialen Kapitalismus verbündet. Ob de s mir glaubst oder nich: Manchmal hab ich n richtig für seine Tiraden gehaßt.

Dabei hätt man Mitleid haben müssen mit ihm, wie

er da in dem verrutschten Jackett zwischen den Krükkenwülsten hing und sich in der Wohnung Bewegung verschafft hat, weil er zu stolz oder zu eingebildet oder zu scheu war, sich unter die Leute zu wagen. Bloß, was willste machen, n leeres Hosenbein wiegt nu mal s Verbot, nich mehr zu euch zu dürfen, nich auf, und ich hätt ihm eher n Sturz als alles andre gewünscht, wenn er seine Wut über den verlornen Krieg mal wieder unbedingt an *dir* auslassen mußt. War doch noch Wundfäule zugekommen; dauernd operierten sie an ihm rum, und noch jedesmal hat er sich geweigert, in der Klinik zu bleiben sondern is immer wieder, mit so m verkniffnen Triumph im Gesicht, wie er s nannte: ›siegreich in den Schoß der Familie zurückgekehrt‹. Na, weißt ja, was das dann hieß –: rumkommandiern.

Nee, tut mir leid, nich die rechte Art, n Sohn zu gewinnen. Und so kam s, daß der Arzt mich an diesem Novembernachmittag da ganz schön angeblafft hat. Wieso ich nich bei meinem sterbenskranken Vater säß; wär ja unglaublich, diese Gefühlsverrohung heut bei der Jugend. Und ich sollt doch bloß mal bedenken, was die Vätergeneration alles geleistet hätt im Krieg; wär doch ungeheuer, wär doch das, wie –?

Großgeschrieben, genau s richtige Wort für die, sag ich zu ihm und halt ihm die Tür auf und schlag sie hinter ihm zu, und dann langsam und zögernd Hand auf die Schlafzimmertürklinke und runtergedrückt.

Also, wenn s auf der Welt n Raum gab, in dem mir die Atmosphäre oder wie de das nennst, in spätestens fünf Minuten die Luft abgedreht hat, dann is es das Elternschlafzimmer gewesen. Hab nie begriffen, wie in so m Raum geliebt werden konnt. Der war für alles andre gemacht. Schlafen, schwitzen, kranksein, sterben – gut. Aber sonst –? Schön, warum nich n abgewetztes Eisbärnfell zwischen Waschtisch und Bett, und warum soll da nich auch noch n kahlgetrampelter Kopf dransein, der s Maul aufreißt, und man kann die zwei Zahnreihn sehn. Auch gegen Mutters Gewohnheit, Vaters Feldpostkarten zu sammeln, auf ne Pappe zu kleben und das Ganze, von dir verglast, über m Bett aufzuhängen, is ja noch nich unbedingt was zu sagen. Schwieriger wird s da schon, was die Militärurkunden betrifft. Vater hatte sie alle um s große handkolorierte Hindenburg-Porträt rum gruppiert und das Arrangement noch durch zwei Blumentischchen erweitert, auf jedem ne riesige Messingkartusche als Vase, mit drei verdorrten Rohrkolben drin; die hatten die beiden sich als Brautleute mal während ner Kahnpartie auf m Weißen See angeeignet; konntste auch an der Staubschicht ermessen, in die die pelzigen Dinger inzwischen eingehüllt warn. Und *ganz* aus is es nu allerdings bei mir immer vor dem Glassturz gewesen, den de ihnen mal angedreht hattst und unter dem jetz, auf dem graublauen Samt, die gezackten Granatsplitter lagen, die se Vater aus dem kaputtgeschossenen Bein gepuhlt hatten; eingerahmt vom silbernen und goldnen Verwundetenabzeichen und den beiden Eisernen Kreuzen und nem blassen Verdienstkreuz auch noch daneben; denn er hatte mal n Marketenderwarenlager in die Luft gehn lassen, damit sich der Feind nich dran verlustierte. Obwohl s noch ne Steigerung gab, Avrom; vorausgesetzt, siehst von dem Spiegelschrank, den Chintzsesseln, dem bestickten Wäschepuff und der schwarzen Kleiderpuppe ab, über der immer Vaters Uniformjacke hing, weil die noch Brust hatte im Gegensatz zum lebenden Träger; und nimmst vielleicht auch noch Vaters Bartbinden und seinen geliebten Expander dazu, die an der Innentür hingen. 'ne Steigerung, sag ich, von all dem, jawohl; und damit mein ich das Bett; oder *Ehe*bett muß man wohl sagen, genauer: Dunkle, von Mutter einmal wöchentlich gewienerte

Esche; hohe, aus m Bettkasten ragende rotgestreifte Matratzen; straffe Decke drübergezurrt, breite Wachstuchbahn drunter; schließlich, könnt ja mal was passiern, hab ich recht? Laken alle noch von Großmutter stammend: gelbes stockfleckiges Leinen, aus dem Vater sein Asthma bezog. Und dann, genau in der Mitte – denn s sind ja in Wahrheit *zwei* Betten gewesen, wie s ja auch zwei Menschen sind und zwei Menschen bleiben, die in so m Lustsarg *eins* zu werden versuchen – ne unüberwindbare Doppelholzkante, sechs Zentimeter gut hoch, die das, was hier also nu Ehebett hieß, wie n Festungswall gegen den andern, in zwei pedantisch von'nander getrennte Schlafkisten teilte. Die eine noch mit ihrer aufgeschüttelten Last verklumpter Gänseflaumfedern und aufgepusteter Zierkissen beladen; die andre flach und bescheiden und eben gemacht; und eben auf dieser, Avrom, da lag er:

Ausgestreckt, einbeinig, noch mal in sein blau paspeliertes Lieblingsnachthemd gesteckt; aber überall Knochenvorsprünge und schattige Täler dazwischen; nichts Pralles, nichts Volles mehr unter m Deckbett, alles eingesunken, ausgehöhlt und verkarstet: Wangen, Schlüsselbein, Hals; und die stahlblauen Augen tief in die Höhlen gestürzt und für immer unter den buschigen Brauen verborgen; der schöne, auch in den schlimmen Jahren noch aufwärts weisende Schnurrbart plötzlich flach und schlaff und zerfetzt, als hätt er n Schlag drauf erhalten, und die sonst doch so penibel glänzenden Kinnladen nu mit nem graublonden Wochenbart überzogen: Feldwebel Goschnik, Sturmtruppführer, stellvertretender Kompaniechef, erloschne Kasernenhofhoffnung; und hat heiser, hustend und hastig versucht, seiner gramkrummen Frau, die mit zuckenden Schultern auf der Bettkante saß und gern noch n menschliches Wort gehört hätt als Trost, n Abgang zu vermitteln, den er garantiert als heldisch empfand:

»Komm, wein nich, Frau. Is ja nich vergeblich gewesen, mein Opfer. Hab s doch *immer* gesagt, daß da n tieferer Sinn hinter liegt. Durchhalten muß man. Was heißt n schon ›verliern‹ im Krieg. Der war doch nur n Signal. Die *wahren* Kämpfer sammeln sich längst. ›Niederlage‹ –! Wenn ich so was schon hör. An die Wand stelln sollt man die, die so reden. Entwaffnet sind wir worden, gedemütigt durch n Friedensdiktat; na und? Die kämpferische Substanz, die bleibt doch erhalten. Laß das getrost nach außen hin wirken wie kapituliern. Innen, im völkischen Kern, da sind wir eisern geeint. Gut, gestern hat man uns, auf m Marsch zur Feldherrnhalle, noch mal zusammengeschossen –: Frontsoldatenlos. Aber der General und der Gefreite, die haben geschworn, n *zweites* Mal passiert so was *nich;* da wird zurückgeschossen. Wolln doch mal sehn, ob die nationale Wiederbesinnung sich nich bestens mit unsrer Bewegung verträgt.«

Nee; schaff das nich länger.

Kehrtgemacht, raus.

»Karl –!« hör ich Mutter noch grade; »kannst doch deinen sterbenden Vater jetz nich alleinlassen, Junge!«

»Doch, Avrom; ich konnt.«

Keuchend, schweratmend starrte Goschnik die Wand an.

Die Fliege hatte sich auf einer der glänzenden Kacheln da niedergelassen. Unbegreiflich, wie sie sich bei dieser Glätte zu halten verstand.

Es schien zu regnen; ein fernes, gleichmäßiges Rauschen war vom dunklen Lichtschacht herüber zu hören. Ich sah die kahlen, naß glänzenden Platanenzweige vor der Synagoge gegen den nachtschwarzen Himmel: Es hätte jetzt gut getan, den Regen auf Stirn und Schläfen zu spüren.

Mühsam, als gälte es, einen Gegendruck zu überwinden, wandte Goschnik nun wieder das eingestürzte Gesicht zu mir her. Er schluckte ein paarmal, versuchte so etwas wie ein Lächeln um seine blutverkarsteten Lippen entstehen zu lassen; vergeblich jedoch, es kam nur eine schmerzverzerrte Grimasse zustande.

»Also, *so* bin ich, glaub ich, noch *nie* ne Treppe runtergerast, immer vier Stufen auf einmal. Denn ich hatt nur *einen* Wunsch jetz, Avrom: zu dir.

Stürmte, schneite und regnete draußen; nichts wie die Kellertreppe nu runter und die Werkstatt-Tür aufgerissen: Da standste – über s Stehpult gebeugt, in deiner zerrissenen, kittfleckigen, irgendwann mal blau gewesenen Handwerkerschürze, Hut aus der Stirn geschoben und in den runtergetretnen Pantoffeln und kucktest mit hochgezognen Brauen rüber zu mir.«

Ich nickte zögernd; November dreiundzwanzig –: Die Inflation war eben zu Ende gegangen; allzu viele reparaturbedürftige Fensterflügel hatten da bestimmt nicht in der Werkstatt gestanden. Avrom könnte Bilanz gemacht haben.

»Ich hab die Außenstände in Reichsmark umzurechnen versucht. Sie war zwar noch nicht eingeführt; aber irgendwann mußte sie ja wohl mal kommen.«

Goschnik schloß einen Moment lang die Augen. Er rannte noch; man sah es an seinen flatternden Lidern. Jetzt riß er sie auf zu fahrigem Wiedererkennen. Wollte auch reden; doch etwas drückte ihm wieder die Kehle zusammen. Er hechelte tonlos und folgte mit starrer werdenden Blicken mehrmals der Fliege, die ihn, ohne sich von mir verscheuchen zu lassen, in ständig engeren Spiralen umkreiste.

Dann endlich begann er wieder zu reden; tonlos zuerst, schließlich mühselig hörbar; aber gehetzter und leiser und heiserer jetzt, als schiene er minütlich mit weiteren Würge-Attacken zu rechnen.

»Hattst die Heizsonne an. 's schöne alte vergilbte Papier vom Auftragsbuch, das aufgeklappt vor dir lag, warf dir n warmen Lichtwiderschein auf die Stirn, gegen den das kalte Glühbirnenlicht über dir machtlos war; die Hutkrempe ließ es an Nase und Wangen nich ran. 's dämmerte längst, aber die Läden warn noch nich runtergelassen und durch die Schaufensterscheibe, in der de noch *mal* zu sehn warst, konntste draußen die von drin erleuchteten Schneeregen-Schwaden erkennen, die der Wind immer wieder gegen die knarrende Werkstatt-Tür trieb. Soviel stand fest: Geborgner konnt man jetz nirgendwo sein.«

»Bist ja ganz schön außer Puste.«

Avrom hatte sich wieder, Hut in die Stirne geschoben, über das Auftragsbuch gebeugt; er rechnete murmelnd.

Karl hörte auf, sich vor der Heizsonne die Schultern zu reiben; sein keuchendes Atemgeräusch wurde mit einem Schlag leiser.

»Wegen dem Schneeregen, ja.«

»Logisch.«

Einen Augenblick lang waren jetzt nur der Wind und Avroms Murmeln zu hören.

Dann wieder Karl; er schien die Luft anzuhalten:

»Glück bloß, daß ich neulich die Laube winterfest gemacht hab.«

»'n Glück, ja.«

Avrom nickte wegkonzentriert.

»Und Ihr Hühnerstall auf m Hof, Herr Grünbaum, is dicht –?«

Wieder –: Es fehlte das Ausatemgeräusch.

Avrom konstatierte es, ohne den Kopf anzuheben.

»Kannst ja noch mal ne Lage Teerpappe auf s Haus nageln, Karl.«

»Mach ich; ja –.«

Karl war dem Sog der Heizsonnenspirale verfallen. Es tat gut, sich von den glutroten Drähtchen den Blick ausglühen zu lassen.

Unauffällig, im Schatten der Hutkrempe, sah Avrom hinüber zu ihm.

»Also, *ganz* brauchste s Atmen ja nu *auch* wieder nich sein zu lassen.«

Karl zuckte zusammen.

»Ich stör Sie, stimmts.«

»Wann hättst n du schon mal gestört.«

Karl dachte nach; genauer: er *tat* so, als dächte er nach; denn es zog so etwas wie Genugtuung über sein blasses Jungensgesicht und hielt sich schließlich an den zuckenden Mundwinkeln fest.

»Kann ich Ihnen *genau* sagen, Herr Grünbaum –: Damals, als se die Rachel begraben hatten.«

Jetzt war es Avrom, der den Atem anhielt.

»*Da* hättste gestört –?«

»Und wie. Wissen Sie, was Se zu Ihrer Frau da gesagt haben?«

»Nich mehr so ganz.«

Karl richtete sich etwas auf. Fahrig fuhr er sich durch das widerborstige Haar.

»Ich würd Sie beim Trauern störn. Wortwörtlich.«

Der gelbe Kopierstift, den Avrom sich hinter das Ohr geklemmt hatte, reflektierte das Glühbirnenlicht: Winziger Blitz, der ins schwarze Barthaar hinabfuhr.

»Würd mir leidtun. Nu muß man sich beim Trauern ja immer enorm konzentriern; vielleicht hing s *damit* zusammen.«

»Vielleicht, ja.«

Eine Regenbö prasselte gegen die Schaufensterscheibe.

Avrom stieß sich vom Stehpult ab und ließ den Laden herunter.

Karl beobachtete ihn; senkte den Blick erst, als Avrom die Ellbogen wieder auf das Stehpult stützte und sich dabei fröstelnd den Rücken an der Pultkante rieb.

»Auf jeden Fall bestimmt nich so gemeint gewesen, Karl.«

Karl war wieder in sich zusammengesunken. Er starrte blicklos in das glühende Heizsonnenrund.

»Muß Sie was fragen.«

»Immer frag.«

»Und wenn ich mich *nich* konzentrier –: Was is *dann?«*

»Gott –: Gibt verschiedene Arten zu trauern. Bestimmt auch eine mit bei, die dich einfach so anspringt; die bleibt.«

Auf Karls Händen, die die Knie umfaßten, traten flechsig die Knöchel hervor.

»Und wenn ich se abwehr? Und sie springt daneben und bricht sich s Kreuz?«

Der Druck unter Avroms Ellbogen verstärkte sich. Ihm schien an einem Halt gelegen zu sein; es war auch an dem schmerzenden Standbein zu merken, das nicht gewechselt werden durfte.

»Ohne Trauer, Karl, kannste nich leben.«

»Und wenn *doch?«*

»Dann haste kein Herz.«

»Ich hör s aber.«

»Hör mal genauer hin. 's kann *mehr* als bloß schlagen.«

»Nich, wenn s um *ihn* geht.«

Avrom schluckte. Er fuhr sich mit dem Zeigefinger im Hemdkragen herum, der beengte ihn plötzlich.

»Bedenk, wie enttäuscht, wie verzweifelt er war: Das Bein; keine Arbeit; der verlorne Krieg. Na, und Ideale oder so was hat er doch wohl *auch* mal gehabt.«

»Der hat längst neue.«

»Neue nützen m Sterbenden nichts. Wenn de stirbst, brauchste die alten. Na, und genau *die* sind ihm doch flötengegangen nach m Krieg. Er stirbt arm wie n Hund, Karl. Hätt ne Menge Mitleid verdient; nich nur deins.«

»Auf meins muß er verzichten. Hat er mir auskuriert, der Mann.«

»Aber er braucht dich! Bist doch jetz sein einziger Trost.«

Karl preßte die Lippen zusammen.

»Was meinen Sie, wie oft *ich* n gebraucht hätt, Herr Grünbaum.«

»Du rächst dich, Karl. Das kannste nich machen. Dazu biste ihm ne viel zu große Strecke voraus. Komm zurück. Mach dir klar, wo de herkommst –: Von *ihm.* Ihm verdankste dein Leben. Hilf ihm jetz dafür beim Sterben.«

Karl starrte mit mahlenden Kaumuskeln eines der nicht abgeholten Bilder an, die Avrom aussortiert hatte, um sie verkaufen zu können. Es war ein stumpf schimmerndes Ölgemälde. Ein lachender Mönch hielt dem Betrachter auf ihm ein Weinglas entgegen. Avrom hatte ihm einen warmen, goldbraunen Rahmen gegeben.

»Dem *is* nich zu helfen.«

»Komm, komm.« Avrom stieß sich vom Pult ab, trat dicht vor ihn hin. »Brauchst doch nur da zu sein; bei ihm zu sitzen. Daß er dich sieht; s Gefühl hat, er is nich allein. Das is Hilfe genug. Los.« Er legte Karl die Hand auf die Schulter. »Eh s zu spät is.«

Karl zog den Hals ein.

»Denk gar nich dran.«

Avroms Arm sank wieder herab.

»Dann denk dran, daß de n jetz endlich mal *so* siehst, wie er geplant war. *Die* Chance kriegt nämlich jeder vom Tod.«

»*Er* nich. Er bleibt so, wie er is. Und so stirbt er. Und so *soll* er auch sterben. Aber ohne mich.«

Avroms Geduld war zu Ende; er wandte sich ab.

»Biste Gott, daß de das alles so haargenau weißt –?!«

Karl stieß mit den Kniekehlen den Hocker zurück. Er stand jetzt wieder voll in dem kalten Glühbirnenlicht.

»Ich bin der Sohn; der Sohn vom Feldwebel Goschnik.«

»Eben. Und er is dein Vater.«

»Auf m Papier. Mein *wahrer* Vater, Herr Grünbaum, sind Sie.«

Avrom hörte auf, sich die kittfleckige Schürze von den Hüften zu zerren. Er räusperte sich.

»Karl, du bist schlimm.«

Wieso, Avrom. Was is n da schlimm dran? Haste dich nich, fast meine ganze Kindheit lang, um mich gekümmert? Jedesmal, wenn ich reinkam zu dir: immer n freundliches Wort; immer rumspielen dürfen mit Rachel; immer zukucken können; immer Geschichten gehört. Die vom Tate Abramovicz, den die Ukrainer umgebracht haben. Die von Schlomo und die von Elieser; der eine auf seine alten Tage noch Synagogendiener geworden; der andre bis neunzig Schuster und Gelehrter geblieben. Na, und die von Avrom und Sally natürlich und dem schönen Landstrich Galizien. Und immer wieder biste auf s Glas zu sprechen gekommen dazwischen; wie s die Neugier festigt im Fenster, wie s Wissen vermittelt, wie s die Redlichkeit zur Voraussetzung hat. Und haste nich immer und immer wieder geseufzt, gebrummelt, gehofft, daß ich die Rachel mal heiraten möcht? Mensch, Avrom, da bleibt doch was hängen, da schlägt doch was durch. Da kannste mich doch nich einfach so wegschubsen jetz. *Ich* bin s doch – Karl: Eben aus der Schule gekommen; is kalt draußen, s dritte Kriegsjahr jetz schon, aber *ihr* habt s noch warm; was soll ich n da oben bei Mutter in der kalten Wohnküche hocken und mir zum hundertsten Mal anhörn, wär wieder ne schöne Feldpostkarte gekommen, und s ging dem Absender gut, und er schrieb, der Sieg wär nur noch ne Frage der Zeit? Oder wenn er dann auf Fronturlaub war, und all die Sturmangriffe und das Handgranatenschmeißen und das Bajonettaufpflanzen und Schädeleinschlagen hat im Wohnzimmer oder am Kneipentisch *noch mal* stattgefunden: Was sollste n mit so m Mann machen als Junge, wenn dir s Totschlagen nu mal nich liegt; wenn de Fenster schöner findst als Ruinen und lieber vor m Hühnergitter als auf m Kasernenhof stehst? An so einen kommste doch gar nich erst ran. Der hält dich doch für feige, verzärtelt, verdorben. Dem enttäuschste doch all seine Hoffnung. Der hat doch schon n Reichswehrleutnant in mir gesehn. Und dann passiert ihm achtzehn das mit m Bein: Lazarett und entlassen; und da sitzt er im Sessel zuhause, die Fäuste um die Lehnen geballt, s leere Hosenbein mit ner Sicherheitsnadel nach oben gesteckt; ausgebrannt, die Begeistrung; Wut und Schmerz im Aschengesicht; und dreimal darfste raten, was für ne Zeitung er jeden Tag liest; na, n *Stahlhelm* natürlich, doch logisch; und zwar von A bis Z, inclusive Todesanzeigen.

»Also, mich hätt man bloß zu fragen brauchen: hätt s schon prophezeit, als er noch für n Wiederaufbau verantwortlich war: Der Rathenau, der macht nich mehr lang.«

»Max, dein Blutdruck; paß auf!«

Besorgt kuckt Mutter über ihrn Wäscheberg weg.

Werd mal noch n Augenblick hier an der Tür stehnbleiben: vielleicht hab ich Glück, und er redet sich fest.

Ja; sieht so aus: Seine Schnurrbartspitzen zittern schon wieder.

»'n artfremder Außenminister –! *Konnt* ja nich gutgehn. Denn *so* ehrvergessen is Deutschland nu *auch* wieder nich. Und wenn wir hundertmal n Krieg verlorn haben, gibt immer noch Kräfte, auf die man baun kann im Reich.«

Jetz hat mich Mutter entdeckt. Fragend sieht sie mich an.

Ich heb Schultern und Brauen, zeig auf die Schulmappe und schüttel den Kopf. Müßt sie eigentlich verstanden haben, so, wie wir auf Zeichensprache eingefuchst sind.

Hat sie auch; man sieht s an dem beschwörenden Blick, mit dem sie zwischen mir und dem Mann da im Lehnstuhl ne Verbindung herzustellen versucht.

Der hat noch n Stück weitergelesen, faltet die Zeitung zusammen, legt sie sorgfältig weg. Nickt.

»Erschossen. Richtig, sag ich; hart, aber gerecht.«

Mutter räuspert sich; möcht n auf mich aufmerksam machen.

Doch er redet schon weiter zu ihr; das heißt, im Grunde zu niemand, denn wenn Mutter Wäsche ausbessert, is sie auf s Nähen konzentriert, auf sonst nichts.

»Und der soll einpacken mit seinem ›Gesetz zum Schutz der Republik‹ jetz, der Ebert. ›Republik‹ –: was heißt n das schon! Ham s ja gesehn: Doch *auch* nur wieder so n lahmer Betrieb. Davon haben wir genug. Was wir brauchen, is Zucht. Zucht und nationale Besinnung.«

Genau das Thema, bei dem er sich immer so aufregt; da heißt s sich beeilen. Und ich tret vor ihn hin und reich ihm die Mappe.

»Die Zeugnisse, Vater.«

Wenn er sich Müh gibt wie jetz, kriegt er sogar noch n Lächeln zustande.

»Na, dann laß mal sehn.«

Mutter is aufgestanden; schluckend kuckt sie rüber zu uns. Mutet wie ne Festung an, der Wäscheberg vor ihr, da auf m Tisch.

Der Mann hat zuerst n *altes* Zeugnis erwischt; blättert zurück. Jetz: Er zieht die buschigen Brauen zusammen, der schöne graublonde Schnurrbart mit den unentwegt aufwärts weisenden Spitzen fängt an zu zucken. Keuchendes Einatmen noch; und nu ne ganz leise Stimme:

»Ach nee –: Du bist also sitzengeblieben.«

»Ja«, sag ich, vielleicht nich *ganz* so gedrückt, wie er sich s denkt.

Feindselig kneift er die Augen zusammen.

»So. *Mein* Sohn erlaubt sich sitzenzubleiben; faul zu sein; nichts mehr zu tun. In Zeiten wie *diesen –!«*

Mutter greift vor. »Bitt dich, Max!« Ihre Stimme zittert. »Weißt doch, was der Arzt gesagt hat: Bloß kein Ärger! Ärger is Gift.«

Aber da geht s schon mit ihm durch.

»Und *ich –?!* Ich kann die Knochen hinhalten und mir s Bein wegschießen lassen!« Er brüllt; *das* kann er, das is noch s Kasernenhofbrülln. »Und wofür –? Damit mein Sohn in Deutsch und Geschichte ne Fünf kriegt, und ich n um Gottes willn noch n Jahr länger von der Invalidenrente mit durchschleppen darf!«

»Komm, komm.« Mutter weist auf die Wäsche: »Verdien ja wohl *auch* noch was zu.«

»Schlimm genug. Grund, daß er sich *doppelt* am Riemen reißt jetz.«

Ächzend preßt er sich die Hand gegen s Herz. Masche; damit schikaniert er uns nu Monate schon.

Aber Mutter fällt immer wieder drauf rein.

»Is ja nich die Welt, Max; nu beruhig dich doch, Mann!«

»Ich mich beruhigen –! *Ich!«* Kannst richtig sehn, wie ihm die Stirnader schwillt. Er keucht. »Mensch, was hat uns denn so weit gebracht?« Die Mappe fliegt an meinem Kopf vorbei auf n Tisch: »Die absolute Disziplinlosigkeit, die aus so m Zeugnis hier spricht! Und *da* soll ich ruhig sein? Ausgerechnet ich?!«

Also, nu bin ich aber *auch* mal dran. Tret vorsichtshalber n bißchen zurück.

»Wie lang sag ich nich schon, ich hab keine Lust mehr, in die Schule zu gehn und mir die Hucke vollreden zu lassen; möcht endlich was tun!«

»Karl –!« Mutter kuckt starr auf die Schere, mit der sie n neuen Flicken abgetrennt hat. »So kannste aber mit deinem kranken Vater nich reden!«

»Immer laß ihn.« Der Mann im Lehnstuhl zieht umständlich die Bügelfalte von seinem hochgesteckten Hosenbein glatt. »Wenn schon der Dank des Vaterlands n Pappenstiel is, wie soll n der eigne Sohn sich da dankbar erweisen.«

»Mach halblang«, sag ich. »Hättste mich zu dem Herrn Grünbaum in die Lehre gehn lassen, wär ich in nem Jahr schon Geselle. Und n Taschengeld gäb er mir auch.«

Er stampft mit m Fuß auf.

»Zu dem Juden kommste mir nich; wie oft hab ich dir das nich schon gesagt!«

»Herr Grünbaum is *Glaser.«*

»Jude is er.«

»Um Gottes willn, Max!« Mutter kann keinen ruhigen Stich tun heute: »Reg dich nich auf. Denk an deine Verwundung!«

»Vater sollt lieber dran denken, wie nett der Herr Grünbaum immer war«, sag ich und schnapp mir wieder die Mappe. »Und wie oft ich mitessen durft bei den Grünbaums während der schlechten Zeiten im Krieg. Und immer freundlich gewesen zu Mutter und mir. Mutter, stimmts?«

Ganz leicht fällt s ihr nich jetz, das Nicken.

Immerhin sieht er s. Er schluckt.

»Na, logisch. Warum *hat* denn so einer zu essen gehabt? Warum *konnt* sich s so n Mensch denn leisten, freundlich zu sein? Weil er sich gedrückt hat im Krieg. Weil er profitiert hat von ihm.«

»Herr Grünbaum hat s auf der Lunge«, sag ich. »Er is untauglich gewesen für n Krieg.«

»Typisch.« Der Mann preßt die Lippen auf'nander und nickt: »Unsereins hält n Kopf hin, und so n Semit, der darf sich am Volksvermögen bereichern.«

Jetz langt s mir aber. Ich spür, wie mir die Kopfhaut anfängt zu brennen.

»Hör endlich auf, über Herrn Grünbaum dauernd so herzuziehn! Ich will das nich, haste gehört?!«

»Großer Gott, Karl –!« Mutter schiebt sich erschrocken ne lockere Haarnadel zurück in den Dutt: »Was is n das dei'm Vater gegenüber für n Ton?«

'n aufsässiger, gar keine Frage. Die Mappe gegen die Rippen gepreßt, um s Herz zu beruhigen, starr ich ihn an.

Er hat die flechsigen Fäuste um die Armlehnen geballt und versucht aus m Sessel hochzukommen. Er ächzt.

»*Das* is mein Sohn –! *Dafür* hat man gekämpft –! Mensch, wenn ich jetz aufstehn könnt, ich würd dich lehrn, deinen Vater zu achten!«

Aus seiner pedantisch pomadisierten Tolle is ihm ne Strähne in die Stirne gerutscht; sieht dadurch fast fuffzehn Jahr jünger aus plötzlich. Und auf einmal, wie ich ihn da mit mahlenden Kaumuskeln so fruchtlos sich abmühn seh und mach mir grad klar, daß er doch eigentlich – bis auf das leere Hosenbein –, nimmt man den gepflegten Schnurrbart und die verblichenen Feldwebelschulterklappen auf dem alten Uniformrock dazu, fast wie n verkleideter Junge aussieht, der gut und gern mein älterer Bruder sein könnt: auf einmal krieg ich *so* was von Mitleid mit ihm, daß ich rausrennen und mich in mei'm Zimmer auf s Bett schmeißen muß und so lang heul, bis irgendwann draußen der Mond über m Hinterhof steht.

VII.

Er schwieg. Sekundenlang kein Atemgeräusch, kein Lidzucken mehr. Nur jener winzige Nerv unter seinem rechten Auge täuschte unablässig die irritierendste Geschäftigkeit vor. Aber vermutlich hatte er keine Absprache mit dem Herzen getroffen, und es wäre ihm, auch wenn es stillstand, weiterhin daran gelegen gewesen, unsachlich zu bleiben und Verwirrung zu stiften.

Ich ließ meine Hand dicht über Goschniks starre Pupillen hingleiten, die seit einer geraumen Zeit wirkten, als habe sich ein feiner Staubschleier auf sie gesenkt. Unter meinem Handschatten verengten sie sich kaum merklich.

Und da setzte auch wieder, stoßweis zunächst und aus Tiefen kommend, über die ein Brustkasten im Grunde schon nicht mehr verfügte, sein Atem ein; und nicht lange, und auch der an der Decke festgeheftete Blick löste sich wieder; und jetzt kehrte von weit her auch stammelnd und tastend seine Stimme zurück.

Ich mein, ich hab n ja schließlich auch mal anders erlebt. Auf m Bauch hat er da gelegen mit uns, und wir haben mit n Zinnsoldaten gespielt. Rachel sich natürlich mal wieder die Kanone geschnappt. Immer rein mit den Erbsen in die feindlichen Reihen. Ganz schöne Verluste gegeben unter den Deutschen. Doch ich mocht die Lücken nich auffülln; hab meine Österreicher lieber zusammengehalten. Aber Vater hat den Blechelefanten gehabt. Den konnt man aufziehn, dann ging er rasselnd und schnurgrade los, stur ein Bein vor s andre gesetzt. Und Vater hat n meist *so* starten lassen, daß der Elefant ne ganze Einheit aufgerollt hat, oft zwanzig Männer mit nem einzigen Schritt, immer einen gegen den andern geschubst: pling, pling, pling, kippten se gleich reihenweis um, und schon war der Angriff erst mal geplatzt.

Stinkwütend gewesen jedesmal, die Rachel. Bis sie auf die Idee mit dem Nudelholz kam. *Ein*mal frontal auf s Schlachtfeld rollen lassen, das Ding, und s hat nich n einziger Soldat mehr aufrecht gestanden.

»Stop, das haut nich mehr hin, Mädel.« Vater richtet sich auf. Im Knien jetz is er immer noch größer als wir sonst im Stehn. »Das is ne Waffengattung, die wird nich genehmigt.«

»Immer langsam«, sagt Rachel. »Die zieh ich nur wieder ein, wenn de deinen Elefanten zurücknimmst.«

»Der is n Tank«, sag ich; »der darf.«

»Und das hier«, sagt Rachel und hebt triumphierend s Nudelholz hoch, »is ne Kriegsdampfwalze, die hat der Zar persönlich erfunden. Gegen die seid ihr machtlos. Sei denn, ihr kapituliert.«

Vater muß lachen.

»Erst wird ne neue Kampftaktik erprobt. General von Hötzendorf –?«

»General von Hindenburg –?« frag ich.

»Faß mal mit an, wir schieben s Sofa beiseite.«

»Protestiere«, sagt Rachel. »Schlachtfeld vergrößern kommt überhaupt nich infrage, da wird die Zivilbevölkerung bedroht.«

Aber was soll so n Einwand. Wir sind schon dabei, das dazugewonnene Gelände mit unsern Truppen zu überziehn; mit größren Zwischenräumen nu allerdings, sodaß Rachels Dampfwalze da durchrollen kann, ohne n größren Schaden anzurichten.

»So, Großfürst Nikolajewitsch«, sagt Vater zu ihr und reibt sich die Hände. »Kann losgehn; sind aufmarschiert, unsre Truppen. Und was hast *du* uns zu bieten?«

Rachel hört auf, an ihrer Unterlippe zu nagen. »Folgendes.« Sie klemmt sich zwei Sofakissen unter n Arm und klettert, weil se doch wegen der Beinschienen nich so gelenkig is, umständlich rauf auf n Tisch: »Als oberster Befehlshaber der russischen Streitmacht geb ich bekannt: Wir ham da noch n Luftschiff in petto. Das schmeißt Bomben und so. Ich zähl bis drei. Habt ihr euch dann nich aus meinem Land hier verpfiffen, geht s euch dreckig. Hoff, daß das klar is.«

»Absolut, Nikolaj Nikolajewitsch.« Vater springt auf und hebt Rachel, die ihn zornig mit ihrn Kissen bearbeitet, so hoch, daß se fast an die Decke stößt mit m Kopf. »Und die deutsche Heeresleitung hat das durch ihre Spionage-Abteilung natürlich erfahrn und ne Luftschiff-Falle konstruiert, wie de siehst und sicher auch fühlst.«

»Denkste, Nemjetzki«, ächzt Rachel.

Und tatsächlich schafft sie s, obwohl zwischen Vaters Arme gekeilt, mit zwei schleifenden Kissenvolltreffern ne riesige Bresche reinzuhauen ins deutsch-österreichische Heer; bestimmt n Totalausfall von gut hundert Mann zu beklagen.

Verärgert setzt Vater sie wieder auf m Fußboden ab. Sein schöner blonder Schnurrbart zittert n bißchen.

»Hab s eigentlich ganz gern, wenn man nich übertreibt.«

Verkniffen kuckt Rachel an ihm hoch.

»Krieg is Krieg, General Hintendurch.«

»Der Mann heißt Hindenburg.«

Vater schwillt die Stirnader an. Wer n kennt, der würd jetz n Rückzieher machen.

Ich räusper mich vorsorglich.

Aber Rachel is nich für so was. ›Ärger, wem Ärger gebührt‹ –: Schon immer ihr Wahlspruch gewesen. Und sie hebt n ganz klein wenig die Stimme:

»Verliern liegt dir wohl nich, Goshpodin General, was?«

Vater schluckt. Geht zur Tür.

»'s Sofa hat Räder; könnt ihr leicht wieder hinschieben, wo s stand.«

»Stop.«

Rachel hopst humpelnd an ihm vorbei. Vater müßt sie wegstoßen, wenn er jetz rauswollt.

»Ja, was is.«

Mit mahlenden Kaumuskeln starrt er an ihr vorbei auf die Tür.

Sie mag ihn nich, hab s immer gewußt; aber nie is mir das so deutlich geworden wie jetz, wo se da vor ihm steht, Kopf bißchen zwischen die Schultern gezogen und, beinah lauernd, raufkuckt zu ihm. Sie atmet tief ein.

»Seit wann räumt der *Gewinner* n Kriegsschauplatz auf?«

»Gut, gut«, sag ich hastig; »mach ich ja auch.«

»Aber doch du nich alleine«, sagt Rachel; »sondern hier zusammen mit ihm. Oder –?«

Sie bringt s doch tatsächlich fertig, nu auch noch *mich* da mit reinzuziehn.

Aber da macht Vater was Tolles. Er dreht sich um.

»Rachel hat recht: Der Verlierer muß ran. Komm, Karlchen.«

Und er schiebt s Sofa mit mir wieder zurück an die Wand.

Aufgebracht kuck ich dabei rüber zu Rachel. Also, *so* braucht se n nu *auch* wieder nich fertigzumachen.

Sie hebt die Schultern zu mir hin und will grade die Tür aufmachen, da wird ihr die Klinke fast aus der Hand gerissen, und Mutter stürzt ganz aufgelöst rein.

»Max, wir ham Rußland n Krieg erklärt! Mobilmachung, Mann! Hab s eben auf der Straße gehört! Die rennen schon alle!«

Ich kuck Vater an.

So hab ich n noch nie gesehn. Obwohl er in Latschen is und bloß n Hemd und ne Hose anhat und die Hosenträger ihm runterhängen, und auch rasiert is er nich, steht er auf einmal da, als wär er voll uniformiert. Dabei sonst überhaupt nich verändert, der Mann; bloß die Stimme. In der vibriert s jetz n bißchen.

»Na, endlich. Also, denn man tau, meine Lieben.«

Angestrengt, mit gestrafften Nackenmuskeln, blickte Goschnik an sich herab. Die Fliege hatte sich in Hüfthöhe auf sein Deckbett gesetzt, wo sie sich mit den haarigen Hinterbeinen die Flügel glattstrich, die dabei in ein unternehmungslustiges Zucken gerieten; sie schien noch einiges vorzuhaben.

Die Versuchung war groß, sie ihre Vorhaben nicht ausführen zu lassen. Ich verstand mich an sich auf s Fliegenfangen; ich hatte es darin im Lager zu einer echten Könnerschaft gebracht. Aber genau das war es nun auch wieder, was mich jetzt so lange zögern ließ, bis sie summend zum Neonröhrenkranz aufstieg.

Abwesend blinzelnd sah Goschnik ihr nach.

Das Dumme war, Mutter wollt sich unbedingt noch n Kleid aufbügeln für n Abschied. Da mußt Vater schon los. Erinnerste dich, Avrom, wie er bei euch noch mal mit reingekuckt hat? Hab *ich* n drauf gebracht, von allein wär er da *nich* drauf gekommen.

Ziemlich steif rumgestanden dann allerdings auf m Flur; Sally wollt dauernd, er sollt doch ins Wohnzimmer kommen.

Aber nee: wär ihm zu privat gewesen wahrscheinlich.

Worauf s ihm ankäm, sagt er: Zum Ausdruck zu bringen, in der Stunde der Gefahr hätten Parteiung und Vorurteile keine Berechtigung mehr. Und schließlich dienten ja auch ne Menge *jüdischer* Männer in der Kaiserlichen Armee. Und der Kaiser selbst hätt ja schon anno zwölf, vor knappen zwo Jahren genau, mit m Besuch der eben neu eingeweihten Synagoge in der Fasanenstraße bewiesen, daß n Untertan für ihn n Untertan sei – egal, zu was für ner Gemeinschaft der zähle.

Seh dich noch, wie de dich am Hinterkopf kratzt, wobei dir der Hut fast auf die Nasenwurzel gerutscht is. Mußtest jedenfalls ganz schön den Bart anheben, um Vater unter der Krempe weg man so grade noch anblinzeln zu können.

Schöne Worte wärn das, haste gesagt. Blöd bloß, daß man se immer für so besondre Anlässe aufheben würd.

Doch Vater war mit seiner Mission schon zu Ende. Hacken zusammengeschlagen, Hand an die Helmkante gelegt.

Wie auch immer: Die Heimat läg ihm unendlich am Herzen.

Sally war ganz gerührt von dem Satz.

»Und kommen Se heil wieder!« rief sie ihm in n Treppenflur nach.

»Tja –: Und dann war er weg. Denn als Mutter in ihrm neu gebügelten Kleid mit mir am Kasernentor war, da sagte der Posten, s Regiment wär seit ner Viertelstunde verladen. Wir rasten zum Bahnhof. Weg –: Vor zehn Minuten, hieß es, hätt der Zug die Rampe verlassen.«

Keuchend, als sei er ihm nachgerannt, wandte Goschnik das schweißglänzende Gesicht zu mir her. Viel Zeit hatten wir nicht mehr, wenn ich in ihm zu lesen verstand.

»Das war er, Avrom –: Mein Vater.«

Erschöpft schloß er die Augen. Die Halsmuskulatur erschlaffte, und mit einem kaum wahrnehmbaren Ruck, der mich unwillkürlich die Zähne aufeinanderpressen ließ, sank der auf der rechten Schläfe liegende Kopf eine Winzigkeit tiefer ins Kissen.

Ich hielt den Atem an, denn der seine ging plötzlich so unregelmäßig, so leise, daß man jetzt deutlich wieder das kraftvolle und nur von kurzen Landepausen unterbrochene Summen der Fliege vernahm, die es allerdings vorzog, unsichtbar zu bleiben; offenbar war sie auch noch imstande, Gedanken zu lesen.

Der Regen schien aufgehört zu haben, das ferne Rauschen gab es nicht mehr; ein kalter, nach faulem Laub und aseptischem Nebel schmeckender Hauch wehte vom Lichtschacht herüber.

Mich fröstelte; aber ich wagte nicht, das angelehnte Fenster vollends zu schließen, ich hätte sonst das Gefühl gehabt, Goschnik die Luftzufuhr abzuschneiden.

Er bewegte sich jetzt. Das heißt, die gelbbraun verfärbten Lider begannen zu zucken und mit einer Erleichterung, die ich mir in diesem Ausmaß besser nicht hätte eingestehen sollen, registrierte ich auch wieder das keuchende Atemgeräusch, dem nun noch ein gleichsam pfeifender Unterton beigemengt war; so, als striche über ein an der Bruchstelle hohles Schilfrohr in rhythmischen Intervallen der Wind: Da probte jemand, dem unendlich an Monotonie gelegen sein mußte, auf einem erschreckend brüchigen Instrument.

»Karl.«

Das war meine, nicht Avroms Stimme gewesen.

Blinzelnd, geblendet öffnete er wieder die Augen. Der stumpfe Schleier über seinen grauen Pupillen hatte die Goldeinsprengsel in ihnen zum Erlöschen gebracht. Sein Blick wirkte indifferent und verschwommen dadurch, als er jetzt zu mir aufsah.

»Schön, daß de noch da bist.« Wieder dieser qualvolle Versuch, ein Lächeln zustande zu bringen; wieder als Ergebnis eine Schmerzensgrimasse. »Sag was. Sag was zu damals, komm. Nich –: 's war zu verstehn?« Der irritierende Nerv unter seinem rechten Auge schien einen Moment lang schneller zu zucken.

»Ich weiß nicht, was du meinst.«

»Daß ich zu *euch* gekommen bin. Daß ich *dich* als Vater ausersehn hab.«

»Karl, zu verstehn ist das alles.«

»Aber –?«

»Kein Aber; wenigstens in diesem Zusammenhang nicht.«

»Sondern in welchem.«

Er preßte sekundenlang die Zähne aufeinander, man sah es den heftig arbeitenden Kaumuskeln an.

Ich mußte mir Mühe geben, in der weiß funkelnden Kachelwand hinter dem Bett mein schwach verzerrtes Spiegelbild zu übersehen. Das Gesicht lag glücklicherweise im Hutkrempenschatten. Jedoch ich wußte, es beobachtete mich; ich war nicht nur Goschnik, ich war auch *ihm* etwas schuldig. Ich holte tief Luft.

»Vielleicht solltest du jetzt, wenn du unser Zusammenleben bedenkst, einkalkulieren, daß es anders war, als du es dargestellt hast.«

Gleich teilte ihm wieder die steile, auf die Nasenwurzel zielende Mißtrauenskerbe die Stirn. »Was meinst du damit.« Er schluckte erregt.

»Daß du uns – ich meine Sally und Avrom – nicht als *Juden* versteckt hast.«

»Aber um Gottes willen –: Als was denn sonst?«

»Als deine Ersatz-Eltern, Karl, die du gegen ein dir *nicht* so genehmes Elternpaar eingetauscht hast.«

»Mensch, Avrom, konnt euch denn was Besseres passiern?«

»Ich weiß es nicht, Karl. Ich weiß jetzt nur, daß du

wahrscheinlich genauso für uns gesorgt hättest, wenn wir *keine* Juden gewesen wären.«

»*'türlich* hätt ich das. Hab euch doch geliebt! Lieb euch doch *noch!*«

»Eben. Genauso läßt sich dann aber auch sagen, du hast das alles für uns gemacht, *obwohl* wir Juden waren. Denn *du* bist ja keiner.«

Keuchend, schweratmend hob er ein wenig den Kopf.

»Aber kenn mich doch in Jüdischem aus!«

»Du meinst, du nimmst hin und wieder Jüdisches wahr.«

»Avrom.« Seine Stimme zitterte. »Wär s so lang gut gegangen mit uns, wenn ich eure Jüdischkeit nich überall mit eingeplant hätt?«

»Gegenfrage, Karl –: Wenn du andre Eltern gehabt hättest, unaustauschbare, die dir lieb gewesen wären –: Ob du dich dann *auch* so für uns eingesetzt hättest – später, in der Zeit der Gefahr?«

Ein würgender Hustenanfall schüttelte ihn, drohte ihm die Luft abzuschnüren. Es dauerte endlos, bis sein Atem, wenn auch erneut angeschlagen, noch einmal die Oberhand gewann.

»Komm dichter ran, Avrom; s Reden strengt an.«

Er starrte blicklos zur Decke hinauf.

Die Fliege war wieder erschienen. Behaglich die gleißenden Flügel räkelnd, wärmte sie sich am Neonröhrenkranz auf.

»Hör zu. Was hat Karlchen, den Fünfjährigen, zu euch gelockt? Eure Nettigkeit. Seine Neugier. Deine Geschichten. Rachel. Die Hühner, die Sally ihn füttern ließ. Die Wärme; die aus m Ofen sowohl, als auch die andre, die s bei ihm oben nich gab. Und Glas. Das man plötzlich zerschneiden, das man in n Rahmen einsetzen konnt. Glasern war s Aufregendste, was es gab. Hab ich vom ersten Tag an gewußt, als ich mich in mei'm hinten geknöppten Kittel, das Holzpferd mit dem rausgefallnen Glasauge unter m Arm, erwartungsvoll zu dir reinschob. Denn hatt dich ja schon seit Tagen durch die Schaufensterscheibe beobachtet, Avrom. Du warst n Zauberer. 's Licht hat dich gebeten, hell sein zu dürfen. Die Sonne war aufgeschmissen ohne dich. Die Eitelkeit hat sich bei dir ihre Spiegel bestellt. Gefängnisse, Läden, Mietskasernen, alle wollten Fenster von dir. Tänzelnd wie Wasserspinnen sind deine Hände über s Glas hingeglitten, wenn de so n Fensterflügel auf m Werkstatt-Tisch hattst. Und so, über s Glas gebeugt, hab ich dich eigentlich *immer* gesehn: In dunkler Hose und Weste; schmerzend weiße Hemdsärmel meist, aufgekrempelt bis an die Ellbogen ran; runtergetretne grüne Pantoffel; Schlomos goldne Uhrkette vor der Bauchgrube baumelnd; die fleckig-zerrissene Schürze davor entweder grau oder blau; die blassen Unterarme in nem merkwürdigen Kontrast zu dem schwarzen, bloß um n Mund rum rötlich verfärbten Bart; und ständig diesen fusselfreien, so pedantisch gebürsteten Hut auf m Hinterkopf, wo er, trotz des Lockenwusts drunter, egal, was de machtest, auch nich n Zentimeter verrutscht is; und sah man genau hin, und das hab ich immer gemacht, konnt man erkennen, ständig hattste die Lippen zu nem lautlosen Pfeifen gespitzt, denn *wenn* einem die Arbeit Spaß gemacht hat, Avrom, dann dir.

Und nu gib acht. *Alles,* wär denkbar gewesen, hätt Karlchen, dann Karl, vergessen können als Junge; Schulzeit krempelt einen ja um. Bloß *eins* wär *nie* rauszukriegen gewesen aus ihm: Der Wunsch, s Glaserhandwerk zu erlernen bei dir. Da hätt auch n König als Vater nichts dran geändert. Und jetz frag ich dich, Avrom: Haste deine Jüdischkeit vielleicht ausgespart, die sechzehn Jahr, die wir zusammen gearbeitet haben? Hab ich nich schon als Lehrling mit dir n Sabbat gehalten? Haste mich nich als Geselle wieder und wieder mit in die Synagoge genommen? Na, und hat Sally all die Zeit vielleicht auch nur n einziges Mal *nich* koscher gekocht und gebraten? Schön, ich bin nich grad gläubig geworden; hab auch nich den Kopp, den de für s Jüdische brauchst. Trotzdem –: Haste nich, seit ich bei dir gearbeitet hab, mich immer wieder gelöchert, doch jüdisch zu werden? Und hattste nich noch am selben Tag, als ich die Meisterprüfung bestanden hatt, den Arzt aus m Jüdischen Krankenhaus eingeladen zur Feier, der mir n ganzen Nachmittag lang in den Ohrn gelegen hat mit Variationen auf den Spruch, der Entschluß, sich beschneiden zu lassen, unterschied sich in nichts vom Gang zum Frisör?

Schön, du bist heut andrer Meinung, bist strenger geworden; seh ich auch ein. Hatt ja selber s Gefühl, all dem im Ernst nich gewachsen zu sein. Bloß: absprechen kannste mir s Intresse für Jüdischkeit nich. Und Bescheid weiß ich in Jüdischem auch. Protz ja nich mit. Bild mir ja nichts drauf ein. Geb ja zu: Is die Arbeit, is s Glaserhandwerk gewesen, die mich draufgestukt haben. Von allein wär ich *nich* drauf gekommen. Und wärst *du* nich jüdisch, wär auch mein Intresse nich da. Aber was sagt das? Doch nur, daß ich n Schlepper gebraucht hab. Is das so schlimm? Schlimm wär doch nur, wenn ich mich abgeschirmt hätt, wenn ich auf Distanz gegangen wär. Aber glücklicherweise is da deine Arbeitsfreude gewesen, die abgefärbt hat. Und da de die als Gebot auch aus m Talmud bezogst –: doch logisch, daß ich nu auch *davon* was mitgekriegt hab. Wenn die Freude an der Arbeit natürlich auch überwog. Denn was Schönres, Avrom, als mit dir zusammen auf m Bau zu hantiern, in der Werkstatt zu stehn – was Schönres konnt s nich geben. Obwohl, einmal, da is es auch anders gewesen. Hatt grad meine Meisterprüfung gemacht. Dabei n toller Auftrag; erinnerst dich sicher: Fabrikneubau in Pankow-Heinersdorf draußen. Warn eben in so ner Art Konferenzsaal gelandet; fünfter Stock, Verwaltungstrakt; Fensterfront zur Südseite raus; Julisonne schien rein; Mauerseglerkreischen am Himmel; und dauernd hat so n lauer Wind aus n Laubenkolonien Wolken von Fallobstduft rübergeweht; man wurd allmählich richtig besoffen davon.«

Glücklicherweise gab s n Lastenaufzug im Haus, mit dem hatten wir s Glas und alles nach oben geholt. Zuschneidetisch war auch kein Problem. Höchstens, daß sich n Fensterrahmen mal n bißchen verzogen hatte, denn die hatten die Dinger ungeschützt auf'nandergestapelt.

Wir hatten uns dran gewöhnt, am selben Fenster zu arbeiten, jeder immer n Flügel; na, und so kam s, daß ich natürlich gemerkt hab, wie de dich dauernd angestrengt hast, mich irgendwie *doch* noch auf Touren zu bringen.

»Mensch, überleg doch mal, Junge –: Hast deinen Meister gemacht. Mit zwoundzwanzig! Karl, du bist frei!«

»Avrom, das *is* es doch grade. 'ne Freiheit, die wegführt von dir: was is das für eine? 'ne egoistische is das. Und die hast *du* mich gelehrt!«

»Ich hab dich nich s Weglaufen, ich hab dich s Glasern gelehrt.«

Wir hoben, Rücken an Rücken, jeder den fertigen Fensterflügel rein in die Angeln. Der junge Bursche in meinem starrte mich, unter seiner speckigen Schildmütze vor, aufsässig an.

»Aber was nützt mir n Meisterbrief, wenn ich nichts mit ihm anfangen kann? Schließlich, wozu hab ich n meinen Meister gemacht?«

Hattst schon wieder ne neue Glasplatte auf n Zuschneidetisch gelegt.

»Eindeutig, um ne *noch* qualifiziertere Arbeit zu leisten.«

»Richtig. Avrom, und *wo –?«*

»Na, wo ham wir n *bisher* immer gearbeitet, hm?«

'n Augenblick lang haste nur unsre beiden Glasschneider und draußen s Mauerseglerkreischen gehört; Geräusche, die de beinah hättst austauschen können.

»Avrom, zwei Meister in *der* Kellerwerkstatt da unten, das is einer zu viel. Wir wärn uns doch dauernd im Weg.«

»Wenn de s drauf anlegst – natürlich. Käm auf die Ellbogen an.«

»Komm, komm; worauf leg *ich* s denn schon an.«

»Na, auf s Trennen doch. Bestimmt gibt s da auch schon n Plan.«

Ich fing an, die neu zugeschnittne Scheibe in den Rahmen zu drücken. Wieder der mit der speckigen Schildmütze drin.

»›Plan‹ is stark übertrieben. Mit Gerda mal drüber geredet; na und –?«

Seine Brauen verschwanden im Hutkrempenschatten.

»Und warum nich mit *mir?«*

»Mein Gott, Avrom –: Weil wir konkurriern!«

Vorsichtig, fast ohne s Glas zu berührn, begann er die Scheibe zu kitten.

»Und die Gerda konkurriert *nich* mit uns, nee –?!«

Unten auf der Straße war n Klingeln zu hörn. Da fuhr, von zwei glänzenden braunen Pferden gezogen, der *Bolle*-Milchwagen vorbei.

Ich holte tief Luft; 'ne Lunge voll Sommer.

»Also, wenn de s *so* siehst – dann *ja.«*

Avrom nickte seinem Spiegelbild zu. Er war besser dran als ich, er war befreundet mit ihm.

»Siehste. Und nu frühstücken wir erst.«

Fand statt in nem Gartenlokal. Kies; Tische und Bänke; Sonnenschirme mit Muratti-Reklame; Ligusterhecke drum rum.

Hatten jeder ne Weiße bestellt. Sallys Leberwurstbrote dazu.

Nahmst n langen Schluck Bier. Schaum aus m Bart wischen dann.

»So. Und nu will *ich* dir mal was sagen, Karl.« Schobst dir n Hut in den Nacken, kniffst n bißchen die Augen zusammen. »Hab *auch* n Plan. Und der geht so –: Ich nehm den Kampf auf.«

»›Kampf‹ –? Welchen Kampf.«

»Den mit meiner Konkurrentin. Den um dich.« Richtetest dich ne Kleinigkeit auf. »Hör zu; hier kommt n Bündnisangebot; freibleibend, Karl: Du suchst uns was andres. Schluß mit der Kellerwerkstatt, die bloß die Kundschaft vergnatzt. Wir brauchen was Neues, was Helles; hoch und geräumig; zentral.«

Hatte Mühe, mich nich zu verschlucken.

»Nich so schnell. Du hast da ›wir‹ und ›uns‹ gesagt, eben –?«

Avrom zerschnitt mit m Taschenmesser sorgfältig n Bündelchen Lauch und streute die winzigen grünen Röhrchen in seine Klappstulle rein.

»Ich hab von der Glaserfirma *Goschnik & Grünbaum* gesprochen.«

»Is das – Is das dein Ernst –?!«

Schobst zwinkernd dein Bierglas beiseite.

»Karl, falls ich mich zu undeutlich ausdrück –: Willste mein Kompagnon werden?«

Trupp Mauersegler jagte kreischend über uns weg. Lieblingsvögel von Rachel gewesen; seitdem auch meine.

Erst mal n Schluck Weiße. Atemlos dann:

»Mensch, das fragste mich noch? Hab doch immer gedacht, daß ich so ne Art Altgeselle bliebe bei dir.«

Lächelnd hobste dein Glas.

»Also, *alt* kannste bestimmt mit mir werden. Komm; stößte drauf an?«

Wo sich die Gläser berührten, funkelte n blendender Sonnenreflex.

»Avrom: Auf hundert Jahre gemeinsame Arbeit.«

»Wie wär s mit fuffzich erst mal.«

»Na, schön.«

Wir tranken.

Über mir stand, ungeheuer hoch, ne winzige weiße Wolke am Himmel.

Und durch die hitzeflimmernden Straßen dann wieder Richtung Fabrik. Avrom pfiff lautlos vor sich hin.

»Und weißte, *wo* wir uns was mieten –: An der Berliner Allee. Und zwar wird das so n Zwischending: Halb Werkstatt, halb Laden. Daß die Leute draußen uns zukucken können. Beste Reklame.«

»Fabelhaft, ja. Können ja noch n Lehrling reinnehmen.«

»Gute Idee. Würd auch Sally n bißchen entlasten.«

'n Sprengwagen bog um die Ecke; Schar barfüßiger Kinder hinter ihm her. Sah n Momentchen lang Rachel dazwischen. Aber sie wurd von den andern zu sehr geschubst. Da dacht ich sie mir schnell wieder weg.

»Bloß, so den Kleinkram, Avrom –: den sollten wir uns abstauben dann. Fenster, logisch; Spiegel, na, schön. Aber raus mit den Bilderrahmen.«

Kratztest dich bedenklich im Nacken.

»Weiß nich so recht. Brötchengeld ham die eigentlich *immer* gebracht. Und macht doch auch Spaß, n Bild rahmen, nee?«

»Mensch, aber wir wolln doch auf Großaufträge raus; so einen, wie jetz die Fabrik!«

»Muß sich ja nich ausschließen, Karl. Gegenteil, hält

sich die Waage sogar. Denn n *Bild* kriegste immer mal wieder n neues zum Rahmen. Aber wo is das Neue bei den zwoundsechzig *Fenstern,* die wir jetz machen?«

Mußt lachen.

»Also, *so* gesehn –«

Im unverputzten Konferenzsaal oben dann wieder am Zuschneidetisch. Die Sonne war weitergezogen. Wir hatten die fertigen Fenster probehalber geschlossen. Kuckte man durch die neu eingesetzten Scheiben, war der schmerzend blaue Himmel dahinter mit Dutzenden von Fingerabdrücken bedeckt. ›Wie am ersten Schöpfungstag‹, hattste mal gesagt.

Is ne schöne Arbeitsstimmung gewesen; *so* hatt ich s mir immer gewünscht: Dir gegenüber am Zuschneidetisch, und beinah jeder Handgriff synchron. Und konnt s was Tolleres geben als Fenster verglasen? Hab mein Lebtag nichts lieber gemacht. Hatt ich von dir. So, wie de da jetz vor mir standst, über s Glas und den Fensterrahmen gebeugt und, lautlos vor dich hinpfeifend, mit m Daumen noch mal die Schnittkante prüftest, so gutgelaunt biste eigentlich nur immer beim Fensterverglasen gewesen.

Obwohl, diesmal hattste noch was auf m Herzen, war deutlich zu spürn. Und richtig. Wir hatten wieder jeder n neuen Flügel eingehängt und schnitten für die nächsten beiden s Glas, da hobste, ohne die Arbeit zu unterbrechen, kaum merklich den Kopf.

»Ach, übrigens – Karl –: Wir würden natürlich dann umziehn, Sally und ich.«

»Logisch.« War grad mit m Schienenanlegen beschäftigt. »Doch wohl s mindeste, daß zu so m Werkstattladen auch Wohnräume gehörn.«

Du nicktest.

»Zumal Sally ja schon immer rauswollt aus der Souterrainwohnung. Weißt ja, wie feucht und wie dunkel die is.«

»Weiß Gott. Wo *haste* dir denn deine Augen verdorben.«

»Nu, nu. Da hat auch die Fliegenschißschrift vom *Schulchan Aruch* dran schuld.«

Wir legten jetz jeder n Glasschneider an; du n bißchen bedächtiger nur.

»Frage, Karl, is eben jetz bloß –: Wie is das mit *dir.*«

»Na, ich zög natürlich bei Mutter da aus.«

Mauerseglergekreisch.

»Hm. Und dann –?«

»Gott –, müßt man sehn.«

Der Glasschneider, den de an der Stahlschiene langzogst, stand n Augenblick still.

»Ich mein –: Nich, daß ich gegen die Gerda irgendwas hätt –«

»Weiß ich doch, Avrom.«

»Nur Bescheid wüßt man eben ganz gern.«

Dein Glasschneider zog weiter.

Ich war diesmal schon fertig; Glasstaub weggepustet am Rand, und die Scheibe in den Rahmen gedrückt. Angenehmes Gefühl, wenn sie dann überall abschloß. Ich angelte mir den Kittklumpen rüber.

»Kuck mal, Avrom; is ja nich so, daß ich mich irgendwie festgelegt hätt. Sie is eben nur einfach n nettes propperes Mädel, mit dem s Spaß bringt, mal ne Dampferpartie zu machen, mal auf n Tanzvergnügen zu gehn.«

»Bitt dich, Karl –« Jetz hattst auch du die Scheibe im Rahmen: »Bestreitet ja keiner. Mein ja auch nur, was so die Zukunft betrifft.«

Kuckte n Momentchen lang raus.

Über n Laubenkolonien kochte die Luft. Die Parzellen, Bäume und Beete waberten im Sonnenglast, als stünd ne riesige Glasscheibe davor, die pausenlos Wasser herabfloß. Weißensee lag im Dunst, man konnt nur die bleigraue Kuppel vom Wasserturm rausragen sehn.

»Also, in Zukunft hab ich da jetz eigentlich mehr die Firma im Auge.«

Abwehrend hobste die Hände vom Glas.

»Nich doch, Karl. Bist und bleibst natürlich dein eigner Herr. Wirst dir doch wohl nich in dein Privatleben reinreden lassen!«

»Sicher nich, nee.« Wir kitteten beide. »Nu is allerdings die Gerda auch nich direkt n Mädel, an das man sich anbinden möcht.«

Schienst erst überlegen zu müssen.

»Was man dir nachfühlen kann. Ich mein: So was muß ja auch nich gleich in Heirat ausarten. Hab ich recht?«

Der junge Bursche in meiner frisch gekitteten Scheibe sah mich unter seiner flachen Schildmütze vor herausfordernd an. Dann zog er plötzlich die Mundwinkel runter.

»Heiraten –: *Ich* –?! Ehr werd ich jüdisch.«

»Tja –; da ist ja nun einiges anders gekommen.«

Ächzend richtete Avrom sich auf.

Der Rabbiner Lovinski blieb vorgebeugt sitzen.

Es begann zu dämmern; das rußige Dunkel im Lichtschacht fing an, sich mit körnigem Grau zu durchsetzen. Der zehnte November. Dies würde Goschniks Sterbetag sein. Und welches seine Sterbeminute? Ich erschrak plötzlich.

Wo waren wir hingeraten. War so die Wahrheit beschaffen, die Goschnik suchte, die er verdiente –: Ein gemeinsamer Arbeitstag in einer mauerseglerumschwirrten Fabrik? Ich spürte, wie mir vor Scham die Kopfhaut zu brennen begann. Wo waren Sally und Avrom geblieben; Sally, die Glaubensskeptikerin, Avrom, der Blinde? Wie konnte ich mich so weit fortführen lassen von ihrem Los; wie Goschnik in soviel Entlegenheit folgen?

Er hatte mir schweratmend das schweißglänzende Gesicht zugekehrt. Die Augen waren nun endgültig in eine Tiefe gestürzt, in der kein zusätzlicher Lebensfunke sie mehr zu erhellen vermochte; die silbern funkelnden Bartstoppeln ließen die eingestürzten Wangentäler fast konturlos erscheinen, und an den zerbrechlichen Schläfen wirkte die Haut, als sei sie über eine Membrane gestrafft: durchscheinend und pergamenten zugleich. Das Selbstbildnis seines Todes ging der Vollendung entgegen.

Ich versuchte, das rhythmische Aufschlagen der Wassertropfen im Becken einen Augenblick lang nicht mehr hören zu müssen; unmöglich.

»Karl.«

Er starrte mich angestrengt an.

»Sprich lauter; du bist so weit weg.«

Ich rückte mit dem Hocker ein wenig näher an das Bett heran.

Die Fliege fuhr vor mir auf, sie hatte in einer Falte von Goschniks Deckbett gesessen. Der Hinweis wäre nicht nötig gewesen; ich wußte, ich hatte mich zu beeilen.

Ich tupfte ihm den Schweiß weg um die Augen herum.

»Karl, das warst *du.* Komm jetzt mit mir zu Avrom und Sally zurück; zu Avrom und Sally im Keller, im unteren. Erinnere dich: So kühl sie es da unten auch hatten, es ist Sommer gewesen. Fast täglich hast du uns von der Parzelle einen Teller Johannisbeeren, eine Schüssel voll Kirschen, ein paar Pfirsiche mit runtergebracht. Manchmal – selten genug, denn du wolltest uns schonen – auch eine Nachricht; in Charkow wurde gekämpft; bei Woronesh gingen die Deutschen über den Don, und in der Nähe Prags ist die Bevölkerung eines Orts umgebracht worden, der Lidice hieß. Sally und du haben mir vorgelesen. Wir haben Schach gespielt und uns unterhalten. Ich habe mit Sally an früher gedacht und habe mit Sally geschwiegen. Es war eng und war feucht und hat nach modrigem Bier und nach Schimmel gerochen. Das Atmen fiel nicht immer ganz leicht. Aber wir hatten zu essen, ich hatte zu denken; man konnte dort leben. Du hattest zu tun und verdientest. Warst dienstverpflichtet oder wie man das nennt. Wir brauchten uns deinetwegen keine Sorge zu machen; sie hatten dich für unabkömmlich erkärt. Um dich doppelt abzusichern, hattest du, für alle Fälle sozusagen, noch eine verheilte Rückgratverletzung wieder aufleben lassen; geschickt simuliert. Dein Musterungsbescheid, Karl, du weißt es, lief auf ›untauglich‹ raus. Kann man umsichtiger sein? Offenbar nicht. Und wie kam es, daß du dann *doch* einen Gestellungsbefehl erhieltest? Es hatte jemand darauf aufmerksam gemacht, daß du gesund seist. Ein Kenner. Oder sollte man besser ›eine Kennerin‹ sagen? Am zweiten August, Karl, war es so weit. Zum ersten Mal in den rund dreißig Jahren unseres Zusammenlebens trennten wir uns; genauer: hast du uns verlassen, um dem Krieg die Ehre zu geben. Ich kann dir nicht sagen, wie niedergeschlagen wir waren. Wir haben weit über einen Monat gebraucht, uns unsere Angst um dich einzugestehen. Es mußten noch einmal endlose Tage vergehen, ehe wir begriffen, Hoffnung muß Nahrung erhalten; nur benötigt, siecht sie dahin. Es senkte sich das große Schweigen auf uns herab. Denn worüber reden, wenn das Leben woanders stattfindet? Sally wollte mir vorlesen: Ich hatte kein Organ für Geschriebenes mehr. Wir entkeimten Kartoffeln. Wir zählten Konserven. Wir schichteten Preßkohlen um. Sally trat noch mal eine Zeitlang gegen die Vergänglichkeit an. Schimmel und Staub hatten nichts zu lachen bei ihr. Wir haben auch Mäuse gezähmt. Wir haben auch ein paarmal gezittert. Denn nachts waren plötzlich, hinter der Kopfwand des Schlafraums, Stimmen zu hören, Kinderweinen, Hundegebell. Ein Luftschutzkeller, natürlich. Aber das muß man erst einmal wissen. Und auch Erdbeben gab es; nachts, nahe und ferne. Die waren schwerer unterzubringen. Bis Sally auf Bombenabwürfe kam. Ich kann nicht direkt sagen, daß diese Erklärung beruhigte. Doch ich konnte mich revanchieren. Sally behauptete, der Wirt über uns habe seine Frau ermordet und sie lasse als Geist nun, in den alten Bierkellern hier unten, die Wände erglühen. Da blind, mußte ich die Lösung ertasten: Alle einschlägigen Geisterwände waren pelzig vor Schimmel. Logisch, der phosphoreszierte nun nachts. Auch Wasser- von Abflußrohren konnten wir schnell unterscheiden. Aber wir mochten eigentlich *alle* Rohre gut leiden. Denn ihr Rauschen, Gluckern, Seufzen, Strömen brachte Abwechslung mit, war ein Zeichen von Leben. Angst, entdeckt zu werden, hatten wir nicht. Wohl aber Furcht, mit der *Zeit* nicht mehr zu Rande zu kommen. Nämlich sie verging nicht, sie stand. Wenn man sonst dem Trugschluß aufsitzen darf, sie werde einem genommen –: Hier nahm sie zu. Sie wuchs an, wurde spürbar wie Nebel, wie Watte, stand einem ständig, bei den paar möglichen Schritten, im Weg. Sicher hätte man sie mit einem Kalender zu vertreiben vermocht. Und du hattest uns ja auch einen dagelassen, mit täglich abzureißenden Blättern. Jedoch unter jeder Tageszahl hat ein Sprichwort gestanden. Anfänglich gelang es, sich über die Sprüche lustig zu machen; wobei ›lustig‹ vielleicht nicht *ganz* das rechte Wort ist. Dann hat Sally sie mir verschwiegen; aber sie heimlich eben *doch* weitergelesen. Bis sie über eins, das ›Morgenstund hat Gold im Mund‹ hieß, so in Verzweiflung geriet, daß sie sämtliche Kalenderblätter einzeln abriß und ins Herdfeuer warf. Immerhin hat das noch zu unserer positiven Epoche da unten gehört, ehe nun Gleichmut und Abgestumpftheit sich anschickten, uns endgültig für die offenbar angestrebte Versteinerung vorzubereiten. Karl –: Wir haben tagelang getrennt in verschiedenen Räumen gesessen. Nicht, weil wir schlecht aufeinander zu sprechen gewesen wären. Nein, wir hatten einander vergessen. Man vergaß alles dort unten allmählich. Schlaf, Essen, Hygiene. Sally hatte Frieden mit dem Schimmel geschlossen. Sie zündete auch keine Kerze mehr an. Was sah man denn schon hier unten bei Licht?–: Drei rostige Eisentüren; Backsteinwände, die Feuchtigkeit schwitzten. Selbst im Schlafraum hatte Sally sich abgewöhnt, Ordnung zu machen. Und *das* war doch eigentlich ziemlich lange noch sinnvoll geblieben: die Plumeaus mit einem Brett glattzustreichen. Aber da Avrom nicht mehr schlafen ging, schlief auch Sally nicht mehr. Und so sank beharrlich der Staub auf die Betten. Ja, manchmal glaubte auch Avrom schon, eine Staublast auf den Schultern zu spüren. Da suchten einen keine Gedanken mehr heim. Da befürchtete man weder, noch hoffte man was. Da blickte man weder voraus noch zurück. Alle Zeiten gestorben. Es gab nur das schweigende Jetzt. Nein, Karl, da hörst auch du auf, eine Rolle zu spielen. Ob du zurückkommst oder nicht; ob du desertiert oder in Gefangenschaft, verwundet oder gefallen bist: Gleichgültig, in diesem Stadium. Aber dann dämmert da, unter all der Apathie, *doch* noch was auf. Eine Frage, Karl, die die Antwort schon in sich trägt und dieses Stadium nun endgültig abschließt. Sie lautet: Wozu das alles? Und ob du es glaubst oder nicht: Plötzlich beginnt man wieder lebendig zu werden. Plötzlich erinnert man sich. Da ist doch ein Leben gewesen. Da war doch Einverständnis. Genügt denn das nicht? Worauf wartet man noch? Daß ein Zustand wie dieser sich ändert. Und wenn man ihn einfach *beendet*? Wenn man nicht mehr hinnimmt sondern bestimmt? Nicht mehr bleibt sondern geht? Auf einmal, Karl, kannst du deine steingewordenen Füße wieder gebrauchen. Läufst hin und her. Schiebst hier einen Stuhl, dort gar die Truhe beiseite. Brauchst Platz, um weitläufiger denken zu können. Wände schützen nicht mehr, Wände stehen im Weg. Was soll dieser Ofen, wenn es die Kälte gibt. Hat jener Korbsessel jemals von der Existenz verschneiter Steinbänke gewußt? Sally glaubte, ihren Augen nicht trauen zu dürfen. Avrom trainierte nicht nur laufen, abschätzen, tasten; er pfiff auch noch lautlos dabei. Natürlich wollte sie wissen, was ihn dazu bewog. Er sagte es ihr. Sally hätte an sich gerne noch weitergelebt. Aber alleine? So stimmte sie sich auf Avroms Überzeugung denn ein. Und so sind die beiden, fünf Monate später, nachdem du sie verlassen hattest, in der Nacht vom sechsten auf den siebten Januar sterben gegangen.«

Goschnik stöhnte. Der Kopf war ihm seitlich auf die Schulter gesunken. Er blickte abwesend zum Lichtschacht hinüber, dessen heller werdendes Grau sich zögernd mit dem fahlen Neonlicht mischte. Der winzig zuckende Nerv unter dem rechten Auge und ein gleißender Schweißtropfen, der von der Schläfe herab ins Stoppelsilber des Wangentals rann, waren sekundenlang das einzig Lebendige in seinem Gesicht.

Behutsam sprach ich ihn an.

»Karl.«

Er lauschte angespannt, ohne den Kopf anzuheben.

»Karl, es hat einen Grund, warum die beiden den Keller verließen.«

»Ich hör ne Uhr.«

»Es ist keine. Der Wasserhahn tropft. Da ist die Dichtung porös. Ich hab es nicht abstellen können.«

»Es klingt ungeduldig.«

»Es klingt wie eine undichte Wasserleitung.«

»Wie eine, die drängt. Da –: Hör.« Er versuchte, den Kopf anzuheben; doch er sank wieder seitlich auf die Schulter herab. Die blutverkrusteten Lippen formten das Nächste erst vor. Dann war er wieder zu hören, heiserer, hechelnder jetzt. »Ungeduldig, ja. Ihr seid ungeduldig gewesen; *das* is der Grund.«

Avroms Brauen zogen sich unter die Hutkrempe zurück.

»Wirklich, Karl –?«

»Ja.«

»Fünf Monate haben die beiden da unten gelebt – zu leben *versucht* –: Hast du dir wirklich klargemacht, was das heißt?«

Er nickte mühsam.

»Bin ja oft genug mit unten gewesen.«

»*Zu* oft, Karl.«

Jetzt gelang es ihm doch noch einmal, den Kopf anzuheben. Keuchend, fassungslos sah er mich an.

»Wiederhol das, Avrom.«

Fast hätte ich es aufgegeben vor diesem Blick. Aber wenn nicht jetzt, wann dann. Ich holte tief Luft.

»Es hätte zwei Möglichkeiten gegeben, Avrom und Sally zu retten. Beide hätten jedoch nur indirekt noch mit dir zu tun gehabt. Denn bei beiden wäre davon auszugehen gewesen, du kommst nicht wieder zurück.«

Sein Kopf sank ins Kissen.

»Aber ich *bin* doch wiedergekommen! Im selben Jahr sogar noch: Sommer dreiundvierzig. Noch nich mal sechs Monate drauf!«

»Was verlangst du von deinen Schutzbefohlenen –: Daß sie das *vorher* schon wissen? War dein Weggang denn terminiert? Sind sie von dir auf diese Trennung vorbereitet gewesen? Hat es Helfer gegeben, die ihnen mitteilen konnten, was du vorhattest? Sag.«

Er schwieg, blickte starr an die Decke.

Die Fliege startete da zu einem Rundflug, exakt den Verlauf der Neonröhren entlang. Avrom hatte sie auch entdeckt. Sie schien ihn mehr abzulenken, als er es sich eingestehen wollte; verkniffen blinzelnd sah er ihr nach.

»Karl. Um wen ist es dort unten gegangen –: Um dich oder um uns. Du kannst diese Frage als ungerecht empfinden; gestellt muß sie werden, dafür hast du wieder und wieder gesorgt. Denn was hast du uns in all den Kellerjahren klargemacht –: Daß wir Mut haben müssen – auch zu *eigner* Entscheidung –? Daß die Freiheit Ausdauer kostet –? Daß das uns vorenthaltene Leben es wert ist, auch während unwerter Zeiten erwartet zu werden –? Daß ein solches Maulwurfdasein Akzente benötigt, um ertragen werden zu können –: Aufhellung; Höhlentherapie; Disziplin –? Daß wir in Wahrheit machtvoller als unsere Verfolger sind, da ihre Todesmaschinerien uns nichts anhaben können –? Daß es einzig auf *uns* ankommt, auf Sally und mich; auf unsre Kraft, unsre Hoffnung, unsre Überlebensbereitschaft –? Daß wir bereit sein müssen, die eigne Existenz über alles zu setzen –? Nein. Sondern *was* hast du uns klargemacht in all jener Zeit; und zwar täglich, mit jedem Besuch, jedem Beistand, jedem Gespräch? –: Daß wir in allem – in jeder Lebensregung, Karl – ausnahmslos von dir abhängig sind. Du hast deine gesamte Rettungsaktion, alle Phasen gebündelt, auf nichts als zwei Soldatenstiefel gestellt. Du hast erst einen Gewehrschuß nötig gehabt, um zu begreifen, daß Galizien nun doch ein bißchen weit entfernt von uns ist. Und trotzdem dein Schicksal mit unserm gekoppelt. Dennoch deine mit unsern Gefahren vermengt. Du hast uns nicht befreit, Karl, du hast uns gebunden – an dich. Nur über *dich* funktionierten Avroms und Sallys Kontakte zur Welt. Nur *du* bist der

Gradmesser ihrer Überlebenshoffnung gewesen. Gab es da eine Vertretung? Gab es da einen Ersatz? Da gab es nur Karl. Karl, den Gerechten; den allmächtigen, den unverwundbaren Karl, dem niemand und nichts etwas anhaben konnte. Goschnik, den Einzigen, der da glaubte, mit der Errichtung seines Denkmals in unseren Herzen, zu dem er täglich die Steine herantrug, schon überreich dafür Sorge getragen zu haben, daß diese Herzen, auch alleingelassen, noch schlügen. Karl –: Es ist ein Fehler, auf Liebe zu setzen. Liebe ist schwach. Sie braucht Mut, braucht Beweise. Avrom hat dir versprochen zu warten; aus Liebe. Aber wartend hat er die Liebe vergessen; also auch dich. Du warst zu nah an uns dran. Du hast uns zu oft die Freude bereitet zu spüren, daß es dich für uns gibt. Daraus wird schnell Gewöhnung. Gewöhnung schleift ab, lullt ein. Erwachend die Trennung: Wie die ertragen? Du hast sie nie mit uns geübt. Bist nie auf Distanz gegangen zu Sally und mir. Hast nie daran gedacht, daß auch Ferne zur Liebe gehört. Nähe beschwört nur Vertrauen. Aber Liebe braucht mehr. Sie muß geglaubt werden können. Der Glaube aber beginnt immer erst dort, wo das, was er meint, am Horizontrand verschwindet. Jetzt hättest du sogar Galizien ertragen. Und Avrom den Keller.

Das war die *eine* Möglichkeit, Karl. Doch auch die zweite hat mit Liebe zu tun. Wenn auch speziell jetzt mit deiner. Karl –: Es war eine Liebe, die einem Angst machen konnte. Denn es ist eine Liebe mit Ausschließlichkeitsanspruch gewesen. Nichts anderes hatte mehr neben ihr Platz; weder Katze, Blume, noch Hund. Niemand anderes hatte das Recht, auch nur einen Bruchteil von ihr zu erhalten; Kind nicht; Frau nicht; nicht mal die Mutter. Was *ist* das für eine Liebe? Eine unmenschliche, Karl. Die die, welche sie meint, nicht stärkt sondern erdrückt. Erdrückt bis zur Kraftlosigkeit. Wir haben den Sohn gesehen in dir. Vielleicht war das falsch.

Aber du warst ja gar keiner. Du warst ein Liebhaber, Karl. Hast ein Wesen mit zwei Köpfen, zwei Seelen, zwei Zungen geliebt. Du hast nie zwischen Avrom und Sally zu unterscheiden vermocht; sie sind immer ›deine Beiden‹ gewesen. Avrom stand dir näher, weil du mit ihm zusammen gearbeitet hast; aber das ist auch alles gewesen. Avrom und Sally –: Die Einheit der Liebe, die es nie geben wird, weil das Wesen der Liebe der ständige Austausch von Gegensätzlichem ist –: *sie*, diese Einheit, du hast sie in Avrom und Sally hineinprojiziert, um das Ergebnis überschaubar verteidigen, egozentrisch bewahren und bedrängend wiederlieben zu können; wiederlieben vor allem. Kannst du dir vorstellen, wie da denen zumut war, die eigentlich *auch* ein Anrecht gehabt hätten auf deine Liebe, auf dich? Avrom hat Mühe mit Gerda gehabt. Gerda fand sich mit Avrom und Sally nicht ab. Ist so was *gleich* da; *entsteht* so was nicht? Warum hast du da nicht vermittelt? Warum nicht einen Teil deiner Liebe auch bei Gerda, bei deiner Mutter gelassen; ja, hätte nicht auch der Junge ein wenig von ihr verdient? Wie gut haben Avrom und Sally sich immer mit andern vertragen. Warum hast du ihnen jetzt hier die Brücke zerschlagen? Warum hast du deinen Leuten gerade hier den Rücken gekehrt? –: Goschnik, der Große glaubte sich das leisten zu dürfen. Dabei konnte Goschnik, der Kleine schon damals erkennen, selbst seinem Vater war der Weg zu Avrom und Sally nicht völlig versperrt. Wenn man diesen Weg nun befestigt hätte –? Wenn Goschniks Mutter nicht ständig das Gefühl gehabt haben müßte, Sally verstünde sich soviel besser mit Karl –? Wenn Gerda Avrom als den väterlichen Freund kennengelernt hätte, der er tatsächlich war –? Wenn Heini sich eines Tages genauso in die Werkstatt reingeschoben und für Glas zu interessieren begonnen hätte wie Karl –? Wenn Goschnik all das ausgebaut hätte – liebevoll, fintenreich, abwägend, füchsisch –: Ob dann nicht doch, nachdem er eingezogen worden war, drei Menschen zurückgeblieben wären, deren Anteilnahme ausgereicht hätte, auf sein Geheiß in regelmäßigen heimlichen Kellerbesuchen Avrom und Sally das Gefühl zu vermitteln, es sei sinnvoll, am Leben zu bleiben, es werde sich bessern? Komm, Karl, sag was dazu.«

Die Fliege hatte ihren Rundflug beendet. Ruckweis sich vorwärtsbewegend, kroch sie dicht neben Goschnik über die Kacheln; ein funkelnder Halbedelsteinsplitter, denn es brach sich sowohl das Neonlicht, als auch die Morgendämmerung auf ihren grau-silbernen Flügeln.

Goschnik versuchte, ihr, soweit das eingeschränkte Blickfeld es zulassen wollte, mit den Augen zu folgen. Er war in eine merkwürdig unaggressive, ja friedvolle Aura gebettet; auch war sein hechelndes Keuchen seit geraumer Zeit schon einem weitaus gelinderen Atmen gewichen.

Doch ich kannte mich aus. Immer hatte die Gnadenphase des Todes letztlich seinen Unerbittlichkeitsstatus gestärkt, der abrupt hinter jener hervortrat. Es galt wachsam zu bleiben.

Langsam, nicht ohne Mühe, als säße ihm ein Gewinde im Hals, dessen Spiralen in die entgegengesetzte Richtung gefräst seien, wandte Goschnik wieder sein Gesicht zu mir her.

»Gut, Avrom; kann sein. Kann sein, daß de recht hast – in allem. Ich hab euch geliebt. Nich nur als Juden, is richtig. Als Avrom und Sally. Und auch nich nur als Verfolgte. Sondern als Eltern, als Freunde. Hab auch keinen Unterschied gemacht, stimmt. Du oder Sally; Sally oder du. Ob das möglich is oder nich –: Für mich seid ihr ne Einheit gewesen. Unlösbar von'nander.

Vielleicht hab ich euch *wirklich* zu sehr geliebt. Aber was sollste machen, wenn die beiden, die de liebst, täglich gefährdeter sind? Kenn da nur eins. Dich hundertprozentig auf die zwei konzentriern. Je mehr ich mich ablenken laß, desto größer s Risiko, ich paß mal nich auf. Dauernd hatt ich draußen mit m Alltag zu tun. Überall mußt ich s verschweigen, durft ich s mir nich anmerken lassen, was ich für ne Angst um euch hatt. Ich schaff so was nur, wenn ich total s Visier runterklapp. Klar war da Gerda. Klar is da, lang vorher schon, meine Mutter gewesen. Klar wär da, hätt ich mich rechtzeitig um ihn gekümmert, auch Heini infrage gekommen. Schließlich is Heini n Wunschkind. Schließlich hat mich meine Mutter ja auch mal *geliebt*. Schließlich hab *ich* Gerda ja *auch* mal gemocht. Aber große Liebe, kleine Liebe? Ich kann das nich. Ich brauch jeden Gedanken für die eine, die große. War denn Gerda bedroht? War Mutter verfolgt? War Heini gefährdet? *Euch* mußt ich schützen. Sicher, hab das erst lernen müssen. Dacht immer, Liebe wär Liebe. Jetz weiß ich: Liebe is Angst. Hat mich das Gerda gelehrt? Nee, Sally. *'türlich* hab ich euch alles abgenommen, was Mühe gemacht hat. Seid schließlich nich mehr die Jüngsten gewesen. *Du* warst blind zuletzt; *ich* hatt zwei Augen. Falsch, daß die für dich *mit*gekuckt haben –? Ihr seid aus der Souterrainwohnung geflogen. Falsch, daß ich euch die Kellerräume gemietet hab hinter der Werkstatt –? Ich war als ›Judenglaser‹ verschrien. Falsch, daß ich mich da lieber dienstverpflichtet hab, um mehr zu verdienen? Gut, ich hab ne Menge bloß aus m Gefühl raus gemacht. Bestimmt auch manchmal über die Stränge gehaun. Aber mit *dem* Kopp, den ich nu mal hab, Avrom, hab ich mit *dem* nich getan, was ich konnt? Warum da nu auch *euch* noch mit der Angst konfrontiern? Hat s nich genügt, daß *ich* se tagtäglich hatt? Und da nu auch noch die Gerda, gar Mutter, den Jungen einweihn? Hatt ich denn nich *selber* schon dauernd Fehler gemacht? –: Vergessen, euch abzumelden; die Sache mit Rosa; den Gerichtsvollzieher angelockt? Und *da* nu auch noch auf *andre* achtgeben solln? Auf Frau und Kind und Mutter auch noch? Wo wär ich da hingekommen? Hätt doch nu ständig auch noch *die* Angst gehabt. Und durft ich n *euch* das zumuten: Von Gerda abhängig sein –? Meiner Mutter vertraun –? Hier die Schwatzhaftigkeit, da die Eifersucht einkalkuliern –? Geb dir recht: Die wärn zu gewinnen gewesen, die Frauen. Aber mit nem andern Herzen als meinem. Lieben –? Doch überhaupt kein Problem. Nur, n Problem *wird* s, wenn ich s erst lehrn muß. Schön, ich bin euer Liebhaber gewesen; laß ich gern auf mir sitzen. Bloß nu frag ich dich: Wie das Herzklopfen übertragen, das ich gekriegt hab, wenn ich im Geräteschrank die Rückwand wegschob, um die acht Stufen runterzugehn? An wen das Würgen im Hals delegiern, wenn ich euch an so m Sommertag dann da unten am Tisch sitzen sah –: Gab s da n Abnehmer für? Hat da tatsächlich einer n Intresse an mei'm Bedürfnis gehabt, dir n Arm um die Schulter zu legen, Sally die Wange zu tätscheln? Wie lehrste zornige Zärtlichkeit, Avrom? Wie machste unbefristetes Mitgefühl klar? Wie erklärste glaubwürdig, Mitleid mußte zwar *haben*, aber wehe, du *zeigst* es? Kannst ne Latte solcher Fragen kriegen von mir. Bloß, daß ich dir auch nich ne einzige beantworten kann. Denn n Liebhaber *liebt.* Unterricht in der Liebe is n Ersatz; den geben immer bloß die, die sich man so grade noch an die Liebe erinnern. Ich versprech mir von so m Unterricht nichts. Ich versprech mir was von der Liebe. Die haste oder haste nich. *Ich* hab se. Obwohl se euch nich gehalten hat. Obwohl ihr se sogar vergessen habt. Obwohl se feige war und is nich mit auf n Friedhof gegangen sondern draußengeblieben. Trotzdem, Avrom, *das* is se gewesen: Meine Liebe zu euch. Ich schwör dir: Sie hat vom großen Zeh bis zur

Schädelplatte gereicht. Alles ausgefüllt zwischen Haut und Liebe: nich n Kubikmillimeter mehr frei. Ihr seid trotzdem gegangen. Euer gutes Recht. Aber ich hatt jetz *auch* n Recht, Avrom.«

Keuchend holte er Luft. Seine Friedfertigkeitsaura hatte sich einzutrüben begonnen. Etwas Neues, Rechthaberisches, Trotziges zog schattenwerfend über ihm auf, hatte schon angefangen, sich auf Mundwinkel und Nasenwurzel zu senken, jene beschwert, diese gekerbt; kein Aufstand, nein: Vom letzten Gnadenspender gelassen einkalkuliert und, da abschiedshörig, geduldet.

Ich beugte mich tiefer zu ihm hinab; seine Stimme hatte mehr und mehr Mühe, sich gegen das wiederaufkommende Atemgeräusch zu behaupten.

»Du hast gesagt, ich schlepp Steine ran; Steine für n Denkmal meiner Liebe in euch. Auf jeden Fall kann s euch nich *so* beschwert haben, daß ihr dageblieben wärt. Ihr seid trotzdem gegangen. Die Steine habt ihr mir dagelassen. 's sind dieselben gewesen, Avrom, mit denen ich, längst vorher schon, im Oberkeller hinten den Lichtschacht und vorn s Schaufenster zugemauert hab. Die eine Wand sollt euch schützen, die andre n Notausgang sein. *Das* is mein Denkmal für euch gewesen. *Eins* allerdings hat mich da immer gestört: 'n Glaser, der Fenster vermauert. Ich mein, *wenn* schon n Denkmal, wär s dann nich schöner gewesen, ich hätt das mit n paar *richtigen* Fenstern besorgt? Gibt doch ganz tolle. Und, Avrom –? *Hat* s dann nich schließlich auch das Denkmal gegeben; das richtige, das tolle, das große –? Erinnerste dich, was ich dir erzählt hab: Wie mich da überall, wenn ich auf m Gerüst gearbeitet hab, so n merkwürdiger, verwahrloster Bau angestarrt hat? Ausgebrannt is er gewesen; der Himmel hat reingekuckt; Kletten und Schafgarbe wuchsen drum rum. Ja, ich mein die Synagogenruine. Und wer saß da drin in der, als ich se mir mal angesehn hab? 'ne Schleiereule,

Avrom, hat auf so m verrotteten Eisenträger gesessen, mit Sallys Augen in ihrm mehligen Plustergesicht und hat runtergekuckt und nich aufgehört runterzukucken, bis ich s begriff: *Das* sollt s werden, das Denkmal für euch: Erkundigen sollt ich mich, ob die Synagoge wieder aufgebaut würde, und wenn ja, mich um die Verglasung bewerben. Und sie *is* wiederaufgebaut worden; und ich *hab* mich beworben; und ich hab den Auftrag *gekriegt* und mir s Recht rausgenommen, die Arbeit in eurem Namen zu tun.«

Er blickte starr an die Decke.

»Und nu frag ich dich, Avrom: Is die Verglasung nich n großes Kaddisch geworden auf euch? Wo seid ihr mir jemals wieder so nah gewesen wie da auf m Bau? Immer, die ganze Zeit am Zuschneidetisch und auf m Gerüst –: Nur an euch gedacht. Manchmal mich richtig zusammennehmen müssen, so deutlich hab ich euch vor mir gesehn. Einmal dacht ich, ich seh dich leibhaftig. Hast n frisch gemachtes Fenster betastet und dir die neue Art mit den Leichtmetallschienen bekuckt, wie man die Scheiben heut einsetzt. Aber da war s bloß der Rabbiner gewesen. Hatt mich nämlich schon beim Näherkommen gewundert, wieso de nich n Kopp schüttelst über die Verbindung von Glas und Metall; hast doch die beiden immer für unvereinbar gehalten, und hier bist de plötzlich richtig freundlich gewesen zu denen.«

Er schluckte würgend. Stimme und Atem hatten einander zu lange befehdet; da waren nur Dürre und Trockenheit übriggeblieben. Doch ich wagte nicht, ihm Wasser einzuflößen, aus Sorge, einen Hustenanfall zu provozieren.

Das Erzählte hatte Spuren hinterlassen in seinem Gesicht: Schattenadern; jede, auch die kleinste Linie wirkte vertieft, was den Eindruck einer zunehmenden Anspannung hervorrief, die sich gleich auch wieder der gehetzten Stimme mitzuteilen begann.

»Ja, und dann is ja da noch das Dings, dieses runde, das Misrach-Fenster gewesen. Gott, hab ich nach dem Glas erst gesucht. Die wollten so n ganz zarten Grau-Ton drin haben, wie Rauch. Weil s doch das Hauptfenster is, das nach Sonnenaufgang, nach Jerusalem weist. Hat was von Zerstörung und Asche gesagt, der Rabbiner. Was sich eigentlich auf n zerstörten Tempel, aber wenn de willst, eben doch auch auf die Synagoge bezog. Und dann hatt ich s. Die warn ganz begeistert, die Herrn. Kann dir gar nich sagen, was das für n Gefühl war, als ich dann da oben in dem Fensterrund stand, der Leichtmetallrahmen war schon eingepaßt worden, und seh se am Flaschenzug raufgeschwebt kommen, die Scheibe. Erst noch die S-Bahn-Strecke, die Tankstelle drin, und dann hat sich bloß noch der weiße Novemberhimmel in dem zarten, funkelnden Grau da gespiegelt. Richtig Herzschmerzen gekriegt, so schön sah das aus. Und dann se in Empfang genommen da oben mit meinen zwei Männern, und rausgelöst aus den Ketten und die Gummistempel runtergeschmissen, und die Scheibe behutsam behutsam in n Rahmen gedrückt und n festzuschrauben begonnen. Sag dir, hab buchstäblich vor Aufregung gezittert, ob de s glaubst oder nich. Und – und gleich war se fertig. Nur ne kleine Verwerfung is schließlich noch im Rahmen gewesen, links unten. Ich – ich mir also n Hammer geben lassen von einem der Männer und – und will grade, vorsichtig, damit die Schraube nich rausfällt, die drin saß, bißchen die Schiene beklopfen, da seh ich –«

Die Anspannung in Goschniks Gesicht verdichtet sich jäh zu einer aus Zorn und Verzweiflung gemischten Ekelgrimasse. Er will weitersprechen; die rissigen Lippen formen die Worte auch vor, doch die Stimme kann sie nicht mehr mit Leben erfüllen; der hechelnde Atem hat sie endgültig besiegt; so scheint es zumindest.

Doch da durchzuckt den knochigen Körper, selbst durch das Deckbett hindurch noch erkennbar, ein heftiger Riß, so, als werde Goschnik, ohne angehoben worden zu sein, auf die Matratze geschleudert, der Kopf fällt zur Seite, der Atemrhythmus bricht ab, und nun war, sekundenlang fast, nichts als das monotone Tropfen des Wasserhahns und der beharrliche Summton der Fliege zu hören, die den Leblosen in engen Spiralen umkreiste.

Bestürzt beugte ich mich über ihn.

Sein Mund stand offen; die Pupillen waren unter die halb geöffneten Lider geglitten, sodaß einen jetzt nur das blutunterlaufene Augapfelsilber fixierte. Nichts in diesem erloschenen Gesicht bewegte sich mehr; nur jener winzige Nerv noch unter dem rechten Auge. Doch wofür bot *der* eine Gewähr?

Die Halsschlagader war unter den dicht stehenden Bartstoppeln kaum zu ertasten. Nur mit ungeheurer Konzentration gelang es mir schließlich, ein schwaches Pulsen in ihr zu spüren.

Erschöpft richtete ich mich auf.

Und da saß sie. Die Erzfeindin: die Fliege. Genau in Herzhöhe, auf seiner reglosen Brust. Meine Hand näherte sich ihr schon – halboffen, langsam, geübt. Denn dies war der Sport, der uns im Lager vor dem Stumpfsinn bewahrte. Ein Armzucken jetzt, und sie summt in der geschlossenen Faust.

Plötzlich treten auf der Faust weißlich die Knöchel hervor, sie zittert, die Nägel bohren sich schmerzend in die Handfläche ein, das krampfartige Zittern läuft den Unterarm hoch, den Oberarm jetzt, in die Schulter hinein, strafft die Halssehnen nun, springt über zum Kinn und erst, wie dann die Zähne zu knirschen beginnen, öffne ich wieder die Faust, und die Getötete fällt auf die Fliesen, wo mein Fuß sie zertritt.

Betäubt stand ich auf. Starrte die Handfläche an. Die

halbmondförmigen Nagelabdrücke waren noch deutlich zu sehen.

Ja, es war Morgen geworden; selbst die Zinkplatte des Tischs reflektierte ihn stumpf.

Ich knipste das Licht aus. Unter dem Schalter befand sich die Klingel. Irgendjemand hatte irgendetwas über sie gesagt. Der Arzt. Wenn etwas sei, solle ich klingeln.

War denn etwas?

Goschnik hatte die Besinnung verloren. Ich hatte aus Zorn und Ohnmacht eine Fliege getötet. Wen klingelte man für diese Sachverhalte herbei?

Ich ging zum offenen Fenster hinüber.

An den rußigen Wänden des Lichtschachts glänzte der Tau. Es roch nach Nebel, Klinik und faulendem Laub. Vom Humboldthafen drang fernes Krähenkrächzen herüber. Sah man hinauf, war der diesige Novemberhimmel durch den Gitterrost in gut ein Dutzend klaviertastenschmale Streifen zerteilt. Nur Sallys beide Geranientöpfe hätten noch darunter gefehlt.

Statt dessen die geborstene Kastanie, der kaum noch mit Zinken versehene Kamm, die grau gewordene Stanniolpapierkugel, die nachenförmig geschrumpften Blätter, die rußigen Kacheln. Hieroglyphen für Einsichtige. Nicht für mich. Ich nahm ihre Botschaft nicht an.

Noch nicht. Nein, *nie.*

Abrupt wandte ich mich um.

Und erschrak.

Goschniks Gesicht war wieder *mir* zugekehrt. Quälend aufmerksam, das bebende Kinn an die Gurgel gepreßt, sah er mich an.

»Hallo, Herr Rabbiner.«

Eine Stimme aus einer anderen Welt; einer Welt der Ordnung, des Zwangs – der Realität. Der Avrom jetzt weichen mußte.

Es war schwer, fast unmöglich, sich wieder von ihm zu trennen. Wie kann man einen Erweckten entlassen, der soviel Wesensverwandtes mitnehmen würde? Und doch mußte es in eben diesem Sekundenbruchteil geschehen.

»Herr Glasermeister Goschnik.«

Der Raum war größer geworden; ich brauchte fast das Doppelte an Schritten wie vorhin, um zu meinem Hocker zu gelangen. Seine weiße Wachstuchbespannung spiegelte schlierig den grauen Novemberdunst draußen: Eine auf Teilnahmslosigkeit konzipierte Sitzgelegenheit, die in einem chlorstinkenden Sterberaum stand.

Ich setzte mich auf die äußerste Kante.

Und da lag er. Der Mann, der noch vor mir, vor den Gemeindeältesten die Synagogenruine betreten hatte. Goschnik, das Leben. Der Mann, dem ich, auf sein Drängen hin, die Verglasung der wiederaufgebauten Synagoge anvertraut hatte. Goschnik, der abgestürzt war, als er das Misrach-Fenster eingesetzt hatte. Goschnik, der Glaser.

Abwesend sah er durch mich hindurch. In dem sachlichen Tageslicht jetzt und der Neon-Gloriole beraubt, war zu erkennen, im Grunde hatte der Tod sein Werk schon vollendet; viel nachzutragen gab es da nicht.

Ich schluckte. Denn auch diese Stimme war in ihrem tastenden Flüstern gezeichnet.

»Bin ich lang weggewesen?«

»Was nennen Sie ›weg‹?«

»Ohne Besinnung.«

»Sie haben sich, seit Sie hiersind, auf Avrom und Sally besonnen.«

Fast wäre diesem verkarsteten Mund jetzt doch noch ein Lächeln gelungen.

»Ja, für *sie* hab ich s gemacht. Sollt n Kaddisch auf sie sein, die Verglasung.«

»Es ist kaum ein sinnvolleres denkbar, Herr Goschnik.«

Seine eingestürzten Züge verschatteten sich.

»Hab s aber auch aus nem andern Grund noch gemacht.«

»Natürlich«, sagte ich schnell; »es ist ja ein Auftrag der Gemeinde gewesen.«

Ausdruckslos glitt sein Blick zur Decke empor, suchte an den bleichen Neonröhren dort Halt.

»Hab nie an die Gemeinde gedacht. Ich hab gehofft, daß es was auslöschen würd, ne Synagoge zu verglasen. Daß man mit so ner Synagogenverglasung was wiedergutmachen könnt.« Er schluckte ein paarmal. »Aber s löscht nichts aus; ich hab mich geirrt.«

»Bedenken Sie, wie trostlos die leeren Fensterhöhlen aussahen. Und was haben *Sie* draus gemacht! Da darf man sich getrost drüber freuen. Das ist absolut legitim.«

»Hab ich *auch* erst gedacht.« Er schluckte wieder. »Und hat ja auch *tatsächlich* Freude gemacht. Sich richtig mit jedem Fenster auch noch gesteigert.«

»Na, sehen Sie. Ich hör Sie noch pfeifen auf dem Gerüst. Sie sind zuletzt ja beinah ausgelassen gewesen.«

»›Ausgelassen‹ is gar kein Ausdruck. Glücklich war ich; zufrieden.« Er preßte sekundenlang die rissigen Lippen zusammen, blickte schweratmend an mir vorbei. Das Bartstoppelsilber war schon erloschen, Kinn und Wangen wirkten schattig und grau. Keuchend holte er Luft: »Art Hochgefühl, wie ich s noch nie im Leben gehabt hab. Herzklopfen und Gänsehaut, immer abwechselnd; manchmal auch beides zusammen. Weiß nich, ob Sie das kennen.«

»Doch«, hörte ich mich sagen; »ich glaube, ich habe es auch schon gehabt. Gestern morgen zum Beispiel, als die Rundscheibe für s Misrach-Fenster zu Ihnen raufgehievt wurde.«

Goschnik nickte kaum merklich.

»Am liebsten hätt man die ganze Synagoge umarmt.«

Ich brauchte erst einen Moment, um mit dem Würgen im Hals fertigzuwerden.

Ja, sagte dann jemand statt meiner: so könne man es umschreiben.

Sein Atem ging schneller, es war ständig mühsamer, ihn noch zu verstehen.

»Aber dann kam s.«

»Herr Goschnik.« Ich mußte mich über ihn beugen, er hatte das Gesicht zur Wand hin gedreht: »Dieses Unglück ist ein Zufall gewesen. Sie sollten ihm jetzt keinen Stellenwert geben.«

»Es hat aber einen.« Der Nerv unter seinem rechten Auge begann stärker zu zucken. »Den höchsten für mich, den s gibt.«

»Das hieße, daß Sie ihm den Zufall absprechen wollen. Das ist Willkür, Herr Goschnik. Das belastet Sie unnötig. Lassen Sie das.«

Mit äußerster Anstrengung gelang es ihm, den Kopf ein wenig zu mir her zu wenden.

»Warum bringen Sie mich von was ab, das mir Klarheit verschafft?«

Ich merkte erst jetzt, daß ich mich wieder aufgerichtet hatte. Es widerstrebte mir, was ich jetzt sagte:

»Weil eine Klarheit ins Ausweglose Unklarheit ist. Der Sinn Ihrer Synagogenverglasung liegt woanders, Herr Goschnik.«

»Er liegt genau *hier.«* Er blickte an sich herab: er meinte sich selbst. »Und ich kann Ihnen auch sagen, wie ich darauf komm, Herr Rabbiner.«

»Und wenn Sie sich jetzt ein bißchen mehr schonten?«

Verächtlich verzog er den Mund.

»*Drüben* nachher.«

Sekundenlang hatte ich Mühe, nicht an den alten, den aufdringlichen Goschnik erinnert zu werden, erschrak aber zugleich auch davor; denn noch nie war er mir, verglichen mit jenem, so zerstört, so zerbrochen erschienen wie in diesem Augenblick jetzt.

»Ich helf Ihnen gern – wenn ich kann.«

»Dann hörn Sie auf, von ›Zufall‹ zu sprechen.«

»Wenn es kein Zufall war, was war es *dann.*«

Seine grauen, einst so unsteten Augen blickten unbeweglich durch mich hindurch.

»'s war die Strafe; doch logisch.«

Ich holte tief Luft.

»Herr Goschnik. Sie sind fehlgetreten dort oben.«

»Nein.«

»Oder gestolpert.«

»Ich bin nich gestolpert.«

»Noch einmal der Reihe nach. Sie stehen mit zwei Ihrer Leute auf dem Gerüst vor der Rundfensteröffnung. Die Scheibe kommt am Flaschenzug zu Ihnen hinauf. Sie schwenken sie ein. Sie lösen sie raus. Sie fügen sie in den vorpräparierten Leichtmetallrahmen. Sie schrauben sie fest.«

»Bis auf die Verwerfung links unten. Da hat sich ne Art Beule gebildet; da sperrt s, das Metall.«

Eine Stimme, der man nachfolgen mußte, sie entkam einem sonst. Ich rückte näher an ihn heran.

»Sie glätten also die Verbeulung zunächst –«

»Stop.« Krampfhaft schloß er einen Moment lang die Augen. Die zuckenden Lider hatten sich wie gelblich verfärbtes Herbstlaub auf sie gesenkt. »Erst laß ich mir n Hammer geben von einem der Männer. Eigentlich hätt s ja n Holzhammer sein müssen bei dem Glas und dem zarten Metall. Aber ich hatt meinen untengelassen. Schön, so n Vorschlaghammer tut s schließlich auch. Ihn vorsichtshalber in beide Hände genommen, um beim Beklopfen jetz so sanft wie möglich zu sein. Will grade s erste Mal draufhaun, da seh ich –«

Er riß die Augen auf, blickte angewidert und mit jagendem Atem an mir vorbei.

»*Was* sahen Sie, Herr Goschnik.«

Er stöhnte gepeinigt.

»Sie hat gespiegelt, die Scheibe. Auf einmal war s da. Ganz dicht. Direkt neben mir. Noch nich mal n Meter entfernt. Leuchtete richtig vor Freude. Strahlte mich an. Ich sag Ihnen, *so* was von Genugtuung in nem Gesicht –«

Seine Stimme brach ab.

Ich brauchte erst einen Moment, um mit meinem plötzlich losrasenden Herzen fertigzuwerden. Vornübergebeugt, die Ellbogen gegen die Rippen gepreßt, war es dann auszuhalten zur Not.

»Und da haben Sie –«

Er fiel mir ins Wort.

» – ausgeholt mit m Hammer – beide Hände hoch über m Kopp – und zugeschlagen: rein in mein Spiegelgesicht, daß die Scherben bloß so gespritzt sind, und n Halt verlorn durch den Schwung und vornübergekippt.«

Sein Kopf sank zur Seite, er schwieg.

»Herr Goschnik.«

Die plötzliche Stille war unerträglich.

»Herr Glasermeister Goschnik!«

Wenigstens das Tropfen des undichten Wasserhahns war jetzt wieder zu hören.

Ich starrte auf die Stelle unter seinem rechten Auge, wo jener winzige Nerv gezuckt hatte. Es war nichts mehr von ihm zu sehen.

Also konnte man sich *doch* auf ihn verlassen.

Ich habe dann wohl die Klingel gedrückt. Denn als ich irgendwann wieder den Kopf hob, stand die Tür auf, und es lehnte die Schwester, die gestern meine Personalien aufgenommen hatte, im Rahmen. Sie rieb sich fröstelnd die bloßen Oberarme und fragte, was denn nun sei, und ob ich mir in der Kälte hier vielleicht den Tod holen wolle.

Warum nicht; *den* Goschniks hätte ich jetzt *gern* mitgenommen und ihm vielleicht doch noch einige Fragen gestellt.

Ich erhob mich und trat an ihr vorbei hinaus auf den dämmrigen Gang. Mir war, als ob ich einen Tatort verließe.

Die Schwester schloß ab und lief neben mir her. Ihre weiße Tracht phosphoreszierte in der bläulichen Beleuchtung hier fast.

Man habe angenommen, ich sei schon gestern nachmittag nach Hause gegangen. Was ich denn um Gottes willen die ganze Zeit in der Leichenkammer gemacht hätte?

Sie habe es mir ja angesehen, sagte ich; ich sei eingeschlafen, da auf dem Hocker.

Sie wirkte beinah erleichtert.

Also, ehrlich gesprochen, etwas anderes wäre eigentlich ja auch gar nicht denkbar gewesen. Schließlich habe der Doktor dem Verunglückten äußersten Falles drei Stunden gegeben.

Exakt, sagte ich.

Wir liefen der Schwingtür entgegen. Ihre sanft pendelnden Milchglasflügel verhießen ein undurchschaubares Leben.

Möglich, daß sich die Schwester im Weitergehn nervös eine Locke unter die Haube zurückstrich. Anzunehmen, daß ich sie einiges Sachliche fragte. Wahrscheinlich, daß ich noch bis zur Glasfront des Anmeldezimmers neben ihr hergehen mußte. Denkbar, daß auch *sie* erleichtert war, als wir uns trennten. Ich weiß es nicht mehr.

Ich weiß nur noch, daß mich in gleichem Maße, wie

ich mich dem überm Operationssaal aufzuckenden Rotlicht näherte, mein Gedächtnis zu verlassen begann; ich lief in eine dröhnende Leere hinein. Bis ich plötzlich vor einer fahrbaren Bahre stand; *so* plötzlich, als ob etwas mich hingeführt hätte. Die Bahre war leer. Bis auf den mit Schmutz und schimmerndem Glasstaub durchsetzten welken Platanenblattfetzen, der am Fußende lag.

Sitzgelegenheiten gab es hier nicht. So trat ich hastig an eins der fliegenkotgepunkteten Fenster und preßte die Stirn gegen die Scheibe, so daß sich die Hutkrempe hochbog und ich spürte, wie die Kühle des Glases sich langsam auch den brennenden Augen und hämmernden Schläfen mitzuteilen begann; das half.

Noch auf ein paar Fenstervorsprünge gestützt, dann ging es wieder. Und nicht lange, und es gelang mir sogar, das spontane Verstummen der eben noch lachenden Reinemachfrauen in den offenstehenden Baderäumen zu überhören und mich so unbefangen weiterzubewegen, daß ich mir einzureden vermochte, es störe mich noch nicht einmal jetzt, daß mir nachgestarrt werde.

Das Leeregefühl hatte sich in einen Hohlraum verwandelt; ich lief die linoleumglänzenden Gänge wie unter einer gläsernen Glocke entlang, abgeschirmt und belastet zugleich. Patienten, Schwestern, Frühstücksverteiler, Geräusche, Gerüche – all das blieb draußen. Ich war mit meinen Schritten allein.

Einmal allerdings durchbrach meine gläserne Einsamkeit einer. Ich hatte eben das Ende des hier fensterlosen Ganges erreicht, sah schon die Aluminiumbrotbüchse aufschimmern in den Händen des Pförtners, als mir gegenüber eine Tür geöffnet wurde, und es trat langsam und steif ein weißgepuderter Kopfverletzter heraus. Das hinter ihm einfallende Novemberzwielicht ließ den krallig-weißen Kopfverband wie mit Leuchtfarbe durchtränkt erscheinen, und wären nicht die vom Puder ausgesparten Augenhöhlen gewesen, der Kranke hätte gesichtslos wie ein stoffumwickelter Kegel gewirkt. Undeutlich war mir, ich hätte ihn schon einmal gesehen, wenn nicht wach, dann im Traum, und grüßte ihn sicherheitshalber. Er dankte mit einer beschämend tiefen Verbeugung und schritt dann in seinen schnürsenkellosen Halbschuhen, die ihm bei jedem Schritt gegen die nackten Fersen klatschten, würdevoll und als zelebriere er etwas, zu einem der Frühstückswägelchen hin, an dem zwei rundgesichtige Schwesternschülerinnen belegte Brötchen und Kaffee verteilten. Noch jetzt, da ich dieses hier schreibe, hallt jenes Klatschen ungedämpft in mir nach.

Der Pförtner war freundlich, vielleicht weil es ihm schmeckte. Er sagte kauend, er bedaure, daß mein Besuch hier mich so traurig gestimmt habe, aber so sei das nun mal. Fraglos hatte er recht.

Und draußen – bekannt, wie schon mal geträumt –, jenseits der Asternrabatte, dann die kopfsteingepflasterte Auffahrt entlang, die zum Ausgang hinführte. Vom Humboldthafen herüber war Schleppertuten zu hörn. Und auch eine blasse Sonnenscheibe versuchte, für das Leben zu werben. Jedoch die tief gestaffelten, fast militärisch anmutenden Backsteinbauten ringsum; die abgestorbenen Ulmen dazwischen; die grindigen Rasenflächen, die den Kobaltbunker, die Desinfektionsbaracken umgaben; die stacheldrahtgekrönten Mauern, die das alles zusammenhielten – sie wußten es besser: Unbedroht war keine Stunde zu haben.

Und auch die Genesenden, die hier, zum Ausgang hin, erwartungsvoll die Bänke besetzt hielten und argwöhnisch dem schwarzgekleideten bärtigen Mann entgegensahen, der da gebeugt und die Schattenlast des breitrandigen Hutes auf den Schultern, sowohl unsicher wie zielstrebig herankam, sie frohlockten zu früh: Gesundung war Aufschub, nichts weiter.

An dem Kiosk noch vorbei, der Druckerzeugnisse und Eßbares feilbot und auf einem Flickenteppich aus senfbeflecksten Papptellern stand; dem Außenpförtner zugenickt, der mich in seiner funkelnden Glaskabine und über den oberen Rand der Zeitung hinweg, mit dem mir also auch hier zustehenden Befremden anstarrte, und ich trat auf die Straße hinaus, wo es jetzt nur noch den *gar* zu deutlichen Hinweisen, den Beerdigungsinstituten und Grabsteingeschäften, zu entrinnen galt. Dann winkte ich mir ein Taxi heran und bin zurück zur Synagoge gefahren, wo ich, fast auf die Minute genau, zur selben Zeit ankam, die es auch jetzt ist, denn ich habe die Nacht durch geschrieben, und gleich wird mein Nachfolger kommen.

Ich öffne das Fenster und blicke hinaus. Ein staubiger Junitag. Man spürt die Dunstglocke über der Stadt. Die Autoabgase sind unten geblieben; von hier oben, aus meinem Arbeitszimmer in der Synagoge, kann man sie sich, blaugrau und im Innern zitternd vor Hitze, die Straßen entlangwinden sehen, ständig vom lebhaften Vormittagsverkehr mit nicht abreißendem Nachschub versehen: An der Tankstelle drüben ist dauernd Betrieb. Obwohl einundzwanzig Jahre vergangen sind seither –: es ist noch dieselbe, aus der die SA sich die Spritkanister für die Inbrandsetzung der Synagoge besorgte.

Goschnik hätte an den Mauerseglern heute keine rechte Freude gehabt; man sieht sie kaum, so hoch sind sie dort oben ins stählerne Blau eingelassen. Nur ihre rostigen Schreie fallen hin und wieder herab, prallen – aus der Weltachse gefräste Metallspiralen – klirrend auf das Pflaster. Dafür sind die Tauben wiedergekommen. Sie kreisen, mal weiß, mal grau, mal versilbert, in weitem Radius über den Schieferdächern der Stadt und haben sich längst auch wieder die Fensternischen der

Synagoge zu eigen gemacht; selbst vor dem Misrach-Fenster sitzen sie jetzt.

Die Stille in meinem Rücken hat etwas Verlockendes. Muß ich wirklich schon auf meinen Nachfolger warten? Ich wende mich um. Auf den Buchregalen liegt körniges Sonnenlicht. Es funkelt auch in der Mesusa über dem Türrahmen und in dem abgegriffenen Schalthebel meiner alten Remington auf, und jedes der hundert und aberhundert Staubpartikelchen, die reglos im Zimmer stehen, verdichtet es noch, und alle zusammen lassen sie es als goldflirrenden Würfel erscheinen, der kubikmillimetergenau Decke und Wänden angepaßt ist.

Der Koffer neben der Couch läßt sich zur Not übersehen. Früher hat er unter dem Feldbett gelegen, warum soll er da jetzt nicht im Couchschatten stehen; und daß er gepackt ist, kann man vergessen – in diesem Moment. Nein, man *muß* es vergessen, denn ich bin nicht fertiggeworden mit meinem Goschnik-Rapport, das letzte Blatt ist noch in die Maschine gespannt; das Manuskript, auf etwa dreihundert Seiten angewachsen inzwischen, liegt aufgeschlagen daneben.

Ja, ich werde meinen Nachfolger schreibend erwarten; vielleicht verspätet er sich, und es gelingt mir tatsächlich noch zu Ende zu kommen. Ich schließe das Fenster und setze mich wieder. Ein leichter Schatten ist auf das Manuskript und den Schreibtisch gefallen; er stammt nicht von mir. Da scheint noch ein andrer an den letzten Seiten Interesse zu haben. Ist er mir also von *sich* aus gefolgt. Er möge sich über mich beugen; ich schreibe.

Ich hatte Goschniks Tod für geduldig gehalten. Tatsächlich hat er lange gewartet. Worauf. Daß die Konstellationen stimmten. Es sollte nur *dieser* Sturz, nur *dieser* Unglücksfall möglich sein. Und dazu habe *ich* ihm verholfen. Ich nicht allein. Doch ich gehöre zu den Koordinaten. Ich bin benutzt worden von Goschniks Tod. Er hat mich zum Mittler, zum Vollzugsgehilfen erwählt. Ich habe ihm mit meinem Eintreten für Goschnik die gewünschten Handlangerdienste geleistet. Ohne mich hätte dieser Sturz nicht stattfinden können. Ohne meinen Auftrag keine Verglasung. Nein, niemand kann mich von meiner Mitschuld an diesem Absturz befreien. Selbst Goschnik hätte sie mir nur bestätigen können. Ja, mehr noch. Ihm stünde das Recht zu, mich an die Chance zu erinnern, die er mir bot. Ich hätte mir meine Nichtschuld bewahren können. Es wäre nur nötig gewesen auf Goschnik zu hören. Er hatte gewarnt. Der Durchmesser der Scheibe war ihm zu groß, die gewünschte Glasqualität zu fragil. Er wollte Betonstreben in das Fensterloch einziehen, in Form eines Davidschilds etwa. Für ein Misrach-Fenster doch nicht die schlechteste Lösung. Selbst wenn es nun genauso gekommen wäre, wie es dann kam: Hätte Goschnik noch zuschlagen können? Ja. Hätte er noch durch das zertrümmerte Glas stürzen können? Nein. Denn es wäre nur ein Teil des Glases zertrümmert gewesen. Und vor allem: Die Betonstreben hätten Goschnik gehalten. Doch nein; ich verschloß mich seinen Bedenken, habe sie noch nicht einmal an die Bauleitung weitergegeben. Sicher gibt es Gründe dafür. Sicher hätte auch die Bauleitung erst in mühsamer Kleinarbeit umgestimmt werden müssen. Doch waren mir nicht schon ganz andre Dinge gelungen? Hatte ich nicht als einziger für Goschnik gestimmt; sein Angebot nicht gegen jeden Einspruch verteidigt? Mit Zähigkeit und Argumenten ist gewiß nicht alles, aber *vieles* zu schaffen. Und warum nicht auch ein lebenerhaltendes Fenster? Hat die Weisheit der Väter nicht in Zweifelsfällen immer darauf gedrungen, Religiöses Pragmatischem unterzuordnen? Das Misrach-Fenster sollte im zarten Grau-Ton des ungeteilten Glases an die Asche des niedergebrannten Tempels erinnern. Und woran erinnert es *jetzt,* da unser eigener Glaser zuvor Betonstreben einziehen ließ, woraufhin er, sechsfach gestückt, ein derbes Buntglas verwandte? Jetzt erinnert es an den abgestürzten Glaser Karl Goschnik.

Und eben *er* ist es, der mich nun hindert, noch weiter Rabbiner zu sein. Niemand im Vorstand der Gemeinde versteht das. Zuerst hat man Goschniks Sturz in die Synagoge, wie es ja auch der Überlieferung entspricht, für ein böses Omen gehalten. Als wäre der Absturz nicht schon böse genug. Dann hat man Goschnik aufrichtig bedauert. Und schließlich ist mit etlichen synagogalen Veranstaltungen versucht worden, jenen Unglücksfall vergessen zu machen. Das schien gelungen zu sein. Und da muß nun ich kommen und Goschniks wegen mein Amt niederlegen. Der Vorsteher nennt es einen Skandal. Eine Beleidigung unserer Konzentrationslager-Toten. Diese hätten mich *nicht* zu einem solchen Schritt zu veranlassen vermocht. Aber ein nichtjüdischer Glaser, der noch dazu nur verunglückt sei, *der* bringe das Unglaubliche fertig. Der Vorsteher hat recht. Denn viele unserer Leute sind im Glauben gestorben. Da fragt man nicht mehr nach Gott. Da drängt man die eigenen Zweifel zurück. Goschnik jedoch ist durch meine Mitschuld gestorben. Ist es untersagt, daraus Konsequenzen zu ziehen? Ist der Beruf des Rabbiners so sakrosankt, daß Schuld, noch dazu tödliche, ihm nichts mehr anhaben kann? Genügt es nicht, daß die Schechina in der Verbannung weilt? Muß ich nun auch noch mein Gewissen verbannen? Vorsteher: Ich kann Rabbiner sein ohne Gott. Aber ich kann nicht Rabbiner sein ohne Goschnik. *Dieser* zumindest müßte noch leben.

Die Sonne ist weg, dies Zimmer so glanzlos wie stets; auch der Schatten hat sich verflüchtigt. Schöne Illusion:

Der lesende Tod. Wenn er nun *wirklich* neugierig wäre, was hätte er denn aus diesen Seiten herausdestilliert? Genugtuung allenfalls doch. Bestätigung seiner Machtfülle nur. Beweis der Banalität des Satzes: Geduld und Ungeduld des Todes sind eins. Nämlich was kennzeichnet sein ewiges Sein? –: Zeitlosigkeit. Der Tod kommt nicht; er ist. Und *da* Anteilnahme verlangen? Woran –: An einem vergangenen Leben –? Also das Manuskript für *andre* geschrieben. Wer sind die. Goschniks Sohn. Ich kenne ihn nicht. Hat ihn Goschnik gekannt? Kann ich von einem Unerkanntgebliebenen Kennenlernenwollen verlangen? Dann der Gemeindevorsteher aber. Ich sehe ihn schmallippig über diese zwei letzten Seiten gebeugt. Über keine weitere *mehr.* Bleiben die Vorstandsmitglieder. Ich schätze sie alle. Doch sie werden auch blätternd Vorstandsmitglieder bleiben; kopfschüttelnd den Lovinski am Sterbebett Goschniks mit ihrem orthodoxen Gemeinderabbiner vergleichen. *Auch* nicht die Leserschaft, die ich mir wünschte. Das Beste wird sein, mein Nachfolger hält das Manuskript zur Verfügung. Bestimmt kommt aus der Gemeinde auch einmal der Wunsch, sich jenes Unglücks aus andrem Grund zu erinnern. Zu Rosch ha-Schana oder am Jahrestag des Misrach-Fensters vielleicht. Da könnten diese Aufzeichnungen helfen, Zusammenhänge zu klären. Ja –? Hat man dann *wirklich* noch an einem abtrünnigen Rabbiner Interesse; an einem Glaser, der nur deshalb abgestürzt ist, weil er im Zorn die eben eingesetzte Scheibe zerschlug? Ich sollte bescheidener sein.

Ich habe mir noch einen Aufschub gestattet. Dies ist die Marmortischplatte, auf der ich die ersten Entwürfe für den Wiederaufbau der Synagogenruine studierte. Ein Glas dampfenden Tees steht vor mir. Die Bedienung wollte gleich wieder das Schachspiel bringen.

Doch ich habe auf meinen Koffer verwiesen und auf den öligen Leinenbeutel, in dem die alte Remington eingepackt ist. Die Übergabe ging schnell vonstatten. Mein Nachfolger ist ein junger Rabbiner aus London. Er ist unkonventionell und findet alles in der Gemeinde veraltet. Orthodoxie unter modernem Aspekt; das sei die Basis für ihn. Die Frauen schwärmen von ihm. Die Männer, die mit ihm gesprochen haben, wirken alle ein wenig betäubt. Er bot mir an, noch einige Tage zu bleiben, um ihm beim Einarbeiten behilflich zu sein. Doch da er schon in den ersten fünf Minuten den Religionsunterricht zu reformieren begann, konnte man ihn getrost sich selbst überlassen. Und so habe ich mich denn noch ein wenig ins Café Simon gesetzt und blicke jetzt durch die offenstehende Tür abwesend auf die hitzeflimmernde Straße hinaus. Nicht der leiseste Windhauch bewegt die Platanenblätter auf der anderen Seite dort drüben. Der Verkehr ist abgeflaut; nur vom Kurfürstendamm dringt noch das ununterbrochene Rauschen und Summen der Autos herüber. Die S-Bahn fährt gerade hinten, auf dem Bahnhof Savignyplatz, ein. Deutlich ist die lautsprecherverstärkte Stimme des Bahnhofsvorstehers zu hören, der den Stationsnamen sagt. Anderthalb Minuten darauf hört man, wie der Zugbegleiter mit seiner normalen Stimme »Zurückbleiben!« ruft. Nein; diesmal *nicht*. Ich lausche dem metallenen Klirren der S-Bahn nach, bis es zwischen den Häusern versickert. Mir wird die Taxe gemeldet. Ja, gleich. Nur einen Blick noch zur Synagoge hinüber. Eine Wetterwand türmt sich über der Kuppel des Mittelschiffs auf. Die Platanen vor dem Portal beginnen sacht ihre Blätter zu schwenken. Heute früh habe ich versucht, diesen Abschied Aufbruch zu nennen. Fast wäre es mir gelungen.

Bar Mizwa. Geburtstagsfeier des dreizehn Jahre gewordenen Jungen, der damit gebotpflichtig ist.

Beerdigungsbrüderschaft. Ehrenamtliche Vereinigung, die die Toten bestattet und sich um die Hinterbliebenen kümmert.

Der Bund. Die Übereinkunft Gottes mit Israel.

Chanukka. [»Einweihung.«] Lichtfest zur Erinnerung an die Tempelweihe des Makkabäers Juda.

Chassid. [»Der Fromme.«] Anhänger des Chassidismus.

Chassidismus Popularisierung der Lehren der Kabbala. Forderung einfältigen Glaubens und ethischer Lebensführung.

Cheder. [»Stube.«] Die traditionelle ostjüdische Elementarschule für Jungen.

Chuzpisch. [Jiddisch.] Keß, gleichmütig, überlegen.

Davidschild, Davidstern. Sechszackiger Stern durch zwei ineinandergeschobene gleichseitige Dreiecke gebildet: Hexagramm. Jüdisches Symbol.

Einwohnung. Die göttliche Gegenwart unter den Menschen. Gedacht als mit Israel gemeinsam verbannt.

Eizes. [Jiddisch.] Hinweis, Rat.

Elias. Prophet. Im nachbiblischen Judentum: Tröster der Hilfsbedürftigen; Bote des Messias.

Erez. Land.

Etrog. Paradiesapfel. Zum Feststrauß des Laubhüttenfests gehörend.

Gemara. [»Das Erlernte«. »Das »Vollendete.«] Erläuterungen der Mischna [der »Lehre«]. Mischna und Gemara zusammen bilden den Talmud.

Gamliel, Rabban. Leiter des Lehrhauses im palästinensischen Jawne etwa 80 bis 100 nach Christus.

Gerechter. Auf sechsunddreißig Gerechten ruht, nach einer jüdischen Legende, die Welt.

Goi. Nichtjude.

Jeschiwa. Talmudische Hochschule, rabbinisches Lehrhaus.

Jom Kippur. [»Tag der Sühne.«] Versöhnungstag. Der heiligste Tag des jüdischen Jahrs.

Kaddisch. Gebet der Söhne beim Tode der Eltern und am Jahrestag der Beisetzung.

Kaftan. Langer, mantelartiger Rock.

Kantor. Vorsänger und Vorbeter in der Synagoge.

Koscher. Rein, tauglich. Der Ritualvorschrift genügend. Übertragen: Sauber, in Ordnung.

Lag ba-Omer. Halbfeiertag.

Laubhüttenfest. »Sukkot.« Zur Exodus-Erinnerung.

Lulaw. Palmzweig. Bestandteil des Feststraußes am Laubhüttenfest.

Maklig. [Jiddisch.] Unsauber; nicht den Ritualgesetzen entsprechend.

Mazza, Mazze: Mehrzahl; *Mazzot.* Ungesäuertes Brot.

Meissje. [Jiddisch.] Geschichte, Schwank, kurze Erzählung.

Menora. Siebenarmiger Leuchter. Jüdisches Symbol.

Melammed. Lehrer im Cheder.

Messias. Von der jüdischen Eschatologie als idealer Friedensfürst am Ende der Tage erwartet.

Mesusa. [»Türpfosten«.] Zitat aus dem Pentateuch, das in einer Holz- oder Metallhülle über dem Türpfosten aufbewahrt wird.

Milch- und Fleischspeisen. Gleichzeitiger Genuß beider rituell verboten. Getrenntes Geschirr.

Misrach. [»Sonnenaufgang.«] Übertragen: Ostseite; Himmelsrichtung, in die man sich zum Gebet wendet. Richtung, in der Jerusalem liegt.

Moische. [Jiddisch.] Moses.

Mosse, Rudolf. Zeitungs- und Buchverleger: »Berliner Tageblatt«, »Berliner Volkszeitung.«

Peies. Schläfenlocken.

Pessach. Fest zur Erinnerung an den Auszug aus Ägypten. Christlich: Ostern.

Sabbat. Absoluter Ruhetag. Einstellung jeder Tätigkeit.

Safed. Stadt in Obergaliläa. Im fünfzehnten Jahrhundert Mittelpunkt jüdischer Mystik und Gelehrsamkeit.

Schalet. Sabbat-Gericht: Bohnen und Fleisch.

Schawuot. Ernte- und Wallfahrtsfest. Christlich: Pfingsten.

Schechina. Siehe: Einwohnung.

Schulchan Aruch. [»Gedeckter Tisch«.] Kompendium des jüdischen Ritualgesetzes und Rechts in systematischer Anordnung.

Seder. Feier am Pessach-Abend mit symbolischen Speisen.

Sprüche der Väter. Im Talmud eine Sammlung von Wahlsprüchen der Schriftgelehrten und Gesetzeslehrer des 1. bis 3. Jahrhunderts nach Christus.

Tag der Gesetzesfreude. Festtag anläßlich des Abschlusses der jährlichen Thoravorlesung in der Synagoge.

Tallit. Gebetsmantel. Viereckiges Umschlagetuch mit Quasten an den Ecken. Nur von Männern zum Morgengebet getragen.

Talmud. [»Studium«, »Lehre«.] Nächst der Bibel das Hauptwerk des Judentums. Aus vielhundertjähriger mündlicher Überlieferung entstanden. 500 nach Christus abgeschlossen. Siehe auch: Gemara.

Tarphon, Rabbi. Leiter des Sanhedrins [Gerichtshofs]. 1. bis 2. Jahrhundert.

Tenach. Bibel.

Tietz, Oskar. Gründer des ersten deutschen Warenhauses.

Tischri. Erster Monat des jüdischen Kalenders: September-Oktober; dreißig Tage.

Thora. [»Lehre«.] Die fünf Bücher Mose. Der Pentateuch.

Thora-Rollen. Das Fünfbuch in Rollenform von Hand auf Pergament geschrieben.

Thora-Schrein. Wandschrank in der Synagoge auf erhöhtem Platz, in dem die Thora-Rollen aufbewahrt werden.

Treidel. Kreisel: Kinderspielzeug.

Ury, Lesser. Impressionistischer Maler.

Wertheim. Kaufhausgründer.